imaginist

想象另一种可能

理
想
国
imaginist

阿斯塔菲耶夫作品

鱼王

Царь-рыба

Виктор Петрович Астафьев

[俄] 维克托·阿斯塔菲耶夫 著

夏仲翼 等 译

河南文艺出版社

·郑州·

目 录

第二部

序 言

阿斯塔菲耶夫和他的长篇《鱼王》

维克托·彼得罗维奇·阿斯塔菲耶夫（Viktor Petrovich Astafyev，1924—2001）在苏联文学界是十分引人注目的一位作家。他从二十世纪五十年代起发表作品，第一本小说集《明春之前》（1953）并未引起广泛的注意。六十年代发表中篇《陨星雨》（1962），开始真正得到文学界的重视。阿斯塔菲耶夫充分显示其创作个性是在七十年代。1975年，长篇《最后的问候》（1968）和《牧童和牧女》（1971）等作品获俄罗斯国家奖。1978年，长篇《鱼王》（1976）获苏联国家奖。虽然1979年10月作者曾因短篇《落叶》（1979）受到批评，但阿斯塔菲耶夫的名字近年来却日益受到评论界的重视。有些评论认为阿斯塔菲耶夫是属于那种"初作默默无闻，嗣后日臻佳境"[1] 的作家，因为就他主要作品的艺术技巧和内容深广程度来看，确实是一部胜一部。到了八十年代，阿斯塔菲耶夫作为苏俄当代文学代表人物之

---

[1] 见文集《记忆的拐杖》，苏联《当代人》出版社1980年版第202页。——译者注。本书脚注若非另行说明，皆为译者注。

一的地位就更是无可怀疑的了。

二十世纪七十年代苏联文学的一个重要趋向是着重探索时代——历史的和现时的——在人的精神世界里引起的变化，着重发掘生活现象本身包含的道德意义。很多作家的作品里，战争描写已经失去了庄严的颂歌色彩，人们转而思考起其中包孕的大量人性的悲剧；生活也不再是美好和理想的同义语，战后时期一度流露的对生活的乐观情绪渐渐转变为批判的眼光。新的一代作家不仅在为某些生活现象寻找社会解释，而且认真地在探索社会现象里的人性道德含义。在创作观念、艺术技巧上，他们也力求创新。从俄罗斯文学传统的观念看来，他们每个人都可以说是各有师承，然而他们每个人又都有自己的创新。这是传统和创新交替的一代，体现着两者的渗透和糅合。反映时代更替的矛盾表象正说明了艺术本身的内在综合。维克托·阿斯塔菲耶夫的创作正符合这种时代精神。在传统的眼光里，他有很多不合传统之处，从现代小说的角度来看，他又有很多执著于传统的地方。

阿斯塔菲耶夫 1976 年发表的长篇小说《鱼王》是体现作家创作个性最为充分的一部作品。这部由十二篇中、短篇故事组成的长篇小说[1]，在思想内容和艺术形式上都显示了作者的独特风格。阿斯塔菲耶夫的创作态度是十分严谨的，他说过："在我们背后有如此光彩夺目的文学，有如此一批高入云天的巨人，以至我们每个人若要把读者从他们那里吸引开哪怕是一天或者一小时，也必须事先切实地想一想究竟有什么理由和根据。"[2] "写作

[1]　本书旧版以十二篇成集，这次收入《没心没肺》一篇，共十三篇。——编者注
[2]　见《亲历其间》，载文集《记忆的拐杖》。

需要的是全副心灵，而不是趋附时尚，不应该在文学中寻求地位，而应该从中寻找自我。"[1] 阿斯塔菲耶夫所说的这个自我也就是作家的创作个性，这是理解作家创作的基础。在《鱼王》中，阿斯塔菲耶夫创作固有的那种自白往事性质、抒情散文风格和道德人性准则得到了高度的发挥。

　　苏联很多评论家认为阿斯塔菲耶夫是一位传统的俄罗斯作家，目之为"普利什文传统"一派 [2]。阿斯塔菲耶夫那种从自我经验出发的抒情的乡土风格，的确显露了普利什文创作在他身上的影响。俄罗斯不乏这种风格的作家，然而他们常常过分地借重了民族、地区的心理因素和语言特色，因此他们的作品尽管对于本民族的读者有特殊的魅力，却未能在同样的程度上感染外族的读者。阿斯塔菲耶夫则不然，他在这种"乡土"风格底下着意开掘人的心灵，用内省的经验返照出时代的剪影。他说："我写的是和我个人血肉相连的东西，结果却有很多人同样地感受着我的忧虑、我的痛楚。"[3] 这种以一己的体验映照出普遍感受的风格，这种通过眷恋乡土和追忆往事来再现时代的功力，构成了阿斯塔菲耶夫创作的自白性，这是他的创作的一大特色，是他创作风格的核心。

　　一个作家，不管他对现实和人生的观察有多么深刻，总要

---

[1] 见《答〈书的世界〉记者问》，载文集《记忆的拐杖》。

[2] 参阅 B. 库尔巴托夫:《直书人生》，载《阿斯塔菲耶夫作品集》第一卷;维霍采夫:《苏维埃俄罗斯文学史》，1979 年版。

[3] 见苏联《文学评论》，1976 年第 10 期第 56 页。

以自己的生活体验作桥梁。当他观察、理解、分析生活现象和人物内心的时候，他自己的生活经验和感受就要对种种现象进行筛选，而且自己的生活往往就成了创作的素材。因此文学作品带上某种程度的"自白"性质，实在是常见的现象。只是这类"自白"的因素通常都覆盖在色彩绚丽的情节外衣下面，并不那么惹人注目，而阿斯塔菲耶夫则很少去刻意组织情节，他越是淡淡地写来，这种"自白"的色彩就越加浓厚。然而这并不单纯是一己生活的回忆追记，作者追求的是越出个人体验以外的共性。《鲍耶》里作者通过"我"的父亲的遭遇和泰梅尔半岛上柯利亚等三个猎人的经历，写尽了荒凉的西伯利亚严酷环境里人性的需要会以怎样可怕的形式爆发。在作者看来，无论是父亲的放任情欲，一凭感官本能的役使，还是劳动组合成员被迫隔绝与人的交往，其结果都表明了人的本性也是一种自然力，受不得任何形式的放纵或抑制，"自然界它自己会在善恶之间制造平衡"（《达姆卡》）。人本身也是自然界的一部分，破坏了平衡就要自食其果。"不！世界上还没有人、没有东西能打消和抑制住非我们的意志所能左右的内心感情。"（《鲍耶》）。在这里，"自白性"就由"和个人血肉相连"进入"很多人同样感受着"的境界了。在《鲍加尼达村的鱼汤》这篇专门发掘人性美好的作品里，阿斯塔菲耶夫用饱蘸深情的笔触写了阿基姆的母亲，这是一个思想稚朴、一任本性、至死童心未泯的善良女性，作者没有单纯把她写成一个备受生活蹂躏的被损害者。她始终按自然的本性生活，一大群"卡西扬家的"孩子挤蹭在她的周围。在阿斯塔菲耶夫笔下的这个村子里，人的社会属性所起的作用反而微乎其微（这里许多人都曾经是剃去头发的

4

劳改犯），集体里存在着在劳动过程中建立的道德观念，于是就有了这集体的鱼汤，养活着一群孩子和成人。这个荒远的"人间风日不到处"，却有着自己按人性道德行事的原则。这些人和事，作者似乎只是从一己的体验里写出，然而却凝聚了生活的真理。但作者也并没有忽略社会的主题，情况甚至恰恰相反，只是阿斯塔菲耶夫从来不秉笔直书而已。鲍加尼达村简陋劳动生活里的人性，汗水里建立的淳厚生活习尚——"这一切结束得突然而干脆，原计划要通过整个极北地区的筑路工程停止了。鲍加尼达村于是十室九空。"作者的思想很清楚：在现代技术条件下，社会也有生态平衡问题，有时候一个微小的变动会牵动千万人的命运。这里岂止是对阿基姆童年的回忆，人与人，人与集体，人与劳动，人与社会、与祖国的变异之间……有多少值得思考的问题，有多少人性的和社会的主题？阿斯塔菲耶夫的"自白性"在这里就超越于表象之外了。

阿斯塔菲耶夫创作个性中这一特点的形成当然和他的生活经历有关。他至今仍然是一个"外省"作家，没有一旦成名就背离乡土。用作者的话来说："每个作家生活的地方，应该是他眷恋之所在，是他的主人公们和他的生命价值之所在。"[1] 阿斯塔菲耶夫出生在克拉斯诺亚尔斯克附近的一个小村镇上，西伯利亚粗犷的自然环境哺育着他成长。当他七岁的时候母亲去世，使这个失怙的孩子更增加了对大自然的依恋。父亲的再娶，使他在儿童保育院里度过了不同寻常的童年。紧接着是技工学校的生活。而

---

[1] 见《在书的背后》，载于文集《记忆的拐杖》。

卫国战争开始后，这个年方十八的年轻人又经历了战争；前线、战场、战地医院向他展示了生活的另一侧面。战后他也从事过各种工作：钳工、铸工、杂务工、搬运工……这一切构成了他创作的全部生活基础，但是西伯利亚的大自然、冻土带、原始森林、叶尼塞河，这故乡故土的一切始终使作家梦牵神萦，成了他作品中反复再现的基调。他小说的情节常常来自回忆，他似乎从不花费力气去构思、编织情节。自白身世、自述见闻的因素占着主要的位置。"情节不是蘑菇，寻找也是枉然"。[1] 这是阿斯塔菲耶夫小说观念中很重要的一点。貌似平淡的外省生活素材和这种情节淡化的特点相结合，对具体社会历史背景的有意虚化和对人物心理乃至意识流程精细的描绘，都已经体现了二十世纪现代小说的新观念。尽管如此，他仍不失为地地道道扎根于乡土的作家。对本乡本土的深深眷恋之情，带有浪漫色彩的风俗习尚的描绘，现实生活和幻想传说的离奇交织，加上语言上浓烈的乡土风味，都是十十足足西伯利亚俄罗斯式的。

用"自白"道出普遍感受，借"乡土"描出人间图画，这是阿斯塔菲耶夫小说艺术的一个重要的特色。

在俄罗斯小说中，抒情散文风格是由来已久的。屠格涅夫之后，米·普利什文以他寄意于自然的散文，开拓了文学描写的新天地。之后，帕乌斯托夫斯基、别尔戈里茨、索洛乌欣等人在这方面都有各自的成就。阿斯塔菲耶夫的贡献主要是在熔小说与

---

[1] 见《关于生活的谈话》，载于文集《记忆的拐杖》。

抒情散文于一炉这一点上。因此，他的作品尽管情节上有淡化的趋向，但在表现手段上却无比自由和丰富。阿斯塔菲耶夫抒情艺术的方法是兼收并蓄、不拘一格的。不论是象征性的隐喻还是自然主义式的直描，他都不回避采用。有时他借助于神话、传说、自然界或动物世界，用一种虚虚实实的笔触，造成一种似真似假的情景来渲染作者对社会、人生的看法；有时又直抒胸臆，横生议论，使小说显示出超乎情节本身的含义。《达姆卡》作为一篇小说，重点就在刻画一个猥琐、为人所不齿的偷渔人。但作者借助各个场景抒发着他对社会、对人生的感受。从日常的琐事里揭示哲理，在平凡的细节里开掘深意，这就使小说的任何一个插曲、任何一个细部都显得耐人寻味而不单薄：

> 一个右手封在石膏里的男孩子用左手把蚊子搋死在窗上。窗玻璃的一面淌着红色的血滴，另一面却是明澈的雨滴。它们顺着玻璃流着，轨迹有重合的，间或曲折相交，但是血的污流和雨水的清流虽然交叉重叠，却相互冲刷不掉，玻璃上的这幅意象使人不由得想起某种难以理解的、颇有凶兆的生存之谜。（《达姆卡》）

这小小的一段议论，一下子使人跳出了一个小镇航站候机室的狭窄天地，进入社会、历史、人生的广阔领域。这里包含着多少严酷的生活真理！

《一滴水珠》的抒情散文风格更为明显，作者从一滴清莹莹、沉甸甸的露珠开始，一唱三叹，生发出三层遐思。把个人心灵上的不安、疑虑、惊慌，和大自然、原始森林的雄伟、庄重、安详两相映照。最后这一滴露珠幻成一片耀眼的光晕，原本一个"人生几何，譬如朝露"的主题，经过鲜明具体的形象终于变奏出一个光明的和弦，这些语言形象已经转为近似乐章的东西，文学幻入了音乐境地。

《鲍加尼达村的鱼汤》写了阿基姆饱经忧患而又充满人性欢乐的童年和少年，描绘了西伯利亚叶尼塞河一带一群"卡西扬"家的孩子的独特命运。但作为抒情的序曲，作者却用了自然主义的缜密细腻的笔法，工笔勾画了西伯利亚大地上一茎毛茸茸的小小的罂粟花的形象，不仅写出了它独傲冰雪的质地，而且再现了它内在的生命历程。

大自然默默地工作着，生死更迭，兴衰有序，象征着人的生命进程。在作家看来，人就像这朵小小的罂粟一样，生长、成熟、萎谢、脱落、撒下种子……这就是周而复始的大自然的工作。人生可以有生老病死，痛苦欢乐，生命的节奏是不会紊乱的。自然本身就会供给生命以滋养，鲍加尼达村这个微型的社会也会用自己的鱼汤哺育这一群孩子。阿基姆-卡西扬一家的生活情景镶进这种自然观的镜框，就脱出了具体一家的遭遇而显示共性了。

总之，小说与抒情散文化为一体构成了阿斯塔菲耶夫独特的风格。阿斯塔菲耶夫小说情节的淡化，明显地反映了二十世纪西方现代小说的影响，但是这种"非情节"的倾向一旦和抒情风格相结合，竟造就了一种更灵活、更能发掘生活含义的表现方法。阿斯塔菲耶夫的两部最主要的长篇《最后的问候》和《鱼王》都用一系列情节上不相连贯的短篇故事组成，完全抛弃了原来小说艺术情节构思的方法，这不是偶然的。这使得作者有可能在作品中最大限度地显示生活真实。而抒情风格的运用则往往正是流露作者的性情、点明作品本意之处。离开了对阿斯塔菲耶夫这种独特风格的理解，作品的很多含义也就会模糊不清了。

然而，阿斯塔菲耶夫创作最根本的价值还在它体现的道德激情。他说过："人在这个世界上的使命就是为善，而文学家的真正的和最高的使命就是理解这个善；肯定它，使人不要自相残杀，不要杀害人间一切生命。"[1]这类对道德、对人性的关注，尽管使他的作品洋溢着一种纯真的抒情气息，然而也显露了评价事物的抽象准则。作者似乎是另具一双眼睛，看到的多半是行为在人性含义上的善与恶，而不尽是社会价值上的是与非。长篇《鱼王》很难用一个具体的主题来归纳。有的评论家认为其中提出了保护自然资源、保持生态平衡的主题。但作者在答记者问的时候[2]却宁可用"对人和大自然的爱"和"保护地球上的生命问题"这一类不落实处的表达形式。这样的看待事物的角度，打开的是事物的抽象道德内涵，只从人的本身来看道德，只从人性来论善恶。作者在篇首引用了诗人鲁勃卓夫的话："……只是用习以为常的眼光，从旁观察着预兆不祥的人生的节日……"。实际上，阿斯塔菲耶夫用的恰恰并非是习以为常的眼光，因此才能别

---

[1] 见《亲历其间》，载于文集《记忆的拐杖》。
[2] 见《用生活来检验》，载于文集《记忆的拐杖》。

开生面地去提出问题。当大量的文学作品在写机声隆隆的工地、写压倒一切的社会建设成就的时候，阿斯塔菲耶夫担忧的是自然资源的破坏、生态平衡的失调："我们只以为，是我们在改造一切，也包括改造原始森林在内。不是的，我们对它只是破坏、损害、践踏、摧残，使它毁于烈火。"(《一滴水珠》)但是爱护自然本身还不是最终目的，根本还在于这种爱要改善人性，在于这种爱对"生命"本身的后果。人们对松鼠珍视爱护的结果是后者变成了寄生的玩物。人也一样，在戕害自然的同时，"人的心理在变化，不知不觉地在变化"。[1] 在人破坏大自然的行为里，作者首先看到的是人性本身的丧失，"仿佛人人都中了蛊毒，大伙儿都病入骨髓。为一支猎枪，为一条小船，为一点弹药和食物，都可以拼命！"(《黑羽翻飞》)作者的注意力是在揭示人的行为所谓"内在的道德含义"。小说中的《鱼王》《在黄金暗礁附近》《达姆卡》、《渔夫格罗霍塔洛》和《白色群山的梦》，都用对大自然、对人的爱和对它们的掠夺心理这两者之间的对立作为基调，说明人在贪婪自私的掠夺心理恶性膨胀的同时，既丧失了对自然的爱，也必然就会丧失人性。在作者看来，人的道德堕落与他对自然和人性的践踏是成正比的。恶行源起于人性的丧失，纠治恶行还在于道德、人性的改进。大自然是会报复的，但"报应"不在冥冥之中，而在人的自身。在《在黄金暗礁附近》里，作者竭力把小乌特洛宾-柯曼多尔的贪欲和他女儿塔依卡的死写成道义上的因与果，柯曼多尔虽然逃脱了渔场

---

[1] 见《用生活来检验》，载于文集《记忆的拐杖》。

稽查员的追捕，却逃不过女儿横死对他良心的惩罚，从而说明惩罚恶的力量还不在社会，却在人的自身。一切破坏践踏大自然的完整、宏伟和完美的恶行必然要导致人的品格的堕落，这里也就隐伏着后来良心和道德的惩罚。《鱼王》里一场人和大鱼的搏斗中，伊格纳齐依奇受到了作为大自然化身的"鱼王"的报复。只是在濒临灭亡的时刻，他才开始意识到践踏人性和自然都不可避免地要受到惩罚。联想起他年轻时曾蹂躏作践过的姑娘格拉哈，想到这样攫取生物也是对大自然这个"女性"的粗暴侵害。其余偷渔偷猎者也大都遭到这一类惩罚。格罗霍塔洛从偷渔老手库克林那里学会种种偷渔手段的同时，更加重了内心的怯懦和冷酷，因此当库克林黑夜在河上呼救、生命垂危的时刻，格罗霍塔洛却躲在一旁，听任这位"恩师"丧命在螺旋桨下。作者的观点很明确：一个人学会掠夺自然，学会践踏他人的代价就是丧失爱的能力、丧失起码的人性。掠夺不能不受惩罚，库克林的死也是对恶行付出的代价，格罗霍塔洛则几乎只剩下生的本能，而人性泯灭殆尽了。

《白色群山的梦》是作者的人性善恶观体现得最充分的一篇作品。大学生戈加·盖尔采夫的上帝就是他自己，此人从来我行我素、不受羁绊，对大自然、对女性，他都是予取予求，任意糟蹋。在涉世未深的姑娘们的心目中这是个敢作敢为不可一世的"英雄"。这位"英雄"的人生哲学是："男人的幸福是：'我需要！'女人的幸福是：'他需要！'"；"法律创造弱者就是为了要抵御强者"。受过他作践的姑娘柳陀契卡和艾丽雅只是从他的日记里才看清了这位当代毕巧林的真面目，真正的报复则隐伏在他行为的本身,这个"鄙视一切有生之物"的超人,结局是悲惨的:"……河水边上躺着一个人,沙土埋到腰际,喉咙咬断了,脸部已经被糟蹋得不成模样……内里被吃空了的嘴巴尽里边有一颗锃亮的钢牙在闪闪发光。曾几何时还气派十足的连鬓胡子脱落了,和面颊的皮肤一起缩到了耳朵旁,耷拉着,像几片布满青苔的破布。两只眼眶里已经空无一物,现在结了一层白森森的蛛丝。"和戈加相对的是阿基姆,这才是作者笔下的正面人物,他的行事只有一个人性道德的原则,无视于社会的利害观念,这是一个新的"自然人"。原始森林严酷境遇里对艾丽雅的悉心救护、艰难不堪的生活、满面的冻伤,换来的是航空站上匆匆的一别。在寒风里瑟缩着,孑然一身,往回路上走去……但这是作者理想之所在,阿斯塔菲耶夫的着眼点是在人的行为的纯粹的所谓人性和道德价值,这种时候,行为的社会价值也退到次要的地位。就像阿基姆在原始森林里的扶厄救人行为要远远高出于他合同上规定要完成的狩猎指标的价值一样。

作者通过道德滤色镜看出来的事物都别有一种色彩。航标灯技术的改进从社会价值观点来看是新成就,但使得"勇敢"号航标船从此结束历史使命,帕拉蒙·帕拉蒙内奇失去了心爱的职务。船员们只能散伙。阿基姆心里在估量的是这件事的道德价值:

"这些待在中心地区的人真是闲得没事干,干吗老是把人从一个地方赶到另一个地方,弄得人不得安生?一会儿是铁路停建了,一会儿鲍加尼达村没有了,一会儿是母亲不在人世了,家庭也拆散了，一会儿又生出了个新鲜事——灯标换成自动的了！"阿基姆愤愤然地想道。

这种思想里当然包含着怀旧的伤感，但也确实透露了作者独具的道德眼光。用这种眼光来观察社会现象，就能看到事物某些不易被察觉的方面。《鲍耶》里父亲被捕。将渎职贪污的人绳之以法，本是法律的公正和威力，但是阿斯塔菲耶夫认为，执法者的行为一样要经过道德价值准则的检验。这种情况下同样容不得冷酷和不公正，鲍耶之死就用来说明这一点："这一条生下来就是为了要和人类共同劳动、一起生活的狗，终于也没有明白人们为什么要打死它，它声音嘶哑地号着，最后跟人一样悲痛地叹了一口气，死了，好像是在可怜谁，或者责怪谁。"（《鲍耶》）在社会含义上明明是正确的行为里作者偏偏要找出否定的道德人性含义，这正是作者观察问题方式的独特之处。

但《鱼王》里的道德感也并非都是这样曲折隐蔽，更多的倒是义形于色、情见乎词的。阿斯塔菲耶夫并不拘泥形式，有时加进直截的旁白，有时借重象征隐喻，寄托深意，形式固然不同，抒发道德义愤则一样。小说里有很多地方写到狗，然而都不是闲笔：

　　……据说狗在变成狗以前，也曾经是人，而且不消说还是好人。这种幼稚天真而又神圣的迷信传说，既不适用于那些睡在人们被窝里的小狗，也不适用于一种喂得像牛犊那么肥大的、挂着奖牌的纯种狗。在狗类中，也像在人当中一样，有好

吃懒做的、仗势欺人的、光说不动的和贪图私利的。但是莱卡狗绝没有沾染上贵族习气的，只有室内犬才会有这种习气。（《鲍耶》）

人们有时候把狗打得很厉害，真是很厉害。而且打的往往是最好的、最有用的狗，那些拉车的、狩猎的狗。养在房里的小狗却不遭这份罪，它们吃的是糖块，伸出爪子向人问候讨好，轻轻地吠几声，仅此而已。（《白色群山的梦》）

这一类借题发挥的道德议论在阿斯塔菲耶夫作品里几乎俯拾皆是。无论是自然现象如风雨晦晴、晨昏寒暑，还是动植物界的花草树木、鸟兽虫鱼，作者常常即兴地插入几句议论，然而涉笔成趣，浑然天成，寓意都很深远。这种似虚似实、即景缘情、笔锋常带道德义愤的记叙风格，在二十世纪七十年代的苏联散文中也是一种很值得注意的现象。

苏联的文学评论界通常把阿斯塔菲耶夫归入道德题材作家行列，这类作家的主要思想特征是评价事物的人道主义和人性的标准，他们力求从社会习俗的外表后面见出深藏的弊病，以其独特的方式揭示现实社会的不合理处。以往苏联文学所固有的充满政治热情的社会理想往往被所谓焕发着道德激情的哲理所取代。因此作品里的人物也不再是传统的正面英雄人物，而是一种充满所谓"人道精神"的个性。阿斯塔菲耶夫的观点是明确的，他认为"英雄人物并不由作者造成，而是由生活和历史造成，每个历史阶段都有自己的英雄人物。'四时菜蔬，各有时令'……"[1]
他就觉得应该写像阿基姆这样的人物，因为这种人会"脱下身上最后一件衬衫，送给任何人。他给了别人衬衫，但人们会连他的汗衫也剥掉，让他一丝不挂"。"大家都对我说，这有点儿消极。……那就让别人来写积极的人物吧，我就喜爱自己这样的主人公……"[2]

在艺术手法上这类作家又故意虚化具体的社会背景，不介绍人物确切的社会面貌，并且不注意故事情节，只着眼于揭示人物行为的道德含义。苏联文学界历来不重视除现实主义以外的任何当代文学潮流对苏联文学的影响，但是在阿斯塔菲耶夫的《鱼王》里，我们可以明显地看到象征主义、自然主义和意识流一类方法的影响。而在小说观念方面，"非情节""非英雄"的倾向也是显而易见的。阿斯塔菲耶夫的创作显示了当代苏联小说艺术中一种引人注目的倾向。他那种包蕴在强烈抒情气息里的批判激情，深藏在浓郁西伯利亚乡土味中的一般人性和那种兼收并蓄各种艺术表现手法的、娓娓而谈的叙述风格，在苏联小说艺术的发展上大概多少会留下自己的痕迹吧！

本书译者：肖章译《鲍耶》《一滴水珠》；夏仲翼译《达姆卡》《在黄金暗礁附近》《白色群山的梦》；石枕川译《渔夫格罗霍塔洛》《鲍加尼达村的鱼汤》；张介眉译《鱼王》；李毓榛译

---

[1] 见《关于生活的谈话》，载于文集《记忆的拐杖》。

[2] 见《请聆听和理解所有的歌》，载于文集《记忆的拐杖》。

《黑羽翻飞》；顾蕴璞译《葬后宴》；杜奉真译《图鲁汉斯克百合花》；高俐敏译《我找不到回答》。[1]

夏仲翼

一九八二年七月

---

[1] 本书《没心没肺》一篇，1982年中文版未收录。2017年版始收录此篇，由张冰补译。——编者注

经过深深的思索，我也沉默了，只
是用习以为常的眼光，从旁观察着
预兆不祥的人生的节日和故乡慌乱
不安的景象。

——尼古拉·鲁勃卓夫[1]

如果我们行动有方，那么我们这些
动物和植物就能亿万斯年地生存下
去，因为太阳里蕴藏着大量能源，而
且它的消耗总是调节得恰到好处。

——哈洛·沙普利[2]

---

[1]　尼古拉·鲁勃卓夫（1936—1971），苏联诗人。
[2]　哈洛·沙普利（1885—1972），美国著名天文学家。

第一部

鲍耶

　　我回故乡去很少是出于本意和自己乐意的。通常是要我去那里参加葬礼和葬后宴，因为我有很多亲戚、朋友和熟人；在一生中，只要你的亲人们还没有像古老森林里年久岁深的老树那样沉重地折断并訇然扑地，你总会得到许多爱，也会去爱人……

　　不过有几次我去叶尼塞河，倒并不是被寥寥数字的讣电召去的，听到的也不是一味的哀号。在河边篝火旁，我也度过了一些幸福的时刻和夜晚。河面上浮标的灯光闪闪烁烁，河底像缀上了点点金色的繁星；一面听着细浪拍岸的声音、瑟瑟的风响、林海的低吼，一面听那些置身于大自然之中、围坐在篝火旁而变得异常坦率的人们不紧不慢地谈天，他们直抒胸臆，追叙往事，直到深更半夜，甚至凌晨，这时，远处山口吐出鱼白，湿润的雾气骤然升起，弥漫舒卷，话语变得含混而重浊，舌头也已经不听使唤。火光暗淡下去了。自然界的一切获得了盼望已久的静谧，此时此刻似乎能听得见大自然那颗赤子般纯洁心灵的搏动。在这样的时刻，好像只剩下你和大自然两两相对。而且你还会感觉到一种怯生生的神秘的喜悦，觉得这周围世界毕竟还是可以信赖和应该信赖的。于是你就会不知不觉地慵懒困倦起来，像一片沾满露水的树叶或草茎，松快、酣畅地睡去，直到东方之既白，直到鸟儿婉转试啼在经宿犹温的夏日的河边；你将会因体验到一种早已忘怀的感情而微笑：一种空灵自在的心境，不为任何俗念所累，几乎达到了无我的境界，对周围的世界只有皮相的感觉，视而不见，在这种罕有的内心宁静的时刻，你会感到自己是大千一叶，和生命之树却有一茎相连……

　　但人总是这样：只要活着，他的记忆就兢兢业业地工作着，不仅记得住个人的大量往事，而且还会记住在生活交叉路口萍水相逢的人们，他们中间有的已经永远淹没在翻腾的人流旋涡里了，有的却成了始终同你休戚与共、心心相连的人。

　　……那个时候，还使用勋章获得者免费车票，因此，我领取了战时积蓄下来的奖金，就动身去伊加尔卡[1]，想把老家在锡西姆的外婆从极圈地带接回来。

　　我的两个舅舅，万尼亚和瓦夏，在战争中牺牲了，柯斯嘉舅舅现在北方舰队服役。锡西姆的外婆是在港口一家商店的女经理家里帮佣。那个女经理心地倒也善良，只是有一大群子女，可把外婆给累坏了，所以她写信要我帮助她离开北方，不想再寄人篱下，尽管这些人还算善良。

　　我原来对那次旅行有很多期待，但结果引起我最大注意的却是这样一件事：在我离船上岸那会儿，伊加尔卡市内不知为什

---

[1]　俄罗斯在极圈地区的一个港口城市，位于叶尼塞河畔。

么又失火了，于是我仿佛觉得，我根本没有离开过那儿，没有经过那么多年，一切都原封不动，仍是老样子，甚至这司空见惯的失火也没有引起市内生活的混乱，没有扰乱工作的节奏。只是在火场附近熙熙攘攘有那么一群人在跑来跑去，红色消防车隆隆作响，按本地的习惯从住房和街道之间的池塘沟渠里抽水上来。一幢建筑物发出噼噼啪啪的巨大响声，冒着一团团乌黑的浓烟；最使我吃惊的是那幢烧着的房屋正巧和锡西姆外婆帮佣的那一家是紧邻。

房主人都不在家。锡西姆外婆眼泪满面，慌作一团，瞧着邻居们为了以防万一都在赶紧把东西从屋里往外搬，然而她不敢这样做，因为都不是她的东西，丢失点儿怎么办？……

我和外婆都顾不上按照风俗拥抱、接吻、哭上几声。我一到就动手捆扎别人的东西。但很快房门哗啦一下敞开了，从门槛外面扑通一声跌进来一个胖女人，四肢着地直爬到小柜子跟前，嘴对着药瓶喝了一口缬草酊[1]，少许喘了一下气，柔弱无力地打着手势，表示用不着搬东西了。这时，街上开始响起令人安心的、叮叮当当的消防钟声。这表明该烧的已经烧完了，总算上帝保佑，火灾没有殃及邻屋。消防车纷纷离去，只留下一辆值班消防车不慌不忙地往那些冒着烟的木头上喷水。市民们默不作声站在火场周围，他们对这一切都已经习以为常，只有一个满身烟灰、脊背扁平的老太婆手中拿着一条抢救出来的横截锯，边哭边诉说着某人或某事如何如何……

---

[1] 一种镇静剂。

男主人下班回来了，这是一个体格健壮的汉子，生就一副与身材完全不相称的狡猾面相和性格。我和他，还有女主人，三人一起痛快地喝了一顿酒。我追忆着战争年代的往事，主人看了看我的奖章和勋章，忧郁地，但毫无恶意地说，他也得过奖赏和军衔，可现在都没有了。

第二天是休息日。我和男主人在大熊凹地锯木柴。锡西姆外婆收拾着东西，做上路的准备，嘴里喃喃地抱怨说："剥削我老太婆还不够，连年轻人也不放过！"但我很乐意锯木柴，我和男主人不时地互相开玩笑。当我们准备去吃午饭的时候，锡西姆外婆在凹地上面出现了，她用两只泪水汪汪的眼睛向低处搜寻着我们。她看到我们后，就攀住树枝慢慢地一步一步从上面走下来。她的后面慢吞吞地跟着一个我十分面熟的瘦小伙子，戴着一顶八角鸭舌便帽，一条皱皱巴巴的裤子像挂在身上一样。他腼腆而温和地朝着我微笑。锡西姆外婆用哼读《圣经》的语调说："这是你的兄弟。"

"柯利亚！"

是的，就是当年那个还没有学会走路就已经会骂人的小孩子，我记得有一次，我和他在老伊加尔卡剧院的废墟上差一点被烧死。

我自从离开孤儿院回到家里以后，仍然没有办法处理好同家里的关系，老天可以做证，我几次三番想把这层关系处理好。有一段时间我很顺从、主动、积极地干活，不仅养活自己，而且还能经常供养后母和几个弟妹。爸爸仍跟以前一样，喝酒喝得分文不剩，按照流浪汉随心所欲的行事准则，到处胡来，根本不关心孩子们和家里的事。

除了柯利亚以外，我们家里还有个托利亚，因此我就只好离开了。浪迹四方对于任何年龄的人来说都是可怕的，对于一个十七岁的孩子则尤其如此，孩子气还没有脱掉，男子汉气还没有养成，这是一种处在交叉路口的、尚未定型的年龄。这种年龄的青年男女作出的举止行动，往往都是胆大妄为、愚不可及和不顾一切的。

可我还是走了。不再回来。我那游手好闲的爸爸和一年一年变得不近人情、性格暴躁的后母，老是冲着我发无名火、暴跳如雷。为了不再充当"出气筒"，我离开了家，但心里总还是记着：我有那么一双不成体统的父母，而主要的，有这些弟弟妹妹，柯利亚告诉我，总共已经五个了！三个男孩和两个女孩。男孩是在战前出生的，女孩是爸爸退伍回来以后生的。爸爸在斯大林格勒战役时，在三十五师当反坦克炮的炮长，后来因为这个骁勇的人伤了头部，就退役回到了家里。

我心急火燎地想尽快地跟弟妹见见面，当然无需隐瞒，我也想看看爸爸。锡西姆外婆在我临走的时候叹着气对我说："去一趟吧，去一趟吧……父亲总是父亲，去瞧瞧也好，为的是让你自己别像他那样……"

爸爸在离伊加尔卡五十俄里[1]处靠近苏什科沃车站的一个木柴采伐场当工长。我们乘的是一条古老的、我很早以前就熟悉的"伊加尔卡人"号小船。这条船的整个船身都冒烟，叮叮当当响

---

[1]　一俄里等于 1.06 公里。

着金属碰击的声音，烟囱周围绑着铁丝，晃动得很厉害，眼看就要倒下来似的。"伊加尔卡人"号从船头到船尾都有一股鱼腥味；绞车、铁锚、烟囱、缆柱、每块木板、每枚钉子，甚至蘑菇状的汽门啪哒啪哒地开合的发动机，都发出一股难闻的鱼腥味。我和柯利亚两人躺在船舱里一堆柔软的白色渔网上。在木头垫板和被盐水浸蚀的船底之间，有一层和黏黏糊糊的鱼的下脚搅和在一起的混浊的铁锈水噗哧噗哧地响着，常常还飞溅起来；水泵的接管里塞满了鱼肠子、鱼鳞，无法及时地把水全部抽出去。小船拐弯时要向一边倾斜，在它这样斜着航行，十分费劲地发着咕咕的响声，试图复位的那会儿，我正在听弟弟讲家里的事。可关于家里，他能向我讲出些什么新鲜事来呢？过去什么样，现在还是什么样，所以我也不再去听弟弟讲话，而是听着机器的声音，听小船在航行的声音。现在我才开始悟过来，时间毕竟是相隔很久了，我已经长大成人，看来，我同过去在伊加尔卡、今天在去苏什科沃路上所见所闻的一切是已经彻底没有关系了。而此刻"伊加尔卡人"号仍然在呼哧呼哧地颤抖着，像老年人吃力地干着那日常担负的工作，于是我觉得这艘气味难闻的船太可怜了。

我开始后悔去苏什科沃了。但是当我看到在低低的河岸上一间孤零零的平顶木房跟前有一个神态笨拙的老人——一个头发已经花白、脸上刮得很光、在那神经质地呼哧呼哧不断抽气的鼻子底下留着一撮八字胡髭的老人时，我的心哆嗦了。不！世界上还没有人、没有东西能打消和抑制住非我们的意志所能左右的内心感情。我的心比我先感应到并认出了父亲！离他稍远一些，在那绿油油的河滩上，有一个身材匀称的女人，后脑勺上扎着一块头巾，像青年人那样，体态轻盈地在来回踱着步。"伊加尔卡人"号有气无力地抛下了锚，所有的洞孔还在冒烟。一群穿着各色衣裤鞋靴的孩子沿着河岸向小船"伊加尔卡人"号奔来，掀起一阵夹带着沙土的黄澄澄的烟尘。在他们后面还边吠边跑着一条白色的狗……

我们没给苏什科沃拍电报，不过恐怕拍了也送不到。柯利亚是在他去伊加尔卡上学的路上意外地遇见我的。他跳到岸上，急得上气不接下气，一边指着舷梯，一边大声地喊："爸爸！爸爸！你看我把谁领来了！……"

父亲先踌躇了一下，然后开始手忙脚乱起来，突然一下子像年轻时那样身手矫捷地飞快跑过来拥抱我，为此他不得不踮起一点脚；他笨手笨脚地吻了我一下，弄得我非常尴尬。在这以前，他吻他的这个儿子还是在十四年前，他从白海运河工地回来的时候。

"你活着！谢天谢地，你活着！"泪水像一串串小珍珠似的从父亲的脸上滚下来。"可是我记不清是有人写信，还是口头告诉过我，说你好像在前线牺牲了，下落不明，或者……"

瞧他说的："好像在前线牺牲了，下落不明，或者……"唉，爸爸！爸爸……

后母仍然像外人似的站在河滩上，没离开原地，只是不断地、显得很不安地摆动着她的脑袋。

我走到她跟前，吻了一下她的面颊。

"我们真以为你失踪了。"她说道。我弄不清楚，她这是在惋惜还是高兴。

"我结婚了，自己有家了。我是顺便来看看你们的。"我急忙安慰这两个老人，这时候我感到他们放心了，我也松了一口气，随后我骂自己："傻瓜蛋，真是没事找事。"

林区的孩子因为不常见人，有点怯生。他们同我不是一下子就熟悉的，但没多一会儿也就不陌生了，而且通常是他们同你一搞熟就缠住你不放。他们给我看钓鱼竿，看火枪，拉我去河边，去树林里。柯利亚老是跟着我，寸步不离。他就是那种对每个人都能赤诚相待，而对亲人则一片真情到近乎病态的人。有一条名叫鲍耶的雄狗，经常像影子一样跟着我弟弟到处逛。鲍耶或巴耶是埃文基语[1]，意思是朋友。柯利亚却按自己的叫法，管这条狗叫鲍耀，因此一叫得快，在树林里就连成一片："耀……奥……奥……"

这是一条北方莱卡种狗[2]，浑身雪白，但前爪是灰色的，像沾上了灰烬似的，脑门上也有一长条灰色的毛。鲍耶看上去落落大方。它的美和智慧全在它那双富有色彩的、聪敏安详而总带着一点疑问神色的眼睛里。但是狗的眼睛尤其是莱卡狗的眼睛有多聪明，前人早已说过，用不着我在这儿多说。我只是想提一下北方的一种迷信，据说狗在变成狗以前，也曾经是人，而且不消说还是好人。这种幼稚天真而又神圣的迷信传说，既不适用于那些睡在人们被窝里的小狗，也不适用于一种喂得像牛犊那么肥大的、挂着奖牌的纯种狗。在狗类中，也像在人当中一样，有好吃

---

[1]　西伯利亚东部埃文基族的民族语言，属通古斯满洲语。

[2]　俄罗斯北方寒冷地区的一种猎犬。

懒做的、仗势欺人的、光说不动的和贪图私利的。但是莱卡狗绝没有沾染上贵族习气的，只有室内犬才会有这种习气。

鲍耶是个劳动者，非常驯顺的勤劳者。它爱主人，尽管主人除了爱自己，并未曾爱过谁，然而大自然赋予了狗这样一种禀性，它依恋着人，是人的忠实朋友和助手。

生来具有北方严峻禀性的鲍耶，它是用行动来表明自己的忠实的，它不喜欢抚爱，干完活也不要求什么小恩小惠，吃的尽是饭桌上丢下来的渣滓。什么鱼啊、肉啊，这些东西都是它帮着去弄来供给人吃的；它终年露宿在屋外或雪地里，只有在冷得最厉害时，它那潮湿、敏锐的鼻子虽藏在毛茸茸的尾巴底下，但仍被严寒冻得结冰时，它才很温和地用爪子抓划房门。等到有人一把它放进屋里，它就立刻钻到长凳底下，收起爪子，把身子缩成一团，胆怯地注视着人们，好像在问：不碍事吧？鲍耶一看到有人在看它，就亲切地挥动一下尾巴，请求原谅它冒昧而入，以及带进来一股狗的气味，而这气味在严寒中又显得特别浓和刺鼻难闻。孩子们老是想塞点东西给狗吃，用手拿着喂它。鲍耶宠爱孩子，它懂得对这些稚气十足的孩子是不能用拒绝接受去伤他们的心的，但若是接受了他们的施舍，又觉得不光彩，于是它把耳朵紧贴着脑袋，眼睛望着主人，似乎在说："不是我贪吃东西，是孩子们不懂事……"主人虽然没有表示允许或者不允许，但是它猜到主人即使不喜欢别人宠它，但也不会阻拦的。鲍耶很有礼貌地从孩子手里把一块沾满油腻的碎糖果或者一块硬面包皮取过来，在长凳下面吃着，发出极其轻微的咯吱咯吱的响声，为了表示感谢，它用舌头舔了舔粉红色的小手掌，顺便也舔了一下脸，然后就赶紧闭上眼睛，以示它已经吃饱了，并且想要睡觉了。实际上它观察着所有的人，全都看得见和听得着。

只要屋外稍稍回暖，它就如释重负地从拥挤的木屋里跑出去，在雪地里打滚，抖擞着身子，把滞留在自己身上的局促的人境里的气味抖落掉。它把两只在暖屋子里热得垂下来的耳朵又竖得笔直，回头向小木屋望了一望，看看主人有没有看到，随后跟在柯利亚后面，用牙齿扯住他的棉袄。柯利亚是鲍耶在世界上唯一能一起玩的伴当，不过那也是在小时候，后来它干脆就根本不玩了，见了孩子们就转过身离开，把屁股朝着他们。如果他们还是缠着它不走开，那么它就略现凶相，多半是警告性地龇露着牙齿，从喉咙里发出一种轻吼，同时还用目光表示出它并无恶意，只是因为累了……

不出去打猎对鲍耶来说这日子很难过。如果父亲或者柯利亚出于某种原因很久不去森林，鲍耶就垂着尾巴，耷拉着耳朵，低下脑袋不知所措地徘徊踯躅，坐立不安，甚至呜呜咽咽地尖叫、哀号，活像有病似的。

你叱骂它，它就乖乖地不再响了，但它还是丢不开苦闷和烦恼。有时候鲍耶单枪匹马地跑进原始大森林里去，在那里待上很久不出来。有一次，它嘴里叼着一只大雷鸟，另外还趁着初雪从林子里轰出来一只北极狐。它把这只可怜的小野兽轰赶到木屋跟前围着木柴垛直打转，当主人听到闹声和狗叫声走出屋来的时候，北极狐为了逃命和寻找藏身的地方甚至往主人的腿缝里乱钻。

鲍耶逮飞鸟，抓松鼠，或者潜入水中去捕捉被击伤的麝香鼠，它的上下嘴唇常常被这些小野兽抓破撕裂。它在原始大森林里可真是事事精通，而且会动脑筋，简直不像是畜类。林区里讲迷信的人都有点怕它，怀疑它是个妖怪。鲍耶不止一次地搭救和解救过它的朋友柯利亚。有一次，柯利亚单独一人去找一只被他击伤的大雷鸟，他在森林里跑得筋疲力尽，天色也开始暗了，幸亏鲍耶先找到了他，然后叫了人去，要不然这个不要命的猎人可真要冻死在雪地里了。

这是初冬时候的事，春天柯利亚奔忙在偏僻的湖上打野鸭，鲍耶在树林里绕着湖边跑，啪哒啪哒地踩过浅水滩，在一个圆渚上停住了，摆了一个猎犬发现猎物的姿势，一动不动朝水里看着。"看到什么啦！"柯利亚警觉起来。鲍耶在菖草丛里慢慢地蹲下，爬到湖边，忽然像弹簧似的向前扑去，扑通一声跳进水里去了！"这个傻瓜！"柯利亚笑了笑。"在家里待久了，要调皮啦？……"然而鲍耶嘴里叼上来一件东西，往岸上一扔，抖擞了一下身子。柯利亚走近一看，发愣了，草里翻滚着一条约莫两公斤重的大狗鱼！鲍耶用爪子把鱼按住，咧着嘴像在笑。

听到这样的怪事以后，爸爸以为是猎人撒谎，想用皮带抽他的屁股，但是柯利亚坚持再去湖上跑一趟，说是如果是造谣，再打也不迟。当鲍耶又从水里弄出来一条大狗鱼的时候，爸爸，这位在世界上好像没有一件东西能使他大吃一惊的人，也把两手一摊，说是在他饱经风霜的一生中，见到的事也算得多了，什么千奇百怪的事他都见过，但是这样的"怪事"真是见所未见！"是怪物，不是狗！要是在从前，那就非把我跟这条狗一起吊死在松树上不可，或者为了驱除这种歪门邪道，人家也可能把我们俩拴在一块石头上沉到水里淹死……"

在那个时期有一部分拖轮还是烧木柴的，在靠近苏什科沃的河边，有些船只已经停靠了很久，在储备燃料。这种燃料是那些外地人每年冬天都要来装运的，他们大都是流刑犯。

鲍耶很爱迎送轮船。有一次为了寻找我父亲，它跑到船上去了。我父亲是去船上探问有没有酒可买的。当主人正在找烧酒、啤酒，而狗在找主人的时候，船上的管事用短绳把鲍耶捉了起来。它从来没有咬过人，而且也不知道有时候咬一咬人是必要的。轮船装满了木柴，呜呜地拉响汽笛，准备起航。这时候全家人才想起这条会打猎和看家的狗不见了。他们喊它，叫它的名字，可是没有回音。孩子们大声地哭叫起来，后母也号啕大哭，因为没有狗就没有活路了。爸爸不让船员解船缆。船长威吓着说，阻挡开船是要罚款的。船上的人骂着、骂着，最后还是把舷梯放了下来。喝得半醉的爸爸在船上仔细地搜寻了一遍，没见到狗，于是他断然地喊了一声："鲍耶，到我这儿来！"

立刻从拖轮的机舱里传出一声凄厉的狗吠声。轮船上是一片尴尬和仓皇失措的景象，因为爸爸不顾一切要向船长室开枪，但家里人拦住了他，把枪夺走了。最后，爸爸还是朝着已经离岸的船打了一枪霰弹，不过没有打到，那条船已经逃得离岸很远了。

鲍耶眼睛也不敢正视爸爸，歉疚地摇着尾巴，因为自己做了错事而十分羞愧。从那时起，它不再到轮船跟前去了。它蹲在被河水冲刷过的河滩上，不时地望望轮船，看看四周的灌木林，好像在说，一有动静，我就唰地一下往树林里一钻，看你们往哪儿找。

到我跟家里人见面的那会儿，爸爸对木柴采伐场的工长职务已经感到很腻烦了。他一心想换换环境，找个能施展平生抱负的工作，他打算去当水产工段主任，因为当时他认为自己是一个最出色的水产加工专家。

我劝父亲放弃这念头，因为关于财经上和其他方面失职要严加惩处的法令刚刚才公布，所以我解释给他听，说我们家得天独厚住在原始大森林附近，那里有肉、鱼，各种坚果和浆果，够我们取用了。我还说，他提前完成了修建白海运河的差事，已经够好了。对这样的劝告父亲回答得简短而干脆："鸡蛋教训不了老母鸡！"在我离开苏什科沃后不久，他还是走上了领导岗位。

一年以后，我收到了他的来信，信上一开头就说："我是流着眼泪在写这封信……"根据这个"抒情式的上场引子"，就可以断定："爸爸现在又住在'小白房子'里了。"父亲又一次销声匿迹了，不露面了，这是第几次了？！我同我们这个不成样子和不顺遂的家庭之间所存在的那种不巩固的、但始终在折磨着我的联系又中断了。

我那回在苏什科沃同父亲和家里人见面以后十年，有一次，我又出差到北方。这一次，上帝保佑，伊加尔卡市总算没有发生什么火灾。城里最近的一次失火是在一个星期以前，烧掉的不是别的地方，恰好是我亟需去住的地方——旅馆。当地的报界人士就把我安顿在少年先锋队夏令营里。这个夏令营坐落在维杰连内伊角上，这是最干燥和最高的地方，那儿风大，蚊子都被吹掉了，孩子们睡在屋里不用挂蚊帐。

早晨，铜号把我吹醒了，等孩子们的嘈杂声停止以后，我就上叶尼塞河边洗脸。我走出门去，看到在一张油漆过的板凳上坐着一个瘦瘦的、目光敏锐的青年，他的脸又漂亮又富有生气，戴着一顶鸭舌帽，亲热地向我微笑着。

我回头向四周一望，没看到有第二个人，于是我也还以微笑。那青年奔过来，用一双瘦骨棱棱的手使劲地搂住我的脖子，并且像十年前锡西姆外婆那样，用唪读《圣经》的语调说："我是你的兄弟！"

柯利亚和从前一样，仍然像个瘦弱的孩子，尽管他已参过军，服役到上士，这个缺少父慈母爱的孩子，总想在其他人那儿寻找安慰。他向我诉说自从我去过苏什科沃之后他们的生活情况，说到伤心处禁不住落泪，忆起欢乐的时光又放声大笑。

爸爸登上领导岗位之后，他过的生活漫无节制，就像《圣经》传说中大洪水来到之前的末日情景，简直一言难尽，他胡作非为、纵饮狂乐，失去了最后的一点理智。

有一次，他去皮亚西那河，遥远的冻土带湖区，那儿有些捕鱼队差不多全是由妇女组成的。她们正处在光有鱼吃没有饭吃的时期，等候着上级去给她们发工钱和发购买食品、面包与面粉的票券，但是爸爸在去湖区的途中却跟涅涅茨人[1]纵情地吃喝玩乐，把自己的职责忘得一干二净。几头鹿把一辆狭长的雪橇从冻土带拉到普拉熙诺镇。爸爸在橇上，身上裹着熊皮毛毯，毯上积满了冰雪，因为酒喝得太多，他的脸都发黑了，头发乱作一团，耳朵和鼻子全冻坏了，雪橇后面飘着许多五颜六色的纸条子，水产工段主任口袋里和包里的钱扔得到处都是。孩子们把这些彩色

---

[1] 居住在苏联涅涅茨基民族州的少数民族。

纸条子拿过来就玩，扔来扔去。后母跑过来一看，立刻呼天抢地地哭叫起来，开始扯自己的头发，因为那些纸条是购买食品的票券，钱是捕鱼工人的工资。

工资叫他喝掉了一半，拿什么去抵偿？爸爸醉得像烂泥一样，不过他心里清楚，湖上和作业组那里，他都去不得了，因为挨饿的人会把他打死，扔到冰下去喂鱼。所以他才把鹿往回赶。但他仍然神气十足，表示自己满不在乎，张着冻得抽筋的嘴喊道："给每人发一双皮靴！……莫列赫道夫（鱼类加工厂厂长）是我的好朋友！我和莫列赫道夫全靠乌尔卡……"水产工段主任把那些在冻土带湖里干着难以想象的重活的作业队员称为乌尔卡。他们用破冰铁杆凿开两米厚的冰，在见到水之前要筑三层台阶，他们站在台阶上，冰层深得连岸上的人都看不见他们的头。但他们还是工作，毫不退却，捕捉价值很高的鱼——奇尔鲑、高白鲑、雅巴沙鲑。

这一次连孩子都感到不好意思去看爸爸的这副蠢相和听他说话，大家都明白，连他自己也明白，他逃不过法律制裁。

巡回法庭在普拉熙诺镇俱乐部开庭审判水产工段主任和会计员，根据他们俩在领导岗位上大肆挥霍享乐的违法行为判了很长的刑期。判决后，爸爸被押解到北方一个车站附近去修建一座横跨叶尼塞河的铁路桥，那里正在修建一条靠最北边的铁路。

……排成一串的犯人们从伊加尔卡河岸走下来上驳船。柯利亚站在路旁等候爸爸，想递一包马合烟[1]给他。后母带着孩子

---

[1] 一种低级劣质卷烟，用烟梗和向日葵梗制成。

们追随父亲来到伊加尔卡，住在熟人家里，但病倒了，受不了这样大的精神打击，她的头开始摇晃起来，完全是因为神经受了损伤，细长的脖子痉挛地抽搐着。要带着五个孩子生活是够苦恼的，没有住房，没有粮食，没有当家人，不管怎么说，爸爸总算是个当家人吧。脸部消瘦了许多的柯利亚用目光寻找着父亲，小伙子心里明白，他们要受苦了，唉！要受苦了。由于两眼含满了泪水，柯利亚没有立即从这些面貌各不相同的人群中把父亲认出来。可是鲍耶却马上认出他来了，欢腾地吠叫着，冲进队列，扑到父亲怀里，舔他的脸，咬住他的绒衣要拖他回去。队伍停了下来，挤成一团，立刻响起了上枪栓的声音。已经变得驯顺和表示认罪的父亲用自己的身体挡住鲍耶，说："这是条狗呀……它弄不清我们的事……"接着，他一眼看到泪流满面的柯利亚，就把目光落向地面。"要开枪射击，可别射狗，射我吧……"

柯利亚好不容易把鲍耶拖到一边。雄狗不明白这是怎么一回事，为什么他们要把主人带走，它朝着码头悲号起来，拼命挣扎着要冲过去！它挣脱了柯利亚，拦住去路，不让主人上船。一个年轻的黑头发、黑皮肤的押解人员停了一下，抬起一脚把狗踢到一边，顺手把挂在脖子上的自动步枪对准狗打了一小梭子。

鲍耶的脊背好像被打断了，扑向前去的前半部躯体剧烈颤抖起来，刨动着爪子，挖抓着地面。狗身上沾满了土，成了灰色的。为了尽量避免踩着这条快要死的狗，人们都跨过它的身子走去，五人一行的队伍被搞乱了。警卫队开始不安起来，催那些被押送的人快走。父亲一边哭，一边慢吞吞地顺着舷梯向驳船底舱的人群中走去。柯利亚直挺挺地扑倒在鲍耶身上哭,男人们在哭,娘儿们也在岸上哭。

鲍耶再一次从被自己的腿爬松了的泥炭灰里抬起头来，用目光寻找主人。它对一个手持短枪的人凝视了一下，就回过头向四周的大地望去，它看到河中小岛的岬角，上面长满了不显眼的极地植物，还看到灰色天空的一角，和叶尼塞河那边密密丛丛的一片树林，它们始终是那么诱人，充满着宁静和鲍耶十分喜爱与善于去探索的神秘。这一条生下来就是为了要和人类共同劳动、一起生活的狗，终于也没有明白人们为什么要打死它，它声音嘶哑地号着，最后跟人一样悲痛地叹了一口气，死了，好像是在可怜谁，或者责怪谁。

柯利亚肩负起他爸爸从来也不想套在自己身上的家庭重担。不管是在酷寒的极地严冬，还是阴湿多雨的秋天，或是在气候变化无常的春汛期间，小伙子在原始大森林中、在水上，拿着枪、带着渔网，尽力帮助母亲维持一家生活。有一次，他和一只刚从窝里爬出来的熊面对面地相遇了。因为来不及给单筒枪换上子弹，他就向那只野兽打了一发霰弹。当那只被射伤眼睛的动物在地上翻滚着、号叫着，抵挡狗咬的时候，小伙子便站到树背后，装上子弹，迎击那头向他扑过来的熊。

那时，这个负责养家活口的猎人才十四岁，没有力气把这样一副重担长久地挑下去。他的身体还很不结实，没多久，他累伤了。后母不得不把那些年龄小的孩子送到收养贫苦儿童的保育院去，所以他们也尝到了从前父母用来吓唬大孩子，就是吓唬我的那种生活的滋味，而那种滋味不是每个弟妹都尝到过的……

弟弟向我讲完这些话，就立即从长凳上站起身来，拿着我的小提箱，拉着我向城里走去。一路上，他一面气喘吁吁地说，一面比画着手势——这是爸爸遗传给我们大家的习惯——他说啊说啊，就像没法说够似的。我们不知道现在爸爸在什么地方，但是他的手势、习惯，包括一些并不太好的习惯，却永远留在我们身上了。

后母又改嫁了，她和新家一起搬到交通干线上去住了，柯利亚留在伊加尔卡，当出租汽车司机。他刚结婚不久，可是却把年轻的妻子和工作都不放在心上，心还在森林里、在河上。第二天，他把我拖到老伊加尔卡那一边的湖上，我们俩在那儿——毕竟是一家人脾气相同——打死了好些野鸭子，但是拿不到手。天上没有风，湖里长满了芦苇，打死的鸭子漂不到岸边来。弟弟未假思索就脱下皮靴、裤子，把衬衫卷到干瘪的肚子上齐肚脐眼的地方，一步一步费劲地走去。我骂着、威胁着说以后哪里也不跟他去了。在极圈湖底松软的淤泥下面覆盖着千年不融的冰层，凭他那种"强壮的"体格能顶得住吗？……

"没关系，没……没……没关系！"柯利亚一面冻得在抽噎，一面仍然不顾一切，慢慢地往深处走去，"我习惯了。"他还冲着我的呵责，顺口胡诌道："往水里钻不好，从水里往外爬也不好，不好对不好说：'你不好我不好，赶走一个不好，留下一个不好……'"

喔哟！弟弟踩空了一脚，哎哟叫了一声，湖水刺骨地冷，于是他赶快上岸。尽管他没把顺口溜念完，但已经捞到了十几只鸭子。他被冰凉的水冻得皮肤通红，沾了一身浮藻、青苔和水草，在篝火跟前跳着、蹦着，等到蹦跳够了，身体有点暖过来之后，他又暗示是不是再试一下？水只是在刚下去感到冷，以后就没什么了，可以顶得住的。

我比以前更凶地冲着他嚷起来，于是弟弟遗憾地放弃了他的打算。

我们等候起风，想让风把打死的鸭子吹到湖岸边来，但等来的却是一场暴风雨。我们在叶尼塞河对岸待了两个昼夜，没有粮食，只靠吃火灰堆里烤熟的、不放盐的鸭子充饥。弟弟的行动举止：那种满不在乎的性格，快快活活的说话模样，满口的俏皮话，以及品行为人方面——譬如他同一个姑娘恋爱了一年多，可是却同另外一个姑娘结婚，而他跟这个姑娘，如果把他们驾着出租汽车慢吞吞地去郊外的时间除去不算，那他跟她只相识了三四个晚上——在所有这些方面他很像那个不可救药的父亲。弟弟的面貌虽说和爸爸像是从一个模子里浇出来的，但他终究还是孩子模样。那并不欢乐的童年时而在这个年轻人身上有所流露，这种情况持续了整整一生。看来，大自然规定要人经历的生活阶段是无论如何必须经历的。

柯利亚说他老想在冬天去冻土带打一次猎。他没有心思开汽车，感到在城市里乏味得很。弟弟身上沸腾着父亲的血液。去劝阻他不仅徒劳无益，而且还会使他更加心急火燎，越发不肯罢休。

秋高气爽的黄金季节来到了，当我乘着大型客机，在晴朗的蓝天中飞向莫斯科，去文学讲习班学习深造的时候，我的弟弟尼古拉·彼得罗维奇[1]同两个伙伴搭了一架铁片叮当作响的小型

---

[1] 柯利亚的名字和父名。

水上飞机，坐在狭小的机舱里，在那已经积满白雪的浓厚的云层中颠簸着，朝着泰梅尔方向飞行——去狩猎北极狐。飞机啪嚓一下降落在一个圆形的无名湖上，湖岸都是平坡，几乎光秃秃寸草不生，湖上的鸭群和雁群被惊吓得慌张起飞。猎人们用漂来的木头做了一个木排，用它运食品和杂物到岸上。飞行员们打猎打得心满意足，把漂浮在水上的野味收拾到一起，向一心渴望在狩猎中交好运的狩猎小组成员握过了手，就飞走了。他们要等到十二月中旬再驾着这种小飞机来这里，不过到那时候，飞机的起落架要换上滑雪板了。

在皮亚西那河的一条支流杜迪普塔河的一畔，有一间破旧的小木屋，还是很多年以前盖在那儿的，已经朽烂不堪，需要大修了。狩猎小组的伙伴让柯利亚撒网、捕鱼——鱼是猎人和狗的主食，还要用来做"诱子"（北方猎人诱捕野兽的诱饵名称），而他们自己去砍木材，着手修补这间小屋，安置过冬的地方。

柯利亚撒了两个袋形渔网，一个撒在湖里，另一个撒在面对小木屋的杜迪普塔河里，然后他就开始挖坑，准备把捕来的鱼放在坑里发酵，让鱼发出臭气来，传得越远越好。柯利亚挖了好一阵子，不过他心里一直惦念着渔网，他很想知道网里捕到些什么。他走到杜迪普塔河边一看，渔网不见了。亏得他事前想到把网的绳头牢牢地拴在河边石头上，要不然那个网准找不到了。他试着从木排上去拉网，可是网一动也不动。"钩住啦！"柯利亚感到很懊丧，他顺着纤绳摸过去，想把网摘下来，可是把木排撑离开河岸往深水里去看的时候，差一点从木排上掉下去。原来是鱼把渔网压得沉下去了！三个伙伴一起拉，才把渔网从水里拖上来:网里有聂利玛鱼、奇尔鲑、鲑鱼、有齿狗鱼——都是些名种鱼。渔网上出现了好些"窗洞",大得人都可以钻过去!他们立刻开始检修渔网,否则渔网就会落得只剩下一些绳子。

在湖里捕到了很肥的、厚脊背的高白鲑和许多杂七杂八的小鱼。他们商量了一下,决定把高白鲑留到冬天吃,要是有时间,就把这种味道可口的鱼风干起来带回家去,其余剩下来的鱼全部作诱饵,因为好的诱子,是使用固定捕捉器诱捕北极狐作业中一个可以收到事半功倍效果的好东西。

猎人的干劲很足,满满地填了两大坑诱饵,自己吃油煎和烟熏的鱼把肚子都撑足了,另外还熬了一小桶鱼油,这是为冬季荒凉的日子准备的,再说,鱼油还是治疗雪盲的特效药。天气很冷,又刮着风,周围的一切都冻得咯吱咯吱响;诱饵在坑里没能发酵。只有这件事最使猎人们伤脑筋。大家决定:既然鱼在坑里不腐烂,那就把它搬到暖和的小木屋里来让它发霉发臭,即便屋里会臭气熏天,大家也都是愿意忍受的。由于闲着没事做,他们就漫无目的地去逛冻土带,到灌木林去采摘树上留下来的水越橘,在青苔里捡酸果蔓的果实。他们在离过冬小屋大约有十来俄里的地方,在那些风化了的被沼泽淹没了的礁岩当中,找到一小片落叶林,林子里的水越橘都发红了。树木的根部粗壮、盘根错节、杈丫丛生、蛀蚀剥落,结的水越橘虽然又瘦又小,但不失为美味,惹人欢喜,而且治坏血病有奇效。他们把这种浆果一层又一层地装在一个大桶里,因为没有糖,这些巧匠们用热水把大桶灌满,使浆果不发酸。他们弄来了一个冬天也烧不完的木柴,用水越橘发酵酿酒,以便在"正经"干活以前不要去动用酒精。

工作的季节开始得很顺利，真是井井有条！柯利亚和那个年轻伙伴阿尔希普的临战情绪高涨，甚至有点像是在闹着玩。不管他们的小组长吩咐什么，这两个小伙子总是飞快地奔去完成。小组长是一个阅历丰富的人，打过仗，也坐过牢。他在皮亚西那河沿岸这一带干过活，常常同渔民们一起去叶尼塞河河口，在石岗暗礁附近靠捕捉海豹和大白鳇鱼谋生。他在驳船上做过帆缆管理员的工作，但是不中意，认为那是残疾人干的工作，他习惯于过危险和紧张的生活，这一颗激动不安的灵魂渴望着行动、无拘无束和碰运气。

　　两个年轻的猎人预感到事事都会顺遂，在冻土带上奔波着，他们在小林子里搜索，在湖边打猎，在杜迪普塔河里捕鱼，还砍柴。他们就知道成天地嘻嘻哈哈和说俏皮话，压根没注意到小组长的脸色一天比一天难看，火气一天比一天大。小伙子们常跟他开玩笑，比如：小组长看到有一块木头，正想坐上去时，他们突然把木头拉开，小组长跌得仰面朝天，两个小伙子就哈哈大笑；不是把他吃饭的勺子藏起来，就是把火柴头塞在烟卷里，小组长一点火吸烟，那支烟就会像火箭似的从他嘴里喷出来。夜晚变得一天比一天黑而且长了，小伙子们老说笑话，再不然就不住声地叨念着说："等哪天抓到了北极狐，我们就飞回伊加尔卡去，给你小组长娶个婆娘，一条右腿净重七普特 [1]，一只奶子三十二公斤！勇敢地往前看，不要回头！过去的过去了，别去伤脑筋了……"

_____

[1]　一普特相当于 16.38 公斤。

"要伤脑筋的事情在前面呢！……"小组长自言自语地说。"说的是，小伙子们，说的是呀。你们到时候怎么显身手呢？……"

在冻土带有一种学名叫旅鼠的耗子，这年冬天得了瘟病，大批死去。这是北方最小也最凶的动物，冻土带的一切生物都是它们的食料，连一匹驯鹿，要是落到它们手里，也会被它们活生生地吃下肚去的，可它们自己却是北极狐的食料。河里漂浮着旅鼠的尸体，因此杜迪普塔河里鱼儿纷至沓来，趋腐逐臭。还在河里大量漂浮着死旅鼠的头一天，当看傻了的柯利亚带着哭腔大声呼喊大伙儿到渔网跟前来看的时候，小组长就心里一惊，暗暗叫苦。没有旅鼠就不会有北极狐了。北极狐的逃亡，按科学家的说法叫"迁徙"，这里隐藏着各种各样的谜，但有一点是永远明白和清楚的：北极狐也像一切动物一样，哪儿有食物就去哪儿。要是没有食物，不但外来的，就是土生土长的北极狐也要搬走，谁都不愿意活活饿死。

严寒刚一开始，土地就冻得像罩了一层铁壳，湖上的冰结得厚到能咚咚地敲响，这时候，在冻土带到处出现乱七八糟的野兽足印。北极狐逐步把还没死掉的旅鼠、鼩鼱和没能飞走的病鸟都吃光了。这些动作非常敏捷、爱偷食的小野兽很快就来偷袭储藏诱饵的坑了。柯利亚和阿尔希普兴高采烈地追捕北极狐，放了一通枪，打死了十来只小野兽，不过兽皮都被他们损坏得很厉害。"来得正好啊！"这两个小伙子欢呼着。"北极狐，北极狐来偷营啦！！"

要是真来偷营倒好了。如果不是小组长深谋远虑，储备的食物就全糟蹋了，猎人们也都非挨饿不可。早在初雪降临的时候，小组长察看了过冬的小木屋周围有许多北极狐的脚印，他就吩咐把全部食品搬上阁楼，再在桶盖上压些石头，在储藏诱饵的坑上堆满鹅卵石和木柴。他不放心那些粗心大意的伙伴，十分警惕地亲自看管面粉和盐。他在过冬小木屋的每个墙角里搁上捕鼠器，进行突击捕鼠。可是一下子老鼠都无影无踪了。夜间窃食的沙沙声，抓挠声，挺响的吱吱声，全都没有了。这时候小组长躺在铺板上，两手垫在后脑勺下，身子挺得笔直。他不吸烟，不睡，不说话，经过很长时间的苦思冥想，才平静得出奇地宣布道："小伙子们，北极狐可不会有了。"

两个猎人都发愣了。他们熬过了这么些寒风凛冽的日子，受尽了孤独寂寞的苦恼，但总是心甘情愿，因为心里有个指望："只要北极狐一来，就没工夫苦恼了。"

"打猎打不成了，"小组长直截了当、毫不留情地解释着说，"过路的北极狐穿过这些没有食料的地方走了，而当地的北极狐把老鼠和其他一切能吃的东西吃光之后也要离开北方到别处去找食物啦。"

"那么，我们现在怎么办呢？……"

"小伙子们，动身走吧。做一个长雪橇，装上食品，套上纤绳，趁目前雪还不深……"

"要走多少路？"

"难道我从前在这儿打过猎吗？我走在头里，你们两人背着枪跟在我后面，"小组长苦笑了一下，"连张线路图也没有……"

年轻人虽然是什么也不在乎，但多少也有过一点阅历，关于冻土带也早有所闻：得走上很长很长未经丈量过的路程，既没有帐篷，也没有拉雪橇的狗。他们在路上曾经碰巧买过三条有点傻乎乎的狗，它们很会逮耗子，也会在湖边连叫带跳地追赶野兔，或者在冻土带里乱窜，吓唬那些残存的小动物；它们爱吃鱼，而且常常不顾死活地相互啮咬打架。可是就这样的蠢货也已经死了两条。一条是叫路过的一小群北极狼咬死的，另一条老爱游水而且蛮劲十足，一次跳进冰窟窿去捉一只严寒到来以前因受伤漂凫在水上的野鸭，结果搞得自己和鸭子都筋疲力尽，没法再爬上岸来，最后同它咬在嘴里的猎获物一起沉到了冰层下面。三条狗当中最后一条叫沙布尔卡。小组长吩咐大家保护它要比保护自己的眼睛还要精心。

"那么要走多少时间呢？"

隐隐的恼怒，但总算上帝保佑，还没有到怒目相向的地步。小组长卷了一支烟，不慌不忙地把烟点着了，然后又把点火的小树枝往炉灰坑的门里一塞，两眼朝着那融融燃烧着的红色火焰看了好久。

"小伙子们，要走多久我也很难说，"小组长叹了一口气，"如果没有暴风雪，如果用足力气走，如果不走冤枉路，如果不吵架闹事，如果我们走得顺利，我估计半个月能走出头……"小组长说话声音不高，可是很清楚，他特别强调"如果"，似乎存心在这个字眼上打转，要大家细听、斟酌、考虑。

"如果……如果……"小伙子们从小组长的话里感觉到他心里已乱了套，于是就埋怨起来，他们用的语气好像是小组长欺骗了他们，全部过错都在于他。过错确实也有！他应承过不少许诺，说得天花乱坠，逗得他们兴致勃勃、心神不宁，结果呢？！在年轻的猎人们的看法和谈话里已经隐隐流露出不友好的感情和要把责任推诿给某一个人的企图，虽说这种出师不利暂时还算不上是不幸。人间隔阂这种锈蚀剂一旦触及了年轻人，它就开始起着一种缓慢的破坏作用。他们自己现在还不了解这是怎么一回事，暂时还不过是"耍耍脾气"，就像看到有人答应给糖吃，结果又不给，但这还不是什么了不得的危险的感情。一种模模糊糊的担心使青年人定不下心来，但是他们克制着，尽管由于这种前途未卜的、看来将一无所获的努力而气恼万状。他们做着准备，由于期待成功，期待打猎的运气而精神振奋；可是在冬天，在这片无声无息的茫茫冻土带，最顺当的狩猎也不能消除与世隔绝的感觉和孤寂凄凉的心情。因此，常常有这种情况，经验很丰富的猎户有时也会顾不上照看捕兽的陷阱。他们得上了坏血病躺倒在铺板上，由于内心的压抑，意志沮丧得不相信世界上别的地方还有生命和人，只是独自个儿冷漠地和呆板地思想着，沉浸在粘连成一片的梦幻里，渐渐飘进那无边无垠的寂寥深处，那里可以摆脱烦恼和忧虑，主要是摆脱那种可以像沼泽泥沼那样陷人于绝境的愁思。正因为如此，小组长坚持要结伴一起去狩猎：三个人总比两个人好，人多热情高，士气足，再加上两个小伙子都不像是娇生惯养的人，是劳动青年，身子骨结实，生性好动，嘻嘻哈哈。只要有北极狐，就逃不出他们的手掌心，冻土带也罢，冬天也罢，他们都顶得住。

"如果我们留下不走呢？"小组长听到有人执意提问道。年轻人还是会埋怨的，好像小组长是他们的保姆，而保姆之所以是保姆，就得忍受孩子们的错怪、埋怨，还得抵挡来自孩子们的和来自家人一方的两面夹攻。

"如果留下来不走？"小组长反问了一句就默不作声了。年轻人没有搭理。这用不着着急。小组长吸完了一支烟，他不像伙伴们那样把烟蒂扔在地上用脚踩碎，而是用口水把烟蒂吐灭，然后把它像扔进扑满似的扔到一只生锈的铁罐头盒里去。这是一个浪迹天涯的人根深蒂固的习惯，为了过冬做准备，他不仅珍惜每一块面包，就是一点烟末也不胡乱抛弃。小组长从炉子旁站起身来，在天花板下弯着身子。他的麻脸好像被炉火烤出了许多皱纹。他一下子变得老了。他用一种入神的目光顺着小窗望去，窗外一片银白，随着地平线倾斜下去的雪原一望无际，小木屋像一叶孤舟飘浮其间，四周不见尽头，没有停靠之处！要是跨出这一条独木孤舟，周围就是虚空。你就会堕入冥冥，永远不停地飞啊，飞啊……"小伙子们，谁能料得准这种野兽，这种上帝的造物的脾性……说不定，还会来？"小组长没精打采地说着，好像说的不是主要的事情，主要的事情还在心里藏着似的；他不再叫骂，甚至连"鬼"这个字眼儿也不用了——此时的小组长正别有一番思想在心里闪过——在一九三九年，曾经有一大批北极狐突然穿越村镇和居民点到处流窜！在伊加尔卡，人们在秽水坑里都能抓得到这些笨蛋，连木柴场里堆垛木柴的女工也都在木柴堆里追它们，拿木头咕咚咕咚地扔它们……这真是大自然之谜。小组长又到炉边弯着腰呼哧呼哧地吸起烟来。小木屋里的烟浓得像鲈鱼冻一般，可以用刀切了……"瞧吧，北极狐真要不来……我们说不定会自相残杀……"

"怎么自相残杀？"

"这很简单，用枪。"小组长搔搔脑袋。"我讲不清楚，这种事真让人焦心……应该作出决定了：要走，那就不能再耽搁；要留下，就又当别论。今天晚上就作为考虑的时间。我们大家分散一下，去开动开动脑筋。年轻人，去好好地想想，想点办法出来，如果脑子里有办法的话……"

两个年轻人整个晚上在冻土带上踱来踱去，一直踱到夜深。天气很好，没有风，一阵阵阴冷彻骨的寒气钻到鼻孔里、喉咙里，使心脏和头脑都清醒起来。对很久没有活动的身体来说，穿着滑雪板运动、滑行、飞奔是惬意的。极目望去，可以远达天边，在远处，大地果然像一个球体那样弯成圆形，球体隆起的地方好像有许多瞭望塔，塔上好像有无数结满冰棱的窗户在明灭闪光，如果多看它们一会儿，它们似乎就开始移动，逐渐瓦解消散。这些塔就是海岸边上封裹在白雪里的巉岩秃崖，在它们上空，太阳也挂不了许久，好像它在天空里是多余的一样。它挂着、挂着，就消失了。它不是落下去，不是沉没在地平线后头，而正是消失了——峭岩微启着它那映红了的小口，把太阳当作一只又旧又脏的橡皮奶头，一点不剩地全吸进去了，于是眼前的一切：那默默无声的、鲜红的裂缝，那峭岩，那皑皑白雪，以及刚才还在它们的上空像一面招展的红旗似的霞天，现在全都被深沉的黑暗吞没了。

冻土带沉浸在深深的寂静中。一层纹丝不动的和同样寂静无声的暗影笼罩在冻土带上，它压住了光亮，压缩了空间。"太阳落下了，在春天降临以前它不会出来了，"过冬的人们暗暗思忖着，他们中间每个人的心因此都揪紧在胸中，心里边萦回着一种不可名状的、凄凉的离别之情，一种可以明确感到的无望的情绪充塞在猎人的心头，他们虽然人各一方、自管自徘徊思考，但是都不约而同地打定了主意："离开！"

但不知是什么东西在冻土带上颤动了一下，积雪移动了，四周的空间都晃动起来，时而那儿，时而这儿，开始爆出一些火花，刚才还是灰暗的、阴沉的、乌洞洞的天空，刹那间被清透明澈、瞬息万变的光芒冲破了门扉。恐惧和喜悦充溢着心灵。应该快跑，但是身不由己。在夜晚闪耀着光亮的冻土带里，柯利亚站着，阿尔希普站着，他们俩站在冰地里，小组长站在小木屋跟前。他们大家都莫名其妙地和亲切地微笑着，不知道是什么缘故，他们的心里会这么轻松？

就冻土带来说，时间已经算很晚了，猎人们一口气跑回到过冬的住处。钻出来迎接他们的是那只名叫沙布尔卡的雄狗——这个狗名是按着它原来那个主人的姓来叫的，因为它那个主人卖它的时候敲了猎人的竹杠，趁着猎人束手无策的机会，向他们要了个高得闻所未闻的价钱，所以猎人们为了报复，为了出口气就拿他的姓去叫那只狗。

小伙子们饿着肚子，哈着热气，闯进小木屋，异口同声地说："我们留下！"

"留下并不难。只怕一留下来就回不去了。"

"没那个事儿！我们不是第一批，也不是最后一批。为什么我们要空着手回去呢？把东西扔掉？去偿付违约金？……"

"好吧，好吧！大伙儿集体决定。集体就是力量！"

小组长把食物烧热以后，从储备物中取出一瓶半公升装的酒精，一声不响地倒满一杯，然后从刀鞘里拔出一把刀子来，在手上划了一刀，用血冲淡酒精。"开始啦……！"两个青年的脸拉长了，身上一阵寒战。小组长的神态近乎狂热。像他这种经受过大风大雨的"过来人"，有时转的什么念头，真叫人摸不透！小组长一把抓住柯利亚的手，拿刀在他的手指上划了一下，把血滴到酒杯里。

阿尔希普脸色发白，退向门那边，想逃出小木屋去，但是来不及了，小组长把他捉住了，也用刀在他的手指上划了一下。

血把酒精变成了褐色，样子难看极了。小伙子们发起愁来，他们等着，看下一步是什么。小组长在他们伤口上擦了点酒精，吩咐把手指用绷带缠上，他点燃一支蜡烛，在小木屋的四个墙角里滴了几滴蜡烛油，然后开始喃喃地念起可怕的咒语来："逢吉开口，遇凶不语。同伴三人，谨凭茫茫林海、滔滔大河、身上殷红热血、胸前晶莹清汗、竭诚赤心，至祷至祝：诸凡千灾百难，坏血绝症，愁思忧虑，饥饿寒冷，离我远去，永不沾身；速速由东向西，随风而化，遇蜡而溶；流焰使之失明，灵咒致以聋聩，但使长镇于圣十字架下，永世沉沦！咒语无人堪祛除，除非吞得火烫魔石。人间一切男与女，魔界种种妖与巫，毋论昼夜晨昏，是咒应验，纹丝不爽，阿门！"

小组长把蜡烛粘在桌子上，疲倦不堪地不再作声。小木屋明亮起来了，屋里的气氛变得精神多了，比起点松明和借炉火光来照明的那会儿大不一样了。煤油和蜡烛他们一般是舍不得用的，总是用最简便的材料照明，把破布浸在鱼油里做灯芯燃烧。小伙子们爬到铺上，盘起腿来，睁大了眼睛瞧着小组长。他把酒精分倒在几只杯子里，叫他们走到桌子跟前，举起杯子，高高地拿着，相互对视着，关照说，他念一句咒语，他们就跟着一字不漏地重复念一遍。

两个青年先是脸上带着一丝胆怯的讪笑，接着像猫头鹰叫似的嘟哝起来，开始疙疙瘩瘩地唠叨什么海洋呀、布扬岛呀、出来寻食物的野兽呀、散粒的干雪呀，后来就转入正题了：

"成功也好，失败也好，大伙儿都要同心同德，团结一致。我小组长说什么，不管中听不中听，都不要顶牛，不能互相记仇。心里有话要说出来，不管是好是坏。白天过去，夜晚来临。要是小木屋全被雪盖没了，那就死路一条。要工作、要活动、要相互交谈、要不断交谈。处于现在这种生死关头，半步路也不能走错，否则就活不成。捕捉动物的陷阱不论大小，里面都要凿个洗衣槽模样的坑，要做到北极狐掉进去压不扁，别的小野兽和老鼠也弄不坏。要多挖些陷阱，北极狐不会聚在一起来的，捉北极狐要靠勤奋，不要舍不得诱饵，让臭味发出来，引诱动物来吃。有亮光的时间很少，一昼夜只有一丁点，所以要跑得快，不要珍惜自己，但是不能跑得满身大汗，一个人得了感冒而病倒，大家都得倒霉。现在我们歃血为盟，这是生死与共的盟约。本来应该取血管里的血，喝心脏里直接出来的血，但是我舍不得你们，不愿损害你们年轻的躯体……"小组长把几只手指撮合在一起，在酒杯上方点点画画弄了几下，再吹一口气，把那念过咒的酒倒入口内，然后用手抹了一下嘴巴，就嚼着半风干的高白鲑尾巴下酒。他的两个青年助手感到恶心地把那杯被血染成粉红色的酒精喝了下去，打了个寒噤，就咯吱咯吱地吃起鱼来。

"噢，还有，小伙子们，"小组长等了一下，让他们喘口气吃点东西，继续说，"少吃咸的，别抓雪吃，做面包要细心一点，你们做饭的时候常常乱扔面粉。给沙布尔卡吃的食，要按标准给！现在肚子已经撑得够大了，简直像个将军！还有要时刻记住，在冻土带迷路，比在没有人迹的原始森林里迷路还要来得可怕。"

"得啦！"他们不让小组长讲下去，"别尽吓唬人啦！"

一小时一小时地过去，累积起来变成漫长的昼夜，昼夜又累积成时间更长的星期。北极狐却没有来。陷阱里只掉进去两只瘦肚子、皮包骨、毛皮很差的草狐；还有一只银鼠不知怎么迷了路，跑到连枝干杈丫的树梢都陷没在雪里的小树林里来了。在雪没有把匍匐树埋住之前，他们在杜迪普塔河两岸，和靠近湖的周围用套索捕捉到不少沙鸡。可是暴风雪一开始，什么活儿都停止了。至多弄几只北极猫头鹰来解解闷。在冻土带里插上一根杆子或者木棍，在它的顶端安上一个捕兽夹子。猫头鹰能够在夜里和暴风雪里视物，它决不舍弃看中的目标，它总喜欢找一块牢靠的地方歇一会儿，炫耀一番。他们吃着猫头鹰。当然没有沙鸡好吃，肉有苦味，有烧焦的熟羊皮或者老鼠的气味，不过猫头鹰的绒毛，又软又轻，而且多极了！要是给娘儿们，那准要乐坏了！可是娘儿们在哪儿呢？

皮亚西那河流域，杜迪普塔河流域，整个泰梅尔地区进入了寒冬季节。雪把一条条小河都填得跟河岸一样平了。因此你一掉进去，得扒拉半天才能爬上来。谢天谢地，雪还没冻硬，松松软软，打到脸上总算还不会出血。影影绰绰耸立在沿海地平线上的峭岩，就在那无声无息的夜幕底下消失、隐没了。像一座孤岛矗立在冻土带中间的小树林已经被雪埋葬了。忽然间，积雪和天空都开始出现五光十色的变化，像冒火花那样刺眼，冬天越往后这种闪光活动就越频繁。不过现在这种北极光已经不能以它的奇光异彩使猎人们感到恐惧和迷惑了，而且它到达地面的次数越来越少，亮光也越来越弱了，因为狂风暴雪的季节临近了。每逢天一放晴，猎人们就抱着微弱的成功希望急忙趁着北极光的余晖跑去察看捕兽器。不知什么时候北极的暴风雪突然一下子来了，把猎人们赶进过冬的地方，封闭在小木屋里，雪糊满了窗子，堵住了门。只有一根烟囱顽强地矗立在雪中，迎风散发着火星，送出团团轻烟低低地打旋。

时间像爬一样，猎人们已经无话可谈，因为全都谈过了；屋里也没有什么事可做，因为全都做完了，可是风越刮越猛，恣肆狂虐。冻土带上积雪随风翻飞，天地一色，相与回旋，飞向那无垠无底的空间，猎人的小木屋被紧紧地裹在雪中，只有烟囱吐着烟，它也在飞，似乎在风神的怒号、呼啸中和森林之妖的狂笑中旋转着。在冻冰的窗上有个微微发亮的斑点在颤动，那是炉火的反光，它像一只活的甲虫在到处乱撞，想从这水汽结成的厚厚的冰上找出一条裂缝。正是这一丁点儿光亮，这个在伸手不见五指的黑暗中发着亮光的小星星，才让人想起宇宙的安然存在。

判断一昼夜的时间、白天、夜晚都以钟表为准，还有个根据就是沙布尔卡。这只爱在小木屋里睡大觉的雄狗在一昼夜时间里只要求到室外去一次，所以它的主人们也把它的这个习惯定为时间的标准了。现在这些主人都心灰意懒地沉浸在缄默之中，由于不干活，四肢也软弱无力，懒得去扒开堵在门外的积雪，懒得扫地甚至做饭。小组长抓住这两个难兄难弟的衣领从铺上把他们拉起来，强制他们做体操活动，想出一些日常要做的工作，或者给他们讲讲自己过去的生活，他的生活内容是很丰富的，其中情节惊险有趣的故事很多，足够讲很长一段时间。两个小伙子听得出了神，觉得一个人能见识、经历、感受过这么多事，真了不起。他们建议小组长，趁目前没事情做，不如"编一部小说"，抄在纸上。小组长同意了，但是小木屋里纸张不多，只有几本练习簿，所以他说，这部小说等到将来，在他晚年的时候设法坐定下来再写，现在要小伙子们暂且往下听。

严酷的冬天，寒风吹来不仅彻骨而且刺心，因而大家要养成一种习惯：出去解手必须很快，像鸟拉屎一样，几乎是边飞边拉。阿尔希普怎么也不能适应这种旋风式的生活方式，对他来说，接受这种方式已经很难了，要养成习惯就更难了。他出去解手常常冻得连蹦带跳地跑进屋来，甚至连扣上裤子的力气都已经没有了。有一次，阿尔希普一直在外面待了好久没回来。小组长派柯利亚去找这个伙伴。柯利亚一边把棉袄披到肩头上，一边不禁无名火起，"该死的贪吃鬼！拉屎拉得起不来了！鬼东西，得狠狠地揍他一顿，他就知道了！"

阿尔希普是柯利亚拉他进狩猎组入伙的。他俩一起在出租汽车场工作。一个当司机，另一个当钳工。阿尔希普出身于旧教徒家庭，虽然脑子反应并不快，手上的活儿也不怎么样，但是爱劳动，节俭，尽可能不自己花钱喝酒。原以为他是个靠得住的、健壮的，更主要的是个听话的组员，但是出乎意料，他第一个头脑发昏，经常抬杠，老是想吵架。起初柯利亚和小组长都克制住自己，竭力不去理睬这个取了这么少见的怪名字的爱吵嘴的人，但后来阿尔希普没一处不叫他俩恼火，以至于连他本来挺可笑的名字，他俩现在听到了就一肚子气。

阿尔希普不在小木屋近旁。柯利亚大声喊叫了一次又一次，他的声音好像一出口就立即被风卷走，消失在雪里了。小组长在小木屋里听到喊声，吆喝一声，霍地一下跳起来，戴上帽子，穿上短皮袄，把沙布尔卡从床铺底下拉出来赶到暴风雪里，自己跟在后面冲出来，嘴里恶狠狠地骂着娘。

沙布尔卡一下子就把阿尔希普找到了。这个不高明的猎人站在小木屋后边，双手提着灌满雪的裤子，他想喊，但是喉咙被雪给封住了。这个青年猎人不知所措，对周围的一切什么都不知道了，幸亏他没有乱奔乱跑，否则真要完蛋了。

时间并不长，但是阿尔希普已经有点冻伤了：嘴冻硬了，甚至牙齿也不会咬了，喉咙里发出哞哞的叫声，眼睛里淌出了泪水。

大家累得筋疲力尽，狼狈地喘着气，把阿尔希普拖进小木屋，放在铺板上开始给他按摩。阿尔希普身上暖和起来了，他清醒了。小组长用"圣父在天之灵"教训他，命令整个组在风暴终止以前，拉屎拉尿全拉在木盆里。这种简单的拉法，只有小组长干得了。青年们觉得别扭不好受，彼此都难以为情。凡是住过医院，因病重不能起床的人，都知道这种强制性的做法比任何惩罚都难受。

阿尔希普又是第一个按捺不住，发火了。

"你坐这种监狱马桶坐惯了！你去坐吧！"他大声嚷着，并打算跑到外边去，忘记了才不久他是怎样冻坏的，在人家给他按摩的时候，他又是怎样像狼一般嗥叫的。柯利亚同阿尔希普的意见是一致的，他把帽子往头上一戴，也想出去。小组长一个箭步跳到门跟前，两手紧紧地揪住两个小伙子的棉袄。

"乳臭未干的东西！"他野性发作地喊叫起来。"要我到雪地里去把你们这两个美男子、小白脸挖出来吗？！"说着，他把两个人往床铺跟前一推，还不重地踢了他们一脚。他恼火透了，心里像小孩子似的感到委屈，便冲着他们破口大骂，而且越骂越高兴，终于激怒了阿尔希普。阿尔希普摆出一副好斗的公牛架势，深吼了一下，就一声不响地向小组长扑过去。

两个人碰在一起像死敌一样，互相扭打起来，顷刻之间彼此把衣服扯得粉碎，他们像狗似的吼叫着，互相掐对方的脖子，互相抓挠，用拳头往对方的身上乱打。打出血来了，血水溅到火烫的炉子上，发出一股肉烤焦的气味。

"你们这两个家伙！"柯利亚喊着插入两个人中间。可是像他这么个瘦小的人，哪能对付得了两个身强力壮的汉子？！他们俩彼此打得骨头咯咯作响。剥得光光的上半身都被抓得血淋淋的，然而他们还是一声不吭地闷打，既不像平时那样骂娘，也不嚷嚷，只是喘气和吼叫，真是两只野兽。

油灯碟子打翻了，灯熄灭了。小木屋里一片漆黑，门外的风刮得很凶，在黑暗里两个伙伴打得也很凶。

"你们这两个家伙！"柯利亚叫得更响了，而且哭了起来。"你们这两个家伙！清醒清醒吧！你们这两个家伙！……来人哪！……救命！……"

火闪了一下，从炉子里倒了出来，小木屋里灌满了烟——两个笨蛋把炉子打翻了，于是立刻往后一让，跳离开火，同时也渐渐清醒了。柯利亚拿起水壶往烧着的木头上浇水。

"蠢货！狗娘养的！害人精！"他一个劲地喊着和哭着。"在冻土带上烧掉了房子那可怎么办？！"

小组长爬上铺板，躲到角落里，把毯子拉过来往自己身上一盖。阿尔希普被烟呛得尽咳嗽，沙哑着嗓子硬撑着想要说些什么，不肯罢休地用手指点着小组长存身的地方。柯利亚把铁火炉竖起来放回到铺有泥土的火炉底盘上。

"反……反……反正，反……反正……要么他把我……要么我把他……"

"你还吵啥？太不像话了！"柯利亚用手指头敲了敲自己的太阳穴，突然把阿尔希普一推，阿尔希普便跌到冻得嘎吱作响的门外。"笨蛋，你去清醒清醒！"柯利亚把冒着烟的木头捡进炉子里，把屋里的水汽和烟放出去之后，咳嗽了几声，擤了擤鼻涕，拿衬衫的下摆擦了擦脸上的烟灰和眼泪，他就转过身去向小组长愤愤地说："你呀！你呀！还算是正经人！负责人……"

小组长在铺板上动弹了一下，把铺板上的填草弄得沙沙作响，他在寻找衣服，他爬下铺板站到地板上，指着水壶做了个手势：意思是帮他浇水。他把被抓破的脸洗了一洗，然后用块破布擦干。

"要是没有水，"柯利亚晃动了一下水壶，"屋子早就烧毁了，我们得像狗一样哀号着，死在冻土带上。"

"坏了，柯利亚，坏了……嗯……嗯，坏了，柯利亚，坏了。

我知道早晚会这样！你赶快去把这个小杂种叫回来，要感冒了，这混蛋！……"

伙伴们聚在一间小木屋里，没地方可去。他们互不交谈，吸烟也不对个火，都不让步。两个人的脸都肿起来了，满脸青一块紫一块的，真够美的！他们淘气得够了，打也打够了，消了闷气。以后的事怎么办呢？……柯利亚把吃的东西烧好之后，就去小木屋的阁楼里，从不能动用的储备品中拿出来一瓶酒精，用水冲淡了倒在各人的杯子里，接着，他如同一位性子很烈、可是样样都懂的、好心肠的女主人，命令他们碰杯，为言归于好而干杯。

他们碰杯了，也干杯了。柯利亚虽然还不太自然，但是已经显露出有点轻松的样子，并怀着讨好的心情笑了起来：

"唉……你们哪！"

小组长用手捂住脸，好像要抹掉脸上什么东西似的，从上往下擦了一下。

"这是常有的事！"他懊悔地说。"可是以后不要再发生了。"

阿尔希普也嘀咕了一下，就转过脸去。大家又喝了一点，都想开口谈谈，但是话不投机，谈不下去。人与人心灵上的沟通被破坏了，他们生活中缺少了主要的东西——劳动，因而没法团结起来。他们腻烦了，相互厌恶，于是不管他们的意愿如何，不满、怨恨越积越多。

不过在冻土带上，暴风雪也终究有个尽头。早晨大家一觉醒来，外面一片寂静，在狂风仿佛永无休止地怒号、烟囱叮当作响和大雪肆虐之后，这种寂静使人惘然若失。小组长走到外边大叫一声，把帽子向地上一扔，再踢上一脚，就捉住沙布尔卡，搂着它在雪地上打了一个滚。

猎人们各自分头走出去找他们挖的陷阱。雪很深，因为暴风雪下了很长时间了。北极狐将会到冻土带来兜看觅食，可以肯定，也不会不经过这些地方的。这些难兄难弟是在自欺欺人——因为人必须要有某种信念，于是他们就使自己相信，成功一定会来到，尽管来得晚一点。

空气稀薄得叫人喘不过气来，因为风把氧气吹走了。严寒把雪里的潮气都赶跑了，雪在暴风的旋转中完全失去了黏性，变成干的了。猎人们在冻土带上艰难地走着，寻找那些埋在坑里的捕兽器，奇怪的是大部分都能一找就找到。猫头鹰嗅出雪底下有食物，把雪扒开，这就等于替猎人找到了那地方。可惜如今在杜迪普塔河附近，猫头鹰已经所剩无几，猎人们用夹子捕捉掉了很多，而且都毫不介意地顺手杀了，现在再想到不该滥杀，已无济于事。

柯利亚给自己找了一点事儿干：拖了一些枯黄的、弯弯扭扭的短树干来做烧柴。小树林盖头没顶地全被雪埋没了，要费上很多劳力，才能用滑雪板把干枯的小树挖出来。树枝都冻得发脆了，像玻璃一样一碰就断，树节已经干得焦锅巴似的贴在树心上，树皮底下的树液也不流了。柯利亚拿斧子砍着小树，斧刃上粘着白色油脂般的松脂，它像很细的蜘蛛网丝似的渗透到一圈一圈紧挨着的年轮里边，使养料不至于中断，这种养料是通过不很长的但毛须很多的根，从夏天开始被吸收上来的。树林很小，只是个极小的孤林，每棵小树上活的树枝至多也不过五六根，要是你挖雪挖到地面，就能见到地上铺着一层薄薄的针叶，但已经不像针叶而很像青苔，不过这却表明这儿有夏天，这儿有原始森林。森林活着，为了自己的生存而斗争着，它向北伸展，通向冰冷的大洋。砍掉它真舍不得！柯利亚尽拣那些半枯的、已经被野兽折断的、孤零零的小树。他砍倒一棵小松树后，就在那砍剩下来的树墩上坐了下来。他一边休息，一边思考着每个生命的复杂过程，和无所不在的艰苦的生存斗争。

柯利亚拿一条粗绳打了一个大结，把它套在肩膀上，滑雪板沙沙作响地踩着齐齐整整磨出的滑雪道，他把树干向小木屋拉去，他很高兴，因为没有暴风雪，或许最近不会再有；其次也因为他干得很不错，因为他们可以从落叶松树林里挖出一些松脂，放在玻璃瓶里熔炼成一块一块的，让大家在没事的时候放在嘴里嚼嚼，就是说给牙齿找些活儿干干。看来，还应该在杜迪普塔河上凿个冰窟窿弄些水来，把小木屋里的火生得暖暖的，洗个澡：就差没生虱子了，那可是一件最糟糕的事。

根据一片寂静的景象，根据日益加剧的寒冷和滑雪板踩在雪上发出来的吱吱声，再根据处处可以见到的、明亮的北极光，可以推测出天气的转变还要有一个时期，因此，他们还可以歇上一些日子。夜是酷寒的，且亮得足以看清眼前的一切东西。但有什么可看呢？除了雪还是雪，雪甚至把蜿蜒如带的杜迪普塔河，还有湖泊都覆盖得和冻土带一样平了，只有在背风向阳的一面，有些地方的积雪塌陷发灰，才能知道那儿是河曲或者是被水冲塌的河岸。环湖四周，凝滞着一道道好像拍溅而起的雪浪，这是被雪盖没了的匍匐树灌木林。千万不能心不在焉地穿着滑雪板往这些雪堆上跳，当然更糟的是往河曲处跳——要是一塌下去，雪就会像沙子似的泻下来，把人活埋。那时你就只好砰的一声倒下，自己去挖吧爬吧，扒出一条堑壕来，如果有力气的话。

置身在阴沉沉的、明镜般地闪烁着反光的冻土带上这片白茫茫的寂静里，人会产生各种古怪的念头，出现一幅幅幻象：一艘桅樯上挂着破帆的船在雪海中航行；一头嘴尖脸窄的白熊不声不响地龇咧着一张血盆大口；鹿拉着一架狭长的雪橇，上面坐着一个柯利亚早在普拉熙诺镇就认识的埃文基人乌里钦，这伙计手执赶鹿车的长鞭坐在车上，一张扁平的脸上结满冰霜，白乎乎一团，只有一双小黑眼睛闪耀出喜悦的目光，赶车的长鞭却一动不动，他既不咂嘴，也没有"莫得——莫杜"地吆喝，拉雪橇的鹿不打响鼻儿，蹄子也不刨雪。可是鹿却在飘然地飞着，这位伙计也眯着小眼睛在微笑。"你走开，乌里钦，走开！"柯利亚恐惧地想把眼前的幻觉摆脱开去，说："你已经死了，而且是我们全家在普拉熙诺镇流浪的那会儿死的。你曾经跟我爸爸在一起酗酒，你以为我忘记了？……"

有一次，柯利亚在幻象中看见一只狗。它老远地站着，毛色是白的，腿上有一点一点的灰斑，它在等着，亲切地摇着尾巴。这只狗很面熟，非常面熟。他心里颤动了一下："鲍耶！鲍耶！鲍耶！"柯利亚把套索甩出去，抓着绳索，跑上前去，可是没有狗，把一个小土墩当作狗了。多可怕！柯利亚擦去额上的汗水，想画十字，然而他不知道从哪一头开始画起。

他最担心的是遇到女巫师。传说女巫师很久以前就在冻土带游荡了。她穿着一身鹿皮做的白翻毛皮大衣，戴着一顶白兔皮小帽和白毛蓬松的小手套。有一只长着银角的白鹿，寸步不离地跟在她后面，不时地晃着脑袋把小铃铛摇得叮当作响。女巫师在寻找未婚夫，夜夜哭着、悲号着，叫唤着未婚夫，可是怎么也叫不到，所以她不论碰到哪一个男人，都要弄得他神魂颠倒。为了不让未婚夫知道她那淫荡的罪孽，女巫师总是用无休无止的爱抚把男人缠磨至死，然后就把他埋在雪里。人烟稠密的地方女巫师是不去的，她怕暖和。她的心是从冻土带的冻土里长出来的，这颗冻得冰冷的心一碰到热气就会融化的。

小组长向小伙子们讲了这则故事，事后发觉这样做失策了。小伙子们开始有邪念了，没事闲着躺在铺板上不时地哼着："哎，哎，女巫师啊，马上到这儿来吧！……"

"别胡思乱想啦，别胡思乱想！"小组长惊慌地睁大眼睛训斥着说。"快念咒驱邪！没受过洗礼的崽子！这种不吉利的东西最能缠磨人，你们还想招灾引祸……"

女巫师出现了，当时柯利亚正拖着一段树干从小树林里出来，他看到天穹泻出一道闪烁明灭的霞光，好像是一团密裹着微尘的舒卷的云彩。前面隐隐约约显出有一枚白色小羽毛，它旋转着、翻滚着，在前面飞舞。后面有绒毛在散落下来，很细很小，不过一小掬而已，但已叫人惊慌不安——暴风雪要来了。现在它还只是沿着冻土带开始缓缓地移动，天空试着在鼓起来，被乌云鼓得越来越臃肿。柯利亚紧背曳索，使尽全力拉着，并且一边快速地、一小口一小口地吞咽着空气，一边急促地移动着滑雪板，他低着头，全身向前倾斜着，这样好像滑起来容易些和快些。这时候似乎有什么东西在他的眼睛面前一次又一次地颤动，雪开始妩媚地飘飞起来，密集地闪烁出许多金色的星星，耳朵里尖厉地鸣响起来：这是因为人的肌体受不了北纬地带稀薄的空气，需要休息一下了。柯利亚停下来。一下子刹制不住的树干滚过来，撞了一下滑雪板的后跟；雪停了，耳鸣逐渐消失，呼吸也逐渐平复。

就在这个时候从不停地变换着的、一闪一闪抖动着的亮光中，从已经席卷半爿天空，像波涛一般滚滚而来的霞光中，她——浮现出来了，她穿着一身花团锦簇的长袍子，但是一点也不碰到雪，她袅袅而来，甚至不见移动脚步。她默然不语，却光艳照人。她那双细长的、翘眼梢的眼睛里露出欲诉又止、忧郁凄楚的目光，她面容惨白，这是白茫茫的冻土带的产儿。或者是她身体里有什么病，心脏不好或者是有缺损？柯利亚一想到自己竟把女巫师真当作一个活着的、确实存在的人，就响亮地咳嗽一声，故意骂了一句脏话，蔑视地在脚前吐了一口唾沫，赶紧向已经近在咫尺的小木屋奔去，他尽量不抬头，也不回头张望，虽然他觉得脊背上直起疙瘩，仿佛女巫师马上就要抓住他的衣领了，那怎么办呢？脑袋自然而然地缩进了衣服里，两膝打着战，呼吸急促。只是到了小屋门旁边他才回头一看，看到女巫师幻影似的正在飘然离去。她一接触到他的目光，就停了一下，并且带有责备意味地向柯利亚微微一笑，然后和雪融成一体，在霞光波影里冉冉向高处升去。一道蔚蓝色的光亮刺破深沉的夜空从她的胸部泻落下来，可以看得出她的心已经变得像一只大耳朵的兔子，缩成一团，在一阵阵袭来的风中轻微地哆嗦着。

柯利亚掷下滑雪板和曳索，赶紧钻入小木屋，他擦了擦前额，疲惫地倒在靠近火炉旁边的一段圆木上。

"有谁在追赶你吗？"小组长用眼神问着，柯利亚为了免得作解释就立即开始换衣服。衣服全湿了，衬衫里边都在冒热气了。"真不应该出这么大汗。"他没精打采地回想着。

柯利亚一点也没有跟伙伴们讲起关于女巫师的事，他认为在他们等待暴风雪过去，躲在小木屋内的这段时间里，那精灵将会消失，然而他甚至连对自己都不敢承认，他是不希望它消失的，他十分珍惜地把那幻象深藏在心底。他无法安眠，变得城府很深，而暴风雪刚一停止，他就准备去冻土带。他忽然看到他那个行动不利落、脑筋迟钝的伙伴阿尔希普在小木屋里转来转去，不知道在找什么，也不知道要忙着去哪儿，而且还一停不停地朝那冻得冰花密布的玻璃窗外张望。"她要是也在他面前出现了，怎么办？！"嫉妒的心情烧炙着柯利亚。"我打死他！我开枪打！不准他碰！……"

"你们怎么啦，好小子？干吗这样失魂落魄？"小组长不安起来。"莫非是着了女巫师的迷了？我那是撒谎，骗骗你们的。真是糊涂虫，糊涂透顶了！你们要画十字，你们可以发怒，可以大喊大叫，可以开枪，可以抡起斧子砍，可千万不能着迷。小伙子们，这是病害，很可怕的病害！……"

迷惑。幻觉。病害。这都无所谓！他们所过的艰苦生活比起那预示着某种神秘性和未曾经历的事物的美妙幻象来，已经变得如此使人不堪忍受，以致丧失了任何为之奋斗的愿望。青年们希望有变化，有某种行动，狂暴的肉欲要求宣泄；只要一想起女巫师，年轻人就欲火中烧，头脑发昏。

柯利亚心里很明白，这种事不能胡来，有一次，他卸下曳索，把脚从滑雪板圆带里抽出来，不知怎么一来，他把两只滑雪板竖了起来，忽然觉得滑雪板看上去活像两条可怕的、愤怒地鼓胀着脖子的眼镜蛇。这种蛇他在部队里服役的时候从电影里看到过，那时候差不多天天要放映电影给他们看。唉！部队、朋友、人群、城市、房屋、灯火、汽车！这一切都在哪里？都是真的有过的吗？

他踩着雪融化后冻结成冰块的地面，一步一步地向女巫师走去，而她却向后倒退、躲闪避让。他伸手去抓她，热烈地、悄声地用俄语和埃文基语向她说了好些情意绵绵的话。她听懂这些话了，嘻嘻地笑着，眉目送情。他完全把女巫师迷惑住了。他追上了她，抓住她的辫子，但是辫子轻轻地离开了女巫师的脑袋，于是他就这样伸着一只紧握着的手，掉到杜迪普塔河的陡岸下面去了。他脸朝下，在雪地里不知趴了多少时候，同泥沙一起漂到了一个地方，他还不相信这是幻觉。冰冷的、松散的雪粒不停地从上面倾泻下来，把每个高起来的地方和凹下去的坑洼都盖没了、填平了。最后，他看到在自己的头上面，在杜迪普塔河的水面线处有一条狗，还是他那条在爪子和头上都有些灰色斑点的、心爱的、忠心耿耿的白狗，直到这时，这个已经丧失了思维与奋斗意志的人，才开始手划脚踹地挣扎起来。

"鲍耶！鲍耶！鲍耶！"他在雪里抓划着，慢慢地向狗爬过去。狗哀号着，挥动尾巴迎着他爬过来了，雪似乎和狗一起在爬，移动了，突然从雪里蹿起一只滑雪板来，滑雪板的顶端碰到他脸上。他把它抓住了，塞到身底下，就像他小时候坐在一块小木板上划着桨逆流前进一样，从这漫无止境地流泻着的雪里划过去。他喊着："鲍耶！鲍耶！鲍耶！"但是狗已经不知去向了，却找到了另一块滑雪板。他把它挖出来之后，就躺下来，侧着身子蜷成一团卧在两块滑雪板上。他浑身都是湿漉漉的，寒气和风直钻到衣服里边，他哈着气暖手。在间断的风声中，他好像听到有人的喊声、狗吠声、钝重的敲打声。"在打枪！枪！"他想着，但是没有力气把枪从背上取下来，只能反手摸到光滑的枪托，他没用手指而是用整个手掌扳开扳机，把一只已经毫无知觉的手指插进扣环，把枪筒推得离后脑勺较远一点，接着就按了一下铁扣。靠近左耳旁边冒出一股火焰，轰然一声，射击波把他的头推了一下，耳朵里好像突然塞进一个塞子似的，这位射击手的两条腿全发软了，他终于瘫倒在滑雪板上……

这个伙伴的病把小组长和阿尔希普吓坏了，同时也使他们俩团结起来了。最近一个时期，他们俩不光是吵嘴，而且常常动枪、动斧子。柯利亚心里明白，总有一天他将无法给他们俩劝架，对付不了这两个穷凶极恶的大老粗。他们两个人当中不知谁会杀死谁，要不然他拿枪把他俩都打死，这样一个念头老在他脑袋里打转：不劝说，不拉架，不再当这两个木头疙瘩的和事佬，一个人给一枪，大家都完蛋，死就死，吃官司就吃官司，因为在这种过冬的地方开枪杀人，从前有过，今后还会有……

伙伴们尽心竭力地治疗着柯利亚的病，他们把火炉烧得通红，给病人身上涂抹芥末，往他那发烧的嘴里灌酒精，把熔化的松脂滴在饮料里，往杯子里扔烧热的银币。柯利亚在铺上翻来覆去，喊叫着：

"耶……耶……耶……"

"他这是在喊什么呀？"

"不知道，"阿尔希普抓着后脑勺回忆，"可能是在喊狗？他有过一条狗，名叫鲍耶……"

"喊狗？喊狗，那好呀！狗是朋友！"

猎人们给病人服阿司匹林，让他发汗，放上热敷布片和装满热水的瓶子，最后总算如愿以偿——热度降下来了，感冒好了，但这场病使柯利亚那颗不太健全的心脏受到了损伤。小组长是个万宝全书，样样都懂：怎么治感冒，怎么用面包瓢发酵和面，用自制的漏花模板印扑克牌，用碎铁片做小刀，用一张马口铁做小锅，用骨头做打火机。他靠一把斧子能烧一锅汤，拿靴掌做红焖牛肉，缝衣服不用线，洗东西不用肥皂，做熏鱼看不见烟，烘肉干闻不到气味，拿针叶树的针叶和树枝治坏血病，造土窖不用斧子，用手制作土窖里用的鹿皮囊，把死狗变成活标本。但是小组长不知道，也不懂得治疗心脏病该怎么办并用什么药，因为他的一生中未曾有过闲工夫去管心的好坏，只顾得把罪孽深重的躯体保住就行了。不知道他是从哪儿听来的，或者是从他那机灵、敏锐的脑袋里凭空想出来的，说什么心有病就应该尽量少动，不要让内脏受震动，这样才能使那颗不安本分的心安静下来，养足精力，恢复正常搏动。小组长吩咐这个在惊吓之下变得顺从听话的阿尔希普把放在诱饵坑里的木柴搬到离小木屋不远的地方，垛成一堆堆的圆木垛，叫他点灯不要用火油，用松明、鱼油代替，只在万不得已的时候才点蜡烛。

伙伴们只盼望飞机来，谁也不再盼望有什么走运的狩猎。

有一次，阿尔希普弄来一只又瘦又小的北极狐，它的皮好像腌过似的很潮湿。皮里的骨头如同被敲碎了似的。这只小野兽的头被猫头鹰啄了好多窟窿，两只眼窝黑魆魆的成了两个空洞，光秃秃的颅骨缝里的血已经干得变成褐色了。现在正是冻土带饥荒严重的时刻，动物开始大批倒毙了。

"死！原来死是这样的！"病人的嗓子开始抽搐起来，脖子上的青筋也鼓了起来，他张开皱裂的嘴，露出渗着红色血液的坏血病牙床。

"我害怕啊……啊！……"

从远处传来了一个人的声音：

"不要紧的，柯利亚，不要紧的……沉住气！我们和你在一起！我们不会把你撂下不管的……"

飞机原来约定在十二月里来的，但是没有来。他们指望着，相信在新年前飞机一定会来。冬季一开头就下了一场不祥的大雪，临到新年又刮起凶猛的暴风雪了，把小木屋刮得摇摇摆摆，烟囱叮当作响，把人和大自然大肆折磨了一番。不过暴风雪一停止，小飞机就在天上响起来了。最初它"没有找准"小木屋的方位，飞快地向和冻土带冻成一片的大海那边飞去，在那里，说不定它会撞到被白雪覆盖着的峭岩上。于是阿尔希普在木柴上浇了火油，把几堆篝火烧得那么旺，小组长又一个劲儿地鸣枪，终于使那架飞机也警觉了，再飞回来兜第二个圈子。飞机看到了信号之后，就往下降了，机翼摇晃了一阵，接着，为了避免机身着地翻跟斗，它先靠近地面用滑雪板滑一下，然后才往雪地上着陆。阿尔希普和小组长两人在这之前一直不间断地轮流着把雪地夯实，用柯利亚以前弄来的那些圆木头做成碴子把雪压平，想当初柯利亚拖这些木头来，好像知道要用得着似的。

小飞机顺利地着陆了，转了几转螺旋桨，发了一阵咕噜声，咔嚓一响以后，就一动不动了。驾驶员知道处处都在渴望着等待他们去，他们微笑着走下飞机，看到一幅景象:两个冻得发僵的、身强体壮的男人坐在雪地上哭泣。从小木屋里，走出一个疲惫不堪的青年，身上穿着一件大得很不合身的衬衫，他好像在原始森林里呼唤某人似的喊着：

"耶！耶！耶！……"

这个冬天余下的日子，柯利亚是在边区医院里度过的。他被编进了残疾第一组，凡是进这个组的人实际上都是候补死人，然而他没有死，他靠原始森林、河流、鲜鱼、野味的力量把病治好了，并且很快就转到第三组了。他恢复健康后，离开伊加尔卡，去他妻子的娘家，在叶尼塞河畔一个古老的市镇——楚什镇上的一个渔业合作社里当了一名汽车司机。

有一次，我们全家去弟弟那里做客，他还是像过去那些年一样，爱跑来跑去，无事忙，健谈，没有抱怨自己身体有什么不好，总想让大家各得其所，用殷勤的款待让人高兴。他知道我是一个极爱钓鱼的人，他答应带我和我的儿子去奥巴里哈河，让我们痛痛快快地钓一趟茴鱼。

一滴水珠

柯利亚说要带我们去奥巴里哈河，但不知为什么他老是拖延行期。"阿基姆一来，我们就动身，"他保证道，不时还跑到叶尼塞河边的码头上去守候。

阿基姆是弟弟的密友，应募去叶尼塞伊斯克[1]当森林消防队员了，我料想那人一准把一笔差旅费"开销"光了，因为他不喜欢随身携带任何财物。

我在市镇近旁的一个名叫"煤油罐"的砾石岬上消磨时光，国营农场在这岬上存放着许多贮蓄燃料的油罐，岬也就由此得名，我用钓鱼竿钓活蹦鲜跳的鲤鱼和白肚子、有闪光条纹、性子很凶的淡水鲈鱼。在鱼类当中动作比它们还要敏捷的，就只有棘鲈了，它们不让其他鱼靠近食物。

白天，我们在河里洗澡、在烈日炎炎的阳光下暴晒。那年夏天连北方都热得够呛，当然这儿的水比不上黑海，不过在水里

---

[1] 叶尼塞河畔的一个边区中心城市和船埠。

泡泡，也还是可以的。

不知是因为经常坐着工作的缘故，还是戒了烟的关系，我发胖了，大娘们总说我太像我的曾祖父了——曾祖父是个大肚子——我自己都觉得不好意思，因此洗澡总拣离人远一点的地方。我穿着游泳裤站在"煤油罐"石岬上，两眼注视着钓竿，这时听见有人说：

"真不得了！老哥，你吃多少东西？！有这么大的肚子！真吓死人了！"

沿着叶尼塞河顺流下来一条小船，船上有一个头发很稀、发色很浅、长着一对细长眼睛的小伙子，他那皮肤细腻、风尘仆仆的脸上露出一副天真烂漫的笑容。

根据"老哥"这个词和出生在叶尼塞河下游、擅长捕捉鲱鱼的人所特有的口音，我就猜到他是谁了。

"你啊，你这个不见世面的捉鲱鱼的，只喝酒却不吃下酒菜，眼看你的肚皮都贴到脊梁上去了！"

小伙子把小船划到河边，下船后再把船往岸上拉了一把，然后向我伸过一只手来——这又是一个交游不广的人固有的习惯，问好一定要握手，而把靠岸的船再往岸上拉一把——这又是叶尼塞河下游人的习惯，因为当北风顶着水流往上游刮的时候，河里的水会不知不觉涨起来，因此很可能把船冲走。

"老哥，你怎么知道我是捉鲱鱼的？"一只伸出来的手十分强劲有力，但这位"老哥"的整个体型却是又干又瘦，外加是罗圈腿，不过肌肉很结实。

"你的事，我全都知道。你在叶尼塞伊斯克把旅差费全都喝光吧！"

阿基姆吃惊地眨巴着一双小眼睛，颇有悔意地叹了一口气：

"喝光了，老哥。预支的钱，还有枪……"

"枪？！在从前，猎人用枪换酒喝要判鞭刑。农夫卖马，猎人卖枪，都要吃鞭子。"

"现在谁来鞭笞呢？革命了，自由啦！"阿基姆哈哈大笑，接着就精神抖擞地发号施令起来："收起钓索……！"

我们终于驾船顺着叶尼塞河向陌生的奥巴里哈河驶去。弟弟这艘船装着一台老式的固定型发动机，噪声很大，排出的烟气很难闻，而且慢得像蜗牛爬，真是"周行七里寻常事，两岸树丛过不停"。但是有失必有得。河上的风光因此尽收眼底，从弟弟和他朋友那里还听到了不少新鲜事。他们俩都把自己称为哈奴里克 [1]，这个词不论从发音上说，还是从沾边的词义上说，用来称呼他们真是合适得像砌炉子的砖一样，放上去正正好。

阿基姆掌舵，他穿着一双沼泽地工作长筒靴，棉袄敞开着，鸭舌帽拉得低低的，吸着一支潮湿的烟卷。柯利亚也穿着长筒靴和棉袄，还戴着那顶长期因汗渍、烟熏、雨淋而变成土色的八角形便帽。柯利亚在棉袄里还穿着上衣和厚棉布衬衣。这是猎人和渔人的习惯，他们在河上、原始森林里、小船上一年四季照例都穿得齐整而厚实。

弟弟坐在长长的船身中间一条座板上，只占很少地方，我和我儿子坐在他对面的另一条座板上。不知是由于发动机声的干

---

[1] 意即流浪汉。

扰还是因为呼吸间断的关系，柯利亚拉大嗓门，气喘吁吁地讲述着关于打猎、钓鱼和他们所经历的惊险故事。他早在伊加尔卡就认识阿基姆了。这位朋友后来接着也来到楚什，住在柯利亚家里。虽然柯利亚与这位"老哥"同岁，但柯利亚是一家之主，是个有妻室的人，所以有时对阿基姆数落几句，而那一位只要没有喝醉，也总是愿意听他这位朋友的话的。

在听柯利亚讲的时候，我的儿子不止一次从座板上滑下来。阿基姆却在舵旁赞赏地微笑着，因为他明白这些话都是在谈他们的事。

……连小船也不能通行的奥巴里哈河后边还有一条河，叫苏尔尼哈河。秋天，河水暴涨的时候，船在这条小河上，有的地方靠拉纤，有的地方用篙子撑，能够逆流而上二十公里左右，那里确实是个极好的钓鱼的地方！伙伴们穿进原始森林的深处，来到苏尔尼哈河上。大家累得两条腿连站都站不住了。但阿基姆还是憋不住，费劲地走上石滩，趴在石头上，朝水里看了好一会儿，就把鱼钩扔进了水里。他刚下钩，就钓起了一条乌油油的、鱼鳍发亮的茴鱼。"真——棒——呀！"阿基姆喊了起来。这下，他的朋友哪里还耐得住？！于是，两人就大干起来，不吃也不睡，把鱼钩放下去，提上来，放下去，提上来，一会儿一条茴鱼，一会儿一条细鳞鱼。大家兴奋得把一切都忘了，可是有经验的闯老林的都知道：首先得把宿营地选择好，把住的地方安排妥当，然后才谈得上干活。

任何事情，如果草率从事，结果也一定大为不妙。当他们决定"试钓一下"的时候，把一只装蚯蚓的小树皮篮子拿了出来，每人抓了一小把，在鱼儿这么容易上钩的地方，这一小把够什么用，一下子就光了！

"柯利亚！"阿基姆在石滩上喊着，他在柯利亚下首，河水在那里形成一个回复流转、水沫飞溅的漩涡。"蚯蚓用完啦。啄得可欢啦！劳驾快去拿一点来！"

弟弟放下钓竿——他的钓竿系着一根 06 号钓丝，并且为了易于看清鱼儿上钩的情况，拴了两只用瓶塞做的浮标——他向丢放着零星杂物的灌木丛走去。一摸，树皮篮子里一条蚯蚓也没有了！在原始森林里是搞不到蚯蚓的，除了青苔、湿土和几处冻土处，哪儿能有蚯蚓活着？看来，鱼是钓不成了！白费了一番功夫和心血。想当初嘴里哑着薄荷酯，费了九牛二虎之力，在小河上背纤，把船弄到这里，结果却落得个水中捞月一场空。

"阿基姆！真倒霉！不知谁把蚯蚓偷光了！"

"你说什么，你说什么，老哥！"阿基姆吼叫起来，踩着一块块石头，连蹦带跳地向岸边奔过来，不留神滑了一跤，跌到水里，靴子里灌满了水。他摇晃着树皮篮子，用手伸进去摸不算，还把头也伸进篮子里去看，连一条蚯蚓也没有。阿基姆气得嘴唇都发黑了。

"这是怎么回事！这是怎么回事！"阿基姆反复地说着，差点没哭出来。"钻我们的空子！准是那些异教徒钻了我们的空子！你同他们交朋友，还殷勤地款待……"阿基姆突然停住，不再往下说，他看见树墩上有一只黑啄木鸟。它歇在那儿整理它的尖喙。再过去一点还有一只，看样子，是一雌一雄。这一对伴侣志得意满，在饭后清理一下尖喙，打算睡午觉了。阿基姆早在河上就听见它们在这儿一唱一和，情深意蜜。后来整个森林里一片都是它们那呻吟般的鸣声。这是它们在唱歌。一顿饱餐之后正乐不可支呢。"呵，这两个恶鬼！干了坏事，还梳妆打扮呢！"阿基姆举起枪对准啄木鸟打了一枪霰弹。因为他射击的距离近，把这只倒霉的鸟的头也打了下来。另一只黑啄木鸟对着整个森林哀鸣、惨号起来，拍着乌黑的翅膀往原始森林深处飞去。阿基姆觉得用枪打死这只鸟还不解气，就抓起它的翅膀，把它像块抹布似的扔到了水里。柯利亚急忙摇手，唔唔地喊着，却已阻止不及，便赶紧吐掉嘴里的薄荷酯，扑通一声跳进水里去捞那啄木鸟。"要命！"阿基姆吓了一跳。"这老兄发疯了！"阿基姆想跳下去救他，但柯利亚深洄浅涉地追上了啄木鸟，把它从水里捞了起来，然后一边上岸，一边不断叫道：

"都在里边！都在里边！……"

阿基姆举目一看，蚯蚓像从扑满里倒出来似的，从啄木鸟的尸体里往外钻，正在四散爬开。阿基姆把树皮篮子放在树墩子上，久久地守候另一只黑啄木鸟再来。那个偷吃蚯蚓的蟊贼终于来了，它悄悄地停了下来。阿基姆弹无虚发，把这只啄木鸟也打死了事，这只贪吃的家伙的肚子里蚯蚓已经所剩无几。他们试用啄木鸟的内脏去钓鱼。茴鱼，尤其是细鳞鱼，不停地上钩，朋友们钓了两小桶上等的鱼。整个冬天的生活有保障了。不过自从那时起，他们在林子里不再说话了，并且把蚯蚓看得比面包还重。

……我们不知道航行了多长时间，那只小摩托船终于把我们送到了奥巴里哈河，噼啪声、叮当声都告一段落，马达安静了下来，冒着沸热滚烫的蒸汽，桨上的水一溅上去，就哧哧发响。

阿基姆几次建议去苏尔尼哈河。可是不知怎的，我一进河口就看中了奥巴里哈河，吸引我的主要是这里罕见人迹，是一条很难航行的小河。

"你瞧着吧，老哥，到时别后悔，"阿基姆警告说。我们开始时走得很麻利，可是一钻进盘根错节、垂到地上的河柳丛里，我立刻明白了，那些惯闯老林的人长久以来为什么要从一旁绕过小河走，因为这是不折不扣的热带丛林，不过是西伯利亚的热带丛林，当地人精确而又恰当地把这个地方叫作"黑窝""巢穴"，或是干脆称之为"绝地"。

我们七穿八拐地走了两俄里路，有的地方要匍匐爬行，有的地方要贴地蛇行，有时候用斧子开道，披荆斩棘，有时候要走过松塌的深坑的边缘。我们走得简直要断气了！乱草丛里一群群的吸血小飞虫，像乌云压顶。汗水顺着脸和脖子往下淌，汗水中的盐分使涂在身上的防蚊油都失去效用了。

终于找到了石滩！接着一个急转弯，河湾下游的河岸被河水冲塌了，河岸上乱簇着一堆茶藨子和乌荆子灌木、两棵白杨、一棵大罗汉松，以及各种各样腐朽的东西。这地方真是再好也没有了！柯利亚走到石滩的石头上，他把钓丝上系着香槟酒瓶瓶塞的粗钓竿从头顶上挥过去，扔到灌木下面的深水里。我心想，在这样水花四溅的急流后边，使用这样的钓丝，别说茴鱼，即便是在这种冰水中住惯了的鳄鱼也未必会来上他的钩，可是我还没来得及想完，就听到喊声：

"有……了！"弟弟那根新削好的、还不太结实的钓竿被一条大茴鱼坠得像一根草茎似的弯了下来。

我们大家都忙碌起来，放开缠在钓竿上的钓丝，把当作诱饵的蚯蚓挂在鱼钩上，开始钓鱼。才过了一会儿，我就听见汩汩的水声，接着啪哒一响，看见我的儿子从一棵倒在河上的小白杨树旁边拎起一条茴鱼，在阳光里闪闪发亮。我简直目瞪口呆了，因为我的儿子虽说在钓鱼方面也是个不小的行家，可是他从未在这种长满乱树的陡削的河岸上钓过这么大的茴鱼。儿子把这条大鱼提离水面。他用惯了结实的竹子钓竿，竟忘了此刻手中拿的是一根用鲜稠李树枝做的钓竿，因此这条挂在钓丝上的大鱼得以乱蹦乱跳，撞在灌木上，终于挣脱了鱼钩，跳回到水里去了。茴鱼发狂地跳出水面，用雪青色的尾巴拍击了一下水面，顷刻间无影无踪了。

我不停口地把我的儿子痛骂了一番，"糊涂虫"这个词儿要算其中骂得最轻的了。

站在对岸的阿基姆听不过去，替小伙子抱不平地说：

"你骂他干什么？犯得着吗！再钓嘛！"说着，他从河里拉上来一条银色的茴鱼。"喏，你看到了吗？！"

而我本来认为他用那根钓竿是什么鱼也钓不到的，因为钓竿粗得像车杆似的，钓丝呢，比这再粗的也买不到了，漂子是泡沫塑料的，有黄瓜那么大，钓钩的尺寸只有大嘴巴的江鳕鱼才吞得进去。我不再骂了，自己去找个"好"地方，如果在乌拉尔地区的港汊里，要是找不到那么一个"好"地方，就别想钓到茴鱼。在那里，这种可怜的鱼往往被人们逼得走投无路，吓怕了，因而变得疑心病很重，神经非常敏感，在上钩之前总是像戴上眼镜似的仔细琢磨，东嗅西嗅，忽而又一下子钻到水底的树根下躲起来，同最坏的和最刁滑的鲃鱼或者最胆小谨慎的鱼一模一样。

有一棵雪松倒在河里了，它在倒下去的时候，又撞倒了几棵花楸树和一棵柳树。于是这些倒下的树形成了一个类似拦河坝的东西，水流到那里，碰到树梢，就回流起来，成了一个漩涡。鱼到这里是非停留不可的，因为它们可以敏捷地从藏身的地方跃出去找食物，但是最狡猾、最贪食的鱼，照我的看法，必定停留在树根附近，说得更精确一点，是停留在雪松根部底下，停留在那些断枝和树根之间的阴影处。那里会形成一个黑魆魆的小漩涡，跟着漩涡一起打转的是垃圾，也就是说有各种各样的食物跟着一起打转。所以必须把钓钩投到河岸和雪松的树枝之间，而又不被枝丫钩住。可是我们这些人正是在乌拉尔的漂满垃圾的、茴鱼连见到漂子就跑的小河上练就了一手不用漂子也能钓鱼的本领，因而有时候可以从垃圾堆里，从乱石滩缝中间，干脆利落地把河底的鱼钓上来做鲜鱼汤吃。而那些钓上来的鱼没有一条嘴唇不是早被撕裂过的，也就是说都是对付鱼钩的老手。

我在一丛野蔷薇下边坐下，把挂上新鲜蚯蚓的鱼钩轻轻地放到脚边的水流里，钓丝上有个小铅坠子和一个很灵敏的乌拉尔式杨木漂子，只要鲃鱼啄一下钓饵，漂子往水下一沉，就大功告成了！我的漂子漂着……我刚想在树下面坐得舒服一点，往水上一看，漂子不见了。"糊涂虫！"我骂了一下自己。"第一竿就把鱼钩扔在树枝上了！"我轻轻地拉了一拉，钓竿一震，转眼间，在靠近我脚边的石头上跳动着一条乌黑的茴鱼，浑身沾满着淡紫色的花瓣，好像是春天的白头翁花似的。

我美滋滋地看了一眼这条大鱼，把它放进一只旧皮包里，这是柯利亚给我权充鱼袋的，因为他认定我钓不到鱼。接着，我又把鱼钩扔下水去——当漂子还没来得及漂到雪松树干那里，只见它晃了一晃，没有乱扯乱动而是猛地一下就打斜刺里沉到水底下去了——只有大鱼才会这样神气十足地来吞饵。我拉了一拉钓竿，鱼往急流里挣扎，竭力向河中央游去，把鱼竿也带了过去，于是我顺手把它往前一送，借势把它拉上石滩。在石滩上有一个弯成弧形的东西耀眼而火辣辣地闪了一闪，就滚动起来，于是我这个自以为是有经验的、似乎颇有见识的渔人，啊的一声，扑倒在大鱼上，把它压在自己身体下边，想伸手抱住它，但是抱不住。最后我好不容易地把一条活蹦鲜跳、拼命挣扎的大鱼扔离河边，按在地上。"细鳞鱼！"我欢呼起来，好多年没见到这种稀有的、漂亮的鱼了。这种鱼一般是生活在西伯利亚、外贝加尔和远东的那些阴凉的、清洁的水域里的，在那些地方人们把这种细鳞鱼叫作嘉鱼。乌拉尔没有细鳞鱼。

你们有没有见到过刚从铁匠炉子里取出来的铁块？当它还没完全冷却的时候，它的两头和边缘是红色的，而两个侧面已经出现由紫转蓝的颜色，你们见到过吗？这条鱼除了这样的颜色外，还带着许多斑斑点点和括弧似的条纹，而这些斑点和条纹就在我眼前逐渐暗淡下去。另外它的身体是那么柔韧而富有弹性——这就是细鳞鱼的模样！大自然的一切奇迹都是这样，它那变幻无穷的美只有在它的"生身之境"才能保存下来。我眼看着这条禀性坚强、完美无缺的细鳞鱼失去光泽，衰弱下去，而且不仅体力在消失，甚至色彩也在暗淡下去。我把这一条已经软弱无力的、差不多完全褪了色的大鱼放进皮包里，它身上只留下一点美的余韵，就像夕阳的返照一样。

然而人终究是人，欲念难制。一丝淡淡的哀愁飘拂过我的心灵之后，狂热和内心的喜悦又立刻使这一切烟消云散。我从树根底下下钓上来两条细鳞鱼，接着我向靠近雪松树梢的河中央转移，那里有茴鱼，它们并不跟那些行动迅猛、贪婪无餍的细鳞鱼混在一起，但对于共同觅食多少还抱有一点希望，因此我也钓到了几尾茴鱼。钓鱼使我入了迷，我是如此的兴奋，竟然把蚊子、弟弟和儿子一股脑儿全忘了。

"爸爸！"我听到儿子的声音。"我钓到一条奇怪的茴鱼，不知叫什么，好看极了！"我给儿子讲解了这是什么鱼，他告诉我，除了细鳞鱼以外，他还钓到了四条茴鱼，而且是多么好的茴鱼啊！我的儿子生性稳重、不大爱说话，可是这会儿，我感觉到他的声音在颤动，显得很兴奋，一心想说话。"你的成绩怎么样？"

我向他举了举大拇指，立刻又听见他说：

"我又钓到了一条细鳞鱼！"

"真行啊！"

在我的头上方发出一阵沙沙的响声，滚下来一些土，我抬头一看，是阿基姆在陡岸上。

"你在这儿做什么？你在这儿能弄到些什么呀？"我把皮包举到他的鼻子底下，阿基姆双手捧住面颊："哎哟哟，老哥，这是怎么回事？！"他向走过来的柯利亚埋怨说："他们怎么能一条一条钓上来的！……"

"让他们钓吧！让他们乐一乐吧！乐个痛快吧！……"

"你啊，"我对阿基姆说，"大概要拿缆绳当钓丝，用劈柴当漂子，噼里啪啦地往水面上甩着捉鱼吧……"

这时，我又在那里钓到一条鲇鱼，按照阿基姆的看法，一个规规矩矩的渔夫根本不会想到上这种地方来钓鱼，而规规矩矩的鱼也不会停留在这种地方。阿基姆把手一挥说："这儿大概有鬼！"他噗哧噗哧地踩着泥地往前走去，并且执意说他无论如何能比别人钓得多。他拐过一个弯，就开始大声唱起来："能征服我的不是监狱，而是湿漉漉的大地——母亲……"柯利亚哈哈大笑着，他一面跨过浅滩走到河对岸去，一面说别看阿基姆人瘦小，钓起鱼来确实比别人钓得多，他能跑在最前头，把条河搞得兜底翻转，河里的活货会被他赶得四散逃窜；如果连一条倒霉的鱼也见不到的话，他就会把钓竿梢的顶端折下来，把钓丝绕在上头，然后拉上半截棉袄蒙住耳朵，躺下睡觉。连蚊子怎么叮他，他也不在乎。

在阿基姆后边跟着一条有点傻里傻气、好吃懒做的雄狗"塔尔桑"，另外还有一条机灵的母狗"库克拉"。库克拉忠心耿耿，在猎取毛皮兽这一行当里称得上是个好帮手。它一步也不离开柯利亚，蹲在他近旁，用爪子擦着脸，轰赶鼻子上的蚊子。至于塔尔桑为什么会这样依恋阿基姆，这是大自然的一个谜。阿基姆对塔尔桑真是百般戏弄！骂它，赶它，即使要给它吃一条很小的鱼，阿基姆也要乘机耍弄它一下——比如：他把一条小的鱼扔进茂密的毛茛叶丛里，叱喝说：

"上！快！塔尔桑！去抓鱼！抓住它！"

塔尔桑在草丛里像山羊似的跳来跳去，捕捉那条小鱼，弄得水花四溅，还常常把到手的猎物放跑了，只得舔一舔嘴唇，等着再赏它点儿什么——它爱吃鱼比爱吃糖还厉害。

我已经没力气再笑了，而我的儿子却宁愿不吃饭，也想看阿基姆怎么拿塔尔桑取乐。他同塔尔桑一起跟在阿基姆后面，爱不忍释地盯着它那副嘴脸看。

"阿基姆！"柯利亚厉声喊着，"就要烧鱼汤啦，可我们拿什么烧啊？！"

阿基姆没有答话，沿着河岸向上游走去，不见了。

于是我们也沿着奥巴里哈河向树林深处走去。原始森林里的光线越来越暗，雪松树林已经长得贴近河岸，有些地方，河两岸的枝叶几乎都碰在一起了。河水发出哗啦啦的响声，在岬角上和春汛后留下来的河汊子上满地都是难以使人通行的茶藨子和各种绿色草丛，其中白芷的顶端都长着一团团紫红色的花蕾，即将开放出浅色的伞形花序。在盖满密密层层杂草的泉水旁边，在背阴的凉爽处，瞿麦开完了最后一批花，已呈现出残花凋零的样子，然而灰藋正好当令。杜鹃、杓兰、鹿蹄草这一类讨人喜欢的花草也到处都在吐蕊，白头翁、紫堇在积雪较久的峡谷里都有点萎蔫了。接替它们的是生命力极强的羽茅草和叶子打皱折的藜芦。这里的夏天总是姗姗来迟，它给沿河的低地、峡谷、岬角徐徐铺上一片绿茵，渗进针叶林的浓荫里，那里越橘、景天和沼地臭毒人参的花朵行将凋谢，夏天要费很大气力才能沿着奥巴里哈河进入这个被严冬的酷寒和大雪压得昏昏沉沉的密林之中。

路开始好走一些了。黑林、河柳、荆花李、山楂、合叶子和各种各样杂草都开始畏缩不前了，都在原始森林一片茂密的树木面前望而却步，它们只沿着溪谷、野火烧过的荒地、野兽出没的小径，偷偷地潜入到密林中僻静的沃土带去。

奥巴里哈河的河曲愈来愈多，而且愈来愈陡了，这些河弯很短，但水流湍急，每打一个弯就留下一个浅滩，浅滩后边不是宽阔水面就是漩涡。

我们慢慢地从一个岬角走到另一个岬角，凡是穿短筒靴的，都完全尝到了水凉砭骨的滋味，河水可真是清澈见底，有的地方看上去只有一脚踝子深的水，一踩下去，就常常呼隆一声浸到腰际。柯利亚建议停下来烧鱼汤，因为太阳已经升得很高了，天气又闷又热，大家穿着不透气的防蚊衣服，都累得疲惫不堪。蚊子趁火打劫，我整个脸被叮得像火烧似的，耳朵背后都肿起来了，脖子很痛，从手腕到手指全是血。

堆积如山的枯枝败叶和荆棘乱树挡住了我们的去路。

"再往前，"柯利亚说，"就连当地的穷光棍夏天里也不去的。"接着他大声喊了一下阿基姆。

没有反应。

"真是只快脚鹿！地道的流浪汉！他要把小家伙给累坏的，塔尔桑也会拖垮！"

在这堆年深日久的、层层叠叠的、高耸的庞大堆积物上，这儿是枝杆权丫的赤杨树丛，那儿是弯弯曲曲的稠李，既有像蟹螯似的攀着树干往上爬的窄叶红柳，也有向水面低垂的茶藨子灌木；河面被分裂成许多碎块，水流从堆积物底下各处冒出来，或者疾如飞泉，四散奔泻，或者连绵而涌，汩汩不绝，但很快又汇合在一起了。这种地方，即便爬着过去也很危险，因为那些腐烂的树木和倒下的枯树，很可能坍下来压伤人，但"高明的"渔夫是决不会裹足不前，绕道过去的。

我径直往这可怕的荆棘丛深处钻进去，事先关照大家要避开只听得见水声而看不到水的险恶地方，那里，脚下尽是小蠹虫、甲虫和蚜虫。

在一些倒下的树木、露出地面的树根、断枝残叶、枯木朽株、被河水冲得溜滑的原木，以及成堆的碎石、鹅卵石和大石块中间露出几条黑魆魆的、冲蚀出来的地沟。我看到其中一条沟里有一小群小鱼。茴鱼的白色的小嘴巴往上蹿起来，啄碰着那些垃圾和蠹虫蛀出来的树屑、杂物。其中要是有一条鱼叼到一条幼蠹虫或者子孑，就会倏地钻回到原木底下，于是整个鱼群也就随着逝去。水流一旦急遽地闯进原木下面，或是消逝在乱木杂树丛中之后，就会在黑暗中拥挤得东磕西碰，一时间很难从杂乱无章的树木堆里脱身。我小心翼翼地把手里的钓丝放下水去，蚯蚓刚碰到水，立刻有一个影子从原木底下蹿出来，我手上震动了一下，于是就细心地把一条吊在钓钩上像弹簧似的挣扎着的大鱼拉了上来。

当阿基姆同那两个勉强拖着腿走路的伙伴（阿基姆一个劲地沿着奥巴里哈河奔跑，把两个跟班累得半死）回来的时候，我已经从堆积物底下钓到好些茴鱼了，我本想在他们面前夸耀一番，但是那位"老哥"打开他的背包，我看到里面有那么多漂亮的细鳞鱼，我的成绩就黯然失色了，但是按钓到的条数来说，我儿子的成绩超过了阿基姆，所以他豁达地赞扬我们父子说：

"哎哟哟，真是了不起！老哥，从来没见过有这样钓鱼的渔夫！瞧，他们紧紧地跟在你后面，死逼硬赶，死逼硬赶！真厉害！"

我向这两位朋友说，用他们那套不成样子的钓具，即使到天国乐土去钓鱼，除了烂木头或是破靴子之外，也什么都钓不着的。

"既然这样，那我们不上你那个天国乐土去就是了！"这两位北方捕鲱鱼的渔人异口同声地回答说。我把柯利亚也叫作北方捕鲱鱼的渔人，因为他自懂事以后一直都是在北方生活的，他捕捉过的鱼，其中包括图鲁汉斯克的鲱鱼，不知道已经有多少了；这些地方捕鲱鱼的渔民虽然身材只有半大孩子那么高，但是他们吃鱼的胃口之大，我们很快就可以亲眼看到了。

阿基姆熟悉、利落地把钓来的鱼剖洗干净。我原以为他想把这些鱼用盐腌起来，以免腐烂变质，但是这位老哥把土豆和水烧开以后，却把钓来的鱼全都倒在铅桶里，再用木棍把鱼往下压着，不让火把鱼尾巴烧焦。

"干吗要煮这么多？"

"没关系，吃得了！走路走累了，饿也饿够了！"

这哪像是鱼汤！说实在的，铅桶里边几乎没有汤，全是油脂，厚厚一层！我儿子是个钓鱼能手，但是鱼却不大爱吃。而我也已经不习惯于大量吃鱼了，我对付了五条不大的、肉质细嫩的茴鱼就离开桶边了。

"嘿！好一位吃客！"阿基姆噗哧笑了一声。"你吃这点儿就撑饱啦？"

这两个渔夫把鱼倒到斗篷上，再拌上很多盐，就一边咬着山葱，一边不慌不忙地把钓来的鱼吃得一干二净，只剩下一些鱼骨头，甚至连鱼头都吃得干干净净。我怀疑地看了他们一眼，心里再三揣度：他们把这些鱼装到哪里去了？！这两个摸鱼的，每人又猛灌了五杯茶，相互眨了眨眼睛，作总结似的说：

"好，感谢上帝，总算稍微吃了一点。上帝赏赐了一顿美餐，别人未必有福消受。"

"你们可真能吃呀！"

"我们是靠吃鱼长大的，"柯利亚一边收拾着勺子，一边说，"当初爸爸把我们弄到了穷得啥也没有的地步，你信也罢，不信也罢，反正我们是靠吃鱼填饱肚子的，没有面包，没有盐，就跟吃草一样……"

"怎么不信！我还不一样是我们爸爸生的……"

阿基姆发现我们忆起了不大愉快的往事，就从地上站起来，打了一个大哈欠，接着，他折下钓竿的梢头，缠好钓丝，拿起行李袋把非必要的东西扔进袋里，说是像这样好的钓鱼所在他这辈子还没见过，又说，那只小船夜里没人看管是不行的，就沿河而下，朝叶尼塞河走去。

我们在渐渐熄灭下去的篝火旁又谈了一会儿，然后缓步沿着奥巴里哈河溯洄而上。越往前走，鱼儿上钩的情况越好。烦躁和焦急消失了。柯利亚拿走我手里的皮包，给了我一只背包，我在包里放了一只桶，免得把茴鱼和细鳞鱼压坏。这种在冰凉、清洁的河水中待惯了的鱼出水一两个钟头，就会"烂"肚子。塔尔桑吃鱼是吃饱了，可是几只湿漉漉的爪子在碎石滩上也蹭蹭得够呛，走起路来像醉汉一样摇摇摆摆，它不时发酒疯似的朝着森林号上几声，好像在后悔，为什么我要跟你们搞在一起呢？为什么不留下来看守小船？要是现在和阿基姆一同待在住宿地，他准会跟我一起玩，根本用不着到处瞎跑。爱劳动的库克拉却没把爪子弄湿，它是在河岸上茂密的森林里走的，一见到我们什么人，就摇摇尾巴。也不知它在哪儿扒拉过什么东西，鼻子上沾满着泥土和腐液，眼睛露出吃饱了的迷迷糊糊的神态。

有一次，柯利亚也是在奥巴里哈河这个地方打过大雷鸟，这只刚刚随猎的小母狗傻劲十足地向大雷鸟冲过去。那只鸟威势十足地竖起全身羽毛，嘎地一声尖叫，照准小母狗的脑门上狠狠地啄了一口，这小东西吓得不知所措，哧溜一下子躲进了主人的腿缝里。大雷鸟盛怒之下不顾一切，撒开尾巴拍着翅膀向前冲来。"库克拉！它会吞了咱们的！"柯利亚喊着，"咬住它！"库克拉虽然惧怕大雷鸟，但也不敢违抗命令，它绕到鸟背后，就揪下了一根尾巴毛。打那以后，小狗见任何野兽都敢上了，连熊也不怕，唯独对大雷鸟始终心有余悸，不敢大声狂吠，只要有可能，老是打旁边绕上去。

奥巴里哈河更加湍急和沉郁了，那种绿荫纷纭或者薹草丛生的岬角已经很少见到了。雪松林、松林、云松林、冷杉林一直延伸到紧靠河岸的地方。被河水淘空的陡岸上耷拉着许多地衣须根和因河水冲刷而外露的树根；河的上空回荡着一股森林里特有的霉蒸汽，鼻子里感到一股阴凉的、徐徐散发开来的青苔味儿，新生的、密密麻麻的野蕨呛人喉咙，各处稀疏的野花都结成了一个个球果，茎管正在卷成喇叭形。有几年夏天，这些花和茎管在这儿等不到开就枯萎了。

在离开叶尼塞河七八公里的地方，就看不到人的足迹了，既没有篝火的遗烬，也没有偷砍树木的痕迹和残留的树桩，也就是说不再有任何糟蹋破坏的形迹了。时时能看到的是横亘在河面上的残干断树，在被水冲过的沙子上也不时可以看到马鹿和大角鹿的脚印。太阳向越来越昏黑的森林里沉落下去。在日落前，饕蚊成群肆虐，树林里更闷热，更静悄悄，更浓密少光了。几只秋沙鸭鸣叫着飞过我们的头顶，垂下尾部，拍打着色泽鲜艳的脚掌，擦着水面降落在河上。这些鸭子左顾右盼，嘎嘎地叫着，把一些小茴鱼驱赶到水浅的地方，然后，就开始大嚼起来。

我看了看表，已经十一点过七分了，我暗自笑了一笑，心想：我们一口气干了十四个小时，这可不是平常的当班，深入密林，有的地方要用胸膛开路，有的地方要匍匐前进，有的地方要涉水而行，如果在生产岗位上要我们干这样的活，我们非向工会写控诉信不可。

柯利亚找了个沙滩，直挺挺地躺下了。原始森林四周虽然是密不通风的，但是顺着那条七弯八曲的小河狭谷还是透进了一丝凉意。脸上可以微微感到空气的流动，简直像原始森林在呼吸，徐徐袭来一阵阵令人陶醉的气息，这是那些即将开完最后一批花的稠李、芍药、石松和其他各种草木所散发出来的香味。

小岬角下边不远处，一棵被河水淘空了根部的雪松，像一条恐龙张开爪子站在水里，一个小漩涡弄出一条条水纹在打转，漩涡上方显现着我儿子瘦小的身影。那儿有一条"大茴鱼"三次上了钩又脱身了。

我喊了儿子一声，他惋惜地放弃了那条没钓着的茴鱼。我和儿子把一棵枯雪松推倒，用斧子把它劈开。一会儿沏茶蘸子的水开了，为了要酽一些，我又加上了茶叶，茶煮得泡起来了，香味也出来了。弟弟脸朝下趴在沙滩上，一动也不动。我斟了一杯茶，推了推他的肩膀。

"等一下。"他头也不抬地回答了一声，又若有所思地躺了一会儿。后来他吃力地稍微抬起一点身子坐了起来，一边用手掌抚摸着左边的胸部。"森林娘娘作弄人，捧着奶头让人亲，莽撞小子扑上前，自己咬碎了舌头根……"

柯利亚喝了茶，稍微舒坦了一点。他侧身躺着，手掌托着面颊，倾听森林娘娘的声音——然而她毫无动静，屏息凝神，远离尘嚣，沉浸在她自身、针叶、树叶、青苔和深不可测的沼泽所汇成的灭寂之中。然而毕竟还是可以听到声音的：一只鸟儿，大概在一俄里以外的地方，很不灵活地和笨重地落到树上；一些甲虫在树干上爬动，发出像嗑坚果的声音；几只秋沙鸭在窃窃私语，它们被黄昏中越燃越亮的篝火弄得惴惴不安；隔年的松球果落下来，干巴巴地敲打着树杈；金花鼠吱吱吱短促地叫着；黑啄木鸟不知被什么吓着了，惊恐地冲着整个林子在哀啼；突然间这一切都被牧人呜呜咽咽的桦树皮号角声打断了，这号角声几乎要和河水流过浅滩发出的汩汩水声融而为一了，不过毕竟还是能把这种温柔的、充满热情的召唤同流水声分辨开来。

"你怎么啦？"弟弟转过身来问我。"这里哪来的牧人？这里只有牲畜——马鹿、花鹿、驼鹿……"他说得很不客气，几乎是气呼呼的，他显然身体不太舒服。但是他一接触到我的目光，就有意无意地拨了一下火，温和地解释说："母马鹿带着幼鹿在草地上吃草……"

两条狗也站起来了，竖起耳朵听着。我把斫杉树枝做铺垫的活儿停下了。不过两条狗很快就安静下来，夹起了尾巴。狡猾而聪明的库克拉躺在火的下风，烟熏得蚊子近不了它身。塔尔桑就差没往火里钻，但蚊群仍然死盯着它不放。它不时地用爪子去赶脸上的蚊子，并且以责备的目光望着我们，好像在说，这究竟是怎么一回事？你们把我带到什么地方来了，你们为什么不能安安生生地在家里坐着呢？柯利亚把棉袄扔到砍下来的树枝上，把旧外套的领子翻到耳朵上，再把便帽往下一拉，就在篝火一边躺了下来；我的儿子用帆布裤子把自己的身子包起来躺在篝火的另一边。

我不想睡觉，睡不着，酽茶喝多了。心里替弟弟难受，另外，我那么多年一直梦想着能在尚未开发过的原始森林里，说得确切些，也就是在还没有横遭人们摧残过的原始森林里围着篝火坐一会儿。难道能把这样一个来之不易的大好时光白白睡过去吗？！

在奥巴里哈河上，我面对着这堆孤零零的篝火，它像带尾巴的彗星那样在黑暗的森林中蹿动闪耀，身旁是那条白天似醉若狂、夜晚却像女人那样驯顺、喁喁私语的小河。当时我体验到了什么呢？

什么都体验到了。也什么都没有体验到。

在家里，在城里的住所，当你无精打采地待在暖气片旁边的时候，常常会幻想：到了春天、夏天，我就去森林里慢慢地溜达溜达，在那里可以看这看那，领略种种感受……我们俄罗斯人全都是到老都脱不了孩子气的，老是盼望有节日礼品，有奇迹，有什么非同寻常的、暖人肺腑的、使我们这颗貌似粗鲁而实则毫无防范的心能留下一些深刻印象的事情；我们这一颗赤子之心时常想方设法要在这精力疲惫、受尽折磨、日益衰老的躯体里完整无缺地保存下去。

那么，那一次我的弟弟去泰梅尔冻土带的杜迪普塔河，难道也是为了期待什么非同寻常的事，寻求那种永恒的幻想，还是为了渴求奇迹？！在那里女巫师让他害了一场绝非幻想的大病和忧郁症。那么究竟是什么把我们吸引到这条奥巴里哈河来的呢？当然不是为了来喂蚊子，那些蚊子，越是夜深，就越是密密层层，围着我们打转，嗡嗡地叫个不停。在篝火映在水中的倒影里，蚊群不仅像灰蒙蒙的云朵，而且像面团腻子，不经搅拌就在火的上方团成一堆，如同发面似的鼓得越来越大，然后像黄色麸子一般纷纷散落到火里去。

柯利亚和我的儿子把手藏在身子底下，在睡梦里忽而颤动，忽而惊跳。两条狗紧挨到了火的跟前。我在河边洗了一番，擦去脸上的汗，厚厚地抹上一层驱蚊油膏（如果有天堂的话，我要先向那儿递一份申请书，请求在天堂里给那位发明驱蚊油膏的人留一个最好的位置）。有的蚊子老奸巨猾，照样找得到可以饱餐一顿的部位，有时可以听到"吱噗"一声——这是长鼻子的家伙喝足了血以后吃力地离开我的身子飞走了。不过这种蚊叮的痛苦又算得了什么呢，比起老派人称之为"享福"的那种安逸和心灵上的枯寂来，它并不妨碍你去呼吸、生活、观察和聆听。

河上升起了雾。借着气流的托扶在水面上冉冉而过，卷挟着扎根在河水里的树木捋扯成一个个云卷，在三步一弯、水花层层的河面上舒卷开合。不，也许还不能把这些轻若薄纱、随风悠荡的丝缕称之为雾。这是白天的溽暑以后大地轻松的呼吸，是对窒息人的闷热的一种解脱，是整个有生命的世界得到的凉爽的抚慰。甚至河里那刚孵出来的小鱼也停止了游动和戏水。河水像盖上了一层青苔般徐徐流动，到处都变得湿漉漉的，树叶、针叶、石头、花朵开始闪烁着水气，河柳潮湿得耷拉了下来，对岸的稠李不再向水里掉白色花瓣了，水流刷涤着稀落而零乱的花穗，在这种开花开得又晚又少的、令人嫌恶的稠李的情态中颇有几分现代女人的风致，尽管已经上了年纪，还竭力卖俏，精心装扮，要饮尽最后一滴爱的酒浆，享尽大自然所赋予的青春。

那棵像出水恐龙似的雪松，在夜里更像太古的野兽，在它的后边，也就是在我的儿子没能钓到那条大茴鱼的地方，河水一再闪烁出光亮，好像一把锋利的镰刀剖开一张锌板似的把河面从一岸到另一岸切成两半，把雾也剪成两片，各自分开了，一片由河水托着往下飘去，另一片聚积成一团烟，躲到河边，沉落在我们篝火近旁的灌木林里。

整个空间布满了暗淡的光，原始森林的幽深处好像敞开了，从那儿吹来一阵清凉的寒气，眼看着成群的吸血小飞虫开始四散纷飞，不知消失在哪里了；稀稀落落、像烟一般盘旋在空中的只是一些不大活跃、不出声的蠓虫。小伙子们在篝火旁边声音十分清晰地叹了一口气，他们紧张了好一阵子的身体开始松弛了，终于睡熟了，全身都在休息——听觉、嗅觉、劳累过度的手和脚都在休息。有个小伙子甚至还像奏乐似的短暂地打了一会儿呼噜，但立刻自动把鼾声压制住了，仿佛下意识地发觉自己不是睡在家里，不是在屋子里锁着门睡觉。他的大脑的某一部分是醒着的，在担任警戒。

我把篝火拨动了一下，火旺了一旺又暗下去了。烟向水边缭绕飘去，明亮的小火苗也朝那边弯。我把身子又朝篝火移近了一点，伸出双手，像摘花瓣那样，把手指不断地握拢和张开。两只手，特别是左手，麻木了，肩部和上臂像绑着一块阴冷的铁板似的隐隐作痛，这都是因为长期在城里坐着工作，一下子干了那么重的活和昨天天气燠热的结果。

月亮像一条银鳞斑斓的鱼在树梢头闪耀了一下，轻轻触及云杉的尖顶，就落向沿河的林带深处，再也没有跃起来。天上的星星隐下去了，河色变暗了，曾在月光下摇曳着的树影又消失了。只有在浅滩处闪着回光的奥巴里哈河沿着冲刷出来的弯弯曲曲的河沟流向叶尼塞河。它在那里顺着坡度不大的河岸分成几股支流和一些河汊子，形成一把破笤帚的模样，在体态肥硕、精力充沛的叶尼塞河的腰肢上挠抓，怯生生地挑逗着它。叶尼塞河老爹在一个很突出的长形白石沙嘴上稍微停顿了一下，使强大的水流激起汹涌的波涛，随后又把一条小溪纳入它的怀抱，它把这条小溪和另一些湍急清澈的小河汇在一起。它们从千百里外川流不息地奔赴而来，为的是一点一滴地用青春的活力去充实这条伟大河流的永恒运动。

寂静好像已经到了顶点，但是我凭借的既不是听觉，也不是肉体，而是凭借了对自然的内心感应，感到了极顶的寂静，感到了新生婴儿在诞生之日囟门上的搏动——正如古人说的，这是独一无二的圣灵在世上翱翔的刹那来临了。

一滴椭圆形的露珠，饱满凝重，垂挂在纤长瘦削的柳叶的尖梢上，重力引它下坠，它凝敛不动，像是害怕自己的坠落会毁坏这个世界。

我也凝然不动了。

在前线，战士就是这样手里握着炮绳，守在大炮旁边凝然不动，等候发布命令的声音的，这声音本身不仅是出自人口的一个微弱的声响，而且支配着一种可怕的力量——火，在古代，它被目为神灵，而后来变成了杀人毒焰。火这个词，它曾经使人从四肢爬行中直立起来，把他抬到万物之灵的地位，而如今它竟变成了惩治者的铁腕——"开火！"[1] 在我所知道的语汇中不论过去和现在，都是一个最可怕和最有吸引力的语汇了！

一滴露珠垂挂在我脸的上方，清莹莹，沉甸甸。柳叶使它滞留在叶面的折槽里，露珠的重量还胜不过，或者说，暂时还无法胜过柳叶的柔韧。"别掉下来！别掉下来！"我念叨着，祈求着，祝祷着，全身心领略着内心和外界的宁静。

森林的深处好像听得到一种神秘的气息，轻微的足音。甚至觉得天空中浮云也像是别有深意，同时神秘莫测地在行动，也许，这是天外之天或者"天使翅膀"的声响？！在这天堂般的宁静里，你会相信有天使，有永恒的幸福，罪恶将烟消云散，永恒的善能复活再生。两条狗惶惶不安，不时地抬起头来。塔尔桑好像喉咙里滚动着一块小石头似的，低声地吼着，后来已重新打起

---

[1] 在俄文里"火"和"开火"都用同一个词"ОГОНБ"。

盹来了，忽然又猛地张开嘴，却把一声猛吼连同嗡嗡叫着的蚊子又咽了回去，只是含含糊糊地号了一声。

小伙子们都睡得很香。

我给自己斟了一杯混有灰烬和蚊子的茶，望着火，想着有病的弟弟和我那半大不小的孩子。我觉得他们好像都还很小，是两个被人遗忘和抛弃而需要我的保护的孩子。我的儿子已经念完九年级了，两个肩胛骨突得高高的，撑着一件紧贴脊背的短上衣，腕关节的皮绷得紧紧的，两条腿像两根细棍接在膝盖下面。总而言之，他还没有发育成熟，还不结实，完全是个少年。可是他也快离开家庭了，去学习，去部队服役，去陌生人那里受人家管教。弟弟按年龄算，虽说已是个男子汉了，生了两个孩子，走遍了整个原始森林和叶尼塞河沿岸，去过遥远的泰梅尔，但他的身材比我的这个尚未成年的儿子还要小。脖子上的颈椎骨像小坚果似的一粒一粒凸出在外边，手腕子又细又弱，脊背因劳累而压得紧抵在骶骨上，肚子凹进去像镰刀的形状，背有点驼，个子瘦小，不过筋骨很好，其貌不扬的外形里却蕴藏着一股男子汉气派和坚强的禀性，可是，不知为什么我觉得我的儿子、弟弟和世上所有的人都很可怜。眼前在原始森林的篝火旁边，在这辽阔无垠的、警觉敏感的世界里，我的两个亲人却无忧无虑地酣睡着。在凌晨的酣畅的梦境里睡得口涎直淌，梦里也依稀理会到，不，不是理会到，而是感觉到有依靠，有人在旁边守护着他们，往篝火里添加木柴，把火烧得旺旺的，并时时在想着他们。

但是要知道总有一天他们会单独留下来，留在这绚丽多彩而又严峻可怕的世界上，到那时不管是我，还是别的什么人将再也不能给他们温暖和庇护！

我们常常会不假深思地唱些高调。比如总是唠叨说：儿女是我们的幸福，是我们的喜悦，是我们光明的未来！但儿女也是我们的痛苦！是我们永难摆脱的忧虑！儿女，是我们接受人世审问的法庭，是我们的镜子，在这面镜子里，我们的良心、智慧、真诚、贞洁——一切都一览无遗。儿女能拿我们作掩体，而我们却永远也不会把他们当掩体。还有：不管他们如何有地位、有才智、有势力，可他们总是需要我们做父母的庇护和帮助。当你想到我们在世的日子已经为时不多，那时他们将孤单单地留在世间，除去父亲和母亲，谁还能了解他们是什么样的人呢？谁能不计较他们的短处呢？谁能理解他们？原谅他们？

而这一滴露珠呀！

如果它掉到地面上，怎么办？唉，如果能安心地把儿女留在一个太平无事的世界上那该多好呢！

但是这一滴露珠，露珠！……

我把双手放到脑后。我看到在叶尼塞河不远处，灰蒙蒙如洗的晴空里很高很高的地方有两颗忽明忽暗的小星星，它们像原始森林里舞鹤草的花籽那般大小。星星那神灯样的光辉，那种神秘莫测和超凡脱俗，总会在我的心里引起一种夹杂着痛苦和忧郁的慰藉。如果有人对我说"彼岸世界"，那么我想象的不是什么阴曹地府，不是黑暗，而是这些微弱的、遥远的、一亮一亮的小星星。但我还是奇怪，究竟为什么这些微弱的、遥远的小星星会使我充满忧伤呢？其实，这有什么可奇怪的呢？随着年龄的增长，我领悟到：欢乐是过眼烟云，转瞬即逝，常常是虚幻的；而忧伤却是永恒的、令人得益的、始终不渝的。欢乐总像昙花一现，不，更像闪电破空，夹着隆隆雷声飞驰而过。忧伤却像那神秘莫测的星星，虽然发出的是幽幽的光，却是昼夜不熄的，它能引起你萦怀亲人，思念爱情，憧憬某种神秘玄奥的事物，也说不清究竟是想到了令人苦恼而又甜蜜的过去，还是想到了那诱人的，而且由于难以捉摸而令人既畏怯又向往的将来。忧伤像个明智的成年人，它已经存在千百万年了。欢乐则永远是童蒙稚年，天真烂漫，因为它在每个人的心灵中获得新生，年事越长，欢乐就越少，犹如花朵，林子越密，花就越少。

然而这与天空、星星、夜晚、原始森林的黑暗有什么相干？

这是它，我的心灵，使周围的一切蒙上了不安、疑虑、惊慌、如临灾祸的气氛。地上的原始森林和天上的星星都是在亿万斯年前还没有我们人类的时候就有了的。一些星星陨灭了，或者碎成片片，但接替它们在天上又繁衍起另一些星星。原始森林的树木死死生生。一些树毁于雷电，被河水冲倒，另一些树的种子洒落到水里，或者随风散播。鸟儿从雪松上把松球扯下来，啄食坚果，结果使它们散落到苔藓地里，生根成长。我们只以为，是我们在改造一切，也包括改造原始森林在内。不是的，我们对它只是破坏、损害、践踏、摧残，使它毁于烈火。然而不管我们如何费尽心机去糟蹋它，它始终不会传染上我们的恐惧、惊慌，也始终不会对我们产生敌意。原始森林依然是那么雄伟、庄重、安详。我们自以为是支配着自然界，要它怎么样就能怎么样。但是，当你一旦窥见了原始森林的真面目，在它里面待过并领略过它医治百病的好处以后，这种错觉就会不复存在，那时，你将震慑于它的威力，感受到它的寥廓虚空和伟大。

从表面上看，这里一切都明明白白，都是每个人目所能见、耳所能闻的。你看，一只黑貂在伸过小河的树梢上闪了一下，看见我们的篝火，又害怕又奇怪，吱地叫了一声。它在追踪一只小松鼠，想捉住了带回去喂小貂。夜里，一只大雷鸟笨重地落到树上。它总是在后半夜开始时，从巢里飞出来活动活动翅膀。它的爪子由于压在肚子底下一动不动，已经发僵了，怎么也抓不住树枝，所以在落下来的时候颇费了一番周折。它从高处虎视眈眈地在观察有没有坏家伙悄悄地来偷走它留在窝里的蛋，大雷鸟像影子似的飘了下来，吃了一些去年结的越橘果实，在树林附近绕了一圈，又回到颜色花花绿绿的树丛里去了，树丛底下有个圆巢，里面有它生的五个蛋，颜色也是花花绿绿的，因而很不容易被人家发现。它拿它褪了毛的、热烘烘的身体伏在蛋上，疲乏地闭着眼睛。这就是大雷鸟在孵化雏鸟。

一头母马鹿带着幼鹿从枯树旁走过去。母鹿摇晃着耳朵，用鼻子触碰着地面，一张一张地撕食着草叶，这与其说是在自己觅食，不如说在做榜样给幼鹿看。驼鹿走到离我们营地不远的奥巴里哈河上游来了，它吃树叶、水草，吃剩的残茎碎叶散落在河上。淡紫色的雪松果，像个玩具小球，胖乎乎地鼓在树枝上，再过一两个月这些小球就将爆开，露出黄得发亮的坚果硬壳。天边飞来一只火红色鸟儿——北嗓鸦，不知为什么用爪子一拧，把淡紫色雪松球果从树枝上拧了下来，就噗刺刺飞进灌木林里去了，在那里发出一阵刺耳的聒噪，完全和它外国鹦鹉般的美色不相协调。北嗓鸦要啄食鸟卵、雏鸟，甚至孵卵的母鸟，一只沙鸻听到北嗓鸦的啼声，也许是见到了它的影子，就从石滩上惊飞起来，跑到河边去了，不知是去喝水，还是去水面上顾影自赏；这时一只灰色鹬鸽吱地叫了一声，从栖息的地方走出来，顺便抓住一只不知是蚊子还是蜉蝣，随即钻进红茎花冠的花丛里去吃它那捉到的小昆虫了。这种长长的红茎小花，它的叶子、花和整个外表很像铃兰。但这哪是铃兰？这是荇葱！长在别处的荇葱都干了，变得很硬了，只有在这里，在原始森林的深处，在浓荫密布的河岸下面，它靠吸取冻土里提供的浆液却生长得很好。那不就是冻土里的小结晶体吗？它们在河那边雪融化了的地方一亮一亮地闪烁着；雪松上淡紫色的球果显而易见，鹬鸽在吃食，鹬在那里整容；雪鸦一只一只歇在树上，像许多白色斑点在一闪一闪……

这样的情景意味着什么呢？……

意味着晨光来临啦！

错过机会了，没看到它是怎么悄悄地来的。黑暗渐渐地退去了，消失了；雾也不知道跑到哪儿去了，林子露出颜色芜杂的树干。深夜出没在河上的猫头鹰，每次一看见篝火亮光，就缩成一团斜签着落在融雪后的泥地上，目不转睛地望着我们这一群人，其实它什么也看不见，它贴身收紧着羽毛在我们眼前渐渐淡下去，变小了。几只秋沙鸭拍击着水面，从河里飞起来，带着几声尖叫从我们的头上飞过去，并且不约而同地回头望着篝火，紧贴着越过火堆上方袅袅上升的一缕长烟，徐徐向空中飞去。

一切都应该如此！因此我不愿意，也不想去思考原始森林之外的一切。一句话，我无此愿望！好在北方的夏晚很短，也不像坟墓里那样一片漆黑。如果夜是漫长和黑暗的，那么各种阴暗的、愁思绵绵的意念就非涌上心头不可，我也就准会把它们联系起来想：从这个未曾开垦过的、幅员辽阔的寂静天地，联想到那个由人设想出来、建造起来并把它硬挤入城市行列的沸腾世界。

我哪怕能逃离这个世界一个夜晚，我的内心就能求得一夜的解脱，一夜的宁静，坚定宇宙无穷、生命永恒的信念。

原始森林在呼吸，在苏醒，在成长。

而这一滴露珠呢？！

我环顾周遭，近旁无数银白色碎斑点正在变成一片耀眼的光晕，使我不得不把眼睛眯了起来。我的心猛地一震，高兴得呆住了，因为我看到所有的叶片上、针叶上、草上、花冠上、冷杉的树枝上、戳在篝火火焰外面的没烧完的木柴上、衣服上、树木的枯枝和活枝上，甚至在酣睡的伙伴们的长筒靴上，都有一滴一滴的小水珠，明灭隐现，闪烁发光，它们每一滴都洒落下一点小小的闪光，而这些闪光汇聚到一起，使周围的一切都浸沉在生意盎然的光辉中，在战后这四分之一的世纪里，在这一瞬间，我似乎第一次不知道该感谢谁，我喃喃地说，也可能是在心里说："多好啊，幸亏我在战场上没被打死，能活到今天早晨……"

四周都变成湿漉漉的、充满着具有生命活力的水分。树叶片片向下低垂着，依稀可以听到一滴一滴的水珠，簌簌地滚落到地面上、沙土上、奥巴里哈河的河岸上、黄色的斧柄上，以及灰不溜丢的背包上。小草柔顺地倒伏着，花朵低低地垂着，雪松的针叶，叶尖朝下地倒悬着，像梳理过似的。河对岸稠李的穗条都擀成棉絮一样。小伙子们靠在将要熄灭的篝火旁边缩成一团，两条腿蜷到了胸口。两条狗站起身子，开始伸起懒腰来，张大着筋条凸突的嘴，尖声地打了个呵欠。

"呵，你们这两个可恶的东西！"我并无恶意地埋怨它们。"嘴巴要撕破了！"

库克拉表示歉意地摇了摇尾巴，把嘴闭上了。塔尔桑用足劲尖嘶了一声，打完一个又香又甜的呵欠，开始抖擞身子，撒出了一些沙子和毛。我把它从篝火旁赶走，然后脱下橡胶长筒靴，把靴里两块潮湿的包脚布晾在棍子上，就挽起裤腿下水蹚河了。两条腿像被冰钳子钳住了一样，胸口下面感到一阵酸痛，透不过气来，直想恶心。但我还是慢慢地蹚过河去，割了一大抱苔葱回来。我把苔葱扔在篝火跟前，穿好靴子，这时我瞥见：在邻近的苏尔尼哈河上游的一个地方，太阳正从一个隆起的浅滩后边、森林后边、接近原始林带的地方，显露出来。还没有一丝光芒像针穿透熟羊皮似的穿过原始森林，天际已经渗现出一个与天穹齐宽的凹陷，天空深处的鱼白色渐渐地融化着，融化着，终于显出一种淡淡的、晶莹透明的蔚蓝色。在这蔚蓝色的空间，用肉眼或者凭另一种更加敏感、更具有记忆力的视觉可以感觉到一股暂时还有些怯生生的、力量不甚充沛的温暖。

森林、灌木林、草丛、叶子，四周的一切逐渐洋溢出生机勃勃的气息。苍蝇开始飞来了，甲虫和天牛又重新在树干、石头上啪哒啪哒地撞得直响；金花鼠在露出水面的枯树干上用爪子洗完脸以后，就无忧无虑地跳到不知什么地方去了；星鸟到处在啼鸣；我们那堆冒着烟、快要熄灭的篝火又开始旺起来，噼噼啪啪地响了一次又一次，柴火自动地爆着，燃烧起来。篝火突然声音很大地爆了一次，惊起了近旁河柳后面一只什么动物，它打着响鼻，笨重地蹿到一边去，弄得石头轧轧作响。两条狗立即冲进灌木林去，争先恐后地狂吠，碰得灌木上的露水纷纷滴落下来；一只蒙眬欲睡的猫头鹰在河柳上摇摇晃晃，拍着翅膀飞起来，但是没飞多远，就啪的一声落到河那边的青苔地里去了。

"是驼鹿，笨蛋！"柯利亚抬起头来，一面擦着那被蚊子叮肿的嘴唇和惺忪的睡眼，一面说道，同时向狗鼻子上弹了一下，这两条狗刚从灌木林里追逐回来，浑身都湿透了。"唉！两个混账！光知道睡觉，差点把人给吃了……"

库克拉惭愧地转过脸去。塔尔桑以为柯利亚在逗它，伸出脏爪子往柯利亚的身上扑去。柯利亚把塔尔桑掀翻在沙土上，并在它的湿肚子上砰地一拍，拍得水珠四溅。

弟弟在逗乐，兴许是心里舒坦些了。

"好了，别胡闹了！"我以兄长的身份埋怨道，从背包里取出肥皂叫他去洗脸。我自己则急匆匆地涉水向那棵始终倔强地顶着水流，耸立在河里的雪松走去，我还惦着那条大茴鱼，想把它弄上来。漂子碰到水，就躺直了，尖头敏捷地顺着树浮过去。我想打个呵欠，可刚张开嘴还没来得及把甜丝丝的呵欠打完，漂子一点没有震动和跳跃就不知不觉地消失在回旋的水流里，一条力气很大的大鱼带着钓钩乱窜起来，它冒着河水的回浪拼命地往枝丫丛生的雪松底下游去。但是我没让茴鱼钻到这棵浸在水里的雪松下面去，因为在那儿，它可以钻入权丫的树枝，脱钩逃掉。我迅速地趁势把它平稳地牵引到沙滩上。这条"好斗的勇士"在短短的钓丝上拼命挣扎，银鳞闪闪，它全身弯成一个圈，把钓竿也扯得像个箍一样。在河鱼当中没有一种鱼能在钓丝上翻转成圈的，只有茴鱼和细鳞鱼才能做这样的杂技表演！

柯利亚从河边抬起他那涂满肥皂沫的脸，向我的儿子大声喊道：

"你那条茴鱼这下可完啦！"

"多漂亮的家伙！"我的儿子抬起头来，眨了几下眼睛说，他开始穿鞋，一边给他的叔叔递了个眼色："本来我要把它钓上来的，可是爸爸为了这条茴鱼一夜没睡，让他享受享受吧！"……

"好啊！可真会寻欢作乐！你们睡够啦，精神足啦！就差那个捕鲱鱼的人给你们搭档了！"

不过他们没有阿基姆也干得很不错。喝茶的时候，他们还跟我闹着玩，逗弄那两条放跑了一只驼鹿的狗。

太阳一下子光芒四射地升到林巅上面了，一束束断箭一样的光束从林子这头穿透到另一头，在奥巴里哈河的激流上洒下无数细碎的光影。在很远很远的地方，连成一片的喧嚣平地而起，风还没吹到我们的宿营地，而篝火的炭灰却已经翩翩起舞了，乌荆子的叶子簌动不止，白杨树簌簌如诉，稠李的白色花瓣飘入河里随水流去。最初是雪松稠密的树梢摇晃了，然后是高高的云杉上十字形的枝干震动了、折断了，整个森林都开始晃动，树枝东仰西偃；第一阵风吹到小河上，吹得篝火里的火直往外蹿，焦味刺鼻的烟在篝火上空盘旋打转，但是滚滚而来的喧嚣声响还在远处，好像还在养精蓄锐，眼下不打算远走天涯，但是每棵树、每条树枝、每片叶子和每根针叶却偃仰得越来越步调一致，越来越形同一体。而远方原始森林的喧嚣声仍在那深深的林海里回荡，它把所有树叶、草茎、针叶、树枝、树梢摆动的声音都集而为一，并同它自身融成一体，这已经不是什么喧嚣的声音，而是变成隆隆震耳的轰鸣，它像激浪一样气势汹涌地滚过大地；接着从树林后面吹出一两团浮云，渐渐变得像毛茸茸的羊群一般向湖上辽阔的空间铺散开来，一层不太显眼的灰黯好像要抹去林天交接的边缘，一望而知，这是由北方刮来的预兆恶劣天气的乌云。

怪不得我们昨天呼吸那么困难，空气又闷又热，一团团吸血小飞虫上下翻飞，身体感到疲乏极了，心脏压抑得难受。看来阴雨连绵的天气马上就要来临了。

大家在路上走得很快，很少去钓鱼。风开始越刮越厉害了。在叶尼塞河上遇到刮风，尤其是北风，那可千万不能掉以轻心。我们的小船是一只旧船，发动机几乎已经是一台完全不顶用的废物，不过驾驶的人倒都是老手。

原始森林摇曳着，雪松林的树枝沙沙地喧哗着，桦树、白杨和阔叶林的叶子不住地哆嗦。柯利亚越来越紧张地催促我们赶路，他叱骂塔尔桑。这条狗的腿简直没法走路了，因为它的脚掌碰伤了，经过一夜已经肿了起来，它落在后边，越落越远，悲伤地哀号着，后来简直是号哭了。我们想等一等它，即使背着它走也行，可是弟弟冲着我们嚷了起来，骂了一声，向叶尼塞河跑得更快了。

离河越近，风势就更猛。在原始森林深处并不感到风大，在那里尽管风势连成一片，却只在头上呼啸翻滚，因此倒不怎么可怕。可是到了叶尼塞河那就是白浪滔天，风一阵阵地刮着，啸声一会儿高，一会儿低，风暴越来越凶猛，把河上的那些小船和吃水浅的船全都刮得四散漂流。

阿基姆已经把东西都收拾好了，船也准备妥当了，就在那里干等我们，所以一见到我们，非但没打招呼，竟骂将起来：

"他们城里人不懂事！可你呢，你那个脑袋瓜子管什么用？"他责备着柯利亚。

"塔尔桑掉队了，得等一等它。"

"等塔尔桑，那自己就会在浪里淹死！"阿基姆严峻地拒绝了我们这两个城里人不懂事的要求，直等到我们顺利地把小船驶离河岸，不再受到拍岸回浪的冲击时，他才稍微变得温和了一些。他说："狗是丢不了的！让它在原始森林里多待会儿吧，挨挨饿会聪明些。"

当我们转入背风方向的陡岸下面时，这才开始明白，阿基姆这个和气的人为什么要发那么大的脾气。河水常常涌过船头，有时候甚至把整个船身都盖没了。我们大家抢着用罐子、桨、水桶把船里的水往船外舀出去。罐子和桨算个什么舀水的家什？我丢掉罐子，脱下一只长筒靴，开始拿它来舀水。阿基姆紧握舵柄，使陡削的船头破浪前进，还抽空对我赞许地点了点头。我的儿子没到过大河，也没经过这么大的风浪，脸都发白了，可是仍然一声不响地干着，也不往船外看。发动机虽然破旧，却忠心耿耿，鞠躬尽瘁地开动着，烟不仅从排气孔里排出来，而且还从缝隙里冒出来。发动机的声音几乎要消失了，整个机身都很费劲地震动着，当船尾下沉，螺旋桨深深地往下钻的时候，船就吃力地沿着波浪的斜面爬上去，可是等它爬上浪峰，攀登到沸腾的白色峰巅以后，就又精神抖擞地噗噗噗响起来了，无所畏惧地把船往下推去，冲入湍流，因此心也忽而在胸脯里胀得顶住喉咙口，忽而又好像直落到了肚子里面。

后来风浪终于不再把船打得竖起来，不再使它忽上忽下地颠簸，水也不再打进船舱里来，尽管船头还不时会撞上个把浪头，拍打得浪头水花四溅。阿基姆已经筋疲力尽，他分别从左右两个鼻孔里先后往河里擤了两把鼻涕，把舵柄夹在腋下，开始吸起烟来。他深深地吸了一口烟，向我们眨了眨眼睛。柯利亚在马口铁包的船头旁一块堆货物的垫板上躺了下来，他把头钻进遮棚下面，身上盖一件帆布短上衣和阿基姆的棉背心，装出睡着了的样子。阿基姆把叼在嘴里的那支已经在风头里烧尽了的纸烟往一旁吐掉之后，用脚把放在垫板上的荠葱拨到面前，拿起一小撮，一面放在嘴里边嚼，似乎还在往喉咙里咽，一面闷声闷气地嚷了一声：

"怎么样？还想钓鱼吗？"

"当然！"我们带点多余的神气劲儿回答说。我的儿子浑身上下都湿透了，他从船的一头爬到另一头柯利亚身边，这位叔叔摸到他，就把他拉到身边紧贴着自己，想把那件短得可怜的棉袄拉长一点，盖住两个人的身子。

奥巴里哈河已经落在船尾后边，落在偶尔还会陡然掀起的大浪后面，河口分岔的地方显得很亮，白茫茫的河柳像片片白云笼住了河岸，沿着陡岸盛开的野蔷薇则宛如一条红色绸带飘拂在上。再远处连成黑沉沉的一片的，就是我们所熟悉的，但如今重又悄然无声，陷于沉寂的原始森林。一条由石灰石和沙子筑成的白色岸滩，越来越明显地把远处那个森林——那个从这里看去似乎是毫无动静的原始森林以及远方的山隘，同我们这儿，同这汹涌澎湃的叶尼塞河，划分开来了。奥巴里哈河像一条青色的筋脉，在河床里弯弯曲曲，转折起伏，张翕搏动，两边像丝绒般柔软的青草，随水款摆，只有这一切才使远处的景色增添了几分柔和。有很多日子，甚至很多年以来只要我一合上眼睛，面前就会出现这条青色的筋脉在大地的太阳穴里跳动，它的旁边和它的后面就是那一片经过多少世纪才浑成一体、并在未来的世纪里仍将屹立如磐石的原始森林。

没心没肺

"即使诸神也无法改变过去。"

——希腊谚语

经历了所有这些有意思的事儿，在清澈的奥巴里哈河赐予了我们快乐的节日后，对一个老早以前的故事做一番回忆，便再合适不过了。它淡淡地留在了我的记忆里。为了弄明白和搞清楚我们生活在哪里，我们都知道什么，为什么要追踪我已经讲过和还要讲的，需要花点时间，回忆一下往事。弟弟生命垂危。他受尽了痛苦，开始失去活下去的勇气和耐力。他打算自杀，准备好了子弹，给枪装上了弹药，只等一个时机。

我们感到不妙，退出了枪里的子弹，把它藏到了顶楼。麻醉剂，只有让病人变得傻傻的昏昏沉沉的麻醉剂能使他稍微摆脱些痛苦。可是在上帝保佑的楚什镇里到哪儿去找麻醉剂呢？夜里，在狗叫、鼾声的折磨中，就像在摆脱篱笆的钉子，将自己从醉鬼无赖汉和顽皮的年轻人中解脱出来，医疗站的护士小心地拿着注射器悄悄地进了弟弟的屋子。

她喘了口气，大胆地朝我和弟弟笑了笑，打开了装着棉球和注射器的铁盒，让病人脱掉衣服给他打了"一小针"。

护士因为罪过，努力地又笑了一下，祝病人晚安，便消失在黑暗的走道里了。这些篱笆和棚子走道户户相邻，院院相连。随着楚什镇里的狗叫声渐渐远去，听不见了，最终完全安静下来，我们也安下心来，轻松地呼吸着。护士平安回到了镇里的医疗站，它设在三十年代式样的木房子里。

然而这样的光景不长。夏天时，各地的流浪汉聚集到了楚什，为的是有麻醉剂的注射器和去犯罪。光棍儿、流浪汉，也是惊险故事的主角阿基姆，臂弯上夹着斧子送护士到医院，因为忙碌和弟弟的病，才没和她发生什么关系。

时光流逝。"一小针"的作用越来越小，护士的笑也越来越有罪恶感。夜里、坏天气时，她仍旧不顾个人安危按时前来完成已经几乎没有意义的工作。

于是我打算去找邻近城市的朋友，他妻子在区卫生科工作，或许能搞到需要的药。

我没有马上走。

当时正是仲夏。在杜金卡就挤满了诺里尔斯克工人的那些白色的内燃机船从楚什疾驰而过。北方的大款们休假去了。

终于有天夜里，一艘船在楚什靠了岸。我找到了当班的驾驶员，他穿着奶油色的漂亮衬衫，戴着制服帽。我向他说了我必须得走，求他随便给个什么位置，"哪怕是在甲板上"。

驾驶员听到说甲板上的位置后，甚至哈哈大笑起来。这是以前人们的心理——现如今没人坐甲板、木柴、麻袋和四等舱出行，这等舱早就没有了。

我明白自己让原始的本能客套搞砸了一切，便使用了希望渺茫的极端手段，掏出了一张薄薄的、淡褐色的证，它放在笔记本里面。

用指甲揭下证件后，字母"苏联作家协会"在它的硬皮上阴暗地闪着光，里面则是湿乎乎的烟草斑迹。当时我真的不吸烟，但是烟草到处可见，嗬，捣乱啊！驾驶员怀疑地看着这个证，然后更加怀疑地打量着我，说：平生第一次拿着这样的证和见到活着的作家。我由于这番关注开始有些发窘，然后精神了起来。对于我个人写过什么的问题，说了两部最近在西伯利亚出版的书。驾驶员承认说没有读过我的书，没时间读书，要出航，但是从收音机里听过一些。这些苦役地的人们亘古以来便充满了警惕性。驾驶员以防万一又问了我，尼古拉·瓦西里耶维奇·阿斯塔菲耶夫是否是我的亲属，他在"卡林尼柯夫"号轮船上做机械师。我说，是亲属，他是我叔叔的儿子，我叔叔绰号"喜鹊"，战争中被杀害了。

又解释说，想给"卡林尼柯夫"号发封电报，可是镇里的电报机坏了，前来修理电报机的修理工们突然间不由自主地都喝多了。

驾驶员陷入了沉思。他在解决某个难题，还得快点解决掉。停泊在青色码头上的轮船已经开始松开缆绳了。

"我们有一个铺位，可是……"

如果有人要求这个铺位，我完全可以让出，在甲板上站一下……

"您把自己看成什么了啊！"驾驶员喘了口气，说："好吧，有一个旅客坐的双人舱。交了钱就走。多舒服，大款！我们会给他付差价。您可别说出去啊……"

驾驶员带我到收款窗口，又去叫醒了女售票员。

我警觉地听着下面机器的轰鸣，船长桥楼里传来的认真低沉的各种指令，紧张地盯着使轮船和码头隔得越来越宽的那道缝……

离城市已经不远了的时候我醒了，我得在那里上岸。阳光透过百叶木窗，淡淡地洒下一片斑驳。

舱门边有位健壮却皮肤苍白的男人，穿着白色的毛织短裤，腰上接头处有点泛黑，在认真地做操。

"早上好！"他背对着我精神十足地高声说道。

我没有马上明白他是从门上的镜子里看到的我。

"本想吵一架的，可是……你是个不吸烟的旅客，还是个作家……"

他精神十足地说着这些话，一边做着运动，丝毫也不气喘。看，又开始身体前倾，把微翘的臀部甩给了我，甜腻的毛料短裤紧紧地绷着他的"阳物"。我不知道为什么忍无可忍地想照着做体操人的"屁股"踹一脚。

舱主仔细地洗漱了好长时间，又花更长的时间用玫红色的毛巾擦干身子，在镜子前照来照去，自我欣赏，活动自己的肌肉，一边用手掰开嘴，好像觉得牙有什么毛病或者是已经习惯了做怪相。他从桌子下掏出瓶白兰地，一个大酒杯，像只鹅蛋，向里面倒入了琥珀色的液体，然后捧起杯子，喝了几小口，漫不经心地将几瓣橘色的橙子扔进了嘴里。

我看着，感到奇怪。这个人可真的是在哪儿有了文化，我们呢，也是些土头土脸混进知识分子行列的人，这样合适吗？应该文明地大吃大喝，否则就太荒唐了！我们不会打造雅致，不会纵酒作乐中那份无拘无束的随意。人们那特有的精致的教养，甚至就像对过度生活和安康的厌倦。我的好友们每逢首都的喜庆日都会聚拢在饭店的单间。抽着烟，嚷嚷着，用唯一的茶缸子轮流喝酒，有人机灵地从卫生间拿来涮杯盆。人们麻木地大口喝着昂贵的白兰地，狼吞虎咽地吃着橙子，有时洗都不洗，没有时间，因为得大声地嚷嚷社会主义现实主义，嚷嚷它对祖国文学总的危害影响，也包括对我们自己。因此，不会有人发觉也不会有人记得喝了多少，夜里是向谁花了多少钱买的，是就着什么水果喝的。

早晨，胆大的机灵鬼会去讨好女服务员，把十卢布的纸币塞给她，因为弄脏了房间，砸碎了最后一个酒杯，后背撞掉了墙上的挂画。

舱主不慌不忙地开始穿衣。新袜子、新衬衫、新的灰色毛料裤，上面带着白得像肠虫的吊带。穿上这些，就是啪地吐一口痰嘛，可是他拖拉着，享受了半个小时。用鞋刷刷完鞋，纯褐色甚至于淡红色的鞋，他刮去鬓角稀疏的汗毛，拍打了下肉色秃顶上的细毛。我懂了，这才是他今天生活中担心的主要事情。

他一边做着这些，一边呷着白兰地，还不住地絮叨着，随口说出了在和五金部旅行团"出国航行"，以及局里的四个战友正在克拉斯诺亚尔斯克等着他呢。当提到了在"灯光"（小型的"叶尼塞河灯光"饭店）的相遇后，他已经过些天就去巴黎了。"巴黎的美女啊，哎哎哎！"

"没去过巴黎吗？可……惜啊！不想来口白兰地吗？……"

"我喝家酿酒。"

"您咋这么凶啊？懂了，不走运；懂了，太累了。您真的是作家吗？对不起，外表看起来……"

"您知道，我遇到的所有的作家啊，他们全都不太像的……"

"哈，哈，哈，哈！我看重机智！……"

"哪有什么机智可言？"

这个男青年，他很敏感，善于避开预感到的不妙。他换了一种推心置腹的亲近语调，说：

"读过索尔仁尼琴的《癌症楼》《第一圈》吗？"

"没有，没读过。"

"您说什么啊？！"他不相信地说，"您是行得通的啊。"

"不，行不通。"

"当真，哼……"

"钻被窝里偷偷地读，和老婆咬耳朵批评当局，在兜里攥拳，我觉得对于自己这个退伍军人和俄罗斯作家来说是种侮辱。因此，我不用什么'当真，哼……'，甚至不听夜台（收音机）。"

"也没有用啊！瞧着吧，但愿有个新样儿啊！如此看来，人家说文学落后了也不是白说了……"

"落后于生活？"

"就算是吧！"

"生活的秘诀就在这里，小伙子，它，就像是霍乱，起初是落在后面的，但肯定会赶超上去的…………"

"巴黎人"厌烦了，我转身张望着窗外。整个冬天，我们带来着新的生命，"巴黎人"悄悄地偷走妻子的两三份计件工资，把钱存入储蓄所。他在留言里奉承上级，赖掉了给瘦弱的北方弱视男孩的极地补助，那个孩子因此没有了自己的脂肪和维生素。色鬼冬天时一粒粒地啄食，好打造自己"奢侈的生活"。

于是就打造好了！一把糖块不经意撒满了桌子，小橙子星星般地裂开着，"花早已干枯，失掉了芳香"[1]，他闲躺着，抠抠这儿挖挖那儿的镀金小玩意儿闪着光芒，瓶子口用痛苦的塞子塞住了，以防酒香外泄。酒杯没有立起，侧倒着。酒杯里的白兰地像生鸡蛋一样，不能舔着喝，不能大口地喝，只能吸吮。我真想呕吐，这个苏维埃的小老爷大概还好，习惯了。嗬，我们国家的成就多么的大啊！嗬，我们升到了多么高的才智巅峰啊！

这个失去自我、缺乏我们文明造就的人，曾是或者还是个可爱的人，曾几何时行进在少先队员的行列中，齐声高唱："我们是少年先锋队员，全都是工农的孩子！……"然后吃着土豆，吃着胡萝卜，得到了技术学院的奖学金。他疲惫的、不言不语的母亲或者带着孩子，被男人抛弃的姊妹则在某个科斯特罗马或者阿尔汉格尔斯克破败的乡村，不然就是在叫作扎托诺耶工人新村边上度日或者过上一辈子。她们活着就是为了连最小的孩子也要成才，使他"成人"。

这些人已经不去送葬，无论步行还是开车。知识分子会在"圣

---

[1] "花早已干枯，失掉了芳香"，普希金诗歌《一朵小花》（1828）中的诗句。

母"圣像前燃起长明蜡烛，它们是从故乡带来的。他会在妻子同意下喝醉，会听录制的教堂音乐，轻易不往衬衫上落泪。躺下入睡时，忧郁地呜咽："唉，唉，唉，生活，狗日的诺里尔斯克冒烟的烟囱……妈妈乞求安魂祈祷，可是哪有教堂呢？在这永远死去的冻土上吗？……"

"或者不管是谁落后于谁，那也总有得可追。这样，社会才不会衰败。您也听说了吧：兔子没人追的话，会死绝的。"舱主继续了充满理性的谈话，他兀自做了些准备，进行了某种自我治疗。

"令人震惊的发现。或许不是最好的，但整个理性时代最狡猾的文学因为简单的原因什么都不想赶超，就怕露出原形。"

"您是辩证法学家吗？"

"别提那个啦！我的辩证法真的不是黑格尔式的，我是通过亲爱的父亲和导师的讲话领悟到辩证法的。瞧，在这儿，"我用脚后跟踏了下船舱地板，说，"小伙子，在家乡河岸和实践中，实现了他的召唤：'干部决定一切！'小伙子，您看看，不是人民，不是个人，而是干……部！总是哪里哪里的，可这个辩证法就是在你们的太阳城得到了最灿烂的实现……"

男青年面色黯淡起来，脸上的红晕一下子褪掉了。他烦躁起来，手插进衣兜里拍打起自己，又瞪大了眼睛好像要找什么东西。这个人真能堵我们还没堵完的碉堡口！这个人真能捍卫朋友，捍卫邻居！这个人真能改变世界啊！

我的邻居又出现了，充满了活力、友善，就像被叶尼塞河风剥掉了层皮。他从枕头下面掏出了一个小的电影摄影机，有个机枪似的小孔，朝着开着的窗户嗡嗡了一阵。因为没有人说话，便窘迫地提议到饭厅去："那有饭菜，确实……"我回答说没有去饭厅的钱，我会挺到目的地码头的，那里我朋友有自家菜园，有不花钱的土豆。

"好吧，这点钱都没有。真是的，听说肖洛霍夫有几百万啊！"

"小伙子，您的消息不准啊！有几百万，这是那些侦探小说家啊，譬如，瓦西里·阿尔达马特斯基。"

"阿尔达马特斯基？阿尔达马特斯基？他写了什么？"

"《阿巴依之路》。"

"啊，啊！是呀，是翻译的小说。按说我是喜欢外国文学的，比如，法国的。没事玩玩文字。Кесь-кесю, месье?[1]"他露出了刷得干干净净的牙齿，说道。

"就像布杰尔维里先生唱的是咱家乡的《松明》歌，彼季帕[2]去指挥的就是特列帕克舞曲！……"

"这是沃兹涅辛斯基写的吗？"

"您是怎么猜出来的？"

"强烈的节奏。还有激情！激情！"

"是啊，他在咱们国家当真论得上有节奏。叶夫图申科也是节奏行家嘛！总是撕扯开胸前的衬衫！衬衫可是别人的啊，真的，是个壮小伙子。"

"你们认识？"

---

[1]　意为："先生，这是什么？"

[2]　彼季帕（1819—1910），法国芭蕾演员，19世纪圣彼得堡马林斯基剧院最著名的编导，俄国古典芭蕾奠基人。

"上帝不给机会啊。"

尽管做体操可还是胖乎乎的小伙子向甲板蹿去，他飞快地带着一群女孩和弄得嗡嗡响的电影摄影机跑过了窗口，边跑边把手伸进窗户抓了瓶酒和两个橙子。甲板上传来了喊叫声、叽叽喳喳的说话声，甚至鼓掌声。

我的邻居被白兰地和玩乐弄累了后回到了船舱，躺在枕头上半眯起眼睛。我的床铺已经收拾好了，女服务员这会儿却好长时间找不到我根本没用过的毛巾。她把塑料布卷成了一卷搭在沙发背上，一边忙着找毛巾，一边不时地充满了怀疑地看看我。我想起认识的一个斯维尔德洛夫斯克的作家从四层跌到楼梯平台上，屁股撞碎了木条凳。他自己甚至都没有划痕，侧面口袋里的一瓶白兰地也完好无损。他的第一个念头非常接地气，令人吃惊的简单："真是的，还得赔偿凳子……"

我的思绪也在围着毛巾打转，甚至想要赔上多四倍的钱，以免好心肠的驾驶员挨训："瞧，你弄了个什么家伙到舱里啊！"那个到阿达马诺夫（克拉斯诺亚尔斯克下面的一个码头，旁边是少先队夏令营里的诺里尔斯克的孩子们，他们受到了某种核污染，娇生惯养，北方的那些"巴黎人"在养足精神，积蓄着力量）前都是我的邻居的"巴黎人"会问："黑利、厄普代克[1]会偷毛巾吗？"

一个小姑娘像只白胸脯的小燕子一样有一两次跑过窗前，头发被风吹得飘了起来。她晃动着扬起的头，欢快地哈哈笑着。

---

[1] 阿瑟·黑利（1920—2004）是英国（同时拥有加拿大籍）畅销书作家。约翰·厄普代克（1932—2009）是美国著名作家。

每次她闪过窗前时，我邻居的眼皮都会抖动，苍白虚弱的鼻翼也像野兽似的向里翕动着。

是……呀，我强烈地破坏了诺里尔斯克知识分子们文明的休假，强烈地！

"听着，小伙子！这个岬角后是个岛，后面还有一个岛，然后在河汊子拐弯，我和您就会在那儿告别，请原谅带给您的不便。但作为您问了我那么多问题的交换，我想问您个问题。您总是和我讲诺里尔斯克的奢侈生活，讲玫瑰园、游泳池、薪水、水运和空运的水果，甚至法国的卫生纸，上面还有色情画，可是没有一句话讲到这座城市，就是它的历史……"

男青年眼都没睁，仍然躺在那儿喘着气，耸了耸肩膀，说："它难道有历史吗？"

说完了！再没别的话了。有个结过婚的城市诺里尔斯克，也就是加拿大的特鲁多[1]总理在市民政局登记结了婚，应该由着他的性子。应该向特鲁多乞讨小面包，就用黄金换吧。这可不是苏联农庄庄员给您的，可以什么都向农庄庄员要，却什么都不用给他们。特鲁多看到了有许多喷泉、宫殿和纪念碑的城市，艰难却有着高薪生活的城市，现代交通工具抛弃了数以百计的村庄和叶尼塞河流域破败的老旧小城，载着至极的美味和时尚向其飞驰。但是也有他不想说也不愿想的城市，那里信息爆炸，先进社会的现代建设者看不起文学，因为它"落后于生活"。这种生活

---

[1] 皮埃尔·埃利奥特·特鲁多（1919—2009），加拿大第15任总理。

里的人们才真的是空谈、做决定、鼓掌、跳舞、喝酒和歌唱大大地多于写作。

就是，就是的。但是这个现代生活和光辉未来的创造者"读完了"中小学，在技术学院里也"考试通过了"我们过去的辉煌的文学。对于舒适的生活所需要的一切他都读完了，得到了。

他城市的历史让人感到难堪，没法忍受。可能会头痛城市的历史，你会因此开始沉思。可是这个色鬼并不想沉思什么。为什么呢？他在等待美女小燕子飞进船舱，我却在纠结"历史"。

啊，纠结于哪门子的历史呀！

我们弟兄三人、爸爸和姓维索京的流刑移民在叶尼塞河上捕过鱼，旁边是杰米扬诺夫-克柳齐镇，它在伊加尔卡市上游五十俄里。仲夏过后，我们很快就被偷了。在泰加，三十年代初在极地架设线路的邮电通信人员建成的小木舍，甚至都没有上锁的门栓，因为没有歹徒，可是却被偷了。

从偷走的都是食物、带子弹的枪和衣物来看，很容易明白，是诺里尔斯克人偷的。当时把"诺里尔斯克人"叫作冻原[1]来的逃犯，他们在那儿建了座陌生的很少有人知道名字的城市"诺里尔斯克"。建设者铺设了最北的铁路——从杜金卡到未来的城市。这条路立刻就出现在了所有的地图上。各所中小学的老师和学生都高兴地用手指戳着它，激动地谈论着它，就好像是他们自己建设了它。不知道也不再想知道更多的了。

---

[1] 指北极圈内以及温带、寒温带的无树平原，是寒带地区的地带生物群区，地下有永冻层。

从春天到深秋川流不息的驳船队向北方运载着各种设备、机器、伙食和生鲜商品。"囚犯"一词是后来才有的，当时委婉地把他们叫作特殊移民、特种兵、被招募的、被押送的人，以及一些花哨的、神秘的称呼。囚犯散关在轮船和驳船的底舱里。北方的叶尼塞河，风暴强猛，巨浪滔天，但是有押解员。胆小鬼和下流鬼不敢打开船舱，卸船上岸后轻松高兴得就像到了天堂，到了享福的新大陆。

北方流传着一个比一个可怕的传言，但是那会儿的时代真的是像说的那样："不要相信您的眼睛，要相信我们的良心"，人们怀着孩童般的信任听着它们。

但是没有无火的烟，也没有无烟的火！跟着诺里尔斯克人的传说，慢慢地就出现了诺里尔斯克人。他们起初只是在叶尼塞河畔公开现身，衣衫褴褛、胡子拉碴的，被蚊子叮咬，满身疮痂，感冒咳嗽着，饿得两眼塌陷。

他们顽强地、坚忍不拔地沿着河畔向上游走啊、走啊，在泰加弄什么就吃什么，也靠渔民、猎人和路人的施舍充饥。他们绕过了一座座城市和一个个大乡镇，躲开了强盗、偷窃和抢劫。古人还守着条没写下来的西伯利亚规矩："不问逃犯和流浪汉的来头，只给饭吃。"

三七年时，英明的惩戒营领导实施了条措施：逮住和交出诺里尔斯克逃犯，奖赏一百卢布奖金或者赏金，它们因此被隐晦地称为犹大的银币。

特殊移民、本地矿工，最主要的是那些老古董都没有被腐臭的鱼饵"钩住"，他们在泰加的林中隘谷、在流放地和监狱里领悟了一条条的规矩，它们严酷、很少被捍卫却是命定的地球规矩。可是那些招募来的家伙、贪财鬼，已经接受各种贿赂的腐化分子，还有纯朴的北方各个民族——多尔甘人、恩加纳桑人、谢尔库普人、凯特人和埃文基人，他们自己也不知道自己做的是什么，便开始抓捕"人民的敌人"，把他们送到军队的各个哨位，它们都设在水很深的河口。

押解员和巡警因为烦闷、虱子和住在狼窝一样的地下土窑里，变得像野兽一样。他们凶狠地毒打抓住的人，将他们送回各个"工程段"，那里的快速法庭会因为逃跑一次加刑五年。内务人民委员部的各位英雄则和异族野人酒鬼靠着飞来之财，直喝到流出绿色的鼻涕——廉价的酒，热情高涨、麻木的时代。

仲夏时节，沿着寂静的叶尼塞河驶来一只木筏，上面立着个十字架，像钉着耶稣基督的十字架一样，一个瘦弱、赤裸着身子的男子被用生锈的钉子钉在架上。他的胸前挂着一块小木板，板上用彩色铅笔写着："寄生虫为了一百卢布献身，谁还想多要？"

这是个挑战。战斗开始了。从一个镇子到另一个镇子，从一个村子到另一个村子，到处都是传言："塔利尼奇诺内岛上的多尔甘人一家被杀光了。""女孩被强暴，乳房被割。""浮标看守人和妻子在房舍里被烧死。他进行了回击。""诺里尔斯克的一群渔业工带着步枪甚至还有机枪去了伊加尔卡，包围了城市，眼看就要有事了。"

村村镇镇、渔业大队都武装起来，上好门锁，不让孩子们单独进林子，妇女们结伴去割草和采集野果。

传言，都是传言！我们的地球是在它上面，可是现在还不能太信它。

这就是我们在杰米扬诺夫-克柳齐镇的小木舍和收到的东西。里面发生的事在当地算是骇人听闻了。在波洛伊村的铁匠铺锻制了挂锁的门鼻子和闩门的门环，从店里买了把挂锁。于是泰加林区的小木舍已经不是简单的泰加式的了，它成了能藏人的密室。不过那把锁防备的不是林里的流窜犯，却是自己人……

夏末时像通常一样睡不好觉，我们在早晨四点没精打采地起来下网捕鱼。大家冻得缩成一团地从小木舍里一个接一个地探身出来。天已经亮了，八月里稍纵即逝的黑夜才刚刚开始。初霜降临了，周围静止了一样。小木舍白色的台阶上落满了黄色的树叶，像一枚枚刷洗过的五戈比的硬币。松鸡在小木舍后的松林里欢快响亮地鸣叫着寻找雌鸡。最后一些受了冻的雪松果敲打着树干掉了下来，四周响起飞龙鸟忧虑的叫声，湖上传来潜水鸟群飞走的忧伤的呜咽声。

漫长秋日的第一道熹微，第一口冷气触碰了泰加，浸入到它的深处，我们的捕鱼活很快就结束了。

传来一声短促的吆喝，我想是爸爸在叫我了，便赶紧沿着小路下坡向河边走去，迎面看见了维索京和爸爸。看到他们时不知为啥并没有马上感到有什么不妙，刚刚睡醒还对他没什么感觉，也不害怕。爸爸和维索京应该在小船上，收拾船桨、钓竿、修补渔网的针、备用锚箱和所有要用的东西。显然是有人路过要来我们这儿，他们就回来了。维索京的圆脸不知为啥惊惶失措的。爸爸穿着雨衣，下摆扫到长满苔藓和青草的浅滩地上，留下了一条霜印。他忙乱的脚步缓慢地交替着，好像他没有动步，只是雨衣一翘一翘、冻僵了似的向前闪动。

爸爸盯着空地，一眼不眨地走了过去，一句话也没和我说。喝醉后，我父亲常常就是这样生气、不睬人。我甚至从小路上向后退了一下，让他过去。维索京和父亲身后跟着两个人。年轻的那个男人，麻脸上有好多抓伤，两眼明亮，挂着泪痕，一撮眉毛由于出血干成了硬块。他整个外表都破衣烂衫、脏兮兮的，抓伤的麻脸上明显地长满了小痘痘，让他一副凶残的样子。可是他长长的脖子，像孩童一样的无助，春草色的眼睛，滑稽的眉毛，结着乌黑疮痂的嘴唇上的飞沫——这一切都说明着他的随和，或许，甚至是这个人温柔的个性。

但就是这个人向前斜提着把单筒猎枪，扳动着扳机。他后面的男人，胡子乱蓬蓬的，脏得要死，像是澡堂擦澡的树皮擦子，早该扔了。他脚上包裹着破渔网烂布，啪嗒啪嗒地快步走着。眼睛眨闪了下，灰色的头发，凌乱不堪，受过枪击，蚊虫叮咬，沾着剩饭，多半是松子壳。他步履沉重，前倾着身快步上坡，可是快不起来，他已经疲惫不堪了。

我内心震颤了一下，立刻怔住了，心像铅锤一样掉底了："诺里尔斯克人呀！"

我疑虑地打量着小路上一个接着一个走来的这帮人，走在最后面的米什卡·维索京莫名其妙地带着笑容。好奇怪。我细细地端详后，发现笑容是凝固的，米什卡脸上的一切：嘴唇、双眼、睫毛都僵硬不动。他在不由自主地拖着腿走，拖着自己走，自己却没有感觉，不知道是在走还是在飘。

我立刻感到自己也开始莫名地堆起笑容，可是动弹不了。大胡子走过我的时候，扭头挥了下手，随口喊道：

"喂，喂！小伙子，不要锁门！"他朝佩坚卡喊了起来，佩坚卡正在把锁插到门鼻子上。他怎么都插不进去。佩坚卡离开门，一手拿着锁，一手拿着钥匙，耷拉下脑袋。他好像觉得，假如他来得及锁上房舍，那是谁也钻不进去的。

维索京和父亲已经垂手站在台阶边。麻脸男子显然犯了什么事，不久前他还是个胡子刮得干干净净的年轻人，因此他那张粗糙得发黑的脸——不长毛的鼻子、脑门和脸颊上，一点胡子楂也没有，脸刮得一片青白。他起身远远地对着屋门，枪的扳机特别的小，向后拨开着。是把过时的破枪，只要一扳枪机……

我开始害怕起来，吓得后来的事情都记不住也说不出来了，好像把我浸到水底，就地转得头晕目眩。佩坚卡这会儿手里把弄着锁头，咔嚓一声把锁头锁上，再拧动钥匙，把锁头打开。维索京按口令似的老实地站着，特别笨拙。米什卡仍旧满脸微笑，爸爸努力地想记起什么，譬如，喜爱的醉酒名言："权贵穿皮靴，咱们穿毡鞋。"

大胡子男人一边用裹脚布的乱毛抹去我们的脚印，一边跳上白色的台阶，从佩坚卡手里抢过锁头，扔到了小木舍旁的碎劈柴上，上了冻的草刺把劈柴扎出了好些窟窿。佩坚卡向后打了个趔趄，眼看要从台阶上摔下来，维索京从后面一把托住，扶住了他。木舍的门大敞四开。我好想说："要冷的呀。"木舍里待着客人。我们站在门边，没精打采地想的还是："唉，屋里的热气要跑完了，得烧热啊！"我脑里琢磨着。大胡子男人出来站到台阶上，像普

加乔夫 [1] 一样面对众人，他长得也有几分像普加乔夫。

"枪在哪儿？面包呢？"

"我们被偷了。枪都被扛走了。"爸爸清楚地、一字一顿地答道。

"面包还没来得及回去拿。"维索京接着爸爸的话说道。

"维索京在说什么？在说什么……要是他们爬上顶楼呢？我们的面包在那儿啊！他忘了吗？忘了吗？会被整死啊！"想要纠正长辈的错误，供出顶楼，但是我们已经不是小孩子了。既然维索京这样说了，那他就是相信我们。

"面包都在桌子上。"维索京补充道。而桌子上只有我们剩下的半块面包，用桦树皮盖着。

大胡子打了个手势让大家跟他进到木舍里。我们进去了。规规矩矩的好像外人一样坐在板床上，上铺是男人们的，我们三个小孩在自己的铺上。木舍里有些暗，米什卡的笑容看不大清，渐渐地变成了抽搐。他的颚骨走形得越来越厉害，男孩的脸抽搐着伸向一边。我们坐着，闲得吧嗒着脚。佩坚卡两手扶着板床，样子像是准备随时跳起，冲出去做点什么。

"我们得捕鱼了。我们是工作的。"父亲不知为什么鼻音很重地开口道。"请说，你们需要什么？"

"太想抽烟了！"麻脸青年出现在门口，把上膛的枪靠在门框上。父亲把烟袋递给了他。

"您怎么？这么待自家的兄弟？……"他怪罪地摇着头。

---

[1] 普加乔夫，十八世纪俄国农民起义领袖。

大胡子已经折断了好几根火柴。

"狼才是兄弟！"他随着吐出的烟圈从胡子里咯出口痰。匆忙间搓卷的纸烟，湿湿的，在他的嘴里散开了，烟丝顺着胡子掉了出来。

跨坐在门槛上的青年也着急地抽着烟，他卷的烟又平实又紧。看到他同伴的烟卷根本不能吸了，他便给了他，自己又卷了一支，然后把烟袋里的所有烟丝都倒进了口袋，不作声地把烟袋还给了父亲，手心里攥了盒火柴。

"还有马合烟吗？"

我们立刻一起抬起了头。大家头上爸爸床铺旁的墙上，用索环挂着一个白色的袋子，扎紧了口，里面就是火柴和马合烟。

"拿下来！"大胡子命令着佩坚卡。小伙子像黑水里浮出的茴鱼一样抓住白色的浮物，从钉子上猛地扯下了钓线绳。

麻脸青年看都不看地将装着烟的布袋扔进了自己的麻布袋里，他的破麻布袋还有做好的背带绳。

"脱鞋！"大胡子命令维索京。维索京窘迫地挪动着铺下的两只脚，上面穿着新胶鞋。

"您这是干什么呀，小伙子！我们是渔民呀……让我怎么……"

"脱鞋！"大胡子突然间挥手戳着维索京的胸。佩坚卡闪到一边喊叫起来：

"啊呀……呀呀呀！……"

大胡子的戳打好像打破了几分钟前束缚他自己的窘迫，他吹胡子龇牙，骂骂咧咧地在房间里折腾起来：开始乱扔我们的铺盖；钻到床铺下扒出干草碎片屑；扯下挂钩上佩坚卡的棉袄往身上穿，穿不上就揉成一团扔掉了；抓起床头上的裤子、衣服，飞快地穿在身上；站在地上破烂衣服堆里，急不可耐地一个个地挑试着，好让两只脏脚舒服起来，早点穿上温暖、干爽的鞋。

"给！"

维索京朝大胡子脚下扔去一只鞋，然后又扔了另一只。

"噎死你！"他看着维索京，充满着被激起的仇恨，大声地说。爸爸马上试图缓和这一愚蠢行为，他经受的生活和人的摧残远多于维索京。他温和地嘟哝着什么，开始帮我生炉子，为啥不生火呢，咱的炉子啊？！柴火像火药一样，桦树皮要多少有多少，它们烧得炉子呜呜地响了起来。两个诺里尔斯克人向它靠了过去。

"哼，裹脚布！"

维索京解开裹脚布留在铺上。这会儿，尽管他只是脱掉了鞋子，可是他光着的大脚让他看起来像是脱得精光，没鞋也没穿衣服。他赤着的两只大脚，瘦骨嶙峋的。顺着脚，淡蓝色的青筋斜露在脚面上，看着又凄凉又可怜。大胡子直接坐在木舍的地中间，咔咔地穿上了鞋。他起身试着踩了踩，像小孩子高兴得了新东西一样，跺了下脚，龇牙笑了。于是他的胡子里闪起道白光，他的牙很健康，没有坏牙，就是说在北方时间不长，还没得上坏血病。

"喂，行了吗？完了吧？再没啥拿的了。我们得去捕鱼了。"

"别吵吵，爷们儿，坐下！"麻脸青年拿起枪放在膝盖上，平静地命令维索京说："让一个小伙子弄点鱼来，另一个弄点柴火，再一个把炉子烧旺。你自己好好坐着，别搅和事儿！我不是押解员，不会警告再开枪的。"

"炉子烧着呢。别互相吓唬了，这里没有胆小鬼。"维索京吼了起来。

"哼，你吹牛吧！"

"啥勇士啊……送去诺里尔斯克，送井底去吧。"

傻瓜佩坚卡拿来了最好的油腻腻的小鲟鱼，它们埋在河岸上的桶里，大胡子却大发雷霆。

"这也叫鱼啊？！谁吃这种脏物！看，全身都是刺啊！"

"你忍忍吧！"他的同伴抬了下手。"爷们儿，没有狗鱼、鲶鱼吗？"

"这样的东西多得很！"

佩坚卡跑去拿来了腌的咸鲶鱼和尖嘴狗鱼，狗鱼有一块劈柴那么大，开了膛的肚子软塌塌地晃着。

"这才是好吃的烤鱼啊！"诺里尔斯克人满意地搓着手说。"习惯了。要加点油吗？"

"要加，只有鱼油。"

"这更好了。眼睛已经快被蚊子咬瞎了。我们落到了这步田地。"

"会有好着落的……"

他们好不容易等到了烤盘里的东西烤好了。吃着半生不熟的鱼，盐也没有都泡掉。他们在那里贪婪地吃着一块块鱼，小伙子把枪放在两膝中间，枪上着膛。他俯身靠向桌子时，枪口就顶着他的下巴。我啊，不是我自己一个人，我们大家都等着，害怕突然间射出一枪，打飞小伙子的头和他还没咽下去的鱼。哼，那大胡子也活不成了。维索京一巴掌就能把他呼死。

炉子上的水烧开了。我们辛劳的桶式水壶，熏得黑黑的，水嘴管子欢快地喷着热汽。

"来吧，来喝茶吧，事情已经这样了！"维索京说道。他穿上双破鞋，我们平时捕鱼后在屋里直到起风前都穿着它。维索京从钉子上取下茶缸子，在桌旁张罗着，好像没注意到身边的任何人。

"喂，挪一下，亲爱的客人！"

"要有美妙的伏特加配着佳肴多好啊！"吃得困倦无神的大胡子诺里尔斯克人闷声闷气地说。

"再来个小面包！"我爸爸对这个可拿手了，他调皮地眯缝着眼睛接茬说道，然后毫不迟疑地倒了满满一茶缸子的茶。

"啊哈……哈哈……"诺里尔斯克人高兴起来，笑得连说话的力气都没有了。可是粥还在响着吃奶的呼哧声，来的人便开始朝地上擤鼻涕、吐唾沫。

维索京皱起眉头，我们的木舍一向干干净净的。

"在波洛伊村。"爸爸朝窗外点了下头。诺里尔斯克人不解地盯着他。

"在波洛伊村又有婆娘，又有酒，我说如果接着走，去后面的卡拉西诺，你们也找得到。"

"那儿还有村苏维埃、内务人民委员部的人。你去吧，毒蛇！"大胡子诺里尔斯克人伸出根手指威胁了下爸爸。

"不在克拉西诺，不在波洛伊，在其他地方反正也会遇上的。"维索京愁眉苦脸地结束了自己的话。他已经平静下来，似乎无意地看了眼窗外。

"啥?"拿着枪的诺里尔斯克人喊了起来。"那里有啥?"

"嗯,啥也没有……"

"哼,狗日的……"两个诺里尔斯克人骂骂咧咧的,急忙要出去了。

他们把没吃完的鱼往废铁锅里一扔,还有面包块,问哪里有盐,装满了一袋,然后命令我们两个小时不得走出木舍。"他们的同伴都在灌木丛里呢。"他们急忙上路了……

我们把诺里尔斯克人生满虱子的破烂衣服和鞋套扔进了火炉。烟囱里冒起了黑烟。大圆炉子和炉道冒着一股煤烟味。

佩坚卡在霜冻的草地上找到了锁和钥匙。我们锁好门向小船走去。维索京穿着破旧不堪的鞋,像是从脚上开始毛没拔光的山雀。男人们都不敢正视我们的眼睛,默默地把我们的船推下水。小船又快又轻,船舷和船底上的霜已经化得看不清了。装好桨叶,修整好桨叉。检查完是否东西都带了,夜里,我们都默不作声、互相谁也不看谁、慢慢地驶离岸边,沿河行驶而去。夜晚,充满了和解和某种疏离、冷淡,有着似乎远离水面的白茫茫的陆地。

天亮的时候,我们驶出去了很远。沿着深入到叶尼塞河的佩夏内岬角有两个人影,慢慢地远去。瞧,地平线上冒出了一只快艇或者小轮船,人影一动不动的,可马上就消失在沿岸的河柳里了。

……我们的小木舍门上有了一个打制的强力门钩。

漫长的九月的雨夜,周围一片漆黑,只有炉子不停歇地吭哟着，好像在轻松地爬山，小木舍的门颤动起来，门环里的铁门钩晃动了一下。

男人们的故事五花八门。维索京知道好多传说。刚好在给我们这些小家伙讲到可怕的、骇人听闻的事，我们吓得连核桃都不敢磕了。

大家一下子都朝门盯了过去。门对面是一个夏天烧黑了的铁炉子口，炉口闪着火光。于是不仅是门钩，就连那些黑黑的各种各样的裂缝也都看得很清楚。

门钩又轻轻地颤动起来，在门环里跳了一下，但是仍旧完好地钩在里面，没有从门环里跳出来。

"谁？"男人们低声地问道，一边从床头下操起斧头，小家伙们则抓起刀来。我们已经这样商量好了，如果诺里尔斯克人再闯来，男人们就站在门口两侧，我们蹲在地上，让他们进到黑暗的屋里，不管他们有多少人，都会剁成肉酱！

门后没人回答，也没动静了。

"谁？"维索京更大声地重复道，一边打手势示意我们不要大声地抽鼻子。当然，就是他不示意，我们也屏住了气。我、佩坚卡和米什卡可能因为屏住了胸口的呼吸，忍不住地想要咳嗽。咳嗽已经升到了嗓子眼儿了。

"请放我进去吧，好心肠的人啊！"门后有人轻声地说道，声音里听得出紧张和惊恐，充满了一颗无家可归的心灵永远的苦痛。

"你是谁？"

"我是逃跑的。"

"越来越不轻松了！"

烧焦的木头在炉子里滚动、散落，噼啪作响。木舍里光线昏暗，听得见外面的雨声，窗户上拼接玻璃的啪嗒声。

"窗户！要朝我们窗户打枪！"

炉火又旺起来了，漏缝的炉门里开始跳动黄色的火苗，烟囱两侧满是燃烧的草茎。

"应该把炉子浇灭！"米什卡小声地说着，蹑手蹑脚走近茶饮，它放在炉边，散发出略苦的霉味，是典型的茶藨子灌木和金丝桃树根的味。父亲抓住去往炉子的米什卡，把他塞到了自己背后的黑暗处，好像无意地用斧子碰了下落叶松板墙，粗声地，也是恳求地说道：

"走吧！走！……"

"请让我进去吧，好心肠的人。我要死了。"逃犯的话说得一字一句，极其亲切，心平气和。他的声音里充满了痛苦，只有真的濒临死亡的人，或者伟大的演员才能领悟这种痛苦。或许逃犯就是个演员？天晓得，听说，在诺里尔斯克什么样的人都有。

"别开门！"三个孩子的嘴都冻木了，一起低声说道。

可是谁会听孩子们的呢，特别是在这样极端的情况下！

"这儿已经来过外人了，都偷光了，抢走了。没什么好拿的了……"我爸爸出声了。我听出了他声音里的犹豫不决和缺乏自信。

"你们来这儿的！"维索京接着更不自信地问道，"你们是几个人？"

"一个人，我是一个人！"逃犯的声音听起来在下面某个地方，也没有马上听到。我们猜他从门把手往下出溜到了台阶板上，躺在门下面。"没抢……我不抢劫……我不趁火打劫……"声音中断了一下,"我在被世界和上帝拯救……"

"被世界拯……拯救,"维索京低声嘟哝起来,"我们现在知道,什么鬼世界啊!……"维索京或许以为他的声音很轻,只是嘟囔着。可是门后的那个怪人,都听见了,还想反驳什么,可是他突然间不住声地咳嗽起来,膝盖、鞋或许还有头都碰撞到门上。咳嗽变成了呼哧呼哧的、嘶哑的窒息声。逃犯尽力地调整好呼吸,以自信的嗓音在门外许诺起来:

"我……我……我不……"他咳了口痰,仍旧上气不接下气,但已经克服了哮喘,声音清楚地说道:"我不走,我上顶楼,我会放火。没有别的办法……"

上顶楼!顶楼上有一袋面包,松子也散装在大桶里。干爽的屋顶,干爽的房梁,堆放着桦树皮,黄褐色的一片。木舍的小窗窄窄的,罪犯抵着门,出不去。我们这些小家伙可能……大人们,也……

逃犯没催我们,给我们时间考虑他的威胁,掂量掂量一切。维索京摇了下头,父亲挪到门前,摘下了门钩。维索京贴在门框后的墙上,举起了斧头。

此时,我的内心深处意识到了经常在书上见到的话:"几秒钟简直是无限之久……"爸爸从门环上摘下门钩时,我全身都紧张得耳边或者耳上面什么地方响起了尖细的叮当声,越来越响,越来越刺耳,我好像在不可抗拒地沉入深渊。父亲从门环上取下了门钩,像宝物一样悄声地把它放在门框上,突然使足了力气踢开门,然后藏到一边,也举起了一把黑暗中闪着光的斧头。

外面飘起寒冷的雨雾，不断地散发出湿润的松林和腐坏枯叶的气息。

门口没有人出现。空荡荡的院子悄无声息，静止了一样。只有不平静的泰加林连成一片，在风的吹拂下沙沙作响，一阵一阵地抽打着墙面。雨水从木房顶的小水道，淌到顺着木舍的土埂冲打出来的水槽，里面已经灌满了水。但是水流声，掺杂着森林的喧哗、连绵细雨冲刷树叶的沙沙声，水滴从房顶落下的敲打声，我们都习惯了，就像习惯了我们住的木舍里的寂静。它们并不妨碍我们听见和知道其他一切运动，甚至夜里最小的咔嚓声和簌簌声。

"别胡闹，爷们儿，"门下面响起了说话声，"请收起斧子……"

我紧紧地抓住圆圆的木头刀柄，虽然还不知道能怎么用它来杀人，如果他扑向我的话。我感到木舍里其他的人都握紧了自己的武器。尽管他们也和我一样，不知道能不能大胆地对人猛砍、猛戳，大家都希望能自然而言地有效。

门槛上出现了一团头发散乱着、模糊不清的东西，滚过了门槛子，爬到炉子旁，呻吟着倒下了。他在炉旁低沉地嗥叫着，过了好一会儿才开口说：

"请关……关……关上门！"

逃犯让关上门，那他真的就是一个人。门关上了，点起了灯，往炉子里添了柴火。

炉子旁这个人一脸苦相，像被拔了半身毛的灰色乌鸦，几乎抱着铁炉炕，趴在了光滑的炉炕上。他一点儿都不像个歹徒。逃犯身下积聚起一摊水，向房舍门槛流去。从逃犯的破衣服上，从他灰色的布帽，甚至从他遮住脸的头发上，冒起了热汽。很少很少，但他的牙齿还是清晰地哒哒作响了。客人不是马上，也不是突然地恢复着知觉。他第一眼看到和听到的是炉子上哐哐作响的水壶。他伸手去握水壶，但没敢要热水。不知道因为什么，或许是因为这个恳求的手势和出于同情，或许是因为乞讨人的破烂衣服，或者是出于天生的怜悯心，我不再害怕和愤恨。把刀塞到被褥下，从桌子上拿起茶缸子，绕过逃犯，开始从开水壶嘴里倒茶。

往缸子里倒热水时，逃犯始终盯着那家什，我却在特别地打量他，只有那个湿乎乎的大鼻子，好像光秃秃的悬崖，独立于茂密的阔叶林；瘦筋巴骨的大手，老得要死，时不时地攥一下；被风吹得红肿发炎的眼珠，不是眼睛，是眼珠，就像旧圣像画上重重地用烟熏黑的双眸。

我想他会从我手中抢走茶缸，弄洒茶。但是逃犯用手搂着家什，像是抱着只小鸡。因为猜到了我的想法或者是受到我所作所为的鼓励，他来回舔着满是裂口和疮痂的嘴唇说：

"面包！"

我从桌子上拿了一大块面包，看了眼桦树皮盖着的烤盘，那里还剩有鲟鱼头骨、鱼翅和鱼杂烩，还有点儿面包块没蘸完的汤汁。我们因为刮风下雨已经两天没捕鱼了，饭量也减少了些。

"叔叔真走运！"我心里说了一句，拿着食物向门槛走去，嘟囔着塞给了逃犯。似乎不太满意地又想，这就像人们在门槛边施舍乞丐。不知为什么这让我有点不自在，可是逃犯感觉不到，他顾不上这些虚礼。

"上帝保佑你，孩子。"他说，咬下了一大块面包，晃了一下，呻吟起来。面包的硬皮刺痛了他的嘴唇和裸露的牙龈。我猜到了，便递给来人一把木勺。他小心地、一口一口地喝着烤盘里的汤汁，往里面弄碎了一点面包，嘴里的鲟鱼骨发出轻轻的咔嚓声。

我的同伴们不看我也不和我搭茬。他们默默地在床铺上闲坐着。

来人火速地搞定了食物，在炉子旁动也不动地仍旧蹲着，伛偻着腰，他是个缺了只脚的人。

"谢谢，好心肠的人！"终于听见了有人在炉子旁说话。

大家哆嗦了一下，动了动。我们以为逃犯睡着了。

"别怕我。我是个和气的人，尽管也当过兵。"

"你也别怕我们。找个地方，躺下睡觉吧。孩子们要往火炉里添柴火。然后就上帝保佑你了。"维索京代大家答道。"这么警惕呢不是没有原因的。不久前有人洗劫了我们，有两个人……"

"两个人？！"逃犯突然猛地从炉子那儿转过身来，皱了下眉，可能灯光刺痛了他红肿的眼睛。"一个是麻子脸，小青年，有枪？另一个是大胡子，像我一样，脏？狠？脑瓜灵？"

"嗯。"

"那就是还活着。在走，在动……"逃犯沉默了一阵，蹲着蹭了蹭，然后像老头似的用手支着膝盖，站了起来。"嗬，好样的，爷们儿，你们没有反抗！他们是些凶恶的暴徒。可怕的人。他们会……"他抬头向着我们这些并排坐在铺上的小家伙们说道："他们就连孩子都不放过的……"

逃犯已经理智地，甚至充满了某种失去的尊严，请求给他烟吸，然后如果有可能，他请我们帮他烧热澡堂。

"我明白，其实什么都明白，"他解释道，"我躺在这儿，你们却因为我开始睡不着觉……可我还要洗澡……你们把我关在那里，请你们放心，我不可怕……亲爱的小家伙，拿柴火来。"他对我说，身子动了动，原地翻了个身，好像在压实他的地儿。他等了一下，想了想，传来了他低沉厚重的嗓音。

"澡堂的炉火在烧着，我给你们讲讲自己和那两个人……现在有幸告诉你们，过去我是个军人。军衔是上校。"过了一会儿，逃犯开始了讲述，不慌不忙、若有所思地，估计会讲得长。"尽管小时候就有人预言说，我会是个有教职的神职人员，可是命运发生了逆转：军事学校代替了宗教学校……去忙，去忙吧，小家伙们。"他对我和佩坚卡说："我等你们，我不讲了。未来的路，你们应该听听我说的……"

我和佩坚卡往澡堂搬了些柴火烧石头炉子，逃犯趁机打了个盹儿，又有了精神，只是还不停地咳嗽着，撕心裂肺地，但是，看样子以前是个健康、受过训练、刚强的人。

"如果没有革命，我或许就当了牧师，得到一个教区，多半是乡村教区，像我已故的父亲一样。可是当时不止是我的生活和命运发生了不可思议的尖锐转折，不止是我一个人从一个宗教学校安静勤奋的预备生，突然变成了一个砍大刀的人，一个骑兵。受到谢苗·米哈伊洛维奇[1]本人的注意，获得了勋章并入了军校，后来被派往远东，在一次与叛军的战斗中受了伤。伤看起来并不

---

[1] 谢苗·米哈伊洛维奇，即谢苗·米哈伊洛维奇·布琼尼（1883—1973），苏联元帅。

危险，可是跟腱被打断了。在部队医院里我得到了第二枚红星勋章，出院时却成了跛子，没有合适的有用的活干，因为整个青年时期都是骑着马过来的，只会干军队里的事儿。

"我说的那段无所事事的日子里，已经打算去一个新的建筑工程，在那儿学会一门手艺，重新开始生活。可是这时各大军区开始补充兵员，于是我被派到基辅军区，在一个骑兵分队军事战术部得到了个职位。

"唉，很快就找到了这个战术，它从国内战争起就没变过，谁都没有改变它的想法。骑兵们照料好战马，砍劈藤条，挥舞马刀，勇猛疾驰，高唱战歌：'我们的果实，不容进犯，布琼尼的骑兵师，向前！向前！向前！'

"与此同时，协约国各国建造了飞机厂和坦克厂，法西斯掌握了德国政权。周围情况危急，我们各处却还在节庆、歌舞，谈论着胜利……

"总之，我在检查完骑兵团及相关部门后，在军事委员会批评了他们。要求我把自己的特殊意见写下来，我立刻就做了。这时开始了夏季演习。作为军事顾问，我是一个骑兵军的代表，我们应该袭击'敌人'的大后方。

"军长过去是沙皇军官，受过军事训练，素养全面，像通常所说，无论是战术还是实战。他在国内战争中表现出了自己的诚实和勇敢。但是他的助手，特别是骑兵连的指挥官中还有很多平民，他们会用马刀剽悍地砍杀，大喊'乌拉'，却不习惯动动脑筋。

"情况是一团糟。突袭开始时已经分歧不断，那些还是多次抄自帝国主义战争[1]时的旧地图，也只有军团指挥官才有，骑兵连没有地图。他们并没有特别难过，他们相信凭借嗅觉一切 зробят як трэба[2]。可是很多人的'嗅觉'已经衰退了，规定的演习速度已经不是爷爷辈的了。一开始，我们就损失了几个骑兵，可是和平年代，假装的战斗，他们不会完蛋的，我们这样想。但是我们忘了到处都有人在留神着奸细、内部和外部敌人，留神着突然袭击。我们损失的'野'骑兵的数量天天在增加，他们没有深入'敌后'，而是陷入了雷区。演习近乎于实战，地雷带着导火索。很多老骑兵没有亲眼见过地雷，开始慌了手脚，战马惊慌了，牺牲了几个人，有人受伤，但主要的是我们中断了'作战'。没有协调好与坦克兵团的关系，骑兵的突然出现吓坏了坦克兵，在有些地方便开始向骑兵们开炮……

"军长、军参谋长、政治部主任和军区军事委员会代表被革职并送交法庭。他们三位被判刑五年，我因为'特殊'的书面意见，散布对红军队伍的不信任，获刑十年。各大军区、各个部队突然开始了'清洗'，听说到现在都没有停止。押送走的军人，后来也有文职人员，塞满了车厢和驳船。

"冬天去往西伯利亚的车厢，一天一夜只给一次水喝，吃的是说都不要说了。大家排队舔车厢的锈螺栓，上面有冻霜，舌头上的皮都掉了。

"春天，用驳船把我们运去克拉斯诺亚尔斯克，没有床铺，

---

[1] 指第一次世界大战。

[2] 乌克兰语，意为"都会做得好"。

水在光秃秃的木板下哗啦哗啦地流着，把我们运到了北方。'十号'船是艘有名的老驳船，往北方轮番运土豆或者人。船长和守卫懒洋洋地从船上向外抽着水，铺板上都是水，我们当时就站着睡觉，'像亲兄弟一样抱在一起'。一天一夜吃上一次黑乎乎的稀粥和冻土豆。不许我们上甲板，我们在一起装运的那些鱼桶里方便。有些天，记不得在哪儿起了风暴，鱼桶撞击着我们，在船里滚来滚去，翻来覆去。把人折腾成了死人，撕成了碎块，冲刷了铺板下的污垢。

"我们差不多走了一个月到达了杜金卡。终于到了，在没膝的血、呕吐物和腥粥饭中，光秃秃的极圈河岸在我们眼里成了福地乐土，村庄、杜金卡码头上的冻土和摇摇晃晃、高矮不一的木房，几乎就是上帝的天堂了。

"我们被赶到冻原深处，步行去的。路上我们开始遇到工棚、岗棚和建造铁道路基的人，他们穿得各式各样的。'喂，兄弟，我对自己说：刀也甩过了！不该损坏一切，总有一天还要建设……'

"冻原上耸立着一座大山，侧面终年白雪皑皑。下面还有几座山和一些山地，就在一条小河岸上，在湖水和沼泽之间，有工棚，有许多工棚；有房屋，几座两层楼的房子，有一座甚至在屋脊上挂了面红旗！这就是最初的未来城市诺里尔斯克。

"我看到了红旗，看到了住房。知道吧，人和火光甚至有点儿让我安下心来了。既然命运要这样，我就建设，好好劳动，这会算在刑期内，那我很快就自由了。'命该如此在白波运河。'囚犯们说。他们不是五年而是两年半的时间建设了运河，所有活下来的人都被释放……"

"是的，剩下来的人很少，剩下的活着的人，"我的父亲突然接茬，"伟大运河的建设英雄。尽管建了一个废物。"

"您说什么？"诺里尔斯克人停止了讲述。

"很少，我说，活下来的人很少啊。他们躺在了石头里、泥土里……讲吧，讲吧……"

来人沉默了下，想了想，往茶缸里加了点水，喝了口茶。

"好吧，一句话，要有自己的十字架，更得有啊。我的十字架比不上拖家带口的人和中年人的重。

"第一年和第二年在工地还忍受得了。还没有划分地界。囚犯们迁移到的好像是最寒冷的地方。都应付过去了，有取暖的东西，自备的。用不着抱怨伙食，但是建设工程发展起来了。船运来了越来越多的人，在广阔的冻原他们还是感到拥挤。窃贼、土匪、骗子和惯犯们开始结为一伙，在当地生活中为非作歹，恐吓住户。这些住户好歹凑在一起算个小城，他们离开冻原到了岸边，铺设了最北面的铁路。

"当然了，那儿给人们带来了坏血病、伤风感冒、采矿场崩塌、风暴和严寒，但是还没有大批的死亡。是的，我们的建设速度没有合乎一些地方和一些人的心意，我们的生活没有安排好，准确地说，是国际形势恶化了和正在恶化，需要我们的矿石，需要金属。建设工程的领导任务到了一些人手里。有一个自由人像是全俄冻土带所有牲畜和当地人的皇帝，统领一切。他这个人可不一般，很凶狠，算得上是坏人堆里长大的歹徒。养活和教育他的人奉行的规则是：'砍伐树木就会木屑横飞。'

"劳动指标真是够高的了，又提高了一倍。食物发放根据劳动量定，休息时间也根据劳动量定。不能有闲暇时间，不能生病和抱怨。劳动！劳动！劳动！加码！只有加码！无话可说。住房建设减慢了。已经盖了一半的医院停建了。工棚里的人喘不上气来。咳嗽、呻吟、打架、大屠杀、偷窃和残忍的押解，一点违规就用枪托打牙，一反抗就开枪。只有一个解释：'试图逃跑！'

"往哪儿？什么逃跑？难道从那儿跑得了吗？到杜金卡有一百多公里，到主干道两千多公里。可是工地领导要产量啊，每次生产碰头会都会把桌子拍得啪啪地响：'我们运来了足够的劳力，矿石却挖得很慢。整个冬天来的劳力严重地减少，如果这种情况继续下去，我就从你们这些工程师、军事警卫和所有的其他干轻活的犯人中，找出重劳力！'

"那个冬天死了很多人。但是春天起沿着叶尼塞河成船结队地来了新的劳力，替代了那些去了阴间的人。全国都汹涌着逮捕和流放的浪潮，大规模地拘捕人民的敌人、破坏分子、富农和其他各种坏人。

"不知道是什么，可是确实有什么提醒了我：我们工地的情形会更糟，更严重。预感没有骗我。诺里尔斯克的矿厂得到了扩大矿石开采的指示，因此，要扩大矿石工程，让劳动热情大到极限。'听，我们国家荡漾着金属之歌！开始了，开始了更多！铜铁，成倍增多！'收音机里喊叫着。

"我已经说了，全俄冻土带的皇帝是个不一般的人，凶残、能干、聪明，善于随机应变，是的，他有个恶魔似的脑袋！他以前是个地质队员，精通古生物学，知道他领地上飞舞的'木屑'落到地上，不会腐烂在永久的冻土里，它们施有防腐剂，能够像猛犸一样永远地躺在冻土里。如果后代找到了他们呢？关于他，如此著名的获得奖章的领导，历史会说什么呢？也有可能不是这个，可能是更加普通的理由主宰了他们，就是在冻土里埋葬死尸很难，让很多人丢下主要工作，分心于不值一提的事情。

"于是他从身心健康的人中组建了安葬队。

"夜里，我们那整个冬天都是黑夜，比这儿，伊加尔卡附近的夜晚要长，我们从工棚、矿井和矿场拖出死尸放到道碴车上，撒上一层雪或者道碴，运到杜金卡，在那儿再换上大马车运到奥谢廖德什岛。很简单却是伪善的算计：春汛会淹没群岛，会将上面的一切冲刷成白沙。叶尼塞河下游几乎没有居民，那里住的都是异族人、移民、留下来过冬的人，他们学会了对任何事都不见怪，也不吱声。广袤的叶尼塞河下游如此辽阔，河流交错，父亲河叶尼塞会带走死者，只不过是带到顺着树丛和冻土的低洼地里，鱼咬鸟啄，野兽啃光他们的骨头。

"夏天时开始尝试逃亡。第一批，人很少，几乎所有逃亡的人都死在了冻土带，有一部分人，虽然很少，却在冬天到来前被抓回来，刑期增加了五年，派到潮湿的井底。可是这些疯狂的暴徒以自己的经验和教训讲述了怎么逃跑，往哪里跑。

"还是冬天时我就想好了逃跑，开始准备，这事儿才让我没发疯。您知道，现在的春天又长又无聊，老早就开始了，拖到老晚，又是下雨又是结冰的。尸体的数量在这个冬天增加得很快，冻在了一起，冰坨没有在水压下冰消瓦解。岛子露出时，堆成山的尸体没有全被冲走，带着绿苔、垃圾，千疮百孔的冰坨和木块留在了原地。

"啧啧怨言在杜金卡河畔，后来又从渔民到快艇，从快艇到轮船，从轮船到沿岸慢慢地流传，开始越传越广了。听说突然间上面——好像是政府的委员会从天而降了。

"真的是突如其来，从天而降了。但是此前尸体已经用斧子劈碎，铁棍、镐头凿毁，岛子也收拾干净了。再往后就是父亲河叶尼塞的工作了，发水、冲走、冲洗、积满淤泥除去犯罪的痕迹。

"这之前，在一个囚犯的帮助下，我从安葬队转到了面包厂干活。听说有几个人疯了，可是不知怎么我已经根本不相信这个了。安葬队因为'有害的工作'额外分发了口粮，每人一个白面包和八分之一磅烟叶。我亲眼看见，那些脑残的人如何坐到死人堆上吃着那个面包，吸着马合烟，眉头皱都不皱一下。是呀，见识了所有噩梦般，甚至本身就是病态的可怕情景后，他们还能感到什么痛苦呢！

"我们有学问的皇帝把事情做得简直就差人吃人了。国家特别地需要诺里尔斯克的矿石，假如还有食物供给的话，工作还是可以忍受的，罪犯是不许安排伙食的。但是据'见多识广的人'说，好像是在科雷马和阿特卡埋的死人全都是没有臀部的。他们的臀部被丧失了人性的囚犯割下来做了生肉片。

"我们这里一切都干得更阴险更狡猾。索洛维茨基岛、白波运河、科雷马、乌赫塔、因迪吉尔卡的经验被成功地仿效，并针对这里进行了创新。秋天,第一次霜冻时,所有的'到头的人'[1]、干轻活的犯人、病人和极度虚弱的囚犯——大概有一千五百来人,都从各个工棚、医务所、医院里一下子清除了出来。对他们宣布说,他们要去塔尔纳赫,那里的条件更轻松一些,暂时还没有矿山、矿井,在建设新区,那里是些力所能及的劳动,几乎没有押送队,几乎是自由自在的,就像最初几年在这里,在诺里尔斯克。

"他们被带着过了冻土,沿着咯吱咯吱作响的苔藓,穿过小白桦和枝条缠绕的河柳编织的乱树丛网。他们身后绵亘着红色的印迹,那是他们踩烂的浆果山都柿、红莓子果、蓝莓……

"病人们所受的教育是相信人和始终尊重政府,因此他们这些筋疲力尽的人没有马上发现,少数的押解员在哪里蒸发,在哪里消失。不幸的人们醒悟过来时,他们身边既没有看守也没有狗。这个重要的实验后来不止一次地重复。谁都不会知道他们是如何走入冻土区,以及成千上万的人是如何永远地消失在了那里,了无痕迹。

"'得有多么发达的智慧,多么铁硬的心才能以这种方式摆脱吃闲饭的人,不用冬天里给这些未来的成千上万的死人凿坑。'

"我有时高兴自己没有成为神职人员。要不然我怎么向上帝祈祷呢,向给我们带来这些痛苦的上帝?为什么?难道我们在乱世中比其他民族更有罪或者上帝在因为顺从、盲目、失去理性的暴乱和弑兄而惩罚我们吗?或许上帝想展示我们的遍体鳞伤、备受折磨、丧失人性,以使其他民族对我们的不信上帝、我们的放荡和混乱害起怕来。我们是祭品吗?我们在牺牲吗?但是,上帝

---

[1] 指垂死的囚犯。

啊，您的惩罚是不是太大了啊！……"

有什么使得逃犯内心颤动，波涛汹涌。他转向炉后的屋角，传来一阵咳嗽或者悲泣声。他拿起冷杉筲帚，往炉后垃圾那儿好长时间地咳着痰，擤着鼻涕，喘过气来后哽咽地乞求道：

"对不起！可能，也不应该当着孩子说……可是他们要长大，要生活。应该有人知道这里发生的事，知道我们干的事。人们是如何英勇地征服了北方。恶棍们在掩盖，真的，在掩盖他们的罪行。他们能觉察自己的行径，会沉默不语。不过……不！不，不行！不能掩盖，不能沉默！……罗马皇帝尼禄[1]在世时也曾建功立业，可是到了现在，对他的别称是'嗜血的尼禄'。嗜血的！尽管死在他手上的呀是三百人。与那个我们工地的领导、当代全俄冻土带皇帝相比，这个尼禄不过是个学龄前儿童、少先队预备队员！吭咔……咔，咔！……请再给我支烟，喘口气……"

诺里尔斯克逃犯吸了口烟，在炉子那儿摇晃了一阵。我往炉子里添了柴火。窗外已经开始发灰，太阳正从泰加林上升起，天蒙蒙亮了。水仍旧沙沙地滴在窗户上，好像铁钉想让钉帽进到玻璃里，窗户上留下了一道又一道闪亮的水痕。

"我让你们厌倦了。睡吧，也让我去澡堂吧。"

"啊，不，"维索京在铺上动了一下，"哪还睡得着啊？！继续说吧。我们今天不捕鱼了。有风。"

---

[1]　尼禄·克劳狄乌斯·德鲁苏斯·日耳曼尼库斯（37—68），古罗马帝国的皇帝，历史上有名的残酷暴君。

他似乎想确认这一点，看了眼泛灰的窗外。我们大家都听见了风呜呜地刮着房顶，湿透了的树皮抽打着房梁，风吹到墙上，像把一捧小砂粒零散地砸了上去。在萨满教巫师的眼里，泰加林幅员辽阔，在我们周围不祥地呜呜叫着，与天空融为一体，天空卷集着低矮的乌云。很难，几乎不可能想象，在这个黑沉沉的、深不可测、无边无际的汪洋某处，藏着渺小的孤独的人。

他们步履艰难地走在几乎没有自由和获救希望的路上，也步履艰难地走向他们的既定目标。

"我们从诺里尔斯克一起出来三人，都是自己人，身强力壮的。我们只有一个目的和心愿，就是到莫斯科去，去见斯大林或者加里宁，告诉他们发生的事，我们的新建工程出了什么事。我们夜里逃出来，一路向着冻土深处，进入到还是冬天时造的秘密藏物处。我们在叶尼塞河的一个支流上确定了藏东西的地方。几天后大家顺利地聚集到了一起。东西藏得像模像样的，有点像帐篷，用面袋子和一块防水布缝的，有三把斧头、刀，甚至还有半把锯子。此外，也有张复制的当地地图，虽然复制得不太好。我们得上到主干大道上，要是到了大道上那多好啊，我想。灾祸却在第一段路上就瞄上了我们。

"我们的主要任务是走到叶尼塞河，再沿着河流向上游走。两千多公里啊！大家都是成年人，明白这是什么意思，猜得出来并非都做得到，但是哪怕有一个人能成功，也就够了，也就是胜利。但是我们摊上了什么事，是我们中的任何一个人甚至在我们所想的最严重的时候，甚至在噩梦里都无法设想的……"

逃犯吸完了支烟，把它在火柴盒上搓灭，然后沉思起来，注视着火光。他很喜欢看火光。老早以前的习惯了，自己都没有觉察到。

"我们捆扎了一个木筏，安稳地在大河上搭着它顺水而上。庆幸这么远的距离我们不用走潮湿、荒凉的冻土，并且我们还将处于所有的巡逻和警卫区外。

"走了一天，或是划桨，或是撑杆，在春天涨潮的河水里，我们本来就够胆大包天的了。可是我们想快点，快点前进！因此我们漂得特别来劲，木筏下浪花飞溅、波涛汹涌的时候，我们一点都没有在意。根据我们粗糙的地图，这个几乎还是无人区的地方平坦、笔直，各方面都很安全，但是普托拉那山的一个支脉偏向着河流。我们听说过这座山，可没想到偏斜得这么远。总之，这条笔直的、波荡起伏的河流上出现了一个个的石滩。我们这些陆地上的人发现它们时，已经无能为力了。木筏天旋地转，冲上了石滩，四周一片嘈杂、轰鸣，河水钻进石缝，顺流而下。我叫同伴们躺下，抓住木头，自己也这样做了。可是我们抓不住木头，木筏散了架，顺着腾起的白色的巨大浪花崩裂进了翻滚的深渊。木头撞了我一下，于是我抓住了它，头晕目眩地顺着这条深水沟漂着。槽岸像陡峭的墙一样立在河上。好像悬崖下有一个血淋淋的人一跃而上，喊了一声，不见了。我抓住木头，划到那个地方，但是在那儿什么也没看见，我自己却已经糟糕了，冰冷刺骨。

"这时我想起了上帝，如果他没有完全忘记我们，他有罪的奴仆，就让他把脸转向他们中的一个，帮助他。不知是否是上帝的恩典和天命延续了我的生命，这根木头把我托上了岸。在河水冲刷的石岸上醒来，我眼前便出现了一对目不转睛的眼睛。我呻

148

吟了一声，坐了起来，一只北极狐从我旁边跳了出去。它干瘦的身上的碎毛已经褪色，人肉和当地的小野兽成了它们的美食。这只北极狐嗅着，等着能开始对我下手。

"若不是我们中的一个人想到把火柴盒用松焦油浸泡，用树脂封起来，我那夜可能就死掉了。黑暗中我成功地拢起个火堆，也不是火堆，是拢在砾石上的枯死桦树残枝的火苗。我烤了会儿火，然后在河水冲刷过的岸上晃荡起来，在石头缝里划拉了些干燥后能用的湿漂木。我在火堆旁考虑了自己的处境，看了看自己身上穿的和还剩下了什么——靴子、囚服外衣、裤子、衬衣、内衣，我就穿着这些，也就剩下了这些衣服，连帽子都没有。外衣口袋里有一对钩子、插着针线的小针线袋、一块水泡过的面包干、一小把湿烟叶和我马上开始烤干的一片报纸，它泡得快成了纸浆。

"一整夜我都在等着从石头上向火堆走来的喊声、脚步声，我不想相信我的朋友们都死了。哪怕有一个能幸免于难呢。早晨我顺着河岸走，发现了我的一个同伴不幸遇难。他躺在水边，腿断了，脑袋破了个窟窿，还有热乎气。他口袋里有两只小钩子、火柴、折刀、针线包、一罐烟叶，裤袋角有水泡过的一块糖。我用石头安葬了我的同伴，把石板紧紧地压在上面，以防北极狐吃掉尸体，又向他请求饶恕，只让他穿着内衣。我又在石滩上待了一夜，等着第二个同伴。

"这段时间，我用同志的衬衣缝了一个口袋，用裹脚布缝了一个像帽子似的东西，给口袋做了根背带。然后收拾起他的靴子和衣服，我只是晚上穿。开始时我顺着河岸走，再就是晒太阳，太阳一天天热了起来。顺着河边，设法在相互碰撞的大冰块上走。溪流和深河床涨满了冰水，它们任意奔流，闪烁发亮。

"两天后我重新来到那条河、那个石滩。我在冻土和它少见的那些小岛上打转，并不害怕、气馁。这条河、这些没有生命的石头对于我舒适得已经有了某种魔力，是的，这儿有柴火，真是难得的、令我欢喜的东西。躺在冰凉的石头上，我从岩石上看着下面。先是看到了石头上的雨衣，然后是鱼群，下面是像镜子一样闪光的东西，它可能是个有酒的背壶，也或许是只小锅，我是太需要它了。我可能摔死、抽筋淹死，可还是得把这个东西弄来。

"我一个猛子扎了下去，弄来了！你们想不到我弄到了什么，斧子！我乐得直哭，对自己说，有了斧子我就不会完蛋了。再也不会烦扰无限仁慈的上帝，我会想起已经忘记的祈祷，在上帝的保佑下来到叶尼塞河。

"我又一次试图深入冻土，也再次相信了，春天的冻土不仅没有笔直的路，任何路都没有，江湖和小河逼得人只能原地绕圈、打转。

"况且，我算什么呀？你们要比我更清楚极圈。经验丰富的人假如倒霉落到了那里，他得钓鱼，养足精神，等待春汛过去。我却是一直地走，一直在折腾，走了一星期的路后见到了远处森林。我都不想相信，我想我看到的是冻土带的落叶松林或者石山的残丘，这可能说明我远远地偏向了北方，已经没有力气回去，回到工地，回到诺里尔斯克。靠吃没盐的鱼、去年的野果和苦松子是撑不了多久的。

"信仰和上帝的佑助使我信心大增。我走向森林冻原，然后进入了茂密的森林。真是白欢喜了。这里已经解冻,蚊子满天飞。它还不厉害，烟雾般在脸上留下个记号，还可以摆脱它，但是天气热起来会怎么样呢？甚至想都不敢想啊。

"并且我已经失去了几个钩子，因为狗鱼根本不懂得害怕，它们只知道自己什么都能任性地咬住，没人敢抓住它们，它们缴了我的械。我的捕鱼简单又粗野。用钩子抓两三条鳊鱼，把一条放在有铁丝保护的鱼钩上。这样的渔具我们刚入冬就做好了，带着乱动的小鱼斜着放进湖底或者河底。狗鱼立刻从藏身处像鱼雷似的飞了出来，这里两条或那里三条，飞快地咬住鳊鱼，咀嚼着使劲地游向黑黑的水底残株或者陈草泥浆，一边在路上吞食着猎物。我使出全身的力气拽住钓鱼线，狗鱼上了岸，却不松开咬住的猎物。它好长时间都不明白自己在哪儿，发生了什么事，为什么它在没有水的地方。如果是用不上渔具的鱼，我就用棍子赶它。我曾抓过鲫鱼、高白鲑、白鲑，甚至在一个清澈的湖的沙土水底里碰上条鲟鱼，可是实在是吃腻鱼了，都没法看它，咀嚼着就像野草。

"我曾感冒得很厉害，开始衰弱下去。但这时我遇上了雪松林，虽然长在北方，细细的，可真的是雪松林，特棒的树。它们下面沉睡着干爽、温暖的树枝、松子，就算是苦的，是往年的松子，也还是食物啊。也开始在林子里遇到越来越多的去年的越橘果。

"有一次我发现了只濒死的鹿，躺在棕色淤泥沼泽地的湿坑里。它吃光了周围的灌木、地衣、苔草，连带草根，啃土，一直啃到了冻土层。鹿腿的开放性骨折处爬满了蠕虫，它们在鹿腿皮下已经进到了鹿光滑脱了毛的腹股沟。野兽的骨头向外露出，有股味。鹿看见我，在泥坑里打起战来，它试着起来，可是随着使劲抬腿的呻吟声，又摔倒在泥里。

"担心鹿在我用斧子打它前咽气，我眯缝起被小飞虫叮咬充血的眼睛，猛劲地向坑里打去。

"我在被打死的鹿旁待了几天，假如没有让人发怒的小飞虫，还会再待下去。我用鹿皮给自己裁了个睡垫，又做了几个暖和的靴子垫，还有主要的是，浸泡后又裁出了几条细鞣皮带，抽出野兽的跟腱，用它们修补衣服、鞋，甚至打算用作钓线。当然，我早就知道迷路了，失去了所有坐标，因为愚笨不记得记号，但是不想承认这些，仍然希望着，瞧，我一定能到叶尼塞河，我不能错过这个伟大的主干道，上学时人们就这样称呼它。可是，泰梅尔冻土、极地的原始森林太大了，以至叶尼塞河可能迷失其中，对于如此广阔的空间而言，人就是只蚊子、蚜虫和一根草。

"假如你们这些北方人不知道北方森林和冻土，不知道在里面迷路了是什么样，我可能就讲给你们这一切了。但是我看你们都见多识广，你们的孩子也不是公子哥儿。只想说，对未来充满了力量和信心的我，不止一次地后悔没有和我的同伴们一起死在那里，死在石滩。

"不知道几月、几日、几点，但是森林冻原的花已经谢了，鸟儿歌唱的春天已经过去了，雌鸟在窝里，掉毛的雄鸟躲在堡垒里。我从雌鸟窝掏出蛋吃了，如果窝的主人在，就抓来在火上烤了。我用棍子追赶打到几只掉毛的山鹑和松鸡，把鸟连同羽毛、内脏埋到了火堆下面的地里，开始时充满了恐惧，后来就几乎无所谓了，往最后一盒火柴里看了看。除非天气不好，我已经不是每晚都生火了。当剩下最后一根火柴时，我决定最后再生火一次，然后就永远地躺在火边。"

逃犯用手捂着眼睛，他的喉咙里有什么呼噜呼噜地响了起来，我们明白了，他在强忍着喊叫和哭泣。爸爸把烟袋递给了来人，他摸索着接了过去，吸了一口，说道：

"谢谢您！上帝保佑你们和孩子们……"

"您还吃点吗？"我打断了来人的话。

"不，不，谢谢，孩子。上帝保佑你，在这个坏年头，不要玷污，不要触怒一颗仁慈的心。"

"或许来点咸鱼？"

"不，不，盐。"

我给了逃犯一小桦树皮的盐，他小心地捏着盐，放进嘴里，又甜又痛得发出哞哞声，盐使皲裂的嘴唇痛苦万分，露出坏血病的牙床。

"唉，我们多么没心没肺啊！"他喊了起来。又吸了一点盐，他大声地，近乎发誓一样地想让我们相信：

"如果我能活到好日子到来，我会弄一个角落，全铺上盐。这是盐啊！……不，你们不知道这是什么，盐！你们有很多盐，一整桶，你们挥霍它。但是不该，不应该，特别是孩子们，别让他们知道这个，别让他们知道我们遭的罪。像通古斯人所说，神灵保佑……唉，我们多么没心没肺啊！会有盐，会有面包吃，可是——心呢！……

"嗯，是啊，再一次抱歉，天亮了。我让你们没睡成觉。可，可是，我早就没有，或许也不会再有这么好的听众了……

"不知道是发生了谵妄还是鬼使神差，我开始感到林子里还有什么人。没有脚印，没有火堆的痕迹，没有烧过的火柴，可就是感觉，我旁边有人跟着或者在打转。不，不，我已经不怕邪了，我想这是我的死神在头上转呢，缩紧圆圈，散发出坏牙病、腐烂和坏血病的气息，想要我从痛苦中解脱。我根本不怕死，不怕鬼魂，仍然敬重生命，需要生命的不是我一个人，还有那些在极其可怕的拷问室里、在服苦役的我的那些战友，他们有的已经死了，有的正在死去。假如不是这样，有一次我真的就不从鹿皮垫子上起来了，林鼠、北极狐和别的小动物会连同碎皮子一起吃了我，就完事了。可是我还在抗拒。意识已经模糊，血几乎被蚊子吸到底了，走了调儿地干咳，我穿着烧坏了的脏衣服，走呀，走呀。多少次已经看到了叶尼塞河，走近了它，洗脸，洗手，喝水，幸福得直哭。可是，这原来只是个湖，封闭的水塘，像通常所说的又得重来一遍了。

"蚊子、小咬和蠓虫儿闹得我头昏脑涨，我尽量在夜里走路，特别是在荒凉、静止的泰加林，蒸汽和小飞虫弄得人都没法呼吸。白天我找到个通风口，倒在睡垫上，变得冒冒失失、心不在焉。小飞虫搞得我迷迷糊糊，无力地哀号着。孤独摧毁了我，我朝天上叫喊着，用拳头威胁着它。

"我剩下了一个钓钩，打满结的钓鱼竿、四根火柴、一把斧子和一把刀。都是抱着斧子睡觉，它成了我最信赖的朋友和救星，我甚至和它聊天……

154

"瞧，蚊子嗡嗡叫的夜里，我看见了泰加林闪烁的光亮，就想，这是做梦，是幻觉，开始大声地让自己相信，这是天的反光，是星星在水里的反光。夜晚早就被浓雾冲没了，太阳缓缓地悬挂在慢坡徐徐的泰加，不落下来。

"我先是跑了起来，然后改成爬，终于看见一堆小火，便放轻脚步，接近火堆，藏在了树后面。火堆旁边的树枝上互相挨着睡着两个人。第一眼看上去就断定了这是'自己人'。他们穿得没有我破烂，但也胡子拉碴，像个野人，蚊子在他们头上一团团地飞着。我是什么样呀？想起来都可怕。我咳嗽了一声，重又躲在了树后。两个诺里尔斯克人马上跳了起来，一个抓起了放在两个逃犯之间的斧头，另一个操起一把自制的刀。我简短地向他们解释了我是谁，为什么在这里。

"'到亮处来，站住！'他们命令着我，又拨了下火。我走向火堆，顺从地待了下来。

"'好，好呀！'两个陌生人摇了下头，扑向了我的袋子。'盐？面包？烟？'

"抖落完口袋里的东西，他们郁闷地不作声了。然后用干青苔叶子和鹿香草卷了烟，吸了起来。那个又瘦又年轻、灰发、灰脸、灰眼睛，穿着灰色衣服的人，又疲惫又好奇地问道：

"'游荡好久了吗？'

"人们叫他谢雷[1]，那是个可怕的人，一个劣迹斑斑的强盗，多次离开劳改营。四月时从惩戒营逃走了三个人。我们工地还没

---

[1] 谢雷（серый），俄语原意"灰色的"。

有人这么早地逃走。冒险鬼。但是看起来，他们失去了第三个人。这有什么呢？我们也是三个人一起跑的。

"是不是该说我是多么高兴见到了人啊，就算这些人是谢雷和什梅尔[1]，反正一样都是人，命运将我们拴在了灾难中，用逃犯和秘密将生活联系在一起。谢雷和什梅尔也迷路了。但是他们顽强地走着，毫不迟疑地顺着极地泰加林走。他们相信，朝南走早晚能到叶尼塞河支流，再顺着支流就到了父亲河叶尼塞，那里有人，有人生活，有地方也能找到人捞一把，能抢劫，能掠夺，搞到酒，搞到婆娘过把瘾。

"可是我高兴得太早了。命运让我们一起落难，但并没有让合伙人成为思想和目的一致的同谋。合伙人分成了两拨，少数派当然就是我。

"谢雷和什梅尔休息时，我钓鱼，抓些翅膀没有长硬的小鸟，准备些蘑菇柄、草，用这两人的锅熬稀汤。最初日子里我们和睦相处。我相信，和这些斗士在一起我不会完蛋的，一定能到叶尼塞河，到了那里我们就不便在一起了。可是一天天、一星期一星期地过去，我们无论如何也不能从森林冻原脱身。衣服全穿破了，人也都消瘦了。鹿皮早已没毛，煮后吃了。我们抓旅鼠、松鼠，甚至幼鼠吃，煮蘑菇，这些都没有盐，没有盐啊！我们嘴唇失血，都板结了似的，里面散发出一股腐烂味。小飞虫咬人的脸、手脚、脖子直到所有露肉的地方，顺着它咬的地方开始溃疡。我们这伙人剩下了一根钓鱼竿和带着一个坏鱼钩的渔具。

---

[1] 什梅尔（Шмерь），俄语原意"（劳改营）值班员"。

"我们现在开始轮流钓鱼。谢雷和什梅尔睡觉时，我钓鱼、煮鱼，然后我睡觉，他们钓鱼、煮鱼。

"然而谢雷和什梅尔奉行的狼性法则很快让我知道，他们不再给我吃的，但我得无条件地给他们准备食物和柴火。你们想想，经历过我们那种突击建设工程后，和他们讲良心和德行，简直就是废话。他们比我强壮，保持得比我好，可我也没让自己完全衰弱下去，尽量在两个伙伴睡觉时，找到哪怕一点吃的东西。更倒霉的是，我弄断了最后一根鱼竿。我手里拿着鱼竿睡着了，鳊鱼啄起小蠹虫，突然一条狗鱼向它窜了过去。我被猛劲一拉醒了过来，一下子慌了，可是已经晚了。狡猾的狗鱼已经钻到水底，一路上把鳊鱼的头甩来甩去的，身后都是碎掉的麻纱钓线，鱼鳞一团团地升起。我的合伙人要打死我，可是我说渔具藏起来了，假如他们想打死我，我不会说出藏在哪儿。另外，我还有两根针，可以做鱼钩，是的，用折叠刀起子，可以烧热它，弯曲成钓鱼竿。我还能想法子结活扣抓鸟，抓浅滩上的狗鱼。

"这些使我的生命延长了一段时间。但是'羊'这个可怕的词越来越经常地出现在我的意识中，虽然不能相信谢雷和什梅尔带着我是为了危在旦夕时把我吃掉。逐渐地成了他们的搭伴，我打听过那个绰号叫'鼻子眼儿'的、他们的第三个同伴哪儿去了。谢雷和什梅尔想让我相信，就像我的同伴一样，他在过河时溺水死了，可很快他们觉得没什么可向我隐瞒的，也不值得撒谎，我躲不开他们，便讲了他们的抽火柴游戏，一根短的、两根长的火柴。"鼻子眼儿"抽到了短的。他是个无期徒刑的因犯，经验丰富的步行者，老窃贼，他像当代英雄一样恭顺地接受了命运的游戏。把刀放在胸前，压住它，求他们按压他的后背。谢雷帮他减轻了死亡的痛苦。

"搭伙人用斧子收拾好'羊'，用火烤肉，一直坚持到鸟飞来冻土。他们没有成功地顺着冻雪壳走出冻土。滑雪板坏了，吃光了存的东西。以后，他们只有一根长火柴、一根短火柴棍了，已经不玩抽火柴棍游戏了，他们爱护火柴胜过爱护眼睛。

"这时我就出现了。自己撞上来的，是只真羊！没有角，没有头脑，鬼送来的祭物。

"有天夜里，谢雷和什梅尔两手空空地回到火堆旁。他们还不会结活扣捕鸟，神经不发达，习惯于什么都用蛮力。野果还没熟，坚果带着白浆，鸟展翅飞翔，在泰加林什么吃的都没有了。

"谢雷和什梅尔无力地倒在了火堆旁。'啊？'什梅尔闭上眼，说道。我明白这个'啊'的意思。他开始毫不隐瞒地祈祷了。'算了，我们睡觉吧。或许夜晚就会冒出什么来了。不要看见这个死东西了！全身都是疮痂病！……''烘焦了他！''呸！'谢雷吐了口痰，'尸体好嚼！……''我们连尸体都没有。我们自己很快能制造出尸体……''去死吧！先不让你蹬腿，先活着！抱抱地婆。睡吧。我们休息好，就开工了……'

"谢雷的身体比什梅尔弱，但精神要强一些。什梅尔凶狠得可怕，却不够机灵。

"我等到火堆的火小了，我的同伴呼呼大睡之时，暗自说道：'上帝饶恕你们，伙计们！'爬着离开火堆，一跃而起。突然间力量大增！拔腿就跑。仿佛记得我甚至喊了起来，觉得好像后面有人在追。我记得跑进浓雾里时，甚至来不及高兴，就无力地倒下了。

"太阳已经升得很高，我睡醒后看见雾气中涌出一股巨大、宽阔的水流。顺着沙岸流淌着静静的湖水。我向水里看了一眼，就急忙闪开了。水中的我双眼发炎红肿，看起来已经不太像个人了。

"巨大的水面上，风儿吹来，海鸥盘旋，成群的小鸭在游水，有东西一直在动，倾斜的地平线外烟雾缭绕。'这难道不是叶尼塞河吗？'

"我怀疑着，晒起太阳，歇息着，摆脱了严重的小飞虫叮咬，很快就又睡着了。冲上沙滩的浪涛打醒了我。我跳起来，看见了水上河岸口黑黑的轮廓。什么都弄不明白，可是有种清楚的意识已经完全涌出、冲击着我：'我到叶尼塞河了！我到叶尼塞河了！叶尼塞河上行驶着轮船！……'

"我早就不相信奇迹了，直到在内燃机船的船舷上读到'斯大林号'，没法不相信自己的眼睛。船上有乘客，其中有妇女、儿童，有人向我挥手，可我没法挥手回应。

"浪涛和眼泪使我浑身湿透。我跪在潮湿的沙滩上，向大地鞠躬、祷告，感谢上帝赐予我奇迹——生的奇迹！于是相信，在那一刻相信，船上的人是特别幸福的人。我因为恶意和误解遭受了痛苦的考验。我需要、需要找的正是总书记、正是这位公正的人，这艘美丽的船就是完全正确地以他的名字命名的。他会听我讲话，他会理解我。他本人曾被流放这些边远地区，自己逃离了这里，受尽所有的凌辱。他，只有他能够拯救所有人，能够消除这个国家和痛苦不堪的人民的沉重灾难。"

来人坐在渐渐熄灭的炉火边，手里捧着搪瓷茶缸。一天中最洁净的光线无意间从窗户透进木舍。逃犯看了眼窗外，喝光茶缸里的剩下的热茶，着急地说道：

"嗨，你们还要再听些什么吗？谢雷和什梅尔紧跟着我也走到了叶尼塞河，比我更上游一点。我很快发现了他们的'足迹'——夏季去捕鱼的特里同[1]打劫的帐篷，帐篷后被杀死的狗，被奸杀的衣衫不整的妇女。显然就是这两只胡狼把那个渔民打得落入河里，拖轮队找到渔民救了他。这两个逃犯在帐篷里搞到了吃的、盐和衣服。都是土著渔民从冻原迁移叶尼塞河两个多月要穿的衣服。搞到了枪，就是吓唬你们的枪。枪里可能已经没弹药了。好在你们没和他们打起来，他们会把你们锁在木舍里，然后放火烧了木舍。他们'自由自在'，他们进到居民区里'闲逛'。他们会继续逃亡，绕过大的村镇和城市，奸淫掳掠到冷天，然后投降。他们没有任何目的和任务。我顺着他们的足迹走，公开进到村镇。两次被拦住，送到了村苏维埃，两次被放了。我不偷不盗也不隐瞒我的意图。上帝保佑放了我，所以我相信自己能比谢雷和什梅尔走得更远。仁慈是我的动力。我会到达莫斯科，无论要我付出什么代价。对同志们的记忆和人们的痛苦都让我完成这一职责，或许这是我一生中最后最主要的职责……再给我点盐！"

逃犯嘬了好几次盐，在炉旁蹲着摇晃着，好像想好了似的大声说：

---

[1]　古希腊神话中的海神，海王波塞冬和海后安菲特里忒的儿子。

"反正不该当着小孩子们的面……"

"我们的孩子在伊加尔卡长大。"维索京回应说，并留心听了听外面。"刮风吗？刮风，刮风呢。天气一直不让我们完成计划。应该离开这片泰加林。哪儿都不让人消停。是啊，孩子也该上学了。"

"是，是啊，秋天要到了！"逃犯从炉子那儿应声答道。"该抓紧了，冬天前我要是出不去极圈，就完蛋了。"

"爷们儿，睡一小会儿吧，然后就走。会有伊加尔卡来的采松球和浆果的人，鬼使神差，突然会有巡逻队的，我们也没有好下场。"

"是，是的，您是对的。我就走，就走。请给包盐，给块面包吧，还有剪刀——头发野人样了……"

我爸爸说道："来吧！我会一点点。"

逃犯坐到木舍中间的凳子上，爸爸给他系上一块麻袋布，便在顾客四周忙活起来，剪刀咔嚓咔嚓地响了一阵，但不是平时剪发前那么说几句。

我把剪下的头发打扫进了炉子。

维索京往麻布口袋兜子里放了盐、小白面包和一盒火柴、一块糖，一边说着"瞧，多么丰盛"，把袋子给了来人。

"谢谢！上帝保佑你们！"

"不客气！上帝也没啥用。天晓得，我们明天会怎么样呢？"

"别生气，别对至高无上的主发火——天有不测风云……不应当这样。不该活着没有宗教信仰。"

"该在哪儿坚定它，坚定信仰呢？在你那儿吗？"

"是啊，哪怕在我这儿呢。我没有失去信仰，甚至在死亡的边缘，在冻土带。我追求公正，上帝会帮助我的。"

"好的，好，追求吧。我们在这儿，在伊加尔卡，看够了这种公正，公正已经没有地方可去了。"

"不，不，不，爷们儿，恨世者无法战胜人间自古以来的善良。现在，他们毁掉的不是一切，不是所有的人。不是所有人，不是所有人。无论多么奇怪，知识分子阶层，就是被监狱和劳改营里残忍的暴徒仇恨、最不幸的这部分人中，有着如此坚忍不拔的人。他们以其刚毅震撼了嗜血成性的屠夫。你们自己想想，被殴打、关禁闭、饿得几乎失明的老哲学家向劳改营负责人和政治副队长宣称：'我是囚禁不了的。是你们被永远地囚禁……''怎的？'负责人公民哈哈大笑起来。'上级如果进来，你们会一跃而起，两手按在光头上。我呢，怎么坐在凳子上，还是那样坐在那儿，继续思虑着以前没来得及想的事情。我会考虑人类，考虑你们，因为你们是不幸的、误入歧途的败类。你们就没啥可想的了，你们失去了思考的器官……'"

"是啊，你讲得很好，庄稼人、农夫则被戴上了枷锁，痛苦不堪。"

"反正善良和忍耐会解除恶的武装，会消灭恶。"

"你痛苦地解除了什梅尔和谢雷的武装吧？"

"是，是的，您是对的。这些人甚至连上帝的话也听不进去。他们已经是新时代的产物了。"

"是的，他们永远是老样子。并且他们也有信教的父母，农村人，可能也是无产者，但是都一模一样。"

"但愿不要如此，不要如此啊！爷们儿，但愿谢雷和什梅尔，还有他们的造物主不要开始统治世界。"

"当然，当然了，但愿不要如此。"

"好的，上帝保佑你！继续干吧，风好像停了，我们很快要去捕鱼了。"

中午时，我们去捕鱼了。跛脚的人已经不在澡堂里了。上小船后，我们看见了他，右脚瘸得很厉害，离开木舍两公里左右。他朝着波洛伊镇走去，顺着河流往上游走向自由，走向被冤枉和被压迫者的庇护者。唉，他还要走很远很远，还要走很长时间，才能到达公正之地。霜融化了，河岸上升起股薄雾。很快，跛脚的人跳上了河水冲刷过的堤岸，渐渐变小的浪涛拍打着波光闪烁的河岸。他离开了河岸，像蜉蝣一样飞着，在淡蓝色的烟雾里盘旋……向上飞腾。

……他在库别科沃村睡觉时被抓了，这个村子在克拉斯诺亚尔斯克郊外。他们将他送了回去，加了五年刑期。他又逃跑了几次，在一次逃跑中冻坏了脚掌。治好后被派惩戒劳动，去了道碴采石场。他再也不能从极地逃跑了，从诺里尔斯克逃跑也一年比一年困难起来。城市有了苏维埃现代工业的面貌，劳改营、囚犯区、铁丝网、荷枪实弹的警卫岗棚等都与城市分开，修筑了防御工事，加强了武装。壁垒森严的各个部门设置在舒适的房屋里，有暖气，有电，有政治处和科、股，它们建在城市中心。一切都顺顺利利，安家落户，生儿育女，稳固而长久，内务人民委员部工作人员坚定地相信会永远如此。

"前"押解员祖比洛负责带惩戒营上工，他的消遣就是让糙皮病少年从采石厂垂直的墙上跳过去再立刻起身跳回来。采石厂的斜坡塌了，少年绝望地手脚划拉着、爬着，动弹不了。

高兴的押解员笑得两肋直疼，把绳子的一头扔给少年帮他起来。但是被折磨的人还没来得及说"谢谢，公民领导"，那个人就把他放了下去，枪栓像上牙打着下牙似的拉得咔咔直响，开心地笑着："喂，快上来！喂，到了，真快，真快！……"

"停！"头发斑白、绰号"瘸子"的受惩戒的军人叉着两腿突然走来说道。

押解员凶猛地翻着白眼，朝着瘸子拉动了枪栓，可是还没来得及射击，空中闪过一把大锤，一堆灰白的新砂砾上，像是倒出来的发面一样，一小把更灰白的纷纷扬扬的土块掉了上去：押解员短了一截的身体冒出了血，军裤的棉裆变黑了。祖比洛的忠实朋友和助手——警犬汪汪叫了一声，深深地哀吠起来，突然冲向采石厂，一分钟后已经抓挠着广阔的冻土了。

瘸子说："谢谢，弟兄们。"他拿起祖比洛的枪，用三声枪响唤来了卫兵队长，没等他走近，就喊了起来："杀死押解员和队里一点关系也没有，我打死了他！"

瘸子手上拿着枪，猛地转身朝着采石厂翻了下去。

卫兵队长和上气不接下气的看守朝着采石厂悬崖跑去，只听一声："斯大林同志万岁！"紧接着严寒中传来了孤独的、没有回音、啪的一声枪响。

达姆卡

在奥巴里哈河上度过的那一夜是令人难以忘怀的。在现今纷扰不安的生活里这是难得的一夜，这以后过了好几年，我收到兄弟发来的电报，要我马上去他那里。

心脏病没有把他整垮，他挺过来了。但是祸不单行，他染上了更可怕的疾病——癌症。我一拿到电报，心都沉下去了："随着年岁增大，我迷信而受不起惊吓，一纸电文，就让我担惊受怕……"

叶尼塞伊斯克小城年代久远，市容陈旧，风俗古朴，外表看上去十分舒适，但内里渗透着僻远地区，特别是北方地区一切气氛灰黯的航空客站所固有的官腔。航空站上有一个满口坏牙的矮小庄稼汉，两颊长满了灰茸茸的连腮胡子，枯瘦的脸上一双眼睛闪现出孩子般的光亮，他正在向周围的人讲述他被罚处一年劳动改造的前后始末，逗得大家都乐了：

"这些审判员可真够浑的！"庄稼汉大笑着。"咱是俱乐部的锅炉工，俱乐部生火取暖是什么时候？傻瓜也知道是在冬季！

你想，怎么能熄上半年火呢！"

航空站中央洗得干干净净的地面上有一汪白色的液体——有人打碎了一罐牛奶。鞋底踩在玻璃上发出咔嚓咔嚓的声响，大厅被踩得湿漉漉的，而这牛奶，虽说不断遭到靴鞋的践踏，却始终倔强地保持自身的洁白，而且像是用它那毫无瑕疵的纯洁在谴责我们这些不久前还曾挨过饿的人。时髦的人造革面的座位被刀片割破了。由于过往休憩者臀部的磨蹭，被划破的一片片革面中间已经绽出了脏乎乎的氨纶。站里苍蝇嗡嗡地飞来飞去，蚊子虚情假意地边唱边打转，叮咬人们的大腿，钻进女人们的裙子里面去，于是连那些还不曾穿过长裤的女人也终于承认长裤不只是时髦的玩意儿，而实在是生活的必需品。喝足了人血的蚊子一个劲儿地贴着窗玻璃爬上滑下。一个右手封在石膏里的男孩子用左手把蚊子揿死在窗上。窗玻璃的一面淌着红色的血滴，另一面却是明澈的雨滴。它们顺着玻璃流着，轨迹有重合的，间或曲折相交，但是血的污流和雨水的清流虽然交叉重叠，却相互冲刷不掉，玻璃上的这幅意象使人不由得想起某种难以理解的、颇有凶兆的生存之谜。

"不要这样！"一个穿厚油布高筒靴和毛线上衣的女人，在此之前一直远远地坐在角落里，现在她轻轻地在孩子那只好手上拍了一下，孩子从窗户旁走开了，听话地坐了下来，依偎在她的身旁。女人把孩子那只有伤的手放到她自己的膝盖上，把他紧紧地拥在身边，然后，深深地叹了一口气，静静地坐着。

"我们今天快活地生活，明天更要快活万分！"那个满口坏牙的矮小庄稼汉一度消失后又在站上出现了。他摇动着一瓶廉价酒，开始对着瓶口喝起来，喉结的软骨痉挛地颤动着，脖子上的青筋都鼓了起来，他哼哼着，呻吟着。他的酒来之不易，并不能开怀畅饮，抿上一小口，就回味无穷地咽得喉头咯咯直响。他一甩头，大声说道："好啊，这坏货！"接着是一阵既像咳嗽，又像大笑的声音："她对我讲：'被告，站起来！'而我说：'不行，我没吃饱。'钱都让罚款搞光了，啊……哟……嚯！"

在飞机旁边这矮个儿庄稼汉的举止又颇出乎人的意料。他喝完了一瓶酒，就变得更加喋喋不休，对人百般纠缠。他把一朵蒲公英花插在坎肩的纽扣里，就挨到一位穿着奢华的黑眉毛的少妇身边奉承恭维起来："您那双眼睛亮得像钻石一样，勾得人魂灵出窍！"他用手指指花朵，意思说他是求婚者，向她求亲来了。

"你连一夜都消受不了，我会叫你趴下的！"少妇毫无愠色地羞了他一句。

通常在那些僻远的、几乎无人照看的航空站上，总要让乘客在飞机旁耽搁好一阵子。这时飞行员们为了显示自身的重要性也往往作姿弄态到心力交瘁的程度，他们如果不摆出一副睥睨一世的样子，似乎就不足以表明自己的身价。起飞跑道伸展在低地上，机场的周围布满着沼泽和灌木丛。闷热而恼人的阴雨过后，蚊子简直能把人活生生咬死。但蚊子并不咬那位笑口常开的矮小庄稼汉，他解释说，这是因为他身上的肉都有一股酒精味儿，尽管他舌头也转动不灵，却老是取笑那些妇女们，因为她们时不时地用手掌拍腿肚子，搓夹着大腿，有的女人也顾不上害臊，把手探到裙裾里面去驱赶这些小畜生。

"咬吧！咬吧，蚊子！小东西真聪明，喔哟，真聪明！它也知道什么地方最有味儿！"

"你这个促狭鬼！看我不给你个耳刮子，打你个四脚朝天！"年轻女人恼了。"嚼舌根也不看看地方！小孩子面前说这些下流话……"

"好，我不说，我不说！……"矮个儿庄稼汉像俘虏似的举起了多处刺破擦伤、没法洗得干净的双手。"男人和你一起过活够苦的吧？"

"我跟了他才受苦呢！这吸血鬼！真该在你们所有这些人的脖子上挂上结结实实的大石头，往叶尼塞河里一抛！"她继续大声说道，但并不专门向着谁。"他可不在乎！喝足了，吃饱了，有的是力气，一发火就想干架。打我可没那么容易，我会让他知道厉害！……这雄狗，把一个矮小的庄稼人狠揍一顿，打得遍体鳞伤。现在却像个老爷似的在监牢里吃现成饭了——这倒成了金枝玉叶，谁也偷不了啦，还要人给他送东西呢。这是神仙过的日子，哪里是人的生活！被打伤的人却住在医院里。害得我两头奔忙，分身乏术：一会儿送东西去医院，一会儿去监狱，又要上班，又要管孩子，凡事还要合婆婆的心意……这都是为什么来着？你也看得出来，无非是要让我那心爱的丈夫过得快活……嗬，像癞蛤蟆进了沼泽地！"她用胸脯顶着那庄稼汉，逼得他步步后退，他的身子扭曲得比先前更厉害了，踏着碎步，眨着眼睛：

"唉，我但求有酒喝，但求能吃个痛快！你的丈夫在监牢里，我可不会关进去！"

"你会关进去的，会关进去的！"年轻女人预言着厄运，她放慢了进逼的速度，啐了一口："我最恨满嘴胡话的人，宁可死掉也不要听这些！"

矮个儿庄稼汉尽管装模作样，但是并不跨越从言语转向行动的界限，他放开年轻女人又来和我纠缠，议论起我的帽子和体态来。我没有让他信口胡诌。"闭起你那滔滔不绝的嘴巴，要不我用帽子把它塞起来！"年轻女人对我凝眸注视了一会儿，她自己深受其害，因此很能理解我这种情绪，她温顺地叹了一口气，继续说出了萦回在她心头的想法：

"应该把这些酒鬼都收容起来，把这些强盗坏都找个厉害点的地方关起来，一滴酒也不给他们喝，什么也不给，要他们起早摸黑地干活。不然哪儿能行啊？好人都让他们闹得走投无路了！"

飞机舱门终于打开了。当地的俄罗斯好汉们在舷梯旁前拥后挤，就这样你推我搡进了飞机的客舱，把女人们挤到了一边，其中有两个妇女还带着小孩子。

"这些畜生，野种！该死的东西！就只有喝酒和欺侮女人的本事！"年轻女人骂将起来，一面帮忙扶持带孩子的妇女上梯子。洋洋自得的男人们和小伙子们大声笑着，说着笑话，一面在抢到的座位上舒舒服服地坐下，一面挖苦着那些未能捷足先登的人。我让妇女们先上，无论如何我总是从莫斯科的文学高级专修班毕业的人，在文学院的宿舍里待过两年——彬彬有礼的结果是没有找到座位。有机票，有我，有飞机，却没有座位，事情就那么完了：原来是机务人员捎带了一个认识的姑娘到楚什镇去，因此毅然决然地对我"视而不见"。整个航程中我都站在座舱的座位中间，手攀着行李架，对座位已完全不作奢望，不，我简直是在猜一个谜：说不定有哪个年轻人会给我让座吧，哪怕是在半途上？因为在我身上战争留下了明显的标记，要看出这一点是不需要什么"慧眼"的，然而我听到的只是空中飘来一句话：

"还算是有能耐的知识分子，连个座位都抢不着！啊——哟——嗵！"

矮个儿庄稼汉本来还要饶舌下去，但座舱门里另一名驾驶员探出身子，很不乐意地站起身来，走近这个讨厌的乘客说道：

"你再嚼舌头，我不用降落伞就把你从舱里丢下去！"

驾驶员用一根像马肚带样的窄窄的皮带攀在座位之间，对我点点头，大概是示意我坐下。我有礼貌地谢了他一声。驾驶员嘟哝了一句："真是有幸相请。"就走进驾驶舱里去了。

庄稼汉很听话地安静了下来。他那布满青筋的鸡脖子一样的颈项耷拉了下来，那颗脑袋像饲料萝卜般在座位和舱壁之间滚来滚去，每次碰到舱舷就甩动一下。

乘客们也都打起盹来。飞机飞得并不高，虽说轰鸣声很大，但总算平和而且显得随随便便，而当它在凹地上空下沉的时候，它就憋着劲儿吼叫着，挣扎着往上升，给人的感觉是这种呼哧声和叽叽嘎嘎的声音里都包蕴着歉意，似乎它竭力在前进的路途上甩脱沾上身来的云朵的纠缠，把准新的航道往山里飞去。

我叹了一口气：这些醉汉们令人腻味，讨厌之至，而且耳闻目睹这些无赖汉的行径实在叫人感到羞耻，特别都是些成年人，竟让生活折磨成这副模样，在大庭广众之间丢人出丑。

飞行员们对我是耍了个圈套，把我的座位白占了去。但是祸兮福所倚：飞机差不多所有的时间都在叶尼塞河上空飞行，我既然是直着身子站着，极目舷窗之外，眼底真是美不胜收！我是山区出生的人，从不曾知道在叶尼塞河中部地带一望无垠伸展着布满沼泽的低地，到处是稀疏落寞的林带、汩汩翻动的泽地，其中还夹杂着黄色的沼泽草地。飞机左翼下方，湖泊水道星罗棋布、纵横交错，波光涟影里野鸭子聚堆成群，那白色的星星点点是天鹅和海鸥的身影，相映成趣的是右翼下方那一溜崖岸陡壁，红色的航标像一只红色的秋沙鸭迎面疾驰而来，崖岸上空褐色的悬岩或是折断的山石低垂着，树木顺着石缝枝丫纠结地往上生长，其中有浮着黄沫的合欢树、忍冬、卫矛和树叶发白的合叶子。有一棵树爬上高处后，就在那里神气十足地舒展开了它的树枝。河床好像经过水雷爆炸，布满了深坑——水底暗礁处河水打着旋，水面宽广处一般说来是平静的，只有这些凹坑和石滩伸出地方的波纹，以及陡急拐弯处像被耙过似的带皱褶的水面才表明在我们身下终究不是田野，而是注满了水的和运行不息的河流。草木葱茏的岛屿顺着水面延伸出几条狭长的沙滩，低湿的草地在在皆是，被好多条光亮而像汞液一般沉滞的支流隔开着，流入林中并在那里消失了。

　　水面上时而金光闪烁，时而银色斑斓；河面表层上扬起一束耀眼的白色泡沫，很快就显现出一艘内燃机船；沙滩浅水处栖满了海鸥，高处望下去像是无数的飞蛾；乌鸦在干涸了的泽地上空发呆，它们通常能在那里得到一些口惠；看得见那用云杉树皮匆匆盖起来的窝棚；在绿色的石岬上篝火蹿起蓝色的烟焰，一看到这篝火，心也会揪紧起来，而且总想上篝火那里去，到渔民们中间去，不管他们是什么人，不管他在城市里是怎么生活的，在河边他们都和蔼可亲，友善好客。现在他们正用手遮着眼睛在瞧我们，身形很小的穿着黑色和橘黄相间游泳裤的渔夫放下了钓竿，为的是可以向飞机招招手；远处和近旁，永恒和瞬间，恐惧和欢乐——眼前的世界对我们一切人终究是何等地难于理解啊！……

"公民，公民！"我醒悟过来。年轻的女人扯了扯我的袖子。一路上她坐着闭目养神，一双红红的大手放在膝盖上，她大概是在木材流放处或者是在饲养场干活的。"请坐一会儿！"她就像是在医院里那样轻声地说道，一面站起身来。"恐怕腿也酸了吧？"

"谢谢，谢谢！"我按住她的肩头，为了免得她因我拒绝而感到不快，我友好地对她笑了笑说："我的工作就是要坐着的，所以站站也好。"

"噢，"年轻女人用微笑回答我，"是去楚什镇休假，还是出差？"

我告诉她此行的目的，她郁郁不乐了。

"我认识你的弟弟。他在国营农场当司机。现在变得瘦了，瘦极了，你怕认不出来了。"

这女人饱经忧患，有一种女性的敏感，因此没有再用谈话来打扰我，她重又闭上了双眼，似乎是在领略这难得的宁静和舒坦，但更可能的是她在自己的内心里，为自身的遭际感到伤心和痛苦。

飞机轰鸣着、晃动着，铁的舱门当当直响。突然飞机倾侧了一下，好像是让我能再一次看看河流和土地——这翻侧在一边的河流和土地——天空就在舷窗外，使人觉得只要伸出手去，就一定能扯下一团云絮来。飞机绕行了一圈，就沿着河面的斜势向楚什镇滑去。

从空中望去，楚什镇和叶尼塞河一带所有的村落没有两样，一片零乱景象，荒田废基，树木稀少，如果没有那一小片不知是谁当年种在镇中间的杨树，我大概就认不出它来了。楚什镇机场围镇而筑，地处河后面满是履带痕的河口近旁，它伸向，或者正确地说是毗邻着那一片杂长着毛茛、蒲公英之类的广阔的田野，机场上有一幢木结构建筑物，一套很普通的设备和两排灯柱。乳牛、牛犊和马匹就在机场上放牧，当我们的飞机偏离叶尼塞河，机头瞄准了两排勉强露出在草丛中的降落标记开始下降的时候，一个少年，有好长一段时间在飞机前方奔跑着，身上深红色的衬衣灌满了风，他用长竿从降落跑道上驱赶着一头杂色的、笨拙而沉重地甩动着乳房的奶牛。飞机好像眼看就要赶上乳牛，撞上它那故意翘起的尾巴了，但一切都平安无事；看来无论是少年，是奶牛，还是驾驶员们对这里的一切都已经习以为常，甚至有点像是在闹着玩，有意地逗乐。

我跟在驾驶员身后走出了机舱，他把有徽记的蓝色帽子十分讲究地斜压在右鬓角上，帽檐压下的一侧，一只眼睛旁若无人地直视着空中。另一个驾驶员用手叉在那睡得人事不知的矮个儿庄稼汉的肋下拖他下飞机。他双手抓住座位，脚步磕磕绊绊，嘴里还直嘟哝。驾驶员把他搡出舱外。庄稼汉身子摔到草上，喔哟了一声，终于醒了过来，他毫不在乎地嚷着索讨帽子。驾驶员在座位底下摸出一顶皱皱巴巴的帽子扔给了他。庄稼汉把帽子在膝盖上拍了一下，用拳头在正中捅了捅，就把它前后颠倒着戴到了头上。

离开机场后的一路上，这矮个儿庄稼汉在每幢屋子旁边都要停留一下，不厌其烦地讲述他被审判的经过，判了多少刑期，讲他在法庭上的行为有多体面，甚至可以说是英勇不凡，而为了庆祝这样的胜利他又如何在叶尼塞伊斯克城里痛痛快快地玩了个够。在一座破旧的木棚旁站着一个身上穿一件破旧上衣的女人，褐色皮肤的脸，瘦骨棱棱，带点混血的味儿。她手里攥着一根稠李树棍，正等着她那显然并不急于回家的丈夫。

"达姆卡！达姆卡！达姆卡！[1]"她叫着，"过来，过来吧，我给你尝尝这挨揍的味儿！……"

庄稼汉得到这么一个奇怪的诨名是由于他那古怪的"啊——哟——嚯"的笑声。有一次，一家屋主人，听到屋外响起这笑声，竟对他喂养的看家狗吆喝起来："嘘，达姆卡！嘘，你这光会空吠的东西！你对谁那么扯开喉咙狂叫？！"

达姆卡来到这楚什镇，或者说来到这人间，也实在是阴错阳差的结果。第一要怪他娘算错了时辰怀胎养下了他，其次是老婆娶得不对路。一次，达姆卡应募去伊加尔卡前往喀拉海地区干活，一路酗酒，把差旅费都喝光了。在楚什镇靠站的时候，他跑上岸去买酒，站队时候磨蹭了一会儿，轮船又缩短了停泊时间，竟把他撂在那里了。他那受尽苦楚的老婆乘上当地的快艇折回楚

---

[1] "达姆卡"按发音在口头俗语中有"揍""打"的意思。

什镇，二话不说，抽出一根柴爿就雨点般往她男人身上打去，直到喘不过气来才罢手。她把木柴塞回到柴堆里，再用脚踢了踢丈夫，就坐到木柴上大声哭号起来，向素不相识的人们诉说自己悲苦的身世。

达姆卡和楚什镇上三教九流的居民倒还相安无事——虽说他这一辈子见了女人就神魂颠倒，但在敛财这方面他对于楚什镇人来说并不构成威胁，他那种轻率浮浪的脾性，连发财也不放在心上的态度甚至使神情阴郁、行动暧昧的一帮坏家伙也增添了活气，起了点稀释作用。大家瞧不起达姆卡，但容忍着他，拿他逗乐，把他和其余这帮子人都看作废物。这些人不会生活，因此也就不会明抢暗夺，把东西搬进自己家里、地窖里和隐蔽的冰窟窿里——那是楚什镇上几乎每家都有的。

楚什镇这个地方对于阿基姆和柯利亚并不太合适，而他们这种容易激动而不乏公正的性格对这个村子也同样地不甚相宜。而命运却故意安排让柯利亚的岳家恰恰就土生土长在这个镇上，而不是别的什么地方。这家子人游手好闲、蛮横无理，已经有两个宝贝儿子因为动刀子干架蹲过监牢。小侄子们在家门旁边玩俄罗斯式的棒球，他们认出了我，起初迎着我跑来，但终于在老远处停住了脚，犹豫不决地笑着。我走上前去，吻了吻他们那满是灰土的小脸蛋儿，这使两个小鬼窘得不知怎么办才好——这些年幼的西伯利亚人根本不习惯这样的温存，他们俩抓住了我的箱子的拎手，各自倔强地往自己身边拖。在窗口，窗帘掀起了一下，闪过阿基姆那没有睡醒的、眼睛眯成一线的脸。他两手一拍，赤着双脚，头发蓬松，脚跟踩着鸡屎堆儿，就从屋里冲了出来。

"哎——哟——哟，真要命啊！有这样的事儿！"他迎着我跑来，一副伤心的样子。"航空站就只会说'不知道飞机什么时候到。不知道……'在河上逛荡奔波了一整夜，刚在地板上躺下，这下可成了……看我就这样迎接客人，可真是的！"

"柯利亚怎么样？"

"你自己看吧！"

柯利亚想从床上坐起身来，但他的动作叫人奇怪：先是伸出一只手，像是在捞摸一根看不见的绳子的头，想抓住它，然后借势撑起身子来。爸爸让他的孩子分散在各地，天各一方，但是他的手势、动作、嗜好、习惯，特别是对酒的嗜好却遗留了下来，虽然我们每个人还有所不同。柯利亚终于没有抓着"绳子"，倒在枕头上，他用手捂住了双眼，这手是那么枯瘦，在手腕处好像裂成了两片似的。

"你看……病成这个鬼样子！看来活不长了……"

很多事都会从记忆里忘却、磨灭，但是那孩子气的、软弱无力的手势和他想用以驱走自己的软弱，表示对疾病不屑一顾的粗鲁的言辞却留了下来。而且还留下了一种歉疚的感觉，这种感觉这回却显得尤其揪心，因为弟弟比我要小十岁，我经历过战争，却安然无恙，在生活里我看到过很多丑恶，但更多的是美好的东西。而他看到过什么呢？从九岁起就带着猎枪在原始森林里逛荡，从冰冷的河水里起网，在凛冽的寒风中装上诱饵，在严寒里下钩，敲破冰层，干着我们那生性快活的爸爸所不愿意干的一切事情——他养活被爸爸抛弃的孩子们，因此他对自己的孩子们有时候会那么热烈，那么不顾一切地宠爱和依顺，就好像要偿还给他们自己也不曾获得过的慈爱，也许他是预感到了他们将变成孤儿，他们会遭遇和他一样的命运，也将到处流浪，也会毁坏自己的健康，会迷失人生的道路吧？

晚上，当医疗站来给他打麻醉针的时候，柯利亚对阿基姆说道：

"你们走吧！维嘉喜欢叶尼塞河，你们跟我待在一起有什么味道呢？"他的嘴唇抖动了一下，转过身去——他不喜欢自己那垮了的、软弱无力的模样。要是他能活动自如，有可能为别人效劳，他现在肯定会上船，载着我们在河上迎风破浪，直奔奥巴里哈河……

在"雪松商店"近旁的小岗上——从商店有一架破旧的小扶梯，往下通到浮码头——聚集着一群年轻人，他们是楚什镇的精华。还在我上一次来的时候有一些本地的老住户曾试图向我解释过镇名的来由：在鄂毕河上——塞姆河就是在它近旁发源并流向叶尼塞河的——当地的渔民爱吃新鲜鲟鱼，他们把鲟鱼剖好，在鱼几乎还是活的时候撒上盐和芥末，并用伏特加堆渍起来，这种普普通通的菜肴就称作"楚什"。这名称说不定就是从那儿，从鄂毕河漂流过来的？但是这里的居民并不吃"楚什"，他们喜欢吃腌得比较淡的鲟鱼；再往北一点，人们常吃生的、新鲜的、几乎是活的鱼，按照本地的说法，这种吃法叫"吃抢鱼"，他们特别喜欢吃淡色的鱼：凹目白鲑、马克鲟鱼、聂利玛鱼等。镇名的产生更可能是基于下列原因：有个时期，与塞姆河岸接壤的一带是叶尼塞河农作区，这一带的田间繁殖了那么多的野鸡，以至春天的时候，牡鸡间的追逐、扑打，使得雪化了的地方热闹非凡，这时就只听到好斗的"楚呼——呼楚"的叫声。这声音远听起来，就响成一片："楚——什！楚什！楚什！"不管到底怎么样，反正这个古老村镇的名字一下子就映入脑际，再也忘不掉了。

有两条小溪顺着河流上游和下游把村镇和草地、田野、沼泽、湖泊分了开来，其中一条小溪夏天干涸无水，另一条靠拦河坝存水，以备失火时使用，从中渗出难闻的污水，在这一池死水中堆满了树皮、锯末、死狗、空罐头、破布、废纸等一切垃圾。

在镇中央，就在那几棵无论是从轮船上，还是从飞机上都能首先看到的杨树的近旁，开辟了一个舞池，在舞池大半已破败了的地板下面母鸡在下蛋，它们像喝醉酒似的，肚子贴着地面钻到舞池底下，在那儿生下一个个蛋来，供人食用。"公园"四周布满菜园，菜园都已颓败，角落里杂草丛生，母鸡甚至在这儿孵小鸡。当初公园还有过大门，出售舞池的门票，但这完全是徒具形式而已，事实上谁也不愿意花钱买票，白白增加财政开支，小伙子们都翻过菜园子，身后还带着自己的舞伴。

舞步早已绝迹，乐声已归沉寂。写着"热烈欢迎！"字样的油漆大门也被谁拖走去当柴火了。社交生活消歇了，公园成了山羊、猪和母鸡的天下，孩子在这里捉迷藏。夜阑人静时分，可以听到咻咻的戏谑笑声，热情冲动的呻吟，看得见彩色缤纷的尼龙紧身内衣，而那些裸露的、无拘无束的肉体的无邪与清新使你目迷神驰——这儿的夏夜尽管有蚊子，但明澈而温暖，使人不觉想放纵一下。

公园里还剩下一些白杨树，杂长着牛蒡草，有些地方还保存着围墙的圆木栅栏，孑然独处的是那圆形的舞池。如果从河上，从码头上看去，这一切就像一幅舞台布景，左面，在陡坡的高处，食堂的木板屋顶高高地耸起着，和它紧相毗邻的是一幢带桅杆和一束电线的建筑物，电线从一个个钻好的洞眼里通到外面，这是码头的电讯站，挂着一块"闲人莫入"的牌子，然而在那布满灰尘的、被烟熏黑了的电讯站的屋子里却总有些无所事事的人闲待着，有的是因为错过了轮船的班次，有的则是在等候来船，因为禁止在浮码头上过夜。一男一女两个码头管理员为了保持秩序和清洁，就以反对流浪汉习气为借口，把人从码头上赶走，并熄灭了除信号灯以外的所有照明灯。只在轮船到站前半个小时才放乘客进入售票处、行李存放处，以及过磅的地方。

在同一个陡坡的右面，在干涸的小溪堑沟上方，一幢阴沉沉的房子呈楔形突出在那像坟堆一样的小山岗上。房屋的百叶窗关闭着，每扇门上都用宽阔的铁条上了锁，门上敲满了钉子，简直像射满了霰弹的枪靶——这就是"雪松商店"，楚什镇上最神秘的所在。它有点儿像一座关闭了的教堂，阴森冷漠，对人们的祈求充耳不闻，然而用粗大的钉子钉在门上的赫然醒目的布告和木板缝里透出的亮光却表明这个机构还活着，在呼吸。

我到过楚什镇两次，在这期间却只有一回有幸见到"雪松"开门营业，其他所有的时间里，商店的门上总是贴着层层叠叠的布告，就像重病人的一张张病危通知书。先是简短的、不无傲气的"清洁日"。然后是与经商业务有关的"重新估产"，接着就像是衰弱的胸膛里一声长叹"今日盘点"，然后是一阵迟疑后，令人心惊的嘶叫"查对账目"，最后是这位长期孤军奋战的战士满腔痛苦地迸出了一句"商品移交验收"。

这幢大小老鼠成灾的、腐朽阴沉的建筑物会促使人产生一种从事黑暗勾当的邪念，会诱发人的黑暗思想，使人的行为充满仇恨。大门紧闭的"雪松商店"虽然只通过那些言简意赅的布告和那堆满了木箱的后门和外部世界发生联系，然而那里边的生活却始终紧张之至。在那里边，经理们和售货员们川流不息地变动着，因欺诈和受贿直接从柜台边被投进监狱的铁栅，保持不变的只有商品和对顾客的冷漠态度，有些顾客竟敢死乞白赖地提出种种要求，要买诸如洗衣粉，嵌窗的油灰，小学生制服，时髦样式的皮鞋、裙子、外套之类的东西，不断地打扰这些早就理所当然地自封为当地上流人物的乡村商店的营业员。甚至还有这样的无赖汉竟异想天开地要买牙刷和牙膏。在楚什镇上居然要用牙膏！同这种人还能做什么买卖？他们的父母连听见车轮响也会吓得战战兢兢，可他们这些土生土长的俄罗斯人的嘴巴却要用牙膏！最好的办法是不理他们的碴儿！因此在"雪松商店"的衣架上大部分商品依然是棉坎肩和那四十年代、五十年代式样的衣着，全都是那么陈旧，蒙着厚厚的灰尘，叮满了苍蝇。不过在"雪松商店"里却能听到最耸人听闻的消息和流言蜚语。

然而装在电讯站屋顶上的电动扬声器却给楚什镇人带来了说不尽的欢乐和兴奋！扬声器日日夜夜地响着，播送着国内和世界各大洲生活状况，音乐声不绝于耳。晚上年轻人漫步在"雪松商店"和食堂之间，不辞辛劳地守候着客轮的到来。他们满心希望轮船到来时会有什么事情发生，譬如，有人来做客啰，也可能会赶上一次打架。虽然关于酗酒的法律早已生效，所有卖酒的商业点都已关闭，当地的警察还亲自检查过它们是否准时打烊，尽管这样，很多人照样喝得酒气熏天。男人们在河边的圆木堆上喝酒，有的人已经躺倒在地，达姆卡没有醉倒，看来他已经"迷糊过一会儿"，柯曼多尔和格罗霍塔洛也都挺得住。这些好汉们恐怕只有榴弹炮才能把他们撂倒。从圆木堆上，从河边上，传来欢快的谈话声，不时响起："啊——哟——嚯！"当然是达姆卡在高谈阔论，谈那叶尼塞伊斯克之行。

在陡坡上出现了一群引人注目的人。像当家人一样信心十足地走在最前面的，是一位姑娘，她甩动着沾满灰土的喇叭裤腿，橙黄色的高翻领绒衣外面像工作服那样罩着一件长襟绒布背心。这位把头发染得比煤焦油还要乌黑的女性是从高等学校回父母家来度假的，她那美色，那贵重的服饰和善于文雅地小口喝酒并同时抽烟的举止立刻把所有的人都征服了。在姑娘那结实诱人的胸脯上，一枚金质的、足有一公斤重的胸章闪耀着斑斓璀璨的光点，我不禁估量了一下：这样一件时髦的玩意儿得用多少黑貂、驼鹿、灰鼠、白鼬、鳇鱼和诸如此类的活货才能换得？

楚什镇上的小伙子们趁热闹亦步亦趋地跟在这位出色的女大学生后面，崇敬地看着她；穿着花花绿绿的，但是并不值钱的衣服的本地姑娘们隔着相当一段距离，跟在稍远的地方。大家都抽着烟，嬉笑着。而我对于这场排演得很糟糕的，然而表明了生活实际的戏剧场面，却总感到不是味儿。电讯站屋顶上的扬声器里那种流行的五部合唱曲，也可能是爵士乐之类的节奏，把一首美妙的乌克兰民歌《晚霞》变奏得面目全非，生拼硬凑地把这首曲子搞成一个流行小调："莫道北方是边地……"

那姑娘噼噼啪啪地跳动着双脚，胸章在她胸部弹跳、翻动。这花花绿绿的一群人，学着他们心目中偶像的样子，跳得尘土飞扬，他们转悠着，还叫唤着什么。老派一点的男孩子们挤在一边张大着嘴，一眼不眨地看着这一群人，特别是这位摩登女郎。他们全都明显地有相似之处，哥萨克式拖在额上的鬈发，北方人娘胎里带来的向外分开的斜视眼，手工绣花的充缀的或绸的带腰带的衬衫。但是即使在这里也已经可以看到有人穿上了尖头皮鞋，戴着光彩熠熠的手镯形的小手表，甚至还会掠过罕见的牛仔裤。原始林带的小伙子们就像来到阳光明亮的地方不免要眨眼一样，他们仔细观察着，嗅着味道。他们对跳舞暂时还不在行，他们还只会按老办法干那一套：抱住那穿橙黄色外衣的好宝贝儿在澡堂子后面或是柴堆间来一下子。他们现在还没有胆量，因此在研究对策。眼看着这新一茬的年轻人也正在破壳而出，他们渴望着能进入这"先进的社会"，一边成长，一边从身上连皮扯下父辈们留下的种种古老僵化的清规戒律。做爹爹的还在墨守成规，但他们身上的脉搏也变得软弱无力了，古老的观念动摇了，于是时不时地就骂起娘来，在大庭广众酗酒抽烟。连上帝也似乎在示意年轻人尽管破戒开斋，适应总的潮流。够了，老是畏缩不前，墨守成规，白白地就放过了那么多人生的乐趣！

"一大清早，驾着鹿橇，我们飞驰，我们奔跑……"从扬声器那圆形的金属喇叭里冒出这句歌词，陡坡下面的岸边溅满了机油，散落着成堆的玻璃、空罐头、木片和擦机器的纱头，一对男女紧紧地搂着，从这里走过，他们根本听不进什么新的歌，只是放开嗓门吼着："我要一刀宰了那和我作对的女人，也要那负心的汉子送命，我一个孤身的女人，年纪轻轻，却要去西伯利亚充军……"

夜雾朦胧里，一艘有一个动听名字的本地航线小轮船"贝图什卡"号从克里弗利耶克转过卡拉辛卡石岬，影影绰绰地露出了身形。图书馆女管理员柳陀契卡背着一只大旅行包，手里提着箱子和网袋，睁大着那双美丽的、修饰得恰到好处的眼睛，顺着从小岗通向浮码头的扶梯艰难地走下来。从她竭力想把自己的家什一股脑儿带走，而且一副无拘无束的神情，以及穿戴入时而又讲究，并且不再是沾尘蒙垢的样子看来，这位当地的文化工作者大概已经干完了大学毕业后参加工作的"最低期限"，从此就要离开楚什镇一去不复返了。小扶梯每隔一级就是损坏的梯级，简直像是有人故意心存不良，而且梯子没有扶手。瘦窄的毛料裙子妨碍着柳陀契卡把步子迈大，取道凹地绕过陡岸她又没这个本事，准备上路的种种忙碌，看来已把她累得够呛。

人们都屏气静息，等着看女管理员会不会从扶梯上滚下来，甚至连阿基姆也关心地停住了脚步。我还在向河边走去的时候就看到一个外表威严的小伙子，从他身后看去，他的头发像十九世纪的诗人，从正面看却像个发配流放的分裂派教徒。一枚分量很重的深红色的银质十字架挂在他胸前。小伙子曾经用磨石、金刚砂皮和软布擦拭过这个十字架，但是时光的痕迹依然清晰可见，也不知这是人类的泪痕洒落其上的结果呢，还是祈求恕罪的嘴唇留下的印痕？古代殉教的圣徒从远古的年代，很可能还是最早的沙皇朝代流传下来的这枚极其珍贵的十字架，现在竟用一根挂钟上的不值钱的链子拴着。

那小伙子用小船载着一个浅黄头发的、神态淫荡的少女。他把船划到浮码头的上方后，搁好双桨，把那位女客从船艄抱过来放到膝盖上，当着这些老实巴交的人的面，众目睽睽之下就用嘴唇在女孩子的颈下和花里胡哨的短衬衣之间吻吮起来。岸上有人吐口唾沫，有人咂着嘴巴，也有人舌头咂咂作响。姑娘对岸上的人丝毫也不在意，一阵接一阵地抽着香烟，用尖尖的指甲把香烟留在嘴里的烟丝取出来，因为这时划船的人已离船登岸，赶上前去帮助图书馆女管理员了。柳陀契卡停下脚步，放下箱子和网袋，等到小伙子走到面前，便厉声尖叫了起来，用尽全力扇了他一记耳光。

"啊——哟——嚯！"

"够劲儿！"

"打得好，柳陀契卡！打得好！"在陡坡上的穿橙黄背心的姑娘拍起手来，男伙伴们用赞扬的欢呼声和掌声为女勇士鼓劲儿。

"畜生！凭什么装模作样？"船里的姑娘甩掉了香烟，双手往腰里一叉，扭歪着脸叫道："你这种花瓶，我可没把你放在眼里！……"

"滚你的吧！"小伙子喊了一声，也不知是对她，还是对柳陀契卡。他在埠头旁躺下身子，把十字架甩到背上，开始用水漱口，船里的姑娘随船顺水漂走了，一面为自己被人抛弃而伤心，一面七手八脚胡乱地划着桨往岸边靠去。小伙子没有走过去帮她的忙，吐掉了嘴里的血水，擦了擦嘴巴，斜着眼看着我和阿基姆帮柳陀契卡把行李搬进码头。

柳陀契卡甚至都没谢谢我们，把箱子砰的一声丢到了磅秤上，圆睁着充满狂怒和绝望的双眼向岸上扫视一遍。

　　"见鬼去吧！这该死的北方，还有这该死的非把这北方塞给我的人！"

　　"这磅秤有什么错呢？"码头管理员嘟哝着，一面去掉挂钩，用手指拨动着磅秤上的平衡砝码。"你们这样坏脾气的人实在不少，我可得对国家财产负责。"接着开导她说："给这些男人们放上一瓶酒，他们就不会闹了。"

　　"干你自己的事儿吧！"

　　"贝图什卡"号鸣响了汽笛。码头管理员虽然还在骂骂咧咧，但赶忙把船系住。陡坡上的人们向浮码头涌来。

　　我坐在圆木上，把石子丢进水里，突然听见身后的卵石嚓嚓作响，接着是一个很熟的声音：

　　"能在您那里找根烟抽吗？"

　　"我不抽烟。"

　　"您不抽烟？"达姆卡重问了一声，毫不客气地和我坐到同一根木头上来。"是为了保持健康，还是为了省钱？"

　　我不想和他说话。还在叶尼塞伊斯克的时候我就讨厌他了。柯利亚的音容始终萦回在我脑际。现在他正躺在农舍里，被安眠药搞得昏昏沉沉，半是睡觉，半是受苦，但是麻醉针的作用很快就会消散，到那时候再用什么来减轻他的痛苦呢？阿基姆走上前去帮柳达[1]把东西拎到船上，但是当她想把一个卢布塞到他手里

---

[1]　柳陀契卡的昵称。

的时候，他感到受了侮辱："一点儿也不懂人的心，别看我穿得破烂，我可是看她可怜……"阿基姆和达姆卡握手问好，给了他一支烟。达姆卡冲着我摇了摇头，阿基姆对他说了句什么话，于是他们就天南地北地谈了起来。

"贝图什卡"号启碇离开了码头，直向叶尼塞河上游驶去。由于天色通宵不暗，因此谁也不想睡觉，人们没有从岸旁走开，东逛西荡，总想娱乐消遣一番，有时候也竟然真会找得到。达姆卡最大的乐趣是在茂密的杨树林里、柴垛背后、澡堂子以及灌木丛这类隐蔽的地方守候那一对对的情人，而且他对这类发现隐私的密探勾当真是经验丰富，谁也没法躲过他的眼睛。小伙子们为了惩罚他这种讨人厌的好奇心曾经狠狠地揍过他一顿，他似乎收敛了一时，但对于这种密探的行当他到底也没法舍弃掉，唯觉心痒难熬，简直是一刻不得安宁，终于又到处刺探起来。

达姆卡对于楚什镇也是逆来顺受。渔夫们很愿意把他带在身边，为了逗笑取乐。而他却装作傻瓜的样子，为大家做种种"表演"不取分文，这期间他学会了摆弄捕鱼钩索，掌握了捕鱼的奥妙，自己还置了一条装着一只破旧不堪的马达的小木船，这是一个逃避当局追捕的大胆的偷渔人卖给他的。达姆卡下了两次网，使渔夫们惊讶的是，他捕的鱼可真够多的，而且他利市大吉，卖鱼也得心应手。会动脑筋的人们通过内燃机船、轮船、快艇、小汽车、飞机、直升飞机和其他种种水空运输工具运来所谓的"专用燃料储备"，夏天的时候用它们换取鱼、野禽、肉类，冬天时候就换取胡桃和毛皮;处处都用自然方法结算,交换单位是一瓶酒。

从一艘航行于邻近的鄂毕河的船上，曾经查抄到一吨多用酒换来的鱼。为了搜查这艘连年来从事非法营生的船，并对那个靠转手贩卖鱼类而大发横财的船长（他和他的子女们拥有的别墅和汽车多得不可胜数）追究责任，必须要得到检察机关的同意，但是上帝离平坦的鄂毕河流域太高，检察官则太远。于是像达姆卡这样精明能干的汉子，夏天就用捕鱼钩索，冬天用冰下钓绳，自由自在地捕鱼，生活过得无忧无虑。然而在战前叶尼塞河上从来不曾有过这样的幸运儿，那时候渔业工厂和当地的、外来的渔民们签订合同，发给他们预支款项和捕鱼用具，劳动组合宿营地的工作人员还每周一次驾着捕鱼装备艇巡视各处，验收捕获物，供给渔民们食物、手套、围裙、靴子和其他工作服装。而他们这些小型的、常常是总共才由两个人组成的劳动组合就成了这条河上最严厉的监督者。因为他们要尽量多捕鱼，完成计划，以便到秋天可以得到规定的奖金。而且领导手工捕捞的单位付给劳动组合的鱼价要比付给固定的集体渔业生产队来得多。我自己也曾经跟随父亲和他的伙伴亚历山大·维索津内依一起在这种订立合同的劳动组合中捕过鱼，尽管我看够了这些横行在河面上的强徒，尽管我发表过很多关于捕鱼行业现行制度的议论，但我仍然坚信，只要对这些人公平交易，而不是以一换十，他们肯定会如释重负地诅咒抛弃这暧昧冒险的营生，诚心诚意地来从事合法的捕捞。

而眼下在各条河面上夜间的非法捕捞活动还十分猖獗。达姆卡喝着酒，哼着小调。有一次他搞到了三十条鲟鱼，有两条各重六公斤，真是吉星高照，好运气啊！主要的是几乎全是活鱼，他扔到舷外去的死鱼总共才只有几条。他累极了，但心里快活非凡，真想大叫几声。这下可把婆娘的嘴堵住了，堵住了！她对他这样捕鱼简直是恨之入骨。一早，还没有睁开眼睛，她就要破口大骂："身上也没个干的时候，简直像只湿鞋垫，真是害人害己！……"总之，都是这一类的骂人话，一想起就心里憋气。达姆卡抽着卷烟，乘着小船在河上飘荡。舱底的姆鱼噼噼啪啪用尾巴敲着木板，有的用背鳍蹭擦着——这些鱼活蹦乱跳，毫不安分，真想把它们赶快下锅。

马达没有发动，小船随波逐流，船主人欣赏着大自然的景色，似乎也毫不担心会有什么船只出现。牛虻向达姆卡袭来，这个地区的牛虻几乎有麻雀般大小，它们的青磷磷的头部呈直竖形状，尾部下垂着，身上像斑马般有一条条花纹，嘴上的尖针像铁路上的道钉，你稍一走神，它就立刻会比汽锤还厉害地把针扎进你的背部或者其他什么地方。牛虻围着小船打转，像军事歼击机那样轰鸣着。额头像出租汽车那样发出绿光。

"喏！喏！咬啊！咬啊！"达姆卡伸出他那扁平的、折断了指甲的手，挑逗着这作恶多端的小动物。牛虻受宠若惊，停到皮肤上，不知是由于汽油味儿呢，还是总有点不太放心，也可能是预感到即将饱吮一顿人血，牛虻用尾部打起转来。"这吸血鬼的抽血泵开始发动了。"达姆卡看着它俯下头来，翘起尾巴，贪婪地停住不动了。达姆卡见机不可失，用足力气，对准牛虻打下去，那小东西一心想饱吮一顿，失去了警惕，现在可自食其果了，它肚子朝天翻了过来，翅膀和脚颤动着，还想翻过身来。一条什么鱼把牛虻咂巴一口——这宝贝儿也就无影无踪了！"真是一物降一物啊，"达姆卡沉思起来，"自然界它自己会在善恶之间制造平衡。"

188

地平线上升起一缕青烟，烟雾里隐约可见一个黑影，大小和牛虻相仿。渔夫的身体里传过一阵甜蜜的战栗，胸口隐隐刺痛，一种灼人的迷醉传遍全身，就像你第一次领略青春的过失之前的那种感觉一样。"圣母在上，还有其他圣灵！这就是生活中快乐的瞬间，为了这一刹那的欢乐弄得全身精湿，冒着生命危险，还得和老婆吵架！……"小船上的牛虻不是一只，它们有一对，多半是夫妻俩，那雌的牛虻成了寡妇，就飞上岸去求援，达姆卡的脑袋上方来了将近十只左右歼击机一样的东西，打着转，吼叫着。"喔哟，这些反革命！弄不好别给它们螫上一口！"

达姆卡扯了一下发火绳，马达"不上火"，噗哧、噗哧、呼噜呼噜地响着，只往外冒烟，拉到第三、第四下突然点着了，船猛地冲了出去。达姆卡伸手去抓船帮，不料，翻了出去。还好有一艘轮船经过，丢下一个救生圈，水手们把达姆卡从水里救上来时，他满面通红，他们又把他灌得醉醺醺的。那时，他可把船上的人逗得乐不可支！……

使用过度的马达嘶叫着，冒着烟，马达里的喷油嘴或是什么螺帽当当响着。眼看就要掉下来了！到那时怎么办呢？但是不能再爱惜马达了，要尽快去洗个蒸汽澡。渔夫的五脏六腑全都快凝结住了。"唉，应该搞一台'旋风'牌发动机！"达姆卡叹了一口气。"但哪儿去弄呢？'旋风'牌只有在大地方才有卖，好让劳动者在星期日或者他的公休日子里带着他心爱的女人一下子钻进大自然的怀抱，文明地休息休息。"

达姆卡由于美好的预感而心里觉得软绵绵的，他想宽恕所有的人，爱所有的人，他觉得目标在望，而且距离实现凤愿的日子愈来愈近了。驶来的不是内燃机船，而是一艘拥有舒适的、漆得色彩鲜艳的舱房的单层甲板小艇，艇上还响着广播。"是首长！"达姆卡肃然起敬地想道。"乘船出公差到某个地方去。可以敲他们一记——反正他们也穷不了……"达姆卡精神振奋地想着，关闭了马达，从舱底拣了一条比较大的鲟鱼，站直了整个身子，但他是什么样的身材啊！他爬上了舱顶，这样可以快点让人发现，他攥住鱼的尾巴，一面挥动、一面喊着：

"喂，大船上的同志们！我的朋友们，帮个忙吧！是一个饿汉在喊叫！卖鱼啰，半送半卖，喂……"

鲟鱼活蹦乱跳，弯转身子，伸出了圆圆的紧闭的嘴唇，竖起了坚硬的鱼鳍，像是振翅欲飞的模样。

对方看到了达姆卡，给他发来信号，那是任何一部航运规程里不曾规定过的信号，但在我们所有的水域上仍然是都能懂得的——这是用一面小白旗摇来曳去，温和地往自己身子底下搂过去的动作。两艘船接近了，相接了，就像海战中接舷搏斗似的：一只是窄长破旧的小船，一只是有黑色船舱、甲板上布置得秩序井然的白色小艇，上面的无线电广播也并不神气活现，人们也并不用它来急不可耐地喊叫。只有某一个非俄罗斯的妇女悄声细语地在耳畔诉说着、恳求着："售票员，售票员，卖我一张——票！""要不要买块辣姜？票子可没有！"达姆卡有本事把一切歌曲、俗语立刻按自己的意思乱改一气。"是啊，看来船上是正经的、能干的人。地质学家，不像是别的人，再不就是什么部里来的人，来检查财政和劳动纪律来了。"达姆卡心里肃然起敬，有点凛凛然了。

小船被拴在小艇的艉钩上了，渔夫被很尊敬地请进了客舱。那儿墙上钉着的几幅图画使他心里一动。有一幅画的是生活里的灾祸场面：河岸边一座工厂的管道里重油往河里奔泻而出，鳇鱼、淡水鲈、鳊鱼等等都翻转了肚皮漂在水面上，奄奄一息。"唉，这些狗娘养的干了些什么呀！"达姆卡脸上露出了悲伤的神情，接着却在旁边的一张画上看到了和他一样的偷渔的伙伴。一条满腹鱼子的鳇鱼，挺着个大肚子，戳在鱼钩上死了，临死前用满含谴责的目光盯着那蜷缩在图画一角里的人。在鳇鱼那锋利如箭的目光逼视下，非法偷渔人的脸扭歪了，这脸的模样，但愿上帝保佑，简直没法形容。这猥琐的、蓬头垢面的样子，发青发灰的鼻子，浑浊不堪的眼光，如果在梦里看到，不管你信不信上帝，你非画十字为自己壮胆不可。图画的另一边有一个人高耸着双眉，洞察一切的目光很像当地的渔场稽查员切列米辛，他身体笔挺地站着，就像不久前的军事宣传画里的模样，一只手指直指着达姆卡："违禁渔猎者是大自然的敌人！同违禁渔猎者作斗争！"

　　渔夫打了下寒战，想找点有趣的东西看看，结果在这些画和另外一些画中间，出乎意外地发现了一张怯生生地缩在后面的传单，约莫像一张练习本纸那样大小，上面用红蓝两色写着：

　　"渔民同志们！请勿摧残渔业社的幼鱼。如在捕捞工具中发现幼鱼，请勿加伤害并放回水库。请记住，幼鱼是今后捕鱼量的基础！"达姆卡的心都坠到一边去了，他偷眼向四周看去，眼光碰上一个人，那人正随随便便地微笑着看着他。

"这些画你觉得怎么样？"

"我们可不动那些幼鱼，为了不影响将来的捕鱼量，我们保护幼鱼！啊——哟——嚯！"他仰起那张窄瘦的脸朝蒙着白色塑料墙布的天花板笑着说。那人从抽屉里取出一些纸，微笑着，仍旧和蔼地摇着头，但已经略带一点伤心的样子。"说不定他的女人死了，也可能有什么伤心事，而我却还粗声粗气地笑！"

"这鳇鱼是怎么回事？"陌生人继续在抽屉里翻看着，一边问道。达姆卡心里希望按通常的规矩先来上半公升酒，再送上点新鲜的、此时此地十分难得的黄瓜，然后再开始谈买卖。但是什么也没有送上来。"唉，你们竟这样！……"

"一个半卢布！"

"好啊，亲爱的！别处才一个卢布。"

"别处一个卢布，我们是一个半！没有讨价还价！"达姆卡甚至对自己也非常满意了，他是那么有胆量，那么坚强。这就是河流和大自然锻炼出来的性格！瞧这样长此以往，恐怕得由他动手来揍老婆了，而不再会是老婆打他。至于那些把他当作密探而狠狠揍过他的奇装异服的小子们，他一定也能各个击破。

"为什么您的鱼要那么高的价？"

"马达太破旧,常常要修理,这是一！"达姆卡扳下一只指头。"搞汽油不容易，这是二！监督机构稽查得紧，这是三！要喝酒壮胆助兴，这是四！"一提到酒，所有的傲气都一下子烟消云散了，达姆卡胡说八道起来，他像集市上的女商贩那样喋喋不休，再也顾不得说话要稳重，要有停顿："安加拉河鱼滴得出油老婆命名日商店这做买卖没工夫嘴里冒火……"[1]

"说得慢点！"轮船上那个人要求着，他终于找到了钢笔，于是打开了一个小本本。"像开机关枪！一梭子！耳朵也震聋了！"

"普拉斯柯菲娅长疖子，梅兰尼娅长水疱，如果要嫌鳇鱼贵，要买就买，不买拉倒！"达姆卡恰到好处地说了一句顺口溜。"啊——哟——嚯！"

"真是夜莺！低音管！"那个人重新打量了一下达姆卡。"简直是叶尔绍夫[2]！"

达姆卡感到有趣了，会不会是主管边区招工局的那个叶尔绍夫？这是个踏实可靠的人，也不抽烟。他还有个妻子在码头上当女出纳员，那不是他第一个妻子，那是第二个了。还有一个叫叶尔绍夫的人，那是童话《小驼马》的作者。谈话中说到了招工局和达姆卡知道的其他机构，在谈话过程里，达姆卡终究还是讲到了自己的生活情况，把名字也说了出来。客舱里挤满了人，听着，哈哈大笑着。达姆卡也乐意效劳，他难道还舍不得花力气去逗人笑吗？再说，他总还念念不忘于那一顿款待。

但是，船驶近楚什镇的时候，那位神秘地微笑着的公民竟威严地拍了一下桌子：

"够了！快活过了！"他转身问一位身穿河工制服的年轻人："多少？"

"三十条。四十七公斤。"

---

[1] 原文如此，表示达姆卡在胡说八道。

[2] 伊凡·叶尔绍夫（1867—1943），苏联男高音歌唱家。

"好呀！"公民注视着达姆卡，就像一个戴着红镶边肩章的将军。"本来每条鱼要罚你五十卢布，还要没收小船。但为了你那一番免费的表演，给你打个折扣。拿去签上字。也算是给老婆命名日的礼物……"

达姆卡对那张纸看了一眼，不禁张口结舌。这一生中他第一次不知说什么好了。他试图大笑，想让人知道，他自己就是个无忧无虑的快活人，也喜欢而且懂得开玩笑，但笑出来的声音却已经不是通常的"啊——哟——嚯！"，而是"呜——哟——呜！"了。

"同志们！同志们！"当他被送回小船去的时候，他已经处在半昏迷状态，说话就像呓语一般。"我祖父是红军游击队，我父亲也是……有过功劳的！同志们！"

小艇向北方驰去，烟囱快活地放着气，吐出一圈一圈的烟雾。小船随波逐流，经过楚什镇，漂向卡拉辛卡，然后向远处驰去。到了塞姆河口就打起转来，当时达姆卡的老婆——其实她自己也记不清哪一天是她的命名日了——央求一个渔民赶上小船看看，如果她男人没有中风，如果他是喝得酩酊大醉无法掌舵，已经躺倒在船底了，那么就把他送回家来，其余的事她会亲自料理的！

达姆卡神志是清醒的，但吓坏了，因此被送到楚什镇来时由于深受刺激只是重复说着："同志们！同志们！我的祖父……"

达姆卡的妻子害怕了。

"啊哟！落下残疾了！把人搞成痴呆了！"她叫喊起来。"这准是异教徒干的，准是异教徒——这些沼泽地里的强盗啊！……"

妻子整整一夜不顾一切地为达姆卡忙碌着，喂他喝从七片草地上采集来的十种草药配制成的浸液，然而任何家传单方和林中秘药，甚至圣水都起不到理想的效果。病人倒也确实不再翻来覆去说祖父和立过功劳的父亲了，但是眼珠翻白，舌头难以转动，脑袋也撑不起来，事情大为不妙了。

到了这种时候，原来被她羞辱过的那些森林居民，即旧教徒们，劝她试试最后一种办法：从澡堂里十字架下方的地板底下取一抔土，用酒化开，灌进病人嘴里，甚至不妨用点强制手段，在原始森林里据说历来就是用这种办法使活着的肌体里产生一种对死了的土地的厌恶。达姆卡被澡堂的泥土搞得五脏翻转。病急乱投医，他现在唯命是从，他听话地服用煮牛奶和蒿草汁，睡得像婴孩那般宁静，再也不像平时那样会一连两夜辗转反侧、不能入眠。

到这时才弄清楚：边区渔业稽查站一艘用最新技术装备起来的船，正在叶尼塞河上试航，因此，即使达姆卡不自投罗网撞到这些"抢鱼的"人嘴里，他们也能抓住他，把他搞个精光。他们对达姆卡那艘老掉了牙的"母鸡"号，单凭轮廓和冒的烟就能认出来，在夜间甚至光凭发动机的声音就可以分辨无误。现在你倒去和"他们"斗争斗争试试。对于这位深受渔业稽查机构严惩手段之苦的受难者，人们同情、安慰，徒然地尝试着用药汁喂他，但是他妻子守在他旁边，不让别人插手。

然而，过了不久达姆卡神志恢复过来了，他又重操旧业，干起这黑暗的行当，他喝酒、寻欢作乐，不想支付罚金。于是他被送上法庭，我们也就在叶尼塞伊斯克偶然相逢，达姆卡终于有了新的理由来讲他那些快活的往事。

达姆卡在黎明的朦胧时分里挨着时光，因为无所事事而慵倦不堪，他竭力克制着自己免得又受不住诱惑而踏上那刺探旁人隐私的邪道。他很想喝酒，就试着探探阿基姆的口气是不是到"贝图什卡"号上去弄他半公升来，但是阿基姆叱开了他，接着，我们离开河边穿过空旷荒芜的菜园，那里马铃薯刚刚开花，温室木架上的黄瓜已经长出第三片叶子，胡萝卜的田畦上钻出毛茸茸的细叶，萎靡不振的荨麻依偎在篱笆的两旁。我们慢步地朝着屋子走去，兄弟正在那里痛苦地弥留。当地医疗站给他的麻醉针已经只够两三小时之用。必须考虑并设法上哪儿、用什么办法去搞药。达姆卡一下子就从脑际消失了，被忘了个干干净净，是啊，他们这样的人也只有当他们在你眼面前闪来闪去的时候，才会被人看见。记忆不会去留住他们，他们会像潮湿的篝火上冒出的烟那样，一丝丝飞散，尽管一时间很浓、很呛人，但只是过眼云烟而已。

菜园的篱笆外面，两扇破旧的门外，灰蒙蒙的河面慵懒地泛着亮光，河底散布着成百上千只排钩、渔网、冰下钩绳和鱼钩，被钩子戳住的鳇鱼、鲟鱼、折乐鱼、鸦巴沙鱼、江鳕和聂利玛鱼纠缠在这些渔具中间，遍体鳞伤，拼命地向深处窜去，结果是稽查越严格，鱼在水底深处就死得越多，然后，这些腐烂发臭的、没有眼珠的、像绷紧在雨衣扣子下面那样凸胀着肚子的死鱼随着水浪浮散，张开的鳍翅和嘴巴沾满了污秽，于是不管是保卫河流的人们，还是在河里鼠窃狗偷的违禁偷渔的人们都会痛心疾首地叹息说："这是在搞什么呢？在搞什么呢？糟蹋了老百姓的财富！"

在黄金暗礁附近

在奥巴里哈河上游约莫六俄里的地方，一条更为湍急、清澈、盛产鱼鲜的苏尔尼哈河汇入叶尼塞河。柯利亚和阿基姆就是在这条河上遭过一次劫，让黑啄木鸟把做钓饵的蚯蚓吃了个精光。

山脉延伸到苏尔尼哈河那里就中断了，老远看得见山腰一侧的崖岸。山崖陡然遭到河水拦截，简直像仓促回避叶尼塞河似的蓦然耸起，随后没入苏尔尼哈河，在水面上露出一个石岬。

山麓在水面上中断以后，在水底深处继续绵延。叶尼塞河的激流在它上面咆哮、翻腾。当地的渔民把水下的石岬叫作暗礁。礁石里里外外滞留着许多杂七杂八的废物，这些废物和石块上沾满了各式各样的水生甲虫、毛翅虫、瓢虫，特别是无数小虾，它们是鳇鱼、鲟鱼和其他水族喜爱的食物。

从苏尔尼哈河到奥巴里哈河和两河的下游地带出产上品的鱼，因此楚什镇那些"摸鱼的"就经常混迹在这几条河的河口偷渔。他们并不认为"摸鱼的"这个字有什么贬义，恰恰相反，甚至很乐意用这个词来代替惯常使用的"渔夫"一词。可能是这个外来的异族词能给人某种神秘感，能在人们心底里燃起欲望，想从事同样神秘的和侥幸的勾当，而且一般说来它能发展人的机智敏捷，养成人的老谋深算、坚忍不拔的性格。

对于法律和形形色色的时髦风尚，楚什镇的人们都用一种古老的农民式狡诈来决定取舍：如果法律能使他们摆脱苦难，帮助他们在物质上得益，捞到好处，他们就很乐意接受；如果法律严峻，限制了他们，他们就会装出一副愚昧落后、可怜巴巴的样子，说什么我们报纸也不看，住在森林里，见了车轮也要磕头求拜，等等。但如果实在逼得他们走投无路、万不得已的时候，楚什镇人就开始进行默默的、长期的、韧性的斗争，不管是明地里纠缠，还是暗地里破坏，不达目的誓不罢休。想回避的事，就能回避掉；想弄到手的东西，就能弄得到；要把谁从镇上挤走，就准能挤掉。

在夜间作业以前，渔夫们身心安泰地围着篝火坐着，懒洋洋地你一句我一句地说着话，等待天黑。篝火堆里除了两根原木外，还堆架着标有"铁路"字样的漆过的门板、俱乐部的旧沙发、柜子、贵重的薄板，火势蹿得很高，热烘烘的。篝火随着飘荡在河面上的晚风摇曳摆动，蹿动的火焰烤灼着人们的脸，而原始森林里吹来的疾风以及荒沟里堆积着的冰块连泥带水融裂时所散发的寒气，却直透人们的脊背。难以置信的是在莫斯科附近和几乎整个俄罗斯中部现在正干旱肆虐，森林在那儿自行燃烧，青草和庄稼萎谢枯干，沼泽见底，湖泊和池塘底里的淤泥龟裂，河道变得窄浅，田野和森林里的小动物宛转呻吟，奄奄待毙。

这一带的春天拖得很长，由于这原因，解冻时流水的力量大得吓人。寒冷使巨大的冰块停留在河上，然而在叶尼塞河的上游地区洪汛已经开始。克拉斯诺亚尔斯克水电站排放了剩水，滔滔的洪流把冰层打得粉碎。罕见的、令人生畏的流冰一路席卷过去，在石滩急流处积成冰群，像河坝一样拦住了河水，河水仿佛失去了理智，急不择路，难以阻遏地涌进了荒地，冲打着两岸的村落，使乱石堆积如山，卷走了树木、栅栏、木棚、杂物和垃圾。在森林里，特别是鄂毕河和叶尼塞河之间低洼的沼泽地带，到这时候还留着即将消融的积雪。大水一望无际，道路阻塞不通。蠓虫成群地腐烂着。

白天我走进沿岸的丛林地带，好不容易地顺着奥巴里哈河一路打听茴鱼开始活动没有。在一个柳林掩映的去处，我发现一汪浅水，我以为上面覆盖的是苔藓，一脚踩在上面就陷了进去，摔倒了。密集的蚊阵正布在背风的地方。这不是那种贵族元老气派的俄罗斯蚊子，先要低吟慢唱、手舞足蹈个够了，然后才懒洋洋地叮你一口。不是的，这种北方的、饿瘪了的、肉眼几乎看不见的野性十足的东西，一下子扑上前来，一声不哼地碰上什么就叮螫，它能叫长角鹿踣地不起，能使人痛苦万状。在这些地区，旧时曾经盛行过一种极其可怕的死刑：把罪犯（通常是叛教者）绑缚在这原始森林里听任蚊虫咬螫致死。

野兽早该到河边、到透风的山脊上来活动了，但春汛和积雪切断了已变成沼泽的空旷森林中的所有道路。蚊虫正在那里了结无法自卫的动物的生命。一只长角鹿经过一连几天的颠沛流离，来到河边，慢慢地越过河汊，躺在岛上的高处，让外来的粗野的石灰工劳动组合的成员们看了个一清二楚。石灰工们抄起斧子、铁棒偷偷地逼近这头畜生。长角鹿没站起来，也不躲避，它睁着脓肿的双眼看着人们。嗤嗤作响的鼻孔里挂着血块，耳朵里也结满了干血，这只野兽伛偻着背，嘴唇耷拉着，湿漉漉的兽毛黏成一团一团，它与世无争，神情麻木，对一切都无动于衷，它的身躯和蒙眬凝滞的眼睛享受着摆脱蠓蚊困扰后的快感，鼻孔里吸入的已不是密如飞尘的蚊群，而是河上的清风，这清风透进肮脏的兽毛，也透进厚厚皮层的毛孔。瘦骨嶙峋的硕大的身躯上只有两只耳朵的上端在微微地、令人难以觉察地颤动，让人感到它还有领略生的欢乐的能力。

石灰工们斧棒齐下，打死了长角鹿，现在可有肉吃了，虽说这头鹿孱弱不堪，半死不活，但终究是兽肉，老是吃鳊鱼、鲈鱼也够腻味的了。

傍晚时分，我在奥巴里哈河口钓上来二十来尾茴鱼。阿基姆一面在灌木林里寻找捕鱼器材，一面在骂街。我劝他：缺什么东西，向捕鱼的人们要一点不就得了？"真要命啊！"阿基姆捶了一下自己的胸膛并对我一挥手表示不屑一理——意思是：尽出怪主意！起初沿河一路过来那会儿，阿基姆把火柴失手掉落在水里了。我曾经提议弯到渔夫们那儿去要一点儿。他却对我大发脾气，说是带了个陌生人怎么能往船上钻，何况还是个大肚子！我笑了起来，以为他是在说笑。但在钓鱼的时候，我由于觉得奥巴里哈河口的茴鱼似乎太小，就拐过河湾，看到那里有一个大胡子的男人坐在一条小船上捕茴鱼，这是一个相当和蔼的渔夫。由于城里人那种过分喜好与人交往的习惯，我上前攀谈起鱼儿上钩的情况来，但阿基姆从林子里赶过来，毫不客气地拉我离开了河岸。

"你怎么到处搭讪？"他低声抱怨道。"那个在捕鱼的是旧教徒吧？是吗？在捕茴鱼吧？是吗？所以你就听得出神了！"他把我看成一年级的小学生一样。"他两个兄弟正在柳丛里剥鹿皮取内脏，打死了三只，放血的时候血却流不出来。没有血，叫蚊子吸干了，没——关——系。能卖到轮船上去，城里人连这种肉也吃。"

阿基姆在一只小铁盒里找出一些火柴，这个冲压有斯巴斯克钟楼图案的铁盒是我有一次送给柯利亚的。唉，柯利亚，柯利亚！兄弟呀！阿基姆终于没能找到锅子和勺。阿基姆把茴鱼放在树橛子上烧烤，瘦小的脸转到一边避开热浪，烟熏得他眯起了眼睛。这种架在树橛子上烤熟的鱼滋味极其鲜美，当然会烤的人可以不烧焦鱼尾和鱼肚，而鱼背又不至于不熟。

篝火旁聚集着四个捕鱼人——有艘行踪诡秘的快艇开来，把他们惊得从布钩的地方躲开，现在他们躺在岩石之间，在等待小艇开过。本想乘兴捕点茴鱼，但来晚了一点，临近夜晚时候下起了毛毛细雨。气压降低，鱼儿不再游动觅食，只有斑鳟在浅滩处赶逐着鳊鱼，整夜甩拍着尾巴，像打鸟枪一般。旧教徒们很晚还藏身在灌木林里，在夜幕初降的浓重的黑暗里他们分乘两只小船划向叶尼塞河的另一岸，傍岛岸停住，就不见动静了——他们把肉藏在冰里。

一个姓乌特洛宾的渔夫，外表整齐，胡子修得精光，他的举止、步态、谈吐老成持重，他掏出一张边疆区的报纸，由于没事可做而大声念了起来，不时对听的人们投以嘲讽的眼光：

近年来为数众多的违禁偷渔者肆无忌惮，专于夜间进行活动，造成鱼源保护工作的极大困难。为对付他们，现已采用一种完善的夜视仪器。"叶尼塞河渔业资源管理处"所辖各柴油机船和快艇不久均将配备这种仪器，此种复杂光学仪器的有效半径可达几公里。这样，夜间偷渔者即使侥幸逃脱追踪，但保护部门的工作人员亦能掌握其外表、相貌、衣服、汽船的识别标志、引擎牌号和其他细节。

以往偷渔者漏网逸去的情形时有发生，他们的引擎通常功率极大，甚至一艘艇配备两只引擎，追捕十分不易！

"乘上三驾马车，除非去追木瓜！远处灯光闪亮，木瓜才会被抓！"一个长相凶猛、脸面瘦削、目光如铅的汉子躺在篝火旁得意扬扬地说道——他的绰号叫柯曼多尔，和食品商店的女售货员拉尤霞有桃色关系。

"啊——哟——嚯！"达姆卡大笑起来，他乱蹬着两腿，连火苗都晃动了。

"不要打岔！"身躯庞大、笨重而颇有傲气的那个汉子用手肘支起身子。

"现在遇上这种情况，夜视仪器将帮助解决问题，"乌特洛宾继续念道，"在白天渔源保护部门则配备有枪式摄像机，'叶尼塞河渔业资源管理处'的交通运输工具正在逐年增多。叶尼塞河及其各支流航道在流冰期过后即将有六十艘大功率柴油机船、十四艘快艇、三十五艘摩托艇和一百多艘铝质快艇执行巡逻任务。整个船队已做好充分战斗准备。对大自然的敌人将严惩不贷！"

这个渔夫慢悠悠地卷拢了报纸，把它塞进短外套的插袋。周围静悄悄的。

"要像追捕兔子一样来追了。"达姆卡说道，此人忍受不了一分钟以上的沉默。

"靠逮我们过日子啦！"柯曼多尔大声地骂了起来，他的眼光完全沉滞了。"船队已做好战斗准备！……"他学了一句，不知怎么有点口齿不清，"就差没对我们用上原子弹啦！……"

"是啊！人们历来捕鱼，鱼也历来不缺！如今糟蹋起来成千上万，收获捕捉寥寥无几……嗳，咳……！该了结这种苟且偷安的局面了，到南方去，到水果之乡去。没有鱼捉，没有原始森林，我们还待在这儿干什么？"乌特洛宾平静地加入了谈话，虽然他似乎是对在场所有人说的，但我却觉得这些看法是专说给我听的。

"办公室签字，会计员给钱！"身躯笨重的那个汉子挥了一下手，舒松着他那硕大的身体和一度紧张的内心，开始在篝火旁躺下，两肘支着沙土，身子的一侧压在石子上，把石子弄得咔嚓咔嚓直响。

"这是什么枪来着？"阿基姆说了一声。对于复杂的光学仪器他搞不清楚，然而"枪"这个熟悉的字眼给了他强烈的印象。

"可厉害了！"柯曼多尔气势汹汹地答话。"瞄准你，对穿过！"

"没有这个道理！"那个身体结实的汉子在石子堆上忙碌起来，说了一句。

"河上和林子里都不让待了！很快要从这个世界上给撵走了！……"

谈话激烈起来，变成了争吵还夹杂着骂娘。我却更加留神地观察着聚在篝火旁边的这一群人，竭力想了解他们，记住他们，并把他们认识清楚。

第一个引人注目的是柯曼多尔，我还是上次来的时候就在河上看见过他。他也姓乌特洛宾，这是叶尼塞河上一个常见的姓氏，他是刚才念报的那个渔夫的弟弟，但无论外表或是性格都和他哥哥毫无相似之处。从前不知什么机缘巧合，叶尼塞河来了一个高加索山区出生的人，从此这个不为人知的高明骑手的模样就一代一代传下去，子孙像按照模子被冲压、捏塑出来似的，毫不含糊地保存着他那一副凶猛的脸相。乌特洛宾家的谱系可以上溯到外来的高加索人，更可能是逃亡的切禅人[1]，因此柯曼多尔还有另一个诨号：切禅人。他浑身的肌肉、骨骼轮廓分明，两指宽的眉毛黑压压地紧贴在高高隆起的额角上，在鼻梁上方连了起来。眉毛下面一对不讲情面的眼睛始终流露出一触即发的挑衅神情，但柯曼多尔头上一团团不加修饰的鬈发和这个切禅人显然从娘身上得来的红润的、跟他的脸完全不相称的嘴唇，使这个性格暴躁、容易冲动的人的外貌稍稍温和了一些。他并不是在说话，而是把字逐个儿吼出来，同时他的目光如电，似乎在鞭挞对方，可能是由于他的犷悍的外表或者他的烟斗，否则就是由于他的职务——他名副其实是国营农场百吨轮船的船长——令人想起歌唱海盗、走私贩和诸如此类的亡命之徒的歌手："他身材高大，像一棵橡树，一头红发从来也不修饰，咬着烟斗不松口，像饿狗

---

[1] 居住在北高加索的少数民族。

啃骨头！……"

傍晚，柯曼多尔的小船钻进奥巴里哈河，他拉船傍岸，就向篝火走来，我看到舱底垫板上有一只湿漉漉的口袋，鲟鱼就在里面挤蹭，船里的一切东西都四散乱丢，黏糊糊的，一副无人照料的样子。尾舱上搁着一支有锈斑的双筒枪。动手拨弄别人的枪支是件很不好的事情，但是我克制不住，打开枪膛，取出子弹——铜弹壳筒里的铅弹簌新得像刚在工厂里铸就似的。"在安静无事的夏天干吗要带枪呢？"回到篝火旁，我问了一声。柯曼多尔哆嗦了一下，扫了我一眼，脸色顿时阴郁起来。

"还怕用不上吗？"他打着哈欠说道。"犯人会跑来……野鸭子会飞来……"

"野鸭子现在是孵蛋的时候。"

"这是在你们那里，我们这儿是不让它孵的，在我们这个西红柿四季生长、偷渔人胆大包天的地方……"

"啊——哟——嚯！"达姆卡扭动着全身，讨好地大笑起来。

于是其余的渔人都坦然地笑了我一阵，阿基姆抓住时机，重又对我嚷嚷：

"你干吗去惹他们？……你小心点！……"

柯曼多尔仰天躺着，两手枕在脑后，目光一动也不动地望着天空，悲哀在咬啮着柯曼多尔。这个强有力的、无羁无绊的人从来不承认悲哀，也没有预料到和想到过它，因此这悲哀的降临使他猝不及防。

……去年夏天，也是这个时候，一个晴朗宁静的日子里，柯曼多尔驾船到布钩的地段去。一阵微风吹皱了河面，但很快就平静下来了。叶尼塞河喧闹激荡了一整个春天，在如醉如狂的春汛期间放荡恣肆了一番，现在正进入平水期，志得意满，陶然自得于深沉的力量和宽广、坚毅的气度胆魄，在阳光下熠熠发光。从岸边和远处朦胧的烟树密林里飘来沼泽地的燠热气息和密林深处正在消融的最后一批积雪散出的寒气。初绽的花朵的芳香已完全覆盖了隔年的陈草、发酵的沼泽和枯萎的针叶所散发的腐败味儿。空气简直像一块多味夹心糖，它从两岸拢过来，包裹着衬衣底下的身体，使之舒适地感到青春的活力，一种快乐的慵倦感觉充溢全身，惹起了种种懒洋洋的、异样惬意的回忆：当年他这个"切禅人"看中的当地一位粉人儿似的美女，在成了他妻子以后，曾经有一次用丰腴的嘴唇去吹过他的双脚，因为她一失手把一桶鱼汤打翻了。现在那个"美女"却对着他"吹"起了乡巴佬的骂娘粗话。但是往事而今成了回忆：灼痛的心已经不再感觉得到女人轻柔的气息，但外边的热感消退了，心底里却燃烧了起来，也顾不得灼痛，只想一把搂着年纪轻轻的妻子，和她一起来干点儿什么……

啊，爱我吧，姑娘，
趁我现在自由自在，
趁我现在自由自在，我是你的……

柯曼多尔唱了起来，感到心满意足，因为甜滋滋的微风吹拂得衬衣底下的身心无比舒适，因为边疆区渔业稽查船"库拉"

号开到叶尼塞河下游去了，清澈明亮的河水日趋和暖，鲟鱼开始向水底礁岩游动，而那儿利索的捕鱼钩正等待着它们去嬉游。玩吧，傻家伙，玩吧，生活里一切都是从玩乐起始的！……鱼儿会哭泣吗？谁又能知道呢？它在水里本是湿的，即使哭泣也看不出，而且它又不会叫喊。要是会叫喊的话，整条叶尼塞河，而且何止是叶尼塞河，所有的河流和大海岂不都要吼声如雷。大自然就是会安排，让天下万物各得其所：有些东西要出声吼叫，有些就无声无息地生老病死。可爱的鲟鱼在悬钩间嬉游，只消身背后噗啦一声，就会被丢进麻袋了事！要给孩子们搞牛奶，女儿中学毕业该给她买一双皮鞋。女儿是柯曼多尔心头的一块肉。她保留下了爸爸脸上一切优点：两道英姿飒爽的黑眉毛，一头漆黑的鬈发，一双锐利的、和父亲那样闪烁着稍带野性光芒的眼睛，而从母亲那里得来的则是北方的白皙的肌肤、修长的颈项、鲜红的嘴唇和雍容华贵的步态。好啊！女儿——真是好极了！要是她能一辈子待在家里该多好，但做不到，总会有那么个野小子把她明抢暗夺了去——这也是同一个大自然的规律。这有什么办法呢？不过不是她第一个人如此，也不是她最后一个人如此。也许会遇上一个好小伙子做女婿，那时兴许能一起下河去打鱼，两相对坐着喝酒。

> 多么美好的天气，
> 弥漫在草场中间……

柯曼多尔一边随意唱着、思量着，一边摸索着提起来的钩索的牵绳，除净钩子上的杂物、垃圾。在水流和河道的排钩上真是应有尽有：破布、狗嘴套、皮靴、旅行者的大草帽、女人的短裤衩，不一而足。有些事真是想到也害怕：强盗般的渔场稽查员一下子掐住捕鱼人的脖子，叫他们气也没法喘，喊也没法喊。黑夜里必须带着手电去检查布好的钩索。八月的黑夜伸手不见五指，而鲟鱼却源源地闯来！不用说，好运道来啦。突然钩索上有一个沉甸甸的东西牵扯着、浮动着。鳇鱼！已经疲惫不堪，难以动弹，软弱无力地抽搐着。渔夫心都沉下去了，双手勉强把住牵绳。他换了一口气，鼓足力量，拉动捕获物——鳇鱼很衰弱很衰弱了，既是这样，倒也容易对付。要是拉起来费手脚的话，势必搞出很大的声响！牵绳已经完全停止扯动了，分量依然很重，但不见动静。这时有个什么东西浮了上来，但并不挣扎。"鳇鱼扎死了！死了，咽气了。唉，你啊，哎哟！……"柯曼多尔用手电照了一下：我的爹啊！一具尸体！龇着牙，眼窝是两个窟窿，鼻子没有了，不知是给鱼、水獭还是麝香鼠吃了……还好他神经比较健全，要不，黑夜里他一个人在河中央，一准要吓得从船里跌出去。就搞上来这么一条鱼！他就这么开门得利！他眯缝着眼把这家伙从钩子上松脱，溺死者重又漂浮而去，"去寻求坟墓和十字架"。称他为"家伙"，好像就没有埋葬他的义务了，一切要装得像逢场作戏——不期而然的相逢，从容自如的分手。虽说这"家伙"漂走了，但他心里却留下了烦乱，他没有按基督教的方式办，应该把他埋到土里才是。叫他不痛快的另一个原因是他记起了一个迷信的说法："如果浮尸余在河上两脚朝前，那是在寻找做伴的！"他是怎样漂浮的，是头朝前还是脚朝前？黑暗里怎么看得清！现在只要稍稍感到钩索上有点吃重，他的心就会剧跳，两膝发软：不要又是个"家伙"？……

> 不要愁眉不展，拉达！
> 不要愁眉不展，拉达！
> 你的笑容，能叫我满心喜欢……

"真想得出！"柯曼多尔摇摇头。"哪一个拉达？"但是不管唱歌，也不管怎么振作精神，他都已经克服不了每当想到那个"家伙"时袭上他心头的压抑感。"也许该唱点儿什么定定神，让心里痛快痛快？一个好端端的人都打不起精神了！"

不管老婆怎样搜他腰包、掏他口袋，他照样背着她藏了三个卢布。"这婆娘可厉害！真是个瘟神恶煞！在她手里没法喝个痛快。而像咱们这号人又本性难改！据说，有个村子里就有一对农民夫妻喝上了劲儿，把什么东西都弄了个精光：不管是房子，是奶牛，是摩托船，弄得孩子们都到外面去要饭。男的买回来一口袋土豆种子，婆娘就把它拿出去卖了五个卢布，带了一瓶酒回来。两口子把它一起喝掉，男的就动手打老婆，打呀，哭呀！打呀，哭呀！之后夫妻俩好像还抱头大哭了一阵，真够动人的！后来两人都进了戒酒教养所。我老婆也用戒酒教养所来吓唬我。好厉害，这婆娘，好厉害！她这可是找了个好丈夫，对他恶言恶语！……嗨……你不要愁眉不展，拉达！还是一起干了这瓶'桑采大'[1]！"柯曼多尔把牵绳拴在桨架上，走向船头行李舱，把

---

[1] 一种瓶装酒的品牌。

鱼、罐头，各种乱七八糟的东西踢到一旁，干脆对着酒瓶口把"桑采大"直接往嘴里灌。他是个十分讲究的渔夫，有杯子，有锅子，有勺子，样样都有。但是对着瓶口喝酒比较有好汉气概，可能也比较下流吧？酒一无阻碍地流下，通达四肢和网络交错的血管。

喝完酒后，重又干活，精神振作多了，活儿也得心应手。说起来酒这东西当然是害人的，但是它又有巨大的力量。周围世界真是丰富多彩！河岸两旁绿油油的，整个河面阳光灿烂，远处的轮船和篝火青烟袅袅，海鸥在回旋飞翔。这就是喜悦，这就是生活！不，他不理解，并且从来没法理解城市里那些屌头：汽笛声里上班下班，吃的东西又千篇一律，什么都得付钱……

且慢！这是什么？

柯曼多尔惴惴不安地伸长了脖子。可一点儿没错，一只小艇在疾驰，艇首高高地翘起，激浪向着岸边涌去。小艇隐没在山岬后面，激起哗啦哗啦的波涛，然后停泊在树林的背阴地带。这就是说，渔场稽查员已经排除了技术故障，又出来执行任务了。"啊，瘟神！周围的一切完全是为了使生活愉快才创造出来的，但你去享受吧：又是大蚊子，又是小虫子，要不就是渔场稽查员，总之不让可怜的人儿摆脱烦恼，总要他觉察到上帝的惩罚……"

柯曼多尔俯下了头，好像准备向谁劈刺一般，他脸上的棱角显得更分明了。原本已经够阴郁的眼睛全然冷漠了，牙齿咬得咯嚓咯嚓地响。他把没有喝完的酒瓶塞进行李舱，得赶紧干活。平静的心境、无忧无虑的情绪虽然还有一星半点，但已经在消散，惯常的恐慌、不安和恼怒又急忙在他的心里占领了平素的位置，交集在他阴沉的心头。然而柯曼多尔一路掂摸着挂钩的牵绳，尽管手里加紧着干活，却并不慌张，挂钩已经查看过半，钩子阻塞得不大厉害，也许他还来得及把布下的钩查看完、整理好。柯曼多尔一面干着活，同时注意着渔场稽查员的小艇，他估计着自己这条船的马力、燃料储存量：油箱是满的，马达是新的，船上只有他一个人，而对方，这些"哈莱依"——这在汉戴族语里意思是抢掠渔民的土匪——却有两个人：渔场稽查员谢苗总是带上他儿子出来搜索。是为了训练儿子还是出于害怕？是训练儿子。谢苗不是胆小鬼，要不然他早就完蛋了。

乘上三驾马车——除非去追木瓜！
远处灯光闪亮——木瓜才会被抓！

柯曼多尔以一种幸灾乐祸的颤音在鼻腔里哼哼地唱着，但他不敢过于忘形，稍一疏忽大意就可能变成残疾，鱼钩会把手扎个对穿——谢苗才不会替他支付医药费呢！船和船在靠近了。稽查员的小艇从岸边飞驰而来。它的马达早已磨损，用旧了，但今天它的声音却平稳有力，船尾处升起淡淡的青烟。这些"哈莱依"已把马达拆修过了。柯曼多尔不放心起来，不会把这些稽查老爷放得太近了吧？"嘿，瞧咱们的！让他们现在就看看颜色！我这就给他们来一个晕头转向！……"

刚才喝剩下来的这瓶酒已经是今天的第三瓶了。大清早在家里已经和邻居喝了半升白酒，他们用浓茶把酒兑成茶的颜色，规规矩矩，一本正经地坐在桌子旁喝着"茶"。老婆走来，鼻子一嗅——她的鼻子灵得简直像西伯利亚的莱卡狗，在上风头也嗅得出味儿来！"脸怎么都红啦！"这时候要紧的是哪一手？要赶快虚张声势，吓唬她一下！"你倒试试像我一样在水里风里干活，那时恐怕不光是你的脸蛋儿会发红啊！……"他去取柴火时，又从柴堆里抽出一瓶为了不时之需藏在里面的维尔木特酒，把它也"解决"得空空如也，一滴不剩。但还是不够刺激，没能痛痛快快吃上一顿，一路上胡乱吃了点冷土豆，喝过一点儿酒，现在却想逞逞英雄，柯曼多尔有意要在这些抢鱼的"哈莱依"面前喝完这瓶"桑采大"！他向后仰着头，喉咙里咕嘟咕嘟直响，腆起干瘪的肚子，摆出一副演员的架势。但是这儿不是戏园子，这儿的人们给你鼓起掌来，会叫你连喷嚏都没法打。现在的"摸鱼的"就像战争中的工兵。工兵和"摸鱼的"不同之处只在于对前者是颁发奖章，而对后者则是判处罚金或者徒刑。

嚓啪，他把一条鲟鱼摔出舷外——这是一条死鱼，浑身黏糊糊的，挂在最后一个钓钩上——接着，他往船尾一跳，一把抓住发火绳……"国产的机器啊！助我一把力！带我远走高飞吧！抢鱼的'哈莱依'就在近旁！"船尾的马达经过第一下牵引就铿锵有力地呼噜一下，接着就哒哒哒哒响起来了。"到底还是我们想干什么就干得成。"柯曼多尔闪过一个念头。这个痛快的、使他宽慰的念头起初是照着这路子发挥的：如果我们表里一致动员起来，不装病偷懒，大家齐心协力干活，那么我们不仅在数量上，而且在质量上，也许都会把那些个资本家、帝国主义者像小人物那样甩在后头。然而要想完这个海阔天空的念头已经没有时间了：谢苗从船舱里站起身来，双手挥舞着，好像在扇灭火或者捞什么蜘蛛网，这是在命令他关掉马达。

"你可真会玩呀，谢苗，真会玩！好吧，咱们就来玩一会儿吧！"柯曼多尔转了一下油门手柄，马达吼叫起来，小船颤动了一下，不像在水面上，而像在滑溜溜的玻璃镜子上飞驰起来，它风驰电掣，给你的感觉仿佛是离开水面，直上蓝天。马达的牌号叫"旋风"，也名副其实，好像是专为"摸鱼儿"的人发明的！

功率增大了，时间缩短了，用篙撑、用桨划的情景还记忆犹新呢！现在是速战速决，夜间窜到河上，绕过正缓缓行驶在河上进行作业的人们，从他们的鼻子底下把鱼捞到手，就一溜烟儿踪影全无。真是心里像过节一样，口袋里钱币叮当，不是生活——倒像天堂！为了这种马达得谢谢那个聪明人！总算没白学了工程师这行当。得和他一起好好儿喝一通，摆上一桶酒——也在所不惜。

乘着三驾马车，嗒，嗒，嗒，嗒，
远处灯光闪亮，的，嗒，朗！……

柯曼多尔在宽阔的河面上御风疾行，他心旷神怡，豪气纵横，身躯和马达得心应手合为一体，他充满活力，血液由于紧张而沸腾。那瓶没能喝完的"桑采大"酒使他很有点窘。"嗯，没关系，没关系，待会儿庆祝胜利的时候再喝掉它！"

两只马达在河上拼命吼叫，船身后水面上留下两道船迹，一旁看去，两艘船就像两个好勇逞能的人在你追我赶。楚什镇人崇尚这样的游戏。偶尔也会溺死人，但哪有不冒风险的竞赛。

稽查员船上没有任何识别标志，只有号码，还有船头上一块凹坑和绕着船舷的一条深红条子——油漆是这个小当权人物从消防员那里讨来的。除了气势汹汹的命令、罚金收据和一点点工资，人们什么东西也不给他，而工资，这一点儿钱柯曼多尔运气好的时候布一次钩就拿到手了。可也奇怪，谢苗好多年并没有离开职位！莫非是斗争把他吸引住了？也可能是另外什么原因？说不定他的生活目的就是保护河流，维护法制，去感化——哼，真是个可恶透顶的词儿，而这样的词儿按广播里的说法，感化就是用自身的例子去感化孩子们！要知道孩子他们还有一大段生活。是呀，谢苗是自己人，但难以捉摸。在岸上的时候他是个普普通通的人，也抽烟，也说说话。的确，他从不肯喝酒，当然那也是有道理的：一喝酒，等于事先接受收买。但在河上没有比谢苗更会吹毛求疵，更会找碴儿和更执拗的人了。在这种场合，他对所有鬼鬼祟祟捞外快的人都是铁面无私的。有一次他在黄金暗礁查到了他自己的内亲库兹马·库克林——愿他在天之灵安息吧！老头儿像孩子一样露着牙床殷勤地笑着，有气无力地絮叨道："舅子，舅子……"一面奉承地从烟盒里抖落出香烟来："舅子，舅子……"谢苗用手指甲一弹，把烟卷弹回了烟盒，搞掉了库克林十十足足五十个卢布！库克林气昏了，说："你这个婊子养的，不是舅子……"

是啊，歪门邪道不是正道。大家喝醉的时候往往信口胡诌，当然库克林比谁都气势汹汹："杀了他，犹大，要他的命！"但人们一觉睡醒，细细一思忖：不行，这使不得。第一，谢苗的所有习惯，也就是说他的脾性，大家已经摸透了。如果弄一个新的稽查员来，还得从头摸起，要去适应他的一套，说不定他倒更厉害呢？谢苗固然卡得紧，罚得凶，不讲情面，不看头衔，但是他就像俗话所说，自己活着，也让别人活下去——一会儿小艇的马达出毛病啦，一会儿马达的螺帽打伤了他的胸口啦，再不就是负过伤的脑袋痛啦。有时，割草的季节到了，菜园里要收获了，他又要去村苏维埃开会了——是代表嘛；有时候要参加区里的会议，偶尔还要赶到边疆区去开会。

总而言之，尽管他叫人头痛，还是个不错的男子汉。

第二，谢苗这个人很机灵，有胆量，打起枪来弹无虚发——赤手空拳根本对付不了他。但是就连他也疲于奔命，有一次在会上吼道："在前线也不像对付你们那样叫人精疲力竭，不得安生！这些骗子，该死的东西！……"是啊，当然啰，在这里，在这张杀机四伏的蜘蛛网里，你可不能打盹，这里日日夜夜在进行着斗争，一不小心，就能撕掉你一条胳臂。第三，这第三点可是关键——谋杀渔场稽查员是要枪毙的，或是判那么重的徒刑，叫你觉得还是死了痛快！……

"啊，船里好像不是谢苗的儿子？不是的，不是他儿子！那一个还是细细的脖子，虽然头发也按照时兴的式样，像个教堂执事似的向下披着，但是还没有出落成小伙子的模样。"柯曼多尔从舱口探起身子，眯缝起眼睛像瞄准那样全神贯注。一个身穿褪色蓝制服的男人坐在马达旁，向前挺出了敞开的胸膛，带着一副异乎寻常的坚韧不拔的神情。在靠近船头的地方，谢苗戴着帽子，佝偻着背坐在凳子上，不管夏天还是冬天他总是戴着帽子——头部受过伤，打穿过，里面还嵌着弹片；老是冷冰冰的。"看来谢苗是干到头啦！正在带接班人熟悉地段。我这是凑巧撞到他们的鼻子尖儿上了。"一股同情或是怜悯之情触动了柯曼多尔。"谢苗，谢苗！你挣得了点什么呢？得了什么好处啦？你成天成夜在河上追逐像我这样天不怕地不怕的人，冒着生命危险把最后一点身体本钱都搞光了，把神经也拉扯得苦恼不堪。你瞧瞧，村里到处盖起了一幢幢房子，船上轰隆隆都是'旋风'马达，小伙子们趾高气扬，喝喝酒，唱唱歌，而你交掉公家的船只以后，连可以乘着下河的东西也没有，只能和孩子们一起布钩，钓点鳊鱼之类。谢苗，你那颗聪明脑袋却装在一个傻瓜身上。嗨，临别纪念，逗你乐一乐，怎么样？"

柯曼多尔加足马力把马达手柄紧紧夹在腋下，擦亮一把火柴点着了烟就转回身子，他相信渔场稽查员的小艇已经落在密林覆盖的高高隆起的岛屿的凸出部后面，因此绕过岛屿以后，可以熄掉马达，漂过汉道躲进河湾，或是弯进村里去。但是周围漆着深红带状标记的小艇却在身背后"旋风"马达的轰鸣声里无声无息地尾随而来，向两边扬起清澈的浪花，船尾后面留下淡淡的舳影。柯曼多尔目测了一下距离，向岛上一看，烟卷从嘴上掉了下来。他试图把它抢在手里，却徒然把手敲伤了。他已经被追赶了将近三十公里，油箱里的燃料眼看就要用完了，而备用油罐在行李舱里，那里面有五公升左右汽油。他原本打算趁自己的小火轮在装薄板的空隙到布钩地段来遛一趟。"谢苗的马达不是一天两天摆弄得好的。"行家们煞有介事地说。可是他却来了个帮手！"后继有人！我的天啊！……"从河上逆水而行已经跑不掉了。

靠岸向林子里逃？马达怎么办？船怎么办？鲟鱼？喝剩的"桑采大"酒？再说凭船也能认出来，查个水落石出，那就会从轮船上开除，出乖露丑……嘿，不行！女儿不是白白叫他"舰队长"[1]的！如果是货真价实的"舰队长"，那他就决不让人逮住，决不会出事！柯曼多尔凶狠地低下鹰钩鼻子，迎着林中吹来的微风，掉转小船，来了个那么厉害的急转弯，以至船身倾侧向一边，船身后留下了一个像粉笔画出来的半圆形，之后小船就猛地顺流而下。小船在巨浪里跳跃。船头乘风破浪霎然把白色的浪层击成细碎的飞沫。柯曼多尔贪婪地舔了舔嘴唇，厚颜无耻地咧着嘴笑着，朝渔场稽查员的铝艇直冲过去。他挨近铝艇飞驰而过，连追踪者们脸上的那种惶惑神情都看得清清楚楚。"谢苗这个后任倒不错，像通常说的身材匀称，身子骨也结实！黑黝黝的，一副吉卜赛人的种气，鼓鼓囊囊的眼窝里一对怪里怪气的大眼睛。是啊，这可不是那个脑壳给打穿过的瘸子谢苗啦！同这个人恐怕要搏斗一番，而且难免要开枪了……"

柯曼多尔刚刚这样在想，身后就"砰"的一声，不，起初是船旁水面上豁了一道口子，然后再是"砰"的一响。"开枪了！"柯曼多尔把头往肩膀里一缩——他感到他既不恐惧也不害怕，而是一阵厌倦之情在侵袭着他，在他身体里压榨着他。他身体里的那种难受和作呕的感觉，就像你对橡皮内胆吹气而它又把气压回来时那样——橡皮的微粒都粘在你体内，唾液也洗不掉它。在奥

---

[1] "舰队长"原文音译即"柯曼多尔"，本意是帝俄时代的海军准将，在有些欧洲国家指率领一个舰队的指挥官，这里是小乌特洛宾的绰号，因为他的职务是农庄一条轮船的船长。

布斯克水库有一个常到楚什镇来的休假人不止一次说过，渔场稽查员是毫不客气的，对准你船身叭的一枪，船一打穿——就完蛋了，一把抓住颈皮，像抓小鸡一样把"摸鱼的"从水里拖出来。"难道还要打枪？"柯曼多尔耸起了背部的肩胛骨——背部像扇门，不会打不中！——他回过身一看却欢呼了起来——"抢鱼的"那里马达声戛然中止！他们也来了一个花哨的急转弯，但马达却失灵了！……

柯曼多尔清清嗓子，咳嗽一声，对着整个河面拉大嗓门唱起来：

　　　　朝霞升起的时分，
　　　　我们将驰骋，我们将飞奔！……
　　　　我要把北方向你献呈……

这支新歌他是从女儿塔依卡那里听来的，而她是跟收音机学的——小姑娘耳朵灵，啊，耳朵真灵！只是这首歌未免太……不高明，确实不高明！这北方怎能献呈？北方是什么？半公升酒？！衬衣？！罐头？！柯曼多尔总是这样：一安静下来，就开始想一些抽象的题目。要不然这种生活能叫人神经错乱。一方面，他的工作也算独当一面，另一方面，老婆管头管脚，酒都不给喝，第三方面就是这些家伙，各种各样的"抢鱼的"官儿们。

柯曼多尔顺流而下，在宽广的河面上飞驰向北方，正是那个北方，人们乐意把它在歌曲里、在电影里、在真实的生活里当作差旅费一样送给一切人，但是很少有人接受它。相反，人们，甚至是土生土长的本地人，却离开世居的故土，到暖和的地方，到黑海、亚速海、克里米亚、摩尔达维亚去，那里酒价便宜，搞电视机很容易，可以远离严寒，远离渔场稽查，远离蹩脚不堪的供应，远离亡命的流浪汉，远离这贪图私利的一群。把北方拿走吧，如果需要的话，拿走吧！我们在这儿冻得够受，寂寞透顶。"等女儿长大，读完书，有了工作岗位，我积点钱也上那儿去，"柯曼多尔突然打定主意，"让他们去追逐别的傻瓜，对他开枪吧！……"

这时候渔场稽查员的小艇又重新盯上了柯曼多尔的铝艇，它很有耐心地管自行驶着，虽然艇上的马达是旧的，艇上坐着两个人，但到加燃料的时候，他们就占上风了，那时他们就能把他逮住。对他们来说，这有什么？他们可以不关掉马达，往油槽里加油，而且燃料也好取。柯曼多尔用胶靴踢了一下油槽——还沉甸甸的，行，能对付！出现了一座陡峭的山岬，满布着碎石。岬顶的悬崖被沙燕钻出了密密麻麻的窟窿。悬崖间有几个大坑穴，人钻得进去。当地的狗机灵地扒开土，从坑穴里掏出沙燕的蛋和雏鸟。"人世间有的事，自然界也有，反过来也一样——斗争啊！……"柯曼多尔摇摇头。

鸟儿像密集的蚊群盘旋飞翔在河水和水浪的上空，山岬处孩子们守着撒下的钓钩——正是圆腹鲦鱼当令的时候。一堆堆篝火燃烧着，炭火里烤着土豆。小伙子们穿着漂亮的游泳裤，都是又精明又快活，身体已经赶上时令，像涂了一层烟炱似的给晒黑了，这些小鬼们、棒小子们真自由自在，不知道什么是悲哀，他们追逐嬉闹，有的人往水里扔石头，有的人把定钓竿，等鱼啄饵的时候扯竿子。一种暗暗的艳羡灼着柯曼多尔的心："要能永远是这么个小伙子该多好！没有痛苦，没有忧愁，光是钓鱼，用弹弓打鸟，吃烤土豆……"

肚子里一阵揪痛。这该诅咒的生活啊！他都记不起有哪一个夏天按时躺下睡过觉，好好按时吃顿饭，到电影院去走走或是把老婆抱在怀里乐一乐。两脚冻得冰凉，彻夜酸痛，胃灼痛时折磨得你眼泪扑簌簌直流，但向谁诉说去？他振作了一下精神，念起有一次从几个捣蛋鬼那里听来的一段俏皮话："活命要挣扎，作恶要赶紧，吃喝尽量撑，临死再改正！"这可有点儿道理。酒能解脱一切。而酒，什么酒？酸味的波尔马多赫酒，什么"精酿果酒""桑采大"酒完全是有害的——外地来的浪荡子们把它叫作"脑膜炎菌株"，而他们这些浪荡鬼们什么都懂。走遍了天涯海角。有些人上过学院、大学，都是有文……化的！

鲫鱼岬，连同小伙子们、篝火和在近旁的狗都留在河湾后面了。塞姆河的河口马上就要展现在眼前，由奥布河沿岸的沼泽和原始森林里的水流汇合成的这条塞姆河，不但藏得下人和小艇，而且藏得下轮船，甚至整个船队，当然，这要靠本领——在这条洪汛泛滥成的河上有那么多的岛屿、汀渚、水泊，各种汊港河湾和形形色色的好去处！塞姆河左岸，就在河口地方有一座名叫克里弗利耶克的小村子。这个四周雪松环抱的漂亮村子耸立在高高的沙土高地上。太阳从河那边照射过来，静谧的雪松挡住了从林子里散出的寒气。

在一九三二年的时候，一个移民的车队经过这个地区，聪明的首领带着大家往北，一看到这块乐土就让车队停下，下令在这里建立家园。开初，男人们搭起木棚，后来在雪松林间的河曲地带出现了一些小房子，于是这个村名简单、有着一批肯干活又和睦相处的人的美丽小村子就在世界上诞生了。从这里到楚什镇有一小时路程，但是这里的人们却像是从另一个世界来的，干起活来也另一样，好客，没有拔刀动武的恶习，也没有利欲熏心之徒。

塞姆河的主流正好流经克里弗利耶克村所在的河岸下面，从叶尼塞河进入河床必须绕一个不下三俄里的大转弯。右边的一侧已经不能通行。河水没地方存身，开始流散，狭窄的沙堤裸露了出来。狭小的沙嘴和浅滩还沉没在水下，然而浅水地带激起的水浪使河水浑浊不堪，水位已经很低了。"亲爱的小船呀！载我过去吧。"柯曼多尔驾船绕了一个半圆形，驶向克里弗利耶克，但渔场稽查员的小艇却说到就到，从拐角地方窜过来，横截了去路。"嗳，傻瓜呀傻瓜！！"柯曼多尔想到船尾舱里的那个水手，同情地摇摇头。"谢苗大概上圈套了！——先要摸透地形、这整个自然环境和河流的脾气，那时候再命令开快船吧！"

紧追不舍的那条艇上的马达低沉地呼噜了一下，谢苗从舱里站起身子，踉踉跄跄赶忙跑向船尾。

"搁浅了——唱起来了！果然不出我所料！"——柯曼多尔总结了一下自己的行动。他闭上油门，从尾舱处站起身来，把手遮在额头上张望。稽查老爷们牢牢地搁浅在浅滩上了。柯曼多尔减慢马达的转速，保持船不被冲走，并且也不再驶向前。柯曼多尔伸了个懒腰，舒松了一下肩膀——骨头由于过久地不活动，咯咯地响起来。他活动了一下腿脚以后，从行李舱里拿出那瓶剩酒，把它摇动了一下，高声地叫了一声："祝我们身体健康，同志们！"

就把它喝了个精光，他把空瓶向渔场稽查员的小艇摔过去，还叫喊了一声："这值十七个戈比！"他向着同一个方向撒了一泡尿，同时认为这样大胆妄为还不够，就挑选了一条最大的鲟鱼，把它挥舞着，一面用脚踏着拍子，一面唱道："啊……你啊，我的亲爱的，你啊，我的宝贝！"他的那股得意劲儿很快就使他疲乏了，刚才那阵子追逐也很紧张，而且天还没亮就起身，加上喝了劣质的酒——心口累得慌，真是"脑膜炎菌株"啊……

新的稽查员蹬着长筒靴在来回踱步，而沙滩上踱步总是黏糊糊的。谢苗对着柯曼多尔挥动拳头威吓着，还啐着口水，叫嚷着什么。真乏味儿！柯曼多尔加快船速，把船驶向浑浊的、每到春天就不平静而仍然在翻腾着泡沫、木块、圆木的浩渺、空旷、无人的塞姆河。沿河一带尽是原始森林、鱼类、野禽。野禽真是取之不尽，但也没有什么人去染指，只有私行渔猎的人们才会在秋天钻进这原始森林的深处。那里直到现在还散发出带有青苔气味的寒冷和一种被白雪覆盖的荒野气息。那儿经常是夏天过去了，雪却没来得及融化。胀泡了的黄色积雪上厚厚地盖满了针叶、散落的松子和松果的棘皮。这以后，约莫到了八月光景，雪又蒙上了霜层，接着是乍寒初冻，而在离圣母节[1]还很远的时候，在这一层透明的薄冰上又要降下新雪了。雪像一张白纸，上面会印上种种痕迹。荒无人烟的塞姆河一带盛产黑貂，猎取毛皮兽的季节即将来临了，得设法搞它五只十只黑貂给塔依卡做帽子和皮领，她马上十年制毕业了，要上大学。这姑娘人品出众，真是没

---

[1] 俄国圣母节在旧俄历十月初一。

话可说。一穿上黑貂皮，说不定连什么博士也不在话下。

搁浅在浅滩上的渔场稽查员早已被柯曼多尔置诸脑后，现在他要操心的已是另外一些事了。但是他觉得有什么东西在心里搔挠，一清早起就在胸口底下咬啮。不管他怎么尽力撇开恐慌不安，但它却几次三番地袭上他的心头，现在逃避追逐的紧张心情刚刚松懈，内心又像猫抓似的惊惶起来。他像所有的原始森林居民一样，不仅相信预感，而且总是故作镇静，假装糊涂，装出一切都不在乎的好汉模样。

在离塞姆河五俄里左右的地方他拐进了浅水草地带，他把橡胶雨衣往格栅上一丢，就倒下身子，把头蒙在散发着机油和鱼腥味的棉背心里，但求梦寐能抑制各种各样古怪念头和惶惑不安。他倒头大睡，醒来时有点精神恍惚，嘴里满是苦味和臭气。他把头伸出船舷外浸到水里，像黑熊碰上了蜂窝似的摇晃了一阵，噙了一口水漱过口，把脏水吐在舷外，把一只旧铁罐在水里洗刷了一下，舀了一点凉水，喝了一气。心里清醒了，脑袋也清醒了，一下子记起了小火轮，人们恐怕已经装完货了，而他却在蒙头大睡！

他把小船从与河相连的浅水草地里撑出来，划出柳荫来到河上，他本想拽发火绳。但不知为什么打消了这个念头，他在小船上顺流漂航，欣赏着傍晚时分树林的宁静、安谧和一声声断断续续的鸟鸣。但不知为什么心绪又忧郁起来了，觉得自己很不幸。他记起曾梦见小船，好像船翻了，沉入水里。不要是生病了吧？梦见翻船预兆得病。信不信由你，不过有时候老年人的迷信会应验的。不会是癌吧？老有什么东西在心口隐隐作痛。它悄悄地咬啮着、蛀蚀着，触须沿着身体伸展。一转眼，人整个儿被缠住了……

"呸！"柯曼多尔往舷外啐了一口。"喝醉了！'黑夜叫白天暗淡无光，忧愁使人们黯然神伤。'"他用一种迷信的甜蜜劲儿暗自唱着，想驱走阴暗的念头。他知道如果不把这些念头压下去，幻觉所感到的一切都将如实发生。但是还必须把女儿培育成人——今天她学校里举行毕业典礼，她将穿着毛料制服，鬈发系上白的蝴蝶结，穿上卡普隆丝袜，一切该多么相称！……那些外来的奇装异服的人算得了什么！塔侬卡胜过他们的并不是衣着，而是她坚强的西伯利亚禀性。不知是由于家庭宠爱还是由于营养好，或是由于娇生惯养，她才十五岁就已经灌满了浆汁似的，衣裙里的身体开始丰满起来，有一次——这是在她读八年级的那年——他在她桌子里发现了一张纸条：当时他在找鱼钩，一把摸到的像是什么药粉！他人都发凉了：女孩子大概是害了什么病，因此在偷偷服药，免得父亲担心受惊。可打开一看，原来是一张纸条！上面满是诗句！"我记得那美妙的一瞬间——是你出现在我的眼前，像转瞬即逝的仙影，像纯洁美好的化身！"

柯曼多尔简直满头大汗：楚什镇上谁做得出这样一手好诗呢？他穷思极想，怎么也想不出，怎么也不熟悉现在的青年人。于是他转弯抹角地说是收音机里在朗诵什么"转瞬即逝的仙影"。可是女儿却一下子抓住了他！"偷看人家写的东西真不害臊！不文明！坏习惯！落后风气！这些忧伤的诗句是亚历山大·谢尔盖耶维奇·普希金写的！这一点倒至少应该记住！……"

柯曼多尔把女儿看成掌上明珠，宠爱她，她对他也真贴心。

他还有一个女儿和一个儿子，但他对那两个好像是外人似的，他们都心向着妈妈，简直可以说他们一家分成了两家，全仗着塔依卡这个乖巧丫头在中间沟通。有时候他喝醉了回家，难免胡闹，塔依卡当场会跺着脚喊："舰队长！右舵！"——这意思就是去睡觉。而他就会依从。尽管他凶横，脾气坏，和人难于相处，但在她面前他却像个孩子，百依百顺，没说的。他还特意把手贴在醉醺醺的脑袋上："是，右舵！"——于是砰的一声倒下身去，穿着七穿八洞的袜子的双脚翘得老高。周围所有的人都恨不得对他落井下石，而塔依卡却像对病人那样和他讲话，让他平静下来，并且读《小驼马》[1] 给他听——她不知从什么地方搞到这本书，还有插图。他把这本《小驼马》几乎都背下来了："兄弟两人种了小麦，装上大车往京城赶。话说那京城离村子不远……"

一个人如果知道家里人在等待他，在爱着他，心头的感觉将是美好的，这对于一个人是至关重要、必不可少的。有一天秋夜，他浑身淋湿，冻得像狗一样瑟缩着回到家。他怕在地板上弄出声响，在过道里脱了靴子，蹑手蹑脚地经过牲口棚走向俄罗斯暖炕，这时塔依卡从她的小屋子里说话了："是你吗，舰队长？""是我，是我，睡吧！""值班的岗位上怎么样？""岗位上一切正常。"随着女儿渐渐长大，柯曼多尔发酒疯的次数越来越少，他竭力不在她面前谩骂不堪入耳的话，总而言之，他好像随着年纪增长，心肠越来越软了。

他早就在河上看到妻子守在自家的捕鱼窝棚旁边。她站着，

[1] 俄国作家叶尔肖夫写的长篇童话诗。

全身灰蒙蒙的，仓促间他没有想到她穿的是一件灰色的雨披。"她为什么到岸边来？"柯曼多尔警觉起来，连油门也忘了闭上，船没减速砰地直冲到岸边。妻子慢吞吞地拖着腿走近小船，老远停了下来，沙哑着声音说道：

"你在河上和林子里赶来赶去反正死不了……"

"什么？你说什么？"

"家里遭祸了。塔依卡叫汽车给轧死了……"

以下的事他什么也不记得了：他怎样纵身从船里跳出来，怎样三脚两步跨过河岸陡坡跑回家去。孩子们——儿子和女儿——躲在澡房后面，过道里挤满了人，哥哥齐诺维·伊格纳齐依奇站在床边，他看到柯曼多尔后就让到一旁。柯曼多尔一动也不动地呆立在房间中央瞧着女儿：她穿着撕破了的又皱又脏的制服躺在洁白的床单上，整个躯体像被弹弓打下来的沙燕那样缩成了一团。

"女儿！你怎么啦？塔依卡！你让开点儿，哥哥，让开点儿……"柯曼多尔打起精神叫了一声："我现在回来了。值班岗位上……一切……正常……"

妻子直扑到女儿身上，双手在身底下乱扒拉。"这一大垛！压坏她了……"柯曼多尔皱了皱眉。

"亲女儿！你倒是开口说话啊！对你爹娘说话啊……"柯曼多尔号啕大哭起来，他把妻子撇在一旁，一把抱起女儿摇撼着，笨拙地偎依着——孩子们小时候——连塔依卡在内，他从来也不管不问，如果他们吵吵嚷嚷，惹了什么乱子，或是病了，他就破口大骂。而现在他一面用沾着重油的手掌擦去塔依卡脸上和颈项

226

里的血迹，一面把她的头扶起来，她的头像鸟的脖颈一样低垂着，辫子无力地晃荡，像一根折断了的羽毛……

"你干什么？疯啦！"哥哥喝住了他，把塔依卡夺过来，将她正在变硬的身体放平在床上，把她顺从的双手在胸前放好，然后瞅着用鱼从轮船上换来的豪华地毯，暗暗画了个十字。"简直是中了邪了，在死人旁边胡闹撒野……"

"谁？在哪里？"柯曼多尔听到"死人"这词儿，就嘶哑地喊了一声，奔向贮藏室，抄起了枪和子弹夹。哥哥、妻子、邻居们抱住他。他甩开了所有的人，在村子里奔跑着，寻找祸首。

路过楚什镇的汽车一天至多不过八辆，但是车上的司机总是喝得醉醺醺的。那名司机灌饱了波尔马多赫酒，从岸边运木柴出来，在驾驶盘后面睡着了，冲到人行道上，撞着了两名参加毕业典礼晨会回来的中学生。女校长不准举行毕业晚会，因为很多不速之客会带着酒拥进学校来，这对于当地的青少年会在道德上产生不良影响。塔依卡被撞得后脑勺磕在围墙的柱子上，她是在医疗站死去的。她的同伴给撞成了残疾。但是司机虽然像猫一样到处拉屎惹事，却像兔子一样胆怯怕事，他深知家乡的风尚，早已躲进池塘背后一个荒凉的灌木林子里去睡大觉了，也不理睬叮满在他脸上的马蝇，专等警察和侦察员光临。

柯曼多尔没找到司机，就不顾一切地对着林子开了几枪，然后收拾停当，准备投河。他在浮动码头上把枪、靴子都丢进水里，然后撕破衬衣就纵身跳进叶尼塞河。人们费了好大的劲儿才把他救出水——他竭力挣扎。人们用伏特加酒把他灌得不省人事，他开始痉挛，口吐白沫，这发狂的切禅人终于倒了下去，发作过去了，他软了下来，劲儿散了。在葬礼上他并不哭泣，也不出声，他木然地站着，很顺从但不糊涂，穿着新的外套和揉皱了的时式衬衣，他不知道该做什么，自己这个人该何处安身？

经历了好长一段时间和内心的痛苦过程，柯曼多尔才渐渐在精神上恢复过来。在孤独和忧伤里他不求在家庭里得到慰藉，而且和家庭更形疏远了。他几乎仇视两个小的孩子，因为这两个讨厌东西还活在世界上，而塔依卡却不在了。孩子们也感到了父亲的敌意，尽量不和他照面。

和塔依卡一起给轧在汽车下的姑娘虽然拄了根拐杖，但活下来了，也回避和柯曼多尔见面。"你为什么也老躲着我？"柯曼多尔试图在自己心里唤起对这女孩子的感情，和蔼地向她点头。然而在他的思想深处却感到压抑和痛苦：为什么这个满脸雀斑、牙齿稀落、头发土黄的丫头却活着，而美丽的塔依卡要死去呢？做爹的欢乐都是从塔依卡来的！她生育的孩子也一定将是健康的和美丽的，而这一个能生养什么东西？废物！再增添那么一个傻玩意儿……

"不能这样想。"柯曼多尔告诫自己。为了这种邪恶的念头命运会给他报应，会惩罚他，但是他对自己却完全无能为力。对人的敌意和愤恨充满在他整个心间，它比癌症还可怕地在他的全身蔓延，而他的力量所能做得到的只是尽可能少到人们中去，待在轮船船舱里，喝醉了就像女人那样细声细气地哭泣，泪水湿透了女儿的相片，浮肿的嘴唇吮湿了女儿的相片。当农场的轮船给送去停泊歇冬的时候，他就深入原始森林里去打猎，在塞姆河岸上搭了一座避人耳目的小木房。

柯曼多尔的女人变老了,她怨天尤人,什么都不怕,不断责怪丈夫:如果他不在外面逛荡,不喝酒,帮着抚养照管孩子——女儿也不会遭这场灾祸吧!?

她的话能作准吗?她是个婆娘,一个女人,无非是借叫嚷忘掉一下忧伤,使她受创的心灵轻松一点。但不幸可不是笛子,玩一会儿可以撂开手。还是让她也受点煎熬,让她的罪咎心情不要消失,痛苦也不要平息吧!柯曼多尔有生以来没有生过什么严重的疾病,现在他的心脏却开始支撑不住了,他由于失眠而血压升高,头痛得像头盖骨给劈开似的,他觉得自己已经不胜负担,他的心在往下坠,把他拽向地面,越来越低,眼看这颗心就要跌落出来,浑似一团焦炭,摔到地上,滚进一个坑穴,在那儿,一个还没有来得及长成大姑娘的白净无瑕的小女孩穿着一身漂亮的衣裙,缀满了花边和缎带,穿着漆皮皮鞋,躺在刨平的松木棺材里——这就是他的亲骨血,小雏燕,没熟透的小浆果,却让喝得烂醉的酒鬼,旱路上的造孽的人压成一团,给害死了。

渔夫格罗霍塔洛

渔夫格罗霍塔洛像块挪不动的石头似的躺在暖烘烘的篝火旁睡得正香，沿河远近一带都能听见他打的呼噜。从喉头到小腹、再从小腹到喉头一来一回的鼾声，仿佛系船的锚链因为风颠浪簸而发出的轰鸣。乍见他那副强盗脸，不由使我吃了一惊：平坦坦、毛茸茸的脸盘儿像个圆月亮，而五官则像月亮上模模糊糊的阴影，分不出哪是鼻子，哪是眉眼，只有两片橘红色嘴唇和不偏不倚、长在肥额正中的长有毫毛的疣子是例外。老远看去，这粒长黑毛的疣子倒像印度妇女画在眉心间的吉庆痣，怪显眼的。从这胡子拉碴、不知为啥愁眉苦脸的汉子身上我想起了一位好心眼的英国老作家来："唉，这绅士的尊容怎么没有一丁点儿的才气……"但任何书本上的至理名言都和格罗霍塔洛没有关系。海内海外的书他全没念过，也不打算念，他就是不念这些书，也自视为才智出众，事事都有定见。

"啥？伏特加喝不得？"他面露笑容，反对道。"哪儿写了的？报上？报呢？张张报上都写着？哦，你以为写的都是真话吗？"接着他提高嗓门，夹杂着呼哧呼哧的喘气声，教训对方说："伏……伏特加能值几个子儿？咱……咱有工资！钱不够花就挣去，别说那废话！……"

格罗霍塔洛来到楚什这个西伯利亚小村镇之前，真是饱经沧桑。他原本是罗夫诺[1]附近盛产粮食的克列夫茨村人。那时候，班杰罗夫匪帮[2]被赶出科维利森林后正好到他们村里落脚，等待大赦或是溜出国境的机会。也是格罗霍塔洛和他的乡亲们合该倒霉，竟然冤家路狭，在他人生的道路上跟那伙亡命的乌克兰独立分子碰到了一起。

克列夫茨村的四周全是茂密的果园、葱绿的田野，村两头森林绵亘，算得是个风景如画的好地方，压根儿不是那种强盗出没的穷山恶水之乡。巡逻队、部队、警察怎么也没料到已被击溃的乌克兰独立分子竟会在城市附近盘踞下来，喝着私酿白酒，到四围的村落去打家劫舍，奸淫年轻女子。他们钻到了一个这样的空子，也许真能叫他们躲过风险。但是，忽然有天开来一部军用卡车，到村里装土豆。驾车的司机佩戴着一颗红星勋章和标志火线负过伤的三条条纹。车上载着两名后勤兵、一名中士——也是后勤部门的。他们正好撞在喝得酩酊大醉的班杰罗夫匪徒手里。匪徒们把他们捅得全身都是窟窿，将他们绑在汽车的保险杠上，然后放出油箱里的汽油，逼迫老乡们集合起来"看热闹"。匪徒挑中了一个身体结实、性气平和的小伙子，用枪尖逼他划了火

---

[1] 罗夫诺在乌克兰境内。
[2] 当时乌克兰的一个资产阶级民族主义组织。

柴——这划火柴的人就是格罗霍塔洛。

浓烟烈火以及人肉、土豆的焦味不一会儿便引来了机械化巡逻部队，他们把克列夫茨村团团围住。班杰罗夫分子执迷不悟，开枪抵抗，到末了，用自动步枪逼着庄稼汉们去打机枪，妄想借他们的掩护逃之夭夭。巡逻部队俘虏了全部匪徒，当然也逮住了格罗霍塔洛。那时候他正闭着眼睛，一边紧扣德国式机枪的扳机，一边吓得直嚷嚷："哎哟，我的妈呀！哎哟，我的妈呀！"直到被红军战士的枪托打昏为止。

格罗霍塔洛同土匪一起被押上挤得满满的囚车，给送到了罗夫诺州监狱，反复的审问使他吃足苦头，但是审问后回到牢房里那些"独立分子弟兄们"给他吃的苦头就更加厉害，说是他点燃了汽油，是他扫射了红军战士，是他挑起了这桩坏事，致使许多无辜的人在这儿受苦。因此他是主要的匪徒，在审问时应当承认自己是匪首。如果他不照这个办，那么"弟兄们"就要请他尝尝皮袄和床垫的滋味。

但是格罗霍塔洛在法庭上没有撒谎，老老实实地交代了自己的所作所为，因此，没有被送上"断头台"，而只判了十年劳役，然后在服刑地终身流放。他先是在北方修筑铁路，没等建成就被派到楚什镇砍伐树木。服刑期满后，他就在这里定居了下来，连在节假日里也不回乌克兰了，生怕残余的匪帮找到他，把他害死。一句话，格罗霍塔洛成了西伯利亚人。但话虽如此，每当他在银幕上见到故里的田野，听到家乡的歌谣，顿时就会变得脸色阴沉、垂头丧气、狠命灌酒，甚至动手揍起他的老婆来。他老婆是在西伯利亚土生土长的俄罗斯人，身体也同他一样结实，算得上是个泼辣婆娘。她不甘示弱，用指甲尖掐他，对着左邻右舍嚷嚷："班杰罗夫匪徒！法西斯！他把人活活烧死过。看哪，他这会儿在要我的命啦！……"

在楚什镇的国营农场里，格罗霍塔洛掌管下的养猪场从来都是井井有条的。即使是在不景气的年份，在他照料下的猪仔照旧生息繁衍，一派兴旺，向国家交售猪肉的计划次次超额完成，他的照片贴在村里的光荣榜上。上级不喜欢他那讲起话来不干不净的嘴巴、凶神恶煞似的脾气，但是对这猪场头儿损公肥己的行为只是睁只眼闭只眼，并不认真过问。格罗霍塔洛每年少不得慷公家之慨，顺带为他自己喂一对膘肥肉壮的公猪。他打从克列夫茨村起就有个死心眼儿的看法，认为什么样儿的菜肴也比不上腌过的肥肉可口[1]。并且迄今不变：格罗霍塔洛可不是那种随随便便改变自己看法的人。

格罗霍塔洛除开看重腌肥肉和自己之外还贪图小利，喜欢多挣两个子儿花用。虽说他是在平原上长大的怕水旱鸭子，但也学会了捕鱼，这鱼他也不吃，一条不留，全拿来换钱。把格罗霍塔洛带出道的是已故的库兹马·库克林，一个方圆百里之内以足智多谋而出名的家伙。此人形体羸弱，常常闹肚子疼，一喝醉酒就咯血，因此，他挑选的下手个个都是身强力壮的小伙子。从他翅翼下出道的水上能手何止一个！当然，库克林不是徒弟们的亲爹，因此有些招式也不忙着教他们，相反，他倒是千方百计留一手，想办法在分润的时候多沾点光。师傅唯一不吝惜的是骂娘粗

---

[1] 在乌克兰等地，人们习惯将肥猪肉腌藏，然后加调味生吃。

话，而这天赋的骂娘粗话大半儿都赐给了格罗霍塔洛一个人，这死鬼（愿他在天之灵安息吧！）简直是在发泄胸中的恶气。但是格罗霍塔洛忍受了一切，也就把捕鱼的绝招学到了手。格罗霍塔洛一满师，就不再买库克林的账了。

死鬼库克林生前曾经摇头叹气地对"伙计"们说过："记住我这话：那畜生不会有好下场！六月债，还得快！干咱们这一行应该讲义气、卖交情……"

也许因为格罗霍塔洛事事忍耐，吃过劳役的苦，又具备百折不挠的精神，所以上帝对他分外仁慈，使他很快就在有名的卡芭罗日卡暗礁附近，即那块深藏在草丛中、有浴池般大小的岩石对面找着了个好去处。在一个细雨霏霏的秋夜，渔场的一艘大巡逻艇发现了偷渔者的破烂小划子，昂首直冲过来。格罗霍塔洛似乎听到他师傅在昏暗里叫喊，但他躲在一旁没有去搭救。大巡逻艇没费吹灰之力就把小划子撞坏，旋即扬长而去，消失在夜色里了。后来听捕鱼人说起，库克林准是被巡逻艇钩住雨衣，给拖进了河底。就这样，直到如今也没有找到他的尸体。当时，库克林的那个新伙计好歹把撞破了的小划子划到岸边，从此洗手不干了。

那个被人们温存地叫作卡芭罗日卡的暗礁，不知有多少人对它垂涎，就是缺少那份胆量去那里偷渔。它离岸并不远，从河岸驾艇出发，一边开慢车一边数数目，数到三百的时候就到了。不管当初库克林多么鬼鬼祟祟，只动嘴唇，不出声音，但是格罗霍塔洛还是摸到了数数目的窍门儿，一下子就猜出了这个大有油水的地方。后来他弄到了一条"旋风"牌铝质快艇。打从哪儿弄到手的，生了什么法子搞到这条有最新设备的快艇的，这事他从来没有向人透露过。在北方，要想购置一条好的汽艇和一部好的马达，即使在今天也很困难，那时只能靠走歪门邪道才能办到。格罗霍塔洛挺胸凸肚地驾起那条快艇得意奔驰，一切都不在他的话下：既不管路途远近，也不怕卡芭罗日卡这块出名的暗礁说不定什么时候会送掉他的性命。

格罗霍塔洛捕到的鱼儿多得不知其数。他从不提及从每条排钩上能收多少，但只消瞧他不再喝家酿的波尔马多赫酒而改喝伏特加——而且是特等伏特加——就可以明白。现在，他的脸庞更其丰润了，如同涂上一层鱼肝油似的光彩照人，嘴唇则如都市里妓女抹的唇膏一样绯红。"猪郎！"——也就是未阉割过的公猪——当地的摸鱼人这样骂他。出于妒忌，他们简直对格罗霍塔洛恨之入骨。有一遭，格罗霍塔洛船侧响起了噼噼啪啪的溅水声，摸鱼的伙伴们得知他又弄到了一条大鲟鱼，便不约而同地下了决心："够了，不能让他再胡作非为了！将这乌克兰小子赶离卡芭罗日卡！割断他的钓索，给铝质快艇戳上个洞洞！如若他不自动滚蛋，就狠狠吓唬他一下。吓唬不成，还可以另生个厉害些的法子治治他。"

正当摸鱼人心里恨得牙痒痒地想借故寻衅的时候，格罗霍塔洛圆睁贪婪的双眼，独自在跟一条老奸巨猾的大鲟鱼斗法呢。起初，他想把这尾大鱼一下子就搬进船舱——他没有辜负上帝的恩宠，生来就有一股蛮劲。但当他一看见这"家伙"瞪出两颗爆眼珠子和在水里摔动像飞机尾翼那么大的尾巴时却愣住了，单他一人在河道里是没法搬动这尾鲟鱼的。感谢库兹马·库克林，这老头儿的不堪入耳的骂娘话帮格罗霍塔洛学到了一手绝技。但见他把十来根钩子一下全扎进鲟鱼厚厚的棘皮，拴上绳索，带在小艇后面，便朝岸边驶去。他操动双桨而不发动马达，因为这条沉甸甸的大鱼力大无穷，稍受惊动，便有挣脱出去的可能。此时鲟鱼已清醒过来，恢复了知觉，明白为什么要拽着它，往哪儿去，于是不断地在水中折腾，哗啦哗啦地甩拍着尾巴，忽而钻进船肚子下面，忽而在水面上打旋。当它感到肚子搁上了浅滩时更其撒起野来，像河豚似的跃出水面，像耍杂技的演员似的玩出种种花样。鱼钩一根接着一根被挣脱，卡普隆绳绷得险些儿快断了。

格罗霍塔洛凭借扎在鱼身上最后两根钩子之力才把这条精疲力竭、遍体鳞伤的大鲟鱼拖上岸滩。他跨出船舷，正想掐住鱼鳃，刹那间不觉一怔：这神情阴郁的大家伙侧身躺着，一张一合地掀着鳃瓣——简直有锅盖子那么大的鳃瓣！——疲惫而冷冷的眼光看得人背上发麻。但世界上已经没有什么事能叫格罗霍塔洛害怕的了。

"啊，操他爹的娘！"格罗霍塔洛喊道。他抓住鲟鱼，拖上河岸，走呀走呀，差一步就将跨进林子了，但人和鱼绊倒在崖岩跟前的石块上。他索性举起拳头，朝这伤痕斑斑的家伙打去，拳头像雨点似的落到鲟鱼的鳞鳍锋利的脊梁上和头颅上。

"哈！哈！今儿可得手啦！今儿可得手啦！哈！哈！哈！"但这还不足以表示他兴高采烈的心情，格罗霍塔洛接着站起身来，不断地在石头上踩他穿着皮靴的双脚，挥舞双手，大声地喊叫。

"乐极生悲"，这话格罗霍塔洛不止一次听到过。非洲人也有相仿的箴言："只顾眼前钓小鱼，不防鳄鱼背后来。"可惜格罗霍塔洛此刻高兴得忘乎所以，把一切箴言抛到脑后去了。倏忽间河上的打鱼小船全都隐匿不见。原来，捕鱼人远远瞧见一条来历不明的铝质快艇，各自藏过一边"避风"去了。这条来历不明的突突快艇拢岸歇火，艇首搁上了乱石嶙嶙的滩头。一个汉子拽着船系到石头上，那是个瘦高个儿，一头吉卜赛式短发，脸盘上印着一条条深深的皱纹。格罗霍塔洛当时正是踌躇满志的当口，以为是哪个好奇心重的过路人，来"溜一眼"这"大家伙"的。眼下这条大家伙正七上八下地甩着尾巴，左蹦右跳，直使得身下的碎石子像霰弹似的打到捕获者喜滋滋的脸蛋上。

陌生人走近这条挣扎不休的鲟鱼，一脚踩住，掏出尺来丈量它的大小。格罗霍塔洛打算喝住他："别动手！"然而他那独占鳌头的欢快，钱将到手的喜悦和举樽自饮的奢望（他从来不跟"伴儿们"——这是他对摸鱼人的称呼——一起喝酒）使他十分亢奋，不想对人恶言相向。相反，他内心深处扬起一股从未有过的热乎乎的感情，想和人搭讪几句，说说话儿。

"瞧，咱捞到多大一条鱼！"他告诉陌生人说，声音里充满亲切之情。接着他天真无邪地咯咯笑了起来，又是搔肚皮，又是提裤子。因为不知该怎么说，怎么做才好，他便用颤抖的双手去抹鲟鱼身上的沙粒，就像给猪崽挠痒时那样，同时轻声细语地尽说些惬意话儿。

"你真走运！"来人说。

"这……实在……"格罗霍塔洛谦虚地垂下眼皮，"得有诀窍，熟悉地段。"他乐滋滋地暗自估量这尾鱼能给他多少进账。他故意把分量估得低些，待会儿就能觉得加倍满意。所以格罗霍塔洛用绝无仅有的谦恭语调向对方打听："该有四十公斤？"

这个人用疲惫的目光扫了格罗霍塔洛一眼，来意不善地动了下嘴边的皱纹：

"哦，何必谦虚？准有六十公斤。我这眼睛就是一挂秤，误差不出一公斤去。"

格罗霍塔洛终究身受过乌克兰独立分子的刀枪之苦，见过这些卑怯之徒半夜袭击正在沉睡的村屯，抢劫大车和汽车，后来又蹲过监狱，因此若不是在十俄里之外，则至少在一俄里外就能预感得出将要临头的灾祸。他一下子警觉起来：

"你是什么人？"

来人报了姓名。

刹那间格罗霍塔洛像泄了气的皮球，双手、脸颊，甚至他那长着疣子的前额都垂了下来，显得松弛乏力，毫无生气。壮实的体躯也成了软绵绵的，如若不是他身上的衣服和皮囊的支撑，怕不早就像一摊烂泥瘫倒在地了。自他内心升起某种超然物外的缥缈恍惚之感，仿佛他已离开地面，飘呀，飘呀，突然撞上冰冷的岩崖，随后又跌落到河岸上，摔得腰断背穿，就要被沙粒埋葬，被雪花覆盖了，这人多么可怜啊！摔得多惨啊！过去的经历蓦然又展现在他面前：他被人拉拉扯扯，搞得晕头转向，脸蛋撞到了栅墙上。脸啦，心啦，脾啦，都在出血。一切倒霉事总是首先落到他头上！这下子你乐去吧，新到任的渔场稽查员来了！他是从图鲁汉斯克[1]来接替谢苗的。听说那里的人曾经想干掉他，但

[1]　在叶尼塞河和下通古斯卡河的会合处。

没有能把他击毙。"唉，操他爹的娘！可惜枪不是在我手里……"格罗霍塔洛真想把牙咬得咯咯响，然而他乏得连生气的力气也没有了，怨恨、痛苦使得他不得不采取他平常惯用的、苟且偷生的低三下四的口气。

"首长公民！反正这儿没人……"格罗霍塔洛咽下一口唾沫，心里明白这不合适，不该烧那门子香。可是像格罗霍塔洛这号人既然错开了头，就一错到底，别想叫他中途歇手。只见他使出了最后一招儿："或者，开膛取出鱼子？或者把鱼分了，舒舒服服喝一杯？我还藏着没动过的腌肥肉呢。行吗，首长公民！……"

"别扯淡！"渔场稽查员眨巴了一下山猫眼，便取下身上的旧挎包垫在膝盖上作笔录。

格罗霍塔洛颓然跌坐在石头上。坐了没一会儿，他便捏起拳头擂自己的前额，擂那长了一撮黑毛的疣子，似乎这是钉子帽，而现在要把这根铁钉子钉入树墩里去。擂过一阵后接着破口大骂，暗示稽查员如若硬要跟"小老百姓"作对，保不了要掉脑袋，这儿的狙击手可不是图鲁汉斯克的好比的，这儿的汉子可是天不怕地不怕，世上少见的。

渔场稽查员却不打算和格罗霍塔洛胡诌。三下五除二，没费多大工夫便把笔录写成了。将这份笔录交对方签字的时候他也不是客客气气地说上一句"请签字"，而只是动弹一下被剁去了指甲的骨瘦如柴的断指，以此表明格罗霍塔洛这魔鬼该在什么地方署上姓名。稽查员将笔录纸和钢笔放进邋遢的、战争年代用下来的军用挎包里，用指挥员习惯的姿势将挎包斜挂腰间，就把鲟鱼拖上巡逻快艇，噗啦一声丢在铁皮舱底板上，然后操桨划出浅滩，使劲一抽飞轮上的发火绳，突突地开走了。

不知为什么稽查员的一只挎包会使他怒不可遏？是记起了一九四五年，记起了背着挎包的法院侦查员吗？是记起了北方的看管严格的劳改集中营里那些背了挎包耀武扬威的军人吗？但是，可能他什么也没有记起，只是因为胸中存着一股难消的怨气？

"吸血鬼！背着挎包哩！咱流血……"他赶紧收住话头——且慢！稽查员这只猪猡会打听出格罗霍塔洛来历的，会了解到他到底流的是谁的血。楚什镇是个什么样儿的地方？稽查员只消向随便哪个大婶露露口风，大婶就会告诉大叔，大叔呢，就会沸沸扬扬地把丑事传遍街坊。他心里真是甜酸苦辣，气过了头，于是开始乱骂一气："但愿你这狗娘养的不得好死！吃了拿走的鲟鱼烂穿你的肚肠！但愿你掉进水里淹死，见鬼去！但愿你的孩子没好日子过！……"但是啊，这话又骂过头啦。听说，这个"狗娘养的"是个光棍儿，并没有孩子，因为战争闹得他家破人亡。再说这畜生自己不会去吃鲟鱼，定是按章交给渔业劳动组的。

眼下该上哪儿去发泄今儿心里的闷气呢？怎样打发自己呢？为什么时乖命蹇，偏要他挨这苦罪？为什么他的生活道路坑坑洼洼，崎岖不平？"唉，我的妈呀！唉，我的妈呀！"凄切的真挚的哀鸣发自他壮实的胸脯，他想放声大哭，洗涤愁肠，但没有泪，再怎么折磨自己也生不出眼泪，眼泪已经凝结，变成石块了，因而在他致哀思于早殁的母亲时也无法求得精神上的解脱。可是四五年时，只消一想起亡母就会泪如泉涌。

格罗霍塔洛直到上了船、到河上后神志方始清醒过来。但是倒霉的事往往接踵而来，这会儿马达又跟他闹上了别扭。太阳已经沉入河心，而他从排钩上取下鲟鱼的时候，太阳还照着他的脊梁和后脑勺呢！搞掉了多少时间啊！现在，楚什镇上的商店大概已经打烊了，没法借酒浇愁了。格罗霍塔洛狠命地拽发火绳，直将绳子拽成好几段。

"唉，唉，操他爹的娘！"格罗霍塔洛狂吼着对马达使劲踢了一脚，这一脚却疼得他蹲了下来，干号起来——把脚趾给踢破啦。他哼哧着，直往发火绳上吐唾沫。他又啃又咬，用牙把绳子咬成一个死疙瘩。大乌特洛宾恰好从下钩的地方顺流回来，瞧见这情景，想凑过来帮忙。

"干吗？给我走开！"

"随你便。"

达姆卡驾着那像漏水的破木盆似的小船也过来出主意。每一个渔夫虽然都在咧着嘴冷笑，但是都准备帮个手，出张口。别看他们那副同情的样儿，其实骨子里在为那条"大家伙"被没收而高兴呢。格罗霍塔洛把一些帮忙的人都打发走了，他只相信自己的力量，认为只有自己的力量才是可靠的。

"伙计们"为赶在商店打烊前到家，正开足马力往回飞驰。

当家人密密麻麻地坐在岸边的圆木上议论一天来的大事，议论自家的和别人的老婆，议论时下的摩登青年，有时甚至还谈到政治。当备受日晒风吹，又被鲟鱼、稽查员和马达恼得火冒三丈的格罗霍塔洛驾船傍岸时，正好响起北方人别莉达热情奔放的歌喉："你还不了解我呢，伤心全是白搭……"

"小酒铺的门已关上啦！"这是一天中给予他的最后一次打击。

格罗霍塔洛抬眼朝镇上瞧了瞧，眼里充满愤恨，忧伤今儿他亏了本，遭了劫，落得双手空空。他期望用老酒填满空腹，借酒驱愁，喝他一个酩酊大醉，直不起腰，倒下身子睡大觉。但是，完啦！格罗霍塔洛忽而攥紧拳头，忽而将拳头松开，像做操似的弄得手骨节咯咯作响。他一边大口大口地喘着气，一边咕噜道：

"这回子！……这回子！……"他在冥思苦想。"这就……这就……这就去把我老婆拿来出气，就像上帝拿乌龟出气一样，操他爹的娘！……"他终于找到消愁泄愤的办法了。

但是他老婆事先得到这个倒霉消息，早躲进了地窖。格罗霍塔洛找不到她，便抄起板斧，将一口大橱劈成了碎片，又把那台"东方"牌收音机——他一向认为这台收音机唱起来声音太响——扔出了窗外。可是仍然没有反响。于是就拎起一桶汽油，浇遍了正屋和偏屋，打算一把火把全部家当烧成灰烬。这下他老婆再也沉不住气了，在地窖里像杀猪一般叫了起来。邻舍闻声赶来，团团围住了这个猪场场长，费了好大劲才把他捆了起来。事后谁都无法相信格罗霍塔洛没喝醉酒竟会干出这种毁家的蠢事来。"真想不到！"楚什镇上的人都这么说。

那一晚楚什镇上闹了个鸡犬不安。又是哭，又是吵。村的一头柯曼多尔提着枪在寻找害死他女儿的凶手，另一头格罗霍塔洛正乒乒嘭嘭砸家什。在叶尼塞河上，有几只小艇翻了船。这可叫乡亲们作难了；是捆人要紧，还是救人要紧？

但很快就把这两个暴徒都捆上了！捆人这类事情楚什镇人是素有传统而且办法众多的。自古以来，凡是有人想动刀动枪就把他们捆起来了事，至于那几艘小艇上的人好像都葬身鱼腹了，船在河中间用手是够不着的，再说，谁叫他们划到这儿来的？没本事就该去小河里划嘛。

两年过去了。谢苗已经退休。新上任的渔场稽查员虽然锐气不减当年，但外出巡视的次数愈来愈少，他压根儿不想独自外出去冒无谓的风险，而是把前任稽查员的儿子带在身边做伴。谢苗的小子要是上军队服役一阵子，复员后说不定会来干护渔这个行当。那时候恐怕就难对付了——这小子认得所有的人，了解一切事的来龙去脉，而且铁面无私，又有一股机灵劲儿。他现在就想了个绝妙办法：一不去河上追赶，二不求"人赃俱获"，而只是待在村口，等着查看捕鱼归来的渔舟。你躲也罢，在河汊里故意磨蹭到天黑也罢，或者由家里人出面，上船取鱼也罢，总之，不管你愿意不愿意，非得另找僻野处所把鱼脱手不可。就说现在，渔夫们正坐在篝火旁，一心一意地等着划船来取鱼的人。

柯曼多尔要借锅给我们煮鱼汤，阿基姆生硬地拒绝了。不知为了什么缘故，他老是离得柯曼多尔远远的，讨厌柯曼多尔而且不想掩饰这种感情。柯利亚藏在树林里的锅子、茶壶、绳子，我们怎么也没找到。阿基姆一边气鼓鼓地在鼻子底下嘀咕着骂人话，一边把他的破烂杂什丢进船舱。这时候，捕鱼爱好者陆陆续续来到这里聚会，悄悄地把小舟藏在奥巴里哈河的石岬背后，然后煮上一锅鲟鱼汤。这正是他们怡然自得的时辰：使木勺舀汤，用大口杯喝酒，说些逗人发笑的趣话。一提关于酒癖的事，能叫人笑得直不起腰来，这是现在人们最爱谈的话题，同时念念不忘格罗霍塔洛在那尾鳇鱼身上出的洋相，没完没了地讥笑他。可格罗霍塔洛如今皮老肉厚，益发粗壮而结实了，别说笑话，就连子弹也打不穿他。他避开众人，独自坐在篝火另一旁的树墩子上，像一头熊那样伛偻着身子，出声地嚼着面包。面包他也不切小，拿起整只面包用牙啃，紧接着用锋利的刀子切一大块腌过的带皮肥肉，如同将一颗炮弹填进炮膛一样投进嘴巴。然后再抓起一把采自岸边的野葱，团成一团，蘸上盐末，塞进络腮胡子中间那鲜红透亮的嘴巴，就咀嚼起来，眼睛忧愁地看着某个地方，出神地想着什么。我不禁羡慕地叹了口气："真能吃！"

吃鱼汤的那伙人愈吃愈高兴。其中一个穿胶布外套、戴顶城里人戴的那种绒线帽的汉子推了推他身旁的人，朝我这里努了努嘴：西伯利亚人见了客人不奉上木勺和酒杯，是对客人的侮辱和大不敬。

"不能请他们啊！"达姆卡眼睛从篝火上望过去，说道。他身上依旧是两年前那件硬邦邦的棉坎肩，从领口到下摆沾满了鱼鳞，有的地方甚至挂破了。他用手里的木勺指指远方："那儿的人法律规定不准酗酒，啊——哟——嚯！"

柯曼多尔的眼睛有如电焊时的弧光那样忽闪了一下，默默地挪近那个城里人，碰碰他肩膀。而城里人又推了推大乌特洛宾。阿基姆耸耸肩膀，像在问我：怎么样？在他看来，如果和大伙儿一起吃喝，不凑一份儿就太丢脸了，但是我又没有给他钱去买过我那个"一份儿"，生怕他一喝醉，就有无穷无尽的麻烦事儿。

我从旅行包里掏出一瓶珍藏多时、准备不时之需的白兰地，放到锅盖上。

"喏，要说我们也得凑上点什么的话……"

酒瓶在众人手里传来传去。他们晃动瓶里的液体，照着亮处察看酒的成色，凑着瓶子嗅了又嗅，认为这是白白浪费钱的玩意儿，不如用这买白兰地的钱买上两瓶伏特加。但到最后，他们轻轻地叹了口气，终于原谅了我这份傻气。达姆卡讨好地咬去瓶颈上的蜡封，用牙拔掉了塑料塞子。

酒过一巡，他们品了味儿，抿抿嘴唇，一致说："不赖！"不过，他们还是好心劝我"往后，最好用这钱买两瓶伏特加"，并告诫道："吃也行，喝也行，做客也行，但别在报纸上点我们的名！"我慨然答应"绝对不点"。大伙儿都不信，不过装出泰然无虑的样子，换上科学性话题：给作家的稿酬多不多？作家写的文章里有几分真理？共同的意见是：不过百分之五而已。当他们听到我挣的钱并不多，不觉大失所望，改而谈论追逐偷渔人的夜视仪器了。"想出这种劳什子的人拿的钱大概要多得多。唉，世上的事怎么这样怪？人干吗自己跟自己过不去，让自己蹲牢房，围栅墙，安铁丝网，不让自己逃跑？这可真叫作'自掘坟墓'……"

"哎哟，瞧人干的这蠢事！"这些演讲人对他们自己的全新推理不觉一怔。

"这等事说得够啦！"阿基姆一拍大腿，打断了哲理性探讨。在他眼里闪烁着兴奋的神色。"乐就得好好儿乐！"随着一片赞扬，他从灌木丛里拿来了"灭火机"——一大瓶美其名曰"飞腾"牌的廉价酒。阿基姆这好小子！是瞒下我买的，还是早就藏好在一旁的呢？

天色已经很晚，但柯曼多尔还是驾船走了。捕鱼人会意地笑了笑，他们知道，他这是去找拉尤霞、找楚什镇食品商店的女售货员去的。拉尤霞早就"迷上"这个犷悍的切禅人了。她不顾禁止酗酒的规定，夜里私开店门，把酒卖给柯曼多尔。柯曼多尔把她紧紧搂到怀里，吻了吻，便又一阵风似的跑了。他心里除了拉尤霞还拴着"集体"。不过他向拉尤霞许愿说，明儿准带尾鲜蹦活跳的鲟鱼来看她，跟她说"贴心话儿"。

叶尼塞河岸上笑语喧哗，大伙儿志同道合，真像是手足兄弟似的。火苗旺得腾到半空。谁也觉察不到饕蚊的嗡嗡声音。鱼汤在锅里翻腾。蜷成一团的鲟鱼，尾巴上着了火，化成点点火星往上飞去。

有的人在清嗓子，准备唱歌；有的呢，想站起身来跳舞。大半人都在相互吻脸，乐得掉眼泪。

"乐吧，哥儿们！"

"人只有一辈子好活！"

"没什么好舍不得的！"

"咱在河上吃苦，冒吃子弹的风险，就是为了今儿这样的聚会！"

"啊——哟——嚯！啊——哟——嚯！"

"啊，爱我吧，姑娘，趁我现在自由自在……这会儿我想偷婆娘去！心里像火烧，真想打一架！"

"打架？挨十五天拘留！"

"是啊，时代变啦！酒不让你喝够，打架又不行……"

"电影倒是每天有！"

"电影？什么样儿的电影？我这就给你鼻子上来一下，电影就开场了！"

"喂，哥儿们！玩吧！乐吧！但别打架！

"他说什么来着？"

"我只是开开玩笑！"

"开……玩笑！"

> 你窗里亮着灯光，
>
> 撩得我心摇神荡。
>
> 我熟悉的身影儿啊，
>
> 映在银幕似的窗格上……

"什么叫'身影'来着？"

"就是身体！"

"喔！"

"我有桩事想打听：桃腮——是指奶头吗？"

"指脸颊，你这笨蛋！"

"喔哟，喔哟我可熬不住啦！再想想下边的那个地方吧！"

"胡闹得够了，哥儿们，闹过头啦！出格啦！你们非得挨骂不成，得拉——拉——拉，得拉——拉——拉……"

格罗霍塔洛吃完一整只面包、一大束生葱和一整块腌肥肉后，在众人寻欢作乐的当儿他那惊天动地的鼾声再也没有断过，他身下的石块全叫他压到了泥地里。他睡得好香！只是在惹人恼的达姆卡跳舞不留神、踩上他的手或是碰着他身上别的什么地方时才将呼噜声稍稍中断一会儿。鼾声一止，立即听到野地里长脚秧鸡和其他夜鸟的鸣叫。格罗霍塔洛只不过向达姆卡像驱赶蚊子似的挥了挥手，把他推开，达姆卡便在河岸上摔了个嘴啃泥。而当达姆卡一边吐去嘴里的泥，一边从岸边站起身来的时候，格罗霍塔洛却又开足马力均匀地打起鼾来，震得火苗都直打战。他好像把大地的安宁、群花的芳香、夜晚的清凉，都吸进了身体，而重新排出体外的则已经是面目全非的，榨尽了精华的一团臭烘烘的废气了。但这部强大的马达开始节奏紊乱了，如雷的鼾声有时候完全沉寂了。格罗霍塔洛有几次挪了挪像小山似隆起的背脊，突然间有如小孩诉苦般呻吟两声，便一骨碌坐了起来。他用惺忪的睡眼扫了伙伴们一眼，认了认所有的人，咧开血盆大口，打了个哈欠，伸伸腰，搔搔胸，走进黑地里去了。后来格罗霍塔洛重又出现在篝火的光亮下，手里捧着什么东西。大伙儿一下子没看清是什么，后来终于看清楚了，原来是一大块腌肥肉，而在火红色的肉皮上端端正正地放着一只大肚子酒瓶。

"嗨，酒来了——私酿白酒！伙计们，像消灭冤家一样消灭它！"

"哈哈！这么说，是私酿白酒啰？"

"是格鲁吉亚白酒吗？"

"是用楚什镇的柴火酿的！"

"伙计们，先尝尝这腌肥肉吧！然后再来尝切列米辛，操他爹的娘！……"

"说得好，格罗霍塔洛！有种！我们一块儿来干掉切列米辛！他那种肉倒还没生吃过呢！……"

"对付不了的！"

"什——么！这话是谁说的？！"

"别吵了，伙计们，别吵了！人家诚心诚意请咱们吃……"

"啊，心呀，总是不想安静，心呀，活在世上多好……"

乌特洛宾家的老大老成持重，虽然开怀痛饮了一场，饱餐了一顿鱼汤，说了一阵子话，还唱了歌，照样悄悄地独自驾船回家了。达姆卡横倒在圆木后面，被蚊虫叮螫得不停地叫唤并翻身转侧——他做了场噩梦，梦见了妻子。格罗霍塔洛的两只肥大手掌抱住柯曼多尔，响亮的、因着凉而显得有点儿嘶哑的嗓子划破了黑夜和周围的寂静："妈妈！妈妈！你还在等你当兵的儿子回家，但你的士兵已经长眠不醒啦！……"

阿基姆的脸颊上挂着眼泪，眼里充满过度的忧伤和爱怜看着所有的人，他摇晃着脑袋，任咸味的泪水滴入篝火中，自言自语地叹息道：

"唉，柯利亚，柯利亚，你干吗要死！现在要能跟咱们在一起该多么好……"

格罗霍塔洛这时也不禁伤感起来。他能忘记鲟鱼，忘记切列米辛，忘记手脚利索的老婆，但忘不了故乡。他不但忘不了，还无数次将脸垂到袒露在衬衫外边的冰冷的胸口上，反复念叨着："妈呀，妈呀！你还在等你当兵的儿子回家呢，但你的士兵已经长眠不醒啦……"

此时此刻，我不由自主地想到，这平凡而伟大的言语正是我们一切人的命运的写照，我们的母亲永远盼她的士兵归来，而这些士兵却葬身异乡，长眠不醒。柯曼多尔使我无法沉思下去，无法继续抒发伤感之情，他伏在我胸口哭了，他央求我写一篇小说来纪念他的女儿塔依卡。城里来的那位客人出于俄罗斯人开阔的胸襟也在陪着他抽噎。

早晨，愁眉苦脸的阿基姆将烧剩的木炭拨弄到锅子和茶炊底下。锅里还有昨夜的残羹。他见我就把脸转过去，偷眼瞧着相继驶去下钩的小船。但见星星点点的渔舟在轻绡似的薄雾中若隐若现。树林、灌木丛、草地、乱石和圆木段都是湿漉漉的。冰块的棱脊眼看着在低下去，碎落成小块，散发出阵阵刺骨的寒气，大冰块消融着，不时哗啦一声，塌陷成无数细长而尖利的冰棱，四散飘开。砍伐后留下的树墩上面摆着一大杯"飞腾"牌伏特加。这"飞腾"牌真是好得没法说！昨儿从大肚子"灭火机"里尝到一口，我这脑门盖连同帽子差点儿从我这受过伤的脑袋上飞腾而去。因此这次我坚决谢绝，只喝了些鱼汤和浓茶。为增添香味，茶里还放了醋果。喝过以后，精神振作了许多。

"咱们也该上排钩地方去看看。"

阿基姆窘惑地动了一下身子。但他瞅我一眼，做出一副与己无关的漠然神色。唉，这种狡黠的北方人可真不好对付！

"开船吧！开船吧！"

"去哪儿呀？"

"布钩的地方。"

"你下了钩吗？"

我皱眉回答说：不，没有下钩，也不打算下钩。不过，我无论如何也得去一趟,将那种黑行当看个真切。叫他不要耍滑头。早在第一次来这儿时我就摸准了阿基姆是哪号子人。那次他从奥巴里哈石岬悄悄溜走,嘴上说是瞧他那条小划子去的,后来却请我吃了据说是"花钱"买来的鲟鱼。我一下子便明白了:他有捕鱼用的排钩!

"我的老哥啊! 这话打从哪儿说起? "阿基姆像驱赶纠缠着他的魔鬼似的挥挥手说。"人喝醉了,什么样儿的胡话不说? 简直吓人! "

我一步紧似一步地催促阿基姆动身,向他解释,我的职业就是去了解和见识一切事情的究竟。我说了一大串经历,直使得他惊讶不已:我到过路德教和东正教的教堂,去过清真寺;命运曾带我到尸体陈列所和妇产院;我访问过民警局、监狱、移民区;我走南闯北,跨越过沙漠,游历过高加索的花圃,跟摩登青年和教派分子、小偷和人民演员、妓女和劳动模范打过交道。

"有一次我还去过摄影棚。"

"就是拍电影的地方吗? "阿基姆涨红着脸,对这一点表现出强烈的兴趣。

"说什么也得去看看! "瞧着他那长满茸毛的脖子,我不禁恼了,便掉头指着河面说:

"我求他们得了。"

"你干吗要看排钩? "阿基姆闷闷不乐地强笑了一下,像是怜悯我似的,劝说道:"你去钓茴鱼吧。至于他们,"他朝河上颔首说,"没有你也能对付得了⋯⋯"

"茴鱼我钓腻了。"

"哎哟哟,真要命啊!咋跟你说好呢?"阿基姆也生了气。"我没有排钩。没有!就是没有!"

我向他伸出手:

"敢打赌吗?"

阿基姆对我伸出的手瞧都不愿瞧上一眼。懊恼之下他将一缸子茶都泼了,又将罐头筒一脚踢开,还不解气,接着提起"灭火机"向石头砸去。砰的一声,玻璃片飞溅得到处都是,就像地雷爆炸一样。柯曼多尔已在下排钩的下半节了。

"不会'剋'一顿吧?"阿基姆搔搔被蚊子咬肿了的耳朵,一副无可奈何的模样,问道。

"什么?"

"不会在报上'剋'我们一顿吧?大伙儿都怕出事……"

"去你的!还没有那么多的报纸来管你们的闲事呢!"我越是骂,阿基姆就越活跃起来。不过眨眼工夫,他已从灌木丛里取来了"小铁锚"、牵绳、木桨,他不断地对我叮嘱着:

"当然,如果要'剋',就该'剋'所有的人,何必单单缠住我们?"他朝我睐了一下那只微微发肿的眼睛。他让我操桨划出浅滩,以便发动马达。接着瞥一眼就近处的小船,压低声音继续说道:"见了吧?有那么多的人,简直吓人!你反正就要离开,不会把你怎么的,可我得受累呀!……"拽动火绳之前,阿基姆迟疑了一会儿,但终于伸出手来给我看:腕上有道隆起的歪歪扭扭的暗红伤疤,就像电焊的接缝一样。从我来到这儿,他一直把手藏着不让我瞧见。"不久前我差点儿送命,直到现在,我那颗心还兜着没放下呢。往后再把这桩事告诉你。"接着,吆喝一声,拍了拍船舷——这是命，我不再吭声，以免妨碍他操作——启动了马达，驾船逆流而上。

我幼年时曾见过用排钩捕鱼的情景。那时候鱼儿多，捕鱼人少，捕点儿鱼鲜佐餐是桩平常事，算不上非法。而今我又重新目睹了这种仅次于用鱼叉和炸药的最残忍的捕鱼方式。在宽阔、湍急的河上布钩收钩要有一套本领才行，这套本领相当复杂。阿基姆瞅一眼岸上，事先辨明方位标。据我的猜测，被当作方位标的是棵早已枯萎的、节节瘿瘿、叉开两根分枝的阔叶树。船到方位标跟前便加快马达转速——但也没有拨到全速——阿基姆轻轻翕动着他的嘴唇开始数数目。当数到二百时他将"铁锚"下进河底，把牵锚的绳端揽在手里。铁锚擦过河底，可能扎到树桩、枕木或者石块，但非要使得它钩住下在水底的排钩不可。绳索颤动了一下，阿基姆脸上神色紧张起来。他用脚顶住夹舱壁，一手关上马达。

"今天咱们开门得利！"他微微一笑，赶紧收牵绳。"要是手里感到沉甸甸的，准是……"

"也许不是排钩呢？"

"是排钩，没错儿。瞧这牵绳：忽而紧忽而松的，"阿基姆很乐意地解释说，"上了钩的鱼正在挣扎，这时可得小心，别让它把人拖下水去。只消那鱼儿咕咚一下，船也能被拉走，险得很哪！"

船身因水深流急和排钩的重量而直往下沉。河水擦过船头和船舷，发出哗哗的响声。一只只小舟从我们身边漂了过去，捕鱼人安闲地坐在船上抽烟。那是他们查看完毕排钩，从布钩处回来了。最早收拾好渔具的是格罗霍塔洛，他驾着"旋风"号正急驶而去——养猪场里的工作在等他，迟到不得。柯曼多尔将捕得的鱼装进了口袋，然后朝舷外啐了一口唾沫，阿基姆又"没有看到"这个切禅人，而这个切禅人呢，也不理阿基姆，只对我说道：

"喝酒误事啦！二十条只剩下了七条。"

"七条什么？"

"活鱼。"

"其余的呢？"

阿基姆抬抬眼皮，瞥了我一下：干吗跟他噜苏个没完？！

"其余的扔进河啦。"

"可是……"我仍然喋喋不休，"叶尼塞河上各种人都有，要是他们捞了去，吃下肚……"

"那就少不了中毒，丢掉性命，"柯曼多尔咳嗽一声，往水里又啐了口唾沫，抽动了发火绳子，"河面上可以少点闲逛的人。"他洒脱地朝我行了个举手礼以示告别，便向回家的方向风驰电掣而去，船后泛起一道洁白的浪花。

我们就快要收着排钩了。阿基姆将绷得紧紧的牵绳的另一端递到我手里，教我清除弯刺上的水草——这儿叫作水垃圾。他吩咐我多加留神，因为一不小心，那钩刺能把手掌扎个对穿。

排钩摸到了。这是第一个钩子。在十分结实的卡普隆绳上，挽绳结的地方系着一只涂有一层薄薄干性油的、弯得很厉害的大钩子，没有倒钩，尖端却非常锋利。鱼钩弯折的地方的短结上引出一个泡沫塑料漂子，漂子轻巧灵活，反应敏捷，单单在卡普隆绳索一端这样的玩意儿就有四五百个之多。排钩绳索在上游这一端扣在沉重的主锚上，由它固定布在水底的整个排钩，绳索在下游的一端也挂一只铁锚。但因有水流颠簸，另在绳索中央部分加悬了重物。把排钩投入水中并加以固定只还是事情的一半，主要是要下在鱼群密集的、易于上钩的地方，要能揣摸出哪是暗礁、哪是急流，要保证泡沫塑料漂子在急流中不断晃动，吸引鱼儿到这中间来"嬉游"，或者让鱼儿随着急流，从礁面径直撞到刺尖上。究竟有多少鱼撞上了尖刺，或是虽然挣脱鱼钩而终于不免受尽苦楚而死去，或痛苦不堪拖着残疾的躯体苟且活着——那谁也没法知道。听渔夫们说，至少占总数的一半。至于那些上了钩的鱼，既是腰断背穿，又受水流的折磨，要不了多久便见上帝去了。死在钩上的鱼是吃不得的，尤其是鳇鱼和鲟鱼。据说钩上的干性油会使鱼的脂肪变质，名贵的鱼的充满脂肪的身体里就会滋生出许许多多白色的蛆虫。

死在钩上的鱼在以前都是送到岸上扒坑埋了，但打从私自捕鱼成了偷偷摸摸、不可告人的勾当之后，摸鱼人为避免稽查员当场发现了惩罚他们，干脆把死鱼抛出船舱，任其翻转白白的鱼肚，随波逐流而去。如果海鸥、水鼠或者乌鸦能把它们啄食一尽，倒也不错，但如果赶路人、醉汉或者利欲熏心之徒拣去市场出售那就糟了。顾客们啊！你们买的时候千万瞧一眼鱼鳃，它要是像煤那么黑或是像吃了毒药似的发青紫色，就抓起鱼来赏卖鱼人一记耳刮子，对他说："狗崽子，你自己吃去！"

从阿基姆的排钩上所取下的三十二尾鱼中只有九尾是活的。阿基姆失望地叹了口气，把死鱼扔进船首的小舱。我原来想描写上钩的鱼儿如何鲜蹦活跳、反抗挣扎、为生存而斗争，赞美捕鱼人的激情和永恒的欢愉，但在这里毫无诗情画意而言，它只使我感到内疚，仿佛有人当着我的面摧残童婴或是抢劫老妇人手里用头巾包着的最后几枚戈比，于是我请求阿基姆送我上岸——不如去煮碗茶喝，采集点儿野花，摘把野葱吧。阿基姆二话没说便发动起马达，按我的请求，把我送上岸去。

"我不是早说了的？看了只能使人难受。"悄悄说过这话，他独自驾船检查牵索另一端上的悬钩去了。

有一尾十二公斤左右的鲟鱼不幸死在钩上，这副渔具的主人因为要参加葬礼，喝丧酒，后来又玩呀、乐呀，加上又怕我发觉他干的好事而有好长一段时间没去收钩，因而这鲟鱼的命给误了。当阿基姆将鱼背在肩头往前走时，突然间呼啦一声，鳃瓣膜脱离了鱼身，那条遍体鳞伤、腐烂发臭了的鲟鱼掉落在石头上，一段段的内脏则从鱼腹里流了出来。

"说不定黑熊能把这些吃了！"

"不，熊瞎子不吃，"阿基姆垂头丧气地说，"虽说熊专吃死尸，但吃下它也非送命不可。老哥，腐烂了的内脏毒性可大呢。你还记得叫塔尔桑的那条狗吗——就是在奥巴里哈河掉队的那笨蛋？我坐划子去找它。但见它汪汪地叫个不休，饿坏啦！恰好有条江鳕死在钩上，于是把它扔给了塔尔桑。"阿基姆用沙子擦干净手，和我不慌不忙地喝着茶，沉默了好久。后来他抬起头，指着奥巴里哈石岬上的河柳丛说："那便是埋葬塔尔桑的地方。"

"阿基姆，求你把排钩收了，快把排钩收了吧！要不，下次我不再来看望你了。"

阿基姆把大小杂什分别装进口袋和原来盛放渔具的木箱，

然后放到林子里的一个秘密地点。收拾停当，我们便动身上路，打算花一整天时间来捕茴鱼。路上谁也不作声，直到我们在林中空地休息时阿基姆才打破沉默：

"不管怎么说，得把排钩收齐再走。那是我亡友的东西。他家里人嘱咐过我：船、马达、全套渔具还的时候不能短少一件。"

那都是我的亲属！真不愧是毒蜘蛛的争气的子孙！多少年来，阿基姆一直把柯利亚的家当作自己的家。那幢小屋就是他俩一起盖的，阿基姆挣到的钱像向家里人交账一样统统给了柯利亚，船上的这台马达，买来时是台老掉牙了的旧货，是阿基姆把一只只螺丝钉换掉，是他把断裂的地方重新焊牢，这条船也是他修好、补好、抹上树脂的，是他用这条船给柯利亚家运去过冬用的木柴……但是朋友一下世，他的遗族就把阿基姆视同路人。我的乡亲们，也不仅仅是楚什镇的，未免太人心凉薄了，已经没有西伯利亚人的气度，亲人还尸骨未寒呢。

隔了会儿，阿基姆显得高兴起来："没关系！我能去苏尔尼哈，那里新建了一个林场。老哥，我会五种手艺，上哪儿也挨不了饿！"

苏尔尼哈河口上出现了一个新的村子，有路灯、俱乐部、食堂、幼儿园和整套的住宅，人行道也已铺好。秋天居民便已搬进新居，他们要等到冬天来到才开始伐木。先为工人张罗好一切，这可是新鲜事物！要是到处都这样就好了：先为人创造好生活条件，再要求他干得出色！

我由此浮想联翩：如果人们能像个当家人似的、合理地采伐木材，而不是把采伐搞得像洗劫，这该有多好！叶尼塞河畔森林绵延，蕴藏着为我国大规模建设所必需的成批栋材。我盼望五年、十年后重到阿基姆家里做客，到老村的村寨外去扫墓，在那儿的醋栗树丛下，长眠着我那死得过早的、一生苦多于乐的弟弟，然后搭伴儿去鲫鱼岬钓鳊鱼，到我们曾经一起捕鱼并流连忘返的奥巴里哈去，让我们在雪松和黑枞树的喧哗下朦胧入梦。当年我的兄弟曾在那儿倾听过这树海林涛，如今我兄弟的儿子还在那里倾听，我祝福他们的儿辈也能听到那美妙的涛声。

鱼王

楚什镇上，大家有礼貌地，还有点儿巴结地管他叫伊格纳齐依奇。他是柯曼多尔的哥哥，无论对待弟弟，还是对待楚什镇上其他所有的人，他都带有那么点儿宽宏大量和高人一头的味道。但是他并不将这点形之于色，对人从不爱理不理，相反，对大家都很周到，对任何人都有求必应。在分配捕获物时，不消说，他也不像他弟弟那样斤斤计较。

事实上，他也根本不必要去和别人分什么东西。他凭自己的力量就可事事应付裕如了。不过他毕竟是土生土长的西伯利亚人，自然而然地养成了尊重并关照"乡亲"的习惯。他并不随便对人点头哈腰，或者像本地人说的，从不自拿斧子砍自己的脚——不肯自轻自贱：他在当地锯木厂里当锯床和其他机床的修理工。但厂里和镇上所有的人全都称他机械师。

他比别的技工会动脑筋，喜欢钻研新技术，对不懂的东西，总想了解个究竟。这样的场面真是屡见不鲜：一只小船随波逐流漂浮在叶尼塞河上，船主人弄得浑身上下都是油烟污垢，拽拉着点火绳，有天没日地破口大骂，汽油浸透了全身，仿佛只要溅上一点火星，他嘴里就会喷出火来。可哪里会有什么火星啊，马达连一点声音也发不出来。而这时，往往可以看到一条快艇从远处昂首疾驰而来，干干净净，漆成蓝白两色，非常醒目，马达不是叭哒叭哒响，也不是吱嘎吱嘎叫，而是用一种心满意足的清脆响亮的音调唱着自己的歌儿，声音简直像一支长笛，像悠扬悦耳的乐器。小艇主人也像他的船一样，拾掇得整整齐齐，身上不沾鱼腥，也没有机油的臭味。如果在夏天，他就穿件淡咖啡色的、耐脏的衬衫驾驶小艇，随带的橡皮围裙和防护手套则放在行李舱里。秋天捕鱼伊格纳齐依奇穿的是棉坎肩和没有被篝火烧破、也没有磨坏的外套——他从不在自己的衣服上擦手，擦手另有旧布；也从不因喝醉了酒而烧坏衣服，因为他喝酒很有分寸。伊格纳齐依奇气色很好，稍稍凸出的眼袋和略显凹陷的脸颊总是红彤彤的。他头发朝后梳，剪得短齐；他的一双手尽管经常跟切削工具打交道，却没有皲裂和伤瘢，手上和鼻梁上稍稍有几处是雀斑消褪后留下的斑痕。

伊格纳齐依奇在这种时候从不羞辱嘲弄人家，从不贫嘴薄舌地损人，说什么"喂，摸鱼儿的，你怎么啦？老娘犯病啦？"之类的话，而总是爬过船去，有礼貌地推开船主人，边摇头，边观察马达和尾舱的水。尾舱里，一只旧手套或一块抹布漂在水里，一只代替勺子用的踩得残破不堪的空罐头盒躺在一旁，舱底丢满了腐烂的鱼内脏，一条压扁的凸眼棘鲈风干嵌在板缝里。伊格纳齐依奇表情十足地叹口气，把马达里一个什么东西转了转，拽出来，放在鼻子跟前闻一闻，说："完了！马达坏了，该报废了。"

或者，他擦擦零件，清除一下污垢，用螺丝刀这里戳戳，那里捣捣，然后简短地说一声："发动！"就跳回自己的小艇，从袋子里拿出一块肥皂、一把塑料刷子，把手洗干净，用布揩干。他不要任何报酬。若要喝酒，他总是自掏腰包，烟是一根也不抽。据他说，小时候胡乱抽过一阵子，后来不沾口了——因为对身体有害。

"怎么酬谢你呢，伊格纳齐依奇？"受惠的主人嘟嘟囔囔地说。

"酬谢？"伊格纳齐依奇一笑："你最好把船打扫一下，再把自己身上拾掇拾掇，用刷子和肥皂洗洗手吧。天啊，简直像个要饭的外国佬！"伊格纳齐依奇用桨撑开自己的小艇，轻轻一拉发火绳——便一切就绪了，真叫人看着他眼红！小艇劈浪追风驰向远方。从拐弯处和小岛后面还久久地传来声响，当马达柔和的声音在空旷的水面回响的时候，那位捕鱼的人却瞠目结舌站在船中央，他郁郁不乐地想着："出生在同一个村子里，念书也在同一个学校里，同样地嬉耍玩乐，吃同样的面包长大，却有这样的怪事……'用刷子洗洗手！擦擦肥皂！刷子要值四十戈比，肥皂也要十六戈比一块呐！'"

小船主人叹口气，开始把绳子绕在被汽油和油烟弄得滑腻腻的飞轮上，心里对自己的笨手笨脚，或者说直截一点，对自己的不争气又是羞愧又是懊恼。

自然，伊格纳齐依奇捕的鱼品种最好，数量最多。这点谁都承认，而且认为是理所当然的。也没有谁嫉妒他，只他的弟弟小乌特洛宾——柯曼多尔除外。他觉得自己这辈子总是比哥哥差一头，而且他有个坏毛病——爱面子到了无可救药的地步，因此老是掩饰不住也不想掩饰他不喜欢哥哥的心情。这也不是一天两天的事了，他们早就尽量互不照面，只是偶然才在河上遇见，或是迫不得已时在婚丧喜庆或者洗礼宴会上见上一面。伊格纳齐依奇有幢房子，是镇上最好的，虽然不大，却极漂亮，有阳台，有雕花门窗，百叶窗油漆得喜气洋洋。窗下有个小花园，长着悬钩子、稠李、金盏花、毛茸茸的罂粟和本地人不认识的一种球形花，根部像芜菁一样。这些花草是伊格纳齐依奇的妻子从伏龙芝运来的，经过培育，居然能在楚什镇的严寒气候下生长。她和丈夫在同一个厂里工作，当会计。

外面风传伊格纳齐依奇存折上有七万旧卢布。伊格纳齐依奇并不辟谣，也不去找储蓄所那个泄露"存款机密"的女职员兴师问罪。不过，他把自己的存款户头转到了叶尼塞伊斯克。于是储蓄所那个女职员不吭声了，她尽量避免和伊格纳齐依奇在街上碰面，万一冤家路窄，她就眼睛朝下，赶紧加快脚步，边跑边问候一声："您好，齐诺维·伊格纳齐依奇！"

伊格纳齐依奇在奥巴里哈河上有三个下钩的地段，它们稍稍偏离航道，为的是避免发生库克林遇到过的那种事——在漆黑的秋夜里小船被轮船撞得粉身碎骨。不过就是在航道边上，伊格纳齐依奇也能巧妙地捕到鲟鱼。他那位老弟——一副劳改犯的嘴脸——故意把排钩下在哥哥地段的四周。伊格纳齐依奇伤心地摇摇头，起锚开船，把排钩移到河流上游一点的地方——却照样满载而归。

柯曼多尔不肯善罢甘休，对老哥步步紧逼，到底把老哥挤出了黄金暗礁这一带，好歹做到了"眼目清净"。他也就不再盯住不放，满以为这下子他老哥什么劳什子也捞不到了。可是在新的地段，撞到伊格纳齐依奇排钩上来的鲟鱼虽然不及以前多，却都是头挑的货色，每一尾少说也在一公斤以上。这引起了迷信的恰尔顿人[1]的怀疑："他会念咒吧！"有一次他看到哥哥的小艇在河上行驶，似乎觉得哥哥朝他冷笑了一下。柯曼多尔抓起枪，哗地推上枪栓。伊格纳齐依奇脸色刷白，靠上前来："把枪放下！浑小子！我叫你蹲监狱……""我恨……透了！蹲监狱吧！你这个该死的……"柯曼多尔扔掉枪，一边怒吼，一边拼命踩脚，皮靴把鱼踩得嘎啦嘎啦直响。"好啊，你！噢，你……好，这可真像俗话说的，既不会动脑子，又不肯学本事。难怪娘在世的时候懊悔没有用枕头把你闷死在摇篮里……"伊格纳齐依奇往船外吐了口唾沫，头也不回地一下子把船开走了。

　　但就连大乌特洛宾不声不响的掌舵的架势柯曼多尔也都觉得刺眼，他咬牙切齿，发誓要找到这位鸿运高照的哥哥在河里放的排钩，不惜胡搅蛮缠，也要把他撵出河面，或者把他赶到连棘鲈都不生长的角落里去。

　　战前，每到仲夏季节，埃文基人、谢利库朴人[2]和恩加那善人[3]就沿着叶尼塞河下游地区搭起锥形兽皮帐篷，用冰下鱼钩捕捉各种鲟鱼。钓钩上装一小块熏过的泥鳅作钓饵。单凭傻乎乎的鲟鱼连钩子带泥鳅一口咬住不放这一点来看，这种鱼饵的味道大概是够美的了。钓竿柄上缠满了破布、桦树皮、绦带。不过这些

---

[1]　在西伯利亚土生土长的俄罗斯人。
[2]　居住在西伯利亚西部的少数民族。
[3]　居住在苏联克拉斯诺亚尔斯克边区泰梅尔民族州的少数民族。

人在任何东西上都喜欢弄点装饰点缀，自己的衣眼上也缝得琳琅满目，鞋子上也一样。然而，不知是由于这些破布呢，还是由于万无一失的判断，他们捕到的鱼可是成担成担的。而外来的、按季节合同捕鱼的劳动组合成员，同样在那些沙地或小岛附近作业，却充其量只能搞到那么两三条鲟鱼、鳇鱼，仅够充饥而已。于是他们不顾廉耻、昧着良心，开始把自己的浮子系在土著渔民的钓具上。"干吗要做这种事？鱼多着呢。干吗要在河里捣鬼？干吗要把渔具混在一起？"于是土著居民们从一个地方游猎到另一个地方，虽然不免错过一些宝贵的捕鱼汛期，可还是能源源不绝地捕到鱼。而合同工们把渔具扔进这些土著居民们刚刚捕到鱼的地方，拉上来的却还是光秃秃的钩子。

可是一个当地人，世代相传的渔民，竟行同这些"呆木头"（楚什镇人管外来赚钱的人叫"呆木头"），居然动手打起人来，而且打的不是别人，竟是自己的亲哥哥，甚至不是用手，而是用枪！小镇被这场吵架轰动了，消息一传十，十传百，真是不胫而走。

柯曼多尔的老婆都不敢在街上露面了。

"你咋的，铁了心啦！十足的狼心狗肺！亲骨肉女儿死了还不够！还准备把亲哥哥干掉！你把我们大家都一起干掉算了……"她责怪自己的丈夫说。

以前，老婆如果这么放肆，他早就揍她了，定会把她抽得浑身鞭痕，一直要疼到恕罪节[1]。但自从塔依卡死了以后，她凶横起来了，啥都不怕，为一点儿小事，就对他撒野撒泼，威胁要

---

[1]　四旬斋前最后一个星期日，这天东正教信徒互相请求原谅。

叫他吃官司。她眼睛翻白，脸上的肉发抖，头直摇——这婆娘已经看出来，那个威风十足的切禅人早已不复当年，因而落井下石，趁火打劫，真够鬼的。

于是小乌特洛宾去向哥哥赔礼道歉。他一步一挨走过大路，就像走过的是监狱的院子。伊格纳齐依奇正在劈柴，老远瞥见了弟弟，就倏地转过身子去，屁股对着他，更加使劲地把一段段桦木劈开。

柯曼多尔干咳一声，哥哥照旧劈他的柴。伊格纳齐依奇那个胖墩墩的黄脸婆穿了件镶花边的薄薄的晨衣，在透花纱窗帘后面担心地向外张望。真想扯过这件晨衣，放一把火烧了这幢小楼——看它还能在那儿神气活现！柯曼多尔棕色的手掌紧压在围栅的木板上，差不多要把木板里的垢腻都压出来了。

"上回我喝醉了……"

伊格纳齐依奇把斧子砍在木头墩子上，转过身来，把帽子拉拉正：

"喝醉的人难道就不归王法管啦？"他停了一下，然后像在学校里似的，教训起弟弟来："做人没有点儿人样，老弟，没有点儿人样。我们不管怎么总是嫡亲弟兄嘛。都还算是体面人嘛，也全是管管事的……"

柯曼多尔从小就讨厌人家教训他。只要一看到人家想教训他，哪怕只是略作暗示，他就打心眼里受不了。即使抽筋剥皮，砸烂嘴脸，也比用话来折磨人强啊。哥哥明明知道这一点，了解弟弟的脾气，但你瞧他，多来劲儿呀，人家都认了罪，不仅照样要杀头，简直还要剖腹剜心呐。"好吧，你训吧！算你能说会道，你是大名鼎鼎的人物，理都让你占了，揭我的疮疤吧！你婆娘竖起了耳朵，都叫她听去了！听你这些话她可是一句不落，字字听真。明天的办公室里她就有事干了，她这就可以取乐了，那帮女职员会把我说得一钱不值，狗屎不如！"

最有意思的是，哥哥旁敲侧击把一切都说了，句句都切中要害。说到镇上的居民，他们就等着看兄弟两人动斧子，这才叫热闹！才逗人哪！说到了担负的职务——如果他不戒酒，人家就要撤他管船的职务了；还说到那不可告人的邪门歪道，连此中老手库克林生前也讲过，这种勾当得结伙才干得成……总之，全都是金玉良言。可哥哥为了满足他精神上的平稳从容，却讲得装腔作势，像在演话剧，说不定马上连塔依卡死的事也要捅出来了。这时柯曼多尔受不了啦，一把抓起斧子……

柯曼多尔牙齿咬得咯咯响，一只手在脸旁一挥，就像要挡开什么人似的，三脚两步向家里奔去，他也动手劈起过冬用的木柴来了，他拼命用力砍木头，柴爿都蹦过了木栅，有人在街上叫起来："开火啦！"接着，他女人就骂开了："嗨，嗨，鬼掐住你的脖子啦！要么什么也不干，一干点儿什么，就像中了邪一样！……"干了一会儿活，柯曼多尔的火气慢慢消了下去，他放下活儿，走了开去，思路开始清楚起来，脑袋不再像一堆乱麻，不再七颠八倒，重又恢复了理智。"不能老这样下去，"他以一种很不习惯的、忧郁的冷静态度下定决心："找个地方，找个场合，在没有旁人的情况下，同哥哥言归于好，再不做冤家对头了……"

秋天，一个上冻的夜里，伊格纳齐依奇来到叶尼塞河上放排钩。鲟鱼在躲进坑穴进入漫长的冬眠状态之前，总要贪婪地捕食虾蛹，在河底一排排礁石旁来往游动，或者像如今创造新词的人们所说的那样"闲逛荡"，于饱食之后用嘴去撞浮标玩，结果密密层层地挂到了鱼钩上。

伊格纳齐依奇从头两行排钩上取下七十条鲟鱼后，忙着去拾掇第三行排钩。这第三行排钩位置放得最好，可以捕到更多的鱼。看得出，他把这行排钩投放在暗礁的正下方，而这只有手艺高明的行家才能做到，这样既能不碰到暗礁——这会使排钩挂住，也能保证排钩不漂远，否则鱼儿会绕过排钩游走。这一切需要有敏锐的辨别力、丰富的经验、熟练的技巧和神枪手般的眼力。眼睛尖、嗅觉灵都不是天生的，而是从小和水打交道，在河里浸泡厮混养成的，那时在河里捕捞捉摸，就已经像在家里的地窖里取东西一样了……

伊格纳齐依奇摸黑来到第三个下钩地段，他所选定的方位标是岸边一棵树梢修成圆形的小松树，这棵树即使在朦胧的夜色里也能看得出来，很像一座黑魆魆的小钟楼耸立在低低的云层下面。潮湿的空气弥漫在河岸和大地上。河面上忽而这里、忽而那里闪现出白铁皮般的粼粼波光，使人分不清远近。伊格纳齐依奇下了五次水，沿河底拉着渔具坠子，耽搁了很长时间，简直连骨髓都要结冰了；可是他一摸到排钩，把它往上一提，就立刻感觉到，上面有一条大鱼！

他且不把鲟鱼从钓钩上取下来，鲟鱼可真是多呀！……差不多在每个钩子上都有一条鲟鱼弯成弓形，活蹦乱跳拼命挣扎。有些鱼脱钩逃掉了，一下子就钻入水底，也有的脱钩时受了伤，扑通跌进水里，嘴巴撞在船帮上——这些鱼不是脊髓损坏，就是肺泡戳穿。这种鱼就完蛋了：脊椎受伤，鱼鳔刺破，鱼鳃撕裂是没法活下去的。江鳕的个头也算得结实强壮了，但一旦撞上排钩——也照样要活活送命。

一条分量很重的大鱼在挪动，它间或用身子磕打几下绳索，一副动必有方的样子，不做无谓的挣扎，不惊慌失措地左冲右突。它往水下沉，往一边拽。伊格纳齐依奇愈是朝上提，它的分量就愈重，而且抵住身躯纹丝不动。幸而它没有猛力挣扎——要不钓钩会噼噼啪啪地撞在船舷上，断成一小截一小截的；收钩的人更得小心，稍一大意，钓钩就会一下子钩住人身上的肉或者衣服。那时除非钩子折断了，除非你来得及抓住船帮用刀子把系住钓钩的卡普隆绳节割断，还可有救，否则……

"摸鱼人"的日子并不好过，全靠冒险侥幸：偷渔的时候要是碰上渔场稽查员真是连胆都会吓破，因为他会在黑地里突然出现，一把将你逮住，那时不但丢尽了脸，而且还要罚款，如果稍微抗拒，就请你吃官司。伊格纳齐依奇在家乡的河上鼠窃狗偷，磨炼得身上仿佛长出了一个不知名的附加器官，现在他在拖鱼，在下排钩的地段忙碌，真是全神贯注，紧张而兴奋，一心要把大鱼弄到手！眼睛、耳朵、脑袋、心思——全都集中在这个目标上，每根神经都调动了起来。这个捕鱼人的手和手指尖简直同排钩的牵缆融成了一体。然而，在肠胃上方，在左面的胸膛里却有个什么东西或什么家伙单独地生存着，像救火员那样二十四小时昼夜不歇地在观察。伊格纳齐依奇和大鱼斗争，把这个捕获物拖向船边，而胸中的那个家伙却打起顺风耳，睁开千里眼，在黑暗中观察动静。远处火星一闪,那家伙就抽搐一下,怦怦跳动:什么船?会有什么危险?要不要把排钩放掉,让大鱼沉到水下去?但是这条鱼可是鲜蹦活跳的,说不定会想办法乘机溜走。他全身都紧张起来,心跳也变得慢了,此时此刻他在黑暗里真是眼观四面耳听八方,突然,他全身一震,像给电击了一下,就像有一盏火灾警报的红灯在一亮一灭:"危险!危险!失火了!失火了!"

结果却是一场虚惊!原来是河当中驶过一艘货轮,发出哼哧哼哧的声音,就像格罗霍塔洛的养猪场里良种公猪的叫声。后面,一条其貌不扬的小轮船缓缓驶向遥远的北方,船上发出单调的、拖长的音乐声,就像大风雪的号叫。音乐声里,在灯光微弱的上层甲板上,有三对情人紧紧依偎着,如醉如痴,头像临终垂危似的,无力地靠在对方的肩上。"日子过得真美,"伊格纳齐依奇甚至把手中的活儿停了一下,"像在电影里一样!"

就在这当口,那条大鱼却来提醒他别把它忘了。它不再安分,向一旁挣扎,弄得钓钩撞到船舷的铁板上,激起了蓝色的火星。伊格纳齐依奇往旁边一跳,把排钩弄得乱糟糟的,他一下子把那美丽的小轮船忘了个干净,但是对于周围浓重夜色里的一切并不放松注意。大鱼用这一番类似搏斗前的准备活动引起他的注意以后,又安静了下来,不再撒野,只是往下沉,往深处沉,带着一种不为任何东西所动的倔强劲儿往下沉。从这条鱼的沉重,从它的动作习惯和这种不顾一切往深处沉的劲儿,可以猜到排钩钓到的是一条很大的,但已疲惫不堪的鳇鱼。

突然,大鱼笨重的身体在船尾处掀起了浪头,一下子又掉过身子辗转翻腾,搅得浪花四溅,使河水变得像一片片烧焦的黑色破布片。这条鱼扯紧了排钩的横档，却不往水下游，而是径直往河心的航道上蹿，这使一段段绳索、软木浮子、钓竿翻打着水面和船身，把搅成一团的鲟鱼纷纷从排钩上抖落了下来。"这傻家伙透个气，就翻江倒海似的！"伊格纳齐依奇想，他迅速收紧了排钩上松动的绳子，立刻看到那条大鱼就在船边。他看得惊呆了：乌黑锃亮的背上，脊鳍都折断歪斜了，鼓鼓的鱼身两侧，裹在有棱有角的鳞甲棘皮里，轮廓分明，好像从鳃到尾周匝着无数的锯齿。鱼身的棘皮因浸泡在河水里而绷紧着，小股的水柱顺着鳞片流淌，汇集到高高翘起的尾部的凹处，通身看上去是湿淋淋的、光滑的，但实际上却像玻璃碎屑拌和着沙子一般。

这条鱼不仅大得离奇，而且外形类似古生动物，它从头到尾都像史前的蜥蜴，头部下面像刨过一刀那样齐平，颔下长着柔软的、没有血管的、像软体虫一般的触须，尾巴则像膜翅。儿子的动物学教科书中有这种蜥蜴的插图。

河中央的航道上，水流湍急，波浪起伏。小船晃动着，从一边歪到另一边，在浪中颠簸。可以听得到鳇鱼经水浸泡而变得光滑的鳞甲在小艇的铝合金外壳上磨出的叽叽嘎嘎响的声音。刚长了一年的鳇鱼还不能叫鳇鱼，一般还只能叫多须鱼，再长下去就叫盆盆鱼或锅盖鱼，它像个奇形怪状的爆开的松果或者像满身是刺的纺锤。多须鱼的模样和味道都会令任何饕餮之徒望而却步，这种鱼吃下去简直会划破肚子、刺穿内脏。可也真怪！就凭这些细骨头、尖刺儿，竟能长成这么大个儿的鱼！而且它们吃的是些什么东西呢？小虾、瓢虫、泥鳅而已。唉！自然界不是个谜吗？

就在近旁有长脚秧鸡在咯咯叫。伊格纳齐依奇侧耳倾听——好像在水上叫？长脚秧鸡是一种脚很长的擅跑的旱禽，早在节令以前就应该迁移到暖和的地方去了，事情也真怪，这会儿竟还在此地咯咯地叫！听声音近极了，好像就在脚边。"不会是在我裤裆里叫吧！"伊格纳齐依奇想开个玩笑，甚至说几句有伤大雅的话，使自己摆脱紧张、愕然的状态。可是他所希望的轻松情绪并没有出现，也没出现那种发疯般的狂热劲儿，没有那种灼人心肺、吞噬一切、使骨节都会嘎嘎作响、使理智能丧失殆尽的欲求。相反，身子左方那个高度警觉的顺风耳，或是千里眼，却像被淋上了热乎乎的酸菜汤，闭目塞听了。大鱼在吐气，原来所谓长脚秧鸡的咯咯叫声，就是从它那由软骨构成的嘴里发出来的。伊格纳齐依奇突然觉得，这条盼望已久的、见所未见的大鱼是不祥之兆。

　　"我这是怎么啦？"这个渔夫惊讶起来。"我不怕神，不怕鬼，只相信冥冥之中有一种力量……说不定事情全在于这种力量吧？"伊格纳齐依奇把排钩的绳子系在铁制的桨架上，取出小提灯，贼溜溜地用袖子遮着亮，把这条鱼从尾巴后面照起。鳇鱼圆圆的，长满棱刺的脊背在水面上一闪，弯曲的尾巴疲惫而小心翼翼地划动着，仿佛有人把漆黑的夜空当作磨刀石，在磨砺一把鞑靼式的弯曲的马刀。骨质的鳞甲保护着这条鱼宽大而微微倾斜的前额，鳞甲下面两只小眼睛从水里盯住人看，黑眼珠有打猎用的特大砂弹那么大，外面有个黄圈。这两只眼睛光秃秃的，没有眼睑，没有睫毛，像蛇一样冷漠地盯着人看，隐含着某种深意。

　　这条鳇鱼给六个钩子钩住了。伊格纳齐依奇又给它加了五个。尖钩刺穿了这个庞然大物像皮革般坚韧的皮层，但它连抖都没有抖一下，只是擦着船帮移向船尾，蓄足力量准备投入正在压进尾舱来的水浪，把排钩的系绳都扯断，挣断牵缆，弄断所有这些丝毫不起眼的，却又这么锐利锋快，可以致命的小铁钩子。

鱼鳃更加急促地一翕一张，嘶叫声也变得更凄厉了。"马上就会跑掉！"伊格纳齐依奇心凉了半截。他没有仔细思索，单凭掠过的这个念头，更不妨说是单凭经验，心里就明白：独自一人是降服不了这个庞然大物的。得再给这条鳇鱼多扎上些钩子，然后把它撇在这儿，让它在水里精疲力竭。要是弟弟能赶来这儿，一定能帮得了忙。别的事儿不敢说，但在这种要紧的、有利可图的事上，他是不会死心眼儿的，会收起他那股子傲气的。不过集体农庄的轮船到扎列契耶去装运收下来的白菜了，不到天黑，柯曼多尔不会到奥巴里哈来。

得等着，等——着！咳，就是等到了，又怎么样呢？把鳇鱼分掉？一砍两半，说不定还要一分为三，因为轮机手总是死皮赖脸地跟着这位老弟，这家伙和那个十恶不赦的孬种达姆卡一样，是个窝囊废。这条鳇鱼至少好挖两桶鱼子。鱼子也分成三份儿？！"瞧，又来了，又来了，你那种卑鄙的想法又来了！看来，乌特洛宾家那种不可救药的毛病，你又犯上了！……"伊格纳齐依奇鄙夷地责备自己。

他现在是什么人？返本归源他又是什么模样？比达姆卡好？比该死的土匪格罗霍塔洛好？还是比弟弟好？所有偷鸡摸狗之徒其实都是一样的德行，一样的嘴脸！只不过有些人能够不露声色，蒙混一段时间，但总有一天，或者像死了的库克林常常说的那样，劫数一到，所有这些家伙都会给扫到一起，然后各自得到应得的下场。一个人只要能不随波逐流，能站稳自己的脚跟，生活得有主见，不为任何诱惑所动，自求温饱而决不从公家锅里舀取一杯羹，也就是说不为蝇头小利而出卖自己的人格，不好酒贪杯，不走邪门歪道——这样的人就能在生活中，在人世间赢得一席之地。而其余的一切人只配扔进垃圾箱、废品堆和泔水桶。

"嘿，真是个聪明透顶的人！"伊格纳齐依奇一笑。"你什么事都一清二楚，讲什么都头头是道！促狭鬼！多地道的演员呀！那就露一手看看，你捕鱼有多大能耐？"伊格纳齐依奇心痒难熬，急于想露一手了。他平素总是把西伯利亚俄罗斯人的拗戾固执、死爱面子、贪得无厌的习性认作是一种奋发精神，然而正是这种习性能使人一反常态、欲念中烧、痛楚不堪。

"别惊动它！可别惊……动它！"他稳住自己。"你制伏不了它！……"

他觉得，如果说出声来，那么就像有一个理智清醒的人在一旁说话，他能借这些声音使头脑清醒。然而话声却显得断断续续，遥远而又含糊不清。传到他耳中的只是微弱的声响，根本进不了他那浸沉在狂热的工作中的头脑，头脑正在计划如何下手，在一大堆杂乱无章的感情里离析出一种对行动的欲求，这种欲求控制了他这个人，左右着他的行动——他把斧子、尖钩子移近自己身旁，想用它们把那条被弄得昏头昏脑的大鱼拖上来。他也不敢划船靠岸。平水期过去了，河水因秋季风雪交加而上涨，它咆哮、回旋，直冲到很远的岸边，大鱼绝不肯往浅水区游。它那满是鱼子的肚子只要一擦到什么硬东西，那时它那种打挺翻身的劲儿，那种喧嚣折腾会把所有的绳索和钓竿一股脑儿地弄个精光。

这样的鳇鱼决不能白白放掉，鱼王一辈子只能碰上一次，而且还不是每个人都碰得到的。达姆卡就从来没有碰上过，也不可能碰上了，他现在不再下河捕鱼了，钓竿都扔了……

伊格纳齐依奇哆嗦了一下，因为无意中触犯了忌讳，虽然只是在自言自语中——他听到过许许多多有关鱼王的传说，当然，很想抓到它，看个究竟，但是不消说，又有点胆战心惊。爷爷常说：最好把它，这该诅咒的东西放掉，而且还要装得若无其事，似乎是毫不在意地放掉它的，然后画个十字，照常过你的日子，并且常常想着它，求它保佑。可是这回话已经出口，只得干下去了，就是说，非得逮他一条大鳇鱼不可！别去管什么禁忌，横下一条心来干——老辈里的人，那些各式各样的巫师，胡说八道的还少吗，爷爷也是一个样：住在森林里，见了车轮也要磕头求拜……

"嗨！豁出去了！"伊格纳齐依奇蛮悍地用尽全力用斧背猛斫"鱼王"的脑门，根据斫下去那种清脆而不是重浊的声响，以及斫后毫无反应的情况来看，他猜到是打偏了。不应该用这么大的傻劲儿斫，应该干净利索，一击就中。可是再斫第二下已经来不及了，现在一切都在一瞬间决定了。他用钩子把鳇鱼钩个正着，差不多已经要把它拖进小船了。他已经准备发出胜利的号叫，不，不是号叫——他又不是城里的屠头，他从来就是渔夫——他只不过是要在这儿船里，用斧背对着鳇鱼鼓起的脑盖再来一下子，然后轻轻地、得意地、胜利地笑一笑。

这时，他再次吸足一口气，加一把劲儿，把脚在船帮上抵得更扎实些，靠得更稳些。但是原先愣着不动的鱼却猛一转身，一下子甩着了船身，只听得轰隆一声，船舷外黑压压涌起一堆东西，但不是水柱，不是的，竟是河水炸裂成的凝块。渔夫的头部像被重物猛击了一下，压得双耳一阵剧痛，心里也像挨了一下，胸中迸出"啊——"的一声，真像是一次爆炸把他向上抛去，摔进沉寂的虚空。"这原来和打仗一个样……"他刚想到这里，一股寒气透进因搏斗而还在激动的心底。

水！他喝了一大口水！他正往下沉！

好像有什么人抓住他的脚往下拽。"挂在钩子上了！钩住了！完了！"他感到小腿上轻轻的刺痛——鱼还在挣扎，搅得排钩既扎进它自己的身体，也扎进了捕鱼人的身体。伊格纳齐依奇头脑里忧伤而顺从地，而且是完全顺从地冒出了一种无能为力的听天由命的念头，一种一闪而过的念头："有什么办法呢，完了……"——但捕鱼人毕竟是身强力壮的男子汉，鱼却已精疲力竭，奄奄一息。他要制伏的不是这条鱼，而首先是这种盘踞在心底的听天由命、甘心死亡的念头。有了这种念头就等于死亡，就等于转动了通往地狱之门的钥匙，在那里，谁都知道，一切有罪的人的牢狱是安排在另一边的："再敲天堂的大门也是徒然……"

伊格纳齐依奇向上一蹿，吐了一口水，吸足了空气，看见眼前尽是乱七八糟的绳子，他抓住绳子，顺着绳子的横档爬向小船，抓住了船边——可要爬进船去就不行了：腿上又扎进好几只缠在一起的排钩的钩子。疯狂的大鱼笨重地在下钩地段里辗转翻腾，结果，渔具坠子都荡了开去，排钩缠在一起，钩子一个接一个扎进了它的身躯，这也危及到捕鱼人。他拼命把腿伸到船底下面，紧贴在船体上，但钓钩照样不饶他，大鱼尽管已经十分虚弱，却依然在挣扎翻腾，浑身沾满了油烟似的泡沫，锯齿状的脊鳍和尖利的鱼嘴巴，在水里时隐时现，仿佛一把铁犁在翻耕黑沉沉的大地。

"上帝啊！你就分开我们吧！放这个畜生自由吧！我可消受不起！"捕鱼人微弱地、无望地祷告起来。他在家里不供圣像，不信上帝，对爷爷的告诫也老大不敬。这真是不应该啊。即使为防万一，哪怕就是为了眼前这种怪事，也应该供个小圣像，哪怕就供在厨房里也好，万一有人说闲话——可以推到死去的母亲身上——就说，她留下的，她临终嘱咐过……

大鱼平静下来，它好像是摸索着靠向小船，使劲地挨着船帮——一切有生之物总喜欢紧挨着点儿什么！尽管它眼睛已被打瞎，身上被鱼钩扎得遍体鳞伤，因而神志模糊，但它还是用灵敏的吸盘在水里摸索着什么，鼻子尖顶着了人的腰。伊格纳齐依奇战栗了一下，吓得魂飞魄散。他似乎觉得大鱼咯吱咯吱地哑巴着大嘴和鳃，正在慢条斯理地把他活生生嚼下肚去。他试着让开一点，双手攀着倾侧的船帮移动，但大鱼尾随不舍，执拗地探找着、触摸着，冰冷的鼻子软骨一旦戳到他暖和的腰部，就不再动弹，并紧挨着他的胸口吱吱嘶叫，这简直像是一把钝锯子在锯他的肋骨，他的内脏好像被吸进了那湿漉漉的、张得大大的鱼嘴，就像落入了绞肉机的进料口一样。

鱼和人都筋疲力尽，鲜血流淌。人的血在冷水中凝结不起来。鱼的血到底是怎么样的呢？也是红的。鱼血。冷血。鱼身上的血毕竟很少。它要血有什么用呢？它生活在水中，用不着用血来暖和身子。人居住在陆地上，才需要温暖。那人跟鱼又何必互不相让，何必呢？河流之王和整个自然界之王一起身陷绝境。守候着他俩的是同一个使人痛苦的死神。鱼受折磨的时间会长些，它是在自己家里，再说它也不懂得如何去结束这种拖延的痛苦。可是他却很清楚，只消从船帮上松手就可一了百了。鱼会把他压到水下，使他战栗，钓钩刺得他皮开肉绽，促使他……

"怎么呢？促使我怎么呢？断气吗？挺尸吗？不！没那么容易，没……那么……容易！"捕鱼人更使劲地按住结实的船帮，猛地从水里往上一冲。他想耍个花招骗过这条鱼，突如其来地用足狠劲引体向上，想翻过这近在咫尺的、不高的船舷！

鱼被惊动了，激怒地把嘴一咂，弓起身子，尾巴一扫，渔夫立刻感到腿上一阵刺灼的疼痛，但几乎完全没有声音，像蚊子咬人一样。"这到底是怎么回事呀！"伊格纳齐依奇抽噎了一下，身体耷拉下来。鱼也立刻安静了下来，挨近他，似醒非醒的样子，已经不再顶住他的腰部，而是直抵他的腋下，鱼的呼吸声已经听不到了，鱼身四周的水波也只有轻微的晃动，于是他暗暗高兴起来——大鱼已昏昏欲睡，眼看就要翻身朝天了！空气正在消蚀着它的生命，它流血过多，在与人的搏斗中精疲力竭了。

伊格纳齐依奇不再动弹，默默地等待着，感到连自己也昏昏欲睡。

鱼似乎明白，他们是系在同一根死亡的缆绳上的，因此它并不急于跟捕鱼人同归于尽。它扇动着两鳃，发出一种像摇篮曲一般令人诧异的枯燥的吱吱声。鱼摆动着鳍和尾以保持自身和人都得以漂浮在水上。静谧的梦幻境界笼罩着鱼和人，使它们的躯体和神志都处于抑制状态。

在疫疠流行，大火成灾，各种自然灾害猖獗一时的年代里，野兽和人两相对峙的事在在可见，野熊、恶狼、猞猁和人觌面相迎，虎视眈眈，有时候双方一连几个昼夜等待着死亡。这种可怕的场面，叫人毛骨悚然，但是，一个人和一条鱼同遭厄运，一条通体冰凉、动作迟钝、满身鳞甲、眼珠蜡黄的鱼，这双眼睛不同于野兽的眼睛，不，野兽的眼睛是聪明的，而这对眼睛却像猪崽的那样饱食餍足而毫无理性——这种事世界上难道有过吗？

尽管在这个世界上无奇不有，但并非事事为人所知。这会儿，他这个芸芸众生里的一分子，马上就会精疲力竭，全身冻僵，抓不住船帮，和大鱼一起沉入河底，然后在那里漂来荡去，直到牵绳烂掉为止。而牵绳是卡普隆的，足以维持到冬天！有谁会知道：他在哪里？是怎么死的？受了多少罪？库克林老头大约三年前也是在这里——奥巴里哈河附近的什么地方葬身水底，一命呜呼的。连尸首都没捞着。水！自然力！在水底下乱石成堆，坑穴遍布，冲到了什么地方，就卡在哪个旮旯缝里了……

有一次他看见一个淹死的人。那具尸体就横在紧靠岸边的河底。大概是从轮船上掉下来的，挣扎着都快靠岸了，不知怎么一来竟挺不住了。可能是心脏出了毛病，也可能是喝醉了，也可能是另有蹊跷，反正搞不清楚啦。死者的眼睛蒙上了一层铅样的翳，这是死亡的翳，这对眼睛又大又圆，甚至一下子很难相信这是人的眼睛。伊格纳齐依奇看着那幅情景，惊愕得人都蜷缩了起来——由于小鱼啄光了眼睫毛，啃去了眼皮，有些小鱼钻到眼珠下面，这对眼睛就十分难看地翻了出来。尸体的耳朵和鼻孔里露出小泥鳅和小鳗鱼的尾巴，这些小鱼正在津津有味地吸吮着人肉。鲈鱼则在他张开的嘴里翻游……

"我可不愿意，不——愿——意！"伊格纳齐依奇猛一挺身，尖叫起来，他动手捶打鱼的脑壳。"走开！走开！走——开！"

鱼挪过一点，身后拖着捕鱼人，笨重地搅得水浪起伏。他的手顺着船舷滑过去，手指松开了。当他一只手捶打鱼的时候，另一只手完全瘫软了，于是他用尽最后一点力气把身体往上一拔，让下巴颏儿够到了船舷，就搁在它上面。颈椎骨咯咯作响，喉咙嘶哑干裂，好在手臂轻松了些，但是身体，特别是两条腿好像离得很远，不像在自己身上，右脚完全感觉不到了。

于是捕鱼人开始劝说这条鱼快点死掉：

"唉，你要什么呢？"他嘶哑地颤声说道，带着一种自己也没有料到的、可怜巴巴的、装出来的阿谀奉承的口气。"你反正要死了……"转念一想，万一鱼倒真懂话呢！于是改口道："……你就闭上口眼，认命了吧！你会好受些，我也会好受些。我在等弟弟，可是你有谁好等呢？"他发抖了，嘴唇哆嗦，愈来愈低地轻声叫着："弟——弟！……"

他侧耳细听，没有任何回音。一片寂静。静到可以听见自己紧缩成一团心的跳动。捕鱼人再次昏迷了，黑暗从他身子四周更紧密地袭来，耳中鸣响，说明他已极度衰弱了。鱼侧转身体——它也奄奄一息了，但还是不让水和死亡把它翻成腹部朝天。鱼鳃已经不再咯咯作响了，仅止于发出吱吱的声音，好像蛀虫在蛀蚀厚树皮里面受潮变质的木头。

河上稍微有点亮光。远方的天空好像被月亮和无数星星从内里镀上了锡，天空像冰一般的冷辉穿过层层乌云，而乌云则像匆忙被扒到一起的干草，只是不知道为什么还没有堆成垛儿；天空变得更高、更远了，秋天的河水发出冷滟滟的反光。夜已深沉，被秋天无力的太阳照暖的表面一层河水已经冷却，像一层薄饼那样被揭走了。河底像一只蒙着白翳的怪眼向上翻着。

不应该去看河面。夜幕笼罩下的河面，寒气逼人，而且藏垢纳污。最好是向上看，看着天空。

费季索瓦河旁的割草场浮现在他脑际，不知为什么割草场呈黄色，好像是由一盏煤油灯或是一盏吊灯照亮着。虽有人在割草，却没有声音，没有人的动作，脚下也没有干草那种悦耳的沙沙声。割草场中间有一排长长的草垛，长竿矗立在凹陷的垛顶上。为什么一切全是黄颜色的呢？为什么一点声音也没有呢？只有低沉的丁零声——仿佛在每棵割倒的草下面都藏着一只小蝈蝈虫，在不停地丁零丁零地叫着，使周围的一切都充满了晚夏时节无休无止的、单调的、催眠的音乐。"我不是正在绝命吗？"伊格纳齐依奇清醒过来。"也许，我已经沉到河底了？所以都是黄澄澄的……"

他动了一下，感觉到鳇鱼就在身旁，感觉到它的身体在半睡半醒地、懒洋洋地移动——大鱼把胖鼓鼓的、柔软的肚子紧紧地、小心翼翼地贴着他。这种小心翼翼，这种想暖和一下并保护身上孕育着的生命的愿望含有某种女性的意味。

"难道这是会变形的精怪？！"

大鱼那副旁若无人的、饱食之后懒洋洋地侧着身子打盹的样子；嘴巴咯吱咯吱地好像在嚼白菜帮子的那副模样，以及它那种执拗地要贴近人的渴望；那个好像由混凝土浇筑成形而被钉子划出一道道痕路的额头，前额鳞甲下默默转动着的那一对眼珠和那种疏远地、不怀好意地、大胆地盯着他看的目光——所有这一切都能证明：这是个会变形的精怪！这精怪的腹中还包孕着另一个精怪。在鱼王甜滋滋的痛苦中有着某种罪恶的、人性的东西，看来，它临死之前回想起了某些甜蜜的、神秘的事情。

但它能回想起什么呢，这个水生的冷血动物？这会儿它微微抖动着长在癞蛤蟆一样松弛的皮上的软触须，触须后面是个没有牙齿的窟窿，一会儿紧闭，向下弯成一条缝，一会儿张圆了往外嘬水。它除了在河底的淤泥里打滚，从泥浆里找点小虫子填饱肚子以外还会有什么念头呢？！是把鱼子孕育得大大的？是每年一次和雄鱼厮混还是往水里的沙石上磨蹭？它还能有什么呢？有什么呢？为什么他先前从来没有发现过这条鱼的模样有多恶心呢！连它那种娘儿们才会有的细皮白肉也令人讨厌，皮层裹着这些肉，尽是一层一层蜡黄的油，勉强靠软骨连结起来；加上那密密层层的鳞甲，那独此一家的鼻子，还有这些软触须，这一对在黄疸色脂肪里滑动的小眼睛，塞满了脏乎乎的黑鱼子的内脏，这都是其他鱼没有的———一切的一切都叫人讨厌、作呕，不堪入目！

竟然为了这么条鱼，为了这么一个混账东西，连应该怎么做人都忘了！让贪欲迷住了心窍！连童年也因此暗淡无光，无足轻重了。但思量起来，他也确实不曾有过童年。在学校里的那四年真是如坐针毡。上课时，人坐在课桌旁，常常是一面听写，或者是耳朵里面听着诗歌，思想却早已飞到了河上，心痒难熬，腿也发抖，浑身的骨节里都在呼号——鱼逮住了，上钩了！来了！来了！能想得起来的是他一直都在船上，一直在河上，追逐这些该死的鱼。费季索瓦河旁父母的割草场对他毫无吸引力，被他撇到一边。出了校门后从来没上过图书馆——没有工夫。他也曾当过学校的家长委员会主席——后来不要他，重选了：他不到学校去嘛。企业里本来预定要他当镇苏维埃代表——他是一个好把式，规规矩矩的生产者，但上边也不声不响地把他撤了——他背着人捕鱼，捞外快，怎么能当代表？民兵组织也不吸收他，把他淘汰了。那你们就自己去对付流氓吧，把他们捆起来，对他们进行教育吧，他可没有时间，他所有的时间都要去捕鱼。有人开着车把人轧死，有人动刀子杀人，更有那一班野性勃发的酒鬼带着枪械斧子在村子里乱逛，但是都奈何他不得！可也不尽然，那惹人爱的塔依卡！……

咳，你这个混蛋、土匪！竟用汽车把她撞在柱子上，断送了年纪轻轻的、美丽的姑娘，她像罂粟花的蓓蕾，含苞欲放，像娇小的鸽蛋，半嫩不熟。女孩儿在最后一瞬间恐怕是会想到亲爹和亲伯伯的，哪怕没喊出声，也一定在头脑里默默地喊过他俩。而他俩呢？他俩在哪里？他俩在干什么？

脑海里又出现了爷爷。他那套迷信传说，占卜求卦，念怀发咒："你一抓到小鱼，齐诺维，就用细树枝抽它，从钓竿上取下来一面抽一面说：'送来爹爹送来妈，送完姑姑送姨妈，叔叔伯伯加舅舅，再加婶娘和舅妈！'抽了几下，把它放回河里，你就等着看吧，说的话都会应验。"过去，他用细树枝抽打过鱼，起先是当真地抽，到长大了一点——有点觉得好笑，但还是照样抽打，因为对这个快板咒语深信不疑——上钩的鱼都挺大；只是没法分辨，谁是"爹爹"，谁是"叔叔"，谁是"婶娘"和"舅妈"……爷爷当了一辈子渔夫，他常躺在炉炕上，把腿蜷曲到胸前，喋喋不休地说教，那破嗓子也仿佛因患风湿而变得喑哑了："孩子们，如果你们灵魂上有什么沉重的罪孽，见不得人的事，伤天害理的勾当，你们就跟鱼王没有缘分，要是碰上了——就赶快放掉它。放掉，放掉……这可是伤天害理，最最犯忌的。"

爷爷的音容笑貌，哪怕是最小的特征，他都记不得了，只记得渔夫的一些奇遇和他的遗训。上面这些话突然在今天记起来了，真叫人毛骨悚然！那么他究竟干过什么见不得人的事，伤天害理的勾当，竟使他这样胆战心惊呢？

伊格纳齐依奇把搁在船舷边上的下巴移下来，瞥了一眼这条大鱼和那宽阔的、木然的前额，额上的鳞甲保护着脑袋的软骨，软骨中间，一条条黄的、青的肉筋纵横交错。一件往事清晰地、原原本本地浮现在他眼前，他几乎一生都回避这件事，刚才他被排钩挂住时就立刻想起来了，但他驱走了这魔影，故意把往事置之脑后，可是现在他却无力抗拒最终的判决了。

赎罪的时刻来临了，忏悔的钟声已经敲响！

……格拉哈·库克林娜，那个他曾经追求过的人，是个异想天开、花样百出的小姑娘，有一次她竟想得出来，把煮掉了肉的鳇鱼脑盖骨当作假面具，还把电筒里的电珠塞进鱼头骷髅，这个面具第一次出现在俱乐部漆黑的大厅里时，人们吓得四散乱逃，几乎把窗框都挤掉了。可怕的东西就像淫荡一样，又使人害怕，又诱惑人。楚什镇从这回起老老小小就玩起面具来了。

事情都是从那个格拉哈，也就是库克林娜开始的。

四二年，楚什镇锯木厂里派进一批军人来干活——锯炮弹箱用的木板。带队的是一个刚刚从医院出来的、瘦瘦的、尖嗓子的中尉，这样得过勋章、作过战、负过伤的军官在楚什镇上还是第一次出现，姑娘们倾倒在他的风采和战斗勋章之前，而他呢，也无意于用目不斜视去激起姑娘们的惊讶。不言而喻，中尉犀利如鹰的眼光当然不会漏掉出色的姑娘格拉哈·库克林娜。他找了一个背静地方使她就范，于是流言蜚语就在楚什镇上不胫而走。

伊格纳齐依奇，当时还用爷爷对他的叫法，叫作齐英卡，齐诺维或齐诺维依，拖住心上人，要她回答。格拉哈扑到他怀里："我自己也糊里糊涂……难以挽回的错误……""你是说错误？难以挽回！好……啊！但错误是要付出代价的，难以挽回的错误，代价就要双倍！"然而在表面上这位情人却声色不动，照旧东游西逛和心爱的人闲聊天，有时也做点试探，但从不越轨，能够恪守礼貌。

快到春天时军官从后方调走了。做母亲的都松了口气，镇上的热情劲头和流言蜚语消歇下来了。格拉哈本来一直六神无主，现在开始活跃起来。

春汛涨潮期间黑夜变得非常短促，春夜难驻，转眼即逝。村口和草地里的鸟儿几乎是昼夜不歇地宛转啼鸣。年轻的齐诺维带着格拉哈来到牧场外面的一块经春潮细细润湿过的河滩地上，他把姑娘按在被羊啃光了树皮的柳树上，吻她，紧紧搂着她，把手伸进了那些伙伴们关照他要伸进去的地方，这些伙伴唆使他无论如何要对"变节的女人"实施报复。"你这是怎么啦，你干什么呀！别这样！"格拉哈恳求他。"中尉就能这样？！我也要应征入伍的。等着瞧吧，我会当个上尉的！"

他一提起中尉，格拉哈就把手松开了。

一开始，他把报复，把中尉都丢到了脑后，连自己也忘乎所以了。只是在这以后，当冲动的热情已经过去，障眼的迷雾消散之后，他的脑海里重又显现出中尉的模样：漆黑的头发，黝黑的皮肤，脚上的靴子咯吱咯吱直响，勋章和纪念章在胸前闪闪发光，还有那绚丽夺目的标志着火线负伤的绦纹！这怎么受得了呢？他那嫉妒的心怎么能忍受呢？这位情人胆怯地打量了一下周围，就照老朋友们教他的那样做了：他让那个唯命是从的姑娘站立在陡峭的河岸上，让她转过脸对着河滩，拉下了她身上的厚绒裤子。裤子上粗针疏线缝着颜色杂乱的扣子。就是这些扣子，给他的印象比什么都深，因为姑娘这一身寒酸的服饰曾经在刹那间打消过他那个卑鄙的念头。但他很想充当一下作奸犯科、污辱妇女的枉法之徒，而这一点使他勇气倍增。总之，他对准嘤嘤啜泣、浑身乱颤的姑娘的臀部用膝盖顶了一下，她就跌到河里去了。这恶棍总算没有丧尽天良，特意选了个水浅的地方，他听到和看到她像一条白肚皮的鲑鱼，在浅水里挣扎、扑打，冻得惨叫，咳呛出来的不是水，而是整个的心，于是他畏畏葸葸踏着碎步回家了。

从此两个人中间就产生了一种心照不宣的隐秘的敌意。

齐诺维在伏龙芝城退伍后，带回了老婆；格拉哈在那期间也出嫁了，嫁了一个残疾军人，这温和的外来庄稼汉躺在医院里的时候学会了会计业务。格拉哈和丈夫日子过得很简朴，生了三个孩子。伊格纳齐依奇心里明白，无论是格拉哈的出嫁，还是她彬彬有礼的那一声："您好，齐诺维·伊格纳齐依奇！"——她说这句话时总是垂手而立，然后飞快地跑开——都是他那回粗暴地凌辱她的结果。

任何恶行都不会不留痕迹地过去。当他还是毛头小伙子时，对于格拉哈所做的一切，他曾洋洋得意地炫耀吹嘘，引以为荣，后来却渐渐变成羞辱，变成痛苦。他原指望在异乡客地，过去的事将会淡忘，但当他到部队以后他是那么思念故乡，往事在他心里唤起那么巨大的痛楚，他悔恨交集，终于写了封表示忏悔的信给格拉哈。

没有回信。

他在回到家乡后的第一个晚上，就到集体农庄牲口棚旁边去等候格拉哈，她在那里当挤奶员。他把想到的、准备好的话全对她说了，请求她宽恕。"让上帝宽恕您吧！齐诺维·伊格纳齐依奇，我没有这个力量，我的力量已经碾成盐末和在眼泪里一块儿流干了。"格拉哈停了一下，让呼吸平静些，清清嗓音，然后哽咽着结束了谈话："在我身上不只是灵魂，连骨头也好像掏空了。"

从此他再也没有对任何女人动手动脚；再也没有糟蹋过任何女人，他没有离开楚什镇，不自觉地指望用温和顺从、殷勤体贴、改邪归正来消除罪孽，祈求宽恕。但俗话不虚：女人是上帝所造的生物，为维护她而设的审判和惩罚也是独特的。通向他，通向上帝，只有祈祷一途。既然当年你想证明你是男子汉，那就拿出男子汉的模样来！不要垂头丧气，不要哭鼻子，不要杜撰什么祈祷词，不要自欺欺人！你在这河上干什么？等待饶恕？等谁饶恕？老弟，大自然也是个女性！你掏掉了她多少东西啊？这就是说，每人都有自己的名分，而上帝分内的归上帝安排。你就让这个女人摆脱掉你，摆脱掉你犯下的永世难饶的罪过吧！在此之前你要承受全部苦难，为了自己，也为了天地间那些此时此刻尚在作践妇女、糟蹋她们的人！

尽管他口齿也不清了，但仍希望有人能听到他的声音，他断断续续、嘶哑地喊道：

"永……别……了，格拉……哈，别……了……"他试着松开手指，但手却合拢了，抽搐到了一起。眼睛由于使劲而布满了红丝，不仅脑袋里嗡嗡响得更加厉害，连整个身体里好像都是这样。"大概，我罪还没有受满吧。"伊格纳齐依奇独自处在绝境之中，暗自寻思，他听任两手吊在船边上，但求到时候手指失去知觉，自行松开。

黑夜在人的上空笼得更紧了。水与天，寒冷与雾气，全都融为一体，停止不动，凝滞起来了。他什么也不再去想了。一切惋惜、悔恨，甚至疼痛和内心的苦楚都离他而去，他心中宁静自如，进入了另一个梦幻的、柔和的、平静的天地，只有早就伏在他左胸部乳头下方的那个家伙却不肯安静——它从来也不听他的，自管自地严密注视着，守护着主人，不让他的听觉稍有懈怠。一片密集的蚊雷般的声响划破了夜空，他左胸下方蓦然一动，还没冻僵的身体里显露出了一线光明。他精神一振，睁开双眼——河上响着"旋风"牌马达的声音。即使在这种九死一生、濒临绝境的当口，他也能根据声音，断定马达的牌子并因为自己有这种本事而得意非凡。他想呼叫兄弟，但生命力一旦恢复，脑子也清醒了。他第一个念头是命令自己等待：现在大喊大叫是白费力气，而力气已经微乎其微。等渔夫们关上马达开始下排钩的时候，那时再拼命叫喊也不迟。

疾驰而过的船只激得小艇摇晃了一下，把大鱼冲得撞在船壳上，而它却定了定神，蓄足了力量，由于感到水浪而突然竖起了身子。水浪曾使它从一颗黑色的、软软的鱼子孵化长大，曾在它吃饱喂足以后抚拍它静静地入睡，还在僻静的深水中同它嬉逐翻腾，而到了交尾季节，在神秘的产卵时刻，又使它领略过甜蜜的痛苦。

这一撞、一挣，鱼儿翻了个身，腹部朝下，它用竖直的脊鳍试探水流，用尾巴掀起浪头，迎着水冲撞，差一点把人从船舷上硬扯下来，差一点连指甲和皮全扯掉，好几个钩子一下子就折断了。鱼儿接二连三地用尾巴翻打，终于挣脱了排钩，身上的肉被钩子一块块撕了下来，身体里还扎着几十个致命的钩子，游走了。

这条暴怒的鱼虽然身披重创，然而并未被制伏，它在一个地方扑通一声，杳然而逝，卷起了一个阴冷的漩涡，这条脱钩而去的神奇的鱼王已怒不可遏。

"去吧，鱼儿，去吧！我不向任何人说起你的行踪，尽情地活下去吧！"捕鱼人说道，感到如释重负。身体感到轻松是因为鱼不再把他往下拖，不再像铅块那样吊在他身上了，内心感到轻松则是由于一种非理智所能透悟的解脱的感觉。

黑羽翻飞

在苏尔尼哈和奥巴里哈两条小河中间出现了一座帐篷,那火炭般艳红的颜色宛如一朵西伯利亚睡莲。帐篷近旁燃着熊熊的篝火,有几个体态健美的人,穿着五颜六色的游泳裤在河岸上忙来忙去。他们一边在通风的地方设置宿营地,制作捕鱼器械,一边精神勃勃地唱着:"生活啊,我爱你,这是理所当然,毫不新鲜……"

当地的偷渔人非常恼火:又来了一伙闲荡的游客。可爱的祖国的广阔无垠的天地,不论东西南北全成了这帮闲荡者的天下。他们在"广阔天地"里恣意胡为,所到之处,就像遭到马迈[1]败兵的一场浩劫:林木烧毁,河岸上乌七八糟,炸死、毒死的臭鱼,比比皆是。这些不文明的旅行家们,嘴巴倒是能说会道,但是该懂的不懂,该会的差不多什么都不会,一旦迷失方向,死在大森林里,那就该兴师动众四处寻找,有时当地老百姓还不得

---

[1] 马迈是鞑靼将军,1880 年在一场激战后败于俄军。

不放下手里的活计，扔下孩子、家什，下河去打捞死尸。

这次光临叶尼塞河荒凉的岸边的倒不是旅行家，而是一帮讲求实际的人。他们有个如意算盘：这次度假，既要捞点油水，又要有益于健康。城里人不知从哪里听说，在楚什镇一带，西红柿四季生长，偷渔者无人惊扰——柯曼多尔就是这样形容他的家乡的。据他们说这一带河里密密麻麻尽是鲟鱼，只消用一种简陋而又笨拙的工具，就能成吨成吨地捕捞；这种渔具名叫排钩，它的钓钩上甚至连倒钩（乡下人叫反刺）都不用。但是鲟鱼却像傻娘儿们似的总爱逗弄软木浮漂，三玩两逗，一下挂到钓钩上就完蛋了。到时候你就捡去吧，自己吃，卖出去，悉听尊便！

来人总共是四个，年纪不算老，模样儿是蹲办公室的脑力劳动者——这是楚什人的判断，这个镇的人对每一个觊觎叶尼塞河，一心想从中捞点油水带走的人，总是用充满警觉的眼光密切注视着。楚什人把这方圆一带的整个地区看作他们的私产；任何想染指其间的企图，在楚什人看来都无异于伸手掏他们的腰包。因此，形形色色外来的强梁之徒的如意算盘总会遭到千方百计的阻挠和破坏。

这四个度假的人中间，为首的是一个喉音很重的男人，嘴里有几颗金牙，闪出得意的亮光，毛茸茸的胸脯，肌肉往下垂着。伙伴们戏谑地，但也不无敬意地叫他首领，而一本正经的时候则叫他牙医。

"喂，老乡，鱼儿的情况怎么样？"牙医亲昵地拍着楚什镇摸鱼人的肩膀，兴致勃勃地问道。

楚什人鬼得很，他们在察看排钩的牵绳之前，必定先走到跟前对个火，抽口烟，打打照面，装着打听打听大地方是怎么过日子的。实际上他们是想察看一下来的是伙什么人，会不会是便衣侦探？

如今偷渔人的日子是一年难似一年喽，因为有渔业保护机构，特别是边区的渔业保护机构，整人的那股邪乎劲儿那才叫厉害呢。它挖空心思地想出了一种仪器，一安上它，你脑子里想什么，打算干什么，它都能知道，有什么好说的，科学嘛。

"鱼儿吗？"楚什人心里盘算着，说道。"鱼儿就在河底游，谁的姜辣谁得手！……"

"哎……一开口就提辣姜干什么！要说辣姜，咱们家乡可到处搞得到！那可真是好地方！"外地人一边请楚什老乡抽烟，一边和他攀谈起来。

楚什人和度假人各在心中暗自冷笑，以为对方傻瓜而自己机灵；彼此经过一番试探，终于明白，即便双方不能结成同伙，但也可以互相利用。外地人不惜血本，用酒精把达姆卡和柯曼多尔灌得烂醉；这两人也弄清楚了，这帮好汉之中，有个人的老婆，或是丈母娘，在医院工作。可能，他们之中，既有医师助手，也有正牌的镶牙医师——你看，满嘴都塞满了金子，一张嘴，一龇牙，叫你连眼睛也睁不开。看来是老实不客气，近水楼台先得月了。达姆卡甚至都跟这几个城里人一块儿过夜，向他们介绍"经验"，他吹得天花乱坠："这个鲟鱼嘛，多得要命，简直一堆一堆的。汛期一到，挤都挤不动！可现在还不到时候。我们也在等着，等多久？"达姆卡仰起面孔，朝天空努努嘴巴，轻声叹道："那可是大自然的秘密啦！只有老天爷的办公室里才清楚！"

外地人耐心地等待着。他们制作排钩牵绳，挂上鱼钩；同时兴致勃勃地用钓竿垂钓五花八门的鲜鱼：鬼头鬼脑的鲂鱼，莽里莽撞容易上钩的鲟鱼，色彩艳丽而满身土匪气的当地鲈鱼，文质彬彬、钓到钩上也一动不动的鳊龟，当然啦，还有棘鲈——这些家伙从外形到脾气活像保育院里爱打架的调皮鬼。

这些外地渔夫也曾尝试在苏尔尼哈河、奥巴里哈河钓茴鱼和细鳞鱼，但是一无所获。密林荒凉，饕蚊猖獗，使他们无法立足。度假人忙不迭从两条小河逃走，连系着鱼丝的钓竿都一股脑儿扔在河边了。钓竿马上被当地渔民捡起来，从上面取下了难得见到的、被称作"日本货"的钓丝。楚什镇的老乡们搜刮起这伙度假人来可狠心了：有的死乞白赖地要，有的顺手牵羊地拿。外地人都大大咧咧，东西乱扔，营地四周，小河边上，到处都是他们的东西。楚什镇人的眼睛总是立即瞅准那些没有放好的东西——眼看着这么好的宝贝给乱扔一气，不捡起来带走，可真舍不得。楚什镇人的天性，就是爱惜物资嘛！

时间日复一日地流逝。偷渔的人们整夜整夜地守着排钩忙活，但是始终没有给度假的人们送来什么值得欣慰的好消息——那鲟鱼，据说还是"到嘴就化"的安加拉河鲟鱼，却始终不见到来。

于是度假的人们便着手把鲤鱼和杂鱼晒干，结结实实地装满一背囊。等到冬天，和朋友闲聊的时候，便可就着鱼干喝杯啤酒——啊，我的天，甭提多美了！若是再等上鲟鱼，搞它个一两担——多也不必，因为也不是来发洋财的——拿一半去换点现钱，留一半自己平分，制成熏鱼，真这样不妨连熏鱼用的小铁箱也送给密林里的那些人。

后来，酒快告罄了。于是柯曼多尔和达姆卡先后离开那座被阳光晒得褪了色、已经不那么炎热蒸人的帐篷，驾船走了。其他楚什镇人对这伙外地人同样也兴趣索然了。

"原来是鲟鱼来了，所以酒鬼们都溜之大吉！"度假的人们恍然大悟，于是连忙收拾好三副排钩。他们挂上浮标，免得沉底；但是毕竟没有经验，瞎蒙乱撞也找不到恰当的下钩地点。不过，外来摸鱼人的排钩哪是排钩，简直是艺术品！软木浮标涂得花花绿绿，以吸引鱼儿注意。可节杆儿却绑得随随便便，长短不齐；而且鱼坠是用石子代替的。然而这是问题的关键吗？鲟鱼既然是淘气鬼，那么关键就是漂子——色彩鲜艳的，泡沫塑料的，现代化的漂子，这可不是当地楚什镇人的那种。他们的漂子是瓶塞，简直是史前时代的产物——那时候的瓶塞还不是小的铁皮盖儿，而是用什么树皮之类凑合着对付——就差不是从非洲运来的了。

当地的偷渔人看着这阔气的渔具，耸耸肩膀，心悦诚服地说道："当然啦，当然啦，我们的算什么？我们是土包子嘛！……"这也是实话，这些人的确浑身散发出原始密林的气息，那股沼泽的土气两俄里开外都能让人闻到。

守了一天一夜，三根排钩缆绳中有一根钩住了一条花里胡哨的胖肚子江鳕，这家伙欢蹦乱跳，他们好不容易才把它抓到手。有四根钓竿被什么鱼儿扯走了，还有四根折断了。

"是鳇鱼，好凶的家伙！"首领仔细地检查了排钩，察看了折断的钓竿根部和扯开的节杆，然后向大家宣布，他的声音都颤抖了。这一伙人集体作出决定，把排钩挪到河心去。——所有缺乏经验的渔夫都错以为，越靠河心鱼就越多。

度假的人们费了九牛二虎之力，直到深夜才把排钩在河心布好，返回宿营地，却见柯曼多尔已经等在那里了。

"别到航道上去瞎撞！"他警告说，接着又面色冰冷地补充说道："深更半夜会被轮船撞掉的！你们别满河里捞油水。要是把我们的排钩缆绳搅乱了，可别怪我们不客气！"他意味深长地看看脚下，脚边放着一支十二毫米口径的双筒猎枪。话一说完，马上开动铝制快艇，向楚什镇急驶而去，船后喷出两行急速的浪花。船头上放着一只口子扎紧的湿漉漉的口袋（以前叫麻包），里边装满了鲜鱼，正在微微蠕动，吱吱作响。

度假的人们面面相觑，不做声了——刚才这位骑士简直是一副土匪相。但是首领终究是首领，为了给大伙儿鼓劲打气，他莫测高深地眯起了眼睛，说道：

"好……哇！"他朝膝盖上猛捶一拳。"来吓唬人啦, 这瘟神！这一带有个地方，叫作'黄金暗礁'。我们就去占这个地方，叫他们尝尝厉害！拿枪来吓唬人，好啊，真够无赖的！有酒喝，称兄道弟；没酒喝，翻脸不认人！"

正值仲夏天气，气候转热，炎日当空！紧靠帐篷后面，沿河一行灌木，茂密葱茏。一束束高挑的嫩枝，蓬蓬松松，叶子宽宽的，恰似亚马孙河热带丛林的异国植物。伞状的灌木繁花盛开，丸花蜂睡意沉沉，蝴蝶凝翅静立；小鸟飞来飞去，忙个不停，在花团锦簇之中寻觅着苍蝇、蚜虫和一切可供幼雏果腹的虫类。曼陀罗似的蒺藜根爬满了两岸的斜坡。河滩上蚊子草籽粒饱满，腌得大大的；大戟花，女娄菜，毒芹，茴芹，还有各种当归都开放出五彩斑斓的花朵。麦仙翁那引人注目的肥大叶子也淹没在繁花怒放的百草丛中了。早开的花朵业已落英缤纷，凋谢的花瓣飘散在岸边的石头上。醉人的芳香催人欲睡！气候是那么温煦！周围的气氛是那么欢愉！唉，可惜没把姑娘们带来！不过，哪有带着姑娘打鱼的呀？那就只顾得打情骂俏了。上帝保佑她们吧！等捕到鲟鱼，熏好，满载而归，在城里同样可以乐一阵子！……

　　是的，准可以乐一阵子的，一切都会实现。要有信心，要有希望。不过眼下只能在夜间钓些鲈鱼、鲹鱼和鲤鱼，仿照密林里的办法，搭起三脚桩，其实也就是树桩，烤鱼吃；有的地方烤焦了，有的地方却是生的，吃起来味道不怎么好，不过倒也别有风味。吃罢烤鱼，他们唱起歌来："啊，我爱你呀，生活！……"置身百花吐艳的大自然的怀抱，一股甜蜜的思绪悠然袭上心头，预兆着有某种非同寻常的好事即将来临，令人心醉神迷，就像青春时代第一次幽会前的感觉。只有饕蚊——它们是大自然用来惩罚人的放荡行为和邪念的——使人不能彻底地忘情于大自然之中，无法充分地领略大自然的美色。这些该死的蚊子，甚至在帐篷里都是成堆成团的。度假的人们被这些"小畜生"扰得六神无主，竟想用拳头去揍它们，以至于好几次打在帐篷支架上，使帐篷也塌了下来。

　　拂晓，河上晨雾缭绕，像蒙上了一层轻烟。度假的人借着雾幔的掩护，怀着成功的预感，划向排钩牵绳，果然拉起了三条鲟鱼——这几个笨蛋撞到钓钩上了。度假的人们断定是安加拉鲟鱼的汛期来到了，便决定用鱼汤，当然是带烟味儿的，和白兰地酒来庆祝首战告捷，这瓶白兰地是他们早先藏过了那伙贪婪的吃白食的楚什镇人才得以保存下来的。

每当读到或听别人说起带烟味的鱼汤的时候，我总要想起一件不很愉快的往事。我那独眼的巴维尔爷爷曾经由于鱼汤有烟味而用棍子把我狠揍了一顿。鱼汤所以会有烟味，只可能是因为煮汤的人玩忽职守的结果：不是木柴潮湿、腐烂，就是不等篝火燃旺就把汤锅吊到了火上，再不，就是粗心大意，忘记盖上锅盖。有时往锅里放木炭也根本不是为了调味，而是不得已，因为汤太咸了，白桦木炭能吸收汤里的盐分，虽然吸得不多，但多少有点作用。

但是，何必去谈什么鱼汤，谈什么烹调技术和烹调秘诀。尽管煮鱼汤这件事似乎并没有多大学问，而且也不值得费工夫，但是山南海北不同的地区都自出心裁，有的地方还蛮有拿手绝招呢。

度假的人不是在煮鱼汤，简直是在举行宗教盛典：这一个在给鲟鱼开膛剖腹，因为预感到即将到口的珍肴美味而不禁像发疟疾似的冷战连连；那一个支起三脚架，吊上一口钢盔似的圆锅，其中泛动着白花花的土豆和洋葱，还有桂叶和黑胡椒粒在锅里飘飘荡荡，无所依归——一定要放整粒的胡椒，据他们说，放胡椒面就不是那味儿了。另外有两人则在陡坡下修建熏炉，开头先试验性地"装填"鲤鱼，免得待会儿往里大量放鲟鱼的时候再浪费时间。

煮好鱼汤，度假的人们小心翼翼地把汤锅放到平坦的石头上，支牢固定，然后哥儿四个团团而坐，举杯欢饮。

"为了鲟鱼，干杯！"首领高声说罢，咕嘟一声，名贵饮料已经进入腹中。那酒瓶上贴的商标不是平常的几颗星星，而是钩钩拐拐像金色的黄蜂似的阿拉伯字。首领还没有品出酒的味道，也没有来得及满心虔诚地舀一勺鱼汤尝尝，便一眼看见河面上一艘快艇飞也似的急驶而来。"瞧，酒鬼来了！"首领啪地一掌打在光溜溜的大腿上，顺手打死了一只牛虻。"瞧，这些馋猫！老远就闻到酒味啦，简直像牛虻闻到血腥味一样！"他把打死的牛虻往火里一扔，吩咐把酒瓶藏起来。

　　快艇果然不是路过的，对准宿营地靠岸了。一个黑黝黝的陌生男人，吱吱咯咯地迈着步，慢慢朝火堆走来。他瘦骨棱棱的脸上没有一丝笑容，一只指挥官用的皮挎包挂在腰间。度假的人根据这只皮挎包断定："这是个官老爷！到河边喂蚊子来了。"

　　"你们好！"来人说着，尖利的目光向锅里一扫。他找了块石头坐下，把皮挎包挪到肚子前面，又说道："吃得挺快活嘛！"

　　"谢谢！"渔夫们拘谨地答应着，并不邀请陌生人入席——他们已经够慷慨了，让这些"吃白食的"骗去了不少酒食。

　　陌生人一面用手掌摩挲着腰部，一面打量着乱扔在周围的东西。他的目光落在崭新的"旋风"牌快艇上，略一停顿，然后用一种平淡无奇、简直像生病人说话的声调问道：

　　"浮子下面的排钩是你们的吧？"

　　度假的人交换了一下眼色，警觉了起来。但是首领果断而又带挖苦的回话又一下子打消了这种戒备的心理。

　　"它们碍着你们的了，是吧？！"

陌生人没有应声。他从火堆里夹出一块炭火,放到熄灭的烟斗上,然后——似乎已经忘记炭火还在烟斗上(城里人心想:这可是在提味儿呢),仍旧用同样平淡的、甚至多少有些抑郁的声调说道:

"你们以为缺少了你们几位,这个地方损公肥私的人还少吗?"

"哎,你,这……你别说话不干不净的!"

"从边区中心来的人,按理是受过教育的,却开口就叫'你'[1]!"陌生人摇了摇头说。"大概你们在城里还能约束自己,以为到了这里就可以胡来了?偷,抢,胡作非为……密林荒野嘛,天高皇帝远……"

牙医师不屑一顾地撇了撇嘴,对伙伴们说:

"真长见识!连这里也进行思想教育!"然后厉声喝道:"酒鬼,你今天灌了多少啦?"

陌生人的嘴抽搐了一下,眼皮无力而又痛苦地颤抖起来,但是他立时抿紧嘴唇,更加清楚地显出两条垂向下巴的皱纹。干瘦的手使劲地紧握着烟斗。

"狗崽子!"他轻声说道。"你在哪里工作,是个什么领导,我不知道,也不想知道。不过,要当领导,你这乳臭未干的家伙还得先把嘴边的口水擦擦干净!"说着,他突然像夏伯阳似的猛地一挥手臂,仿佛要把这伙人扒拉到河里去似的:"滚!从河边滚开,去见你们的鬼吧!一小时以内给我滚得远远的,别留一丁

---

[1] 俄国人习俗,以"您"相称,表示礼貌、尊敬、疏远,反之则称"你"。

点儿腥臊臭气！……"说罢就登艇驶去，霎时间，快艇已转过奥巴里哈山岬。

"哎……哎，弟兄们！"首领如梦初醒，两手一摊，说道。"在牙科手术椅上我什么样的人儿没见过呀？可是这副嘴脸的……

"刚才应该给他两下子，让这小子一辈子挣钱买药吃……"

"瞧他那副样子，现在就已经在靠打针过日子了。"

"吸毒鬼？"

"是吸毒的倒好了。如果是渔业稽查员，可怎么办？"

"扯淡！这里的稽查员我认识。谢苗，残疾军人，和和气气的……"

"那么说，又是个吃白食的！好，我们给他……"

一小时后，陌生人准时回来了。河边一切原封未动：破破烂烂的东西东一摊西一堆，到处都是；度假人酒醉饭饱，在树荫下呼呼大睡；一群牛虻正在尽情地吸他们的血。

陌生人把首领踢醒，说道：

"刚才怎么给你们说来着？！"

牙医师从梦中醒来，对他瞪目直视，不明白是怎么回事，最后总算清醒过来了，不觉勃然大怒：

"又是你？！好啊，好，你放明白些，忍耐也有个限度，等我把弟兄们叫起来，给你点颜色……"

"喏，闻闻看是什么味儿！"陌生人把证件举到睡眼惺忪的牙医师眼睛跟前，一股篝火和腥鱼的气味扑鼻而来。牙医师皱了皱眉头：此地什么东西全一个味儿！他连读两遍，睡眼蒙眬里没有看懂写的是什么："渔业稽查处，切列米辛。渔业稽查处，切列米辛。"陌生人问："看懂了没有？！"

首领慌作一团，手忙脚乱，摸遍了各个口袋找香烟，心想："刚才大伙儿说得对，当时大叔还没生气，本该溜之大吉……"

"把你们这些战友都叫醒。把排钩牵绳从河里收上来。趁这工夫我给你们画张图留作纪念，"切列米辛说，"说人话你们不要听，下流的东西！你们也该尊重点儿自己嘛！我这就来教你们应该怎样奉公守法！……"

牙医师满脸赔笑，请他原谅，拿出白兰地敬客，并且暗示，如果需要看病或者要点药，随时可以找他。切列米辛厌恶地、痛苦地撇了撇嘴——他两唇发紫，显然心脏有病。

"姓名！"他那双吉卜赛人的眼睛炯炯发光，一支廉价的圆珠笔抵着收据本。首领感到孤立无援，暗自盘算编个假名。然而，切列米辛是个饱经世故的老手，早已看穿这个并不高明的招数："你们若是撒谎，入地三尺我也能把你们揪出来！"

事情迅速办好。"图画"一式三份。最不清楚的一份——因为复写纸磨破了，显然稽查员经常要开账单——换得二百二十五卢布罚款。切列米辛的账单一清二楚：每副排钩罚款五十卢布，每条鲟鱼罚款二十五卢布，外加一顿训斥，那是免费的。

"你们不得再胡闹！你们记着：我们的土地是完整的、统一的，在任何地方，即使在最愚昧闭塞的原始森林里做人也要像个人！"他抬起那只弯曲的、被烟斗熏得发黄的手指，刻薄地、一字一板地又说了一遍："也——要——像——个——人！"

度假的人都按立正姿势站着，毕恭毕敬地聆听着稽查员切列米辛的训话。

"我们没有钱哪，"捕鱼人中间有一个人小心翼翼地双手捧着"图画"，喃喃说道，"本打算搞点鱼，捞点外快……"

"把快艇、马达卖掉，"切列米辛说道，"足够缴罚款，还好喝上一顿，连回去的路费都有了……"

度假的人只好这么办了：马达卖了，小船卖了，在浮船码头上喝闷酒，边喝边唱，不过唱的已经不是"生活，我爱你"这类歌，而是古老的民歌。

唱着喝着，喝着唱着，就互相谩骂起来，动手厮打，竟把牙医首领从码头上扔到了叶尼塞河里。他已喝得烂醉，差点没淹死；总算他运气，碰巧遇上一对情人趁着宁静的黄昏泛舟河上。女的是个穿着橙黄色绒线衣的外地来的大学生，男的是个头发染成古代铜壶颜色的本地小伙子。这个土生土长的楚什镇上的披头士，操着夹杂英语的埃文基方言说着什么，放下吉他琴，一把抓住了首领的衣领，把他拽上船划到岸边。后来，首领就自己爬到岸上，满口金牙碰得咯咯作响，大口大口吐出混浊的河水。

正在河边饮酒作乐的楚什镇摸鱼人——新稽查员把他们也盯得死死的——看着外地人被"病疾"折磨成这个样子，同情地议论开了：

"吃惯了瘦赫克鱼的怎么可以一下子吃起安加拉大鲟鱼！谁的肚子受得了啊？"

"啊——哟——嚯！"

曾在前线打过仗的切列米辛给我讲的这个故事，与其说逗人发笑，不如说令人痛心，我宁愿把它忘却；然而，从胡闹的下流行为到卑劣的残忍不过一步之差——比麻雀的步子还小的一步之差，下面我就要讲一讲下流行为和寻欢作乐发展到对大自然滥加戕害的故事。

弟弟来信邀我去西伯利亚的前几天，我在一份中央报纸上读到一篇文章，讲到两个小学生在莫斯科大学植物园里捉了一只羽毛美丽、膘水十足的公野鸭，竟活活地拧掉了它的脑袋。来到楚什镇之后，我在广播里又一次听到了这只不幸的公鸭的消息。那是一次批判肇事者的广播审判会。一些知名人士、演员、学者，当然，还有肇事者的家长，都出席了，对两个凶犯理正词严地进行了谴责。发言中曾不止一次提到，有个丧失人性的莫斯科浮浪子弟，从动物园偷走一只可可依人的天鹅，做了下酒的佳肴。

干出这种残暴行径的青少年中，未必会有人因这种审判而自杀——如今他们可不怎么惧怕广播和诸如此类的舆论批判，至多不过嘟嘟囔囔地说一声"不，不啦"就完了；但是我想，他们那些心慈面软、安分守己的父母，倒完全可能会为此而忧虑成疾——这事非同小可啊！丢人现眼，全国出名。社会舆论一致维护公鸭，连退休老人都行动起来了啊。

我并不反对利用报纸、电台和其他强大的宣传工具对人们进行教育，但自从在西伯利亚看到了那些偷猎者之后，我觉得为公野鸭所进行的哭诉不过是贵族式的愤慨，不过是废话。

如果这种恣意胡为的残暴行为，只是出于一伙流氓泼皮之手，倒也罢了！我听说，鄂毕河流域纳雷姆斯克边区的一个电工，到地方司法部门某工作人员家中修理电线，发现阁楼上挂着一百多只杀死后被挂起来"风干"的天鹅。北方菲米斯[1]这位不愧为老饕的属员感兴趣的是天鹅肉，然而如今连天鹅毛也是畅销货，而且价格昂贵，因为摩登女郎用它做冬天的暖手筒和各种服饰，然而这并不妨碍她们在观看芭蕾舞《天鹅之死》时，听着圣桑凄婉的乐曲，洒一掬同情之泪——使她们感到难过的是艺术。

大雁飞临叶尼塞河往往正是流冰季节。被人打伤的禽鸟几乎毫无例外地都尽力"挣扎"着飞越岸边，落到化出一汪汪清水、升起团团暖雾的冰上，成为乌鸦的猎物，要不就被流冰碾得粉身碎骨。当地老乡仍旧按老办法给子弹装药，全凭目测，或用手撮，或用锯断的旧弹壳或者小汤匙舀。至于无烟火药的速效，此地的许多猎手还闻所未闻。"咔吧一声，你知道，明明打中了骨头，听得清清楚楚，可大雁呢，信不信由你，只是晃了晃，照样飞！火药越做越糟，糟透了！过去，二百米以外，一枪打去，就像一团火球似的……也可能是枪老了，不管用了。"

乌鸦是罕见的森林益鸟，可根据迷信的说法，把乌鸦血抹在子弹上，就能百发百中，因此，楚什镇周围的乌鸦几乎被猎人追踪射杀殆尽……

我特意把莫斯科那只公野鸭被害死和对凶犯进行审判的事讲给楚什镇的人听。

"没事干啦，芝麻大的事也拿来审判，真是胡闹！"这是他们共同的结论。

"这只公野鸭太傻啦！到莫斯科去干什么？飞到这里来就好

---

[1] 菲米斯为古希腊神话的司法女神，此处指司法机关。

了。"柯曼多尔说，故意模仿着我的语气。

我给他们解释：现在不仅有动物园，而且专门划出池塘、禁猎区和自然保护区，这些地方的飞禽走兽以及各种生物，都是供人观赏，让人增长见识，进行研究用的。如果听任像他们这样的英雄胡作非为，就只能给子孙后代留下一个光秃秃的世界了。

"干吗去看那些个飞禽，有什么好看的？飞禽就是该打！该烧来吃。孩子们可以看电视嘛。"

这些话并不仅仅是恶意的讥笑和胡搅蛮缠，而且是对他们祖祖辈辈狩猎生涯的怀念。他们一年四季天天打猎，到鸟窝里掏蛋，在冻土带捕捉换毛期间的大雁，打死羽翼未丰的白草鸭，设置绳套、网罩，诱捕大雷鸟，装置自动弓弩，射杀麋、鹿和熊。他们习惯于"随心所欲"地过日子：想要什么，就到大森林里，予取予求！

有谁，有什么办法能根除这种像闯进别人院子似的在森林里为所欲为的可怕的旧习气呢？在北方，各处的人都不懂要有节制地狩猎。那么我们自己呢？不妨反躬自问。摸摸你们的脑袋吧，戴在头上的帽子就是麝鼩皮的，或者是黑貂皮的，要不然就是松鼠皮的；再看看挂衣架吧，那儿挂着水獭皮的女式大衣，男式大衣上都镶着水貂皮领、貂皮领或者黄鼠狼皮领，还有那些暖手筒和暖帽，都是用洁白得像雪一样的天鹅羽毛做成的。这难道都是猎人的勤劳的、并非损公肥己的手捕捉到的吗？

狩猎是一项艰苦的工作。猎人出没于密林和冻土带去猎取毛皮，是他们赖以生存和糊口的手段。我在这里所谈论的不是这些人。

一九七一年，整个俄罗斯的秋季都拖得很长。而在西伯利亚更发生了闻所未闻的怪事！直到十二月还不曾见到半点雪花。密林深处，荒凉的塞姆河畔，突然涌来了一大帮射手。这些人既没有经过什么人批准，也不曾办任何登记手续，他们根本不理睬那些狩猎期限和狩猎规定。

塞姆河发源于鄂毕河附近的低地，缓缓地流过一千多公里，把那携带着泥煤的淡黄色河水平静地注入叶尼塞河；蒂姆河发源于叶尼塞河左岸附近的低地，迎着塞姆河，向鄂毕河流去，直到纳雷姆斯克边区。它比塞姆河略长，水量略大——这真是两兄弟"同处一节车厢里，偏向两地背道行"。大自然把它的水流、财富、宝藏平均地分给了这两个兄弟。我们的大自然公正持平、明察秋毫，而且忍让宽厚。然而那年秋天，遍地轰鸣的枪声震耳欲聋，大自然因之浑身战栗；弥漫大地的硝烟，遮天蔽日，大自然因之顿然失色。

强盗们乘着小船，沿塞姆河逆流而上，向杳无人烟的密林深处钻去。船上满载着成桶的燃料、成箱的弹药和塞满食品的手提箱。塞姆河没有稽查员，没有民警，也没有任何居民，但是这些密林大盗依然不敢大模大样行动，他们鬼鬼祟祟沿河行进，你怕我，我怕你，遇有迎面而来或者后面赶来的船只，便躲进湖湾河汊或者小岛背后，尽量错开。

从前，塞姆河沿岸也有些驿站、小村落、渔民和猎户的居民地。不过渔民和猎户总是要等种植庄稼的农民立稳脚跟后，才肯跟着他们在那里安家落户。农民，他们不仅能够养活别人，而且定居一处，稳妥可靠，堪称为生活海洋里的铁锚。塞姆河和蒂姆河一带，湖塘池沼，星罗棋布，难以通行，然而此间天地广阔，任何人都能找到一个相宜的地方，或作耕地，或辟菜园，至于从事渔猎，那就更不待说了。青苔滋生的松林，洁白的雪松，涛声滚滚，犹如碧波起伏的海洋；松球盖没了泥地，浆果熟透，蘑菇因无人采摘而腐烂了。天鹅湖，大雁滩，鲜鱼河，冰雪堆——都是盛产松鼠、黑貂、鲜卑鼬、银鼠等皮毛兽的地方，而且那里林鸟成群，见到人都不怕。

战争也殃及了密林深处的塞姆河。集体农民举家迁徙，离开塞姆河，远走他乡，迁到叶尼塞河。接着是细心谨慎的渔民和猎户也步了农民的后尘，行动更谨慎、更诡秘的旧教徒也都远走他乡。森林没有人烟了，尤其是北方的森林，完全成了被抛弃的孤儿；可是取之不尽的森林富源啊，如今是何等的需要呀！难道农村居民、林中居民和其他居民全都要靠商店供应，却不取之于森林宝库、田地菜园，这是正常的吗？！

儿童，即使生活在密林深处，也需要学习文化，这是不言而喻的。如今，若是目不识丁，即便在森林里也会处处碰壁。渔民猎户最好自己储存或者到毛皮采购管理局和渔业合作社去购买粮食、土豆、糖、马达、船只，各种用具和食品，千万不要等待"神通广大"的扎哈尔·扎哈雷奇或者伊凡·伊凡内奇之流驾驶大渔船前来售货。这样的人只有北方地区才有，人人都熟悉他们那副尊容，人人都厌恶他们那种妄自尊大和"自命不凡"的神气，真是厌恶之极！这种粗通文字、喜欢多嘴饶舌的乡下佬，手脚麻利，动作迅速，两只眼睛狡诈诡谲，一双手见东西就拿。森林里的人无不对这人曲意奉承，因此他们就更加不知天高地厚了。他们经历了不同的朝代，称号屡屡变换：什么掌柜的，合作社管理员，总务，发行员，供应站主任，副经理，助理经理等等，不一而足，但是万变不离其宗，他们的面目和脾性并没有改变，仍旧那样老奸巨猾，能说会道。从沙皇戈罗赫时代起他们就把偌大一个北方当作一个幽暗的小阁楼随意闯荡，直到最近的年代他们依然在这一带优哉游哉。

但是这么"神通广大"的人物再也不能在茫茫林海中花天酒地，再也不能任意闯进殷勤地向他敞开的农舍和帐篷去制造不承担抚养义务的娃娃了，再也不能放肆地坐在尊贵的圣像下高谈阔论"极其重要"的"机密"消息了。

"莫不是又要像沙皇阿历克塞[1]朝代那样，逃到深山老林里去？"隐居的旧教徒瞪着两只害着沙眼的眼睛说道。"唔……唔，眼下倒也不必挪动。暂且在这儿住着。要是警察的势头不减下来，而且越来越厉害，我会给你们通个气的……""恩人哪，那可全拜托你啦！全仗你活命了。你可不能抛下我们不管啊！那些个不信上帝的人一有动静，就给个信儿，我们搬家，走人。上帝保佑，大慈大悲……""你这可是废话？什么大慈大悲，哪来什么上帝！……""恩人哪，你……你……这话可不能说啊！"吓得魂不附体的林中居民死命地摇手。"你学问再大，也不能得罪上帝啊，得罪不得呀！你抬腿走了，我们可要和上帝留在这里哪！行行好吧！……""唉！"这个"大人物"连连摇头，十分懊恼。"对

---

[1] 此处指沙皇阿历克塞·米哈依洛维奇（在位期1645—1676）。1649年，他制定农奴法，规定农民老少三代都属于地主，搜捕逃亡农民不再受期限的限制。

着树墩磕头求拜，捏着两个指头画十字，从沙皇阿历克塞朝代到今天，他妈的丝毫没变样！"接着话题又转到"世界政治"问题上去了。

这时不仅没有人敢打岔抬杠，连咳嗽都不敢咳嗽一声，生怕漏掉一句半句的。"最叫我放心不下的是德国人。""神通广大"的大人物煞有介事地说道："当然啦，他们挨了一顿揍，狠狠地挨了一顿；这条毒蛇躲起来了，不声不响地躲起来了，可它心里在想些什么，谁摸得透！……""是啊，"旧教徒们揉搓着、揪扯着大胡子，大声地咳嗽着，"形势不妙啊！这些不信上帝的人，他们都在荒凉的沼泽地里藏着呢……"于是又惊慌不安地问道："假如，这群非基督徒再黑压压一片涌进俄罗斯，他们到得了塞姆河吗？还是到吉尔吉斯就得停下来？"旧教徒们至今仍旧把所有非俄罗斯人叫作吉尔吉斯人。

"唉！"绝顶聪明的客人重又陷入哭笑不得的境地。"瞧你说些什么，驴唇不对马嘴，真是愚昧无知……"

每当"神通广大"的经理把票据上写明的弹药付给猎人，从对方手里接过毛皮的时候，总要装出一副大慈大悲的面孔："我特别敬重你，给你拿的是头等货。"说着，好像挖下一块心头肉似的，从货车上拿过一支新猎枪："别人，甭想！地地道道从莫斯科搞来的，特殊供应！告诉你，老兄，我到处都有门路！……""是的，是的，扎哈尔·扎哈雷奇，一辈子都要为你祈福祈寿呢！……""瞧这双靴子！穿这种靴子的，目前还只有伏罗希洛夫元帅，对，还有一些头面人物，可我也弄到了。弹药，也是一样！现在这弹药哪，哎呀呀……现在要节约，国防需要。

只要弹药充足，什么敌人都不怕！处处都有定额，供应指标一减再减，情况严重啊，冷战很激烈，很激烈……不过，对你，老朋友嘛……"

心地诚实的猎人受到这样的敬重，又得到这番破格的优待，简直受宠若惊，目瞪口呆了。扎哈尔·扎哈雷奇把兽皮、肉类、核桃倒进口袋，有时还有一星半点"无意中"在山泉中得来的金子——那是猎人孝敬"慈父般的好人"的。他做梦也没想到，猎枪和皮靴早已在每个城市的商店里普遍出售；他也没想到，早在沙皇阿历克塞时代，保卫祖国和王座用的燧发枪就已装黑色火药了；他更没想到，政府将要为扎哈尔·扎哈雷奇的欺骗行径、克扣分量对他严加惩处，把他关进监狱，尽管他口口声声自称是政府的代表，到处招摇撞骗。事情的结局往往就是"森林之神"扎哈尔·扎哈雷奇一去十余年无影无踪，杳无音讯。但是马上就来了一个伊凡·伊凡内奇代替他——但也不过换汤不换药罢了。关于他们，密林中议论纷纷，虽说是悄悄的，却是众口一词的："这种人到哪里，哪里就要鸡犬不宁。"

然而这一切都已成为过去。

森林里人都已用马达、铝制快艇装备起来了。需要出门渔猎，只消两三天，就已经到达他那座隐蔽在森林中的旧房子了。家都安在楚什镇，安在叶尼塞河畔，可以说，那儿是文化生活的中心，有轮船往来，飞机通航。广播喇叭免费地日夜吼叫，俱乐部天天晚上放映电影，商店里各种酒应有尽有。住房早已脱尽林中陋舍的苦相，不再是过去没有窗户、枞树皮盖顶的小木屋了。现在的住房，如同一切体面人家的住房一样，三面开窗，外有回廊环绕，室内陈设沙发、地毯，还有电冰箱。听说，这个五年计划结束的时候，楚什镇就要有电视了。要能活到那一天，多美呀！买上台最贵重的电视机，天天晚上看不花钱的电影。想必爹爹气得在棺材里躺不住了，要不怎么会无缘无故总梦见他，他那发黑的手指严厉地指着人，青紫色的嘴唇嚅动着，大概，是在诅咒吧。那旧教徒吓得一身冷汗，顿时惊醒，连忙捏起两个手指画十字，祈求上帝保佑，不过他仍然照旧过那种罪孽的和散发出世俗臭气的生活。"没办法呀，文明时代，哪能再过森林野人的生活呀，再说也该让孩子们见见世面……"

猎人驾着船沿塞姆河向密林深处行驶，嘴里咔吧咔吧地咬着榛子，随口将硬壳吐到船外。河里的湾湾汊汊，他都了如指掌。他的口袋里保存着一份狩猎合同和其他各种证件，都用玻璃纸袋包裹得严严实实的。船上载着弹药、粮食、冬衣，还有——上帝啊，饶恕这有意无意的罪孽吧，让林妖把它抓走吧，想出这么奇巧的名字——半导体收音机！贵极啦！真要命！九百多卢布！从前这么多钱足够买一匹马了。但是有什么办法呢？不管你高兴不高兴，文明的洪流是阻挡不住的，一涌而来，比鼠疫还厉害，可恶至极！

旧教徒和任何一个森林狩猎人来到塞姆河，就好像主人回到家里，他不会在森林里为非作歹、肆意劫掠的。然而，这群苍蝇，这帮酒鬼，钻营取巧、损公肥私的家伙——格罗霍塔洛叫他们"胡狼"——一嗅到塞姆河有便宜可占，便蜂拥而来。他们人人有工作，个个挣工资，然而还想方设法在大自然中捞取外快，咬口肥肉：他们用油锯放倒雪松，常年不断猎取黑貂，把飞禽走兽打得伤的伤、残的残。听吧，前面不远，砰的一响，这一枪，匆匆忙忙，毫无价值——猎人从不这样乱开枪，这是林中强盗在开枪，这帮蝥贼！

秋天是森林鸟类的浩劫，雷鸟首当其冲。正如半导体收音机里所说的，这是一场人祸，是最有理性的生物所造成的一场祸害。秋天，密林中的飞鸟，首先是雷鸟，飞到河边捡食小碎石子，用以摩擦消化松叶、嫩芽和密林中的其他食物。没有这件"磨具"，鸟类就无法生存，就不能度过严冬。在塞姆河的支流河汊、密林深处和池沼腹地，碎石子是很少的。因此常常发现鸟类的嗉囊和砂囊中没有小石子却有小金粒。所以猎人的妻子从来不把砂囊和嗉囊不经"验看"就随便扔掉，必定要细细地剖开，仔细察看里面有什么。有种很特别的小石子，在塞姆河沿岸的河滩上、坡岸边、沙湾里，白花花的到处都是。它大概最合雷鸟的胃口，于是沿河两岸便成了隐居密林的雷鸟飞集的地方，往往一群有数十只之多。这里的雷鸟个头硕大，仪表堂堂。楚什镇的老乡说："像鸵鸟一样！"其实他们只不过在复印的画片上，在电影里见过鸵鸟罢了。不仅塞姆河和蒂姆河一带在打雷鸟，我国大大小小的河流沿岸，凡是有雷鸟出没的地方，都在打雷鸟，于是就造成了这样的后果：乌拉尔、俄罗斯西北部，可以说，雷鸟已经近于灭绝；而在俄罗斯中部，我们伟大的歌手当年曾听到奥卡河对岸"雷鸟悲切的啼声"的地方，如今雷鸟也早已绝迹。

至于北方，还有什么可说的呢？！

下通古斯卡河的一位猎人对我夸口："出去一趟少说也要搞它个百十只鸟！"他完全是个普普通通的业余爱好者，这种夸口也是很普通的，就像我们城市里有些捕鱼的人，嗒，有时也会夸夸海口："三条鲈鱼——都有树皮靴那么大，十条鳊鱼——每条有半公斤重！……"

小船关掉马达，悄悄滑行，悍然直奔山岬，向鸟群扑去。鸟儿们莫名其妙，一个个伸长脖子，瞪着眼睛，呆立不动。砰！砰！——四支枪筒同时向它们射击。猎人们动作敏捷地重新装上子弹。随着频频枪声，枪口冒出阵阵青烟，枪筒开始发烫了。但是鸟儿们不知害怕，也不飞走。有的雷鸟被霰弹打得在石滩上乱窜乱跳，有的飞到树枝上，但大多数只是东奔西跑地躲藏。

猎人们既不追赶那些跑到树木后面去的，也不捡拾那些躺倒在灌木丛下的——他们顾不上！前面的山岬上还有黑压压一大群雷鸟啊！不过，若是发现黑貂在松林里伸头探脑，那就另一回事了，跟踪追击也是值得的。黑貂繁殖很快，于是偷猎者就散布谎言："黑貂快把松鼠吃光了，破坏生态平衡。"仿佛这样就可以名正言顺地随便在什么季节猎取黑貂，管它是成兽还是仔兽，照样开枪。

前面已经说过，当地猎人用古老的目测方法给子弹装药。填弹塞是纸的、皮的，很少有毡的。喝酒，挥霍上百卢布，在所不惜；买弹药，却要精打细算，几个戈比都舍不得。弹药不好，即使打中也不能致命，受伤的鸟儿往往逃到森林里受尽折磨而死。如果气候恶劣，秋季短促，那还好些。十天半月，就得赶紧离开河岸，不然就要冻成冰棍了。然而即使短期出猎，也会有成千上万只鸟被这些"猎人"毁掉。

"去年秋天可打出邪劲来啦！老哥，简直打疯啦，爱信不信，真是打疯啦！"阿基姆回忆起去秋的打猎，感慨万分。"仿佛人人都中了蛊毒，大伙儿都病入骨髓。为一支猎枪，为一条小船，为一点弹药和食物，都可以拼命！你看有多厉害！简直无法无天了！……"接着他又心有余悸地说："我呢，你知道，我也控制不了自己了：动不动伸手就抓枪……"

阿基姆忘记了，我是打过仗的人，战壕里激烈鏖战的种种景象，我都看够了，我知道，它，鲜血，对人的作用！唉，我是太清楚啦！正因为这样，我才担心人们放纵无度地随便开枪——即使射击的是飞禽走兽，即使是闹着玩，逢场作戏，那也是流血啊。他们不知道一个人一旦见了血不再害怕，认为流点儿热气腾腾的鲜血是无所谓的事，那么这人已在不知不觉中跨过了那条具有决定意义的不祥之线，不再是个人了，而成了穴居野处、茹毛饮血的远古时代的原始野人，伸出那张额角很低、獠牙戳出的丑脸，直勾勾地瞪着我们的时代。

已经是仲夏了，可楚什镇的池塘四周仍然堆着去年留下的黑色羽毛，像是送葬的花圈。去年秋天，当地收购处按三卢布一只的价格收进雷鸟，后降价到一卢布，最后索性停止收购了，因为没有冰箱，天气转暖，成日价阴雨绵绵，飞机停航不飞了。

堆在货栈里的雷鸟开始腐烂。全镇臭气冲天。这批"货"作为自然耗损冲了账，使国家损失了一笔为数不小的款子，至于雷鸟则用铲粪肥的叉子叉到汽车车厢里，作为垃圾，扔进了当地的池塘。

整整一冬再加一春，乌鸦、喜鹊、狗和猫都大嚼雷鸟；一旦起风，干涸的池塘四岸的黑羽就纷纷扬扬起来，在楚什镇上空翻飞，遮蔽了晴空，火药的余烬和死灰好像都蒙住了太阳茫然若失的脸庞。

第二部

鲍加尼达村的鱼汤

春天这就该走了，极北地区短暂的夏天就要来接替她。但不知什么原因春天仍在逡巡徘徊，不忍离人。等到春天终于顺着江河湖泊中的流水逝去的时候，人们已饿得面有菜色了。

潮湿的冻土地带弥漫着一团暗蓝色的雾气。有个年轻人趿拉着大得不称脚的破旧靴子，正费力地一步步向前走去。他不时弯下身去，从长在草墩和冬夏常绿的苔藓间的酸果蔓上摘几粒浆果。那还是隔年留下的，早冻枯了，只剩一张薄皮和被松藻虫啃食过的果仁罢了。年轻人直直腰，把手掌里揉成黏糊糊一团的果实塞进嘴巴。他有好大一会儿睁不开眼，直觉得头晕眼花，脸前晃悠着一道道光怪陆离的彩虹，耳里嗡嗡作响，起初是一丝丝连绵不断泛起的作呕的感觉，渐渐纠成一团，堵塞着、窒息着胸口。

土岗两侧是一片白雪覆盖的寂静世界，但坡脊上却已经是暖和的了。年轻人在这儿发现了一根湿羽毛。他想走得快些，准是猫头鹰或者北极狐逮住脱毛的大雁了，说不定还会有剩下的骨头。可是那靴子不听使唤，虽然里面填得严严实实，但终究不跟脚，牵掣着脚脖子。小伙子摔倒在地。他喘过一口气，用双手支撑着欠起身来，就在这当儿他愣住了：发现在他鼻子跟前有一朵长在毛茸茸细茎上的小花，扶衬着花朵的不是叶瓣，而是两片纤弱的、带绒毛的、像雏翼样的东西，花萼亭亭玉立在如同粘满霜花的毛梗上，而在花瓣中间，有一粒纤细的晶莹冰珠在闪亮。

太阳挣脱了严冬的昏云暗雾，这时正高悬在冻原上空。它使各种各样的植物重又挤进了生机融融的冻原，蔓延到匍匐交错的偃松丛里，布满了湖泊四周和河边洼地。而这朵小花果断地挺立在四面受风的土岗上，那里的土层还没有化开，而只是开始返潮，湿土滋润着欲露犹藏的像蛛丝般纤细的苔藓，滋润着干枯的草茎和还没有从严寒封冻的毁灭性的干旱中苏醒过来的灰暗的水越橘丛。只有这一朵小花独自存活在土岗上，信心十足，带着挑战的神气，它不图安逸，而是勇敢地承受着本地春天里常见的料峭的春寒、凛冽的朔风和冰冷的潮湿。

花朵守候着太阳。阳光投射到冰珠上就像射到透镜上一样聚成了一道光束，温暖着深埋在花萼绒毛里的花蕾，在阳光下冰珠慢慢地融化着，消陷下去，压着喜气洋洋的花瓣，就像拨开了它的门扉，花萼活泼地张启开来，让花骨朵儿承受阳光的抚爱。冰珠渐渐地终于化成了晶莹的水滴。即将成熟的花籽和花儿本身便把清澈的水珠作为滋养。待到太阳沉下了地平线，夕照消褪殆尽，花瓣很快就收拢到一起，尽管绒毛还自下而上散发着余温，花朵悒悒然垂下头去，消融在冻土带灌木丛的灰色里。可是在花朵里面，在花瓣中，它那涓涓细流似的工作并没有停止，它通过茎脉从根部吸收水分并使它凝成一颗小巧的光可鉴人的冰珠，以便明儿重把阳光收聚成束。

一个早晨接着一个早晨，一个白天接着一个白天，这朵名叫罂粟的花朵儿逐渐成熟。有一天花瓣萎谢了，脱落了，枯干的花梗哑的一声断了，于是小铃铛似的花蕊掉到地上，冻原上的风儿把它们吹得满地乱滚，迸散出一颗颗细小的黑色种子。

……后来阿基姆已经记不清楚他有没有找到那只被撕裂的大雁或者找到了其他食物。依稀记得是找到的，还啃过那沾满了毛羽和苔藓的生的骨头，也可能这是在另一个春天里发生的事。每当冰雪将融而未融之际，冻土带都会像发面一般膨胀起来，此时无论乘车还是徒步都难以通行其间，河上又漂满膨胀的冰块，根本无法泅渡。几乎每年这种时候，阿基姆都会饿得捡到什么就吃什么。吃北极狐、猫头鹰和狐狸是常有的事，有时候甚至还抢它们嘴里的东西吃。许许多多的往事都已忘却，搅在一起了，跟有关孩提时代的其他回忆搅在一起了，浑成了无从分割的生活断片。但是那株花，那株倔强的、勇敢的、曾经寻求和太阳亲近的冻土带的小花，却能离开其他记忆而单独存在，始终生气盎然。这是因为这朵具有很不容易记住的外国名字的北方小花跟阿基姆的生活历程有某种相似之点。从冻土带往北，到靠海的地方，这种花就多了，暖风甫熏的时候，荒漠的原野一时间云蒸霞蔚、繁花似锦，所有其他植物都不禁为之黯然失色。约莫有两个星期左右的时间，大地自己也会因目迷五色而笑逐颜开。

阿基姆是在叶尼塞河畔的鲍加尼达村出生和长大的。十来所倾圮颓败、风吹日晒的小屋，都只有一扇窗子。几间谷仓上的油毛毡顶，耷拉了下来，在风里簌簌飘动。而在这些小屋之间，矗起一个工棚，它像遨游在沼地里的一只肥胖的天鹅。瞧，整个儿鲍加尼达村都在这里了，如果不算河边那个浴室的话。浴室紧贴河岸，经过烟熏火燎，颜色黑黝黝的，门扉已是千疮百孔。在它后面的沙滩上另有一间木板墙的堆物房，门上写有"鲜鱼收购站"几个粉笔字。工棚后边有座已经歪歪倒倒的没有门的草黄色的小机务房。旁边是两间柴棚，一条小汽艇的铁壳——这是谁遗忘了留下的呢，还是被风浪涌上了滩头的？附近的水面上还有几条小划子，由铁链扣着，正在上上下下颠簸。捕捞队在滩头上支着一张长条木桌和一副可以挂上铁锅煮鱼汤的三脚铁架。

一只用来代替天线的船用汽笛矗立在工棚的屋顶上。温度表挂在窗户顶端，这是为了不让孩子们的手够到。车辆有一道门为了保温而被钉死了，门上悬挂着一个缺爪铁锚，如果失火、开会，或是谁在冻土带走失了，人们就敲响这铁锚环儿。工棚和草黄色小机务房之间还搭着一副单杠。它对孩子们来说太高了些，而成年汉子在渔场累了一整天后连走进窝棚都感到乏力，更别说去碰它了。

除此以外，鲍加尼达村再没有什么值得称道的东西，既没有树，也没有灌木丛，苔藓早被人践踏一光。春天时有些地方还能见到灰颜色的薹草。湖畔的薹草，捕鱼人一不留神，就会被它划破腿肚，拿兜网在湖边草墩等处赶鱼时尤其要提防它。但长在村子周围的那些薹草，才冒出细细的苍白色幼叶，就给饿了一冬天的狗啃食光了，因此，在村里存活下来的只有几根羊胡子草，稀稀落落、寒碜瑟缩的滨藜和垂下一绺红褐色草籽的狗尾巴草。菝葜草受尽寒霜的欺凌而十分憔悴。偶然还可以见到从冻土带辗转来到此地的石楠草。而像红醋果这样的野莓子，绽出的小花苍白里稍带红润，一副娇滴滴的神态，星星点点地隐现在草墩上的杂草丛中。

选中这地方来建立村庄的人们，自己却并不准备住在这里。他们先是在水域图上看到了有适合捕捞的地段，然后经过踏勘，了解到这儿确是个出产丰富的渔场，于是派来了人。至于那些被派的人，压根儿不想为生活上的琐事操心——真的，何必为这些劳什子费精神呢？说怎么做，就怎么做；叫往哪儿住，就往哪儿住；给什么吃的，吃就得啦！谁也没有动脑筋为这村子起个名称。这村子的名称是自然而然地得来的，来自一条注入叶尼塞河的支流河名，来自历来被称作鲍加尼达沙地这个地名。

离村庄约莫二百米便是墓地，这是凡有人烟的地方必然会出现的场所，它通常不在远处，免得活着的人还要多花力气去运送这累赘的皮囊。进入这墓地的先驱者是个不知姓名的罹难人，他被春汛冲上河岸之后，便永远在此安息了。当初建村那会儿，墓地着实忙活了一阵子，竖起了密密层层的墓碑和十字架，那都是用水上漂来的木头做的。但人们很快就学会了防止败血症，大小渔船也能驾驭自如了；落水的人少了；人们无端也不再去冻土带游荡，只是坐在工棚里喝酒解闷。渔业劳动组合把人们变成一个集体，使他们学会了合理安排生活，一切日常饮食、洗晒衣物、洗澡、取暖、缝补、修理，以至消遣娱乐等事情，都是大伙儿商量着一起办理。墓地终于冷落下来，杂草丛生，墓碑和十字架从冻结的土地里松脱倒塌了……但这些倒塌的东西是不会白白糟蹋掉的！既然倒塌了，也就是说大地也好，这些墓碑和十字架所终日厮守着的遗骸也好，都再也不需要它们了，把它们塞进炉膛却是烧火的好料，因为它们早被风吹得又干又脆。

只消一阵风来，发出沙沙声的石楠草和悬钩子，还有那草莓的嫩枝和水越橘的暗蓝色叶片便上下起伏，恰如波涛从四面八方漫向墓地。在矮小的土丘中间和墓地的周围都是一丛丛河柳和千缠百结、枝丫交叉的细叶子的矮白桦和匍匐树。冬季时沙鸡往往飞到这灌木丛里寻找吃食。小阿基姆用盛香烟、甜饼和挂面之类的箱板做了个捕鸟罩儿。误入圈套的鸟儿老是拼命扑腾，头在胶合板上撞得咚咚响。

年复一年，墓地被悬钩子藤爬满了。这悬钩子像是趁河汛来产卵的鱼儿，每到一处，便撒下一块块黄色的籽块，像指甲般大小的椭圆的水越橘花空自装缀着坟堆。在这块高地上，浆果要比其他地方成熟得早。小阿基姆忍呀，忍呀，有一次，终于经不住诱惑，吃了墓地上的浆果。之后他一整天都在提心吊胆，侧耳去听他的内脏——是不是快要死啦？他觉得心头疼痛得如同针刺似的。但很快他被家务事一缠，也就把死的事忘了。

有了这次经验，小阿基姆就跟村里的狗一起，大嚼墓地上的浆果，再也不担惊受怕了。母亲讲了许多墓地上的鬼故事吓唬他，但阿基姆一点也不怕，还带了弟妹们一起到墓地上去。孩子们喜欢上了这块干干净净的高地，像一窝放牧的小羊那样，在坟堆里乱窜嬉戏，直到深秋初次上冻的时候为止。

从墓地的高阜上可以极目远眺；细沙平软的河滩斜斜地伸入水中，稍高处有水浪冲刷的痕迹，紧接着水浪冲刷过的陡岸，滩地全都呈阶梯状。一望平沙，舒徐伸展，水洗浪打使得它熠熠生光。滩上是一排排渔网晒架，栖息在上面打瞌睡的海鸥看上去像一串串的珠子。山鹬顺着斜坡跳来跳去觅食。斑纹雀拍打着翅膀在沙面上嬉耍。从冻土带飞来的雁群像卫士那样三五成群地驻守在远处，结成队伴在水边走来走去，啄食被浪花冲上滩头的小鱼和细嫩的草根。

在鲍加尼达村出生和长大的小阿基姆，上学读书之前从来也不知道世上还有其他的村镇和居住地。他从来没在哪儿受过洗礼，从来没有一本花名册上登记过他的名字，他是自由自在地来到这个世界的。他父亲是俄罗斯人，在北方厮混了一个时期，攒下钱了，就把小阿基姆和他走后才出生的名叫卡西扬卡的小女儿撂给了他们的妈妈，独自走了，至今一无音讯。父亲名叫卡西扬——这是妈妈告诉他们的。在报名入学时小阿基姆说他的父名是卡西扬内奇，可是他口齿不清楚，人们把他的父名写成哈西扬内奇了。哈西扬内奇就哈西扬内奇，这有什么关系？

母亲知道了这事，好似女学生碰见了高兴事，拍着手，像只小鸥似的咯咯笑了起来，嘴里不断重复她那句爱说的话："真——要——命呀！真——要——命呀！"

妈妈年纪很轻就怀孩子了。头生子小阿基姆生下时她才不过十六岁。妈妈讲给孩子们听过，卡西扬送给了她一双长筒袜和一块头巾，又请她吃了小甜饼和红蜜酒。这么好的人怎么能不爱呢？于是爱上了这汉子，压根儿没想到，就这么亲热一阵子能生出个小家伙，生出个"人"来。十月满胎后，她觉得只是在工棚里出恭了一次，人们就交给了她一个裹在布包里的、皱皱巴巴的、扭动着身体的婴儿。嘻露着没有牙齿的牙床，白乎乎的眼睛合着不睁开。她不大相信，又像是不屑一顾地说了声："嘿，瞧这阿基姆，真要命呀！是我生下的吗？这不可能……"

为什么不可能？为什么管他叫阿基姆？她到底是从哪儿听来这个名字的，为什么她头脑里忽然间会冒出来这个名字？那只有问她自己了。按她的头脑和心灵来说，她压根儿还只是个没成年的小姑娘。村里的妇女想奚落她，骂她是个轻骨头，但白骂了，因为那个做母亲的根本不明白这个词儿的坏意思，村里的妇女从此也就不再编派她了，倒是想方设法照料她，男人们也趁机和她亲热，没几年，鲍加尼达村便多出了一窝子小孩儿。"谁家的？"过路人问。"打鱼人的。"母亲笑着回答。"是我们大伙儿的。"渔夫们附和说。

渔业劳动组合负责供应北方一个大工地的鱼鲜。捕鱼人并不常待在一个地方，每次鱼汛，人员也都有变换。常驻鲍加尼达村的只有队长、验收员、发报员和一个烧饭的女人。她同时是管理员、总务长、算命人、助产士，而按年龄和她那婆婆妈妈的样儿来说，够得上做所有人的妈妈，这人就是会唠叨骂人又会亮开嗓子大哭大喊的阿菲米娅·莫兹格莉娅科娃。不知什么原因她被送到北方服劳役，但早在战争开始前劳役就已期满，可还是待在这儿没有走，尽管常常虚张声势说一定要抛弃一切，远走高飞了。然而北方比南方更使人留恋。在南方，温暖、舒适，要想得到什么东西不用费力，人烟稠密，人们聚居一起，生活美满，懒懒散散也就把日子打发过去了。但在这里人的意志却要受到大自然的抑制，自然之力威慑一切，人们四顾茫茫，老是在期待某种变化并思慕另一种生活。他们每一个人都会故作姿态地逼着自己或别人，说是他这个无牵无挂的人这就要到南方去了，到水果之乡，到风和日丽的海滨去了！但正是这种对另一种美好生活的梦牵神萦，使北方人得以忍受艰辛的现实生活，振奋他们的精神，培养出坚韧不拔的性格来。

　　渔夫们在村头紧挨河岸的地方盖了一间低矮的小屋。它只有一个窗户，和浴室没有多大不同。屋里搁了木板床，砌了个炕，紧挨着那由"水手"号船上的厚铁板熔制成的炉子。就在这个常年昏暗的小屋里，阿基姆的小弟妹们咿呀学语，哭闹，吃喝，嬉戏，成长。男人们把衣服送来洗涤缀补。起初母亲什么也不会：既不会洗，又不会缝，更不会做饭。人们对她说了句谚语："经得苦，吃白馍。"虽然她并不知道白馍是啥模样，但渐渐地不知不觉地却被套上了这家务杂事的颈轭。不过直到她生命的最后时刻她也没有学会那门最困难的科学——如何克服贫穷。只有一件事她是不学就会的，这就是自然而然地、无忧无虑地、高高兴兴地爱她的孩子和一切活生生的人。即使是在最难找到吃食的严冬，她也不愿孩子坐等死亡。她自己从未想到过死亡可以逃避厄运、苦难和贫穷。可能正因为这缘故，一家人好歹活了下来。

　　被人们称之为"卡西扬家的"孩子活得逍遥自在，无拘无束，也没有人来管教。他们最大的希望和满足就是待到春天来临，重见太阳，享受春天的温暖，能吃到鱼鲜和莓果，而整个鲍加尼达村都在等待上帝恩赐给他们的春天。冬天大雪封门，要有好几个月被锢禁在潮湿的、使人窒息的小屋里，屋外面的雪堆有烟囱那么高，这样的日子对孩子们来说真是度日如年！现在好了，可算盼到了！孩子们有的穿着破衣烂衫，有的甚至连衣服都没有，浑身肮脏地打又湿又臭的窝里跑出了门去。

这群小雏儿被强烈的阳光照得眼花缭乱，清新的空气使得呼吸都感到困难。他们不是跳跃和欢呼，而是攥紧小拳去揉红肿的、掉泪的眼睛。由于败血症而肿胀了的齿龈从张大着的嘴巴里露了出来，他们满怀着疑虑，细看周围的一切，接着抬起苍白的小脸来体验那春天的生气勃勃的温暖，再又伸出小手，接受阳光的抚爱。孩子们觉得头晕，强烈的光线使眼睛刺痛，于是挨着墙根坐了下来，蜷曲起双腿，让缕缕热气沁入幼小的脑门，他们微笑着，打起瞌睡来了。他们之中有几个虽也是脸色苍白，干裂的嘴唇上凝着血块，但体质比较强健，这时拖着乏力的双脚，踉踉跄跄走到化冻不久、春水满溢的叶尼塞河边。他们并不捧起水来洗脸，只是伸手去试水的冷暖，那富有生命力的、能治愈百病的、清澈的哗哗流水沁进了孩子们的心脾。孩子们出声喊了起来，他们拍打河水，开始笑了。

母亲拿来剪子，就在叶尼塞河边，像剪羊毛似的把孩子们的垢发剪了。风把剪下的乌黑乌黑的头发吹落水中。只有头生子阿基姆和头生女卡西扬卡的头发是亚麻色的，像他们的父亲，那个不知所终的卡西扬一头又粗又密的北方人的鬈发表明着他的强壮的种气。

母亲烧了一大桶热水给孩子们洗澡。小家伙们在擦肥皂的时候担惊受怕地啊哟啊哟地乱叫，他们用自己的指甲尖搔自己的身子。母亲张大了嘴巴，露出雪白的牙齿，只顾得上喊："真——要——命呀！哎哟，真——要——命呀！"她服侍完了孩子，自己也钻进了大木桶，当她裸着的身体接触浴水时不禁也像孩子一样啊哟啊哟地叫唤。卡西扬卡用蘸过水的树皮条帮她擦背，逗得她痒呵呵地哼个不休。把这一冬天的积垢洗净之后，卡西扬家的孩子就能壮着胆子去劳动组合的公共浴室洗澡了。

母亲把剪得短短的头发梳成分头，再从架子上取下一小支口红，蘸上唾沫星子，用它涂了嘴唇。接着穿起揉皱了的橘红色裙衫，栗色长筒丝袜和高跟鞋，再披上头巾——一块画着鸽子并用各种文字印着"和平"字样的头巾。她打扮得如此光彩照人，使人不敢相信，难道这位无忧无虑的、看来有点儿陌生的年轻姑娘就是他们的母亲吗？而她蹬着高跟鞋还在左顾右盼呢："好看不好看？！"

怎么不好看呢！她那洗得干干净净的一头柔发泛出蓝澄澄的光泽，两条紧贴额骨下的细眉使得她具有一种天真无邪的神情，而两块椭圆形的颧骨和两圈淡淡的红晕使她那苹果似的扁圆脸光彩照人。只有眼睛，那种永远含蕴着忧悒的北方人的眼睛却充满了哀愁，大概是在思念他们富饶的故园吧，当初征服者把他们从那儿逐走，使他们漂泊到了这遥远的不毛之地，也可能是在怀念他们的先人，同时又为他们的后人担忧。北方人眼底里的这种永恒的忧悒谁都无法解释，就是北方人自己也难把它说个明白。忧悒深藏在他们的内心深处，这就使得他们抑郁不乐，这也使得他们成为善良的好心肠人。可是这种憨直、善良的内心却又从不向人披露。特别是在密林中渔猎时，更是用一套外来人所无法理解的习俗和仪式，使自己显得神秘，至少是显得像谜一般。

孩子们的外祖父是俄罗斯人，但外祖母却是多尔干人[1]，所以你瞧，她把她母亲的哀愁藏进她的眼底里去了，因此，即使在她笑的时候也带着淡淡的忧郁神情。母亲细心地照料孩子，和他们闹着玩儿，说些没头没脑的事情，小小的屋子里一片欢乐。就这样，一个冬天就过去啦！

母亲把孩子们放出门外，于是这群干干净净、浑身轻快、自己对自己都感到陌生的孩子郑重地手牵着手，由淡黄色头发的卡西扬卡率领走到村外的河岸上溜达。岸上积满了去年的腐叶。被浪花冲上岸的垃圾形成一条褐色的小堤。小孩子们四散在这河岸上，各自寻找可以吃的春草和野葱的幼芽，以及酸模和河柳的嫩叶。他们用摇晃着的、动辄就要出血的稚牙嚼呀，嚼呀，一面皱起眉头，忍受着牙齿的酸痛。有时候他们走运，还能觅到鹬、白头鸥和鹡鸰的鸟窠，孩子们把蛋掏出来，也不避过一边，当着兄妹们的面就把蛋汁吮吸进了嘴里。回家时他们并不是空着双手，而是捏着一把又柔又嫩的野葱。把这交给管炉灶的母亲时脸上堆满一副野食猎取者的既感羞涩、又感骄傲的默默笑容。

冬雪未消，渔业劳动组合的人便已来到鲍加尼达村。他们要准备捕鱼用的索具，制作桨板，修缮收鱼站。渔船和网也要修理、油漆和缝补。验收员是瘸腿基里亚格。这时他已从冬眠和纵

---

[1] 居住在俄罗斯克拉斯诺亚尔斯克边区泰梅尔民族州的少数民族。

酒中醒来，开始神气活现地指手画脚。只见他颠着木腿儿昂首走来走去，吩咐这，吩咐那。不过，人们早见惯了，不听他那一套。

母亲绽开了笑脸。她嘴里哼着随便想起的小调，穿上最好的衣服，又涂了口红，打扮得漂漂亮亮地到工棚去签订"合同"。她参加鲜鱼加工并充当瘸腿基里亚格的下手。现在，全家生活可有了着落，母亲整整一个夏天都有钱可挣了，她将一边收鱼，一边跟瘸腿基里亚格骂架。

村里每一户的小孩都悄悄溜进了工棚，在宽大的、砌得极其粗糙但却十分暖和的大炉台上各占了一个位置。这炉子管烤捕捞队全体人员吃的面包。在它上面不但烧煮吃的，还烘烤衣服鞋袜，治疗伤风感冒。

喝酒、拉手风琴、跳舞、接吻，全都在这工棚里进行。小阿基姆和卡西扬卡决不放过看热闹的机会，他俩早已在炉台上占好了位子。在这顶棚下，在烟味和闷热的尘土味之中，孩子们聆听着手风琴拉出的歌子，跟喝醉酒的成年人胡诌，等待什么人突然间塞给他们几块夹心饼干或者糖果之类。他们或是哈哈大笑，或是随着音乐的节拍哼几句，或是吹吹口哨。阿基姆和卡西扬卡全神贯注地欣赏母亲的舞姿：蹒跚着腿儿，张大嘴巴，像是站在颠簸的小划子上那样摇摆着双手。其实，她什么舞也不会跳，只懂得在洗得干干净净的地板上把脚跺得咚咚响，并且跟着莫兹格莉娅科娃瞎唱一气。就说这唱歌吧，她一支也不会，只不过被欢乐所陶醉，不断地重复："我的好人儿！我的好人儿！……"

母亲终于跳乏了，撞着了木板床铺，就完全信赖地、像见了家里人似的倒在随便哪个渔民的肩膀上，露出洁白的牙齿，唧唧哝哝说着话，一边用头巾扇着风，晃动着脑袋，把脚从压着她脚踝的高跟鞋里脱出来，蹬踏着。瞧她那嚅动的嘴唇就能猜得出她是在说："我的好人儿！我的好人儿！……""啊，这有多么好！啊，这有多么好！真——不得——了！……"她不知将自己往哪儿摆、怎么办才好，不知把她那充满幸福的心灵赠送谁才算合适，只是怀着感激之情，紧紧搂住渔夫的脖子，用涂满唇膏的嘴唇亲他。亲过以后，往后一仰脸，用双手掩住火红的脸颊。一副撩拨人的却又羞答答的神态。

工棚的地板噔噔地响着，在人们的脚底下发出呻吟，钉子都从地板缝里跳了出来。男人们拍打着靴帮，声嘶力竭地不断吆喝，直跳到大半夜。"为什么不天天这样呢？"小阿基姆想道。"为什么要有冬天？谁要它？冬天大概不会再有了吧？可能，这是最后一个冬天了。走开，你这冬天！工棚里也好，室外也好，瞧有多暖和！多快活！捕捞队的人有多么和气！可冬天却完全是另一码事。在冬天人们不声不响沉着脸，郁郁地在各自的屋里想心事，咒骂冬天，咒骂北方，打着离家远走的主意。"

第二天凌晨，母亲先在门口脱下鞋，然后悄悄地，踮脚走进屋里。小阿基姆像窠里的小雏似的老在等待母亲。这回他抬起头，翘着嘴儿问："干吗待这么久？又去忙那生孩子的事啦？""只不过忙了一会儿。"母亲像酒醉了似的，憨气地笑了，接着打了个甜滋滋的呵欠，一头倒在炕上。"春天啊，儿子！这是春天啊！春天这季节，鸟儿也好，禽兽也好，人也好，都在谈情说爱，唱歌，生孩子。你再长大些儿，也会去寻欢作乐的。干吗背过身去？干吗背过身去？瞧你，多么会害臊，真像我！"于是哈哈笑着，搔阿基姆的痒儿。

　　唉，拿她有什么办法？算啦，卡西扬卡快长大了，能帮上点儿忙了。幸好鲍加尼达村自从战争时期起就立下了一条规矩：所有的孩子，不管是哪一家的，都吃捕捞队大锅里的鱼汤。许多孩子赖这鱼汤活了命，长大成人。他们后来各奔他乡，独立谋生了，但终忘不了劳动组合那大锅鱼汤。这类事是不可能忘怀的。这简直像天天过节，总是皆大欢喜。从早春到晚秋，从不间断。也和一切节日一样，总叫人心旷神怡，有一种盛筵难再的感觉。

　　捕鱼归来的小划子和翘首长喙的大渔船要到傍晚时分才从沙嘴背后出现，但鲍加尼达村的年幼居民等不到傍晚就守候在河岸上，耐心地、不声不响地迎接渔队归航。有的时候，孩子们也会忘乎所以，嬉闹起来，你追我赶，但不一会儿就会突然安静下来，鸦雀无声，生怕错过最欢乐的一瞬间——第一艘渔船的出现。离他们稍远点儿，几只狗也在等待，全神贯注地、严肃地等待着，在这个时刻，它们是决不咬架的。

　　卡西扬家的一窝小东西全都躺在夕阳照耀下的温暖的沙滩上。三个光屁股的小男孩是阿基姆连拽带抱拖到这儿来，让他们躺在沙上的。他们同其他嗷嗷待哺、蹒蹒跚跚、长着金丝雀似的眼睛的小雏儿一起，在沙地里跌扑戏耍，让沙粒撒在头上，痒得咯咯发笑。鲍加尼达村的人从来都不往黑处躲，恰恰相反，他们争往风地里跑，往阳光下跑，人是这样，畜生也是这样，因为在有风有阳光的地方能少受些蚊虫的搅扰，还能使身子暖和。挨了一冬天的黑暗日子，够啦！

一群大小不一、胖瘦不均的女孩子在卡西扬卡的指点下正提水冲刷长条木桌。这张桌子靠近水边，固定在埋进沙地的三条木腿上。卡西扬卡下起命令来严得很，她自己干活也比别人卖力，真像当家人似的。她先用碎玻璃片刮净木板上的污垢，接着使起刷帚和沙粒，把桌面细细擦洗，再用湿布片抹上一遍。捕捞队的这张大饭桌光滑而又清洁，所有黑乎乎的苍蝇都从桌子上飞走了，因为再也没有使它们留恋不舍的吃食了。不管愿不愿意，它们只得飞到农舍去。可是到了那里狗会把它们全部消灭的。苍蝇只消一发呆，狗就会龇牙咧嘴地把它吞下肚去，而且吃下之后还要舔舔嘴唇。

抹过的桌面已一摊一摊地在干了，桌子四周被脚踩得坑坑洼洼的地面也已打扫平整，抹布、笤帚都放到水里洗净。卡西扬卡从不偷闲，现在又忙起孩子们的事来了：她给这个擦干嘴唇，给那个擤掉鼻涕；把第三个拖到水边洗脸，一边叱责道："瞧你脏得没有个人样儿啦，天杀的！"她为孩子们弄来了木马，或是做个玩具——用碎布条儿缝成的布娃娃；对这个孩子柔声细语，对另一个大声叱责。总之，卡西扬卡要管的事多得很。她喜欢一切都井井有条。

小阿基姆已劈好了一堆子柴爿。岁数大点儿的几个男孩子便把柴爿搬到三脚铁架旁边，垒成整整齐齐的垛儿。这三脚大铁架是支锅用的，上面悬着两只粗重而又结实的铁钩。为把时间打发得快些，阿基姆又另找些活儿干干。他再一次用笤帚和细沙擦洗两口大锅（一口能盛上五桶水的大锅用来煮鱼汤，另一口能盛三桶水的小锅用来煮茶）。这两口铁锅昨夜已由他自己擦洗过了。但是苍蝇或者什么虫儿在锅里下屎的事难道还少吗？那可要得传染病的！凡事都管的卡西扬卡几乎把整个身子都探进了锅里，一边轻轻地哼着小调："情郎呀，我从遥远的克里木向你问候……"（这小妞儿把工棚里的什么事都学会了），一边刮了又刮，擦了又擦，直把铁锅洗得闪闪发亮。这两口锅从水路运来，原是给建造北方一条最大铁路的员工洗澡用的，但并未运到工地上去，却撂在鲍加尼达村了。这两口锅对鲍加尼达村来说，真是雪里送炭，用来煮汤再合适也不过。用它们真不知煮过多少佳肴美味！下进锅去的有大雁、野鸭，有时还有幼鹿。有多少人靠了这两口锅才得以果腹，才得以恢复健康，消除口渴，增添力气！又有多少人全仰这两口锅才得以长大成人的啊！

卡西扬卡把一切事情打点完了以后，便仰起她那蓬松的头来——修长的、像芦笛一样的细脖子竟能支撑住头发蓬松的脑袋，真算得上是个奇迹——眺望远方，一面侧耳细听。她周围的人立即停止了喧哗，凝神屏息地跟着她观察。他们知道，卡西扬卡的耳朵最尖。

"来——啦！"她像成年妇女那样，高兴地、如释重负似的叹了口气，乐得身上都没有了力气。

"来啦！来啦！来啦！"

孩子们以及跟在孩子们身后汪汪叫的狗开始沿着被河水冲刷得干干净净的沙滩跑过去迎接捕鱼人，在沙上留下一大片脚印，而且把海鸥惊得四散乱飞。年龄小的一面跌跌撞撞向前奔跑，一面嘻嘻哈哈地将啃他们裤腿和衬衣的狗从身边赶开。大些的孩子可不愿意把那股热情劲儿流露在外，他们在宿营地周围忙活着，他们有他们的事情。

卡西扬卡三下两下地又把深得像口钟似的大铁锅刷洗了一遍，接着男孩子们把大锅侧向一边，将水倒去，再用铁棒穿过锅耳，使足了劲，涨红了脸，好不容易把它挂上了三脚架上的铁钩。与此同时，卡西扬卡匆匆作了番打扮：用沙子擦净手，拿出破梳子把她的浅黄色头发梳拢，神气十足地扎上褪色头巾，再一次对着她的"杂牌队伍"叱责道："你们这伙该死的东西，把我的头都吵昏啦！"说了这话，她赶忙提起刚才刷锅的笤帚，刷起小孩们的脸和手来。小孩子们被这笤帚刺得直想乱蹦乱跳，不过，他们咬住牙忍着，个个装成英雄好汉似的。而卡西扬卡一边唠叨，给小鬼们左一掌、右一拳，但也不忘伸长脖子张望着，就像浆果丛里那担任警戒的褪了毛的山鹑一般。

"才不过绕过鲟鱼岬呢。"她没好气地说。"要问他们为啥这样磨蹭吗？啊，那些汉子都是懒鬼，除了喝酒玩乐，一点用处也没有！……"

"你懂啥？"小阿基姆反驳她。"今儿鱼多船身重，你却在瞎说一气……"

"哦，真要是打的鱼多，那自然……"卡西扬卡迁就地说。

收鱼站完全是办公处的派头，摆着一把算盘、一沓蓝色收据纸，墙上还挂有日历。除此以外还放有磅秤，许许多多的木箱，盛盐的木桶，铁丝网编织的笭挑儿，盛着盐水用来腌鱼的扁桶——如果建筑工地长久不派船来提货，就要用上它。收鱼站离公共餐桌有一段距离，免得鱼腥味儿妨碍食欲。现在，瘸子基里亚格腰间挂了一串叮当作响的钥匙，准备收鱼来了，俨然一副大人物的样子。他是土生土长的下叶尼塞河流域的人。

　　基里亚格自夸在战争时期是个神枪手，打起法西斯分子来"包管只只脑袋开花"。有一次，他在铁路线的供水塔上整整待了一夜，被他撂倒的德国鬼子真是不计其数！但在这不着地的半空里实在冷得够呛。又是风，又是冷，这是四二年的冬天。天一亮，基里亚格忙着赶回地下掩蔽室去。他急不择路，径自踏着还没有踩过的雪地笔直穿过田野。人们向他挥旗、叫喊，但他，这个愚蠢而又固执的奥斯恰克人[1]，谁的话也不理会。他只想快点"回家"，快点去暖和暖和身体，指给人瞧枪托上刻的道道——他从供水塔上打死了多少德国佬啊！但他猛然看见雪地里横着根铁丝，铁丝上系了几块肥皂。干吗把肥皂丢在雪地里？在市场上这肥皂的价钱可不小，这是战时呀！"啊！"他猜着了。"定是德国飞机运肥皂给军官老爷洗澡，飞机恰恰被咱们的高射炮火击落了，所以肥皂撒满了一地。"基里亚格打算俯身去捡它一块，那么每天早晨也好有肥皂洗洗脸了，可是刚弯腰，一只大毡靴碰上了铁丝，立时哎哟一声！"又细又斜的眼睛什么也看不清了。眼珠子只能向着一边滴溜转，脑袋也不再听他的使唤——莫非在水塔上待着的时候被冻僵了？心里只是想：快些去地下掩蔽室，快吃些热气腾腾的稀粥，喝几口伏特加，要不，就不能动弹了。后来又往下想：什么样儿的肥皂？是谁，又为什么撂下这么多肥皂呢？"

[1] 汉戴人的旧称，居住在西伯利亚西部地区。

基里亚格的一条腿被沿膝锯去。不但锯去了腿，还在不该动的地方也动了手术。原本基里亚格的胡楂就稀稀拉拉，这回打从出院以后干脆只剩下个光脸蛋了。幸得他在战前曾上过伊加尔卡苏维埃党校，懂得些文化。只消有文化，哪怕你安了一只木腿，另一只脚又少了脚趾，皮肉里还留有令你疼得睡不成觉的弹片，你总不会完蛋，照样当头头。糟糕的是：这位管鱼的头头常常要病倒，两条受过伤的腿老是鼓脓长疱。每逢这种时候基里亚格就大声叫唤，而婆娘们便把酒灌进他嘴巴，使他减轻痛苦。有次真从化脓处流出了一片小弹片，基里亚格连忙将它展示给人看。那是一颗小小的、像煤渣子那样的碎铁片儿。"大概是最后一块了吧？"他问，语气中充满希望。

瘸子基里亚格除开收鱼站站长这个职务以外，还是普拉熙诺镇的苏维埃代表，常去那儿接送邮件，逢上节日或苏维埃选举时，他就放映电影，还在各种会议上发表讲话。

"我啥都会！"瘸腿基里亚格搧搧胸说。

"啥都会，可也有不会的！"那些管鲜鱼加工的利嘴婆娘有意逗他。

如果这时瘸腿基里亚格要是喝醉了酒，那他就向婆娘们挥舞拳头或者掉眼泪，如果他是清醒着的，他就嘭一声推开门去告诉卡西扬卡听。卡西扬卡人虽小，可是比任何人更理解基里亚格，比任何人更同情他。她说："生男育女的事随便哪个笨蛋都会，干这码事用不着动脑筋。但是，放电影或者发表讲话——换个人倒来试试看！谁也担当不了！还有这红彤彤的勋章！这刻了坦克的奖章，叫什么'勇敢'来着，他们谁有啦？还有这金光闪亮的近卫军'红旗'纪念章！它可比勋章还漂亮！还有那最大的将军亲笔写的奖状呢？上面写着'为社会主义祖国狙击敌寇有功'。他们能有吗？他们啥也没有！他们只会乱嚷嚷，抽烟喝酒，既不怕害臊，也没有良心！他们应该向有文化的人学点儿知识！有本事就该像那样去打仗！就该上火线去为祖国流血！咋能说出这混账话来？该叫他们舌尖上长个大疔疮才对！……"

"卡西扬卡！"基里亚格被这一席滔滔不绝对他评功摆好的话搞蒙了，使劲儿摆动着头说道，"要不是可恶的法西斯害得我这么苦，我一定当你的父亲……"

卡西扬卡掏出一块破毛巾，捂住神枪手的鼻子，叫他清清鼻孔。而他真的像个孩子一样把鼻子擤了，还伸过脸让女孩子把他脸上的泪水擦去。卡西扬卡一边侍候瘸子基里亚格，一边说，他就这样也等于是她的父亲，甚至比父亲还亲，所以她，卡西扬卡，任何时候都不会抛弃他，将为这位战场上挂过花的伤病员梳洗缝补，侍奉他一辈子。

"唉，卡西扬卡！唉，你这小笨蛋！"母亲指着瘸腿基里亚格哈哈大笑起来。"他能当父亲？你可真还完全是个小妞儿，根本不懂得家庭生活是怎么回事！"

基里亚格却不服气，争辩说：

"虽说卡西扬卡还是个孩子，可是比你这样没头没脑的要聪明得多……"

瘸腿基里亚格上了岸，便独自躲进他舒舒服服的小天地收鱼站。这儿跟俱乐部一样，墙上挂着奖状，画有鱼和罐头的宣传画，还贴着一份以"争取多捕鱼"为标题的墙报。这墙报是由一个流落到鲍加尼达村不肯安生的青年小伙子编的。此人总是想方设法躲开干集体活儿，却对渔民的文化休息颇表关心。例如：他跟捕鱼人打牌，能叫对方输得赤条条，只剩下一条裤衩。后来，他干了一桩丑事，把一个外地来的埃文基[1]猎人的小女孩拐到墓地，打算奸污她，结果挨了一顿毒打，被关进了监狱。

……瘸腿基里亚格敞开收鱼站的两扇大门，直使得墙上的标语和奖状被风吹得簌簌地飘动，墙角里那张小桌子上的发货单据一页一页地翻转了过来，连黑色复写纸也都吹落到了地上。他以一种主人的姿态环视了一下四周，又拖着他那木腿咚咚地来回走了两趟，验看着由他管辖的"任所"。

"卡西扬卡！阿基姆！到我这儿来！跑步！"他犹如银幕上的司令官那样声色俱厉地下达命令。卡西扬卡立即——不是奔，而简直是提着她那两只鸟爪儿飞到这位大首长身边。阿基姆哼了一声，耸耸肩。这是叫他的伙伴们明白，瘸腿基里亚格的命令对他不具有任何约束力。不过他还是随着卡西扬卡走了进去。瘸腿基里亚格严肃地扫视两个孩子一眼，像在估量把珍品交给他们是否可靠，然后从抽屉里拿出一桦树皮匣子的盐，一罐月桂叶和胡椒子。

"省着点儿用，不要成把成把地撒！"大首长告诫说。"水上浮动商店要到什么时候才能来啊！"

"你不说，我们也知道！"卡西扬卡顶了大首长一句。

---

[1] 指居住在西伯利亚东部的通古斯人。

瘸腿基里亚格咧开嘴，露出一口烟熏黑牙，再又伸出一个指头，威胁她说：

"瞧你这利嘴！"

"对你们这些男人要是不唠叨着点儿，看着点儿，那就什么事也办不成……"

瘸腿基里亚格毫无办法地挥了挥手：

"走吧，快嘴丫头！而你，小阿基姆，把收鱼站好好打扫一下，地板应该擦得像镜子一样！"

"要是您不在地板上撒落这么多盐，自然就像镜子那么滴溜光滑的了……"

"嘿，你也学样儿了！对长辈也没个敬重。"他叱责道。随后基里亚格拖着他那瘸腿走到河岸上，向远处张望。他的目力仍不减当年当狙击手的时候。"咱们的人来了！"他舒了口气，转身跟其他人说道。

果真，一艘艘满载的大小渔船相继从鲟鱼岬后出现了。

沉甸甸的渔船离岸很远就停了下来。捕鱼人懒懒地跨过船舷，跳到浅水里，拉住桨架或侧舷，使船傍近岸边，以便卸鱼卸网。一群半大孩子迎面赶来帮忙，搅得冰冷的河水四散飞溅，他们也不管身上穿着的衣服，抓着船帮，圆睁着两眼，好像是在帮忙拉船，而实际上却是吊在船舷上，由于身上的衣服和靴子太大，他们磕磕绊绊，訇然倒在水里，在水里乱拍乱打，被刺骨的寒冷冻得尖声嘶叫起来。

"你们这些小鬼，往哪里去？着了凉，有你们受的！"

"没——关——系！"

别看这伙半大小子冷得腿脖子打战，手指头起痉挛，甚至连心儿也在簌簌发抖，但还是高高兴兴，忙忙碌碌。他们想逞能抖威风呢！而他们的主要目的是想瞧瞧，今儿打到的鱼究竟有多少。

"噢，不赖！"他们很有克制地相互转告着。大叫大嚷，乱蹦乱跳是不可以的。北方渔民有一种固有的沉着，对捕获物故意装成无所谓的样子，否则，据说下次就交不上好运。因此孩子们抢在瘸子基里亚格之前探听渔情时，都学成年人那样，一副老气横秋的样子，装着是随便问问的。而基里亚格则站在一旁，俨然像个大首长，理所当然地不参与溅得遍身泥浆的粗活，不让这种事降低自己的身份。孩子们叽叽喳喳地问："同志们，今儿是什么鱼？折乐鱼？聂利玛鱼？马克鲟鱼？还是鲫鱼？"

鱼就在大伙儿的眼前。这里的孩子从孩提时代起即能从外形、滋味和名称上来识别不同的鱼。岁数大些的孩子还能知道它的收购价格、等级和规格。鲍加尼达村早就有这样的风习：渔民们不管有多累，不管遇上什么不称心的事，但从不生孩子们的气。孩子们高兴，他们也高兴；孩子们乱了套似的吵吵闹闹，他们也跟着激动。他们不向大首长，而是心甘情愿地向这些孩子们争先恐后地报告，今天碰上了哪样的鱼，哪处鱼多哪处鱼少；在什么地方遇到了晦气，一条鱼也没捕上；在哪儿交上了好运，网不缺口，凡事如意。最后，队长或者值班的就会将一个孩子的帽子往鼻子上一拉，神气地宣布道：

"小鬼，一条聂利玛鱼给你们打牙祭，不算大，够一普特重！"

这一来，可哪里还憋得住呢？有的蹦了起来，有的拍掌，有的啧啧叫好，而卡西扬卡赞道：

"咱这些汉子是好样的！咱这些打鱼人是好样的！谁也没有像他们那样走运……"

开始卸鱼了，瘸腿基里亚格演起了他的角色。现在，他俨然是位司令官，正发布一道又一道命令。当然，谁也不去听他的，因为大家都知道谁该做啥。可是大首长基里亚格依旧在岸边来回奔忙，木腿在沙滩上戳出一个个圆印儿；一忽而他的帽子掉了，一忽而挥舞着手指指点点：用什么装，往哪儿运。

值班员并不参加鲜鱼交接工作，停泊后他便离船上岸，点燃起早就堆放在铁锅下面的干柴。斫碎了的小木片很快就引上了火，一点儿烟也不冒。黄黄的火舌舔到木片上犹如舔着白糖一般，火焰先是灼焦了劈柴的表面，接着就噼噼啪啪地啮噬起来，火焰四面八方从木柴的缝隙里蹿出来。当班的有那么一两分钟竟自蹲着身子，抽着自制的卷烟，疲惫地瞅着火苗，完全忘掉了他眼前的职责。后来，他晃了晃脑袋，探视了一下注满水的两只大锅。但见其中的一只锅面上漂着玉桂，底下一点一点黑色的则是胡椒子，它们在一堆还没有化掉的盐巴映衬下非常显眼。这不过是第一道佐料，使鱼汤鲜美可口的真正调味品要到晚些时候方始下锅。

值班员把一筐鲟鱼倒在沙滩上。这些鲟鱼虽还活着，但摆头甩尾的劲儿已经没有了。他使劲捏住一条肥大的、还在迷迷糊糊地挣扎的江鳕的头瓣，从鳃口子里挖出两片黄澄澄的、像展开的翅膀似的鱼肝——这儿叫它马克萨。大首长在验收的时候似乎根本"没有看出"有五条江鳕的肚皮软疲疲地陷了进去，皱皱巴巴仿佛刚刚产完卵的模样。这些鱼当然是废了，江鳕没有了鱼肝就不值分文了，但渔业劳动组合是得罪不起的，这些组合的成员可也是一帮势力。值班员处理完零星的鱼以后，便提起一条聂利玛鱼，卡住鱼鳃往水边拖，留落在沙滩上一片片银亮的鳞甲。在水边，他随即用锋利的刀子在这柔软的白肚上刬划起来。

阿基姆和所有岁数大些的男孩子们在把鲜鱼分类。他们尽量不使脚踩着渔网，唯恐亵渎了它。据说，渔网要是给谁碰了，下次捕鱼量就要减少。孩子们一面工作，一面却偷眼在瞧那鱼汤。今儿下锅的是些什么呢？当见到当班人正在清洗一条硕大的聂利玛鱼时，彼此会意地交换了一下眼色，竖起了大拇指。值班员从白嫩的鳃脖子下面割了一块还流着血水的生鱼肉，把它放在劈柴上，切成一小块一小块，然后把这鲜嫩可口的鱼肉当作糖果分发给了娃娃们。孩子们的小腮帮子塞满了新鲜鱼肉，连吮带嚼，又快又贪婪，糊得满嘴唇的透明的油腻。

锅里咕咕地翻腾起来，沸汤溢出了锅外。火苗黯淡了一下发出嘶嘶的声响，但很快就恢复过来，噼啪一阵响过，重又冒了上来，舔着了凸形的锅底，火焰托着锅底灵活地向上蹿去，幻成一朵怒放的鲜花，居中乌黑的花蕊，是那铸铁的锅。赤脚露腿、瘦骨伶仃的孩子们都被这火迷上了。有的投进一块碎木片，有的添上一根干柴，他们也在为这顿会餐付出力所能及的劳动，并借捕捞队的这堆篝火暖和自己的身子。

在鲍加尼达村逗留过的有各种各样的人，但从来没有一人骂过孩子是吃白食的，把他们从篝火旁赶开。不，从来没有过这种事。相反，尽管有些人在其他地方、其他时候是个凶暴狠心不近人情的汉子，但是在鲍加尼达村这个天地里，他们也会沉浸在一种温情厚道的情绪里，自己也觉得心灵高尚了起来。当然，捕捞队的人们总是借粗鲁的笑骂或是毫无恶意的唠叨来表露这种感情，可是孩子们都是福至心灵的小动物，一切都瞒不过他们。他们感觉得出这只是故作姿态而已，叔叔伯伯们即使说不上感到幸福，至少也体验到了一种内心的快慰，而这种感情是只有当一个人做了好事并且因意识到自己尚有做好事的能力而感到内心充实的情况下才会产生的。这就意味着他这个人对于亲近的人、对于家庭、对于已经消逝的那另一部分生活来说，还不是一无可取之处的。捕捞队的人懂得孩子们怕被人看作寄生乞食之流的羞怯心理，因此常常想方设法差使他们干这干那。

"葱！谁拿葱去？"

于是孩子们撒腿往小船跑去。他们在一条小划子的前夹舱里的雨衣下面找到了一大抱野葱。鲍加尼达村附近的野葱从春天一开始便被人采摘光了，所以渔夫们要远到捕捞地段去采集。

"在这儿谁是掌管盐的？"值班员用眼睛打量着虔诚地站着不动的每个孩子，问道。每个人都希望成为执掌盐的厨师，至少管管花椒面也好。但每个人都不敢抢在伙伴们前头，只是用眼光盯住值班人，不出声地在心里使劲喊："我！我！我！""不，同志哥，勇敢的小伙子们！"值班员双手一摊，"盐，花椒——这可是细巧活，只有女人家才对付得了。咱们有谁能赶得上卡西扬卡呢？她干起活来可不含糊，火候掌握得好，加起盐来总是恰到好处，一经她的手，鲜味儿就出来了……"值班员把一匣盐交给了听得心旌摇曳、飘飘欲仙的黄毛丫头卡西扬卡以后便从大锅旁让开了，像是已经完全卸下了职责，把这副重担终于让给了更懂得烹调这项复杂技艺的人一样，而他现在让自己和其他男子汉们做的只不过是些平平常常的粗活。他和男孩子们一起，清除船舱的积水，刮净舱板上残留的鱼鳞和血迹，洗干净围裙、手套和捕鱼工作服。

"注意！别往深水里钻！得了感冒谁治呀？"值班员管着说。如果不是值班员，队长也会来叫这些兴奋过了头的小子们冷静冷静头脑。不过，怎能办得到呢？愈是劝阻他们，他们愈是啪哒啪哒地往水里钻。岸边的河水被鱼鳞、鱼内脏、血水搅得浑浊不堪，滩头上也是血水狼藉，一塌糊涂。

卡西扬卡接受了这项重大任务后越发神气、严厉起来，她在篝火旁叫叫嚷嚷地发布命令的声音盖过了收鱼站的瘸腿基里亚格的粗嗓子。她命令火要生得旺旺的，不准碰她的手，不准妨碍她，不准在她脚跟前碍事。连最最不安分守己、绰号叫作"小白鲑"的胖娃子也被卷进了这股劳动的洪流，手拿一把刀刃锋利的刀子，俯身在桨板上切葱花，紧张得两条鼻涕流到了嘴唇上。小白鲑的姐姐和卡西扬卡同龄，这时捧了一个钵子，守候在卡西扬卡身边准备随时效劳：当要搅拌葱花和杂碎时就要用上它，省得临时再跑去找了。往鱼汤里放调料——那可是个重要时刻！用勺子捞起煮就的杂碎，放进钵子，和葱花搅拌好，然后将这热气腾腾的黄色的稠汁重又倒进大锅。原本就香气四溢、熏人欲醉的鱼汤，经过这番出色的调理之后，在锅子里凝敛不动了，就像一团发酵的鲜美的面团，它胀大着、松发着，一旦到了时候，就随时打算漫出锅去。

月桂片随着沸水翻滚，白色泡沫在锅心卷成了一个漩涡。在这个漩涡里飞转着花椒末子，以及飞落在锅里的炭粒、柴灰、蚊虫。值班人拿来了一筐洗净、切好的鱼肉。这儿有乳白色的、剖成两半的大聂利玛鱼的鱼尾，有依旧在动弹的、撞击着箩筐的鲟鱼的鱼翅，有外形美观、发出褐色光泽的折乐鱼。值班员用勺子舀起清汤尝了尝咸淡，满意地向待在一旁等待品评意见的卡西扬卡眨了眨眼，于是就把鱼肉哗啦啦倒进了锅里。刚才还在沸腾翻滚着的锅子再次安静下来，冒泡吐沫的沸汤也已停止翻滚，不再在毛毛糙糙的锅壁上拍溅发出咕咕的声音。起泡的漩涡不见了，锅壁四周可以看得见一圈垢腻——这滚烫的油脂在旧铁锅内壁日积月累留下的垢痕，无论怎么也擦不净、洗不掉。

有好一会儿，一块块鱼肉杂乱无章地堆在锅里，只是从下面开始有点掀动，隔不多久星星点点的油花就浮出汤面。开初，成团的油脂在锅里零落翻滚，但羹汤从底里开始翻动，一阵紧似一阵，没过多大会儿，就有一两块聂利玛鱼肉或者肥美的鱼尾、鱼翅升腾而上又翻转而下。鱼汤的色泽由清而浊，像翻腾的云雾，蕴蓄着炽热的力量。鱼油先只有五戈比银币那么大，后来变得有金卢布那么大了。最后，汤面上的鱼油竟像覆盖了一层熔金。在锅里甚至有什么东西清脆地响了起来，就好像是熔化的金粒滚动着叮叮当当地掉到了这口大铁锅的底部。聂利玛鱼肥大的鱼尾首先冒了出来，带着鱼翅的白鲑翻上翻下，但很快被煮得身翅异处，蜷腹曲背、懒洋洋地张着嘴巴的折乐鱼随势而上，又急转直下，尖尖的鲟鱼头浮出汤的表面，滴溜溜地打转。好一场鱼儿的环圈舞！一块块鱼肉——白花花的，粉红的，鹅黄色的，带有鱼翅和不带鱼翅的——全在锅里翻腾，冒起来，沉下去。只有灰不溜丢的聂利玛鱼的鱼尾能在上面浮上片刻，但不久也像秋天的落叶一般飘落锅底。

鱼羹受着柴火的烘烤，不断地在搅动、翻滚，掀起一阵阵细浪，连铁锅本身和吊挂铁锅的钩子因为受它的影响而颤动得嘟嘟作响。快活的咕咕声使得忙粗活的捕鱼人干得更欢了。河岸上一切人都忙得不亦乐乎。只有狗在一旁躺着。谁要是瞧它们一眼，它们便认错似的摇摇尾巴，像是说：有什么法子呢？我们目前没有什么可做的事，可是也想吃点儿。

阿基姆和半大孩子们把符合等级的、不符合等级的，白的、黑的各种鱼分别装进木箱或铁丝箩筐。他们干得正欢，汗流浃背，但有时趁人不注意，将死了的斜齿鳊、小鳇鱼、小狗鱼、小鲈鱼或者被靴子踩扁了的江鳕悄悄投给狗吃。狗用前爪接住投来的礼物，龇牙咧嘴地左右顾盼——别觊觎，这是给我的！随后放进口里咀嚼起来，尽量不弄出声音。

河岸上弥漫着一股鲜美的香味，虽还是淡淡的，但够使人掉口水的了。而当卡西扬卡把鱼肝等搅拌好的杂碎倒进锅去，鱼汤漫涨起来，变浓变稠，鱼肉渗透了油脂和葱汁，好像盖了一层白霜，鱼头上的鱼眼珠也已蒙上了一层白翳。这时文火煨烧着的鱼羹香味浓郁，肥腴诱人。孩子们喉头全都霍霍窜动着，做着吞咽的动作，他们目不转睛地盯着浮在鱼汤面上那白白的像一只硕大的黄蜂般的聂利玛鱼的鱼泡，这可是一色美味的食品，如果值班员高兴，就会分给他们吃。渔业劳动组合的人用鼻子吸着香气，互相大声叫着："头都发晕了，可太想尝尝味儿了！""香得人活不下去了！”队长一个劲儿地催促：“快快收拾停当，趁早坐下喝汤！”

“鱼烧透，肉不老！”值班员用勺尝了尝，对他周围等得不耐烦的孩子们眨眨眼，说道：“伙计，今儿咱们都是英雄啊！”他想了想，举起手一挥，像是无可奈何的样子，一勺子捞起鱼泡就抛进了年龄最小的垂涎者小白鲑的掌心里。

小白鲑将鼻涕吸进鼻孔，把鱼泡在两只手里倒来倒去，噘起嘴唇对着它一个劲儿吹气。然后便吧嗒吧嗒吃开了，就像吃生萝卜似的。其他孩子羡慕地瞧着他，眼泪就含在眼眶里。值班人自己也被这香气扑鼻的鱼汤熏得半醉不醉的样儿。但他没有让孩子们伤心，立即解开背心的纽扣，将两只指头塞进嘴巴，打了个整条河岸都能听见的唿哨，又亮开嗓门，胡乱吆喝起来：

“兜里有钱的，要买趁早喽！自己喝一碗，再孝敬祖宗！”

“该吃喽，该吃喽！饿瘪的鸟儿肫也空喽！……”渔夫们在应和。

捕捞队的人加快脚步，一面逗闹着，一边你追我赶，没多大会儿便把鱼儿交接完毕。这时不管老幼，大家迅速地和着沙子洗去了手上的肮脏。孩子们则像一群小灰鼠，蹲在水边用通红的小手掬着水洗着。傍黑时天气转凉，但大群蚊蚋依然纠缠着人们，不让他们歇口气，爽爽快快地洗洗身子。人们多想洗手洗脸过后再脱下工作服和衬衣，痛快地把半截身子洗洗，舒舒服服地把脸面浸浸水，吼上几声！难道洗这么一下真就能被蚊子叮得染上疾病？渔夫们走出水，脱去脚上的橡皮胶靴。穿了整整一天，靴里全湿了，该让脚休息会儿了，胶靴也该晾晾干。但蚊虫这恶魔却不放过吮吸人血的机会。

"加紧点，加紧点，伙计们！"值班员又在催促。"太阳落进树林里，咱们还在饿肚皮……"

"只要有得吃，总是好消息！"渔夫们则懒洋洋地、垂涎欲滴地开着玩笑。

"饿了就要发愁，冷了就要发抖……"

那些已经长起头发的渔民[1]边走边梳着头。他们走到桌子跟前，不是正正规规坐下，而是瘫在长凳上，伸直两条腿儿，好一会儿一声不吭，筋疲力尽地坐着，毫不动弹，不说话，甚至连烟也不抽。

与此同时，那些暂时还靠人赡养、没有长成的孩子在河岸上寻找自己的碗碟瓢盆。这些都是由他们的已经独立谋生的兄长们留下的，碗碟已经陈旧，汤勺的形状各种各样——大半是自制的。有人将餐具藏在河柳丛里，有人将它藏在验收处的屋檐下，有人则将它搁在石块后面或者原木堆边。每一个用餐的人都有他藏碗的地点和取食时的固定次序。

小白鲑挨上第一名。他果真像一条伙着大群回游、总共没有手指长、然而却鲜美可口的灰色土棍小白鲑。他一手紧紧捏住一小块四周都啃过的面包和一把咬得齿痕累累的木勺，另一手把一只凹凸不平又有好多裂缝的搪瓷碗端在嘴边。这碗是他哥哥给的。这时他哥哥正和捕捞队的人坐在席上，爱怜地注视着他，脸

---

[1] 这些渔民大都是由劳改营里出来的，原来是剃光头的。

上浮现出笑容。他在回想既有痛苦又有欢乐的过去。做哥哥的当然知道，为什么小白鲑要炫耀似的、骄傲地拿着总共只有雪松果那么大一点儿的面包不吃掉，强忍住馋涎留着，并且好像用这种骄傲的神色在向众人宣布："这面包是我挣来的。"

"挣来的面包"——这意味着给捕捞队帮过忙、出过力的人，鲍加尼达村里就发面粉给他作口粮。莫兹格莉娅科娃在工棚里为捕捞队集体烘烤面包，而其余的人则将面粉拿回家中自己焙制。卡西扬家的面粉只够吃一两个星期。他们一会儿吃烙饼，闹得铁炉子上叮叮当当；一会儿吃鱼油煎的薄饼，只听得平底锅里哗哗啦啦。饱得没法下咽了。谁要吃，来者不拒，一律"款待"，但之后呢？面粉完啦，只好捧着肚子干瞪眼啦！

卡西扬卡的母亲又不出屋门了。是什么原因，大家心里明白。大家也知道卡西扬卡为什么拼命干活，阿基姆为什么特别卖力。现在，小阿基姆的弟妹们排在队伍末梢，躲着眼睛不看人，也不看小白鲑手里的面包。其他孩子的面包各有藏处：有的揣在口袋里，有的在衬衣里贴胸放着，有的放进小包。对于卡西扬家的人，以及那些经不住孩子们号叫把口粮吃掉大半甚至已经吃了个精光而光等着捕捞队从渔场回来的伙计，还得补发点面包。队长唉声叹气，闷闷不乐！但也责无旁贷：能工作的人要给事儿做，饿着的人要给面包。

小白鲑像拜神似的双手向天举着，他个子比铁锅矮，手里托着只碗，他还不及铁锅一半高。瘸腿基里亚格试图反对这样的发放次序。按他说，一切都该照北方游牧人的规矩办，用餐时，尤其在饮取鹿血时该由部落里的狩猎人，也就是说最最用得着的人第一个来领受，其次是青年，最后是老头儿和老娘儿们那些无足轻重的人物。但别人跟瘸子基里亚格解释说，这儿可不是半开化的游牧人的天地，而是苏维埃的渔业劳动组合捕捞队，在苏联这样一个国家里，总是首先将一切奉献给孩子们，这已经是理所当然的了，因为孩子是我们的未来。瘸子基里亚格不做声了。虽说他是个大首长，但从此以后排队却排在孩子们的后面。不过，他常常催促排在前面的人别磨磨蹭蹭，还捎带上两句粗话。他老是着急得连扣那假腿的皮带都吱吱作响，原因在于：捕捞队的人在饭前，也就是喝鱼汤之前先得喝上一杯，而瘸子基里亚格心急得不仅五内如焚，七窍生烟，简直连那条假腿也好像要着火烧起来了。但是必须等待，他只得等着，一面叮叮当当地敲打着由卡西扬卡洗刷干净了的钵子。

但听得当班的炊事员一声吆喝："好哦，人小肚子大！"勺子在锅里划了个半弧形，一大块鱼肉就倒进了小白鲑的搪瓷碗里，小家伙捧碗的小手不觉一沉，一个忘情，鼻涕又从鼻孔里挂到了嘴唇上。

"捧住！使劲捧住！"那些十分耐心排在队伍中的伙伴纷纷对他鼓劲儿。

"别来教训我！"这个犟脾气的小帮工轻声嘀咕了一句，一动也不动，等待勺子第二次伸进铁锅。值班员果真提起勺子，在铁锅里捞了些杂碎儿、葱花、浮油，倒进他的搪瓷碗并照例说道：

"哈，走运的小伙子！哈，这一回交上好运啦！鲜味儿全给了你啦！吃下美味儿，包你灵巧得像条鱼儿！下一个！"

给鱼汤香味弄得懵懵懂懂的小白鲑一听说"这鲜味儿全给了你啦",立即把注意力移到脚尖上,可别绊上什么东西摔倒了。他拖着双破靴,在沙土上一小步一小步搬动着腿,朝捕捞队的长条木桌走去。滚热的鱼汤烫手得厉害,但他熬着痛,怎么也不让这一碗珍馐泼散到地上,这碗汤他是千盼万盼才盼来的,盼得他这副娇嫩的,还耐受不了饥饿的孩子的柔肠都痉挛翻转了。孩子的嘴巴里满是口水,他像一只馋嘴的小野兽似的急于觅食,想喝一口这滚烫的汤,啃一口面包……这娃儿眼前发黑,软腭发麻,真是垂涎欲滴——快点,快点,能一下子就走到桌子跟前就好了!然而汤碗烫得厉害!哎哟,烫得都捧不住啦!要掉下地啦!这就要脱手啦!孩子在挣扎,他眼里噙满了泪水,身子摇摇欲坠,汤碗眼看就要落地……

"快给我!"

卡西扬卡!鲍加尼达村里所以要有卡西扬卡,就因为她对所有的人都会及时帮上一把,雪中送炭。这会儿小白鲑跟在卡西扬卡身后,紧迈着两条弯弯的小腿,嘴里似乎还在默默念叨着:

"可不能打翻!可不能打翻!……"

卡西扬卡把碗儿搁到桌子上,把小家伙安顿在座位上,然后抄起围裙下摆,给他擦去鼻涕,严格吩咐道:

"吃的时候别着急!汤烫嘴,一口一口喝,面包要一小口一小口地吃,要不后来就没东西好就汤了……"

小白鲑在鼻子底下哼哼唧唧算是回答,但他早已在吃面包,他将汤匙伸进碗里,撮起紧张得发抖的嘴唇对着汤匙里的羹汤吹呀吹的，周围一切他已经视而不见，听而不闻。卡西扬卡为所有的孩子一一安排好座位，并像主妇一样连声告诫他们不得狼吞虎咽，不得一下子把面包吃光。卡西扬卡像每回那样亲手帮瘸子基里亚格这位大首长把他的军用饭盒捧到了桌子上，把他的座位安排在孩子们和捕捞队队员之间。

"别把酒一口气灌进肚去，"她严厉地命令他说，"要不，不待吃饭又要醉倒了。你慢着点儿：喝一口酒，来一口鱼汤，再吃上口面包……"

"不知是谁的福气，将来能娶上这么个好媳妇！"瘸腿基里亚格对长桌扫视了一圈后说，在他的声音里半是爱怜，半是毫不做作的惊讶——好一个连队的司务长！

"哎哟，哥儿们，照这么说，我咋不等等才结婚呢？要不，我就能娶上女招待员卡西扬卡啦！"

"别胡扯！话已说得够了。喝吧！吃吧！今儿还不够你累的？"身材苗条、皮肤白净的卡西扬卡像小鸟似的忽而从桌子飞向锅子，忽而从锅子飞向桌子，忙个不住，直到她看清楚每个人都坐下用餐，再没事了，她才为自己找了个位置，规规矩矩地在桌边坐下。但就在这时，她也是一边吃，一边留神每个人，准备随时起身侍候。

吃的时候，大大小小孩子起初还保持着温文尔雅的样子，然而没过多久就吃得忘情起来。但听见匙子碰碗的叮当声，咻咻的鼻息声。随着热腾腾的鱼汤下肚，一股暖流向五脏六腑蜿蜒伸展。匙子虽然不大，但一舀就是两块，倒挺得心应手的。

成年汉子都在逗孩子们，纷纷说道："不管你是哪号人，反正肚子不饶人！""吃吧，小兄弟！要吃就得吃个够，不到脖子不罢休！""磨缺水不转，人缺粮没力！""吃了奇尔鲑[1]，浮起水来像只鸭！"即使一些在别处不便当着孩子们的面说的笑话，在鲍加尼达村却无所谓。有些笑话使得渔民们忍不住哈哈大笑，推究起来这些笑话往往和"鱼汤"这个字眼相关。一提到"鱼汤"这个字眼，人就情不自禁地想入非非了……

"这儿有孩子。"她用匙子指指娃娃们，责备地摇着头道。

"真是有教养的太太！"队长朝伙伴们眨眨眼睛，接着把一只盛酒的矮胖药瓶放到桌上。"喂，伙计们！俗话说：没有面包干不了活计，没有好酒跳不成舞。喝酒吧！尝鱼汤以前，来一口垫底，吃鱼汤时候喝一口佐味，喝完鱼汤来一口解腻；一顿好汤全赖酒！……"

人们顿时活跃起来，席间掠过一阵轻微的笑声。盛酒的铝杯挨次传递。有的渔夫喝过一口后咳咳嗽，有的喝过后将拳头拭拭嘴唇皮子，有的嚼些儿生葱，有的遐想联翩，又说开了笑话："茶和咖啡跟咱没缘分，但愿每天有杯伏特加！"不过，笑话也罢，聊天也罢，已提不起人们的劲，只不过在勉强凑合。繁文已过，正戏开张，该吃晚饭了。

队长挨到最后一个喝酒。他坐在上首，是一席之主，一家之长，首先得想着这一家人，然后再想到自己。瘸腿基里亚格伸长脖子，眼看瓶里的酒在一点点地减少。怎么，没有他喝的？队长先让大首长干着急一番，然后递给他一只存放茄子酱的玻璃

---

[1] 一种淡水鲑鱼的名称。

瓶，再用手里的铝杯跟它碰了碰：

"祝你健康，神枪手！"接着举杯面向全体颔首示意。"祝咱们真诚相处的集体健康！"

"祝你好胃口！"鲍加尼达村里的孩子们回敬道。他们因为吃过了鱼汤，身体暖和，精神饱满。

队长咕嘟咕嘟把酒喝下，然后朝脚下吐口唾沫，舒了一口大气。在动手喝鱼汤之前，他先用匙子在碗里搅动一两下，仿佛经他这么一搅，鱼汤就能更浓更厚似的。

当厨师的往往比王公伯爵吃得饱，然而他也厕身在餐桌间，他提到今天的聂利玛鱼很肥，满是油。他又说："小小一杯酒，不够咱一口！"说完又喝起鱼汤来。

再没有什么好说的。捕捞队的人都在用餐。这一顿晚宴是对白天辛勤收获的最高奖赏，对于那些全凭流汗出力换取必需生活资料的渔民说来这是神圣而愉快的慰藉，是延年益寿的欣悦的享受。

与此同时，狗在沙滩上吃完投给它们的死鱼以后，已悄悄溜到桌子底下，根据靴子的式样和人身上的气味各自找到了自己的小主人，用那湿漉漉的鼻子尖碰碰主人的膝盖，暗示说，可不能把它忘了。鲍加尼达村从来就有这么个风气：坦诚相处，友好无间，不但人与人之间如此，而且人与狗之间也是这样。一根根的鱼骨，一块块的鱼翅，啃过的鱼头，陆续从小主人的嘴角掉到了地上，狗照单全收，一面咿唔咿唔地轻声哼哼。而渔夫们对这么个不合规矩的事睁着眼睛只当没看见。

偏僻的鲍加尼达小村固然也发生过瘟疫，甚至发生过动刀动枪的事情。然而，怎么能把眼前这些心地单纯的北方人和"流浪汉"乃至"囚犯"这两个旧时代传下来的名词对得上号呢？瘸腿基里亚格还没有和捕捞队同桌用膳的时候，总是吓人似的用"分子"这种字眼来称呼渔业劳动组合里的人的。但是，或由于北方人心善，或由于北方人的孩子不存偏见，对一切生物，尤其对人十分信赖，因而猜疑和不信任也就消失了。鲍加尼达村尊重劳动，如若有个恶棍混进了捕捞队，胆敢横蛮无礼，诱使别人工作偷懒、玩牌赌博或者干偷窃勾当，人们必然把他打成个半死，就像教训那个"文化工作者"一样。这种人或是从此之后按鲍加尼达村的风俗习惯做事，或是夹起尾巴溜出这个村屯。

"今儿的鱼汤怎样，伙计？"这是每个值班当厨的要问的问题。而第一个答复的必定是坐在桌首的头儿——队长。他酒足饭饱，脸上已是红彤彤的了。这时解开衬衣扣子，露出毛茸茸的、有几个蚊子正在吸血的胸脯，客气地答话道：

"俗话说得好：高手艺的厨师赛过博士！"

"肚子鼓得像座山，今儿恐怕爬不回家！"捕鱼人也插话说。吃得已经动弹不得的孩子们也七嘴八舌地夸奖几句，尽管连舌头也周转不灵了：

"棒极了！"

男人们点火抽烟。桌子上空烟雾缭绕，连蚊子也都纷纷回避，改而躲到桌子底下，贴紧地面，向狗进攻去了。小白鲑等小字辈打起了瞌睡，鼻子尖快就要掉进碗里。机灵的莱卡狗正在津津有味地舔着孩子们小手上无力地垂下的汤匙。它认为，匙子之所以出现在桌子下面就是为了给它舔个干净。舔过之后，并不是出于贪心，而是为了表示尊敬，又舔舔拿着匙子的小主人的手掌。大人们开始叱喝孩子们回家去。

卡西扬卡把孩子们聚到一块儿，然后拖呀、推呀，一一发落他们回家。吃过鱼汤，个个都成了大肚子，如果在岸上睡着了，谁能挪动得了他们？但任其在野地里待着，蚊子可不得了。

阿基姆不让自己在桌子跟前打盹儿，便动手收拾桌上的碗碟：先把匙子放进木桶，接着把盆、钵、碗摞成一堆，再从铁锅里舀了些热水，于是带上这肮脏的食具，提着桶往小船走去。待到了船上，往桶里掺上冷水，他就开始洗刷。洗过的餐具放到河里漂洗干净。他在洗涤的当儿还不断眯起眼来打嗝。这时值班员已从铁钩上取下大锅，搁置到一旁。锅底还剩有两三勺子鱼汤。那只是零碎鱼肉跟焦糊了的花椒面搅成黏糊糊一团的残羹而已，卡西扬卡却像厨娘似的把它细心舀进瘸腿基里亚格那只铜制大饭盒，再将饭盒搁在篝火余烬上不使冷着。把这拾掇好后，她帮哥哥洗碗碟去了。铁锅内的油泥她用沼苔以及河柳韧皮加上细沙擦洗干净。她一边干活，一边吹去叮咬的蚊虫和垂到脸蛋上的缕缕发丝，竟然还在哼着小曲："情郎呀，我……向你问候。"

"在这弱不禁风的妞儿身上哪来这么大的劲儿呢？"阿基姆觉得奇怪。他自己好不容易熬受着像一片茫然大雾绕着他的困盹。和卡西扬卡差不多年纪的男女孩子都在自己那用烟熏过蚊子的屋里呼呼熟睡了，而她还在忙忙碌碌，手脚不停，嘴里还在唱歌。虽说人已乏了，声音有气无力，但她在唱呀！阿基姆默默地从她手中夺过刷帚，赶她下船。卡西扬卡顺从了他，上岸去了。

睡眼惺忪、夹着尾巴的莱卡狗跟在她身后。它们今儿真也够忙的：在桌子下面拾掇残羹剩肴，抢劫同类的嘴边食，有时还得跟贪婪但又动作敏捷的海鸥争夺一番。

捕捞队的人喝过提神的浓茶，便晾起渔网，结束了一天的工作，到工棚去了。这时，工棚里的俄罗斯式大炉子炉火正旺，专等他们来烤干衣服。报务员兼看风水星相的阿菲米娅·莫兹格莉娅科娃大婶，按岁数和脾性说来她可以做这里所有的人的妈妈，她向渔业劳动组合"总部"汇报了本地段的捕鱼数和人员、工具的情况之后，欣然同意汉子们到她小小的天地里歇歇，抽抽烟，听听新闻和音乐，聊天儿，然后打发他们各回自己的处所睡觉。明天一早，繁重的水上作业还在等着他们。

而明天已即将来临，清晨的阳光很快就要透过苔原上的晓雾，穿过这昏蒙蒙的小窗，进入蚊蚋乱舞、人们正在酣睡的工棚。睡懒觉、补渔网、修理木船，到浴室洗澡——这只是逢到风恶浪险的坏天气（本地人叫作倒霉天气），不出船的时候干的事儿。现在正值鱼汛旺季，在这儿，在叶尼塞河上，就像农民在大田上干活那样，一熟夏收，要管一年吃穿。

基里亚格继续在收鱼处待了一会儿，他的木腿在地板上咚咚地来回响着，烟斗里的火星一明一灭。他趁着酒兴，跟婆娘们吹牛。这些妇女原是趁夜凉蚊子少，从村里来到这儿加工鲜鱼的。

"如果我再能打死七个法西斯鬼子，本来就该授予我英雄称号了，但我咋的回来时走错了道呢？……"

"莫不是你喝醉了？"婆娘们故意逗弄瘸腿基里亚格。

"喝醉？你们说什么来了？怎么可以瞎说一气？！在火线上，狙击手都该像酸黄瓜那样的好汉子！只有打从火线下来以后方可以喝点儿，休息休息。"

"那你是太急于赶路了！……"

"赶到哪儿去？"

"找酸黄瓜下酒呗！"

"嗳，跟你们就像跟德国俘虏谈话似的谈不到一块儿去！尽叽里呱啦地乱扯！"瘸腿基里亚格绝望地唉声叹道，叹气过后下了道严格的命令："注意，得把这地方收拾得干干净净，像医院一个样！"

"走吧，快走吧，首长，还是去喝您的茶吧！"加工鲜鱼的婆娘们笑出了声来。

瘸子基里亚格恨恨地说：

"哎哟，这些泼婆娘！这些泼婆娘！真是不懂得道理！"于是一瘸一瘸上山坡去了：所谓山坡，在鲍加尼达村和其他村舍都是指那些冒出水平线的、被浪涛冲刷成阶梯的冻土状河岸而说的。瘸腿基里亚格拾级而上，伫立在河岸上，忧伤地凝视着前方。可能，他记起了战争，也可能想起了他昔日的战友。荒凉的冻土上升腾起湿闷的雾气，愈入冻土带，雾气愈浓，它弥漫遮掩了无边的旷野和低矮的草木，并且跟河流湖泊的水气相混，成了扑朔迷离的一片，后来，连这位歪斜右肩、棉坎肩上挂有奖章、一动也不动地站立着的狙击手也罩入浓重的雾幔里去了。

小阿基姆清除了舱内的积水，刮干净舱底，清除了鱼鳞鱼脏等污物，再把垫舱板放回原处，桨板送到收鱼处，并用斧子重做了几个桨架。他在等待值班人下班休息。值班人并没有让他等多久，他搔了搔头皮，打了个哈欠，关心地问道：

"看来都收拾好啦？"

"都好啦。"

"那么说，我能下班了？"

"请吧，老哥！"

阿基姆目送值班员消失在鲍加尼达村那些排列得乱七八糟的灰色农舍中间之后，轻松地叹了口气，便从盐堆里扒出一只桦树皮匣子，再拎起另一只旧食盒的把儿，悄悄地，像影子一样闪过收鱼处敞开的大门，绕过一大摊子放在桌子上的鱼和围着桌子忙忙碌碌的加工工人，赶忙朝村角的一幢墙角倾圮、傍岸而筑的农舍走去。他要把他和卡西扬卡共同积省下来的一块面包，一块鱼肉和尚未完全冷却的鱼汤带回给母亲。

每次当母亲听到小心翼翼的推门声，她就默默地，而且每次都是默默地从铺板上抬起身。她似乎害怕这等待会落空，紧张地注视着小阿基姆。后者将食盒搁到炉上，拾起早些时候从岸上拣来的柴爿塞进炉膛，凝视着火怎样在没抹过泥灰的炉膛里熊熊燃烧起来，同时把盛有一丁点儿面包和鱼的树皮盒子递到身后的黑暗中，连瞧都不瞧一眼。可是，每次接触到向他伸过来的那两只冷冰冰的手掌，他总是突然感到害怕。

"不舒服？"

"不。我会有什么不舒服？"母亲尽可能说得若无其事的样儿。听得见窸窸窣窣的声音，那是她在吃鱼。她就跟孩子一般，出声地吮吸鱼骨，舔自己的指头。母亲称赞阿基姆道："阿基姆是个好人！阿基姆是个好儿子！愿上帝保佑你！愿上帝……"这些像鱼胶一样黏糊糊的奉承话反使得自认已是大人的阿基姆很不受用，感到屈辱和心烦意乱。

母亲低声下气的口吻弄得阿基姆很不高兴，他对着火啐了一口，看也不看她，便以粗鲁的成年汉子的口吻打断了她的话，叫她别尽说废话，给吃，吃就得了。母亲顺从了，歉疚地不再说话，只是摇摇头，那意思是说：好的，好的，我不再啰唆了，别恼火，赡养人！阿基姆本不是粗暴的人，这时想起了他所崇拜的捕捞队队长的话来："在家吃饭可以拣爱吃的吃，出门做客可不能嫌这嫌那。"于是改变了态度，用低得刚能听见的声音鼓励说：

"吃吧，吃吧，你还要喂孩子呢。小孩不懂事，只要奶吃。"

母亲一口一口地呷着食盒里温过的鱼汤，一小口一小口地啃着面包，边吃，边像母鹿那样喘气。"饱人可不知饿人饥呀。"阿基姆凄然一笑。母亲害怕再说出什么不妥当的话来，默然递还给他食盒，只是摸索着碰了碰他的手，让他知道这会儿她手已暖和了，她全身也暖和了。

"谢谢，好儿子！"她那柔和的像歌唱一样的嗓音逐渐低落下去，她扶着墙壁，已退到农舍深处，钻进老鹿皮和狗皮缝制的被褥里去了。母亲从一堆破烂中抱起哇哇哭闹、快饿得要死的婴孩，先把掉在他鼻孔和嘴里的毛挖掉，然后把她没有发育好的乳房塞进嗷嗷待哺的婴儿的嘴里。贪婪的婴儿像只小崽一样将牙床贴紧在乳头上用力吮吸，直使她一阵阵哆嗦。她感觉得到婴儿火热的软骨棱棱的上颚。母亲忍住痛，把周身的血汗化成一滴滴乳汁，像甘露一样浇灌到柔弱的、动弹着的幼芽上。

小阿基姆和卡西扬卡幼小时也是这样开始他们的生命的，他们和这婴孩一样，盲目地、贪婪地寻觅过母亲的乳房。而现在呢，阿基姆坐在炉子旁边，已经成一家之主了。卡西扬卡睡到母亲身边，用身子暖和她的腰背——小孩，活生生的小孩。母亲的整个身心充满了安宁、平静，充满了幸福。她真想对大孩子阿基姆和一切她所认识的人再说一声"谢谢"！抚摸一下卡西扬卡，抚摸一下孩子们光滑而清凉的脸颊，为他们驱走蚊虫。但她头晕眼花，克制不了分娩后的虚弱，这时仿佛乘上了一只颠簸着的小舟，顺着急流打旋，坠入了做母亲通常有的那种似睡非睡的境地，在农舍的拥塞着各种气息的深渊中飘荡。

阿基姆终究猜到了并且感受到了母亲的心情，于是，他原谅了她。总该有人谅解这个头脑简单、既看不远、又不善于思考的母亲。他一动不动地待着。母亲终于在床边躺了下来，舒了口气，喂奶的那只手垂了下来。小阿基姆踮起脚尖，走近她身边，把她盖严实了，小心翼翼地把妈妈的手搁到婴儿身侧，赶掉了在卡西扬卡脸颊上吮血的蚊虫。他对着入睡了的一家人整整瞧了一分钟，在考虑要不要点起熏蚊的火堆。但家里婴儿还小，受不了烟熏，算啦！再说，他自个儿也累得没有多大力气了。

昏暗的小屋里嘶哑的鼾声混合着手指甲搔挠皮肤的声音，暖洋洋的气息令人昏昏欲睡。他站在屋子中间，好像渐渐离开了自己的躯壳，离开了周围的一切，但他还是挣脱了睡意，强制自己走出户外，在阴冷的潮湿里瑟缩着，去岸上捡碎木片和从水上漂到岸滩上来的木柴。阿基姆从原木芯子里掏出枯朽的木屑，然后在烟叶筛子里揉碎，用筛子筛成粉末再装进罐子里放到母亲的床旁，以便给婴孩当爽身粉使用——脱了毛的狗皮褥子把孩子的皮肤都沤得通红了。能采集些苔藓那就更好，晒干后也可以放到母亲床上。但巧手卡西扬卡早已想得周到，办好了。唉，一个人为了活在人世，该有多少事要做啊！

阿基姆找了把扫帚，把蚊子从屋里赶出去，再把弟妹们挤挤紧，自己就在铺板的尽边处睡下，免得弟妹们滚下床来。他躺下身子，脸刚碰到床头，便像块石头似的沉甸甸地睡去了。然而，过了约莫一个钟点，一种难以解释的力量——对于许多孩子甚至可以说是一种神秘莫测的力量——使他又突然醒来，从床上抬起头来，侧耳细听四周的动静。

一家人都睡了，他的弟妹们都睡了，母亲睡了，新生儿也睡了。母亲在一个星期以前又像以往许多次那样，蹑手蹑脚地到工棚里去找过莫兹格莉娅科娃了。在那儿她平平安安地解除了"累赘"，然后捧了个小包，又像做了错事似的回到家中。

"有什么办法呢？既然一个孩子活蹦鲜跳来到了人世，那么，就让他在人世间生活下去吧！"阿基姆黯淡下去的思路又豁然闪出亮光，他重又心安理得起来。也不知是醒着，还是在梦中，总之阿基姆似乎看到了坐在白木长桌周围的捕捞队员们和一个紧挨一个坐着的孩子们长长的队伍。他赶紧微微笑了一下："没什么，这个孩子也能在集体的大铁锅旁长大成人！"

他就这样带着微笑，直睡到翌日清晨，在他睡醒以前，脸颊上始终浮现着微笑。

这一切结束得突然而干脆。

原计划要通过整个极北地区的筑路工程停止了。

鲍加尼达村于是十室九空。

母亲去普拉熙诺渔业社签订了一份"合同"，领到了渔网、工作服、预支款。她带回了糖果、蜜糖饼干、酥糖、漂亮的项链、头上的饰带、发声玩具，还为卡西扬卡买了铜扣束腰带，为自己买了一块圆圆的表。可惜那表带回没隔多久就被孩子们掉进地板缝里，丢失了。带给最小的孩子的礼物除了发声玩具之外还有一套别致的连衣裤：袜子、裤子和衬衣全都连成一起！有了这么多钱，真不知往哪儿花去！母亲还许愿说下次将买鞋子、衣服和被褥。

开始了捕鱼工作。乍一看去，这份工作简单、轻松而且快活。阿基姆和母亲整整两个秋季都要出门"船捞"。"船捞"——就是说人在船上，用拖网捕捞马克姆鱼、鸦巴沙鱼、凹目白鲑、鲱鱼、奇尔鲑和高白鲑。夏季捕鱼，人并不觉得累，虽然歇息的时候难免有蚊虫向你纠缠，但夏天白天延长，只能用固定的板网和鱼钩。用拖网进行"船捞"则要等到八月，黑夜拖长的时候。

开始时，阿基姆因为能自由自在而又能独当一面感到非常高兴。他高兴，这还因为他不但挣钱养活了自己，也养活了全家，帮了母亲的忙。头一年八月的天气特别好，气候暖和，日长夜短，一天收网两次也累不了人。母亲在船尾划桨，不时地抽几口烟，朝河水吐口唾沫，唱道："哎哟，我的人儿呀，我这马林果和可爱的琼花果熟透啦……"准是卡西扬卡学到了新的歌又教给母亲的。阿基姆曾经因为她们拖长着声音唱"情郎"而发过火，说这是淫荡的曲子，坏透了，卡西扬卡唱这种玩意儿终有一天会被赶出校门。于是她们为了让家里这个"男当家"高兴，才学了唱这"琼花果"。

再过一个月，卡西扬卡就要去寄宿学校了。已从船上的流动商店里为她买了两件连衫裙、一双皮鞋和一件滑雪衫。虽然滑雪衫太宽大了些，而且是男式的，但卡西扬卡还在长身体，将来会合身的。捕鱼季节过后阿基姆也要上学读书。但现在还得工作，供养家庭。弟妹们守在小屋里的炉台旁边，正急切地盼他们的哥哥和母亲回家，到时他们就会一窝蜂地涌到河岸上去迎接。就像不久之前，孩子们抢着奔到岸边去迎接捕捞队归来一般。但是出了什么事？捕鱼队怎么不来了？村里的人又都上哪儿去了？鲍加尼达村本来人口就少，现在又一个个远走高飞，孩子们也跟着父母走了，走得一个也不剩，只有卡西扬一家无处投奔。筑路工程停了——去他的！极北地区从来没有过铁路，今后没有它也过得去。但是，捕鱼呢？为什么连捕鱼的事也撂下了呢？鱼可不是铁路，鱼可是在任何时候对所有的人都是需要的。

没过多久便开始降霜。浓霜驱走了螫人的蚊蚋，将小草打得俯伏不起。所有探头在地面上的植物都结了籽，地面上撒遍了包裹着种子的飞花。灌木丛的叶子发黄了。苔原上的越橘蒙上了一层绛紫色。至于水越橘和欧洲越橘的叶子，更是凋落殆尽。晚熟的莓果已经发酸，而北极莓果已从枝头掉落到地上。石楠草越发卷紧了叶子。湖泊、冲积地、小岛上的河柳已经斑斑驳驳，显得颇有几分憔悴了。鸟儿成群地在河面上回翔，因为湖泊沼泽早晨起结了薄冰，没有它们栖身之所了。薄冰要到大白天的时候，风打日晒才会开融消散。夏日的晨雾飏散以后，太阳像是被细绢

364

擦拭过一般，光洁明亮，现在正张大嘴巴，惊讶地从高处探视它所照耀着的野趣盎然的无垠荒原。正午的太阳，就像那还没有被湿漉漉的渔网粘住的硕圆的鲫鱼一样，活泼明亮。它散出阵阵温暖的气息，虽然已是强弩之末，但依然是一派暖意。但在太阳巡天一周，到达天路历程终点的地方，天宇朦胧昏沉起来。日复一日，太阳在远处沼泽的泥泞里似乎沉落得越来越深了。好像有谁把它裹在密密层层的羽绒里，因而它每天早晨都惬意万分，恋恋不舍这柔软轻暖的绒毛被褥。而待它出现的时候，却已是高悬中天——一副似醒未醒、怠懒不堪的模样。

母子俩抛出十字网架，撒好了网，各个坐上自己的位置。母亲掌舵，阿基姆划桨。傍晚出船时只消穿件衬衣或者加上一件外套；到了晚上，增加一件棉坎肩也就行了；而早上就非披上风衣不可。阿基姆轻轻荡起双桨，让渔网斜横在流水缓缓的河面上，一面却想象着，在夜幕笼罩下乌洞洞的水底，一群群的马克鲟鱼、奇尔鲑、高白鲑、凹目白鲑怎样浮出水面，在沙滩边追逐嬉戏，就像鸟群在林间低地的野莓果树丛中戏耍一样。它们用光滑的尖嘴巴伸进沙里，挑选吃食：小虾啦，蜉蝣的幼虫啦，硬壳的龙虱啦，沉入水底的蚊子啦、蚜虫啦、粉蝶啦，一切虫子都有，有爬的、跳的、走的、飞的，大都是被风刮进或冻僵后掉进水里的。现在鱼儿拼命大嚼，而到了冬季，它们就将进入半眠状态。尽管有些跳虫、瓢虫、蠕虫不愿葬身鱼腹，尽往沙堆里、淤积的泥层里钻，但这些鱼却把河底搅得昏天黑地，有的用背鳍，有的用尾鳍，有的用鱼唇的下部像铲子似的兜底翻铲，无用的渣滓、沙砾之类经过鱼鳃会重新回放到河水里，而瓢虫、蛆虫一碰上鱼鳃的棱格就脱身无计了。这些虫子只得乖乖地让卷紧的鱼舌带进感觉灵敏而贪得无厌的鱼嘴巴里。瓢虫的爪子还没有放稳，就在狭窄的鱼腹里踢呀蹬呀，不甘心命运的摆布，但顷刻间消化器官开始动作了，分泌出一种黏液，这时不仅是软腹瓢虫，甚至连骨头、贝壳、细石子都会在刹那间酥蚀、消融得无影无踪，总之，这鱼肚子消化起食物来就像鲍加尼达村上捕捞队的大铁锅一样干脆。卡西扬家这伙亡命之徒有一回为了发泄胸中闷气，用石头把锅砸了。

嗳！现在既没有了铁锅，也没有了捕捞队，而秋天已经来到。秋天之后是冬天，它可是个动作利落的家伙，说来就来，绝不在路上磨磨蹭蹭，你得当心，别招架它不住！冬季长达半年时间，有时还不止半年。这以后就是春天了，完全没有春色宜人的样子，反倒是挨饿的日子。

阿基姆不愿去想这人世间的烦恼，强制自己继续原来的思路，想象船底下水中发生的一切。在那儿，大鱼把河底翻得凌乱不堪的景象，就像农民翻耕土地那样（他在银幕上见到过翻耕土地的情景）。大鱼身后簇拥着一群群土棍白鲑、鲹鱼、鲱鱼以及水下的无赖——棘鲈。提到棘鲈，捕捞队长曾经编了个顺口溜："一个戈比的棘鲈汤，翻肠倒胃划不上！"这些小机灵鬼常常跟在神色凝重、体态端庄的大鱼身后，从那些翻搅起来的东西里拣食吃，有时棘鲈竟然厚颜无耻地闯入奇尔鲑和马克鲟鱼的鱼群之中，从它们嘴边抢走泥鳅或者瓢虫。大鱼对它斜睨着眼睛，好像是说：当心点儿，我这是在耐着性子，真要是把我惹恼了，看我不用尾巴扫你一下子！仪表堂堂、气势威武的斜齿鱼有时真的生起气来，头一晃，尾巴一甩，这时密密层层的小鱼张皇逃窜，在水面掀起一阵涟漪，它们或跌跌撞撞地搁上浅滩，或躲入浅水区。海鸥赶来了。吧唧！吧唧！把它们干掉啦。海鸥这种鸟儿从来不放过机会，它们日日夜夜，注视着江面，却又总是食不果腹。它们的肚子像无底洞，任何食物，都直进直出一点也不让耽搁。白白嫩嫩的幼鱼刚刚进入它叽咕叽咕作响的咽喉，眼睛一眨，它尾巴下面便撒出一泡石灰似的鸟粪，这用鲍加尼达村工棚里的那些扑克牌牌迷的话来说，叫作"统吃"。海鸥用它鲜艳的尖喙梳啄自己的羽毛，着意修饰，把自己保养得又白又壮。这些老是七嘴八舌争吵不休的鸟儿既不安分又嘴馋，但要是它们飞走了，河面上也就显得空荡荡的，像现在的鲍加尼达村一样了。终于海鸥不再梳理羽毛了，腾起它粉红色的脚爪，挤开伙伴们，振翼高飞，到水上叼鱼儿去了，那些病了的或是伤了的鱼总要扑腾到水面上来。海鸥是卫生员，它使江河保持清洁，把弱不成器的和感染上病的鱼儿啄食一光，使鱼种永远纯洁健康。海鸥还在浅滩上训练它的幼雏，教它们做体操，如何防范意外。

阿基姆的想象一幕接着一幕，而他的渔网也不断地沿着布满沙砾的河床移动。网子中部的水面上有几排漂子颤动了一下，紧接着就胡乱晃动起来，忽浮忽沉。必定是有条大鱼落网了。可能是鳇鱼，可能是折乐鱼，也可能是条很大的聂利玛鱼。聂利玛鱼、鳇鱼或者折乐鱼这些水中强手游到浅水区来，闯进鲑鱼群，挤挤搡搡，抢走了鲑鱼嘴边的吃食并且觊觎那些傻头傻脑的笨蛋，只消能吞下口去就决不放过。岂不知正当它们像盗窃犯进了游乐场，好不得意的时候，渔网却顺着布满沙砾的河床悄悄地接近它们。鱼骨穿成的网领已经发出清脆的声响，罗网徐徐碰上了这个强盗的丑嘴脸。它压根儿就没有想到，竟然有谁胆大包天，敢来阻挡它逍遥自在地大吃大嚼。然而，当它感到网眼已经触到它的鳃的时候，却着实吃慌了。这家伙自己捞摸偷抢惯了，一旦别人要抓它，它就受不了啦。它准备给那些胆敢冲撞它的冤家对头使点儿厉害，便鼓足蛮劲，来一个冲杀。这强盗动作敏捷，力大无穷。不过它那傻劲儿在浅水处施展不开，于是就不得不往前冲，一冲便冲进了渔网。它东奔西突，使尽浑身解数，想把讨厌的、绊着它身子的渔网撕裂、割断。突然间它瘫痪了，身子往下坠，把网、曳网绳和鱼骨漂子都带进了深水处。

鲢鱼安守本分，不慌也不忙，它们一面躲开渔网的搜捕，一面还在寻觅吃食。它们不愿猝然离开鱼食丰富的浅水区，又因为吃得脑满肠肥，懒得费力气。网从它们腹下兜去，于是它们像白菜萝卜头似的也被撂进了口袋。

"事情就是这样：在这世上，总有一个强者在觊觎一个弱者。所以，千万别傻眼啊！"鲍加尼达渔场四俄里长，当你驾船张网，沿着徐徐流动的河水划行时，哪样的事不会想到？但这里没有一条小舟，找不到一个磕牙说话的人。只有阿菲米娅·莫兹格莉娅科娃仍留在鲍加尼达村，她负责看守财物：垫褥、床榻、盖被、渔网和一切值钱的东西。留在鲍加尼达村的还有瘸腿基里亚格。但听说连他们不久也要迁往楚什镇去了，那儿的渔业社将按规定接收这笔财产并另行分配阿菲米娅和基里亚格的工作。卡西扬一家留在鲍加尼达村怎么办呢？真是一筹莫展！母亲从来就没有学会过思考问题。就说现在，她把两条腿翘在船舷外摆来摆去，嘴里叼根卷烟，眯着眼，无忧无虑地在唱"马林果、琼花果"的小调。

九月初的冻土带有一个短暂的万木竞秀的时刻。但很快又像浇上了一层炽红的金属，这火杂杂的一片原来是矮白桦、水越橘和河柳密密簇簇的树叶，沼泽地斑斑驳驳像一块素净的印花布，这里石楠草的椭圆形浮叶在寒流来临之前始终摇曳生姿。接着，冻土带就黯然失色，万物凋零，灰色的石块，干瘪的灌木丛，灰烬似的苔藓和枯死的小草都裸露在光秃秃的苔原上，只有林间空地上的越橘叶经霜以后却愈发鲜艳，那火样的红色直要到大雪纷飞才会渐渐消褪。

朴实无华的北方大地预感到冬雪已经近在眉睫，因而靓妆艳服欢度一年中最后的几天舒心日子，有一星期到十天的时间，它甚至被自己的艳丽惊呆了。在这之后，微风便来试探，它吹动树木，就好像把一大堆篝火的火星都吹了起来，让它们在空中飞舞，然后熄灭。风儿积聚好力量，呼啸而至，狂风过处，无边落木，萧萧而下，还没有完全枯萎的树叶，一接触地面就冻僵了，沾在针苔上面。整个冻土带像浅浅翻耕了一遍的田地那样呈现出棕褐的颜色。不过，大地虽然力竭心衰了，却还在呼吸，还发散着温暖。一种万物凋零的肃杀气氛充斥在河上、冻土带上和整个极北地区的广大荒原上有几天之久。水越橘和岩高兰醉人的糜烂味儿在空气中荡漾，赤身露体的河柳所发出的苦涩味阵阵扑鼻，而那稀稀拉拉的，从来没有见过露水的北地小草，一副憔悴委顿的模样，连根带茎都在风中簌簌颤抖。

朝远处看，耸立在深渊之上的叶尼塞河岸，在傍晚时分显得愈加幽暗。漫漫长夜正从恍若黑暗王国的北方蹒跚而来，它一路播下漆黑而沉重的夜色。阿基姆看着两旁陡削的岸壁，眼下虽然还似封似闭，没有完全合拢，但已经全然不像夏天时候，两行石壁蓄势待发，郁郁葱葱，直上青天的模样。他感觉到那沉重的窒息人的雾霭，眼下虽则相距颇远，但也快要临头了，而他、母亲、拖网、他周围的一切，都将被摄进这黑沉沉的雾幔。海鸥在呻吟，潜鸟在哭泣。鸟儿们簇拥一起飞东飞西，忽而啾啾地叫个不停，忽而寂静无声。寒潮不久就要把它们从冻原驱逐到南方去，它们将不得不告别老寨，远走高飞。而目前，守卫同伙的大雁还昂首屹立在冻原附近的滩头上；天鹅伸着两片铲子似的阔嘴巴在河泥中拣食；不知忧悒、成天瞎忙的鸸儿像喝醉了似的，迈着长腿东追西逐，灌木丛中的山鸡不安地咯咯叫着，它哪儿也不用去，但也同样心神不宁。水面上的蚊蚋螟蛾愈聚愈多，随着河水打转，河上翻起一个一个泡沫，到了河道弯曲处旋成一团，泡沫堆不断被水下蹿起的鱼群冲破搅碎，这表明图鲁汉斯克的鲱鱼以及叶尼塞河上少有的凹目白鲑汛期到了。马克姆鱼成群结队地出没在鱼食丰富的浅水区，奇尔鲑和鸦巴沙鱼也络绎不绝来到深潭附近。在这旺季，本来可以而且应该昼夜连续出船捕捞，但阿基姆和他母亲既非国营企业的成员，又不在哪个机关里当差，更不在哪个厂里做工，否则倒可真不好办，因为他们一网下去也打不多，三四百公斤就提不起了。鱼是反正多得捕也捕不完！

母子俩对瞧了一眼。他俩常常想到一处，一下子就能彼此明了对方的意思。母亲摆过船尾，阿基姆紧划双桨，船朝岸边驶去。"啊，萨马拉，我的心上人！我心里烦恼，心里烦恼，只有你能解开我的愁肠……"母亲一面低吟曼唱，一面挑选鱼儿准备煮鱼汤，真是怡然自得。

喝过了鱼汤，喝过了茶，两个捕鱼人挨着一堆小小的篝火，躺倒在沙滩上休息。睡得又香又甜，无论蚊虫或者牛虻都惊不了他们的美梦，而且太阳很快就会给他们送来温暖。阿基姆比他母亲醒来得早。他尽量不使桨板弄出声响，泼去舱里的积水，用簸箕刮干净鳞片鱼脏，再把十字网架、钩子和一应渔具放归船上。该下网了，可是他不忍叫醒母亲。她躺在篝火旁睡得正香，梦中也在微笑！小伙子不止一次地感到奇怪，这个穿着湿漉漉的靴子和男人长裤，把裤口塞在靴筒里，外面罩一件沾满了鱼鳞和杂碎的连衫裙的女人，或者说姑娘，怎么会把他阿基姆这个笨蛋一下子带到了世上！是她给阿基姆送来了弟妹、冻土带、缓缓流向黑暗深处的大河、明净的天空、暖人面庞的太阳、装点大地的春花、风的吟哦、雪的雅洁、鸟群、鱼儿、莓果、树丛、鲍加尼达村和周围的一切。一切的一切都是她的赐予！真是奇妙，奇妙得叫人吃惊！应该热爱母亲，体恤她；当她年迈时不应抛弃她，而应报答她的恩赐……

然而母亲命中注定不得寿终。春天时她到普拉熙诺镇去了一趟，想把阿基姆和卡西扬卡接回家并到渔业社领钱。她在那儿的俱乐部里饮酒作乐，然后跟男人们躲到岸上偷情。夏天来了，她偷偷地喝下了装在罐头听里的用焊锡水调糊的黑色火药——那是普拉熙诺那些经验丰富的妇女教给她的。"已经生了七个了，"妇女们都对她说道，"够啦！这些孩子要没有捕捞队的大锅饭，不早饿死才怪！第八个再叫谁来管？"女人们的话说到了做母亲的心里，她同意说："即使让卡西扬卡和阿基姆休学也生不出办法。但要是他俩没有文化，就只能一辈子在河上受苦。若能有点文化，卡西扬卡将来能当个幼儿园的老师或者学成个裁缝，而阿基姆呢，可以顶替基里亚格当渔业上的首长。"

母亲在饮药酒前先扒了一个地穴，把一只死鹿的腐烂了的腿埋进去，然后在门槛下放了一根穿上线的针儿，吃过草药后便在床榻上念念有词："耶路撒冷遇难的日子，以东人说，拆毁、拆毁、直拆到根基。耶和华啊，求你记住这仇。"[1] 这句话也是由普拉熙诺的那些女人教的。她不能全部记得清，于是知书识字的卡西扬卡把这诗篇抄在一张纸上，母亲忘了哪一句，卡西扬卡就照纸上写的念给她听。

腹中的第八个胎儿一出娘胎就离开她了。是什么样儿的？上哪儿去了？怎么离开的？谁也没见到。母亲躺了一些日子。后来，像要驱走心田里的痛苦似的，她摇了摇头说道："没——关——系！"重又说笑话，逗孩子们玩，吸烟。不过她心里老是记挂着什么，显露出不安，北方人素有的那种悒郁神色透露了深藏在内心深处的恐惧。她愈来愈频繁地捂住腰，愣着，像用眼睛在询问："啊哟，我怎么啦？……"

经过一个夏天，母亲衰老得更显著了。腰弯背曲，像只母熊一样走路蹒跚，脸上的红晕也早已消失不见。眼膜上蒙上一层白翳，见风要掉泪，眼角老是在悸动，而眉睫间堆着的白屎如同凝结的颗颗霜花。"没——关——系，会好的！"她这样地安

---

[1] 见《圣经·旧约·诗篇》第一百三十七篇。

慰自己和她的孩子们。但说这话的时候脸上没有笑容，声音喑哑，目光呆滞。她烟也不抽，歌也不唱，连说话吃东西都勉勉强强，眼看得一天老似一天。有一次母亲从岸上往船里放渔网，忽然她咬紧嘴唇，连血也咬了出来，手里的牵绳落到了地上。她腹部顶在船首的龙骨尖上，面如死灰，仿佛要把什么东西从腹中挤压出来似的。她那不是在眼窝深处、而像是陷在黑烟袋里的乌亮的、黑蘸子似的眸子现在瞪得又亮又大，就像俄罗斯女人那样。"嗳——嗳——嗳！"母亲尖叫着。孩子们瞧见母亲这等模样，哭喊了起来："好妈妈，别嚷啊！好妈妈，别嚷啊！"

母亲强自抑制住腰痛，走到尾舱，拿起桨来。她在去渔场的路上一个劲儿发出吓人的叫嚷："啊——啊——啊哟！啊——啊——啊哟！……"但当她用咬得鲜血淋漓的嘴唇瑟瑟缩缩想念出一段咒语的时候，这声音却比声嘶力竭的号叫更令人毛发悚然："神灵保佑、祛病消灾……大地乐土，滋养万物，无妄病痛，不得留存……喔……哟哟……显圣显灵，佑我身骨硬朗，血脉和顺，通体安泰……啊……哟哟，阿基姆，我不行了！我再也受不了啦！干吗瞅着我，孩子？看在上帝面上，救救你妈妈吧！"

两个渔夫被困在风雪交加的河面上，接触不到土地，接触不到人群。喊天——天不理，喊地——地不应。一个是尚未长大成人的少年，一个是历尽沧桑的病恹恹的女人，一个荡桨，一个掌舵，在这水天茫茫的空间，恰似两个鬼影附在小船上。阿基姆干的都是成年汉子干的活：从布网、撒漂子、拉扯沉重的牵绳，到捕罢归来把渔网撂上晒架、卸鱼，直到把小船拖上河岸、搁到小屋门前……活儿累得他筋疲力尽，全身湿淋淋地冻得发抖。嘴皮子哆嗦得连说话也说不清楚了，骨节眼呢——全在咯咯发响。当他拖着疲惫不堪的身子，费力整理起将近有一百俄丈长的双面网时，并不因为捕到这么多的鱼而喜悦，只感到双手由于寒冷、水湿而引起的疼痛。心里老是在害怕："以后会怎么样？会怎么样？"

他竭力用酒来减轻不安和痛楚。起初，他刚喝下一口，便呛得眼里掉泪，从喉咙口直烧到肚肠根，肚子好像给割成了碎片。但有什么法子呢？要干活，就得使身子暖和。后来阿基姆也就习以为常了。而他母亲，还没把酒喝下肚，便又呕了出来。她用打战的手擦擦下巴，瞧瞧河面，瞧瞧胸前雨衣上那块白乎乎的冒热气的酒迹，垂头丧气而又困惑地睁大了眼看着她的儿子，那目光好像是在求援。

阿基姆自己觉得是装出了一副生气的样子，掉过头去，实际上心里害怕极了，但还是故意做出漫不经心的样儿——他一点儿也帮不了母亲的忙。应该快快工作，赶紧捕鱼，他们还没有完成捕捞计划呢。渔期过后能有进账吗？能有多少呢？用什么来养家活口？穿什么呢？难道他们一家命定就将沉沦在人迹罕至、一片空旷的鲍加尼达落寞荒村里？愤慨、焦虑、绝望、不安，撕咬着这个年轻小伙子的心灵。有时候，他真打算像成年汉子那样破口大骂一场，对着他母亲嚷嚷："怎么样？专门放荡、跳舞、养孩子的日子好过吧？眼下咱们咋办？"

作为一个病人，母亲对一切事物特别敏感。她不再是小姑娘而是老太婆了，因而耐着性子努力干活，以此赎她的罪过。她扶住船舷，跨进船舱，站到垫板上开始理网。母亲身穿雨衣，围了湿淋淋的罩单。她紧紧咬住嘴唇好不哭出声来并且机械地拾掇一节节牵网的绳索。但这也只能支持一会儿工夫，不久绳索从她手里滑去，她空着两手，人像睡着了似的。这时候"老大"便狠狠地瞪她一眼。岂是瞪一眼呢？那是投去的鱼叉！她赶快抓起牵绳，双手忙个不停。可是奇怪，堵在湿漉漉的渔网眼里的鱼就是捡不起来。指头弯不过来，腰也不能弯，一俯下身子，脑袋直往下沉，终于一头栽进了水淋淋的、蹦跳着鱼儿的渔网里。乍一看见，还以为她是有意躲着在闹着玩呢，但她的眼珠直往上翻，从撕裂的嘴唇中间嘟噜着避邪的咒语和痛苦的呻吟："心力充沛，身骨硬朗，消病祛灾，不见血光……喔！……疼死我啦，哎——哟——哟！……祈求天使显圣……上帝保佑！求主怜悯，赐我慈悲……"

"你又不信教，干吗唠叨不休？"阿基姆恼了。但他立即遏制住怒气，背过母亲，对他自己说："上帝是俄罗斯人的，可是你妈妈是多尔干人。"

"孩子，女人们说，上帝只有一个。"母亲垂下浮肿的眼皮，驯顺地回答道。小伙子阿基姆哪怕能理解她的片言只语也好！母亲要活下去，就必须要有一个信仰，指望在冥冥之中得到支持。她早先习惯于从人们那里得到帮助，但人们都离开了鲍加尼达村，各奔东西去了。她没有地方可去，只能乞求于上帝。但是，看来她在神的面前作的孽太多了，简直可以说是罪孽深重，因而上帝慈悲为怀的面容不屑对她顾盼。

终于到了这一天，母亲再也不能出船捕鱼，永远地躺倒了。

"老大"气得直打哆嗦，狠狠地骂过一通，便把两个弟弟赶上船去——你们既然能吃鱼，当然就能去捕鱼。

卡西扬卡留下来掌管家事并照料母亲。卡西扬卡瘦得皮肤像层透明的薄纸，已能看出皮包的骨头。由于睡眠不足和力不胜任的劳动，她头晕，鼻子出血，如同劳累过度的娘儿们一样双手酸痛。阿基姆明白，手脚不停干活的卡西扬卡眼看就会病倒，到那时，大家可都得完蛋。

鸟儿南飞，而阿菲米娅·莫兹格莉娅科娃却从上游乘汽艇来到鲍加尼达村。她是来运走留下的财物和捕鱼工具的。她看望了卡西扬全家的人，探视了阿基姆母亲的病情，这时母亲已神志不清，谵语连篇："消病祛灾……天使显圣……不见血光……"阿菲米娅·莫兹格莉娅科娃听了摇摇头：

"你寻欢作乐的日子过去啦，姑娘。眼下这病绝不是什么好征兆，得送你去边区医院。"于是把她载上返回普拉熙诺镇的汽艇。走时留下话说，渔业社将另派人来接卡西扬家的孩子。

测量船"勇敢"号在结了薄冰的河面上收取航标，关闭转运站，并且熟门熟路驶近了鲍加尼达村。大概是来装鱼的——卡西扬家的孩子们想。但是从又陡又滑的跳板上，抓着木扶手，倒转着身子走上岸的，却是基里亚格和他那早为人熟悉的被油腻玷污成黑色的瘸腿。基里亚格一上岸，就伸开两只胳臂，恨不得把这一大堆孩子都搂到胸前，并用他光秃秃的湿润的面孔伸到这些头发蓬松的小脑袋中间，忍着眼泪反复地说："你们这些小孤儿啊，小孤儿啊！"不知因为悲哀呢，还是说认为他自己犯了过错呢，或者是他患了感冒呢，瘸子基里亚格的声音像是在呜咽：

"孩……孩……"孩子们到头来也没有闹明白他说的是啥,又为什么要哭。

没花多大会儿工夫就把卡西扬家的孩子装上了"勇敢"号轮船。能够乘船离开这荒芜的鲍加尼达村到别的地方去,孩子们当然高兴。他们在甲板上跑来跑去,追逐嬉闹。阿基姆和卡西扬卡尽管想制止他们,并且竭力做出黯然神伤的样子。但是,不成啊!他们无忧无虑惯了,在生活中从来没有过悲伤,从来也没有为将来担过忧,而"死亡"这个词儿无论如何也和他们的母亲对不上号,他们不能相信,妈妈会由于某种原因而不在人世。不,像母亲这样的人只能是活生生的。

瘸腿基里亚格带走了卡西扬卡,送她学习涂灰、刷墙、油漆这类手艺去了。卡西扬家其他的孩子则由普拉熙诺镇苏维埃用飞机送往叶尼塞孤儿院。只有阿基姆留下,因为他心里兜着上光荣的"勇敢"号轮船的愿望。

他在市立寄宿学校待了一个冬天,食宿由公家供给。说是在学习,其实他大半时间都是在船坞里度过的。他自告奋勇、完全尽义务帮着张罗"勇敢"号的冬泊和修理,终于把这条外形古板而并不起眼的船的来龙去脉、性格脾气摸得一清二楚。船上的船员爱上了这个生性勤劳、酷爱河运事业的小伙子,而他也爱上了这帮船员。阿基姆简直不能想象,如果没有这艘从早春到深秋都在河上执行主要任务的"勇敢"号,他的日子该怎么打发。

河面刚刚解冻,流冰过去以后,这艘被冰凌撞得满是凹坑、遍体鳞伤的小火轮,就神气十足向着北方破浪而进,点燃起沿岸的一个个灯标,一路撒下红色的和白色的浮标。照阿基姆看来,在"勇敢"号没有将这项任务完成之前，这条河上压根儿谈不上航道啦、航行啦这类事儿。封江以前，又是这"勇敢"号最后一个离开。它噔噔地擦冰而过，沿途收拾起被风暴打得七零八落、又被夏天的太阳晒得油漆剥落的航标。有时没等回到船坞便被冰冻在某个荒僻的地方。然而人们并不抛弃他们心爱的轮船，他们在就近的岸上搭了个小小土屋，住下来看守"勇敢"号，防止它被冰冻坏，进行修理整新，将船名啦、驾驶室啦，重又油漆得亮亮堂堂。船员们还擦洗了汽笛、机器、舵、船舱，然后用圆木段垫在船底下，利用船上拆下的绞盘，把这船像牵牛似的移往不通航的河汊或者河湾里，免得流冰期间冰排将船碰伤。

"勇敢"号上掌管航行大权的最高首长是帕拉蒙·帕拉蒙内奇·奥尔苏菲耶夫。此人令人望而生畏，长得像凶神恶煞一般。这号人根本就不可能上别的船上去工作，要上客轮上去当差就更别提了，因为他那副尊容和大嗓门准能把乘客全都吓跑。船员把这年轻小伙子推到了最高首长跟前，由帕拉蒙·帕拉蒙内奇给新手进行一次"考核"。虽说要录用他事先已经决定了，但是这种考核还是少不了的，这条船上的每个船员都经历过。

"你能干啥？"雷神爷似的首长将眉毛下的大眼一瞪，那对眼睛就像是从毛茸茸的袖筒里伸出来的拳头，牙齿咯咯地响着，问道。

"什么都能！"阿基姆尖着嗓子答道。他这是情不自禁地模仿瘸腿基里亚格的说话。不过，说过这话，心里愈发慌乱。

帕拉蒙·帕拉蒙内奇张开江鳕似的阔嘴巴，呼啦一声，宛如锅炉放气一样叹了口气。

"哈!"接着,手指头往码齐在岸上的煤气瓶一指。阿基姆明白了:要把瓶子搬到"勇敢"号上去。搬就搬,没说的。他让出右肩。船员们忍着笑,把这六十五公斤重的煤气瓶搁到了他右肩上。船员们都撂下手里的活儿等瞧热闹。

阿基姆顺着跳板一步步往前跨。煤气瓶子怎么愈来愈沉?脚步怎地愈来愈重?他先是奇怪,后来则感到害怕。天空、河面、太阳和这"勇敢"号轮船不知什么原因全都变成了红色,而人们则像一只红色的蚂蚱,向他跟前跳、跳,落进了红色的河水……

才走完一半跳板,阿基姆就感到他马上便将跌落进红色的深渊。只是责任感使得他勉强站住。把煤气瓶丢落了怎么办?他肩上的这个瓶子带有锃亮的阀门,上面画着火灾图,是个值钱宝贝呀!要跌就一起跌!可不能单单让这珍贵而又漂亮的东西失落水中。失落了煤气瓶,首长帕拉蒙·帕拉蒙内奇准得受牵累……他已经在往下跌了,但凌空被人抓住,放到了舱面上。当眼前红雾消散,阿基姆发现自己抱着煤气瓶站着,周围的人们在哈哈大笑。

"记住:什么都能的只有上帝一个!"首长竖起一个手指,着实满意地用他轰雷似的嗓门教训说。"人往下摔,可手里的瓶子却不扔掉——你这人看来可以派上用处!"

听到帕拉蒙·帕拉蒙内奇宽容的语调,阿基姆料定事情快成功了,他的期望不至于落空了。首长夫人跟首长同样高大,身子骨儿结结实实,不过头发是淡黄色的。她请阿基姆吃鱼肉馅饺子,自己在一旁听他谈他的身世,难过地抽动着鼻子(她的鼻子又宽又扁,和她丈夫那像一扇舵似的鼻子完全不同),同时不住口地说："真吓死人了！吓死人了！"到这时候阿基姆已确认他已经考试及格，在"勇敢"号上站稳脚跟了。

阿基姆进入测量船的船员队伍不算学徒，不算见习生，而算作正正式式的成员，工资也拿得和大家一样。为了使他在成年人中间不感到孤单，又为了不让他做那些力不胜任的重活（阿基姆什么事都抢在头里，因为他从鲍加尼达村的早年生活中懂得了一个道理：面包是要靠力气挣得的），帕拉蒙·帕拉蒙内奇另外又吸收了一个少年跟他做伴。无论何时何事，无论是集体饮宴、颁发奖金以及其他乐事他俩一概不受歧视，只是喝酒除外。

帕拉蒙·帕拉蒙内奇自己常常喝酒喝得酩酊大醉。但狂饮以后，他必定要在人们面前痛悔自己恶习难改，并且总要现身说法，数落自己，好让人们以此为戒："青年朋友！凭我的聪明和能耐，我现在怕不早就飞黄腾达了？"说到这里，帕拉蒙·帕拉蒙内奇总要有好一会儿不吭声，然后富有表情地抬眼向上，接着把眼光从高处滑向地面，再垂下头来："贪杯好酒把我前程葬送啦！……"为了给年轻人好影响，免得他们沾上恶习，首长不惜花费，经常往船上的图书室添置新书；只要有可能，便让他们上岸参加舞会、看电影。

叶尼塞河下游地区即使是在夏天也常常有狂风恶浪，秋天就更不用说了。有冷彻骨髓的风雪，有漫过船舷的大浪。这儿和在鲍加尼达渔场一样，只能用酒来暖和身体。就是到了岸上，年轻小伙子也不知道怎样打发时间，如何花钱。吃的伙食差不多不用掏腰包，鱼、野味、野果在船上有的是。船员之间，感情也好得不能再好了，工作时同心协力，休息时热热闹闹。渴念岸上生活的水手们说起话来真是口无遮拦。反正姑娘们总有办法找得到。阿基姆在十六岁那年就开了戒。他记得，母亲曾眯缝起乌黑的眼睛，朝他点点戳戳说："全像我！……"

鲍加尼达村，鲍加尼达村！怎么也忘怀不了它！记忆里的一切都那么美好；不好的，已经全都忘却，再说，这不好的，曾经有过吗？实在，也没个比较处。有一次白天，他们经过鲍加尼达村。在那荒凉的、被水浪舔平的河岸上已看不出任何居民的痕迹了。长满了细小的灌木丛、茅草和针苔的河岸已经和冻土带连成一片。村舍全都坍塌，在那断垣之上丛生着叫作蓬蒿的莠草，还丛生着不知从何处来的柳叶草和茎儿刺人的荨麻。柳叶草和荨麻这儿从来也没有见过，大概是装载干草的驳船经过时失落下的种籽。它们掉在地下，旷无一人，终于等到出头的机会了。村头的小屋，阿基姆曾在那里长大成人、弟妹和母亲曾在那里生活的小屋，现已消失不见——春天时冰排将它冲塌，后来河沙填平了凹坑，只剩得一根根朽木胡乱抛散在河柳丛里。渔民住过的工棚后墙已经裂开，骨架子不胜负担向下陷落，把窗户压扁了，壁板权权丫丫戳了出来。在工棚塌陷的墙背后，支在十字梁架上的俄罗斯式大炉台赫然在目。莫兹格莉娅科娃的小房间里斑斑驳驳的墙灰也都剥落，露出了一块块钉成菱形的灰板条。最使得阿基姆郁郁不欢的不是在风里飘荡着的灰色油毛毡，不是那两根单杠，不是那堆朽木和遍地蓬蒿，而是那泛着白色的炉台，它像一个活人那样，虽然被人遗弃，却执拗地、倔强地依然待在原地，毫不屈服。还有那工棚也使他黯然神伤，早先工棚是看不见的，它难为情地躲在农舍后边，可现在却无所顾忌地露了出来，成为这个村子唯一残存的建筑，过路的船只打老远就能望到它，以此来纠正航向。在倾圮倒塌了的工棚上戳起着当初充作天线用的汽笛。只见几根垂下的断线纠缠一起，在风里悠悠忽忽地晃荡。沙地上还剩下长条木桌的两条腿儿，这时有两只海鸥蜷曲着爪子在上面休憩。往上游稍走几步，能见到生满锈的大铁锅碎片像把犁头似的扎在浓霜覆盖的草丛中。

所有这一切细节阿基姆只是在船经过鲍加尼达村时看在眼里的。每次过往，阿基姆的眼睛始终也离不开那隐现在工棚废墟中的当过银幕的白色炉台壁……从中他看见的是消逝不久的童年景象。在这里，就在这河岸上，从春到秋捕捞队的人忙忙碌碌；瘸腿基里亚格发号施令；鹅黄色头发的卡西扬卡懂得了生活，学会了唱歌；渔业劳动组合的大锅里煮过鱼汤；长条木桌旁日复一日、年复一年地商讨和决定劳动组合的大事。而在这些成年汉子的庇护下，土生土长的卡西扬家的孩子和其他家的孩子得以躲过风雨，逐渐成长。白色的炉台壁那时曾充当过银幕。当母亲见到银幕上的一个坏人正想偷偷地打死一条名叫白牙的狗时，她抑制不住了："你们怎么只管傻眼看下去呢？！"她呐喊一声，便扑上去救狗。当然，母亲总是像孩子那样天真。但涅涅茨人古利绍依却是个专门从事狩猎的成年汉子，他从馒头礁旁乘坐鹿拉的雪橇到这里做客。一眼看见电影上的熊，他猝然拔出刀子向银幕扑去。再说渔汛以前的盛大节日呢？难道身穿橙黄色连衫裙、肩上围了天蓝色披巾的母亲形象能够忘记吗？只消闭上眼，耳朵里便响起她跳舞时直使得地板都蹦离钉子的踩脚声。她用披巾掩住嘴角，而披巾上印着展翅飞翔的鸽子，印在披巾上的"和平"两字忽而在人群中消失，忽而又映入眼帘。和平是什么意思，不想也能明白。它就是渔业劳动组合，就是捕捞队。和平——那就是母亲。当她寻欢作乐的时候也不忘记孩子们，用她神采奕奕的眼睛不时注视杂乱地躺在俄罗斯式炉台上的小孩，对他们眨眨眼。而他们，虽然还是一丁点儿的小人，也想溜下炉台，蹬脚挥手地跳舞，直跳得地板咚咚响，拥抱个什么人，搂紧他，或者把他抛向天空。和平和劳动——它是生活道路上的永恒的节日！

阿基姆没有能亲手把母亲埋在地下，他也不能在心中把她埋葬掉。他暗自想：终将有一天他的船会开到渔业社所在地那个小镇，而在那里，他母亲身穿橙黄色连衫裙，手里拿了个出院时带在身边的包裹，坐在一块石头上等他。"小阿基姆，小阿基姆！"她说，"你怎么到这会儿才来？我两腿都等得发酸啦！"正因如此，有一次帕拉蒙·帕拉蒙内奇提议在鲍加尼达河口停靠一下，让他去探望阔别许久的村庄——无论如何这里终究是他的故乡啊！可以到墓地上去瞧瞧，凭吊一下故旧。但阿基姆却不领这份情，听到这话竟然嘴唇颤抖，尖着嗓子叫喊起来：

"谁也没有在这儿住过，也没有人葬在这墓地里！"他一边说，一边沿着铁扶梯奔往机舱去了。凡遇上心中有疙瘩，他就在那机舱角里躲着。

从此以后，帕拉蒙·帕拉蒙内奇再也不提停靠鲍加尼达村的话了。他只是举起望远镜来，定睛凝望已从地面消失了的渔村旧址。岸边有水浪冲塌的工棚废墟，河滩上有泛滥带来的原木、板条。一度炊烟袅袅的渔村如今杂草丛生。做机务房用的小屋倾倒在地，像嘴啃泥似的。墓地上，最后幸存的几个十字架也因地冻而从土地里松脱出来，累累荒冢挤成一堆，掩映在灌木的虬根荆条之间，已经看不分明。而支撑长条木桌的两根木腿也已经不见了，只有铁锅的碎片像尖尖的楔子露出沙土之外。不久，连这露出的铁片儿也将被风沙、被一路蔓延而来的杂草遮盖……

"生活就是这样。"帕拉蒙·帕拉蒙内奇·奥尔苏菲耶夫声音很大地叹了口气，放下望远镜，任其挂在胸口，而自己则陷进了遐想之中。"时间把人们从静止中唤醒，于是人们便随着生活的浪花飘流。把谁抛到什么地方，谁就在那儿生根。而人一旦像挣脱了锚链的船一样随波逐流而去了，又何必再为陆地上的事牵肠挂肚呢……"

有一次，卡西扬卡寄来一封信，使得阿基姆记起了她。信封上的署名是："卡西扬卡·阿基莫芙娜·阿加菲娅。"好啊，把她哥哥的名字当作父名用了！那也好，读来怪好听的：阿——基——莫——芙——娜！从信中得知卡西扬卡学油漆工已经满师，如今在克拉斯诺亚尔斯克市附近的一个工地上工作。

"卡西扬卡！她是个有头脑的人，到哪儿都能生活！"信把阿基姆感动了。"其他几个弟妹怎样了呢？他们学了些什么？在干什么工作呢？如果能见上一面，该有多好。"这个念头只是一闪而过，终于连卡西扬卡的信也没有回。他从来不写信，也没有写信的时间，再说，那阵子谁对他都似乎可有可无，他什么也不需要。

然而阿基姆命乖运蹇，顺顺当当的生活眼看着又叫哪个恶心肠的人给毁了，居然发明了金属结构的自明灯标。"这些待在中心地区的人真是闲得没事干，干吗老是把人从一个地方赶到另一个地方，弄得人不得安生？一会儿是铁路停建了，一会儿鲍加尼达村没有了，一会儿是母亲不在人世了，家庭也拆散了，一会儿又生出了个新鲜事——灯标换成自动的了！"阿基姆愤愤地想。

"勇敢"号拖了一条小驳船，带着捕鱼人驶向北方，但几趟以后再也出不了远门了。它已经老朽，早已没有昔日的雄姿了。它难得有机会运一次当地的货物。到后来，只是运运工厂里的垃圾破烂，大半时间都是停泊着，船首对着堤岸，上上下下都是窟窿和缝隙，就像拉水的驾马那样半死不活。后来"勇敢"号被曳进了船坞，从此以后再也没有在水上出现。听说，它被肢解为一堆金属了。

春上，当另一艘轮船在另一个人的带领下驶往叶尼塞河下游去安排那些个自动装置时，这条河上的老河运工作者帕拉蒙·帕拉蒙内奇·奥尔苏菲耶夫猝然中风了。他那硕大的身子卧在连地板都洗得一尘不染的医院病榻上，紧闭着眼睛，一动也不动，一句话也不说，只求早死。此时已进了汽车驾驶员训练班的阿基姆，给他送来了名贵的糖水菠萝。小伙子恭恭敬敬地坐在这个一声不吭的老河运工作者身旁，替他把毯子盖盖好，装作无心地碰碰他那毛茸茸的手，谢天谢地，手还有热气。阿基姆终于克制不住自己的感情，三脚两步走出病房，一边走一边脱去白大褂，奔到医院的院子里，揪心扯肺地为这个巨人放声痛哭。

巨人终于死里逃生，又活了过来，可是却把他所有的水手服装统统在市场上贱价卖掉，穿上了一件灰不溜丢的、小得不合身的西装上身，戴上了一顶鸭舌帽，扁扁的帽子一直压到他的两道浓眉上。这两道浓眉依然十分威严，可是由于缺了顶绣金丝的制帽，和这张脸显得很不相称。

帕拉蒙·帕拉蒙内奇用拳头砰砰地捶着胸脯，宣布从今往后他永远不再同河流打交道，永远不再吃这口饭！他决定去生荒地培植果树和蔬菜，有必要的话，即使去种庄稼也干，实在不行，哪怕要他去铺路，打扫厕所也情愿，但是，他决不屈服！决不受这口窝囊气！阿基姆尽管闹不大清帕拉蒙·帕拉蒙内奇不愿受谁的窝囊气，可还是激动得声音发颤地吼道："多——好——的——人——啊！多好的人，多好的一个船老大，叫他们给坑害啦！"

"咱们这些个老河运工作者干哪一行都会有出息的！"帕拉蒙·帕拉蒙内奇说服阿基姆道，也许也是在说服他自己吧。阿基姆听出了他的弦外之音：他怕离开叶尼塞河，想找个人陪着他，壮壮胆。像这样的好人，阿基姆心甘情愿去做他的伴当，无奈阿基姆的胆子还要来得小。在他看来，叶尼塞河以外的地方是另一个星球，那儿的人是另一种人，穿的是另一种衣服，吃的是另一种东西，讲的是另一种语言。

总而言之，不管阿基姆心里多么难过，他还是硬着心肠送别帕拉蒙·帕拉蒙内奇·奥尔苏菲耶夫和他的妻子去人地生疏的生荒地。多少年来，帕拉蒙·帕拉蒙内奇的妻子待他如同亲娘，很快他们就打生荒地给他邮来了信。夫妇俩情绪挺好，字里行间流露出几分不好意思的味道，因为帕拉蒙·帕拉蒙内奇收回他原先讲的话了。他告诉阿基姆说，哈萨克斯坦也有一条河，叫作额尔齐斯河。"这条河当然不能跟咱们的叶尼塞河比，可走走船还是行的，在那里的驳船上当当船长倒也可以……"

"谢天谢地，这就好啦！"阿基姆高兴地想，他理解帕拉蒙·帕拉蒙内奇，那人只要能在河上工作，哪怕是一条无风无浪的河，胸中那颗狂暴的心也就能平静下来，于是阿基姆也不再为他担心了。这时阿基姆已经当上司机，开一辆自卸卡车。按他的衣着打扮以及每天上电影院和参加舞会那兴味儿说来，他已是地道的城里人。然而，他常常去河岸上溜达。在夏天的夜晚，他往往通宵达旦地坐在河边的草地上，下巴抵着双膝，凝望远方蔚蓝的夜空，滔滔的叶尼塞河正向那里滚滚流去，在那儿更远的地方还有许多江河湖泊，而尽头处便是冰冷的大洋。每年春天，在通往海洋的道路上，花冠里藏着冰珠儿的小花便破土绽开，装点着这冰峭雾凝的半是黑夜的大地。

葬后宴

那年夏天，阿基姆在下通古斯卡河的支流耶拉契莫河岸边的一个地质勘探队里工作。在编制上他是个越野汽车司机，但总是干干钳工的活，开开抽水站的马达，当当搬运车司机、绞盘工、钻头修理工，总之，他干过了哪些行当，做过了哪些活计，都没法一一说全了。他自己却谦虚地说："老哥，我就差飞机还没开了。应当试一试。据说没有什么了不起的，只消把操纵杆向前一推，往后一拉，就跟使横切锯一样……"

在勘探工作的各种必不可少的活动中协助阿基姆的，是一个小伙子不像小伙子，壮年汉又不像壮年汉的名叫彼得鲁尼亚的人，虽说他已经三十开外，而且把整个北方都跑遍了。

阿基姆跟彼得鲁尼亚有福同享，此外，还轮番地破口大骂那辆残破不堪、东歪西扭、只靠难以入耳的谩骂和强有力的铁棍才勉强开动的越野汽车。阿基姆和彼得鲁尼亚就是用这匹人工的"铁马"在森林里开辟道路，打扫"工地前沿"，拖出陷入泥泞地的车子，有一次还把一架直升飞机从泥泞地里拉了出来。但是这辆在无底的泥泞地和原始森林里受了内伤、无人照管、被开车的浪荡鬼们弄得残缺不全的车子，已处于这样一种状态：它越往森林深处开，它那强劲的吼声和前进的运动就停歇得越频繁、越长久。

司机和助手朝"马"身上肮脏的履带踢了一脚，说这不是机器，简直是"气死人的废物"，便去要求结账。他们被唬了一顿："合同签订过没有？钱喝光了吧？是不是这样啊？"于是什么账也没有给他们结。

阿基姆声音发颤地对领导嚷道："哎哟哟，真不得了！真不得了！你怎么能这样想呢？"彼得鲁尼亚一把扯开身上的衬衫，挺着刺有花纹的胸脯站在领导面前，想叫他相信自己什么也不怕，谁也不怕，因为他整个北方外加科雷马河流域都见识过了，也没有给吓破过胆。一般地说来，用法庭审判是吓唬不了他的：审判过后仍旧是把他往勘探队里一塞，无非是换一个队，那时领导倒不一定是这号傻瓜，并且还会分配他去开车，甚至开一辆新车；如果没有汽车，他也准会当上个电影放映员，当不上电影放映员，也会当上钻探工，当不上钻探工，也会当上采集员，当不上采集员，也会当上悬索工，当不上悬索工，也会当上绞盘工，当不上绞盘工，也会……

谁也嚷嚷不过彼得鲁尼亚，这是所有的领导都清楚的，因此，人们主要向阿基姆施加压力，他害怕法院审讯，因为他从来没有为了任何事上过法庭，从来没有坐过班房。他对所有领导都恭恭敬敬，爱惜体谅。事情往往这样结束：阿基姆揪住自己的脑袋喊道："我要上吊了！"便回到"马"身边，再耗尽力气，绞干脑汁，使这冰冷的铁肚子里萌发出生命来，然后载着一支勘探地下资源以及其他一切资源的地质队沿着拼杀出来的新路线前进。彼得鲁尼亚骂街骂得整个埃文基耶都能听见，他责怪阿基姆软弱可欺，要他相信，他若是这样处世行事，在这个风急浪高的世界上是活不长的。但是彼得鲁尼亚没有抛弃自己的伙伴，因为他懂得，在耶拉契莫这块地方，他们俩就好比战场上的尖兵，是没有权利互相出卖的。

……这位越野车司机和助手大喊大嚷、诅咒痛骂得累了之后，便在车子里磨磨蹭蹭地干活，平心静气地哼起一支当地的古老的歌来："沿着图鲁汉斯克的大道，一队马车在飞快地奔跑。"突然，他们听见拍水声、啪嗒啪嗒和呼哧呼哧的声音，抬头一望便愣住了：在离他们至多不过二百俄丈的地方，有一只驼鹿站在河里，咀嚼着水草根，吃剩的草从它松弛的嘴唇上七零八落地掉下来。从那哩哩啦啦倒悬着的笔直的毛上，从整个弯曲的凸鼻子的嘴脸上淌下一滴滴水。咀嚼过的水草根渣子也邋里邋遢地往下滴落。

阿基姆趴在地上，向营房爬去。他有支猎枪放在那里，虽然已经损坏，看来不太保险，但还能射击。矿藏勘探者们明白了原委后，本想全体出动跟阿基姆冲去，因为天天吃浓缩食品、罐头红甜菜汤和番茄酱鲳鱼使他们又馋又饿，很想吃点鲜肉，更想见见打猎的诱人场面。阿基姆却命令这支主要是由不久前释放的犯罪分子组成的战斗队卧倒不许出声，只是不能不让彼得鲁尼亚一人饱尝一下眼福，瞧瞧他这位顶头上司，一辆战车上的战友和同志，是怎样偷袭一只野兽的。

得交代一下，野兽，特别是驼鹿，现时的生活习性，与一九一三年本地区野兽的习性相比，一点也没有改变。在卡卢加或梁赞的公路上，温厚的大野兽还敢出来游逛，净想用角去顶撞"扎波罗什人"[1] 或其他汽车，要不就到居民点去闯乱子，让孩子们和当地记者们高兴一阵，这些记者便把事件立刻报道出来，描写一个叫波斯基姆娅·阿加芳诺芙娜的家庭主妇，怎样用扫帚把一头老想偷吃她的山羊饲料的林间巨兽赶出了院子。

在图鲁汉斯克或者埃文基民族区这类边远地区，常常有人不顾任何禁令，像追一只野兔那样追逐驼鹿，总想把它用作自己的口粮和狗的饲料，或者卖掉换酒喝。因此，这里原始森林中的驼鹿无一例外地都采取旧制度下所采取的态度——主要凭靠听觉、嗅觉和飞毛腿，而不信赖保护动物的文件。

当然，近年来驼鹿的安宁之遭受破坏，并不限于我们边境地区，也不限于无法穿越、无人监督的密林，而是到处如此，连首都附近的森林也这样。在这种情况下，一切都是合法的，组织得可谓首屈一指。许可证是事先搞到手的，地区是事先确定好的，那里不但有取名驼鹿的野兽，而且有贪图喝酒不掏钱、想抽首都的名烟、爱打听新鲜的轶闻趣事的猎场看守人。大家知道对于这种奴才的面目和本质，涅克拉索夫早就有所描绘，他们在实质上没有改变，只是变得更加机灵，更为蛮横罢了。"我在德高望重的佩列麦季耶夫公爵的桌子旁站立过四十年，我把盛着上好的法国地菇的碟子舔了又舔，常常把那杯喝剩了的外国名酒喝干……"

---

[1]　汽车品牌。

诚实、自爱的猎场看守人通常是不肯替人家去追捕禽兽的。他会认为这是对他的羞辱，哪怕是再大的官，只要他们是为了开心解闷前来屠杀生灵，即便是屠杀野兽，他也会把他们从林中赶跑的。

一批武装到牙齿的追求刺激的人乘着三四辆"嘎斯"来了——不能把他们称为猎人，免得玷污了这个美好的古俄罗斯词语。在林间空地上，他们把雪踩瓷实了，点起了篝火，摘到了好些有滋补功效的罕见药草，用来煮茶（通常只能用悬钩子的嫩枝来煮茶）。"茶呀，茶！"外来的人们咂吧着嘴说。"空气多好啊！雪多美啊！难道在城里见得着这样的白雪吗？哎呀！呼吸着自然界的气息，领受到扑面的寒气，你不禁会惊叹起来，心儿多么激动啊，多么向往故乡的农舍，多么想再过上健康的劳动生活啊……""是啊，那还用说！故乡比任何磁铁都更有吸引力！……""还有什么可说的！普希金是位天才，他对生活分析得头头是道，他非常贴切地表达说：'虽然毁坏了的躯体在哪里腐烂都一样……'我记得不怎么准了，忘了，大概意思就是这样：在故乡的土地上，就连长眠也分外香！……"

这样的贫嘴薄舌是在毫不含糊的、危险的、惊心动魄的事开始之前的一种抒情性的准备活动和心灵休息。他们为了提神取暖，每个人喝了一杯酒，把杯子递给猎场看守人。他一口就把酒喝完了，像狗似的舔舔嘴唇，睁大眼睛望着人们的眼睛，就差一条尾巴了，要不，准会摇晃起来的。

"待会儿再喝，待会儿再喝！"他们不客气地向他挥动双手说道。"要不，你喝足了准会把事情弄糟的！"

猎场看守人故意露出委屈情绪，情不自禁地自吹自擂起来，他说他精通自己的业务，对任务了如指掌，一些更为重要的人物他都接待过，也没有让他受过这样的委屈，没有破坏过他的威信呀。于是猎场看守人乘上雪橇一溜烟便滑到积雪未消的林中低地，在那里，一头嘴唇下垂的驼鹿随着鹿群正在打盹。外来的射手们在茶足酒酣之后已经困倦不堪，他们有的爬上敞棚去休息，有的在帐篷里歇夜。

静悄悄的冬季森林呻吟起来了，仿佛喊着"捉住"似的。一只松鸡像一颗红色的火星，突然从云杉林深处跳了出来，一只兔子愣了一下，窜过林间空地跑了，喜鹊叽叽喳喳地叫着，毛茸茸的霜花从抖动的树上纷纷落下。狩猎者们把带瞄准器的多发马枪的扳机拉上，身子悄悄向前挪动，全神贯注地望着前方。处女般纯洁的冬季森林，受到了粗野的骂娘声的玷辱，从里面传出一片喧嚷和叫喊的声音。一只离群的驼鹿被猎犬追逐着，惊恐万状、蒙头转向地驰过林间空地，吃力地在雪地里蹿上落下，只看得见脊背起伏。这只本因几十年来受到保护而对人满怀信任，但如今已无人保护，重又不再信任人的笨拙的巨兽，抖了抖汗水淋淋的两肋后站起来，不知该往哪儿跑，不知怎么才好……驼鹿的两个鼻孔像湿漉漉的活塞似的吸着气——空气里弥漫着种种在天生好洁的野兽身上很少闻到的气味：伏特加酒味、汽油味、狗膻味、烟叶味、大葱味、陈腐的内脏味。驼鹿呆然不动，听天由命了——它认为散发如此臭不可闻的气味的野兽是对什么都不会顾惜的：无论是对森林、对别的野兽还是对自己。如今躲也枉然，求饶也枉然，搏斗也枉然——这种野兽早已不在林中进行公开战斗了，只是打冷枪，在安全的距离内射击。在这种野兽身上，高尚的情操早已丧失殆尽，对大自然的友爱和正义感都消失了，由于深信自己在智力上胜过自然而变得脑满肠肥。

枪响了！一发发子弹像打摆子似的噼里啪啦、杂乱无章地响着，仿佛互相都在自我炫耀。终于有一发并非最懦怯、最下流的子弹击中了动物硕大的心脏，把它撕裂了。野兽痛苦万分地舒了一口气，瘦骨嶙峋的双膝扑通一声跪倒在地，仿佛在向大地祷告或是诅咒，然后笨拙费力地半跪着侧身倒下去了，它那像精塑细雕而成的蹄子扒松了一堆雪，蹄子的隙缝卡进了湿漉漉的黄色苔藓。野兽喷出一口声嘶力竭的气，把洁白的林间空地溅得一片鲜红，它痛苦挣扎，在雪地上扒出了一个坑，使树根、残留的秋叶和秋草都露了出来。

打野兽的人们赶紧从树上的棚架滑下来，号叫着，上气不接下气地在雪地上奔跑，按照自己规定的某种仪式，或者是出于对鲜血的卑劣的嗜好，竟对着已经跪地不起的动物放空还剩在枪膛里的子弹。

……不过我说得离题太远了，而且还是在这么关键的时刻。还是回过头来讲那个年轻而狂热的人吧，他顾不得膝盖和臂肘在树根和倒下的树木上摩擦得生疼，朝着目标前进，就为逮一只驼鹿给那些干重活的人做一顿美餐。

这两个同车共济的战友从自己这匹名曰"越野汽车"的赤身光脚的"铁马"背后探头望去，发现驼鹿还没有等他们赶到就已不在原地了。它涉水蹚过小河，贪馋地啃着水草，眼看就快走到满是幼鱼和鲹鱼的浅水河滩了。地质人员有时溜达到这里来，用衬衣或毛巾兜起面条似的幼鱼拿来烧了吃，想使自己的食物多样化些，想扩大一下自己的"多味食谱"（地质勘探队里常常这样取笑自己的菜单）。河汊里水草长得很柔弱，毛茸茸的，给浑水泡得很脏。驼鹿准会嫌恶这种食品，宁可不在水里嬉戏，也要去弄点新鲜的食物吃吃，甚至跳上岸或索性"回家去"——对它这种自由自在的大家伙来说又算得了什么！——想上哪儿就上哪儿。在这个广阔的天地里，在这个堆满枯树败枝、杂草丛生、垃圾遍地的原始森林里，你就休想把它找到了。

阿基姆连跑带跳地从一棵树奔向另一棵树。彼得鲁尼亚跟在后面，但阿基姆是预先看准后再往那里抬脚的，因此前进时一点响声也没有，而彼得鲁尼亚虽然尽量使自己的行动比水声还轻，使自己的身子比草还矮，尽量不让自己发出任何响声，把气憋在肚子里，不让自己踩响树枝，不让自己咳出声来，但他做不到，毫无办法，照样响声不断。事情往往是这样，你越是想熬住不咳嗽，结果却咳得越是响。阿基姆决定用拳头威吓他，转身一看，几乎吓了一跳——他的战友彼得鲁尼亚变得不能辨认了：头发竖了起来，他那被油腻沾黑了的脸上露出一层肺痨的红晕，欲火烧灼着脸，眼睛里闪烁着既残忍又惊慌的火焰，而且渐渐地在暗淡下去。阿基姆这才明白了：彼得鲁尼亚虽说因作奸犯科服过两次刑，但实际上是个胆小的人，也许还是个善良的人，不过，曲折的人生道路使他离善行愈来愈远。

彼得鲁尼亚憋足气，捂住嘴咳了一声，带着疑问的神情瞧了瞧同伴，便悄悄地自以为像猫那样小心翼翼地向前走去。不过，随着目标愈来愈近，他渐渐失去自我控制的能力，周身燃烧起来，紧张得直打噎，鼻孔呼哧呼哧直响，发燥的嘴喃喃地念叨着什么。

阿基姆用手势命令彼得鲁尼亚停下来——他压根儿帮不了忙。彼得鲁尼亚咽了口唾沫，同意地点点头，倒在树下的苔藓上。阿基姆在这刹那间想道：这笨蛋沉不住气，会跟在后面的！但此刻他顾不上战友了，他把全部注意力都移到野兽身上，目不转睛地望着驼鹿，仰身顺着酥松的冲蚀沟滑到岸底下，连手带脚悄悄地爬到岸边，躲在已抽出一束束柔条的河柳丛里。

驼鹿站在河中央，疑惑地倾听着，抬起头深深地、紧张地呼吸着，河水仿佛也在呼吸。驼鹿的两肋一收，肚子便瘪了，一股水咕噜咕噜地从它肚子下边冲了过去；野兽的身子一鼓，一膨胀，水被挡住了，涌上它毛茸茸的肥胖身躯，弄得它腹股沟内怪痒痒的，水漫过胸脯时，使得它毛下的肌肉直发冷。驼鹿的嘴唇懒洋洋地耷拉着，两眼呆呆的，但耳朵却像两只小斧子似的竖着，担任着警卫任务。它们抖动了一下，像贝壳似的来回转动了几次，然后又停住不动了。野兽身上没有一块肌肉不在动弹，眼睛一眨不眨，嘴唇收缩了一下，驼鹿预感到有什么动静了。

为了准确地命中起见，最好向野兽再挪近哪怕五六俄丈——枪已有很长时间弃置不用了，枪上溅满了污泥。有一回，彼得鲁尼亚曾醉醺醺地拿着它跟在大家后面跑着，想撂倒或吓唬一下什么野兽，但是他的上司，那位老"江湖"，预先就把子弹给藏起来了。当时彼得鲁尼亚懊丧地用枪托砸了一下树干。什么枪经得起这么砸呀？即便是国产的，图拉[1]制的，如常言所说，也无非是用木头和铁做成的。

上面沙沙地响了一阵，纷纷落下来许多小土块，沙地上冒出一股水，把一片片灰色的苔藓聚集到一起。"彼得鲁尼亚这蠢货会跟过来的！他准会把野兽给吓跑……"阿基姆扳起了扳机，把枪托抵着肩，对着准星寻找驼鹿的左肩胛骨，在左肩胛骨下边，因潮湿而发暗的皱皮正频频动弹，一忽而仿佛在往里边吸，一忽而又立刻像个平平的小丘鼓了起来——这是野兽的心脏在有力而均匀地跳动。阿基姆屏住呼吸，正打算扣动扳机，却哆嗦了起来，身子摇晃了一下。因为有一声尖叫好像从云端里冲着他倾撒下来。这不是喊叫，而是一种撕裂东西的声音，好像闪电劈开了一棵树，同时这又是一种被恐怖挤压出来的闷声闷气的喊声。不，阿基姆不是用听觉，倒像是凭下意识捕捉住这喊声的。后来他才明白，这是人在喊叫，只有当一棵树或别的什么重物快把人压死的时候，人才会这么喊叫的。现在这喊声也在重压之下变成了这样：说是声嘶力竭的呼喊又不像呼喊，说是哼哧又不像哼哧，说是呻吟又不像呻吟，倒像一种痛苦的、压抑的、似乎只有从掐紧的喉咙里才会迸发出来的内脏深处的声音。

阿基姆从河柳丛中跳了出来，惋惜地看到驼鹿迎着面前搅起的水花，像只轮船似的顶着水走向浅水河汊，走向那云集在泥炭层上的毛茸茸的穗状醋栗，走向柳丛，走向更远的由纠缠在一起的稠李枝条组成的屏障。

---

[1] 苏联地名，产品以工艺精良著称。

阿基姆的手指没有离开扳机，他紧紧地捏住枪柄，纵身跳上陡岸，冲进地面上烟雾缭绕、树木稀疏的原始森林，树干上潮湿的节子给人毛茸茸的印象，使人感到不快，到处丫丫杈杈，仿佛都已烧焦，白色的苔藓从下面反照出微弱的光。在云杉林中，他看见一个慢慢蠕动着的毛茸茸的汉子——他在挖着一个坑，把断残的树枝往里面填。这汉子没有穿鞋，蓬头散发，动作挺麻利，但慌里慌张的——他干的活里面包藏着一种鬼鬼祟祟的、邪恶的味道。"逃犯！刑事犯！原来是他跟彼得鲁尼亚干上了……"阿基姆一边目不转睛地盯着那汉子，一边跨步走到树背后，想从掩蔽处把枪口对准他大喊一声："举起手来！"如再有点动静，也许还得开枪。他那只小心翼翼地在柔软的苔藓上摸索着前进的脚，一下触到了一个圆乎乎的异样疲软的东西，他马上本能地把脚缩了回来，吓了一跳，还没等再往下瞧一眼，就已吓得魂飞魄散地接连倒退了几步——在刚刚溅满红色浆液和密集的血斑的白色苔藓上，一个人头赫然在目，嘴巴歪咧得不成样子，一只眼珠子挤了出来。

　　"咿！……"阿基姆的嗓眼里哼出来的不是喊声，而是打嗝声，但就这个声音也蓦地停住了：那汉子转过身来，原来是只熊，它臀部肥大，身躯强壮，龇着满嘴蜡黄的獠牙，口水直流。被埋下去而且正被撒上树枝的那个捕获物还刚死不久，污血浸染了苔藓。阿基姆从那身沾满黑油的熟悉的工作服上已认出是个什么捕获物了——熊在掩埋一具被揉成一团的无头尸体。

　　他们——野兽和人——彼此紧紧盯视着。它那被沉重的颅骨压扁了的椭圆形眼睛放射出深藏而集中的野兽智慧的反光，阿基姆看出它已明白自己闯了祸，知道为此要遭到什么报应，因此为了自救，它应当再次进攻或者走开躲起来。走开是不行的，人手里握着枪，它的胆怯会让人醒悟过来，给人增添勇气。趁人还没有明白过来，趁人还在不知所措、吓得发呆的时候，得叫他蒙受更大的惊吓，然后向他猛击，把他撂倒。"呼……！"野兽抖动五脏六腑发出一种令人毛骨悚然的吼声。但是人待在原地不动，没有用手掩面，没有扔掉枪，却突然尖声大叫道："法西斯！法西斯！"——他喊得太猛，呛着了，声音嘶哑甚至疲惫不堪地问道：

"瞧你干的好事呀！瞧你干的好事呀，恶棍！"

野兽原本预料人会发出一种响彻整个森林的喊声来，这种混合着恐惧和绝望的叫喊将暴露出人的害怕和软弱，从而使它胆壮并且凶焰万丈。然而话语，甚至还不是话语本身，而只是说话的声调和话里所含的深深的痛楚，弄得它不知所措，有一瞬间愣住了，竖起的毛也塌下来了，它心里出现了某种与胡狼相似的卑怯心计——时机一到，转身溜掉。但是野兽已经默默地、不可逆转地撞到人跟前来了。野兽身上狂暴的怒火，对一场浴血奋战的预感，像一团烈火烧灼着它的内脏，使它丧失了理智，但使它的视觉变得更锐利，肌肉变得更富有弹性，后颈和脊背上重新竖起了焦黄的鬣毛。熊发出一声威势逼人、令人筋酥骨软的怒吼，转而变成一种吓人的胜利的狂叫，熊仗着这声吼叫越发显得凶悍，显得兽性十足。

阿基姆端起了枪，仿佛想用它把自己和野兽隔开，他的肢体和头脑都已麻木，而且惊异地发现，这只体格庞大、鬣毛耸立的野兽身上，竟没有可以瞄准射击的地方！没有一个地方！在小书和童话里老是写如何把子弹打进熊的额头。但实际上这个额头又窄又斜——如果子弹钻不到它正中，是会从额上弹跳出去的。熊的嘴脸是窄窄的，一张黑黑的拱嘴，但它既能用这耷拉着的嘴脸，也能用窄小的额头挡住胸脯。两只强有力的、好似和身子紧紧贴在一起的爪子可以举过嘴脸，富有弹性地跑动，把躯体向前抛送，同时掩护着两肋。只有那竖起鬃毛的脊梁和那像猫一样凶狠地拱起的背部才打得进子弹，但如果打不中脊椎，立刻就会被它打翻在地，被它揉烂、捻死⋯⋯

阿基姆甩掉了那些束缚住他手脚的难以挣脱的无形桎梏，站到树后，哪知脚又踩着了那颗头颅，便赶忙退到一旁，这时他已猜出：熊是躲在这里，躲在这棵树后边，打算袭击驼鹿，不料彼得鲁尼亚自投罗网，正中它的下怀⋯⋯

"来吧，来吧！"阿基姆迎上一步，似乎在鼓励它来决一雌雄。野兽反而一下子愣住了，肥大的臀部坐到了地上：它可没料到人会反抗。它明明看到人已经退却，躲到树背后去了，人害怕了，他个子很小，拖着两条罗圈腿，眼睛窄细，平庸无奇，活像沼泽地里的红菇。野兽却是毛茸茸的，鬃毛竖立，剽悍、凶猛。而如今这个平庸无奇的人却敢向它这个原始森林的主人进攻，熊吃慌了，动作迟缓下来，慢慢坐下，嘴巴和爪子抓了点什么，但立刻又活动起来，像弹簧似的向上一纵。然而人和野兽同时意识到他们中谁已经输了。熊的毛蓬松着，个儿显得更大了，左边腋下心突突地在跳，绒毛卷曲着，它全身发出的一阵阵轰轰声轻了下来，渐渐地停息了，就像一辆翻倒了的铁推车上剩下的石子慢慢倾泻干净了那样。熊直立起来，亮出披着柔毛的腋窝，这等于告诉对方自己的薄弱环节，指给他往哪里放枪。熊为了补救自己的失误，自以为令人毛骨悚然地大吼一声，但实际上它不过是像狗那样吠了一下，接着就虚弱无力地向人猛扑过去。其实不是猛扑过去，而是倒向人的身上。

这时砰的一声枪响，熊腋下的绒毛便燎着了，心脏好像给一根烧得通红的铁条戳穿了似时，全身猛地一震，骨头咯咯地响了起来，贪得无厌的发暗的肚子阵阵作痛，脊梁骨像快断了似的，一种红色的东西在它的眼前沸腾，血直往外喷，强烈的浓烟使它窒息，使它视线模糊，它哈欠连连，要瞌睡了，身子和爪子越来越软，眼看着要散架了，它陷入了虚空状态，正在向什么地方逸去。然而熊还在它所陷入的虚脱状态中挣扎着，不愿就此倒下，于是发出一声与其说是野兽的，还不如说是牛的哞叫，挥舞爪子，抓住了一样什么东西。这头野兽不知是凭最后闪过的意念，还是凭充满滚烫的鲜血的眼睛，还是凭那正在减弱的异常敏锐的嗅觉，闻出了令它憎恨的气味，明白了它抓住的是冰冷的枪支。于是它用一声不可一世的狂呼，用那所向披靡的凶猛的余威激励自己，试图站立起来，把锋利的爪子向上举起，要去撕碎这个长着罗圈腿的跟红菇一样平庸无奇的家伙，并跟他同归于尽。

但野兽在猛扑的当口向人喷出的那最后一口气，终于变成一阵痉挛，使得这个强大的躯体全身战栗、痛苦地蜷缩并立刻四肢伸直了。于是它身上的一切便都精疲力竭地安静了下来。它那仿佛涂过漆的黑爪子还在微微颤抖，相互敲击作响，右腋下的毛还在颤动，血正从左腋下喷泉般涌出来。血浆里不断翻起一团团的气泡，这时野兽的眼睛依然闪着微弱的光芒。甚至当后来血液流尽，污血顺着毛慢慢地淌着，像酸果蔓羹似的渐渐凝固起来的时候，这双眼睛里仍燃烧着不可遏止的怒火和对人的永恒的憎恨——这憎恨的火花竟还没有熄灭，竟还没有被带进死亡的黑暗中去，憎恨已牢牢地镌刻在瞳仁上了。这对半开着的眼睛里，好像有人把五颜六色的刨花撒在上边，使它们蒙上了一层障眼的帷幕，然而凶残的本性是掩不住的。

野兽那显得软弱无力的深陷的腋窝里勉强看得清的细毛还在不停地战栗、抖动，但爪子已经蜷缩起来，不再咔嚓作响了。满口蜡黄的被黄土和鲜血沾污的牙齿龇咧着。

"完了！"阿基姆想，他不敢相信自己，对所发生的一切也还没有完全明白过来，他并不感到狂喜，并不感到胜利，而是对所发生和所看见的一切感到恐怖不安，他用双手掩住自己的脸后退了一步，竭力想摆脱这一切，忽然他听见自己的声音说："呃……"他的嘴唇哆嗦着，膝盖发软，他的嘴仿佛是用马蹄铁上下夹挤着似的，舌头动弹不得，不能叫喊，不能呼人。他全身迸发出的这一声喊叫也只是在他再一次碰到彼得鲁尼亚的无头尸体时才像沉重的钢锭般地滚出体外。他急急退到一旁，几乎被那个在白色苔藓中间的暗红色血泊里漂浮的发黑的熊的身躯绊着。

阿基姆仿佛被团团包围、封锁在尸体中间，好一会儿发疯似的在原地踏步，转来转去，最后脸朝地跌到冰凉的苔藓上，静待着那只毛茸茸、湿漉漉、黏糊糊的怪物马上从上面向他扑来。

在这遍地腐叶的北国森林的深处，经常很凉爽，由于凉快，总是笼罩着一股潮气——不是露水，这里通常没有露水，而是指热天里一种水汽腾腾的透心的潮气。这种秋前的凉飕飕的潮气笼罩、紧裹着阿基姆那穿着肥大的工作服和短大衣的浑身是汗的身体。阿基姆略略抬起头来，他的目光扫视了一下野兽——一切都确有其事，一切都历历在目，野兽压根儿没有躲藏，正以一种傻气而顽皮的姿势躺着，用两个爪子抱着枪贴在胸前。阿基姆用手擦了擦嘴唇，觉出唇上有点咸味。他那些被黑油染黑了的手指的指甲下和手腕子上都沾满了鲜血。只是到了这时他才发现右手背面已经伤到骨头了，而且无论捏成拳头也好，或者并拢五指也好，这些伤痕都看得清清楚楚——野兽在最后一次挥起爪子时仍然在一刹那之间抓着了人。

阿基姆因为自己的软弱和怯懦而感到又恼又羞，他从地上站起来，拔起一棵细枞树，用它的根钩住枪上的皮带，猛地一拉，他似乎已经忘记：一个枪筒里正装着子弹，一个扳机已经扳起。熊的两个爪子往后闪了一下，松开了枪。一拿到枪，阿基姆立刻就摆脱了种种恐惧心理，又哭又喊起来，顾不得指甲疼痛，从子弹夹里掏出子弹来，复仇心切地胡乱朝着被打倒的野兽开枪，子弹、铅丸、霰弹像雨点般打到野兽身上，但野兽已毫无反响，丝毫不再动弹，它既不感到疼痛，也没有凶残和憎恨了，只是在被子弹打中的地方，又厚又粗的毛抖动一下，冒出烟来，从那里流出的恶臭的血水冲淡了毛的焦煳味。

人们听到喊声和枪声纷纷赶来，阿基姆扔掉枪，双手抱住脑袋，失去知觉，摔倒在地上，他后来解释说这是由于失血过多，实际上则是由于"实在吓死人"。

彼得鲁尼亚生前给各式各样的人和组织招致过许多麻烦，然而在他如此耸人听闻地罕见地惨死之后所发生的一切，超过了人们所能想象的限度。若是造化显灵，彼得鲁尼亚能够醒来哪怕一小时，对他所受到的注目亲眼目睹一番，那么他也许会自爱起来，洗心革面，重新做人的吧。

有个人身首异处啦！"是谁干的？"一个年纪很轻、警惕性很高，且又十分固执的侦查员追问道，他是第一次来原始森林，而经办的又是这么一桩奇案。

"是熊干的。""是啊，世界上的事本来无奇不有，我们在侦查工作中还碰到过比这更稀奇古怪的事呢。"侦查员玩着吊带，一会儿把它抻长，一会儿又啪的一声把它弹回去，表示同意说。但他还是把这名越野汽车司机请进一个单独的帐篷里隔离起来，帐篷的门被反扣着。子身独处、无所事事和担惊受怕使阿基姆精神上备受折磨，他等待着自己的命运。一个坐直升飞机来的穿一身漂亮制服、表情严峻、城府很深的人十分详尽地调查核实罪行的细节，向队里所有的人提出了好些直截了当得露骨的问题："司机跟助手有没有仇？他们彼此曾经威胁过要报复吗？他们是否早就是一路货了？司机从前被判过刑吗？如果判过，触犯的是哪一条刑律？"

侦查员不知怎的对熊并不感兴趣，只是对那张熊皮瞅了一眼，熊皮上满是发暗的窟窿，仿佛缀着一颗颗暗淡无光的星星，熊皮抻开在两棵树中间，森林蚜虫贪恋毛皮上的那层脂肪，在上面乱爬，小蚂蚁、黑色瓢虫和没精打采的苍蝇正在忙碌着。熊的胴体也被子弹打得弹痕累累，爪子还没有剥去皮毛，胴体用一根铁丝拴在一块石头上，在河里飘来晃去的。射手为什么要把它藏在岸边的水里，在把它打翻后为什么还要向它射出那么多子弹，这一切特别引起怀疑。阿基姆发誓说他自己也不知道为什么对死熊开那么多枪，至于把它扔进河里"浸"起来是为了不让它发出狗肉的臭味，然后人们好把它煮了吃——就让它记住残害人会有什么样的结果吧——这番辩解更加深了那位侦查员的猜疑：他的对手是个装成缺心眼的老奸巨猾的惯犯。

这个正在受审讯的司机两次被带到肇祸地点，命令他握着卸去子弹的枪站到树背后进行"示范"。侦察人员用卷尺丈量着从一棵树到另一棵树的距离，用小刀从白色的苔藓上刮取血样，捡起了纸填弹塞，而这些纸填弹塞是用彼得鲁尼亚的一个情人给他的信做成的，于是立刻产生了一个新的疑点——女人！这下可有了新的侦破方案！从古以来，女人历来就是祸水，是几乎所有犯罪活动的导火线，女人和酒——是一切纷争的起因。

唉，猎熊人要是早知道那个会写写字的女人——图鲁汉斯克市机场餐厅的女侍应生——写的这封信会给他和侦查员招来这么多麻烦，他早就省下点酒钱来，买些毡制的填弹塞了……

是呀，我们所有的人到了事后都变得聪明了……

侦查员们用照相机和电影摄影机在跟熊搏斗的现场久久地拍摄猎熊人的镜头。阿基姆见到要拍电影，便怯生生地请求让他去换件干净衣服，梳理梳理头发，然而侦查员们却严厉地回答他，要他"老老实实照原来的样子做，不许隐瞒真情"，这使他全然着了慌，"示范"得颠三倒四，连讲话都嘟嘟囔囔的，简直无法听懂他在说些什么。

叫他怎么能不着慌呢！拍摄拍摄他倒也罢了。可是连填弹塞也拍了下来，还把所有破破烂烂的东西都收集拢来，重新拼好，据侦查员说，在把这些东西送往化验室仔细分析前，先要照相定影。

"哎哟哟，真要命呀！哎哟哟，真要命呀！"阿基姆浑身抖得像筛糠似的。"要判我罪啦！要狠狠地判我罪啦！我跟彼得鲁尼亚拌过嘴，骂过架，有时还扭打过。他喝醉酒后，我还从他手里把枪夺下来过……哎哟，这下我完蛋啦，完蛋啦！"

而且祸不单行，他的日子一天比一天难过。上边派了个工人，就拿着他阿基姆的枪，到帐篷里来看守他。这人是个刁滑之徒，曾经去过许多地方，因而自称"旅行家"，无论什么事他都在行，真叫你弄不明白他是在开玩笑还是当真。他煞有其事地告诉阿基姆这个在押犯说，那是给他拍了部"故事片"，马上就要去所有的俱乐部放映这部人跟吃人的野兽之间搏斗的影片了。至于那个猎熊人，因为他表演得十分蹩脚，判他坐十年班房，让他好静下心来反省反省，今后别再蒙骗自己和别人，否则就要一枪把他崩了。

忧心忡忡、被审讯弄得灰溜溜的阿基姆对一切都信以为真，关于拍电影的事也不例外。从那时起，他每看一部电影，总是暗暗希望见到自己，希望人们对自己所经历的全部"实在吓死人"的事情大吃一惊，因此他听我说在电影制片厂待过，竟那样感兴趣。他很想打听一下那里的人是否知道他参与拍摄的片子，可是天生的腼腆使他不好意思直截了当地问我。

谢天谢地，他幸好只是在一个由于犯罪要素不能成立而停止审讯的案子中照了相。勘探队领导甚至答应对阿基姆进行一次书面表扬，以表彰他在执行任务时所表现的勇敢，但是由于为追祭彼得鲁尼亚的亡魂而举行了一次不成体统的狂饮而没有来得及这样做。有人打算以破坏生产秩序的罪名把阿基姆和"旅行家"解雇，但那时野外作业季节已接近尾声，工人们正在纷纷自动结账离去，要给他们往劳动手册上写鉴定已无处可写——连封皮都早已写满了。此外，别人怎么样很难说，反正阿基姆是决不再胡闹了。他一喝醉了酒，只是亲亲大家，痛哭一场，摇摇脑袋，似乎表示一切都完了，他这是最后一次参加宴饮了，生活已经把他断送了，他不单单是在宴饮，也不单单是在亲自己的伙伴们，而是在跟人们和世界诀别。

事实上，在结案之前，在举行葬后宴之前，阿基姆已饱经忧患，受够了折磨。那个出言不逊的侦查员使他受尽屈辱，助手的惨死使他悲痛万分。他越来越感到他的助手是那样可贵，那样可亲。这位猎熊人躺在反扣着门的帐篷里，被恐怖和失眠折磨得浑身无力。他望着这个涂满掐死了的蚊虫斑痕的圆锥形体，但愿这些吸血鬼把他活活吃掉，因此连防蚊剂也不抹了。

如果蚊虫吃不了他（森林里秋季已到，这种小飞虫已经稀少，残存的也已奄奄一息），那么阿基姆决定不吃不喝地饿死，尽管他曾经豁出命去，跟野兽只身搏斗，但人们却把他押了起来！这怎么理解，怎么能受得了呀！他对生活已不怀任何兴趣了，认为他和生活的一切联系都中断了，这位"老哥"把一切都归咎于天意，总结出人生不过是吃喝玩乐罢了——地质勘探队员们在领工资时就是这么说的。

"彼得鲁尼亚总共才差几天没能活到预支工资的日子，而且只差一个月，甚至还不到一个月，就能赶上总结账的日子啦！"阿基姆忽然想起了工资的事，立刻被一种不安的心情所笼罩：他马上要以饥饿来结束自己的性命了，马上就要被埋入黄土了，那么他的工资发给谁呢？他受苦受累，喂养蚊子，吃铁锈色的菜汤，越野汽车几乎把他拉进了原始森林的密林深处。可现在那些跟他一不沾亲二不沾故的人却要把他挣来的血汗钱揣进腰包！不成！这怎么能行！也许得等一等再死，也许得留下张字条，叫他们给他清账——月工资、野外补贴、忙季补贴、北方补贴——把钱拨给孤儿院。弟弟和妹妹还在那个孤儿院里，或许这钱还可作他们的伙食费……

一想起弟弟和妹妹，阿基姆伤感起来了："唉，阿基姆呀，你这个阿基姆！真要命呀！"在痛苦的时刻他总是回忆起母亲来。这种伤心欲哭的爱或对她所感到的内疚使他再也无力支撑下去了，他越发感到悲戚，不能自已。阿基姆把手交叉在胸前，清晰地把自己设想为亡人，十分怜惜自己，期待着还有什么人来怜悯他，大声地长叹甚至饮泣着，好让帐篷外也能听见。他眼里涌出了两行眼泪，淌到耳朵背后，灼痛了他那一直没有洗净、被蚊子咬遍和受到黑油腐蚀的皮肤。"母亲干吗要生下我呀？"阿基姆继续想着母亲，心里很不是滋味。"要是她生了一个别的什么人该多好——对她来说反正不都一样吗？"那个别的什么人，即他的弟弟或妹妹，就会过他的日子，干他的工作，代他受苦，代他害怕侦查员，而他，阿基姆，就可以坐在暗处，从旁观察这块地方发生的事情，什么痛苦也不会有了。而如今他却要为生活而奔波，只有在领工资的日子里才能抽点高级香烟，而在其余的日子只能用马合烟来熏黑天空。甚至连克拉斯诺亚尔斯克都没去过一回，更不用说去莫斯科了。瞧那个爱嘲笑人的看守，却坐过商船绕地球一圈，到过非洲，印度，还到过别的什么地方，真不像话，连蛇和乌龟都吃过了，外国的甜葡萄酒都喝过了，玫瑰花瓣都用来下过酒了，花花绿绿的漂亮姑娘都搂过了！

可是这个最最不幸的阿基姆连本国的摩登姑娘都对付不了，出尽了洋相：前年秋天，他乘船到休养所去，走的是主航道。轮船上人很少，挺寂寞，这种时候谁也不会坐船到外面去游逛的，他那时正逢野外工作季节结束后休假，不管怎样反正得到什么地方去把钱花得有意思一点。就在航行第一天，他在甲板上看见一个女郎在溜达，她身穿一件夏季的外套，但额头上缠着一条大红飘带，穿一条劳动布的牛仔裤，指甲染得红红的，脚上穿的鞋，后跟高得像根劈柴，走起路来挺别扭，不过，船上没有一个人有这种鞋。女郎也挺寂寞冷清的。她朝阿基姆笑笑说："你好！小伙子！"她弹响自己纤细的手指，问他要根香烟抽。他请她抽了一支，给她点着火，一切都很得体。她在凑火的时候，不瞧火，却瞧着他，一双涂着蓝色眼黛的眼睛眯缝着，不知是烟把她熏的呢，还是在丢媚眼。阿基姆的心怦怦地跳着！真要命呀！整个夏天在原始森林里，净待在男人们中间，可想交际场合了；现在却有了她，一个女郎，一个浓妆艳抹、鲜蹦活跳的女郎，还在丢媚眼呢！事情明摆着，这时怎么也不能再缩手缩脚的了。阿基姆便大献殷勤。在轮船的空空荡荡、凉风习习的船尾上，他把头依偎在女郎的肩膀上，和着电唱机的音乐跳起舞来。她对他并不拘束，也靠着他的肩膀，一边哼着一支不是用俄语唱的忧郁的歌，歌声使人心碎欲裂，召唤人远奔他方。她还用俄语讲出了她那令人伤心的身世：她学过演戏，在一部由名导演执导的影片中担任过主角。但是倒霉的爱情降到了她头上，她同一个著名的极地飞行员一道飞到迪克逊岛，可是在那里他已经有妻子了……"啦啦，啦啦啦……嗒叭嗒，叭嗒……唉。一切都枯燥无味，一切都平淡无奇！心儿也不再动情！萍水相逢的旅伴啊，请你把我的心儿温暖，请你把它温暖，你像一颗明星划破了那漆黑的夜空……"这些话说得多好听、多得体呀！简直可以把人美死！女郎还不管三七二十一轻轻咬了他一下耳朵，他完全愣住了，也想把她的什么地方咬一下，但勇气还不够，还得喝口酒。阿基姆匆匆说了声"马上就来！"便从楼梯上冲下去，一路上皮鞋咯吱咯吱地直响；他像敲鼓似的叩打售票窗口，抓出一把钱往窗洞里塞，恳求尽快卖给他一张双铺舱的票，然后冲进餐厅，推醒那个在烧水壶旁打盹的女服务员，要她往舱里送酒、橙子、巧克力，又从背包里掏出了干鱼。

女郎乜斜着眼，不问地方乱抓乱咬，甚至嘶喊起来。"爱我吧！强烈地、火热地爱我吧！我的粗野的骑士！……"那声息，实在难以形诸笔墨！阿基姆简直不顾一切了，女郎那火辣辣的爱，尤其是那些文绉绉的话语，使他魂灵儿飞上了半天。他决定等船在克拉斯诺亚尔斯克一靠岸便跟她登记结婚。光棍当够了，流浪汉的生活过腻味了。

但当他睡了好大一个觉醒来，女郎不见了，钱、背包也都没了。最要命的是连上衣都给捎走了，光给他身上留了件衬衣。

已经是秋天了，她自己倒穿着风衣，却给我来这么一下子，也该体谅体谅我呀！……

阿基姆一头钻进了不知谁的睡袋，里面尽是汗水、防蚊剂和烟的臭味，他尽情地痛哭起来，仿佛喝醉了似的，虽说他已经有两天别说酒，就是其他任何东西也没有沾过嘴。朋友们、战友们，这帮窝囊废，倒在走来走去、炒菜煮饭——他的鼻子闻得见食物的香味，他是猎人出身，嗅觉可灵着呢！耳朵也听得见碗碟叮当的响声。那个"看守"尽在帐篷外面开他玩笑，他恨不得从帐篷里冲出去，对准他眉心狠揍一拳。唉！这些人哪！为了他们，阿基姆曾想逮一只驼鹿，让他们补补力气，结果白糟蹋了那么好的一个人，到底是为了谁，为了什么呢？！统统去你们的吧！他阿基姆是个直筒子，对谁都把心掏出来，可是他们却对准他的心一爪子打了过来！一会儿像那个女郎似的把他抢个精光，一会儿又嘲笑起他的心肠来……

阿基姆痛哭一场之后心里觉得好受些了。痛楚虽然仍在涌上心头，但仿佛久雨后遇到初升的太阳，心里又豁然开朗了。真想找人谈谈关于彼得鲁尼亚的事，去看看他现在怎么样了，或者和大家一道沉默不语。只要能同人们待在一起，即使是沉默，也不会是离群索居那种滋味呀——这一点他还是从童年时起，在鲍加尼达村的时候就体验过了。他刚一想到人们，刚一感到需要人们，不知谁的靴子底下就咔嚓咔嚓响起了草茎被折断和木片噼噼啪啪开裂的声音，有人用手指抓住帆布，把帐篷的门掀开了。

"莫非又要提审了？"阿基姆把脑袋也钻进了睡袋，把湿淋淋的哭肿了的眼睛紧紧合上，甚至想装着打呼噜。

"喂，听着，阿基姆！"有人拉了一下睡袋。"走吧，跟好朋友告别去吧！……"

小河陡岸的上方，一处长满苔藓的小丘上，有一座小小的坟墓，被砍去了树干的根桩泛出白色，一绺绺的越橘枝叶，褪了色的、像嚼碎了似的桑悬钩子的叶子都朝下垂挂着。一具没油漆过的棺材斜放在湿漉漉的砂壤土和刚从深层挖出的火红色的黏土块上面。彼得鲁尼亚安谧地躺在棺材里，他被收拾、打扮得好像换了个人，身穿一件白衬衣，脖子上系着一条合成纤维的领带。在整个野外作业季节里长出来的稀稀拉拉的短发朝后梳着，把帽子底下没有晒黑的光洁的额头露了出来，有人甚至连鬓角都给他理出来了——勘探队里什么行家都有。彼得鲁尼亚的两只手上长满了肉刺，沾满了没有洗掉的黑油——这是个跟铁打交道的人。他的头用0.4毫米粗的渔网线仔仔细细地缝牢在身上，缝合处在领带下面，几乎看不出野兽伤人的痕迹，因此彼得鲁尼亚还是个完好无缺的……只有那些仿佛是画出来的暗色的爪子伤痕和那只用一张像五戈比古钱币大小的火红的秋叶盖住的眼睛，不免冲淡了葬礼那种庄严肃穆的美，没能给人一种解脱的感觉，反而使人触目惊心——一切都是确有其事：野兽、搏斗、人的死亡，一切的一切都不是梦，不是那种怪力乱神的童话故事（勘探队里就有那样的能手可以把这些故事讲得让你半夜里发狂似的叫喊，并从床上跳起来）。阿基姆因为自己的想法和哭泣，因为自己不久前在帐篷里的种种行为感到心情沉重，不知怎地自惭形秽起来——人死了，一只猛兽把他的朋友、助手害死了，消灭了，而他阿基姆却无动于衷，反而去惦记一个风骚货，自怨自艾，可眼前的彼得鲁尼亚却浑身白得像死灰一般，给野兽抓得遍体伤痕……

不知是谁把自己锃亮的袖扣钉到了彼得鲁尼亚的袖子上，给他穿了一双上面缀有小孔的半高勒皮鞋——从一块亚麻布底下露出了鞋尖；亚麻布是从帐篷里子上扯下来的，虽然已在河里洗过，但还能看得出油烟、污秽、蚊斑的痕迹。当然不会把死者运到图鲁汉斯克去，当然不会把他体体面面地、在乐队的哀乐声中用红棺材安葬……总归是这样的：你干活，谁都用得着你，你一咽气，便马上车也没啦，燃料也用完啦，总之，没有人运送啦。

也许是小伙子们不让运走吧？队里的小伙子都是挺好的，吃过不少的苦，什么都明白，他悔不该当初由着自己的性子欺侮他们，骂他们废物。即便他们同意把死者运走，又有谁到图鲁汉斯克那个地方去安葬彼得鲁尼亚呢！谁还需要他呢？用接尸车和公用的棺材把他从停尸所一送走，往坑里一埋，一切不就算完了！而在这里，周围都是自己人，都在伤心，都在思忖着自己的结局，有些人哭哭啼啼，既哭死者，也哭自己。

阿基姆没有觉察自己也已在抽泣，用那只打着绷带的手擦起眼泪来了，有人拉住他的短上衣的衣角说："小点声！……"队长致悼词了：

"……当我们穿过原始森林的密林深处，沿着从未考察过的路线向地球的宝藏不断行进时，我们失去了亲爱的朋友和战友，我敢打这样的比方：像在前线失去了英勇的战士……"

"说得好！说得对！"阿基姆从嘴唇上舐掉了泪水，他又一次想要去死，但愿对他也能说出同样的话，但愿帕拉蒙·帕拉蒙内奇·奥尔苏菲耶夫能从生荒地赶来，兴许连卡西扬卡也会乘飞机来……

他被推到了棺材旁边。阿基姆不知如何是好，直望着彼得鲁尼亚的手。由于这双手沾满了黑油，单独地看起来，好像还是有生之物——因此，总叫人不能完全感觉到他已死亡。阿基姆叹了口气，顺从地用脸挨了一下朋友的脸，一触着这冰凉的硬邦邦的东西，他仿佛像烫着了一样，立即闪到一旁；像是为了证实什么，他匆匆地摸了一下彼得鲁尼亚的手，这双手和那从河岸边冲刷出来的河柳的根丛一样坚硬、粗糙和冰凉。这么说来，这一切都是真的、实在的啰！彼得鲁尼亚不在人世了！彼得鲁尼亚就要被埋葬了！

阿基姆想起要做点什么，向人探问点什么，张罗点什么，挽回点什么——不可能，也不应当出这种事，这一切的起因却是件微不足道的小事，鬼把这头驼鹿引到密林深处里来，阿基姆却想打它来吃肉，彼得鲁尼亚又死乞白赖地非要看看——好奇心切啊！这又有什么呢？谁都想看看打猎，这也不足为奇？！结果是这么一个饱经沧桑、出生入死的人就这样阴错阳差、莫名其妙、毫无名堂地就……

现在没有什么可说的了，什么也不可挽回了。当阿基姆仍旧用那卷弄脏的绷带把湿得看不见东西的眼睛和发肿的嘴唇擦干的时候，他看见了那些在卖劲地、麻利地干活的人们。他们仿佛为着得到谁的赏识或讨好谁似的，争先恐后地在挖掘一条狭窄的土窟，在它上头已经堆起椭圆形的坟丘。

阿基姆转过身子，不假思索地毫无目的地信步朝原始森林走去。他的两条腿把他拖到了越野车跟前，他在车旁站了一会儿，呆呆地盯着车里，心里寻思着什么，突然，他紧紧地咬了咬牙，本来就两颊深陷而苍白的脸，现在变得越发苍白——他无法忍受，他要痛苦呻吟，他要高声呐喊，真想跳到推土机上启动它，把它向前开去，用这匹铁石心肠的铁马把周围的一切全都摧毁、推倒，把所有的野兽、所有的熊都赶跑，这些野兽在这个图鲁汉斯克的原始森林里繁衍得太多了，因此才出现了这种偏离法律、允许人们在此地整年把它们当作危险的野兽歼灭的现象。但是机器被拆散了，机箱盖敞开着，那只受了重伤的手疼得厉害——他往哪里去，干什么去，坐什么车去呢？况且，同伴们正在张罗葬后的晚宴。

经验丰富的勘探队长把自己的一只一公升容量的暖水壶拿来了，里边盛着酒精，他为这个工人心灵的安宁干了一杯，然后带上图囊板和一位带着一把长柄锤子的年轻女实习生，到原始森林去研究大自然的奥秘去了。

矿藏勘探者们活跃了起来，在林子里东奔西跑，斧子、铁锅叮当乱响，很快修起了炉灶，把罐头菜汤和稀饭吊到灶上烧着。为了不让"这堆死肉"熏坏这伙好人，阿基姆在离大家很远的地方，用被黑油腐蚀得很厉害的水桶，在一堆单独的篝火上煮熊肉，香气飘遍稀稀落落的森林，飘往耶拉契莫河，甚至飘向更远的地方，直到通古斯卡河，因为猎熊人在汤里搁了月桂叶、胡椒面、香草、牛至和野蒜。从水桶里，冒起一个个棕红色的泡沫，好似发酵的面团；不时掉在烧焦的木头上啪的一声炸开，燃烧起来，发出咝咝的声音，喷出窒息人的油烟。

阿基姆用削尖的木棍轻轻挑起一块暗灰色的肉，撕掉了皮，用嘴唇把它从刀上叼下，嚼着这块炙烫上颚的熊肉，眼睛朝上望着，仿佛是在倾听什么或者是想仰天长啸。这位猎熊人好容易才把一块堵在咽头的肉吞进了肚子，眼睛鼓得大大的，从他的脸部表情可以看出：这块不可心的、该死的、烫嘴的兽肉在人的复杂的五脏六腑之内走着一条何等曲折的路线啊！

"也许吞一个螺丝钉比这还容易些吧？""旅行家"问道。阿基姆对他很生气，不愿意跟他说话。他装得像是闲着无事，随便问问的，但显然兴致勃勃，而且这兴致同样是从人的复杂的内脏深处钻出来的。

"还没煮烂。"阿基姆回答说，瞅也不瞅这个见过世面的"旅行家"，随后把烧焦了的木头往一块儿敛，好添点火力。

"瞧你吃得多狼虎！"托木斯克大学的实习生戈加·盖尔采夫突然站起来说道。"那野兽吃过人肉啊！是个吃人的野兽！把它的皮剥光了，倒还真像个人样呢！可你这个出虚恭的专家，多脏的东西都吃！呸！"

阿基姆见到过各式各样的人，长期跟他们一道生活、工作，正如一位被叫作特写作家的外地作家在当地一家报纸上所说的：摸透了各种人的脾性，所以没有把盖尔采夫的话放在心里；他还年轻，而且人家刚刚又把他的女助手带到森林里去了，他正在那里吃醋呢，正在那里猜测干吗要把她带到那里去。

"说像人，也真像人，熊的爪子也跟人的手一模一样，只不过熊的前爪没有大拇指。"阿基姆心平气和地同意实习生说的话，他还想再解释下去，但已到了为彼得鲁尼亚举杯默哀的时候了。

大家一齐一饮而尽，吃着由赤褐色的鲴鱼、米饭和加黑麦的甜菜汤拼成的大杂烩。这时盖着拖拉机汽缸盖的水桶还在炭火上继续煮着熊肉，阿基姆从桶里舀出一大块肉来，向伙伴们点头指指水桶，但他们都背过脸去了，阿基姆嘟囔了一句："你们不想吃，那就请便吧！"他便按奥斯恰克人的风俗用锋利的小刀在鼻子底下把肉切成一片片，不住地吧嗒着嘴，得意地眯着眼，不慌不忙而又接连不断地一块一块地就着面包和腌荙葱大吃熊肉。

"旅行家"首先熬不住了。

"你这是……肉干吗要就着荙葱吃呀？"

"好吃呗。"

"旅行家"做个手势让阿基姆也给他切一块熊肉尝尝，他那副扭扭捏捏的样子，仿佛是人家在逼他吃似的。但阿基姆正全神贯注地大嚼着熊肉，心满意足得鼻子里直哼哼，对谁也顾不上看。因此，"旅行家"只得自己动手，同时装出一副样子：他是怀着嫌恶的心理去取这种肉的，上帝也能看出，他这么做不是出于本心。"旅行家"一脸不情愿地皱着眉头，甚至对篝火啐了一口唾沫。吃喝得醉醺醺的阿基姆向他指出："你朝篝火啐唾沫，嘴唇会烂掉的！""旅行家"从桶里拣出一块熊肉，像女人那样忸怩作态地用嘴唇从刀刃上把它咬下来。工人们紧围在篝火四周观望。"旅行家"一边把一小块熊肉嚼得烂烂的，往肚子里咽去，一边眯缝着眼睛，望着远方，若有所思，然后声称熊肉的滋味像负鼠或者说像袋鼠——不过眼下他还说不大清楚，然后又撕了一块大一点的肉放进嘴里。队里那个无线电报务员，一个城府很深的令人讨厌的人，平日整天想的是补品和胖娘儿们，这时也切了一小块熊肉，但同时又说，没东西润润嗓子未必能咽得下去……

大家明白了他的暗示，一齐干了第二杯酒。不知不觉，这些工人都一个一个跑到阿基姆的篝火堆旁来了。他们团团围坐在盛着熊肉的水桶四周。

"要是跑肚怎么办呢？"报务员不放心地说。

"就着苦葱吃，就着越橘吃，再用酒压一压，什么肉都只会有益不会有害。"阿基姆宽慰着同志们，他在帐篷里吃够了素食，尝够了不能吭声、孤独忧伤的滋味，禁不住叨叨说教起来。"同志们，熊肉有特殊效用，它明目，益肺，抗寒——吃了熊肉，受用无穷，能长力气……"

"吃了它可以去找娘儿们玩啰！"有人哈哈大笑着说。"我可是说正经的，可他……"

"好了，好了，别犯倔了，何况现在也没有娘儿们。"

"可是……"显然，报务员原来是想提到那个女实习生的，但他的话及时地被"旅行家"打断了。

"真是千真万确：活到老，学到老，周游四方，见多识广！整个世界我都差不多跑遍了，但只见过一种长毛绒的熊。年轻时太幼稚无知，我曾想试试啃下它的耳朵，但是立即就把它吐了——不好吃。"

谈话开始了，天南地北地扯了起来，酒喝得愈来愈凶，葬后宴变成了放浪的宴饮。到第二天黄昏，偌大一只熊只剩下两对毛茸茸的熊掌。勘探者们像亲兄弟一样拥抱，不止一次地祭奠彼得鲁尼亚的墓，把酒洒在土块上，在土块中间，一摊摊灰色苔藓蔓延着，压扁了的越橘和浆果呈现出一派红色。大家都认为自己有责任在死者面前，为他以及全人类所遭受的委屈忏悔，大家都发誓永远缅怀亲爱的朋友，从今以后再也不对任何人干任何坏事和任何令人不愉快的事。

阿基姆在彼得鲁尼亚的墓地上，抱着一根用雪松砍成的墓碑桩睡了一大觉。一觉醒来，看清自己待在什么地方以后，他感到有点尴尬，便顺着坡跑到小河边，洗了脸，走到几乎熄灭的篝火堆前，在篝火堆周围，横七竖八地（仿佛是在一场激战之后）躺卧着疲惫不堪的人们，只有那个滴酒不进、生性不善的戈加·盖尔采夫一个人坐在一个小树墩上，在拍纸簿上潦草地、利索地写着。

勘探大队队长专程从图鲁汉斯克乘飞机来这儿整顿劳动纪律。他深知此行要去同一些什么样的人打交道，所以随身带了一箱酒，可是当直升飞机降落到耶拉契莫河中间的滩地上时，这位大队长一眼就判明了情况，这个分队的人都已心力交瘁，葬后宴上并没有胡闹，并没有干架，并没有动刀子，人们是出自肺腑地哀悼死者的。

"后天恢复工作？！"勘探大队长既是命令又是询问地说。凡有资格乘汽车，特别是乘飞机在图鲁汉斯克和埃文基耶的原始森林中来来去去的人，地质勘探者们全都认识，再说他们也已嗅出直升飞机内藏着一只小箱子，于是保证在大队长规定的日期按时出工。出于兄弟般的情谊，他们想拥抱这个通情达理的好人，甚至想把他抛起来，可是大队长却大踏步涉水过河，登上了直升飞机，飞机立即轰轰发动，升上了天空。

他们信守诺言，到了规定的那天，陆陆续续地出工了。为了夺回损失掉的时间，大家起早摸黑地拼命干活，如期完成了工作区的任务，然后从耶拉契莫河返回图鲁汉斯克。至于那些留在勘探队里的人，到了下一个野外工作季节便转移到下通古斯卡河的另一条支流——更加僻远的尼姆德河附近干活了。

过了几年，阿基姆到下通古斯卡河僻远的地方去打大雷鸟，他存心绕了个弯子，沿着忧郁的耶拉契莫河久久地东找西寻，想找出当年地质队工作过的那个地方。然而不管沿河走了多少路，不管在河谷的灌木丛里转了多久，他没有能找到地质工作者们的足迹和他那位朋友的墓址。

原始森林把一切都吞没了。

图鲁汉斯克百合花

　　我终于来到卡扎钦斯克石滩游历了一番！这一回我不是乘轮船经过，也不是乘"流星"号匆匆驶过，更不是坐飞机一掠而过，而是亲临其境，坐在石滩的岸边细细观赏。眼前的石滩已不像当年那样叫我害怕，但它却更令人迷惑，难以捉摸；它那狂暴的激流唤起了沉睡在我心底里的某种力量。

　　记得在从前，老掉牙的客轮"扬·鲁德祖塔卡"号要过石滩时，还离开十俄里远就开始一个劲儿地鸣笛，发出恐怖的怪叫，弄得正在值班的全体船员心惊胆战，尤其是旅客，还有当场晕过去的。我就亲眼见过一个虚胖的老太太突然昏倒，脑袋砰的一声撞在铁的甲板上。旅客们都从甲板上被轰了下去，其实大多数人是自己下去的，他们惊恐万状地钻到床铺下面、大桶下面，躲进堆放行李和木柴的地方。船上木柴堆积如山——"鲁德祖塔卡"号当时虽说是艘"快班"轮船，但还是靠烧木柴发动，所以从伊加尔卡出发，往往得十到十二天才能到达克拉斯诺亚尔斯克。

　　当然，也有那么些天不怕地不怕的好汉，强横地不听从船员的劝阻，硬要挺着胸膛跟自然界较量一番，偏要盯着它，偏要蔑视它；而那些奉命离开甲板的——也有不少是被人强拉下去的——小伙子们，还有姑娘们，特别是孩子们，全都隔着舷窗看傻了眼，鼻子贴在玻璃上都压扁了。

记得我生平头一回经过卡扎钦斯克石滩时是躲在甲板上的救生艇底下过去的。那次我怎么没吓死，至今仍百思不得其解。

伸向石滩的两岸渐渐往里收拢，河道像条石头走廊，水流左右回旋，上下翻滚，岩礁森然罗列，使河水显得深不可测，河水透露出变幻无穷的光影，有些地方，从那黑洞洞的河流深处，像有一道道无声的，因而显得更阴森可怕的闪电，化成利剑迎面劈来；在夕照下，水沫迸发恰似火星飞溅，四散繁衍，汇成一片炽红，给人的感觉好像船底下马上就会发出一声巨响，将船炸成碎片。然而轮船却毫无惧色，它用船首犁开烈焰一样的波面，碾碎水层，以不可思议的速度勇往直前，发出令人胆寒的轰隆声，把五颜六色的碎裂的水波抛在后面。

河水沸腾着，咆哮着，好像有成千上万个风磨同时转动，磨盘隆隆轰鸣，水堰哗哗进水，铁铸的风翼呼呼喧响，木质的传动轴叽嘎有声，还夹杂着其他的噪声。在触目皆是的乱石中，大地的一切斑斓色彩和音响都消失了，只听得从河流深处，从地心某个地方越来越明显地发出低沉的隆隆声——地震发生前也许就是这样的吧。

两岸的树林不知为何枯焦了，其实根本谈不上是树林，不过是一片麻秆似的灌木，活像古代放炮用的黑色点火秆。而且这半秃的两岸正在不停地旋转，大地在倾侧过来，像要把一切有生之物，连同我们和轮船一道，抛进那激起在岩层乱石之间的滔天白浪之中。轮船一阵颠簸，发出叽叽嘎嘎的声响，唯恐不及地用水轮拍打着水面，好像一心要追上从它身下飞闪而去的河水。轮船的烟囱拼命地喷着浓烟，汽笛怒吼，声震四方——不知是向河流显示威风，想驱赶掉岩崖的昏暗呢，还是在恳求上苍宽宥，切莫将它抛弃。但就在这时，轮船却似乎完全不受操纵，飞快地在高山、石岬、岩崖、礁石之间疾驰，一面难受地吐出烟雾，喘气呻吟。不知什么东西在碰撞、在敲击、在轰鸣、在哭叫，一片喧嚣之声，直冲云天；但随即渐渐沉寂下去，远逝天外，立时又袭来一片死一般的寂静。"完了！我们沉底了！可真叫奶奶说中了：'你淹死的娘要招你去了，招你去了……'。"

不过，轮船并没有翻掉，也听不见任何尖叫或哭号。我从救生艇下探头向外张望，只见石滩已远远落在船后，那儿嶙峋的乱石堆上，烟雾腾腾，像开锅的水冒着白汽。石滩下游停着一艘烟囱高大、形体笨拙的船，船尾上有一部卷扬机，船首温顺地轻轻抵着岸边的石块，就像马抵着秣槽一般，船上有人向"鲁德祖塔卡"号大声喊叫着。从我们这号人不能去的上甲板那边传来"鲁德祖塔卡"号船长低沉平静的嗓音，他用喇叭筒传话说："工资来不及捎来。来不及！请等'斯巴达克'号，请等'斯巴达克'号。"

这几句关于工资的对话使旅客们的心情顿时平静下来了。

这艘装着卷扬机的小轮船"安加拉"号是艘牵引船。它历尽沧桑，如今在世上已是孑然一身了。从前，在密西西比河、赞比西河和其他一些大河上，牵引船都曾立下过汗马功劳——它们帮助船舶渡过各种山峡石滩，准确点说，它们活像用皮带牵着小狗一样，把那些颤巍巍的尖声怪叫的船只拽过急流漩涡。牵引船像只受训的公猫，被人用一根铁链锁在石滩上。链条的一端固定在石滩的上游，另一端则固定在下游，但都在水底下。牵引船全部行程只有两俄里多——不管顺流而下，还是逆流而上。牵引船上的工作单调累人，需要有始终不渝的勇敢顽强和坚韧不拔的精神，我从来也没听说过船上有谁粗野地骂娘的，尽管开口骂人的理由有的是：有时驳船或别的什么船没有系牢，连接得马马虎虎，船只顺流冲走了，有时正要通过石滩，可恰恰在这最艰险的河段，船上的某个部件失灵了。不过，一旦大功告成，牵引船便把拖过来的船松开，任它自由地驶向牵引船自己永远也到不了的宽阔的河面，而且像父母似的，恋恋不舍地向那条船鸣笛告别。

如今在石滩上往返操劳的已是另一艘牵引船——克拉斯诺亚尔斯克修船厂的产儿"叶尼塞"号了。它取代了老祖宗"安加拉"。若是能把这条老船拖往克拉斯诺亚尔斯克，放到边区博物馆的院子里展览展览该多好啊！这类珍贵的纪念物在哪儿也不见收藏。真是异想天开！谁还会想到这艘"安加拉"呢！……

我坐在岸边的沙滩上，几乎光着身子，静静地听着水声喧哗，不禁浮想联翩；可是不管我如何左思右想，还是不能在心中唤起往昔的种种感受，我眼前的石滩是这样恬静、驯顺，简直是一览无遗。唉！童年啊，童年！在孩童眼里一切都是那么引人入胜，那么雄伟高大，那么辽阔无涯，充满着神秘色彩，什么事都会叫人踮起脚尖、仰起头颅，像要看到"九重天"外。

今天卡扎钦斯克石滩已被炸药"整治"过，不再像过去那样危险重重了。许多船只都自行通过，不需要牵引。它们用尖硬的铁嘴啄开急流漩涡，像登山似的径直沿着河道往上爬去，渐渐隐没在河湾那边。"流星"号和"火箭"号压根儿没把石滩放在眼里，它们毫无障碍地沿着河流上下飞驰，船身后面拖着一条像小尾巴似的淡淡青烟。"叶尼塞"号即使开动起来也不会噗噗击水，它既不尖叫，也不忙乱，更不鸣笛，只像揪住哥萨克头上的一绺额发那样，轻而易举地牵引着各种巨轮、驳船，还有那些陈旧的拖船。石滩上天天如此，忙而不乱。河那边，一座荒芜的小村落露出枯黄的屋架，门窗和房顶都像在张着大嘴打呵欠——这里前前后后住过不少浮标看守人，住过"安加拉"号的船员、救生员兼航运工作人员，还有行船所需的其他人员。如今这小村已恪尽职守，衰老了。

石滩上浪涛呼啸，激流冲刷、摩挲着礁石，在光滑的巨石之间急速回旋，卷起一个个漩涡，但是不再叫人感到胆战心惊了。船只一艘接一艘，随波起伏着，驶向远方。忽见河湾里窜出一艘船尾极短的机轮，冲上了石滩，尽管它使劲加煤拨火，勇气勃发，但水的回浪使它无法拢向右岸，也摆脱不开石滩的最后一排礁石；那边有块光滑的巨石，像头河马趴在水里，河水一到这儿便陡然掀起巨浪，劈头盖脑地打在它身上，霎时如地塌山崩，响声震天，俄而巨浪飞散，化为粼粼水波。尽管被炸过的石滩几乎像马戴上了嚼环，但任何人仍不能对它掉以轻心。这艘上百吨重的机轮被水流簇拥着、牵拽着；船上的烟囱喷出滚滚浓烟，有个人手拿彩色水位标尺，在甲板上来回奔跑。机轮几乎是横在急流当中，它鼓足力气，全身颤抖地吐着黑烟，拼命避开眼看就要撞上的排排礁石，竭力躲开那块像磁铁似的，总把船儿吸到自己身边的隆起的巨石。只剩下五到十米了，只消三四秒钟，眼看可怜的船儿免不了就要触礁，就要像只盛垃圾的铁桶似的，备受磨难之后沉进水底。孤苦的船儿精疲力竭，只得任凭自然摆布，听天由命。突然，船身一晃，轮船倾斜了，船尾嘎的一声擦过礁石，从石滩间蹦了出来，活像人们吐出一截已经抽完、但还在冒烟的烟屁股一样。

"躺在这儿闭目思过的傻子还不止一个啊！"由于石滩喧哗，谁也没有发现一个上了年纪的人悄悄地来到了我们身边。他像主人似的坐到我们的火堆旁，抽出根小树枝边点烟边说道。他把烟点着后，像孩子似的轻轻吹口气，把头上戴旧了的航运人员的制帽稍微提了提，有礼貌地对我们微微一笑，接着便天南地北地讲起种种见闻来：譬如有许多勇敢的木排工人丧生于石滩的乱石和沙砾之间，长埋河底啰；在远东沿海非机动的大渔船里，那些小商人都是守财奴啰；苦命的外来户总交不上好运，常闲着没事干啰，到处颠沛流离的人往往看中这个地方，到这儿来落户啰等等。

"但淹死在石滩那边最多的还是我们这号人——浮标看守工……"

他那张看上去不太显老但却饱经风霜的脸膛；那双宁静而闪烁着在森林里生活的人所特有的锐利光芒的眼睛；那不像是在说话而像是在唱歌的柔和的嗓音；那种毫无矫揉造作的一见如故的态度……所有这一切都叫人信赖他，并且相信的确在什么地方

426

遇见过他。有这么一些人,他们好像是同时在世上各地生活着,有着一样可亲的音容、一样坦荡的胸怀,而且不怕挫折,从不颓萎。在他们面前谁也不由得不推心置腹。无论是遭遇不测风云的过路人,还是顽皮透顶的淘气包,个个都喜欢他们。这样的人,狗也从来不去咬,贼也从来不去偷;不消人们恳求,他们便会献出自己的一切,披肝沥胆在所不辞;甚至是默默无声的请求,他们也总能心领神会,竭诚相助。所以,哪怕是最厉害的女售货员,也深知这些从不嚷嚷、从不拿肩膀推撞别人的人不会有闲工夫,于是主动把货物从别人的头上给他递过去,而排队的人谁也不会反对,因为人人都清楚,像他们这样的人,付出的远比要求的要多。当妻子的时常抱怨这种丈夫不长心眼,于是做丈夫的就深感内疚地频频叹息,那样子似乎在说,唉,她讲得多么对呀!唉,真该向妻子表示改悔,唉,真该听她的话才是。过去,在前线卫生连里常有这样的情况:一个不言不语的男子汉老是闪到一边,让伤势更重的人先得到包扎,总觉得别人更痛苦,而自己还可以再忍受一会儿。于是你瞧,这个谦让的人就像教堂里的一支蜡烛,在一个角落里默默地燃尽了、熄灭了。不久前,就有这样一个人在另外一条河里淹死了,当时他把已经翻转的船底上的位置让给了他认为身体较弱的人,其实他自己就有心脏病,为了救别人,他自己却沉到了河底,他既不呼喊,也不挣扎,生怕因此牵累或惊扰了旁人。

这种人一生都心情舒畅,无拘无束,令人羡慕不已。怪不得当妻子的会为这些"糊涂"丈夫迅速衰老、过早去世而痛不欲生,她们这时才发现,她这个不懂得积攒一个戈比、从不为自身着想，心地纯良、性格恬静的丈夫，竟是个最最理想的人。是的，她多傻啊！虽说爱他爱得要命，却不懂得疼惜他。

我们邀巴维尔·叶戈罗维奇——我们这位客人的名字——跟我们一起野餐。他没有推辞，痛快地喝了伏特加，抹了抹嘴唇，又津津有味地吃了一小节黄瓜，一根胡萝卜，高兴得像过节似的，说他最近还没尝过这么新鲜的蔬菜呢。他很客气地谢过我们的款待，许诺要回请我们，说"守着卡扎钦斯克石滩，却让客人喝清茶，这怎么说得过去呢"！

我同巴维尔·叶戈罗维奇攀谈起来，很快就打听出他是一九二六年从彼尔姆州迁居到这里来的，而那时候我正好住在彼尔姆，他听我一说就愣住了，那双深绿色的眼睛一个劲儿地盯着我看：

"噢，怪不得俗话说，有缘千里能相会，有缘呀！"

"可是您，是什么风把您吹到这儿来的呢？"

"我吗？"巴维尔·叶戈罗维奇眯缝着眼朝卡扎钦斯克石滩一瞥，我领悟到，他对石滩的喧响是"听而不闻"的。不是听不见，而是听惯了，像我们熟悉挂钟的滴答响和猫的呼噜声一样。总之他听多了，他懂得各种石头发出的声音，凭石滩的轰鸣就能分辨这时是什么天气：是涨水期、平水期，还是秋天。秋天一到，河面就变得像一条蓝灰色的小径，溜到水底的茴鱼懒洋洋地来回游动觅食，本地已不常见到的斑鳟则不停地甩动着尾巴游来游去。

"我是在契尔努什卡附近长大的，我们村的小河一到盛夏季节，河水就让母牛给喝干了，"巴维尔·叶戈罗维奇又说了起来，

"不知怎的，我就是喜欢水，总想着大江大河。大概是错投娘胎，生就一副水手的天性吧！"他突然停住，沉吟片刻，目光凝视着石滩和对岸的河汉，那儿隆起一个小小的石岛，岛上稀疏的树木被风刮得光秃秃的。小岛周围横七竖八地躺着被河水冲来的树木。在石滩的下游，有许多破烂冲积到岸上；这些东西正在燃烧，一缕灰蒙蒙的烟飘漾在河面上。河两岸层峦叠嶂，蜿蜒连绵，有的峭然兀立，有的密集重叠，有的却似波浪起伏，渐渐推向远方；在这千古苍莽之间，几座童山秃岭泛出银针似的白光；是狂风骤雨，霹雳惊雷，使它们成了不毛之地。可是山麓下面却别是一番景色：白杨、白桦、山楂、金银花色彩斑斓，交相辉映，石坡上也长满了野生刺槐。"就这样，我徒步走遍了全国，"巴维尔·叶戈罗维奇轻轻嘘了口气，接下去说，"我那时年轻，有的是力气，从小喜欢砍砍锯锯的。我居然靠这两条腿来到了安尼塞河！"

"是个贝尔米人。真见鬼，完全叫西伯利亚的俄罗斯人给同化了，学我们的样，把叶尼塞河叫作安尼塞河！"我思忖着。

"信也罢，不信也罢，我走到了安尼塞河边，只瞅了一眼，便觉得浑身舒坦。'就是这里，巴维尔！'我的心告诉我说。'这儿就是你落户的地方哎！'我当上了水手，跑遍了安尼塞河，有一次，来到了这里，我简直惊呆了：'我的爷！这不是做梦吧？得在这儿住下来。'"巴维尔·叶戈罗维奇目不转睛地望着石滩，听它欢叫。我暗暗地想，看来他那种惊奇的感情并未消失，他对这儿的奇观异景始终感到新鲜，为之赞叹不已。直到此刻我才明白，为什么在石滩一带的老头儿临终前总要人家把他抬到户外去。老太婆一个劲儿地叨叨："还惦着这安尼塞呀！你难道还没受够吗？你在河上吃苦受累了一辈子，胳膊腿都叫它给累折了……"

大概人们都愿意相信，在坟墓里，在渐趋沉寂的黑暗中，仍然能看到这亲爱的江河。也许，正是为了要证实在他离开人世之后生命还将继续，河流仍会奔腾不息，石滩将喧闹如旧，高山密林也将一如既往，依然巍然屹立、直插云天——也许正是为了要证实这一切，人们才在弥留之时被召唤、被吸引到河边来。强烈的信仰能产生力量，生命不朽的信念能帮助人们庄重地离开人间，走向另一个世界。

"我看守了一辈子浮标。如今可用不着我们了……"

卡扎钦斯克石滩上星星点点的自动航标灯，像一朵朵正在怒放的硕大火红的猪鼻花。而右岸的小村却冷落凋零，荒无人烟；左岸石滩区内也是一片空旷荒凉。但凡年轻一点的人都远走高飞了，不过在石滩的浪涛声中呱呱坠地的人，即使到了生命的最后一刻也会把这声音牢记在心底；只要他的双目还明亮，他就会看到那幅熟悉的画面：排排巨浪卷着雪白的浪花一刻不停地涌过石滩，撞到礁石上，水花四溅，随即化为阵阵青烟；而一到冬天，冰封的河面上就会堆起层层叠叠的冰山，到了流冰的季节，连坚硬的大地也会发出隆隆的巨响，似乎它就要被削平，就要遭到倾覆。出生在石滩区内的人每逢忆起当年秋夜的情景，心口就像针刺似的疼。在茫茫的夜色中，两个渺小而又勇敢的人——爷爷和孙子，驾着一叶小舟，向一只浮标灯划去。他们从藏在贴近心口的内衣口袋里，掏出一盒火柴，划了一根又一根，祖孙俩都绝望了——白费力气，火总被吹灭，熄了的浮标灯点不着；四周的石滩在咆哮，耀武扬威地狂吼——既看不到岸，也看不到一片陆地，但是决不能玩忽职守。一夜之间，浮标看守人岂止一两回离开温暖的小木屋，走入夜间狂啸着的无底深渊，去点燃熄灭了的浮标灯，正因为如此，这些导航的灯火在漆黑的夜里，不论暴雨如注，不论风雪弥漫，不论狂风大作，都始终放射出光芒。

我至今还记得那些老式的里面点火的浮标灯，于是情不自禁地对巴维尔·叶戈罗维奇赞叹起当地航运工人的本领和勇敢精神来。巴维尔·叶戈罗维奇听了只是耸耸肩膀，说这有什么了不起的？这是工作嘛，是分内的事，做做就习惯了。后来我又跟他说，我小时候乘坐"鲁德祖塔卡"号或者别的什么轮船时见过好些浮标灯，当中很可能有巴维尔·叶戈罗维奇亲手点燃的，他有好一会儿陷入了沉思，然后喟叹一声，说道：

"没什么稀奇的。大好的年华已经过去了……"

起网了——这种袋网又窄又长，编得结结实实，它下在礁石之间的缝隙中，袋口迎着水流张开。网上挂满了黏糊糊的苔藓，里面有条髭须满腮的鲍鱼，样子一点也不机灵，看来已经被水冲得奄奄一息了。巴维尔·叶戈罗维奇厌恶地把这恶心的东西从袋网里抖了出去。鲍鱼翻了几下，沿着石岬顺水漂走。几只海鸥为它你争我夺，尖叫着扑打起来。小鲍鱼一下沉到水里，不见了。于是海鸥又安安静静地在水面上盘旋，耐心等待大自然另外的恩赐。巴维尔·叶戈罗维奇把网上的脏东西甩干净，我此刻才弄明白，为什么石滩边上和石滩上到处溅满像稀牛粪似的脏东西。

"水电站，"巴维尔·叶戈罗维奇解释道，"现在是水电站管治着这条河；说涨水，一个钟头就涨上来，说落，一个钟头又会落下去。河水这样一涨一落，河岸就永远没有干透的时候，这些脏玩意儿就像黏糊糊的鼻涕，总这么拖着、拖着……"

第二张网也下在礁石的裂缝中间。这里像条小小的石走廊，两边是平滑的石壁，河水乖巧地经过这儿流入网内。

"这些裂口可不是天然的，"巴维尔·叶戈罗维奇兴致勃勃地对我们讲，"这是人开出来的。古时候人们用火来烧石头，不知烧掉了多少树木。石头受热就爆裂，人们又使劲把它弄松动，拿楔子凿开，辛辛苦苦劳累了不知多少年月，到如今，家家户户总算能够又快又巧地捕到大量鱼鲜。噢，到了我这一辈，都会用硝氨炸药帮忙了；可也不能平白无故把石头削平，虽说那些石头在这里真是多得要命，好像挺碍事，但也不能滥炸一气；要不然，河上尽是尖利的礁石，河道就不能通航啦！石滩能够调节水流，说实话，从前它就调节来着。如今是水电站统管一切了……"

第三张网内捉到的是一对死鲹鱼，还有一条撞得满身淤青、缩成一团的斜齿鳊鱼。

"瞧，我还想请你们吃鱼呢！亲爱的客人！"巴维尔·叶戈罗维奇摊开捏住三条可怜巴巴的小鱼的手，看了看这些捕获物，摇摇头，扑通一声把它们全扔回水里去了。他把几张网搁在岩石上，默默地站起身来，走到被高处流水冲出的一条荒沟，沟边长着一丛丛卷曲的越橘。

我们用水擦洗全身——这里没法游泳，这个号称世界最大的水电站蓄的水那么深，太阳也晒不暖和，隆冬盛夏水温都几乎不变。在西伯利亚土生土长的俄罗斯人常常无可奈何地开玩笑说：谁想游泳，就请到北极圈以北去吧！

人们仍然按照惯例，在入冬之前把舢板都拖上岸，大小船只统统停靠在河湾的船坞里。只有被人遗弃的寒气漫漫的叶尼塞河，在睡意蒙眬中不声不响地在寒雾笼罩的两岸当中奔流不息。水上杳无一人，岸上也不见人影；只是在一群巨大的礁岩附近忽闪着那些使用鱼叉的偷渔人的微弱火光，但转瞬之间这火光也被无边的黑暗吞没了。在一个高坡上，仿佛在阴森森的地狱里，星星点点的火光突然穿透那浓重的雾霭——原来是小心翼翼在山间行进的车队！但凡严寒时节，车灯都得昼夜亮着。薄薄的冰块顺着疲惫不堪的河流漂着、漂着，有时也慢慢地打个转转，每当漂到一处风吹不着的僻静地方，它们便悄悄地靠岸歇息，于是一下子便冻在一起——河流多想停下来稍事休息，静静地盖上一层冰被啊！

　　但如今叶尼塞河已不得安宁，而且再也别想安静了。不知安静为何物的人类，总是凶狠倔强地要把大自然驾驭、征服。然而大自然是不会被你玩弄于股掌之间的。就拿水草来说——老百姓很贴切地把它叫作水里的瘟疫——现在已滋生到一千五百多种，遍布全世界各种水塘水库，尤其在尚未种植东西的新辟的水域里长得就更迅速。仅仅一个基辅水库，这种讨厌的水生废物一个夏天就长出了一千五百万吨，这已是众所周知的事实。在克拉斯诺亚尔斯克水库里有多少——谁也没去算过。

　　我们被冰水刺得发痛，便爬到石岬之间淤积起来的平坦沙地上晒太阳，打算在石滩的喧闹声中打个盹儿。正在这时，我们看见巴维尔·叶戈罗维奇沿着荒沟向下走来，他泄气地，但也似有所得地微笑着。

"瞧！"当年的浮标看守人边说边打开一小块破布。"有三条宝贝钻进我街坊的网里去了。我好说歹说要来了一条。"

我们不多一会儿就做好了鲟鱼汤。

"你们吃吧，吃吧！"巴维尔·叶戈罗维奇再三劝让着。"我们在这儿尝得够啦！"他得意地说，又拿起汤勺指着叶尼塞河对岸石滩下游的一排礁石继续讲道："那边有两个水潭，过去一到冬天名贵的上等鱼就在那里边'歇着'啦。嗬，多得简直像一大堆劈柴，一尾摞一尾。"接着他又说："那会儿，派了人拿枪看着，谁也不许到水潭来祸害。水潭封冻前允许每家用大网撒两网，撒过两网就算完！不过这就够吃一个冬天了。那时人们在河上自己当家做主，自己监守着，对那些贪得无厌的家伙是绝不会客气的。"

可是现在，连盛夏寒秋，这些水潭里也没有上等鱼了。它们离开石滩游到叶尼塞河的下游和安加拉河去了，是霉烂的污物把这些调皮而又怕脏的鱼撵走的。只有为数不多的鲟鱼还听从大自然的召唤，按照自古以来的规矩勉强游到石滩这里来。在牵引船"叶尼塞"号上，再也吃不到鲟鱼，只能吃吃稀饭、红菜汤、油炸竹荚鱼和劣等的赫克鱼。

"给我们镇上商店运来的也是什么茄汁鳂虎鱼，"巴维尔·叶戈罗维奇叹了口气，"还有这个，叫什么来着？可怎么说呢？当着妇女的面都说不出口。哦，叫那个什么勃列度加 [1]。给安尼塞运来的——竟是这类勃列度加！往后还叫我们怎么活？！"

---

[1] 当地骂妇女的下流话，此处指质量低劣的鱼。

434

"这人也在为'往后'操心！我们全都在为将来担忧呀！然而只是在脑子里担忧，而我们的两只手却在干什么呢？……"我心想。

巴维尔·叶戈罗维奇不再作声了，我也感到闷闷不乐，于是也就不想再提他故乡的种种情况了：譬如说，他的家乡乌拉尔，受人祸害最早，也最厉害；许多湖泊、池塘和河流水色像生了锈似的，什么生物也不长；美丽的乔索瓦亚河受尽了伤害和折磨；还有那卡马水库，它附近的土地遭罪已经二十五年多了，也曾有人想弄个堤岸把水挡住，但不成啊，土块不断地塌落、塌落……

有谁会反对让几百万千瓦乃至数十亿千瓦的电能供我们使用，为我们大家造福呢？当然，谁也不会反对！可是到何年何月我们才能学会不仅仅向大自然索取——索取千百万吨、千百万立方米和千百万千瓦的资源，同时也学会给予大自然些什么呢？到何年何月我们才学会像操持有方的当家人那样，管好自己的家业呢？……

石滩在狂号。它还像一百年前、一千年前一样喧闹不息，可是鲟鱼——这些给河流增辉的生灵，已经不再回到石滩的激流中鱼跃翻腾了，不再在这儿忽闪着它那刀刃似的银脊嬉戏了。

……我从卡扎钦斯克石滩出发，来到了一千多俄里外的下通古斯卡河，这一带据说还没有发生过戕害大自然的现象。映入过路人眼帘的，只是叶尼塞河至通古斯卡河之间绵亘数百公里的河岸，是一大片甜味四溢的柳叶菜汇成的玫瑰色海洋，当中长着一些笔直但不太高大的北方树木，酸果藤密密缠绕，马林浆果、合叶子、毒莓和各种各样的小灌木到处丛生，这一片贫瘠之地倒是不容易发生火灾的，它太大了，火苗无法窜过水汽腾腾的沼地、纵横交错的小河谷、汹涌的激流，还有那高耸的终年积雪的山脊——正是这山脊护卫着无力自卫的原始森林。

其实有些东西看来比火还要可怕，这就是树蚜、木蠹蛾、蠕虫以及各种毛虫，其中最厉害的是一种永无餍足，整天无休无止地啃食树木的蚕蛾。它们给西伯利亚森林带来了浩劫。蚕蛾最早出现在阿尔泰边区，随后便转移到——确切说是蜂拥到萨彦岭，活像一条汹涌、浑浊的大河一泻千里。但凡这条大河流过的地方无不树木枯萎，满目疮痍。这种森林瘟疫一旦像脓血般流至西伯利亚大铁路时，连火车轮子也要打滑。这些害人虫一路造孽，自己也闹得精疲力竭，于是纷纷躲进萨彦岭的小河谷里，停在稠李和醋栗的嫩枝上，停在一切比较柔嫩香甜的枝干上。只要它们饿得发软的颌齿还能啃得动，它们就悄悄地吐丝编网，织出一个个小袋，生儿育女。皮色发绿、貌似无害的小蠕虫在一个个小袋里慢慢蠕动，身子缩成一团，相互间你推我搡，把新长的嫩枝也给蹭折了；待到它们稍稍长大，便把丝织的窝扯成碎片，然后自个儿顺着树干爬行，尾巴缩向头部，身子一伸一撅，爬得挺快。凡是让这些小虫笨拙地、模怪样地爬过的小树都发黑打蔫。

这些寄生虫长成之后又大模大样地涌进森林、果园、别墅，乃至房前屋后的小花园。我曾亲眼看见我们家的老朋友，护林员彼得·普金采夫的儿子彼得·彼得罗维奇戴着像元帅帽那样神气的护林人制帽，坐在卡拉乌尔卡街当地护林所的围墙根下，可他头顶上的稠李树却已经因虫咬而枯死，而且这些不声不响的敌人沿着小河河岸爬上爬下，像一阵黑烟似的燎遍低地和山坡，先把白杨和柳树吃个精光，然后就开始品尝针叶的滋味儿。它们就这样代代相传，毫不懈怠，年复一年地结成一个个小包，吊满在孤寂无援的树林枝条上。林中雄杜鹃在雀跃，松鸦咯咯鸣叫，生性快活的喜鹊叽叽喳喳——在我们这里只有这些鸟儿能治那毛茸茸的小虫，真个是一物降一物，有的快乐，有的抽泣。

　　我从未想过，也没有料到，这些顽敌居然会千里迢迢不辞劳苦地爬到奥锡诺夫斯基石滩，并顺着中通古斯卡河和下通古斯卡河继续挺进。这种毛虫最早发源于南方，但是那儿有它们的天敌，大自然本身不断同它们搏斗。而在这儿北方地区，在树叶稀疏的树林里，却长满了柳叶菜，一到盛夏，它们便到处蔓生——这是俄罗斯苦难土地的伴侣，老百姓赞许地管它们叫伊凡茶。它们是大自然的恩赐，它们能掩盖大地的痛苦，慰藉人们的眼睛：它们茂密的叶丛使土地保持湿润和温暖，鲜艳香甜的花朵招来成群的蜜蜂、丸花蜂和各种小生物，这些小生物的小毛腿、尖嘴巴甚至腹部都可能把各式各样的种子带到这里来，散落在这土温和湿度都适于植物生长的地方，而这种土温和湿度正是靠了柳叶菜才得以保持；于是种子就在这里发芽生长，有的开花，有的变成小灌木，或是小白杨、小枞树。它们占地越来越多，很快便把柳叶菜排挤掉了。到后来，柳叶菜终于完全凋萎，它舍了自身，成全了他人。

　　大自然真会巧安排！但是它的英明能永驻人间吗？

　　图鲁汉斯克的风貌跟它附近一带的没有什么两样。陡峭的沟壑深谷，纵横的溪流湖泊，把它分割成众多的小块。图鲁汉斯克一直在惴惴不安中过日子，它担心：地质学家能在这儿的地层深处找到什么吗？若是找到，城市便会繁荣发展；找不着呢，它只好继续衰落下去。不过人们总能发现点什么吧，不会什么也找不出来的，要知道这个区沿着叶尼塞河绵延达八百俄里，纵横伸展直入原始森林腹地，不过它究竟有多大呢？传说里，"说是魔鬼和某个塔拉斯曾经丈量过，不过绳子在这儿的沼地里断了……"。原始森林的居民常常争论说："从飞机上丈量还准得了吗？从那上面往下看，尺寸可就短多了。"

图鲁汉斯克坐落在下通古斯卡河的河口，也就是这条河跟叶尼塞河的汇合处。图鲁汉斯克城以前叫修道院村，后来皮货贸易兴起，便改叫新曼加泽亚。

层峦叠嶂的巉岩把通古斯卡河与叶尼塞河隔开，陡峭的石墙、白雪皑皑的群峰把背后的一切全都遮挡住了。河水穿过乱石、峭壁和砾石，绕过驳船的大撑杆，悠然自得地缓缓而流，但有的地方却白浪滚滚，使小船忽而跌入浪谷漩涡，忽而又冲上波峰，硬铝的船帮被冲打得啪啪直响。每到这种地方，小船就会像木片似的随波逐流，东摇西摆，在浪谷和浪峰中间上下挣扎，船舵已起不了多少作用，船身也不怎么肯往前走了。不过，倘若再走上十五到二十公里，便会出现另一个天地：水波不兴，寂然无声，甚至叫人感到有点兴味索然。巨大的岩石堆叠在河口；礁石有的灰黑，有的褐红，有的嶙峋突兀，有的光洁平滑，但都直插水底；它们形成了一堵堵陡直的石壁，分别从两岸夹逼着河道——这景象令人毛骨悚然，简直是对神经和意志的一场考验，待把你考验过后，它便悄然隐退。

当然，再往前还会遇到各种各样的情况，这条河有两千多俄里长，若顺流而下，你得吃点苦头，却也能饱览奇异风光，这儿有石滩、漩涡，还有那迷宫似的河湾。有个从外地迁来图鲁汉斯克的妇女说过，你要是撞进河湾里，那就非晕头转向不可。

……在三十年代，不知是什么人认为有必要把一些叶尔博加钦的居民迁至图鲁汉斯克，同时让一些图鲁汉斯克的居民迁往叶尔博加钦。从叶尔博加钦出发坐的是木筏。有人对迁移的人说："你们在图鲁汉斯克可以贩卖木材嘛，有了钱就可以大兴土木，安家立业了。"不过能够到达图鲁汉斯克的人家实在寥寥无几，多少木筏都毁在这条愁河里了！河水把木筏冲到急流石滩上，撞得七零八散，有时又把它们拽向暗礁，弄得粉身碎骨。有个迁往图鲁汉斯克的妇女，在途中看见一个男人两手一字张开，像被钉在山崖上，他大概是被一根圆木从下面顶到上边去的，等到退潮他就留在上面了。他身上赤条条的，汗毛特别重，胡须随风飘动，张开了黑洞洞的大嘴，似乎在对天呼叫；他张开双臂，好像不让人们再往前走，因为他居高临下，看得见那叫人丧命的河口。

尽管事隔三十年了，但这位妇女讲起她当初在通古斯卡河一路上的可怕遭遇时还是余悸未消，频频地东张西望，用劳累过度而曲了的手指揉着眼睛，说道："有一回木筏给冲到两道河湾当中一个没有出口的深潭里，在那儿转悠了一天又一天。三天三夜过去了，岸靠不上，出又出不去，人给折腾得没有半点力气。木筏上有五个孩子，可是既没吃的，也不会有人前来搭救——既然人们都被撵出了家门，有的往东，有的往西，都去送死，还能有谁来搭救哟？当时我那当家的在木筏上躺下，叫孩子们也全躺下，冲着木筏中间的缝缝儿叫唤：'主啊，救救我们吧！要不就惩罚我们吧！惩罚我们这些在人世间作过孽的人吧！'我那当家的原是个不信教的人，有好几回把正教的圣像扔出了家门，兴许是因为他祷告半天赌钱还是赌输的缘故啦。这回他按多神教的规矩做起祷告来了：先削出好多片松明，关照全家点着，叫孩子们挨个儿把松明抛入水里。最小那个孩子的松明落下来时搭出了一个十字，火也不熄灭，于是当家的命令全家大小把头朝着十字躺下，双手交叉，口里一遍遍地念叨：'水呀，你不要降灾！风呀，你行行好，半夜里不要刮了，白天再使劲儿吹吧！给我们一家大小行行好吧！……'反正他念了许多祷文，结果，嗬，真的得救啦！风助水推，木筏终于回到河道上了。"

……看过风浪交加的河口之后，再看眼前这段平静的河流，我不由得想起一位美丽的埃文基妇女，像这样的天生丽姝我在战前还从没碰见过。过去她们全都是罗圈腿、翻鼻孔。可这位埃文基妇女穿一身色彩绚丽的日本衣裙，坐在图鲁汉斯克浮船码头附近的圆木上。在她身旁歪歪倒倒地坐着一个像从脏水里爬出来的男人，脸上头上全是伤疤，手指只有半截——在北方就有这种人，他们在那些简易木房、过冬小屋和形形色色的栖身之处耗得精力殆尽、疲惫不堪，叫你一下子都分辨不出是男是女，多大年纪。还有一个埃文基男人，好像是一家子的，又像不是一家子的，坐在那妇女的另一侧，他穿着一双齐大腿根的胶皮靴，嘴里叼着湿烟头。

在这三人面前的石块上摆着一瓶名贵的白兰地和一只被脏手抓过的杯子。那个埃文基姑娘眼睛直勾勾地望着只有她才看得见的什么东西，用手摸索到酒瓶，往杯里倒满酒，慢慢地呷着，接着用牙从整包的香烟里叼出一支，不由分说地抓起同乡的手，借他的烟对上火，然后把人家的手往旁边一甩，又凝神看着前方。深沉忧郁的眼神流露出极度的悲痛，这种充满古老情趣的哀伤使人对她产生无限的怜爱，真想了解了解她在想什么，她在白雪皑皑的山峰那边看见了些什么，还是在想"怎样闲荡一番"？

　　我的第一个想法（那是通过思考得出的）：她是个酒鬼，而且是个放荡的女人。这个美丽得出奇的北方女人穿的是最时髦的衣衫，却又沾着脏腻，等不到这衣服由脏变坏，她很快就会把它扔掉，马上裹上一件新的。我接着产生的另一个想法是下意识的，但更强烈。其实不是什么意识，不是的，这只是一种男性常有的不安本分的情绪，我觉得这个自由自在的美人儿正在向我发出呼唤。

　　第二天，我坐在下通古斯卡河岸边钓鱼，忍受着蚊子叮咬，心里想着那个美人，我感到痛苦烦恼。她像谁？她让我想起谁来了呢？我忽然发现：像它，像这条河流——下通古斯卡河。我领悟到，它，这条下通古斯卡河，从今往后将以无言的悲戚呼唤着人们，把人们招引到它身旁。它身穿石制衣裙，沿边镶着各种饰物：有的地方是永不消融的冰晶，像光耀夺目的沉甸甸的金刚钻；有的地方是两岸火红娇艳的鲜花，像两条花边；有的地方是长着水珠晶莹的羊胡子草的石岬、青青的草地、满布砾石的河湾，还有那不顾一切从密林里寒气森森的残枝败叶中冲出来的湍急的溪流，以及一切有生命的、能发出声响的、使河水得到慰藉的生物，所有这一切都将使人们永远铭记这条饱经忧患的愁河。

在原始森林和林中沼泽地的上空，虚幻地呈现出远山白色的群峰，远近错落，高下相间，此刻，一切生灵连跑带爬，逃向群山那边，以躲避蠓蚊的围攻。只有我和阿基姆听任蚊子肆虐，依旧流连在林中水流湍急的小溪旁，观赏着野性难驯的流水绘出的那幅烟雾缭绕、令人心醉的奇景。我们那顶橙黄色的帐篷转眼之间变得灰黄灰黄的，显得有点儿脏。原来那是蚊子嗅到了人血的腥味，立刻飞来，在帐篷上密密麻麻地盖了一大片。它们叫人不得安生，叫人无法吃饭、睡觉、思索。烈日当空的时候，北方的蚊子，寒地的产儿，受不了这热气，纷纷躲到草丛里，于是林边灰白的草便微微颤动起来，发出一阵嗞嗞声。阿基姆点着烟草，熏赶帐篷里的蚊子。他穿好"拉锁衣"，坐在那儿，屏住呼吸，听着头顶上一阵阵的嗡嗡声，不时大声地喊着，叫我快躲起来，见我不理睬，他便慢条斯理地说："唉，你不懂！要是让它们叮上了，可就没命啦！"

　　我带着一小瓶"德塔"牌防蚊油，身上穿着一件海军的涂胶轻便上衣，里面还有衣服和衬衣，从头到脚裹得严严实实的了，但蚊子照样还找到可以叮咬的地方，像眼皮、鼻孔、嘴唇，甚至还钻到手表底下叮手腕，穿过长耳风帽蜇脑袋。多少年来我梦寐以求地想在北方的河边坐坐，钓上一些还不知道怕人的鱼儿，领略一下大自然的静谧——我未必还会有机会来北方了，年龄、身体都不允许了，现在我难道能因为蚊子而放弃难得的机会，打退堂鼓吗？

　　茴鱼和折乐鱼沿通古斯卡河溯流而上，三三两两地窜进各条冰冷的支流里藏身，淡水鲑鱼的汛期已经结束。不过，间或还能钓到本地的西伯利亚茴鱼和一些懒散的、喜欢中途歇息时随意离群戏耍的淡水长尾鲑鱼。鱼儿咬钩时可有意思啦！钓鱼竿我下了两根，一长一短。不知怎的，鱼儿都爱找长的那一根，我把它下在林中溪流的下方，这儿的水喧闹着涌进傲慢汹涌的通古斯卡河。钓竿的坠子有两大粒霰弹那么重，不然渔具会让河水流沙冲走的。林中小溪里的水比泪水还要清澈，但不管怎样，经过森林时总会有各种小生物、瓢虫、跳蚤、毛毛虫掉到里面，还有石头沙砾下面各种各样的小生物也会被水带走。难怪本地茴鱼和淡水鲑鱼都机灵地守住溪流出口的地方，常常像贼似的扑打抢食。

我等着大鱼来吞钩——长途跋涉而来，岂能空手而归？！果然，长钓竿上的钓丝被扯了一下，逆流移动，接着猛地被拉向河水深处。钓竿梢纤细的末端颤动起来，被什么东西紧紧地拽着，弯得像个问号似的。

我急忙把钓竿抓牢。

在这之前我已经钓到五尾茴鱼和四条当年孵化出来的小鲑鱼了，它们咬钩时同这回可不一样。紧张的心在提示："上钩的是个大家伙！"我急忙回想着钓丝够不够粗，结子是否打牢，小虫是否放好？钓丝没有毛病，拴得也很牢靠，鱼钩是大号的，钓竿梢也经过试钩检查。这鲑鱼还磨蹭什么呢？它是个滑头还是个傻瓜？说不定它咬住了蚯蚓的一头就在等我用力猛扯，白白奉送它一块我这里已经所剩无几的肥饵？

管他呢，豁出去啦！我没有扯钩，只悄悄地把钓竿挪了挪位置，引起的反应是——猛地一拽，我差点儿叫竿子脱手！一条鲑鱼弓着身子反弹蹦跳起来了！我无法把它拖到岸边，无法叫它不动，无法把它提起来，让这凶猛的家伙在空中呛气。倒是鲑鱼在牵掣着我，而不是我在降服它。好在渔具的各个部分都牢靠、结实。看来这条大鱼把蚯蚓连同鱼钩一起全吞下去了，要不它早溜了。就是说，刚才鲑鱼停在湍流中，安安稳稳地品着蚯蚓的味道，因此钓竿便像个问号似的弯了起来。喔！我这人可真行！可真行啊！要是冒冒失失，疏忽大意，那就只好"此致敬礼"——完了！我打猎时的确常常有这类事，有时猎物都快挨到脚边了才射击，可有时却让鸟儿飞出快两俄里了再放枪！但这一回，你可逃不了啦！我是耐足了性子！鲑鱼拖着鱼竿游过来游过去，乱蹦乱跳，拼命想争到自由，回到它那广阔的天地中去。我也跟着在岸上来回奔波，说什么也不松手。忽然，大鲑鱼似乎明白过来：人们不会把它放掉，它回不到河里去了，于是猛然冲向河岸，它背上那神圣的鳍（在西伯利亚习惯于这样称呼脊翅）把水面劈开。这条鲑鱼又犯了一次错误，不过是一生中最后的一个错误了！我于是飞快地扑到岸边，把这条拼命挣扎，碰掉了不少银青色鳞片的漂亮的黑脊背大鱼扔到发暗的沙地上，再一脚把它踢到一边。我高兴得跳了起来，得意地嚷嚷着，管自己叫老渔夫。其实鲑鱼如果想跟我耍花招，就不该向岸边冲过来——转眼我就要把钓索绞紧，再活动可就不容易了！总而言之我是个能干的好汉，鲑鱼呢，对人也厚道！瞧它就这么上钩了，落网了，它带给我的这份高兴劲儿，即使不够我后半辈子享受，也够享受很长一段时间的了。

周围渺无人迹，你可以随心所欲，哪怕回复到童年的天真也行——我这就亲了亲鲑鱼那沾满沙子的有股犟劲的尖脸面，然后把它带到溪水旁，抛进四周围着石头的水潭里。鲑鱼在这狭窄的水坑内马上活跃起来，拍溅着水，搅起了水底的淤泥，撞击着周围的卵石，想立即逃跑，结果只落得个蹦到潭外，晾在石头上。它又扑腾了半天，才重新回到舒适的水里……

这一夜还有几尾大鲑鱼前来光顾钓饵，但我再也没能得手——这些家伙全都比我狡猾、比我有力气。

我盼着白天，没有蚊子叮咬，好喘口气休息休息，哪怕稍稍睡一小会儿也好。可是盼来的这个白天却十分闷热，在帐篷里人都快给憋死了。我穿着汗透的衣衫，气喘吁吁，昏昏沉沉地向树林走去，满心希望能找到些蚯蚓，顺便也歇歇凉。可是我刚一走进这个到处长满青苔、树身虽细但却爬满各式霉菌的小树林里，便立刻感到窒息、闷热不堪。我一下明白过来了，这里除了钻进我嘴里、耳朵里的蠓子之外，再不会有其他活动的东西。各种动物、小生物全都跑到高山大岭通风的地方去了。在死气沉沉的森林里，只有靠积雪哺育的溪流还能生存，还在欢乐嬉戏，自由呼吸。不过这里没有一点点空间能让它稍稍伸直，略略舒展一下，获得安适。它像一头受惊小兽，低声吼叫着在滑溜溜的石头当中到处乱窜，有时几乎完全陷进冲洗干净的树根下面，失去踪影，有时又被什么东西挡住去路，于是激动异常，泡沫横飞，来回打转；但经过日冲夜磨，总算冲出许多沟沟，于是它可以由这丛石堆跳到那丛石堆，像小蛇似的在乱石的缝隙中蜿蜒蠕行；等来到沙砾坡地，便又被肢解得七零八碎，最后好容易汇到一起，奋力穿过岸边被流冰堆积起来的垃圾（这些烂糟糟的东西差点没把它堵住了），冲出原始森林，奔向通古斯卡河。

这条醉汉似的水流，把洁白的水沫衬衫当胸撕得粉碎，无所顾忌地向前闯了几百俄丈。这样自由自在的奔跑使它乐不可支，快活得咕嘟咕嘟直叫，猛地一下扑入下通古斯卡河，活像孩子投入慈母怀抱，顿时安静了下来。一到冬季，野性难驯的林中溪流便沉入寂静的冰雪梦乡，披上雪白的素服。有谁知道，在白雪覆盖的树木中间，在厚厚的雪被下面，有条原始森林的溪流正在酣然沉睡，一直睡到来年那幸福的时刻，太阳将把它唤醒，它重又兴高采烈地奔腾跳跃，欢呼夏日的来临。

我明白已不可能在这儿找到蚯蚓，便折了根嫩枝，用牙把树皮撕掉，一边嚼着那多汁的嫩芽，一边从这块石头跳到那块石头。正当我跳出挡路的乱石堆时，突然在冰草、莓系草、凌风草和各种又高又细的杂草丛中看到了一株百合花——那样晶莹欲滴，那样娴静幽雅！在这灌木林和河边的草丛中间它正悄悄地绽开那娇艳的花瓣。

"萨兰卡！萨兰卡！"我乐得忘乎所以，像疯了似的，差点没从石头上滑到冰水里。

在我们家乡一带把各种百合花都叫作萨兰卡。其中人们最爱栽种的是一种亭亭玉立的优种百合，它开的花是雪青色或瓦蓝色的，像雄鸡的彩色羽毛那般美丽，花瓣油润鲜亮，像刨花一般卷曲，我们小时候可吃够这种花瓣了。也有一些生长在高山上的萨兰卡，花瓣殷红得就像注满了儿童的纯洁的血浆，乍一看真以为是手工艺品。其实这也的确是世间罕见的艺术珍品。至于人们，他们总是把一己的私意强加于自然，随意改换色彩，矫揉造作地毁坏自然的本色。

我双膝跪下，探手去触摸萨兰卡，它哆嗦了一下，蜷缩起身子来领受人手上的暖气。花儿红若朱唇，形似小喇叭，花心深处像覆上了一层白色的天鹅绒，寒霜雾凇似的花粉像在透出丝丝意想不到的暖意。不由得使人想起海外那充满神话色彩的仙人掌的艳射怒放的花朵。

　　"可你是怎么来到这儿的呢，我可爱美丽的小花儿？"我那被蚊虫咬肿了的眼皮眨个不停，难道我变成这么多愁善感的人了吗？不，不是的，蚊子闹得我两天两夜没合眼，我累了……

　　甚至在这片人迹罕至的荒凉的河岸上，我对自己这种脉脉柔情都感到有点不好意思，真想在什么人面前为自己申辩几句。我小心翼翼地从球茎上掐下百合花，好待来年它再破土而出，重新开花。花儿在我手上洒落下一些雪白的小小颗粒，花柄快蔫了，无力地垂下。我把萨兰卡轻轻放进潺潺的水流中，离我下钓竿不远的地方。大概是因为离开了那阴冷昏黑的针叶林，来到了明亮暖和的地方，沐浴在清新的雪水里的缘故，花儿信赖地怒放开来，宛如一颗娴静寂寞的心儿突然被炽热的爱情所照亮。我好像觉得，野性难驯的水流明显地变得安静甚至温顺了，它轻抚着洁白的花蕊，花蕊上三颗褐色的小种子活像依稀可见的小准星。

　　后来，我曾翻遍了各种植物标本手册和资料，但怎么也找不到这种萨兰卡。有一次我在画册里看见有一种花像它，但名字叫"达宛儿百合花"。我于是断定，今后再也不会看到那种萨兰卡了。可是有一回，在南方一个精心护养的花坛中，有一朵图鲁汉斯克百合花竟笑盈盈地出现在我面前。不过小牌子上写的却是"雅丽的瓦罗达"。

天晓得这南方的"瓦罗达"是如何长途跋涉跑到图鲁汉斯克那荒凉边远的地方的，看来一路仆仆风尘使它那过分招摇、异常惹眼的艳丽姿色略有几分消减。不过情况也许恰好相反？莫非正是幽雅的北方小花漂过江河海洋，顺流南下的时候，风暴卷起了它的种子，四散飞飏，于是在漫长的旅途中留下了美名，而炎热火红的太阳又给它披上了一身艳装？炎炎烈日把花儿晒得发紫，南国之夜又给它浓浓地抹上一层墨色，使百合花更添了几分刚劲，卷曲的花瓣看上去已不太像花瓣了，倒更像一只只炸虾。不过在百合花的深处，在喇叭形的底部，还能看到花蕊隐隐发白，羞涩地映亮了整个花托。花籽无所顾忌，大模大样地探身花外。它们不是两颗三颗，而是成把成束；它们一颗颗饱满成熟，在闷热的花心中被折磨得筋疲力尽，沉甸甸地低下头来，恨不得马上落地生根，开花结籽。

图鲁汉斯克百合花不是手栽的，无须人精心照料。它吸吮着冰冷的陈年积雪的水汁，领受着茫茫雾霭的抚爱，苍茫的夜色和不落的太阳都在守护着它，给它孤寂的生活带来温暖。这里的百合花从来没有见过漆黑的夜，只有在沉闷的雨天或破晓的时辰，当阵阵寒气从冰峰雪岭袭来，团团冷雾从附近阴森的树林腾起，它才会闭合起来，保护自己的花籽。

过去的情况是怎样的——这就不得而知了。反正我在遥远荒凉的下通古斯卡河岸上发现了这朵可爱的小花，从此这朵花便盛开在我的心中，永远不会凋零。

又一个夜晚来临了。这是个昏沉沉的更加闷热的黑夜，四周寂静得让人觉得耳朵里老是嗡嗡作响。我脏极了，一身汗臭。忽见石岬后面窜出一条小木船，正翘起船头向我这边疾驰而来，一头冲到了岸上。

"哎，朋——友！"两个男人，浑身血迹，在船上喊叫着。"你要什么就随便拿吧！快给点防蚊油擦擦！这个咬呀！叮呀！喔哟……哟……简直没法说！"我把那一小瓶防蚊油递给他们，他们边哼哼边涂抹，像得救似的透了一口气："上——帝——啊！"这些渔人沿着通古斯卡河往上游追赶茴鱼，鱼没追着，却喂饱了蚊子。这会儿他们一边抽着烟，一边粗野地咒骂着蚊子："哎！转悠个啥，嗡嗡个啥！还要干什么？你们咬去吧，混蛋！我涂了满身油，喜欢不喜欢？不中意了？！"为了向我表示谢意，他们要我收起钓竿，同他们到图鲁汉斯克去共饮几杯。

我谢绝了，他们遗憾地说："那可会给蚊子咬死的！"说罢给了我一些蚯蚓，便开动马达，风驰电掣地飞驰而去。

有了这些新鲜蚯蚓，我又钓到一尾鲑鱼和几条小鱼。这时地面的热蒸汽更浓了，空气凝滞了，蚊子也多了。我端坐着，把双手插到袖子里，对一切都无能为力，只能听天由命，我可真后悔没有同意跟渔人们一道离去。

就在我们去图鲁汉斯克的路上，阿基姆赞不绝口地夸他地质勘探队的那些伙伴，说这些不知疲倦的地下侦察兵们，必要的时候是能把什么都送往月球的。不过这北方地区，人事变迁比任何别的地方都要快得难以估量。阿基姆那些行踪飘忽的战友已经风流云散，早就离开了图鲁汉斯克；于是他只得气喘吁吁跑遍全城，好不容易才在一间简易木屋里找到了一名睡眼惺忪的带路人。此人要了我们一张十卢布的钞票，把我们带到了这里，一路上只张口说了一句话："你们得等到'换礼拜'那天。""换礼拜"那天就是星期日，还有两天好等。坐等两天这滋味可不好受！

从下通古斯卡河峭壁林立的河口传来很强的轰鸣声，时断时续，远远就能听到。这是马达在吼叫，它发出一种非常自信的节奏。一艘银光闪闪、引人注目的摩托艇正破浪劈水而来，水浪高高掀起，幻化成一双白色的翅膀。摩托艇修长的艇体，轻快自如地在水面上滑过，像一条凶猛的鲨鱼。在艇首下甲板舱与两舷齐平的部位，有两个镶着航空玻璃的圆形舷窗。

摩托艇鸟嘴似的船头啄开滚滚河水，把它们捧往两边，似乎并非故意地对着我直驶过来。舵边坐着一个结实的小伙子，他模仿宇航员，穿了一身严实不透水的服装，脸膛黝黑，一副久经风吹日晒的模样，那傲慢的眼神简直像个海军上将。在他的脚下，一支能连打五发的卡宾枪闪着烤蓝色的光。小伙子既不问好，也不说话，只用一双警觉的眼睛试探我。他的目光在搜索我，简直要把我的衣兜都看穿了，大概是想搞搞清楚，里面装着什么证件，帐篷里藏着什么人吧。马达减速时大声地响了几下，小艇随即停了下来。从摩托艇的舱内跳出两个睡眼惺忪，但都长得十分壮实的小伙子，身上穿着少见的夏季服装。舵手对我扫了一眼。服饰整洁、肌肉发达的小伙子们都在用不友好的目光将我上下打量，其中一个很不耐烦地"呀！"了一声，便往舷外撒起尿来，还故意浇到我的漂子上。

这三个强梁汉子不久前还是正经八百的青年工人，可是干生产活叫他们腻烦了，于是就在飞机工厂里设计偷造了一条特别讲究的小艇，然后把它化整为零，偷偷运出厂外。半个月之前，他们从下通古斯卡河的一条支流弄走了六百公斤的折乐鱼干，眼下又跑到这儿来捕茴鱼。艇上摆着几个用油布盖好的大桶。看样子他们为茴鱼苦战一番之后，马上又该抓鲑鱼去了。在这个季节，鸟儿将要孵卵育雏，胡桃也将结实累累。他们又会开动用汽油机发动的电锯砍伐数百公顷的雪松林子。仅仅一个季度这三条好汉靠原始森林就发了成千上万卢布的横财，他们挥霍无度，明火执仗地到处劫掠。渔业稽查员切列米辛也曾尝试过追缉这帮家伙，准备出其不意把他们逮住，可是，林子里飞出一颗子弹把他打伤了，结果呢，他的船只得顺水漂到了图鲁汉斯克。

切列米辛出院之后只好转到楚什地区一个比较"安全"的地段任职。在图鲁汉斯克对这类横行霸道的小股匪徒看来已束手无策。按照法律规定，非得在作案现场才可逮捕他们，可是这群恶棍人人带着武器，个个卑鄙狡诈，也许只有来个武装分队才能把他们逮住。而部队呢，明摆着的，人家有自己该干的事儿。于是乎这伙强盗在这渺无人烟的北方便得以肆无忌惮地到处劫掠而不受惩罚。这样的匪徒又何止一个呢！

"喂，你瞪眼干什么？"我脱口而说。"没见过别人用鱼竿钓鱼吗？你可是拿炸药炸惯了吧？"

舵手猛地向前冲过来，手使劲握住卡宾枪的枪把，手背上刺的花纹也愈发青得显眼了。但就在这时，他的目光一下触到帐篷，于是向舷外呸地啐了一口，从牙缝里挤出一句话来："后会有期，等着瞧吧，臭货！"说着便加大马力，疾驶而去。河里沉渣泛起，小溪出口的地方露出了一小块河底，钓竿晃来晃去，水波冲着沙砾，轻轻地抚弄着松软的沙岸。银光闪闪的摩托艇就这样往石岬那边扬长而去。

对这号无可救药的亡命之徒，有什么理由，有什么必要非得在作案现场才可以动手逮捕他们呢？事实上，整个大地哪儿不是他们作案的现场！

这时万籁俱寂。只见一头公驼鹿正领着一头母驼鹿开始泅渡通古斯卡河，这可把我吸引住了，刚才那股郁闷的思绪顷刻云散烟消。它们双双对着石岬游去，明显是想躲开人在远处上岸，可是激流把它们顶住，把它们冲向下游。两头驼鹿张着嘴大口大口地吹气，用鼻孔呼哧呼哧地喘息，频频地打着响鼻喷水，眨巴着眼睛，这两双眼睛由于光线反射，时而闪闪发亮，时而又黯然无光。它们朝我这边游来，水没到它们的下颌。眼看这两头可爱的动物就要碰到我的钓竿了。我于是琢磨，用什么办法、拿什么东西把这对宝贝吓退好呢。我正要往帐篷跑去，但还是这对长角的畜生让步了，它们在离我十米左右的地方碰到河底，站住了。它们筋疲力尽地喘着粗气，歪垂着长有沉重的双角的脑袋，水像小河似的从头上往下淌。这两头长角的野兽大概心里明白，我并不想打它们，要不早就开枪了，所以它们对我毫不戒备——瞧这位大叔，在那岸坡上一个劲儿地坐着，坐着，双手笼在袖子里一动不动，八成是让蚊子咬垮了。

"你们捣什么乱呀？"

我的喊声把两头驼鹿吓了一大跳，接着河水四溅，这两头又高又瘦的畜生一下跳上了岸，飞也似的钻进丛林，消失了，只听得一阵蹄子碰石头的橐橐声。在一大堆杂乱的树丛后面发出窸窸窸窣窣的声音，原来是驼鹿在抖掉身上的水。我噗哧一声笑了。没想到这一对善良温厚而动作不灵的宝贝一出现，便把我心头那种沉重和屈辱的情绪一扫而空，随着年事的增长，这种情绪越来越令人压抑和伤神。

阿基姆不声不响地走到我身旁问道："你还活着？"我告诉他，刚才来过一伙"旅游者"，这些家伙弄死个把人简直就像擤鼻涕那么简单。随后又来了一头公驼鹿和一头母驼鹿，差点把我给吞了。阿基姆皱着眉头嘟哝着，说是看来得赶紧离开了，这儿可是大森林，民警离得远着呢……说着说着，他一眼瞧见了萨兰卡，便拿指头轻轻地碰了碰它那缀满了小水珠的嫣红嫣红的花瓣。

"这是什么花儿呀，老哥？真好看啊！"于是他又讲起了不知跟我讲过多少遍的那种花儿，还是他在儿时的一个春天，在鲍加尼达村附近的冻土带发现的。我心想："阿基姆也开始感觉到岁月如流，不堪回首了吧。"

翌日清晨，一艘铁壳快艇低速向通古斯卡河下游驶去。我们又是挥手，又是喊叫，在河岸上奔跑起来。驾艇的是几个可爱的小伙子，船长叫沃洛佳，水手叫米萨叔叔，还有一个从培金斯卡村到图鲁汉斯克上职业技校的文静青年。他们给我们十五分钟的时间收拾东西，而我们十分钟便整理停当了。就在这短短的十分钟内，艇上那条小狗一下子四脚朝天，打起滚来，还汪汪尖叫，原来是成群的蚊子朝它蜂拥袭来。

艇上的蚊子也多得结成了团。船员们煮了鲟鱼汤，我们拿出了一瓶酒。大伙儿为这次相识干了杯，一块儿就着一个锅喝鱼汤。喝着，喝着，我的喉咙一下给卡住了。看来鲟鱼没有刮洗干净。要是让鲟鱼的鳞片卡住，那可比鱼刺厉害多了，这鲟鱼鳞呀，像玻璃片一样，一下就能把肠子划破的。我于是慢慢吃，还想责备米萨叔叔："你是怎么搞的，朋友！"但马上想到——这准是蚊子捣乱的缘故。而这些小蠓子、大蚊子、小蚊子、牛虻等吸血鬼在北方还要肆虐一到一个半月呢。

不睡觉是支持不了多久的。我涂了"德塔"防蚊油便在底舱的木床上倒头睡下，拿被单蒙住脸，但似乎只睡了几分钟，就因寂然无声而惊醒了过来，原来我们的船已到达图鲁汉斯克了。到得不是时候，真所谓在家不行善，出门定遭殃。我们刚一走下快艇，爬上陡岸，老天爷就骤然下起瓢泼大雨，怪不得这些天来在森林里感到那样闷热，怪不得蚊子如此猖狂，原来这几天一直在酝酿着一场大暴雨！

雨倾盆而下，密密麻麻地打在叶尼塞河平静的水面上，溅起无数的小水泡。雨水把破旧的小城市那落满灰尘的房顶冲洗得干干净净；地上的草儿，树上的叶子，全都显得晶莹碧翠。天上的尘埃打落在地，空气焕然一新。这里的野狗不计其数，这会儿全钻到各式各样的小艇下面躲雨去了。孩子们东一堆西一伙地尖叫着戏水耍闹。所有大大小小的沟渠坑洼全都涨满了，水流成河；高高的陡岸下冲积了许多脏东西，城里的垃圾、碎木块、锯屑、陈年的布告、招贴……一股脑儿都冲到这里来了。

一个衣帽整洁的民警，龇着雪白的牙齿，一只手轻轻地扶住那顶漂亮的制帽，急匆匆地跑往航运码头去避雨。几个拎着包袱的农妇畏畏缩缩地跟在他身后，她们不敢赶在当官的头里，把当官的落在后边。码头上那个没腿的残疾人，下身兜着个皮套子，一蹦一蹦地上台阶；他一边舔着唇上的雨水，一边快活地嚷嚷。蹦着、蹦着，他开始大口地喘着粗气，蹦不动了。有个农妇扔下花花绿绿的包袱，走过去抓住他一只手，使劲把他往上拽，帮着他连皮套一起一级一级往上挪。这皮东西湿漉漉的，拖在台阶上发出啪嗒啪嗒的声音。这妇女对残疾人大声地说着一些逗乐鼓劲的话，残疾人却像个孩子似的，洋相百出地舔着嘴唇，而且想方设法要摸一下那女人的屁股。虽然他两只手都没闲着，一只手用来撑着地，另一只被那妇女拉着往上拽，可他到底还是瞅准时机，捏了人家一把。那妇女瞪他一眼，尖叫起来。这时挤在屋檐下的民警和老百姓都哈哈大笑，似乎为那残疾人的胆大妄为叫好。不过民警还是把他那顶制帽交给一个人——原来他蓄着时髦的长发——冒雨跑过来捡起淋湿的包袱，和那村妇一起把全身透湿的残疾人扶过码头大厅的门槛。

空气沁人心脾，举目一片清新。在这样的大雨天里，即使心情最苦恼的人也会感到心胸舒坦，感到人间友情的温暖；于是疲劳、愤懑，人生一切琐屑渺小的感情，统统都会从心灵上和肉体上被驱除，被涤荡，就像灰尘和垃圾从大地上被冲走一样。

我忆起了原始森林中的那条溪流，此刻溪水准在上涨了，它大概还是那么野性、爱闹，搅得沙石翻滚，频频冲击着松软的沙岸；而那朵一时还没被溪流带走的百合花，大概正在追波逐浪，回旋上下，张开那鲜艳的唇瓣，像是在呼喊。它在向无边无垠的大森林告别，而森林正应和着雨声奏出使人感到宁静的旋律；郁郁寡欢的树叶和荒草开怀舒展，连针叶也变得柔软了；至于那些该死的吸血蚊子，虽想躲避暴雨的鞭打，可又无处藏身，雨水将它们打落在地，溪流把它们冲进河里，成为鱼儿的美餐。

雨大得看不出雨丝，简直像一堵水墙悬在我们头上，悬在城市和远处森林的上空。这滂沱大雨叫整个世界面目一新。在商店的木屋附近有三个醉鬼，彼此搂抱着，脚踩在水洼里，看样子是想跳舞。我认出当中一个就是那漂亮的埃文基女郎。那件好看的花条衣衫经雨一淋，已经成了刺眼的泥土色，它紧紧贴在女郎那匀称美丽，但已显出倦态的身上，湿发散乱地黏在脖子上和前额上，也有跑进嘴里的，女郎不时把发丝吐出来。她猛地把妨碍她跳舞的两个男人一推，那两个人立刻乖乖地躺倒在水洼里。姑娘一边粗野地叫喊着，一边如痴似狂地手舞足蹈起来，穿着进口凉鞋的双脚踏得泥水四溅。此时此刻她真像个萨满教的女巫师，她的叫声也真有点巫师的味道。走近以后我们才听明白，她是在喊："我们是年轻人！我们呀，是从纬度六十度[1]那边来的孩子！……"

同我做伴的那个"老哥"，原先走在我后边，没精打采的，忽然间精神抖擞，在人行道上吹着口哨，迈着舞步，双手张开，扎煞起手指，迎着美丽的姑娘走去，他的手腕不停地扭动着，他仿佛听到了只有他才懂得的呼唤。

"哈纳-阿布卡利！"

"哈尔-基乌柳卡利！"漂亮的姑娘应声回答，白玉似的牙齿闪烁发光。

---

[1] 指莫斯科一带地方。

"他们是在彼此问候。"我猜想着，并试图叫住阿基姆，可是他这时对什么都充耳不闻，除开那女郎，他对谁都无暇顾及了。他继续用手脚做各种古怪的动作，咂着舌头，用手指不断打榧子，这位"老哥"活像一只发情的雄野鸡，向着母野鸡迎去，我甚至觉得，它连尾羽都张开了；但就在这时，那个没有指头的流浪汉从水洼里站了起来，不容分说地高喊了一声："卡纳依！"

于是，"老哥"虽然继续打着榧子，吹着口哨，却只好遗憾地随我走了。他恋恋不舍地频频回首，在人行道上绊了好几下。他要我相信，倘若他只身一人，没有行李，又不是全身湿透，而且腰包里带的有钱，他绝不肯这么轻易地退下阵来的，他将……

我没去理睬他，于是这位"老哥"近乎抽噎似的长叹了一声，便也沉默不语了。他从我的沉默中觉察到我对他的行为很不以为然，过了一会儿便讨好地对我说：

"唉，狼心狗肺的人！真是狼心狗肺！"他颇为伤心地说。"把萨兰卡给忘了！鲑鱼倒记得，可萨兰卡，那么好看的萨兰卡却忘记带回来了！咱们还算什么人哪？！"

我没有搭话，因为我相信：流水一定会把萨兰卡带到河里，把它送到通古斯卡或叶尼塞的河岸上；而它一旦接触到土地，那么它，这野生野长的图鲁汉斯克百合花，即使只有一粒种子，也将会就地扎根、开花。

白色群山的梦

　　从前有个时期，人们从来没有看到过或听说过旅行家。即
使难得来个什么人，也是为了往后能写一本书。而在更早些时
候，人们一旦发现了旅行的人，他们若不把他立刻打死，就定
会扣下他来要求赎金，振振有词地说他必定是个奸细。谁知道
呢？说不定也许正应该这样对付他们。

　　　　　　　　　　　　　　　　　　　——沃尔特·麦肯 [1]

　　就像小路最终要通向大道，一个从小就带枪逛荡的人到头
来一定会想到要结束胡闹放浪，而名副其实地去从事打猎，领略
打猎生涯的甘苦，全不顾古人的戒条：人靠粮食生存，不靠打猎
活命。

　　柯利亚作为阿基姆的亲密朋友千方百计想让这个乐天知命
的人打消打猎的念头：讲给他听种种吓人的后果，用可能得病作

---

[1]　沃尔特·麦肯（1915—1967），爱尔兰作家，作品写爱尔兰渔民生活。

理由，对他破口大骂，用沉没枪支来唬他———一切都无济于事。柯利亚对他们渔业劳动组合在泰梅尔半岛上发生过的事情记忆犹新[1]，于是就要瘦小个儿的阿基姆作出承诺，出门狩猎的时候就他单独一人去，不和别人结伴：实在是一旦被熊吓怕过，见了树桩也吃惊。

常年在图鲁汉斯克原始森林里打猎的猎人都有自己开辟的、惯常活动的地段，阿基姆是个新手，人们分给他一处最荒僻、最边远的猎场和无人居住的宿营地，位于迪尤普孔湖下游的恩德河上，这是那条时而险滩纷呈、汹涌激荡，时而沼泽密布、凝敛不动的库列依卡河的支流。从过冬的住地到近旁的蒙杜伊卡河口的村落约有百来俄里地，这地方在地图上标着一只铁锚，因为春天的时候轮船和机船往这儿运货，夏天偶尔还开来快艇。在库列依卡河的左岸，阿哈塔村隐现在湖泊沼泽和影影绰绰的苍山之间，据传闻，那里早已阒无一人。在库列依卡河右岸，即库留姆贝河和高尔比阿钦河的那一边，靠近汉塔伊斯克湖畔，冬天和夏天都驻有渔民生产队，他们的捕获物由飞机运向伊加尔卡鱼类工厂。总而言之，从阿基姆过冬的小屋，不管是向左，还是向右，反正向任何一个方向，跑也没有个尽头，叫也没有人应声。

"有两个比利时和一个半法国在你的管辖下面！"直升飞机驾驶员笑着说道，他趁着天时还暖和，给猎人的过冬住所投掷长期生活和艰苦的狩猎所必需的一切物品：锯子、斧子、铁杆、捕兽夹子、衣服、被褥、独木小舟、盐、糖、干粮、煤油，以及其

---

[1] 见本书《鲍耶》篇。

他各种什物和食品。小木屋墙根的圆木已经霉烂，木屋向一侧敧倾着，层层的积雪把蓬松的顶盖都压扁了，周围一片空旷，阴郁而寂静。阿基姆心神志忒，畏葸胆怯了，好像有一阵阴风透入内脏："真怕人……"如果这个肃杀、单调，充满着沼泽臭味的地方不是跟赏心悦目、散发着清新气息和懒洋洋的苔霉味以及某种不可名状的诱人芬香的群山相连的话，阿基姆也许早就抵挡不住，而在他心里怯生生出现过的念头："跑掉吧！付清预支款项，取消合同"——也许就会确定下来了。但奇怪的是他一回到城里的基地，就会想念起指定给他的那块有"两个比利时和一个半法国"大小的地方，就像是在想念自己早就熟悉的、待惯了的地方，他甚至思念恩德河，思念那破旧的、孤零零的小木屋。他梦见白色的群山。他仿佛向群山走去，走啊走啊，却怎么也走不到。他觉得自己朦朦胧胧在思念着什么而且不明根由地动情了，他惬意地舒了一口气，感到以往的一切烦恼，以及对那一种令人激动的、难以说明的东西的幻想，即对于另一种生活、对于爱的幻想，如果不能在这里，在这白色的群山之间得到实现，那么多少也会有个明澈的结果，他将变得内心宁静，也不会再浪迹大地，终于找到内心的，也可能是人生的归宿。

这一点为什么定然会在距最近的狩猎宿营地有五昼夜路程的地方发生，那里除了原始森林和群山以外，空寂无物，人迹杳然；而且这一点又将以什么样的方式发生——关于这些，阿基姆无论对自己还是对其他什么人都无法说得清楚。但他很久以来就习惯于信赖自己，相信自己心灵的启示和发现，虽然这种启示和发现曾经一而再、再而三地使他上当受骗，但他除了仰仗心灵的指点，别无他法。阿基姆既然决意让自己的心灵和肉体听任意志的驱使，相信内心的感动，所以他对一切事都泰然处之，对任何人和事通常都不表惊讶，成败得失似乎都是理所当然的，因此都能安之若素；也许，正是这种镇定自若，在任何时候都能行动得体、胸有成竹地向前行进的精神状态，帮助着阿基姆能在人世间存身，活到了三十岁（这是他为了表示老成，在狩猎合同上所写的岁数，实际上他二十七岁才刚出头）。当生活的转折来得过分仓促的时候，当他对种种打击还没有作好还击准备的时候，他常常感到不好受。这时唯一的出路和解救办法就是——酒。唉！酒这个玩意儿啊！如果不是这可诅咒的酒，阿基姆现在会在什么地方呢？他又会是什么样的人呢？说实在的，会在什么地方，会成什么样的人，阿基姆自己也模模糊糊，但是他毫不怀疑：一切将会是另一个模样，而且定然是美好的，对于这一点，老的河运工作人员帕拉蒙·帕拉蒙内奇和所有的酒友，那些带有流浪汉性格的人们，都是毫不怀疑的。阿基姆纵酒狂饮的时候，常常会痛哭流涕，哀己之不争，痛惜地想到自己本可成为一个什么样的人物，这近在咫尺的指望，却让这造孽的、好酒贪杯的脾性弄得可望而不可即。

阿基姆怀着实干一番的愿望，由于期待美满的结果而心情激动，他在恩德河口找到一块合适的空地降落了下来，把行李遮好，用石块把帆布压住，就向直升飞机挥手告别。他驾起一艘破旧的独木船，第一次先装了一点行李，向宿营地点撑去。他要熟悉一下那里的情况，探明秋天里河上的通路。现代的猎人有很多必需的装备，这样撑着筏子往返运送，少说也得十个来回。

他频频点动着轻篙，口里叼着烟嘴，里面的烟卷散发着芳香，他盘算着自己在这里的未来的生活。上一次乘飞机来的时候，他已经把小屋修理过了，但还得费一番张罗，小屋已经朽坏了，那里已经好久没有猎人居住，而形形色色的旅行者和流浪汉却不时光临：屋子的有些部分已经被砍来当柴烧了，门上的挡雨板也被取走了，地板和门槛都被斧子砍得一塌糊涂。不知是蚊子呢，还是严寒的功劳，总算没让这些乱闯乱走的人把窗上的玻璃全砸了：砸掉玻璃，糟蹋屋子，用斧子或刀子在墙上或是桌子上刻个名字留念——这已经是现代的过夜留宿的人义不容辞的义务了，他们如果不这样干，离开的时候简直像带上了一块心病，横竖都不称意。应该把门缝都填没，把门包严实，窗框上端还得用苔草塞紧，原先的都让鸟儿和老鼠衔跑了，窗子本身也要糊纸抹泥，地板已经塌陷到地面，得把它填高；最要紧的是要砍好整个冬季里要用的木柴，储存一些食粮、禽肉和鱼干，还要和不久前在库列依卡河畔得来的那只年齿尚幼的狗罗兹卡熟悉熟悉，它现在刚从原始森林里飞奔而来，一路冲着大雷鸟和松鸡狂吠乱叫，它窜过树丛，大声对着水面叫着，眼睛看着渐渐划近的小船，尾巴弯成一个问号，挥动着，好像在问：我那新来的主人是什么样人，我们会相处得怎样呢？

阿基姆抚弄着罗兹卡蓬蓬松松的颈毛，用手指甲挠着它那感觉灵敏的耳朵。罗兹卡把湿润而干净的嘴脸钻进主人的两膝中间，一动也不动地自下往上望着他，一副驯顺依恋的神情。"你只要别打我，什么事都会给你办好的。"它的眼光在说。

人们有时候把狗打得很厉害，真是很厉害。而且打的往往是最好的、最有用的狗，那些拉车的、狩猎的狗。养在房里的小狗却不遭这份罪，它们吃的是糖块，伸出爪子向人问候讨好，轻轻地吠几声，仅此而已。但原始森林里的生活却一点也含糊不得，这里爪子可不管用，要的是工作，而且要懂得什么时候该叫几声，什么时候不好作声。

"不错，罗兹卡，不错！"阿基姆安慰着它。"乖！真乖！"阿基姆跟孩子们和狗特别合得来，孩子和狗也喜欢他，这是心灵坦荡和毫无恶意的可靠标志。

在恩德河上细鳞鱼噼噼啪啪地把幼鱼甩开，在水面上团成一堆，折乐鱼和茴鱼游离浅滩试探着去啄食漂浮的树叶和秋天的落英，它们懒洋洋地吮食掉沾在这些废物上的小虫子，小心翼翼地打着转儿。身子肥硕的鱼儿，见了人也毫无畏惧，从从容容地游离小船，在湍流的一旁停住身子，急流和漩涡的所在它们是不游过去的。茴鱼很快就顺流直下到下游地方去了，接着折乐鱼和细鳞鱼也一去杳然，河就变得空荡荡了。要是水洼里能留下点什么就好了，哪怕是小虫子之类，那样江鳕就会来产卵——冬天的时候，自己和狗都要有吃的，一日三餐可是所有的事情中最费周章的。

过冬的小屋就在一望平沙的河岸后面的赤杨树丛中，灰色的、光秃秃的林木之间隐隐可见那倾圮的屋顶。紧贴着小屋是一个长满了青苔的大石碛，从中曲曲弯弯窜出一丛河柳，蔓衍伸延足有二十俄丈一片。很少有打猎的人把过冬的小屋安置在这样潮湿和荒凉的地点的，但看来当时开辟这座小屋的人只想度过一两个寒暑，这个打猎的人也懒得多费精神，只贪图有水、有柴火、有猎场，一切都在近旁就行，其余的事情根本就没有在意。河柳丛和石碛被茶藨子灌木林缠绕纠结在一起，茶藨子灌木上刚刚绽出不久的一批乌黑油光的新芽，被寒气一逼已经成了即将凋零的败叶；一俄尺许高的绣线菊灌木紧挨着石碛，把一粒粒细小、滚圆的种子散落在河柳的枝条上，在地面处闪现着琉璃草乱窜的茎丝和薄如蝉翼的鲜艳的繁缕，伞形植物的叶子萎谢凋零以后，繁缕也得到了一丝光照，不知是由于姗姗来迟的阳光呢，还是由于受到了初霜的滋润，它显得生机勃勃；过江藤死乞白赖地对一切东西都故示亲热、死缠不放，阿基姆第一次乘直升飞机来的时候，曾经在河柳丛中摘到过一些茶藨子，当他去树丛深处解手的一路上，稠李子和水越橘可真让他解了一顿馋。因此，他把屋子后面那草木丛生的地方叫作"果园"。

"果园"后面，距离小屋子不过一步之遥的地方，极圈内的原始森林就开始了，这里有珍贵的针叶雪松林子、拔地直上的枞树林、沾满了树虫分泌汁液的灰白的冷杉林子和沿恩德河和它那些汹涌激荡的支流一路生长的黑林。但是在这些河流的后面延伸着长长的一片低地，紧裹在毛茸茸的林边草地中间，这表明再往下就是冻土带了。在晴朗的日子里，肉眼可以看得清原始森林近旁的地带，说来也平常：向北大约有那么五十俄里，也可能还不到一点，就是北纬六十七度地方的极圈地带。阿基姆总想把这个纬度捉摸成有形之物，想凭视觉看出它的界限。他虽然是出生、长大在极圈内地区，对当地的一切见多识广，但是一提到"纬度"这个科学名词，他头脑里的一切就会以一种新的模样出现，有生之物和地域都会具有另一种形式，结果是：纬度的这一边是森林、浆果、灌木丛、林中的飞禽和走兽，而在那一边，一下子就变成冻土带的不毛之地，东一块西一块的湖汊，那里除了苔草和灌木，野鸭和大雁，北极狐和沙鸡以外，就什么也没有了。

阿基姆朝小屋的角落里扫了一眼，颇为满意地发现，屋子的塌陷程度还和初秋时候一样，这说明阿基姆在"果园"的林木茂密处砍了一根河柳给住处打的桩子，还有在靠河岸的这一面墙上撑上的三根粗杆子以及用树皮补缀好屋顶所花费的劳动都不算白忙。人的双手，既善于建设，又善于保存，缺了手就连树林里的小木棚子也只能衰朽颓败。

然而这小木屋总显得有点不对头，它好像经历过一番骚扰，小径上的苍苔有人踩过了，石头上的苍苔被刮掉了，显得光秃秃的；一棵赤杨树被砍不久，只有一个树桩露在那里；烟囱口四周有一层新烧的烟灰，由此可见这里不久前生过火；"果园"被糟蹋得很厉害，布满河柳的涟漪轻泛的河口一带，泥地都被踩实了，茶藨子林被攀折殆尽；恩德河的河底，白铁罐头的盖子闪闪发亮；一根临时削成的钓竿斜靠在小屋的墙壁上，一根断了的钓丝连着一枚城里造的塑料浮子，悬在半空。"旅行的人钻到这儿来了，鬼东西！"阿基姆吼了一声，罗兹卡在屋旁也断断续续、惊恐地吠了起来。"走迷路了，搁浅了！"

阿基姆把小筏子搁到岸边，就从船头里掏出子弹带、雨衣，察看了一下枪筒有没有装上子弹，然后把船拉了过来，他心里十分恼火，料想一定会看到一个胡楂满面的人走出木屋，往下走来，他把手指勾在褴褛不堪的猎装的小口袋里，头发蓬乱，不戴帽子，大大咧咧地问过好以后，令人听着很不是味儿地解嘲似的说什么他们哥儿几个迷路了，像野人似的在过日子，把小屋的一切除了大圆木以外全都吃下肚子了，他们坚定地一直在等待猎人——这小木屋的主人的来到，那时将会给他们吃的、喝的，把他们引出迷途、指明归路，为了子孙后代、为了未来的伟大事业搭救他们。喜欢到荒山野地来放浪漫游的人多得不可胜数，这些人不仅不愿意费神去学一学在这种荒凉的地方应该怎么走路，甚至还懒得去打听一下这原始森林是一种什么玩意儿，它是不是适合于用来散步。

小屋里没有人迎下来。罗兹卡吠叫得越来越惶惶然，而且更响亮。阿基姆加快步子向小木屋走去，一路上目光所及都是生人来过的迹象：盛满了雨水的水桶；赤杨树的根桩，砍下的木片都发红了；人脚印的凹坑里留着一汪浑浊的泥水，根据陷下去的脚印判断，这双靴子是四十二码，这些人至少有一个星期左右没有走出门了。啊哈，还有烟头！但烟头已经很久了，已经膨胀发酵了，纸烟一直吸到过滤嘴的地方——看来这是个善于精打细算、很有经验的旅行者，要不就是他的给养已经消耗殆尽了。在深陷在泥里的苔藓剥落的台阶上有一双破破烂烂的后跟磨光了的、半大孩子脚寸的球鞋，活像是两只色彩斑斓的松鸡蹲在那里。“哎哟哟，真要命呀！”阿基姆毛发悚然。“一个男人还带了一个孩子！都死了！……”

阿基姆推推门，它并不动弹，他卸下肩上的枪，把它靠墙放好，双手抓住木头把手，用脚蹬门，把肩膀硬压上去。受潮的门噗哧一声响过，勉勉强强地打开了。靠在门板上的阿基姆一个趔趄，进了屋子，那里一股闷滞了好久的刺鼻的腐烂味和尿臭，差点没把人熏倒。

阿基姆没有去细看那颜色昏黄、沾满灰暗水迹的窗子，窗玻璃上斑斑点点尽沾着蚊虫和树木上的蚜虫，这些窗没有人擦过，不知是因为没时间呢，还是因为没有想到，他用眼睛扫视着屋子里的一切：从那位不知名的猎人用普普通通的斧子砍出来的窗台上往下挂着一顶花花绿绿的小鸭舌帽，赛璐珞的帽檐伸得笔直，在这所小木屋寒酸的原始森林的摆设中这是一件完全不得体的、可怜巴巴的东西；桌子上有一段防蚊油的软管，腌腌臢臢的，差不多已经挤空了；这里还有一副珠母色框架的墨镜，一只闪烁着金盏花般色彩的小金表；一些没有去皮的松果胡乱散丢着；一只小锅子不知为什么放在地板上，里面有一只棕黄色柄的木汤勺；一只已经打开的铁皮罐头侧翻着，极不自然地张着口子，从中流出的一摊汤汁蒙上了厚厚的一层灰土；一只蓝色的手提包，侧面是鸽子图案；一件撕破了的城里式样的锦纶雨衣；一只张开口的很大的旅行包；还有一把斧子——不知为什么阿基姆觉得这把斧子很眼熟，旁边丢着这把斧子的套子；炉子近旁有木片、硬果壳，炉子早就是冰冷的了，小木屋里滞留着一股窒息人的臭气。

铺板上似乎堆了一大堆破布，上面还盖着一张被老鼠咬得七穿八洞的毛皮，破布蠕动起来了，在它下面闷声闷气地响起声音：

"戈……戈……戈……"

阿基姆扑向木床，掀起毛皮，扒开破布堆，把皱成一团的帐篷布抛开，结果在一只脏得发腻的睡袋里发现了一个发着高烧的少年。这个人的脸上已经只是骨头，紧紧地绷着一层黄蜡似的皮，就像是用胶水粘上去的，牙齿龇露着，鼻子削尖削尖的，额骨显得异样地凸起——身上已经出现死斑。阿基姆强自克制着厌恶的感觉，从他身上揭下已经霉烂的猎装，同猎装一起被扯下来的还有一层像蜘蛛网样的东西，有点像女人穿的连袜裤，紧接着赫然在目的竟是一副缝制得非常花哨的、缎子的奶罩，它空荡荡地委垂在深陷的胸脯上。

"女……人……"阿基姆的身子急忙后退。

　　他过了好几天才头脑清醒过来，当时他从小木屋里出来走到恩德河岸上去，在河柳丛生的河口他看见经河水冲刷过的沙滩和玻璃那样闪闪发亮的鹅卵石上有一个皮色华丽、头部很大的东西，它像一头喂饱了的小猪，一双圆圆的、机警的小眼睛东顾西盼，似乎颇有点高傲的神情。阿基姆迅速躲进灌木丛中，一口气跑回小木屋，抓起猎枪，连发两枪打翻了那条不肯舒舒服服待在水流里的外表华丽的折乐鱼。这一枪的巨大声响震撼着河面和原始森林，简直像是打开了通向人生天地的大门，于是阿基姆开始听得见周围的一切声息了，并且感觉到了自身的存在。

　　整整三个白天接连三个通宵他完全与外界隔绝，他在和死亡争夺一个人的生命，甚至都没有弄明白这个人是个妇人还是姑娘，因为她已经饿得奄奄一息，体内的高烧和疾病把她折磨得形同槁木，完全像一只风干的鸭子，羸弱干瘦，身上的一层皮粗糙不堪。她的舌头无法转动，只从喉咙里冒出断续的呻吟："戈戈……戈……戈戈……"阿基姆把耳朵贴到病人的背上，她似乎感觉到了这一点，不再谵呓了，一动也不动。在肩胛骨下面，松弛下垂的皮肤底下嘶噪声、呼噜声和咯咯的声息此起彼伏。在这一具受尽折磨、病入骨髓的躯体里正蔓延推进着一种将生命灭绝成灰的过程，病魔在人体腑脏的深处摇撼着那些咯咯直响的枯枝朽木，不是一处两处，而是一下子就从好几处下手，这恶魔手推着一辆车轮上没有涂上润滑油的大车叽叽嘎嘎地来回奔忙，一面吆喝："发炎啰！"阿基姆的感觉就像是听到了自己的什么亲人被判处了死刑，却无力稍稍减轻这将被处死的人的不幸命运，他感到痛苦的是他自己将依旧活着、呼吸着，这个人虽然近在咫尺，却好像叫人难以够得着，并且逐渐远去，越来越远……

阿基姆不让自己循这条思路想下去，克制住自己的软弱无望心情和不知所措的感觉，在行李中翻出了药箱，他不禁放声大叫，夸自己是好样儿的，因为他在这条独木筏运送行李的第一趟航程里居然把药箱作为最重要的急需物品带来了。药箱并不大，这还是老朋友柯利亚硬给捎上的，而它的价值就在于其中最主要的药是治感冒受寒的。阿基姆料理着屋子，烧了热水，把这个也不知是大姑娘还是女孩儿的身子放在铺满了云杉枝条的地板上洗干净。给她敷芥末膏，用酒精擦身子，做热敷，忙得不亦乐乎，浑身是汗，热得气也喘不过来，但心里很清楚，要节省用药——这儿是没有医院和药房的。给病人治病要非常小心仔细才行，她才刚刚露出一线生机，同时还应该保重自己，要非常注意保重才行。第一天他穿着一件单衬衣冒冒失失走到门外去，弄得鼻涕淋淋，得赶快治：在自己背上手够得着的地方贴上了芥末膏，服了一片药，居然药到病除，当时可真怕了一阵子，说不定他会因此就完了的，那时，这儿的一切，这边远的流徙之地的一切，也都要随着他完蛋。他连罗兹卡也从不忘记喂食，自己也总想着点儿要吃东西，即使在赶路、奔跑忙碌的时候，一天也非吃一顿不可，而且是要热的食物。阿基姆一生中还从来没有这样珍惜保养过自己。他过去是不大顾惜自己的，的确是这样，应该承认，他一生中可以说从来没有被任何人如此迫切地需要过，除非只有弟妹们和妈妈。但那是在什么地方？什么时候的事情？流浪的生涯使过去蒙上了一片灰暗。阿基姆最怕在暖屋子里烤火，人会浑身无力，只想睡觉。他脑袋里会轰隆隆热血上冲，双膝发软，直想呕吐，他认为这是抽烟的缘故；他竭力少抽烟，不久坐，宁可站着做这做那。

阿基姆把折乐鱼剖开，在切开的背脊肉上撒上盐，拴住尾巴挂在树上，让这条肥鱼风干、收缩。他把鱼头和胸鳍煮了一锅鱼汤，一下子削了四颗大土豆放在里面——这可不能讲节约！丝毫也没有舍不得！得把人救过来。

那么捕野兽呢？打猎呢？这是签过合同、拿过预支的，五百卢布哪！……哎……总有办法可想，船到桥头自会直，车到山前必有路，最要紧的是要把人救过来！以后的事儿怎么办，到时候就清楚了。

起初，昼夜交替好像车轮飞转，那时连轮辐也看不清楚，他来不及去思考种种问题：狩猎，计划，以及到什么地方、用什么办法去赚得这一笔已经预支的款项……这位猎人开始注意到时间，计算着日子并且为"计划"而发愁的时候，原始森林里早已是一片肃杀的深秋景象。在俄罗斯的什么地方，在莫斯科，缤纷的落叶由幼儿园的孩子们和钟情的姑娘把它们收集成束，而在这里，在极圈以内的地区，只有在背风的地方，有几处白桦树密密茸茸的树叶在瑟缩颤抖，尽管小小的叶子都冻僵了，但仍然显出一种行将离别的枯黄，隐含着凋零的惆怅。岛岸上低湿草地的近旁，树叶终于也没有赶得及成熟。它们蔫乎乎地耷拉着，根本没有来得及经历茁壮、萎谢、凋落的过程，在凛冽的朝寒里，树叶在风中像薄薄的金属片那样振响着，如果灌木林中有禽鸟起，霰弹过处，树叶也随着遭殃。在岛上，还有岸上的背风地带，树叶没有凋尽的稠李树有很多，严寒使果子变得更软、更甜了。稠李树上和此地少见的花楸果树上飞集着大雷鸟和松鸡。不凋落的小树叶，来不及成熟的果子，长时间不穿"毛裤"的，也就是说脚爪四周不长毛的松鸡，疲疲沓沓散发出蒸汽的沼泽地——所有这一切都是旷日持久的、肃杀的秋天的标志。

小木屋里，收拾整齐的木床上铺着印花布的褥单，姑娘穿着男式的绒布内衣，直挺挺地躺在床上，现在阿基姆确切知道了——这是一个姑娘，她的头发曾经染浅过，但已经很久了，现在成了花的了，她新长出来的头发有一寸多长地方是淡栗色的，这是本来的颜色。阿基姆把这些头发洗干净，把上面的小蠓虫都梳理掉，而在那些像茅草一样拖下来的、不是天然本色的头发里小蠓虫倒难以存身了。姑娘的眼睛因为受着高烧的煎熬，看上去像是涂了一层果子羹似的，眼底昏暗，但眼白上的红点已经消褪，瞳孔四周，确切地说是从瞳孔里，开始流露出一种尽管还相当微弱，然而却充满暖意的蔚蓝颜色。姑娘尖削的颧骨，带血迹的嘴唇，眼窝处的青黑色，轮廓分明的眉毛和睫毛——好像都表明着疾病，都是疾病所致，在她苍白的、瘦削到脱形的脸上也可以清晰地看到这一点。她那修长的颈项，颓然向一边弯曲着，一条条细小、微弱的筋脉历历可见，这叫人可怜的模样，简直难以用话语来形容。阿基姆托住了姑娘的头，用杯子喂她喝热气腾腾的、面上还浮着一层油的鱼汤，一面还哄着：

"喝吧！喝吧！吃一点吧！你该多吃一点。你听得见我的话吗？"

姑娘眯起了眼睛，好一会儿无法把它睁开——没有一丝力气。

"戈……戈……"她的喉咙在哼哼。病人想试着抬起手来，指点什么东西。根据病人的呓语，种种物品、脚印和砍断的树木来判断，阿基姆明白，小木屋里曾经是两个人，这个姑娘和一个男人。很可能就是这个男人的名字叫戈加或者戈里高利，或者其他以字母"Г"打头的名字，姑娘看来就是要打听他，也可能是想告诉别人他在什么地方，请别人去找她的伙伴，说不定就是丈夫。

阿基姆装作好像是听不懂病人的请求，因为目前不能把她单独撂在这里。至于戈加或者戈里高利多半是在原始森林里失踪了，要找到他可是旷日费时的事，是一件伤脑筋的事，几乎是不可能的，然而找总归是要去找一下的。这位猎人好像是听了判决似的叹了一口气，用毛巾把姑娘的嘴擦了擦，独自苦恼着："真要命呀！真是在劫难逃了，散心散不成，打猎也没门儿！"这是阿基姆一个流浪伙伴有一次从开垦处女地的遥远地方写来的信里的诉苦话语，阿基姆觉得非常滑稽，他竟把这句唉声叹气的诉苦话变成了一句顺口溜。

……体温表的黑线第一次停在红色的刻度线地方，停滞不前了。阿基姆把体温表甩了甩，重新塞到姑娘的腋下。热度停在三十七度上。阿基姆吧哒一下打了一个响指，甚至捶了一下自己的膝盖，用手抹了抹脸，大声地呼出了一口气："行……了！"他喂病人喝了草药汁和越橘泡的茶，一下子感到再也无法支持了，脑袋里压胀得厉害。这些天来一直硬熬着。他把棉坎肩往雪松枝条上一抛，本想合合眼、睡上个把小时，但醒来时却已天色大明。他惊叫了一声："真要命呀！"赶紧扑向病人，心想她大概死了。

不，姑娘没有死，反倒是换得干干地躺着呢。但为了能干干燥燥地躺着，她费了那么大的力气，终于又失去了知觉，热度又往上升了。"还护理呢，我的妈呀！"阿基姆直骂自己，于是就把猎犬罗兹卡放进屋里来守夜。开始的时候，这条狗总想婉转地躲避开这种邀请，在小木屋里它感到局促不安，只要看上它一眼，它就会摇摇尾巴向门外走去，但后来好像有点领会其中奥妙了，就决定顺从命运的安排，用一种压抑的、女人家的怨尤口吻叹了一口气，就在门旁躺下了。夜里，罗兹卡常常伸起头来，向木床上望上一眼，嗅上一阵子，安下心来以后，就用牙齿在自己的毛皮里搜索，咔嚓一声咬住什么小东西，然后就舐舐拱乱了的地方，把皮毛整平。听觉灵敏的猎人只要有这点声音，也就足以避免睡得人事不知而始终保持半睡半醒的状态了。

病人热度消退以后过了一个星期，原始森林被第一次朝寒造成的振聋发聩的清响盖没了，也就在这个早晨，姑娘艰难地转动着舌头,叫出了自己的名字——艾丽雅。她听见了自己的声音,反倒惘然无措,啜泣了起来。阿基姆抚摩着她的头、她那洗净了的秀发,就他所会做的那样安慰着她。打那天起,艾丽雅开始迫不及待地、大口大口地吃东西了,而且一点也不因自己这种贪吃的样子而不好意思——她是在补足体力啊。当她稍稍有点恢复以后,她就老是重复着说:

"该找戈加……该去……在那儿……"这病姑娘抬起手来指着恩德河的方向。

阿基姆在刚来的第一天,就在这过冬小屋里发现屋墙的圆木缝里挂着一片自造的鱼形金属片和一只断了爪的小锚形的挂件,窗台上摆着一段段白晃晃的钓丝和发了锈的拖环。"打鱼的!八成是出去钓鱼,淹死在水里了。到什么地方,用什么办法去找到他呢?再说,要是……"阿基姆思忖,要是这姑娘的同伴或许丈夫是故意走开,抛掉她呢?但他禁止自己这样去想,这个念头太阴暗了。不管这个神秘的戈加是淹死了、迷路了,还是故意出走了,寻人则是理所当然的——这是大森林的法规,要满怀希望地去寻找,相信这个人不会死掉,正在等待援救,急需帮助。但是首先得把行李辎重从恩德河口运过来。在这冰雪晶莹的朝寒之后,在这冬日来临之前的短暂的、明朗的、静谧的日子之后,说不定潮湿的恶劣天气和狂暴的风雪说来就来,那时候严冬就常驻不去了。

阿基姆升旺了炉子,在姑娘的床头放了一个装着甜茶的小暖壶,就动身沿恩德河顺流而下,他用船尾的轻巧的小桨轻轻地拨动,改变着船的航向,注意地观察着两岸的情况,转过第一个石滩，是一处石岬，上面满是冲积起来的深色的原始林带的沙土，在成堆的、零乱的短木中间有一棵粗壮的没有树盖的雪松像主人似的直立着，一行行黑貂的爪痕依稀可辨，有两只乌鸦像箭一般投进灌木林中，一声也不叫，动作灵活敏捷得和它们的躯体都不相称。阿基姆靠船傍岸。在河水边上躺着一个人，沙土埋到腰际，喉咙咬断了，脸部已经被糟蹋得不成模样。"溺水的时候，水位要高一些，"阿基姆在心里说道，然后竟疲倦不堪地、似乎一切都无所谓地继续想下去，"没有雨水，山里的河柳都干旱得没生气了，雪都变硬了，渗不出水来。"

一只北噪鸦在雪松树上聒噪，雪松下伸的枝干像一件密不透风的毛茸茸的旧皮大衣拖到地面。这是这一带数一数二的一棵大树，然而闪电响雷专找干大枝粗的大树打，就把树的顶盖劈掉了，因此这雪松就往横里长，杈杈丫丫，树荫深处结满了棕黄色的松果，这些硕大的、极好的松果，烈风也奈何它们不得。有一颗松果滚下来了，擦着树皮的声音显得干巴巴的，还不时地刮着树枝。大乌鸦像老人似的嘟哝着在雪松树上忙忙碌碌，把风干的松果拨弄下来。就在近旁的什么地方黑貂像猫一样嘶叫着，这是极少有的事，说明这生性诡谲的小动物不怕人。

黑貂在溺死的人的身子底下挖好了洞穴。此人身材不算高大，但胸围宽阔，骨骼粗壮。那张吓人的、内里被吃空了的嘴巴尽里边有一颗锃亮的钢牙在闪闪发光。曾几何时还气派十足的连鬓胡子脱落了，和面颊的皮肤一起缩到了耳朵旁，耷拉着，像几片布满青苔的破布。两只眼眶里已经空无一物，现在结了一层白森森的蛛丝。

"哎——哟——哟，你这个瞎闯乱跑的人啊！真要命啊！"阿基姆叹了一口气，虽然他对一切都做了思想准备，但还是被这颗钢牙齿、连鬓胡子和剪得短短的、行军式的头发搞得心慌意乱，他动手把死人扒出来。他把尸体从沙土里拖出来后，第一件事就是看他右手的手腕。手上的皮肤已经失去脂泽，被水泡成灰白颜色，在曾经一度是黝黑的表层上，有点剥落的刺字"戈加"显而易见，字刺得很工整，纤小的字迹完全不像"勇敢"号上水手们给他胡乱刺的那些船锚、宝剑、美人鱼和奇形怪状的野兽那样。这个人，这戈加，倒是很懂得珍惜自己这保养得很好的身体的。

他迫使自己去相信这所有的一切不过是魔法幻术，因为这对于一个猎人来讲实在是不胜负担了：先是一个宛转呻吟在病榻上的姑娘，眼下上帝又送来了一个死人，而且好像还是曾经见过面的。随他去吧，反正活着的时候也非亲非故……不，这哪能行呢？这是戈加这样的人才会把别人看作非亲非故，光顾着自己，只为自己活着，阿基姆却把任何人，任何在原始森林里萍水相逢的人都看成自己人。

结实而合身的雨衣雨裤是按照衣服主人的身材裁剪的，袖口和裤腿口上都有毛线织的松紧口。厚厚的手织的毛衣和毛裤，毛裤并不开口，口袋上都紧紧地拉着拉链，夜光表面的手表上配着很宽的麂皮表带，时针指在九时上，分针指着六字，皮靴一直拉到臀部底下——戈加是来捕鱼的。

在寻找能据以辨认死者的最后和最可靠的标记之前，阿基姆先来到恩德河边，用沙子洗干净了手，在裤子上擦干就抽起烟来，想让烟味儿赶走那似乎缭绕在他身体四周的死尸味道。

阿基姆偶尔向那具躺在地上不成模样的尸体瞥上一眼，它浑身被水泡透了，沾满了沙土，好像是让车轮碾过似的，他的目光几乎不敢在那一方白色的小手帕上作稍许的停留，他用这块小手帕遮住了曾经是那张黝黑的，颇带几分老爷气派的不友好的面孔所在的地方。那鼓鼓囊囊的裤子口袋吸引住了他的目光。那里，应该有一只裹着一层红色橡皮的木盒，在狭长的格子里，有鱼钩、铅坠、一块用来磨砺钝了的鱼钩的油石、备用的浮子，而一旁则尽是钓鱼用的各式金属钓片：摇摆式的、旋转式的、振动式的、带状的、匙形的，而其中应该有一片色泽昏暗的、好像被篝火熏黑的古老的、银质的钓片，如果这个戈加的确就是阿基姆熟悉的那个人的话，那么这件东西那个人是看得比眼睛还要重要的。

为了这片钓片，他们差一点开枪互射起来。

命运把他们带到了同一个地质勘探队里。

戈加·盖尔采夫是来参加野外实习的。这个大学生说话刻毒，手段硬，干活利索干脆，性格高傲自大得和年龄不相称，我行我素，不受羁縻。勘探队员们起初叫他戈沙，像通常的那样，把他看作不懂事的小子，随便支使，想拿他当跑腿的使唤——但是这次却行不通。盖尔采夫把自己和勘探队的职责分得清清楚楚而且保持一定的距离以示独立自主。再说，他倒不仅是对一般工作人员昂首阔步、旁若无人，对领导也是这个模样，实习进行得有条不紊，日常用具保存得整整齐齐——剃刀、晶体管收音机、手电、香水瓶、睡袋以及其他一切物品他从不给别人使用，但也不向任何人借东西，他就靠助学金和挣得的钱过活，烟酒不入，从不向任何人透露自己对初恋的眷恋和那些荒唐的秘事，公共的伙食里他拿应得的一份，如果凑巧捕获或猎获什么东西倒也不秘而不宣。他年纪轻轻，但懂得的和会做的事情多得叫人吃惊：上原始森林狩猎，打深井，划船，射击，捕鱼……而且凡事都喜欢自己动手，靠自己的力量。勘探队里的人们对盖尔采夫是尊敬的，说确切一点是总容忍着点儿，但并不喜欢他。然而，对于爱情和各种各样能使人感情脆弱的玩意儿他是一概不需要的。

盖尔采夫一天也不差地按期完成了实习，拿到了钱、证明和一个很出色的鉴定，于是就动身到托姆斯克去进行论文答辩了。

说来也奇怪！五年以后，阿基姆和柯利亚在塞姆河上这个变幻莫测的原始森林的一个角落里伐木造屋，满怀希望想从这个隐秘的宿营地点碰巧找到什么秘藏，这可真叫人碰上了！简直像基督在显灵：一个阴晦的夜里，篝火旁来了一个身材结实，穿着合身的年轻人，身后背着的旅行包，矗起着像一座山似的。他在篝火旁仰靠着坐下，躺了一会儿，然后把身子从背包扣带里脱出来，挥动着手臂、活动筋骨，直到这一切做完以后才开口问了声好。他拿出茶缸，默默地斟了一杯茶，很节约地放了两块方糖，不慌不忙地喝干了，然后端着茶缸犹豫了一会儿，但终于没有允许自己再喝一杯；把头靠到旅行背包上，眼望着夜空，用一种平平常常的，然而是那种从襁褓时候起就认为自己高人一头的人所惯用的声调说道：

"啊，怎么样，领来的儿子？你还在这世界上流浪吗？还是老碰着好心人吗？还在寻找那'勇敢'号轮船？"

阿基姆有一次喝多了酒动了感情，曾经对地质队里那些形形色色的人们讲起过帕拉蒙·帕拉蒙内奇，说他是一个伟大的人物，说他阿基姆在"勇敢"号上简直像一个领来的儿子。这个地质实习生当时就嘲笑过他那种圣洁的眼泪，在整个季节里就老逗着阿基姆，在勘探队里喊他"领来的儿子"。

"真要命呀！戈里高利！你是从什么地方掉下来的？"阿基姆拍了一下双手，但立刻就鄙视起自己来，他本想摆脱他的纠缠，回敬他一句："啊，浪荡的儿子，为什么在大森林里逛荡呀？要找什么啊？金子？黑貂？"但是阿基姆却只会在心里这样回敬他，嘴里却问道："勘探队在哪儿？"

"什么勘探队？"盖尔采夫睁开疲惫不堪的睡眼，忙乱着动手解开旅行背包。"我就是独立大队！我要在你们的篝火旁宿夜，老哥们儿。"也说不准戈里高利是在请求呢，还是自作主张地决定了。"斧子掉在河里了。"他说明着，熟练地打开一个单人帐篷。

他们给了盖尔采夫一把斧子。他从斧子上把那个旧的已经裂开的柄敲掉，没有把它丢到篝火堆里而是抛进河里。"不可亵渎古老的神圣的火。"他说道。他在篝火旁把一根白桦树干砍呀、刮呀，简直不是在干手工活，而是在创作，终于做成了一根轻巧而别致的斧子柄。他把自己这件制品涂上树脂在炭火上烘烤得发黄、发亮，好像涂上了一层蜡壳。他试了试以后，就动作迅速地帮柯利亚和阿基姆筑造起过冬小屋来，这时他随口说了一句："该清一清账，我不喜欢欠债。"也不知他是开玩笑呢，还是当真，反正在盖尔采夫那里这一点是永远叫人猜不透的。

阿基姆啐了口就背过了身子。他不能理解，这个人为什么老是那么不可一世的样子，总和别人格格不入？第二天，为了庆祝房子完工，三个人一起喝酒，柯利亚许诺把盖尔采夫一船带走，但不无讥刺地说了一句："汽油嘛可以用干活偿还！""好吧！"客人同意道，脸上没有一丝笑意。"得把厕里的牛粪清除掉——都快堆上天花板了。""任务清楚了。"盖尔采夫又同意道。阿基姆笨拙地哼了一声，使劲地摇头，一肚子的火气害得他又喝了好大一口酒。酒到半酣，他问了盖尔采夫一句："你这个人是怎么回事？！""先学会把牙齿刷刷干净，再来缠着别人问这问那！"盖尔采夫挥开他，一字一顿、从牙齿缝里恨声地说道："我——是——自——由——的——人！怎么样，该满意了吧？""那我也是自由的人呀！""你？！哈哈哈！这叫滑天下之大稽！你以前是，将来也仍旧是领来的儿子，该清楚了吧？""清楚了！"阿基姆倏地站起身来，大声叫道："柯利亚！叫他离开！我可捺不下性子了！我会开枪打死他的！淹死这坏蛋，要不我戳死他！……""疯了！"盖尔采夫把口袋扛上肩头，在夜色里就离开了，唯有插在右边皮套扣里的斧子柄泛出淡淡的白色。

白天他们又赶上了盖尔采夫。柯利亚让船头靠岸，点头示意请这个流浪者上船。盖尔采夫做了一个鄙夷的表情，用脚把小船顶开，攀着倒在地上的树木荆条，爬过下塌的地段，登上黏土质的陡岸。到了山上他停住步子，从肩上摘下小口径猎枪，单手伸平，像打手枪似的，一枪就把一只在离他少说也有五十俄丈远的一棵枞树顶端上用足力气聒噪的星鸟打了下来。

"好射手！"柯利亚赞叹道。

他的伙伴靠在正在雨里冒着热汽的马达旁一声不吭，尽在鼻子里转气。

"怎么办，我们是开船呢，还是继续在这儿欣赏演员的表演？"阿基姆憋不住了。

不久，盖尔采夫在楚什镇出现了。阿基姆碰到他的时候，他刚理过发，洗过蒸汽浴，连鬓胡子也修饰过了。他甚至好像没认出阿基姆来，似乎已经忘了阿基姆这个人了。他在码头上干了一阵，在渔业合作社当过搬运工，到冬天的时候一下子竟有了两个职务——钳工和电锯的当班电工。他搬到了电工车间去住，仔细地把车间的玻璃都配上，把门包好，嵌平刮光，在舒适的俄罗斯式大炉台上他加了一块大平板，足够让一头母牛叉开腿躺在那里，他甚至还弄了一把笤帚拴上绳子放在门廊前面。"您知道吗，我喜欢在原始森林的篝火生涯以后，舒舒服服地在干燥暖和的地方过上一阵。再说，一生上俄罗斯式的大炉台，容易开动得起脑子。"他向锯木厂的主任解释道。这位主任开始看到这被烟熏黑了的，又是肮脏又是发散着机油臭味的车间竟变得焕然一新的时候，都几乎惊呆了，于是叫其余的妇女以这个年轻人做榜样，每逢戈加在场他自己也不再张口骂人，不再气势汹汹。也不知是出于畏惧还是出于尊敬，他每个月都发给盖尔采夫奖金，一心希冀着这个年轻人会做出什么出色的事情来，搞出个新的发现或者什么发明来，到那时候，也就不会忘掉他这个楚什镇锯木厂里的小小的主任，说不定有些场合能代为"美言"几句。

夜间，车间里的灯光到很晚还不熄灭，这是盖尔采夫在整理夏天的读书笔记。他常常去眷顾镇上那一所空空荡荡、地方宽敞的图书馆，在那里看守那些没有翻坏、没有读烂的新书的是两个女图书管理员、一个女事务员，还有一个俱乐部的锅炉工人达姆卡。图书馆每天平均约有六七个人光顾。一个女管理员嫁给了渔业合作社的会计，养了一头奶牛，还有两个孩子。她早已不读任何书，而且把所有的工作都推到"可爱的柳陀契卡"身上。柳陀契卡毕业于明斯克图书馆专科学校，满腔热情地服从分配来到极北地区，满以为她的图书馆和读者都将是堪称模范的。然而在第一年冬天就从一个假装是热心读者的直升飞机驾驶员那里受了孕，于是在另一个图书馆女管理员加芙里洛芙娜的帮助下住进了叶尼塞伊斯克市医院，总算在那里"解除了负担"。那时候那个冒失的飞行员被调到了另一个更边远的飞行队去了，再也没有从那里传来任何音讯。

精神萎靡的、老像是冻僵了似的柳陀契卡坐在小铺子那样的木头柜台后面，凝望着插在半公升的铁罐里的花楸和赤杨的枝条，它们从秋天开始时就已经干枯，上面布满了灰土。她轻轻地说着："是""不""请"，把厚厚的羊毛围巾越裹越紧，翻看新到的、薄薄的画报。晚上，由于实在无所事事，她自学英语，并且没完没了地翻来覆去读同一本长篇小说《浮士德博士》[1]。

她对于这本厚厚的外国书的迷恋使得加芙里洛芙娜害怕起来了。在加芙里洛芙娜的心目中连歌德的浮士德都是一个不祥的

---

[1]　德国作家托马斯·曼（1875—1955）的长篇小说。

人物。更何况这会儿的浮士德博士！真是何等样的性情，全是海外异国的性情！加芙里洛芙娜细心地、像慈母般关心备至地赶车到柳陀契卡那里相劝："柳陀契卡，您最好还是读读别的什么书，振作起精神来，散散心，跳跳舞，喝点儿新挤的鲜奶。如果您要的话，我直接把奶给送到图书馆里来，不要您破费一文钱。"

有一次加芙里洛芙娜在图书馆里碰见一个新来的人。他和柳陀契卡说话时靠在柜台上，那种殷勤亲昵的样子，使得加芙里洛芙娜都没敢去惊动这一对人儿，结果竟用臀部顶开沉重的门，倒退着走出了阅览室。

戈加·盖尔采夫请柳陀契卡来到自己那间雪白的大房子里，请她喝茶，在茶里面加了一匙白兰地，说是为了增加一点香气，百般地劝慰她，说得姑娘心里热乎乎的，但告诉她说他在诺沃西比里斯克有妻子和女儿，因此所望不能太奢，但他保证：绝不会叫她乘上飞机到叶尼塞伊斯克市去。

"而您，是个下流的东西。"柳陀契卡轻轻说了一句，但还是留下来过夜了。盖尔采夫的住处实在是太暖和、太舒适了，而且听他说话特别有趣，他说出的一些思想并不新颖，也不是他自己的，但特别雄辩而有说服力，有一种压倒一切的气势，令人难以抗争。

还在童年的时代，他就看够了"献身艺术"的父母那种像老鼠一样的忙碌劲儿。当时他们在一个歌剧班子里。"这就叫艺术！"戈加嘲笑着，他给自己订的目标是：要学会不依赖别人而生活，就要学会做一切事情，熬炼意志和身体，以便想去哪里就可以去哪里，想做什么就做什么，并且只以自己为重，只凭一己意思行事。

他大学毕业以后，"例行公事"似的工作了一段时间，就脱离了地质队伍，开始随心所欲地到处游荡，想干什么就干什么，把个人生活需求缩小到最低限度，但是，并非一个人日常必需的，纯属偏爱嗜好的一切东西他却都备齐了：帐篷，睡袋，刀子，斧子，剃刀，小口径猎枪，等等，百米以内他可以万无一失打中一枚小硬币，如果有需要，他能打鹿、打熊、在浅滩上打折乐鱼。当走遍了叶尼塞河一带的原始森林，对它感到厌倦之后，他就转移到安加拉河，然后顺流而下来到贝加尔湖，之后又来到列那河——即使在冬天，所有的通路对他也都畅行无阻……

柳陀契卡听他口若悬河地讲着，他像一匹在马厩里待得过久的马一样，在车间里跑动着，一面挥动着双手，一面大声地、有力地说着话，这不像是在说话，简直是在广播，柳陀契卡自己也没觉察竟像一只上好发条的洋娃娃那样点着头，但有时也抬起长着乌黑浓密睫毛的眼皮，良久凝视着他，这凝视的目光甚至使他慌乱发窘，然后她重又无动于衷地点着头，冷静得不可思议。有一次她轻轻地说了一句："那么家庭呢？家庭怎么办？还有孩子？……"

"女人终究是女人！就连受过教育、念过很多书的女人，也摆脱不了女人家的见识——家庭呀，住房呀，尿布呀，而她最主要的一笔财产就是丈夫！"盖尔采夫耐心地解释说，他也会履行家长的责任，但那是在冬天，当他"上班"的时候，那时他会按时把钱送到家里，但夏天就不能对他过于苛求了，夏天他不会有闲工夫去干活的，那时他浪迹于原始森林和各条河流之间，只偶尔会有点进账来维持清茶淡饭的生活。"家庭——这是我最大的错误！"盖尔采夫责备自己道。柳陀契卡有自己的看法："大家会把您看成是一大祸害！在一切崇高的下面却是一大祸害！""这有什么关系？最重要的是一个人要理解他自己。""可能是这样，可能是这样……然而到了垂暮之年呢？您难道对孤独的老年不感到害怕吗？""我不会有老年。""这怎么讲呢？"柳陀契卡不觉心头一惊，重又久久地凝视着盖尔采夫，他感到在这种朦朦胧胧的、默默的眼光里夹着嘲讽，盖尔采夫那冷漠而高傲的脸已经不再闪现那种明显的鄙视一切有生之物的高昂神情，竟变得毫无光彩而且黯然失色了——他那些高超玄乎的思想犹如坠入了虚空。

这儿是恩德河荒凉的河岸。秋天的大森林，敏感地守候着死人的老鸦，过冬小屋里奄奄一息的年轻姑娘。"你为什么不一个人生活呢？为什么要用胳膊肘去把别人撞倒在地呢？居然想脱离开别人而单独生活！大家都在一只大锅里煮，都煮成了沸腾的糊糊，难道就你煮不烂？！真够乖巧的了！不，不管你怎样千方百计回避，你总归要变成碎屑，化为粉末！你不想和别人生活在一起，那就该去发明一条飞船，飞到天上去，到另一个世界去，到那里去独自一人生活，不要去糟害姑娘们……"

阿基姆用力拉开锈住了的拉链，从死者的口袋里取出了一只盒子，他迟疑了一下，揭下了橡皮。那一片发乌的鱼形钓片连着一只自制的弹性的小锚，好像和其他的那些钓钩、拉圈、弹簧钩和已经有锈斑的金属钓片并不在一起，而是单独存放着似的。

阿基姆把这一片沉甸甸的东西在手掌里掂了掂分量，然后紧紧地捏在掌心里，以至小锚嵌进了掌心粗硬的皮肤里。这鱼形钩片居然还仿照大鱼的形状，仿照折乐鱼的样子制作的。

……基里卡-基里亚格这个装着木头假腿的人自从由鲍加尼达村搬到楚什镇来以后，已经不能再干本行了。他给渔业合作社办公室生生炉子，另外还照看照看合作社的仓库，这样可以拿一份半工资。

但是一份半工资也不够花。在楚什镇上自有一帮嗜酒的伙伴，基里亚格和这些人一起喝得昏天黑地，以致除了那条木腿和带老式横勋标的"英勇"奖章以外，他已经身无长物。木腿基里亚格求阿基姆缝了一个结实的挂奖章的扣子，因为只有"英勇"奖章和木腿还能使他在这一帮不入流品的流浪汉之中显显身价，夸耀夸耀过去的功劳，追念前线狙击手的生涯以及他在鲍加尼达村的光荣历史，那时他可真是个"够厉害的大人物"。

阿基姆那当口在渔业合作社当司机，有一次顺路到守门人小屋里去看望瘸腿基里亚格。基里亚格抽搐着那圆扣似的鼻子，眼泪顺着颧骨突起的两颊直往下流，挂落在那稀稀落落的孩子气的胡须上：奖章不见了，坎肩上已经空无一物。

"换酒喝了？"

瘸腿基里亚格越发泪流如注了，他求阿基姆打死他。"现在就毙了我，像条狗一样！"

"换了多少？"

"一瓶……"

"嗬，你这馋嘴的东西！"阿基姆把拳头伸到瘸腿基里亚格的鼻子底下。"真想揍你一下子，看在你年老的分上……"于是返身就朝锯木厂车间奔去。他很清楚什么人才会狠得下心来从要饭的那里夺走叫花棒，甚至在这个鱼龙混杂的楚什镇上，会去抢走战场上下来的残疾军人东西的，会去换走最后一枚奖章的，只可能是这一个人。

"基里亚格的奖章在哪里？交出来！"阿基姆冲进车间，风风火火地奔向盖尔采夫。

戈加打开桌子用两只指头拈出一片精致的、经酸蚀加工过的鱼形钓片，像个魔术师似的把这个金属片在阿基姆的眼前转来转去。

"比工厂里生产的还好点儿吧？怎么样？"

"你这个该死的东西！"阿基姆摇了摇头。"老太太们都管基里亚格叫上帝样的人。他也的确是上帝般心肠！……上帝会叫你遭报应的……"

"我才不稀罕你那些老太婆和这个肮脏的癞鬼呢！我才是我自己的上帝！我这就叫你遭报应，因为你侮辱我。"

"来吧，来吧！"阿基姆感到胸口涌起一种期待已久的满意的感觉。"来吧，来吧！"他强自克制着自己不要扑到盖尔采夫身上去，一面招呼着。

戈加眼光在他身上打量了一番：

"我会掐死你的！"

"谁掐死谁，到时候就清楚……"

"为你这臭小子去坐牢才……"

盖尔采夫话没说完，说也奇怪，竟然姿势笨拙、完全没有一点运动员架势地跌了出去，身子飞过椅子的时候，把桌上的碗盏也抹到了地上，还带翻了放鱼钩的盒子，把里面的东西撒了一地；身子骨摔在地板上发出轰然的巨响，但他没有向阿基姆反扑过来——出乎意料地，他用手在地上摸索着、拾捡着那些鱼钩、套圈和弹簧钩。那副样子，好像什么事也没有发生过，如果说是发生过什么事的话，那么也不在他身上而且和他毫无关系。

"这下满意了吧？"最后他两眼盯住怒不可遏的阿基姆，说道。

"哼！你怎么啦！"阿基姆现在才明白，这个养尊处优、身体健康的小伙子从来还没有被人打过，而他阿基姆动不动就是一个人对上那么七八个，结帮成群、动辄起哄的年轻人常常就是这样干的。"不好受吧，嗯？不好受吧？！"

盖尔采夫擦了一下嘴巴，定了定神，就声明说，打耳光之类的事是粗俗之辈干的，他不会自失身份来打架，但如果按古老的、高尚的规矩用枪来决一雌雄，他可以奉陪。阿基姆知道戈加是怎么射击的——从青年时期起就尽在靶场、体育馆、试验场里混，而他这个捕鲱鱼的人是什么样的射手，那是明摆着的：把子弹看得比金子还贵重，从小就教你要节约弹药，在三公尺里打鸟还要凑近点才行。因此盖尔采夫的想法是对的，只是太露骨、太卑劣了，这不是大森林里人的想法，森林中人不管是打架还是遭难的当口都讲究坦率和诚实。阿基姆已经不再狂怒，但仍旧以不无幸灾乐祸的心情提出了条件：

"比枪就比枪吧！什么时候在大森林里冤家路窄，咱们可是不见高低不散啊……还得为这种孬种去坐牢！……"

"轮不着你坐，你得躺在那儿！"

"好吧，好吧！走着瞧吧。我这个人啊，你可'别看造得像澡堂，屋顶底下是粮仓'，你这叫有眼无珠！"嗨，鲍加尼达渔业生产队里的俗语这里可正巧用上了，阿基姆十分得意，这个"自由的"人的挨过打的嘴脸简直是被他钉在墙上了。

现在可真是冤家路窄，狭路相逢了。这个"自己就是上帝"的人让鲟鱼啄干了，让黑貂给啃光了，在死亡的打击下，倒在这里。死亡和生命可不一样，它从不让人欺骗它，拿它来取乐。任何人都难免一死，死亡对所有的人都一视同仁，谁也逃不过这一关。当死亡不知在冥冥何处守候你的时候，你心中对死亡的恐惧不可避免地要带来痛苦，那时你根本不会是英雄，也不是上帝，而无非是一所着了火的戏园子里逃出来的戏子，光会给自己逗乐，也会去逗逗类似图书馆女管理员柳陀契卡和小木屋里那个奄奄一息的女娃娃那样的女听众。

把盖尔采夫埋起来并填上石块之前，阿基姆摸了一摸死者的后脑勺。果然是这么一回事：这个看上去那么乖巧、仔细的人却犯了个过错：急流地方的石块由于长着水苔而非常滑，要跳着走过这些石块，即使靴子底掌上刻纹十分清楚也要十分小心才行。盖尔采夫在森林里磨蹭久了，靴子早已穿旧，橡皮底都磨平打滑了，出来捕鱼又心急慌忙——小屋里还有个姑娘病着。因此他钓到折乐鱼以后，想赶快把它拖垮，就跑了起来，尽捡有石头的地方，想把大鱼拖上浅滩再用小口径猎枪结果它。大概正好是第一次上冻，他脚下一滑，摔倒了，后脑勺磕在石头上，也许只不过是暂时失去了一会儿知觉，但是这身体结实的人很可能是在急流里呛了水，再加上抽筋，本来嘛，这水就像冰一样。

阿基姆把盖尔采夫埋葬好，垂下眼睛，说道："这……你清楚，是怎么回事……"他向急流地方走去，在清澈的水里看到一个像镜面那样闪亮的钓丝转轴。他从水底拿起一根式样很好的绞竿，顺着钓丝找到了那条前不久还叫作折乐鱼的残骸。这条大鱼的骨架已经被小野兽们啃光、被鸟喙啄散了，头骨叫爪子扒开了，鱼颚骨像带着尖钉的马蹄铁戳起在沙堆里。死者的鱼形钓片都是自己动手做的，锚钩也是自己焊烧，鱼儿上了钩很难逃掉。就在这里还找到了那支小口径枪，这是一支旧枪，用的时间已经相当长了，枪托的颈部已经修补过，它就搁在急流旁边的石头上。水直浸到石块旁边，潮湿阴冷的天气还夹着雪，石头下方都是霉苔……

正是在那几天里，阿基姆却和朋友们一起在伊加尔卡饭店里大吃大喝预先庆祝猎运亨通，而这里却有人在死去——周围的事情就是这样相互矛盾，谁能动手消除得了它们呢。自古到今，有的人走运，有的人却交厄运，而"活着的狗比死了的狮子强"，在彼得鲁尼亚的葬后宴上那个周游过世界，阅世已深的"旅行家"就是这样说的。

阿基姆抬起手来，一按扳机，小口径枪砰的一响，一颗子弹带着啸声飞速射向远方——这颗子弹很可能就是盖尔采夫专门为阿基姆准备的——它呼啸着，听得见有一两次擦过雪松树的枝条，这些雪松惹人眼目地长在棕黄色的石岸沟槽里，下临飞速流转的河水。最后，子弹掉落到什么地方去了。"鸣枪哀悼！"

阿基姆极其勉强地笑了一下，就驾船沿恩德河返回过冬小屋去，不由自主地对小口径猎枪看了好几眼并耸了耸肩膀：有时候生活里发生的事情也真有意思。

当阿基姆踏进门槛的时候，一团什么白色的东西从窗子旁离开了。

"戈加……"艾丽雅用转动不灵的、好像肿起的舌头要求着，而不是请求道。

"真好厉害！脑子可真快！"阿基姆皱起眉头想道。"真是神奇莫测！连这一位也颤巍巍地要下地了！……"

猎人没有回答姑娘的话，只管生旺了炉火，把鱼汤炖热，把煮好的鱼杂碎拿出去给了罗兹卡，摆好了桌子。

一个询问的眼光始终紧紧地盯在他背后，但火炉里蹿动的火光投到墙上，又反弹回屋角，一双眼睛就反照出绿莹莹的、像磷火样的火，像野兽的眼睛似的隐隐露出恶意。

"真要命呀！太可怕了！我简直像溺死鬼一样倒霉！……"但他立刻因上面这些话的粗鲁而惊异了，手上和衣服还散发着很重的死人气味。他先用煤油洗手，然后用水和香胰子洗，但这种气味却像黏在上面一样，怎么也搞不掉。"臭货"，阿基姆记起了这个词，盖尔采夫这个思想家不是把这个字说出来的，而是注在阿基姆脑子里了。

"喂，你怎么会一个人在这儿的？"等到天色渐渐昏暗下去，森林后面的一角天空像一个抹上了碘酒的烧伤伤口那样，完全失去了光亮，阿基姆开口问道。天空预示着肃杀的朝寒即将来临，它把最后的一批候鸟催上了征途，从河的上游赶走了害怕被冰冻在河底的最后几批鱼群；眼看着岸冰和河上的薄冰将把搁在恩德河口的行李拦住在那里，但要是没有这些行李和弹药，他们在宿营地上就无法生活了。这里的所有一切东西都是预作配备的，专供一个人用，而且不是生病的人。"你到底是怎么流落到此地来的？"

"艾丽雅！"屋角里窸窸窣窣地动了。

"艾丽雅，"阿基姆附和着，"我知道。"他一面在心中思忖着他所关心的事，一面重复说着："艾丽雅！非常高兴认识你！"他脚下绊着了什么，跳了起来，在屋角里摸索她的所在。"你居然坐着！已经坐得起来了！还会说话！这好呀！这可太好了！"接下去他就解释起来，好像对方是一个聋哑人似的："我该动身了。辎重！辎重，懂吗？辎重？！得赶快去运来，储备起来。肉、鱼之类咱们都得准备好……"

"戈加……"姑娘打断了他的话。

阿基姆缩住口，在木床上哆嗦了一下。

"戈加完了，"他忧郁地说道，"他走出去，迷了路……"

"戈加……不……可能。"姑娘表示异议，好像闭上了眼睛在琢磨句子里要用的词儿。

"可能的，可爱的姑娘，可能的！大森林撂倒的可不止是这样的人哩！"阿基姆不出声地在心里争辩着。"瞧他把她的脑瓜子搞得稀里糊涂的！她信着他呢，啊？！"

"可能自己扭了腿，说不定正好碰上黑瞎子了？从悬崖上摔了下来，掉在石滩上了……大森林啊！"

艾丽雅抽泣了一声，把身子再往角落里缩了缩。屋角的墙缝里都发霉了，很潮湿。阿基姆默默地把她从屋角拉回来，把她放在床铺上，盖上衣被，抚摸着她柔软的头发。她的头顶心像婴孩的囟门那样往下陷，一层薄薄的皮肤，触指微温——阿基姆又感到了一种对活着而又孤立无援的人的怜惜的感情，它是那么强烈，简直使人要想喊出声来。

"艾丽雅，你听我说。"阿基姆请求道。

"嗯……"

"我是一个猎人。这是我的过冬小屋。你以后再告诉我怎么会来到这里的经过。现在就只听我讲。"

阿基姆顿挫分明地、像在学校里读听写似的讲述自己的情况，并且告诉她，他们两人应该做些什么才不至于出乱子：她应该尽快地把身体养好并且要能忍耐，其余的一切他会设法应付、安排妥当，那样他们就不会完蛋，绝对不会。

"你是想活下去的，总想活吧，是吗？"

"活……下……去！"

"这就对了！那么，你就不要哭，不要怕我。就是你单独一个待着的时候，也不要怕。我所有的时间都将和你在一起。只是行李……"

他不厌其烦地，竭力想让她相信这一点。艾丽雅全神贯注地听着，但只听懂了这个在她身旁的唯一的活人也要离开她到什么地方去，于是她用尖尖的手指抓着他，全身颤抖着，抽泣着，眼泪在黑暗里闪闪发亮。

"嗳，嗳……真要命啊！那怎么办啊？我们就这样完了？……"

她就这样睡着了，或者说，在睡梦里平静下来了，那纤弱无力的小手掌还牵着他的袖口。阿基姆小心翼翼地掰开了柔弱的手指，又在病人身旁继续坐了一会儿，独自伤心、叹息。最后，他安排好了所有的生活必需用品：食物、饮水和药品，就轻轻地走出了小屋。罗兹卡看到猎枪高兴得吠叫起来，欢蹦乱跳。阿基姆抓住它，把狗嘴捂住。

"你轻声点！"他侧耳细听：小屋里声息全无。

在几个很短的白天里，阿基姆不要命似的赶路，把自己累得半死，篙竿把掌心磨得皮开肉绽，总算把行李运到了宿营地。他已经没有力气再去吃东西、脱鞋子，连钻进睡袋的力气也没有，只是用发炎的、流着眼泪的眼睛盯住艾丽雅看着，想记起什么来，搞清楚是怎么回事，但他那发沉的脑袋已经一点不管用，他倒到云杉枝条上就差不多睡了一昼夜。

一阵微弱的然而接连不断的轻触把阿基姆唤醒了。猎人睁开眼睛，看到一个姑娘坐在床上，肩膀上披着一条毛毯，他因为这条毯子宽大所以到任何地方都带在身边。火炉里火光闪闪烁烁，窗口透进来一束异常明亮、均匀的光线，在这种光照里，艾丽雅的脸部尽管像是涂了一层蜡，近似一张纸，但到底有了活泼的生气。

"下雪了？！"

阿基姆记起了一件事，没戴帽子、单穿了一件衬衣就冲到了门外，向河边跑去，为了怕自己破口大骂起来，他把嘴唇咬得生疼。"轧坏了！船给冰轧坏了！"

小船跟色泽浑浊的、像锡块一样中部下凹的岸冻结在一起了，冰上压满了灰暗的潮湿的雪堆。阿基姆无力地坐上船头并且用手抚摩着那有点糙手的白杨木船帮，好像在抚摩着一匹马的鬃毛紧密的颈项一样。他暗自发誓，这一辈子，尤其在原始森林里，再也不靠碰运气过日子了，这艘名副其实的破烂小船可是举足轻重的呀……

阿基姆回到小木屋里，精神十足地夸奖艾丽雅，叫她"好样儿"的，还加了一句，说他们的事情很快都会安排妥当的，不可能不安排妥当……

"戈加不见了吗？"艾丽雅直勾勾地看着阿基姆。"还是他把我抛掉了？"

"瞧你！也疑心起来了！倒也不完全是这样，傻姑娘！"阿基姆心里想道，一面用玩笑的口吻说，戈加可不像河对岸的凡卡，戈加不会抛掉你……阿基姆很快找到了点事干，他走出门外，开始用斧子去削木墙上那些下流的留言，这是那些喝醉酒的猎人、逃犯、旅行者们在很久以前留下的。阿基姆一面砍削那些骂娘的话，一面不断地为种种要操心的事情和问题苦恼着。有一个问题老在他脑际萦回不去："盖尔采夫是在什么地方，在什么时候，用什么办法让这个阅世不深的姑娘昏了头的？"

莫斯科姑娘艾丽雅和自由自在的人戈里高利·盖尔采夫相好得既快，又简单得令人吃惊。为了相识并把命运结合在一起，他们只需要轮船停站的那点时间——二十分钟就够了。

内燃机船的铁船帮靠拢楚什镇的浮码头，一如惯例地响起了停船靠岸的各式口令，船首站着值班水手，上甲板上乘客们熙熙攘攘挤在黄色的扶手绳旁。盖尔采夫，不时往河里吐着唾沫，在码头上等轮船靠近，准备到船上的小卖部去买一点好茶叶。其实，盖尔采夫多半还是由于无聊得慌，才到浮码头来和其余的楚什镇人一起凑热闹的。不知为什么他今天怎么也没能动身去原始森林，一种莫名的犹豫不决使他在这个待惯了的地方耽搁了下来。他依旧在锯木厂里干活，虽然不管是楚什镇的锯木厂还是楚什镇这个地方，连同图书馆女管理员柳陀契卡都使他腻味儿透了。不管他怎么千方百计回避，她总有办法和他"偶然相逢"，她一会儿躲在大书架后面泣不停声，一会儿又当着读者的面昏厥过去，总之，一心想用种种戏剧性的场面来打动盖尔采夫的心，让他心有所感，不要抛弃她这个……

轮船的中层甲板上有一个年轻人，完全还是个小伙子，却已经因吃得过度而发胖了，他靠在扶手上，正兴味索然地眺望着远处，看着楚什镇，那里的菜园子、柴垛、澡堂……也许是由于无聊吧，年轻人的目光落到了浮码头上，落到了盖尔采夫身上，他那懒洋洋的眼光没有在戈加身上找到任何值得注意的地方，他就抽起烟来，他抽烟的时候没有一点惬意的表情，好像是出于义务，而且没有抽完就把烟抛掉了，不，不，不是抛，不是甩，而是把手指松开，把烟放掉，目光迟滞地看着这根烟带着火星，翻迁转动着在船舷外掉进水里。

在年轻人身旁有一个女郎，一副百无聊赖的神情，她穿着一件双色的高领细羊毛衫，绣得花里胡哨，像是丑角的戏装，散罩着下身一条橘黄色的缎子裤子，同样，这条黄缎裤也散罩在一双金漆的高跟鞋上。《灰姑娘》里王子送给姑娘的就是这样的鞋。这定然是她用外汇券从时装走私贩手里搞来的。女郎绷着细毛衣的胸脯就像藏了两头小野兽似的乱拱乱嗅，胸部的一边是白底蓝字："行吗！"另一边是蓝底白字："别猴急！"这世纪名言的结尾处的惊叹号足有民警的交通指挥棍那般大小。

女郎也无聊地在抽烟，但她在无聊中也不甘沉寂，吸烟的时候一口气狂抽到底，一副迫不及待的贪婪样子，就好像急着要去什么地方，两只金色的高跟鞋不断地踏动着。电动扬声器里歌星鲍勃·迪伦的，也可能是别的什么人的嘶叫似的歌声使得她不得安宁，这歌声，把人身上的什么东西刺激得兴奋紧张起来，或者说正好相反，使什么东西懈弛松解下来。真出乎意料，戈加也觉得身上的一切都懈弛松解了，他觉得也想登上船去，到那个女郎身边去，听听鲍勃的歌喉，即使红着脸也要试试运气，看看那乱画在放肆地隆得高高的胸脯上的挑逗性的口号究竟只是在呼唤他戈加·盖尔采夫一个人呢，还是原本就广施于普天下的众生的？"处处充斥着致命的情欲，也是在劫难逃啊！"盖尔采夫应天顺命地叹了一口气。这时，他瞥见了一个姑娘，她穿着一件细横格的紧身汗衫，胸脯地方绷得鼓鼓的，染成浅金色的头发束成一把甩在脑后，覆在额上的刘海修得齐齐的，艳红的嘴唇，一对大而明亮的眼睛，那新鲜、水灵劲儿简直像泽地里的一棵红草莓。这位猎人和流浪汉的万无一失的目光瞄准了这个姑娘，而且刹那间就把她从其他旅客的人群里射落了下来。

"喂，翘鼻子姑娘！上哪儿去？你要寻找什么？"[1]

姑娘不停地用喜悦的眼光张望着，对着什么微笑着，快活

---

[1] 盖尔采夫这里借用了莱蒙托夫抒情诗《帆》里的短语。

地答了一句：

"找运气！"

"咱们一起去找吧，怎么样？"盖尔采夫有一种本领，他能像一个瞎子或者一个醉得人事不知的人那样，对周围的人毫不拘束，可以视而不见，旁若无人，在必要的时候可以把自己在做或准备要做的事和其他人完全分隔开来。因此，这时他对于微笑着的和投以好奇眼光的旅客们根本就毫不在意，更不用说对那些拥挤在码头上的楚什镇上的庸夫俗子了。他身体虽然挤在人堆里，但依然像是和姑娘单独相处那样在说着话儿。然而，奇也就奇在这里！姑娘感到有点不妙，心里紧张起来，就不再微笑了，她想摆脱这种纠缠，却感到自己在一种近乎像催眠术一样的力量的逼迫下浑身软绵绵地不能自持了。难怪过去有个大学同学有一次对盖尔采夫说过："你是什么人？你若是和一个姑娘做半小时的谈话，她甚至都不会发觉她已经有二十九分钟时间被剥得一丝不挂！"

"到下面来吧！"盖尔采夫弯着手腕做了一个典雅的、乐队指挥的手势，指指自己的脚下。

姑娘震动了一下，就从扶手旁离开，她的手摸索着喉咙，看得出，她是想把衣襟拉上，但是她身上总共才这一件可爱的、杂技女演员穿的带着贞洁的白色镶边的紧身汗衫，衣服上贴胸处的小海鸥补花贴片也显出贞洁的白色，薄薄的衣料诱人地紧贴在表明贞洁的、略带尖形的、娇小的乳房上，隐隐可见的乳头真像两颗滴溜圆的红醋栗的小浆果。她用那洁净的、涂着几乎是没有颜色的指甲油的软疲疲的指甲把汗衫图案上的蓝色小草掬成一团，想赶快把看来是十分危险地裸露在外面的胸部，掩藏遮盖起来。

"有门儿啦！"戈加咂了一下舌头，没等船上放下舷梯就纵身越过浮码头的舷帮，跳上了"作曲家卡林尼柯夫[1]"号。

当他在小餐厅门口排队的时候，他心不在焉地观看着这艘轻巧的白色轮船借以命名的那个人的石印肖像。耳朵大大的，一副外省人的相貌，头发理得很短。如果那人的目光不是那么充满了发自内心的、与人息息相通的崇高精神，如果不是那个作为献身于缪斯的永恒标记的蝴蝶领结，如果那人的脸上不洋溢着一种焕发出童心的信赖，而这正是那人的天才之处，是那人好像对所有的人都公开的秘密，然而这秘密却不能为这位创造者本人所理解，其中蕴含着的不安于命的冲动使他痛苦，种种难以被世人发现的热情折磨着他的想象、听觉和灵魂——如果不是上述的一切，那么这个耳朵很大的人很可能被当作一个普普通通的办公室职员，他既要听凭小公务员那种黯淡无光的命运的摆布，又要承受人口众多的家室的牵累。

轮船的大厅里奏响着音乐。演奏的是盖尔采夫一家人都喜爱的卡林尼柯夫的第二交响曲。

"作曲家的父亲曾经是姆采恩县城里的区警察局长，后来当过布良斯克市警察局长的副手。"盖尔采夫当年在听那自在而忧伤、舒徐而流畅的音乐时，曾读过瓦西里·谢尔盖耶维奇·卡林尼柯夫的传记，他的感觉是好像漫步在气息清新的草原上，瑟瑟的秋意已经降临，远处矗立着一棵发黄的白桦树，这是整个大地

---

[1] 瓦西里·谢尔盖耶维奇·卡林尼柯夫（1866—1900），俄国作曲家。

上唯一的一棵树。"作曲家在旧社会的剥削制度下，不得不以多年的贫困和斗争作为痛苦的代价，为自己开辟通向艺术高峰的道路，最后积劳成疾。"接下去就是在我们俄国必然有的结果：演出第一个交响曲以后，听众欣喜若狂，热泪纵横；为医治身患肺结核绝症的作曲家举行了募捐，但抢救已经为时过晚。"哎哟，我的圣母啊！"盖尔采夫叹了一口气，假装打着呵欠，但毫不作假地注意地听着，究竟是在演奏什么曲子？好像也不是卡林尼柯夫？莫非是格里格[1]？好像这是他唯一的一首钢琴奏鸣曲的序曲部分——快速——很快——中板，再往下是怎么啦？特朗——嘭！哒、哒、哒！特尔——朗——嘭……"唉，也算活到头了，到尽头了，连挪威人和俄罗斯人都开始搞不清楚了！人生趋老唯一途！这是父母早就说过的话……"

父亲和母亲都出生在老式的乡村教师的家庭，都一样地对诗歌和音乐着迷。他们在音乐学校里相识，到了音乐学校里已经成了一对生活清苦的夫妻，自己也不知是怎么回事，在美女艾舞曲和赋格曲的旋律里创造了一个男孩子。母亲最终也没有能在音乐学院读到底，因为有了孩子。父亲总算是毕业了，并且在歌剧院乐队里谋到了一个职位，但得了神经衰弱症。男孩儿在格留克[2]的音乐旋律里长大，在乐声中入睡、在乐声中醒来。十来岁的时候他一听见爸爸的长笛声音就会翻着两眼要厥过去，把留声机和收音机都敲坏了，任何音乐会也不去参加，更不用说是去歌

---

[1] 爱德华·格里格（1843—1907），挪威作曲家，挪威民间乐派的奠基人。

[2] 克利斯托弗·格留克（1714—1787），作曲家，原籍德国，后在意大利、法国等地从事创作。

剧院了。他就喜欢在空地上踢足球或者在滑冰场上逞能，弄得浑身上下没有个干净地方。父母想安排他进文科大学，但是读完十年级以后他宣布，如果不答应他去地质学院，他就离家出走，上吊自杀。

身体瘦小而且神经质的母亲很早就去世了。爸爸听说又重新结了婚，戈里高利对这一点也并不清楚，因为他和任何人，包括父亲在内，都没有书信来往。

"特尔——朗——嘭！哒——哒——哒！塔拉——铃——嘭！这到底是什么？格里格还是卡林尼柯夫？……"

不知为什么又想起了刚才看见的轮船上的年轻人和女郎。年轻人抛掉了烟卷，不知还应该做什么，他盯住村镇看着，面带笑容地对女郎说着什么。女郎停住了身体的摇摆和踩踏，也把她那眼皮上涂着浓浓的青蓝眼黛的眼睛向地面上的村镇、挤在岸边和浮码头旁边的人群看去，从中投出的不是目光，而是尝过七情六欲的享乐以后被刺激起来的一种神情，她好像是在怜悯所有的人，又好像是因为要她看这样乏味的人而在故作娇嗔。这个超摩登的女郎的故作姿态的、像在做戏似的派头把她的本性扭曲了，这种鄙夷一切、这种放浪不羁其实都非常可怜。

假面的演员走到大街上来了！粉墨化妆、一头假发、重彩浓绘的戏装，他能以这个矫情虚饰的形象唤起什么呢？难道不就是矫揉造作和在时髦面前的那种懒劲十足的献媚！……

戏园子本身怎么样了？它把舞台上的家什交了公，抖掉身上连年的积灰，就开始了合乎自然的生活，这里几乎已经没有油彩，扫除了一切陈规陋习，收掉了帷幕，搬走了道具。现在，丹麦王子^[1]是在吉他的伴奏下唱着现代的歌曲；奥赛罗戴上了白手套，去掐死苔丝德蒙娜；跨步式挖土机的工人们尽管和镇上商店里的女会计不明不白，搞得这个现代的玛甘泪^[2]痛苦万分，但当他们穿着靴子在戏园子晃荡而过的时候，照样冲着台上大声吆喝："花花公子！"

哪里是观众？哪里是演员？哪里是生活？哪里是戏院？哪里是真理？哪里是谎言？一切都混乱了，一切都介乎扮演的生活和实际的生活之间。眼前这一对年轻男女，还有他盖尔采夫，说句实在话，都是叉开了两条腿：一条腿在戏院里，在那些粉墨化妆的演员之中，另一条腿却在人世自由自在的天地里，沐浴在大地的和风之中。

"我来了！"

姑娘从两扇玻璃门中间探进身子，她已经穿了一件尼龙短上衣，竭力还想在脸上保持那种天生的快活神态，但是在那蔚蓝色的、不安地睁大着的眼睛里可以窥见慌乱的迹象。

"等两分钟！"盖尔采夫迅速地把买好的东西塞进各个口袋——几包茶叶，果汁硬糖的罐头，两块软形干酪；他漫不经心地拿着一瓶商标上有一张葡萄叶的酒，黝黑的、青筋棱棱的手上露出了青色的刺字，一只金戒指并不起眼地闪着亮光，他一把抓住姑娘就把她带到走道里，亲昵地对她鞠了一躬。

"这么说来，咱们一起去寻找运气了，美人儿？"

---

[1] 莎士比亚《哈姆雷特》中的主人公。

[2] 歌德《浮士德》中的女主人公。

"我找爸爸！"姑娘想挣脱他的手，回答道。

"爸——爸！"他不放开姑娘，简直像热乎乎的、无孔不入的蒸汽那样绕住她。他装出惊奇的样子：

"他怎么啦？不肯养活你？"

"他在工作！"姑娘坚决地从他身边闪开，说道。她说了一个有名的流行病学家的名字。"他的考察队就在下通古斯卡河。"

"去年在那里有过一个考察队！"盖尔采夫神情焦急地看了看表，离开"卡林尼柯夫"号启碇还有六分钟。"一路走一路说吧！您的舱房在哪里？"

当"卡林尼柯夫"号从楚什镇码头起锚的时候，这个名叫艾丽雅的姑娘，做出一面孔无忧无虑的样子，穿着彩色旅行鞋的双腿交叉着站在船码头上，旁边放着一只方格子的拉链手提箱，皮革的背包里还露出网球拍的手柄。艾丽雅对轮船上的什么人挥着手，不时耸耸肩膀、摊开双手，一忽而扣上牛血颜色的尼龙短上衣，一忽而又把它敞开。这个运动员模样的年轻人就像从天而降一样，把她制伏了，拉着她就下了船，说是只有他知道她爸爸的考察队在什么地方，说是只有他才能把这个女儿送到她爸爸的地方。

这时候轮船不慌不忙地转过身来，船身排开叶尼塞河的河水，窄窄的、光滑的船首朝着北方的广漠天地驶去，轮机的声响更大了，烟囱上空升起一圈圈的烟雾，船尾的水经水叶剧烈地旋转，搅成一个浪堆，船向着陡然凸起在前面的河面碾去，在阳光里河面振荡着、闪忽着，将河面分成两片互不相连的区域。

戈加并不急于从楚什镇出发，他劝她现在不要往大森林里钻——蚊子太厉害。他们在这间粉刷得雪白的车间里住了约莫有两星期，看书、没完没了地说话、趁着白夜手拉着手去郊区游逛、朗诵诗歌、唱歌、用网兜捉鱼……但是柳陀契卡"休假"回来了，惊动了这对情侣。图书馆女管理员背靠着车间的门框站着，像一株田鼬瓣花似的泛着青色，一双美丽的手神经质地、簌簌地在自己脸上摸索着。她用鄙夷的神情掩盖着内心的绝望和空虚，撇了撇发干的嘴唇，打量了一下这个捧着书、穿着长裤躺在那里的姑娘，带着疲倦的冷笑嘟噜了一句："又来了一个浪漫主义的女读者！"她站了一会儿，又站了一会儿，没有再说什么，就离开了，让这位女客人独自在那里发窘、生气。戈加对艾丽雅的一些叫人厌烦的问题不做明确的回答，只是不屑多讲地说了句："啊……犯不着去说这些，一个臭货！"但终究经不住艾丽雅的盘问，还是说了一点："老来这里纠缠不清，什么地方都想瞥上一眼，连日记也要偷看，这女人！"

过了一天，戈加和艾丽雅就乘着明净光洁的内燃机船"勃里兹尼亚克教授"号向着夏天太阳不落的光明之国行进了。他们俩住一个单独的舱室，在餐厅里用膳，晚上在甲板上跳舞，他们并不是到什么地方去。轮船载他们到了杜金卡，又带他们往回走。他们在伊加尔卡上岸。艾丽雅曾经在报上读到过关于这个城市的报道，因此就想看看这个城市。这个极圈内的小城市夏日季节里的生气勃勃景象和船来船往的热闹情景使艾丽雅觉得十分有趣。然而，在这个季节里到处都是一样的美好，一样的自由自在。

直到八月份，他们才乘着当地的小汽艇好不容易来到了库列依卡河上的小宿营地，当他们摆渡到了叶尼塞河的对岸，才弄清楚，由于正值枯水时期，汽艇在库列依卡上游地带不能通航。谁也不肯用船渡他们——渔民们已经一连多少夜在守候奇尔鲑的汛期，汛期在库列依卡河口出现的时间很短，鱼儿来的时候成群结队，如果不能趁热打铁，就什么也挣不到了。渔民们还说目前在库列依卡一带并没有什么考察队。至于在大森林里背着旅行背包东荡西荡的人，什么样的都有，眼下也还有人在那里，但不像是什么考察队。

戈加按说应该停下来了，和图鲁汉斯克通个电话，但他此时此刻正处在从来没有体验过的精神振奋状态里，周围的一切都蒙上了一层五色缤纷的光彩，什么障碍都不在话下，脑子里像喝醉了酒似的飘飘欲仙，他感到身体里有一种渴望，想长途跋涉，想干活，想冒险。他用红铅笔在地图上画了一道线，从叶尼塞河直通库列依卡的支流恩德河，他用手指在着了迷的女旅伴的鼻子前啪哒打了个榧子，高声叫喊了起来：

"我们将从正面向考察队迎上去，然后从恩德河的上游往下走，一下子找到你那满肚子学问的爸爸！你在电影里看到过白色的群山吗？现在你可以亲眼目睹了，而且你都不会发觉是怎么走进这个奇妙的神话世界的……"

但是神话世界却没有出现。第一昼夜的行程里，戈加就发觉，在原始森林里单身独行和两个人结伴而行是完全不一样的，何况是和一个姑娘结伴，而且还是城里的姑娘，她惯常去的地方是雅尔塔疗养胜地的山区，休假的日子里漫步游逛的是整洁清新、一排排围墙连绵不绝的莫斯科近郊一带。第二昼夜，在休息下来吃饭的时候，盖尔采夫看了一下已经提不起精神，甚至惊惶不安的女伴，看到她那深陷下去的面庞，脑子里动了一下：要不就往回走吧？但是他不甘退缩，不愿让步，不想转身回去，这地图上的恩德河，不就在眼前了吗？但是在距恩德河还有两昼夜路程的地方不得不停下来了——艾丽雅那双脚没有穿惯皮靴，给擦烂了。在这年轻的肌体上硬皮长得很快，但是这一来却失去了半周时间。

下霜了。原始森林里，蚊子销声匿迹，显得宁静起来，行将凋落的树叶沙沙作响，越橘转红，水越橘和欧洲越橘甜得像在果酱里渍过似的。吃不完的各色野味，小河塘里是捞不完的鱼。

晴和的夏天正在撤离极圈地带，慢慢地从经不起风刀霜剑相逼而渐渐变得稀疏的原始森林里抽身，远处的群山好像一步紧逼一步地压迫靠近过来，夏天只得向叶尼塞河退去。这个短暂的、极圈内的夏天连同它那点缀着成熟浆果的色泽鲜艳的、轻盈的装束，不是迈着步子退走，而是像一片枯黄的落叶趁着风势迅速飞去，越飞越远，它把这锦绣大地像地毯那样卷起，在后面留下一片灰雾和霎时间被惊起的飞禽，留下了沉寂的森林以及杂处在经霜染白的再生草之间的垛垛发黑的干草。天穹像晶莹的冰盘从四周开始消融，它的底部还在怯生生地透出光亮，这正是行将消逝的夏日余晖的返照。

休息以后，在清新明丽的大森林里走起路来特别轻松，呼吸分外畅快，既不用戴蚊罩也不用擦防蚊油。艾丽雅已习惯了这种长途跋涉的生涯，肌肉也结实了，再也不磨破脚了——看来，在原始森林里保护脚和保护眼睛同样重要。事实上，在这里，一切都要好好保护：食物、鞋子、衣服，还有自己这个人。

走上恩德河的时候，他们脱掉了绒线帽，用河水洗过脸，还喝了一通水，于是戈加又用手指在艾丽雅鼻子前啪哒打了个榧子：

"没事儿了，翘鼻子！再过三四天，你亲够了你的好爸爸，尝过了大森林里的鲜汤，就该打道回莫斯科，回到你那文学院去，创作小诗和剧本，说不定还能把这儿看到的景象加在里头，描写一下深山老林里的一个流浪汉。"

小伙子和姑娘的兴奋心情并没有消失。他们在变浅了的恩德河上航行，无忧无虑地交谈着。他们用河柳枝条匆匆忙忙编制起来的筏子在第一个光秃秃的石滩处就在石头上撞散了。食物和各种用品都浸湿了，为了涉水抢救这些家什，这两个旅行者自己也泡得关节酸痛。流经永久冻土地带的河流常年都是冰冷的，而雪水简直寒彻骨髓，它往往会使人患上重感冒，对于那些不习惯于寒冷和颠沛的人尤其是如此，于是艾丽雅感冒了。盖尔采夫一下子就清楚——她病得不轻，他用酒精替她擦身，用炒热的盐敷在她背上，用芥末涂治，但女伴喘气困难，不能行走，身体虚弱而且眼看着在消瘦下去。戈加用拖板拖着这个发着高烧、频频呻吟着的姑娘要去寻找"爸爸的考察队"，然而考察队却杳无踪影。一路遇到的只有那些粗野的旅行者们的简陋宿营地和偷渔偷猎之辈曾经驻足过的地方的篝火余灰，空运队里的那些好汉们、护林人，以及一切掌握着空运工具的人们用直升飞机把这些人送到荒无人迹的河岸旁，供给他们盐、箱桶和食物。夏天刚过是大好时光，那些敢于冒险的人、颇有点浪漫气息的人，以及形形色色的流浪汉们在无人监督的水域里捞取折乐鱼、细鳞鱼和茴鱼。当然，盖尔采夫也照样办理，借此搞点钱度日。

已是秋末冬初，天气阴湿而多雪。在这样寒冷阴湿的天气里再住帐篷，艾丽雅就得完了。于是重又是筏子、重又是拖板——啊！终算幸运！竟会找到一处猎人住的小木房。权且在这里住下，给艾丽雅治治病，说不定这期间流行病医疗考察队也就到来了。

说实话，相信能找到医疗考察队的，只有这位"爸爸的女儿"了。

如果他们在乘内燃机船畅游的那会儿能想到中断一下欢娱，去打听清楚今年夏天考察队制订的图鲁汉斯克和埃文基耶森林区野外考察计划的话，他们就会知道，这些流行病学者们在下通古斯卡河还要逗留一个季节。八月初他们在通古斯卡河的支流叶伊卡河一带进行考察，到这个季节的最后日子里将和从伊尔库茨克省来的考察队会合。作出这样的改变是因为在东部萨彦岭地区正在规划筑造铁路。因此这些地区的流行病研究工作必须加速进行，急需赶在建筑工人们来到之前做好。

盖尔采夫倒是在去年秋天就曾在哪里听说过这回事，但没有在意，他忽视了森林地带的规矩——一切新鲜事都要记在心。他已经习惯于只为自己活着，只对自己负责，因此一旦面临这类麻烦的事就无法应付，一个接着一个地犯错误。在他已经几乎是肯定地知道恩德河上没有考察队以后，他还是希冀万一，把生着病的姑娘留在过冬的小屋里，抽身到河口来，希望会碰到什么人，尽管他根据经验懂得，北方的原始森林到这个时候已经空荡荡没有人了，冬天没有来到以前的气候变化已经把大森林里除了以打猎为营生的人以外的各类人等都赶走了，而猎人开始捕兽的时间还早，这是季节的交替时期。

在空荡荡的、敝败的小木屋里，在原始森林的沉寂里，即使是见多识广、经过世面的人，一人独处的滋味也不是好受的。艾丽雅蜷缩在角落里，没有生上炉子。她不小心把一个暖水壶碰到地上了，但她却神思恍惚地觉得有一个须眉皆白的小老头儿声息全无地从门缝里爬进了小屋，打翻了暖壶。艾丽雅像瘫痪了似的看着这小老头儿凌空在木屋里飘来飘去，长须飘飘，在她身上摸着，呵着她的胳肢窝，把她的头发塞进她的嘴里，使她气都喘不过来。在恐惧的压迫下，她呼唤着戈加，而小老头儿只管呵她的痒痒儿，和她亲热，贴上身来……

当盖尔采夫去恩德河口忙了一整天，拖着两条像累断了似的腿跌跌撞撞走进小屋的时候，却发现艾丽雅不在木床上。她不省人事地躺在朽烂不堪、长满了霉苔的地板上，手上的指甲都扯裂掐断了，看得出，她是想把什么人从自己身边推开，想打跑他，躲避他。他从木板床下把女伴抱起来，放在团皱了的褥子上，在她还有一点点热气的嘴里灌了一小口酒。姑娘睁开了发烧的眼睛，微微掀动着嘴唇，说了声："天哪！"就倒到他身上。他心里清楚，也想到了，生病的姑娘是以为他抛下她走了。

现在一切希望都寄托在猎人身上了。挂在天花板上的一口袋干粮，桌子底下的子弹箱，埋在小屋门外地里的、装着煤油的铁箱，还有小木屋阁楼上的锯子、斧子、钉子，以及一应狩猎用具——都涂上了油，没有锈斑，保管得很好——从种种方面看来，这些东西都还运来不久。单身的狩猎人或者几个狩猎人一起，应该有一座电台，以备他们呼唤直升飞机用。当务之急是要让病人烤火，给她治病，进行抢救。但艾丽雅的情况却一天一天坏下去。没有药品。有过一点药也都用完了，而且这些药与其说好治病，还不如说是只能充作儿戏。现在就只能指望森林，指望暖和，指望野果、百草和针叶敷料了。盖尔采夫在木屋附近收摘野果，从雪松树上敲打松果，打鸟，在河柳丛生的河口捕鱼，但鱼还没有从上游过来。应该到离木屋远一点的地方去多摘点野果，多打点松球，搞点吃的东西。但艾丽雅哪儿也不放他去，于是他就哄她，说是要去辟一块空地，明后天猎人就要带着电台来了，他们就能招来直升飞机，很快就能飞离此地。生病使得她的感觉敏锐起来了，她识破了谎话，轻声地哭了，但有一次她倏地摆开他的手，尖声嘶喊着开始抽打他的耳光，但她的力气很快就使完了，歇斯底里的发作过去了，她吓坏了似的双手勾住他的颈项，吻着她打过的地方。

后来从戈加·盖尔采夫所记的日记里知道，不管怎样，要等猎人来到至少要一星期，多则十天。盖尔采夫终究不失为一个坚强、能干的原始森林地区居民，他能够镇定自若而且使女伴安下心来，使她相信她的病只是一种孩子才生的小病，支气管炎而已，没有大不了的危险，这种病就是在原始森林里待着也能治好。经过草药、野果和热敷保暖治疗，病人开始好转了，为了让同伴宽心，她说她甚至喜欢上了这样的生活，两人在一起，住在林中过冬的小屋里，这种生活，只有在小说里才会读得到，但这却是亲身经历，亲眼目睹。到了莫斯科就是讲给别人听，别人也不会相信。

大自然对他们也好像格外眷顾，在一场灾难性的雨雪连绵的坏天气之后，却给他们送来了一个平静的、黄澄澄的白天，简直无法令人相信就在这儿的土地上，就在这儿的森林里刚才还是看不到尽头的冰雪泥泞，那阴冷和潮湿好像使空气也稠黏起来，吸到人们的胸中就凝成一个冻块，不再融化了。盖尔采夫从锅子里把烤炙好的硬果倒到桌上，放好暖壶，就拿起绞竿、小口径猎枪，轻轻拍了拍艾丽雅头上的绒线小帽，临走前精神抖擞地说道：

"喏，全在这儿了，翘鼻子姑娘！折乐鱼的汛期来了！你大概还来不及把这些小核桃剥完，我就会拖一条叫你见了会吓一大跳的河里的大家伙回来。到时候我们把它煮好了大喙一顿，你马上就会满面红光、身体结实起来的。老天爷说变就变，但愿这小破烂的直升飞机赶快来！"盖尔采夫吻了她的指尖，开玩笑似的给她画了十字，她感到一阵寒战，心想："他干吗这样子？不是好兆头。"

她耐着性子直等他到夜里。等了一整夜。又等了一个白天和一个夜晚。后来她坠入梦乡了，接着睡梦又渐渐变成一种昏昏沉沉的人事不省状态，她好像离自己而去，堕入一种无垠的虚空。

没有饥饿，没有痛苦，没有悲伤，什么也没有。

如果阿基姆没那个忠诚的、饱经忧患的朋友，那么艾丽雅大概就得在荒凉、死寂的恩德河岸上的永久的冻土上长眠不醒了。这个朋友就是深受疾病折磨的柯利亚，他在分别的时候对阿基姆说："既然你是个倔强的傻瓜，脑子转不过来，执意要到原始森林里去逛荡，那么至少备上药品，而且不光是阿司匹林……"柯利亚亲自动手为他配备了一个小药箱，使阿基姆惊奇的是，药箱里竟有一副注射器和一只小的煮针头的消毒盒，有几盒装在安瓿里的樟脑、葡萄糖，几瓶青霉素和满满一玻璃纸口袋的药片和药粉。

"怎么回事，难道我上原始森林生病去？我是去打野兽的！……""要是你平安无事，到时丢在小房子里不就得了，你这个傻瓜！这东西分量最轻，但在大森林里可是个宝贝……""好吧，好吧，多放点安乃近 [1]……"

阿基姆他那一口北方人的坏牙齿常常要痛，因此他只知道一种药，那就是安乃近。如果不把他在儿童时代得过的坏血病算上，他总共才生过一次大病。

大概是他在帕拉蒙·帕拉蒙内奇手下干活的第二个或是第三个秋天，他们的船在下游的地方耽搁了，急于要赶到伊加尔卡平静的支流去停泊，但严寒赶在了他们前头。"勇敢"号上的人不得不用铁棍破冰。阿基姆从绳梯上不慎脱手，扑通一下掉进了薄冰，但这根铁棒他可没有松手。在"勇敢"号的这种处境里这根铁家伙就是宝贵的东西。人们把他从水里救起的时候他还捏着这根铁棍不放。当他住在伊加尔卡的医院里的时候，

---

[1] 常见处方药品。在急性高热又无其他有效解热药可用的情况下，用于紧急退热。

他在迷迷糊糊的高烧里听到一种遥远的声音："樟脑！樟脑！呼吸……"

当他第一次给艾丽雅打樟脑针的时候，那种害怕的心情他以前从来也没有体验过，手脚都不听使唤了。

阿基姆的思想和记忆都十分精确。他把一切都做得和医院里一样：在桌上铺好了纱布，在炉子上烧沸了注射器，小心翼翼地用小圆锯片把安瓿的细颈割断，从中一滴不漏地把针液吸出，接着甚至老练地咳了声嗽："现在我们打针，稍微忍一下痛。"接着就慌张起来了：这针该往哪儿打呢？打在手上不管用——痛的又不是手，打臀部虽也不能说叫人害臊，多少也有点不好意思。决定打肩胛骨下面地方，终究离肺部近一点吧：他从她瘦削的、脊椎处下陷而微微颤动的背部掀起厚衬衣，借着一盏油灯和两支蜡烛的光——在这昏暗的小木屋里，这点光线已经亮得耀眼——用手掌摸了摸泛着乳白色的皮肤。皮肤"畏缩"了，起了一个个小疙瘩，皮肤底下什么地方有咕咕的声响，病人由于体内发冷而颤抖着，与此同时，她的背上渗出了油光光的汗珠。这背部虽说有脊椎骨、肋骨和肩胛骨支撑着，但仍旧缩了起来，凹成一条深色的沟槽——往哪里下针呢？还是不知道。阿基姆自己也紧张得浑身冒汗了，他替病人盖好被子，双手捧住了头，坐到了桌子旁的木墩上，他眼光呆滞地盯住了一小方块窗子看着，蜡烛的火光映在窗子上，上下蹦跳着，一盏煤油灯吐出红红的火焰，使他想起了在鲍加尼达村找到的那朵小花。

阿基姆面前的纱布上，注射器明灭变幻地闪着亮光，无礼地、挑衅似的把一根针戳在前面；他转脸向下，却看到这个生病的姑娘就这样躺在旁边木床上。她的呼吸纷乱迫促，也可以说不是呼吸，而是沙哑的嘶鸣、嘈杂的声响和肺里面频频不止的咯声，这是当一个人连谵呓和呻吟的力气也不够的时候才会发生的现象，这种时候，人已经不是在柴火上燃烧，而是在已经烧过了劲儿的木炭上溶化消解着。阿基姆走近病人揭开衬衣，仔细地在翅膀般张开着的肩胛骨下面的皮肤上摩着，把注射器伸近过去，但立刻又骇怕地抽回手来，好像是听到了皮肤的破裂声，看见了娇小无力的躯体因为针刺进去而抽搐起来。

经过这样三四次尝试以后，阿基姆决定重新用沸水把注射器煮过——很可能会有细菌……周围都有细菌，而且这细小的器皿已经被他的手弄脏了。至于这双手，它们简直像钩镰，不管怎么洗，上面总是一层垢腻……

直到第二天早晨，当窗外吐出鱼肚白，病人不再咯出声音，完全安静下来以后，他暗暗画了一个十字，就像要从悬崖上纵身跳进水里去似的，屏息凝气，把病人背上薄薄的皱起的皮肤绷紧，眯缝着眼睛，一针刺下去，他觉得好像是刺空了，但睁开眼一看，黑色的针尖已经穿入皮下，病人甚至都没有动弹，她好像是精疲力竭了，感到针刺的时候，反而伸直了身体。他总算还有气力把注射器里的针液都挤出去并且把酒精棉球在小小的带血的针孔上按了一会儿，然后小心地把注射器放到桌子上。做完这一切，他一下子蹿到门外，把塞在裤子里的衬衣拉出来，扇动着让冷空气透进贴身的地方，忽而哈哈大笑，忽而号啕大哭，把一切都原原本本讲给那吓得从他身边跳开的罗兹卡听："你瞧，罗兹卡！你瞧，我的小狗，就是这么回事！而你这个傻瓜，还害怕呢……

你不懂我，逼得我好苦呀！真是好苦呀……当上医生了……真要命啊！……"

害病的姑娘醒来了，搞不清楚自己是在什么地方，她面前的人是谁，只看见有一张面孔俯在她面前，她只觉得这张脸上分不清眉毛、鼻子和嘴唇，全都像蒙上了一层黑黝。只有一双湿润的眼睛闪烁着活力，流露出一种绿莹莹的、温和的光彩，体现着家里人才会有的慰劝神情。从那由于好奇和紧张而微微张开着的窄小的嘴巴里散发出炒松果的香味，还夹杂着一种灼焦了的味儿，好像还能感到并模模糊糊地看到一团团的烟雾——"这是香烟。"她想道。

在她面前的是一个男人。现在他正坐在一旁抽烟，他感到了她的动静，倏地从座位上站起身来，在掌心里掐灭了烟头。鼻子和嘴边还徐徐缭绕着吸过后吐出的、清除了尼古丁的轻烟。"是个大叔！在抽烟！"她自己觉得她惊慌地一把抢过了被子，实际上只不过有气无力地把被子拉到了胸口，她感觉到了自己的身体，上面压得又厚又重，她感觉到了骨节里和肩胛骨下面的疼痛、头脑里在打旋，于是微微翕张着凝着血块的、转成黑色的嘴唇，问出了普天下从昏迷中苏醒过来的人都会问的一个问题：

"我这是在什么地方？"

大叔的一只眼睛动了一下，消失了，不再发亮，又过了一会儿，她那迟钝的意识若有所悟，竟害怕了起来——原来这只眼睛对她眨动了一下！

"你是在这个世界上！"她觉得眼前有什么东西沙沙响着、活动着，嘴里流进一股又酸又甜的东西，流过她整个疲惫的、被高烧烤灼着的内脏。"你就当作是在疗养地疗养吧！"陌生人已经完全是精神饱满地对她说道，一面用一块柔软的东西替她擦干净那失去光泽的、干裂的、被酸饮料蜇得生疼的嘴唇。

阿基姆兼做"医生"、护士、保姆、护理员——集一切医疗职务于一身。他好长时间也没能习惯这医院的气味和生旺了火的小屋子。罗兹卡对于这种呛人的气味更是无法忍受，它喷着鼻子，打着喷嚏，把药味从身体里赶跑，沉重地叹息着，在炉子旁转来转去。于是阿基姆把它关在屋里以代替闹钟的用途。

艾丽雅已经恢复到能够清楚地看见一切，甚至能开口说话了，她带着一种神志恢复后幸福的感伤神情说道：

"小……狗！"她伸出手去想抚摩罗兹卡。

罗兹卡像通人性一样，也含情脉脉地望着生病的姑娘，甩动着高傲地卷起在尾脊上的尾巴，但始终没好意思走上前去。阿基姆抓着狗的头皮，把它推到木床前面。艾丽雅颤颤巍巍的手指碰到罗兹卡身上清凉的、柔软的皮毛，手掌心感觉到了那完全不是尖形的耳尖上轻轻挠手的茸毛，她好像是摆脱了什么束缚似的，含着眼泪喃喃地说着：

"小……狗……！"

罗兹卡舐着姑娘的掌心，柔顺地在木床边上躺下，狗嘴枕在向前伸出的爪子上，忠实地对病人望着。打那以后，它只要从外面一回到屋里，就在老地方躺下，对她看着，有时候打一个盹儿，但只消听到木床上有一点动静，立刻就会张开眼来。它舐着睡在地板上的阿基姆的脸，把阴湿的鼻子凑到他耳朵跟前，于是声音很大地打起喷嚏来。病人醒了，她要人帮助解手。"难

道不管动物还是人，只有女性才知道女性吗？"阿基姆困惑地
想着，不知道为什么心里很高兴。他就像医院里的护理员那样，
话说得很多，而且老说笑话，逗着艾丽雅就像逗孩子似的，这样，
他总算把一个生活不能自理的人和照料服侍的人之间必然要产
生的那种窘困不便遮掩过去了。但随着艾丽雅日趋康复，脑子
越来越清楚、看得越来越真切，那种不自然和困窘就日见其增
加了。她发现这小木屋的主人根本不是什么"大叔"，而最最
可怕的一点是，他不单年纪很轻，而且还腼腆怕羞。他们之间
的局促不安逐日在增加。她心向往之并且以一种病态的、简直
使她不堪忍受的焦躁所盼望着的一件事，就是赶快能下地到屋
外走走。但是她的热度一直不退，傍晚时分就上升两三度，仍
然站不稳，头发晕，她一点都累不起，甚至多说了话也不行。
当艾丽雅的头脑恢复得越来越清楚的时候，她也更加弄明白了
一点：用现代化的语言可以说，女人是一种多么"不易共事的"
生物啊！于是她第一次想到了那些和她同龄的受苦的姑娘们，
她们在前线，在男人们中间，在行军时，特别是在冰雪严寒里
是怎么执行任务的？！

　　她开始隐瞒自己的行藏了。阿基姆一下子就看出了这一点，
很乖巧地捉摸着什么时候应该从小屋子里离开，该离开多少时
间，什么事可以形之于色，什么事应该佯装不知，什么事可以看，
什么事看不得，什么事可以谈，什么话题应该尽量避开。根据他
做这一切时是那样用心，那样不露痕迹，而且常常显出难为情的
样子，不难看出他对女人的了解是很少的，没有和她们长时间打
过交道或一起生活过，至于母亲，那么从他的谈话和回忆中可以

判断，他始终都没能习惯把她看作女人，母亲就是母亲，一切都明摆着。

当艾丽雅第一次要走到屋外去的时候，她请求不要陪伴她，阿基姆嘟囔着说："这……你知道，怎么行呢？马上就这么一个人……"但还是遵命了。她差点没让屋外的风刮倒。那寒冷，那照得人头晕眼花的白雪，那种对天空、对生气勃勃的光亮、对富有生命力的世界的切实的感知以及她所看到的一切树林、灌木丛、溪边小路和雪地上所留下的脚印等奇幻景色——所有这一切使她激动得气也透不过来，她站着，手扶着小屋的木墙，手掌心感到了光滑的木质。她仔细看了看木墙，想起了这手掌下面新削砍过的地方，原来是刀刻和木炭写的淫词秽语。为什么聪明伶俐的盖尔采夫没想到过用斧子刮掉这些不堪入目的东西，而一个生长在某一个连上帝都已经忘了它的存在的村子里的小伙子，却处处做得合乎礼貌、行为得体，尽管并不总能做得很成功，也并不是每次能"不露痕迹"，但是他竭力想做到这一点，这就是问题之所在！

小木屋后面突然多出了一个像作坊那样的处所：几根枞树木杆靠在方木柱子上，两面压着一些云杉枝条和细杆。雪把这作坊盖得严严实实，这地方十分僻静，风息全无。艾丽雅垂下了眼睛，从门外回到屋里，她蒙住了头，静悄悄地躺着，而"懂礼貌的先生"不知如何是好地干咳着，还在心中琢磨着，不知什么地方又失了检点。他尽量在门外多待一会儿，又是锯，又是砍。他把小船锯了，把船头改成一部桥式雪车。船帮木板弯成了滑雪板，被钉在锯断了的独木船上，在船尾部又装了一个木板平底，结果就成了一部类似大雪橇的玩意儿。

"快要离开了。"艾丽雅猜想着。她害怕起来了，虽然她一直在等着有一天好离开林子，就像在等基督复活一样。可阿基姆不知为什么迟迟不做动身的表示，却老往大森林去，并且凿破了恩德河上的冰，下了钓竿。

原始森林里一派宁静的秋天景象。

阿基姆又在小木屋周围一带仔细搜索了一遍，采来了所有的越橘，用很多罐子把它们渍起来，存放在阁楼上的篮子里，这些篮子是他坐在病人床边用了很多夜晚编起来的。他弄来了很多花楸果，并把它们冻起来，把稠李和欧洲越橘叶风干。艾丽雅看着他张罗，觉得很奇怪，干吗要弄这么许多，他们难道要准备在这里住一辈子？她这个城里人哪里知道，一个人如果要自己动手准备和储藏一整个漫长的冬天的食物，那得要多少东西！这儿可不是在商店里或者市场上，这个来一百克，那个来两百克。猎人自己也吃惊了，他哪来的那么干净利索的管家本领？很久以前他在鲍加尼达村的时候，早已习惯于像风滚草一样过日子：躺下——身子蜷一蜷，起来——身上抖一抖，到哪里都有吃饭的地方，如果开伙有困难了，一块面包、一撮盐巴、一缸子水，也就对付着过了。

现在也就是这个浮浪的人却在小木屋里节省着每一小块面包，几乎是光吃禽肉而不吃面包，放了很多盐，多少解掉点膻气。禽鸟并不单吃野果，也吃树芽、赤杨果球，因此一股腐败霉烂的木头气味甚至晚上也不离开阿基姆的身体；肚子不好受，胸口憋得慌，于是他就想法用浆果和胡桃来解救。艾丽雅对他这种农民式的咨啬非常恼火。阿基姆对她那种任性撒娇毫不在意，为了让她尽快恢复体力，他尽可能变着法儿让她吃好：汤呀，肉呀，为了吃饭以前垫个底，就给上一片腌茴鱼，或者一块肉质紧密的咸折乐鱼鱼干，吃饱以后送上一点糖渍桑悬钩子、越橘，有时加一匙炼乳。

那时节，恩德河的急流把冰凌一路往下送去，岸冰立时三刻就使河面封冻起来，把弯弯曲曲的带状的小河从地面上抹掉，这情景就像橡皮从小学生练习本上擦掉潦草的字迹一样。艾丽雅这时还生死未卜，因此也没有工夫去准备过冬食物，但当艾丽雅身体稍稍恢复，阿基姆能够把她较长时间地留在小木屋里并让罗兹卡和她做伴的时候，他们讲好，一旦遇上什么情况，就把罗兹卡放出去，它将会在森林里找到主人，于是阿基姆开始走到离小木屋较远的地方去。恩德河只剩下深水河区和急滩，蒿草遍地，阿基姆也怕万一失足摔死，所以用钓竿钓江鳕或者用渔叉去刺那汛期较晚的、性格轻佻而不合群的茴鱼，这种鱼并不和其他鱼类一起游到库列依卡河去，它们在原始森林的小河和洼地里藏身，天知道，就这样过一冬天。可以期待江鳕的汛期，但它未必会成群结队地前来——这肥硕的大鱼在恩德河里感到太局促，这湍急的水流它也受不了，而且这一带很少有干净的沙子可以供它下卵。难得碰上江鳕，也都很小。阿基姆逼着艾丽雅吃鳕鱼肝：

"吃吧！补补身体！生了那么久的病，阳光也不见，雪的反光又伤眼睛，视力会衰退的。鱼肝油对眼睛最有好处，江鳕的肝最滋补身体……"

根据阿基姆身上表现出来的紧张劲儿，根据他平时生活的情况和这样长久地、面面俱到地准备出发，可以感觉到，要走出原始森林是很难的，而且是危险的。但是由于这暖烘烘的小木屋，由于这虽然寒碜，但终究可求得温饱的生活，这危险和困难就显得不是非常可怕了。何况也还是有来往行人的。人们驾着鹿橇驶过。那么上帝保佑，他们俩也定能找到宿营点，找到人的，她身体已经差不多恢复了，不会冻坏的，为什么还迟迟不走呢？

阿基姆带来一束一束的兔子，把它们剖开，把肉储藏起来给罗兹卡吃，因为他记得一句老话：猎狗能耐大和小，全看喂得饱不饱。他把兔皮上的毛剪下来，用两块木板做了一架纺车，用枞树的树芯刨了一根梭子，在炭火上烤干，就教艾丽雅用兔毛纺线。他在盖尔采夫的旅行包的口袋里找到两个线圈，再加上自己的五个。在天气不好的时候，因为没事可做他曾经想把也是在死者的旅行袋里找到的一个线织的捞渔网解开来，但盖尔采夫把它织得讲究非凡，阿基姆想尽了办法也没有能解松那些系得紧紧的结子，这就是说，也只能随它去了，且把这捞网带在身边再说，在长着乱蓬蓬蒿草的地方，在河流上被冰块冲成的小浅滩处，在微温的泉水汇流的河口和石礁近旁，说不定能捞上一条粗心大意的大鱼。

白天一天比一天缩短了，它缩得越短，对于猎人来说日子就越紧张。阿基姆在动身到猎场来之前做了两件傻事：一件是没有把"友谊"牌电锯捎带上。"要它干吗？我不是伐木头的，我是打野兽的。我用片锯也会把木柴很早就准备好的。我要那么多木柴干什么？"无线电台也给他回掉了。"用无线电台讲话，我没这个能耐，要学会它得花很长时间。时间打哪儿来？谁去代替我打猎？"

阿基姆用片锯咔嚓咔嚓地在锯木柴，锯到后来，艾丽雅说话了：

"你干吗老是吱嘎吱嘎地锯？真叫人受不了，心都给你锯碎了。"

像一切害了一场大病的人那样，她的神经很脆弱。她那颇有生气的、新长出来的深色头发像浪潮一样涌进了原先染浅的头发里，冲走了那些人工的痕迹。

阿基姆看出了，这个人的内心也发生了变化，有的东西已经痛苦地萎死了。面对姑娘那个难以为他所理解的、复杂的世界，他感到害怕、局促，这个世界颤抖了一下，沉寂了，现在却重又获得了色彩，声音，运动，并对这一切有了新的理解——他尽量不去问什么，以免打扰她，免得勾起她痛苦的回忆。早就应该劝艾丽雅把这一头双色的头发剪短些了，因为长发太费肥皂，但也许她就喜欢这模样呢？"反正好歹能对付着过，就让她随心所欲吧……"

阿基姆把锯木柴的支架搬远了一点——至于说一夜要耗费多少木柴，总共还需要多少木柴等问题艾丽雅是一点概念也没有的，而最厉害的严寒还没有到来。因此，还不能从这里离开：恩德河上的冰是靠不住的，一不小心就会和女伴一起掉进蒿草丛里或是陷进沼泽草地里去。

阿基姆有意无意地让她参与干活：一会儿请她扫扫地，一会儿要她缝缝补补，一会儿又要她烧点儿什么，而她也不无骄傲地拿起扫帚、针线干了起来。但就是这些事对她似乎也已经是很费劲的活了，因为说实在的，她从来还不知道，也没干过什么真正的活。能够动针线，扫地，用抹布，烧点什么稀汤而又不弄得太咸——这实在已经很不错了，只是这些城里人不知为什么生就一张品味的嘴，可做起菜来却总是盐放太多，烧粥常常烧煳，甚至连自己也会被火灼伤。

早晨，秋天雪面的冰凌闪着亮光，发出窸窣的声响。阿基姆想快步查看一下设在附近的十个捕貂器，以及河背面的三个捕银鼠装置，还想再打上三五只灰鼠，因此身边带上了罗兹卡。借了的钱就是债，多少挣一点可以还掉一部分，谁也不会替他还债，不会注销债款：到时候追究起责任来——就会说是骗子，大坏蛋，欺骗公家……

艾丽雅在小木屋里愁绪万端，惶惶不安，她身体越是健康起来，一种孤独感就压迫得她越厉害。但是她又不敢请求阿基姆不要去森林里逛荡，不要抛下她单独一人——这位"老哥"在原始森林里奔波可不是为了好玩。然而艾丽雅到底还是脱口说了出来，这是她自己也没有料到的。阿基姆在炉子旁剥灰鼠皮，剥下来的鼠肉就丢到门外，罗兹卡在那儿把它们吃个精光，叽叽嘎嘎地嚼着骨头就像吃通心粉一样。艾丽雅感到心神不定，她请求把炉子上的水杯递给她。阿基姆很乐意地给她递过去一杯七瓣草的浸液——他从帕拉蒙·帕拉蒙内奇的妻子那里不仅学会了惊呼："真是吓死人了！"而且也学会了利用各种各类草药的本领。每一个土医生都有他自己最相信的草药秘方，阿基姆的秘方就是七瓣草，一种在七月间开花的带有七个叶瓣的小花，他认为这种花不仅能治病，简直是一种神丹妙药。因此阿基姆不管在什么地方，只要见到这种七瓣草就非要摘到手不可。这一次用的草药还是夏天在楚什镇时候准备下的，他俭省地把它煮成药汁，让女病人饮服，可以安神。

猎人的手上都是灰鼠的血水，手指上沾满了热乎乎的、灰色的毛。

"恶心死了！恶心——死——了！"艾丽雅一下敲掉了阿基姆手里的杯子，两手捂着脸大哭起来。

阿基姆仓促间没有弄清是怎么回事，他把杯子捡起来，从地板上把煮过的七瓣草收拢来，心疼着这些宝贝草药，把它们甩干后晾到炉子后面的铁片上，然后，竭力耐着性子，但还是很不痛快地冲了她一句：

"把灰鼠皮拉来搁在身上那才叫难看呢！眼睛成了两只空洞，肚里掏得空空，孤零零一张皮——却围到了脖子上！真要命啊！"说到这里，稍停了一下，当然，他也累了，心里非常痛苦，但总要克制一点自己，终究自己是个男子汉，而这一个是个有病的人，见不得脏，加上爱干净成了怪脾气，也难怪要心里不自在，城里人嘛，再说还是莫斯科地方的人。他，这个冻土林带的人，一个还没娶老婆的单身汉，当然是一切都习以为常了。于是阿基姆缓下脸色，继续说道："猎人打野兽剥毛皮是为了换面包，他自己不穿这毛皮。"突然他记起了自己忠实的朋友柯利亚在杜迪普塔河畔打野兽的事，又加了一句："哪儿还谈上穿毛皮！说不定碰上倒霉的季节——连裤子也没得穿……"

"你们这儿一切都颠了个倒儿！"艾丽雅故作尖刻地说了一句。

"看来，是你们颠了倒儿……"

"你说谁颠倒，是我们？"

"我这是说你！"

"你别说大道理！"艾丽雅哭泣了起来。"你就知道在树林子里逛荡，在那些鬼地方跟着这些小畜生转来转去。我一个人待着，一个人……心里真害怕，真害怕！你别去树林吧！求求你，别去了吧，嗯？……"

"她不懂事。习惯了现成的生活。对于她来说，一切都自然而然，来得容易。"当艾丽雅渐渐睡去，阿基姆走出屋子去查看陷阱的时候，伤心地想着。

有一次他很长时间追看黑貂的脚印，掉进了雪坑，找不到原先的滑雪轨迹，迷了路，等找到小木屋的时候，人差不多快完蛋了。结了冰的衣服咣啷作响，他整个身子倒过去，翻进门槛，鞋子蹬出很大的声响，就这样四肢匍匐着爬到火炉旁。艾丽雅给他喝热水，喝小瓶里的白酒，帮他脱衣服，但她没有力气敲开这结了冰的衣服，没法把衣服拉下来。她大声地哀哭着，在把毡靴从猎人脚上扯下来的时候，指甲都折断了。"你是怎么啦，落水了？"她问着、喊着，而他却望着她，一副难受的样子，似乎不知是怎么一回事，倒下身子就睡过去了，她捶他、推他、哀求着："你别睡着！会冻僵的！别睡着！别睡，别——睡！……"她好歹还是替他把衣服脱了，用酒精擦了擦身子，把他拖到木床上，这时他在一大堆衣服底下一面发抖，一面用一种支离破碎的声音说着："趁现在还有力气，快生旺炉子！"他渐渐昏睡过去，嘴里还反复说着："生炉子！生炉子！要不咱俩都会冻死……"

这回轮到她了：如果阿基姆有什么不测，她也就完了。她哭泣着在炉子和木床之间忙碌着，不时用手去摸摸，看这小屋的主人是否活着，她蒸熟了果汁糖浆，胡乱用鸟肉煮了锅汤，实在到了筋疲力尽的时候就在一旁躺下，她把身体贴紧猎人，想用自己身上这一点点热气去使他暖和。他发烧了，反复折腾着，什么也感觉不到，一口气睡了一个短暂的白天和一个漫长的黑夜，又像"好汉"似的起床了。只是牙齿痛得厉害，右脸颊肿了起来，于是他嚼服了足有十来片安乃近药片。

艾丽雅忙得不亦乐乎，在收拾干净的小木屋里张罗着，从火炉上端来了锅子，放好盐罐，在自己和主人面前都放上了干粮。

"吃吧！"她招呼着他，并且先从锅子里喝了一口汤。阿基姆对她的招呼没有马上反应，不知为什么在锅子上闻了闻，却斜过糊着眼泪的眼睛看着她——尽管他充"好汉"，到底还是感冒了。

"喔哟，真不得了啊！困苦这玩意儿不是什么大学问，但是挺管用，它能叫一切笨小子、懒姑娘丢掉热炕上厨房！"

"吃吧，吃吧！多吃饭，少说话，包你变个胖娃娃。"

阿基姆睁大了眼睛：人的记性也真够可以的！这几句就是他对她讲过的话，当时她连脑袋也支不起来，垂倒着头，像一个害软骨病的婴儿。可你瞧她——全都记住了。

这件事以后，他不再在夜里出门了，都找有日光的时候去查看陷阱，捕捉黑貂。黑貂的足迹密密麻麻，他看着，血都涌上了心头：难道这是因为恩德河上已经长久没有人来捕兽了？还是因为北边一带缺少吃的东西，致使这些小野兽迁来这里，垂涎这各式各类的坚果，以及小灰鼠、飞禽、老鼠和种种可以果腹的小动物？松鸡在恩德河不常见了，灰鼠也变得行踪诡秘了，黑貂的足迹在增多，出没的地段变宽了，很少逃跑的痕迹，但可以越来越多地看到厮打的迹象，这是本地的土著黑貂要保住自己的活动地段，驱逐外来的黑貂。也是两军相垒强者胜。

然而这时却隐伏着新的、不可避免的灾难：灰鼠、黑貂、白鼬这些小动物却让北极狐、灰狼和狼獾盯上了。猎人往往晚一步来到陷阱地方，却在已经关上的捕兽夹子上找到黑貂的一只爪子或是一撮皮毛。必须多抽时间到陷阱边来看看，装上逮狐狸的捕兽器，设法追捕灰狼和狼獾。这种时候，猎人几乎是不睡觉的，捕捉、狩猎、紧张地工作着。一旦野兽散去，走运的时刻过去了，那时你爱睡多久就睡多久。

阿基姆气得咬牙切齿，骂着，差一点大哭起来，因为他感觉到，也看到了运气已经从他手里溜走。一直忙着做家务杂事，张罗吃的东西占去了他那么多的时间！他花了一两个小时赶到林子里，在宿营地近旁滑雪而行，在十来个捕兽夹子周围转来转去。涂过油的、新的结实的夹子挂在高处，专门逮貂和银鼠的捕兽器他已经不再去劳神观察了，因为灰狼已把上面的小野兽和大雷鸟吃得精光，这坏家伙胡作非为，竟偷偷来到小木屋旁把罗兹卡也抓伤了。阿基姆在一个阴森可怖的黑夜里追捕这只强暴凶残的狼獾，开枪射击，好像伤着它了，没有来得及一鼓作气抓住它、把它打死。应该设置捕狼尖桩来对付这个下流的东西，他有一次曾经在塞姆河上，在原始森林里看到过这种形状简单但十分巧妙的捕兽装置，狼獾爬上尖桩，从桩尖上叼下了诱饵，而且狡猾之至，知道在这地方跳动不得，就顺着桩子退着身子下来，这时，嘴脸却正好被尖头戳住。

冬天越往后，被逮住的北极狐也越多，看来，在冻土地带又发生了旅鼠的瘟疫，饥饿把这些小野兽从那里驱赶了出来，就好像柯利亚那年在泰梅尔的杜迪普塔河畔奔波时候一样。雪还不太深，冬天的威胁还不太大，等严寒一下子压过来，把大地裹上了雪装，那时候就够你受的了。而在现在这段时间里主要还是难得的高爽的天气。这种季节简直像给万物披上了金色的盛装，但是……可有你受的，你还得领受戈加·盖尔采夫造的孽！当年他们讲定要在林中用枪对射，现在戈加虽然死了，却照样作出巧安排，采取一种更为厉害的复仇办法，他把自己的家什丢在过冬的小屋里，然而却附了一个圈套……

啊，这是个什么样的圈套啊！

她根本不想，也不懂得应该帮他做点儿什么，其实帮他也就是帮助她自己——为了生存必需工作、工作、再工作。虽说这位女士身上多少也有了点变化，但结果仍然是要有某个人为她去做一切日常琐屑的、肮脏的、令人厌烦的事情，而她似乎是另一类的血统高贵的人，她只消对已经做成的事情评论评论，把一切事情分成两类——她喜欢的和她不喜欢的。

不久以前她发作了一次，把整整一只煮熟的松鸡扔到门外："我再也受不了了！腻味死了！一股青草味儿！味道发苦！真叫人没法忍受……"罗兹卡把熟松鸡接住了，用爪子按住，望着阿基姆。阿基姆从狗那儿把鸡拿过来，丢到火炉上的桦皮篮子里，然后，一面感到胸口一阵阵恶心，厌恶这碗鸟汤，一面却像发了狂似的把它喝了个精光。

艾丽雅把脸转向墙壁哭泣着，她不会，也可能是根本不愿意克制自己的脾气。

"这一切和我有什么相干？把你丢在这儿，我这就走，你死在这儿吧！……"但阿基姆知道自己在任何时候也不会这样做，因此强自克制着阵阵怒火，尽可能平淡地说道：

"到了莫斯科去讲讲咱们在这儿是怎么过的，讲讲你怎么不愿意吃松鸡——大家一定会哈哈大笑！"

"到莫斯科？它在哪儿，这莫斯科？"正是他这种对一切都觉得稀松平常的态度，这种令人乏味的耐性使她受不了，控制不住自己。而他，虽然感到了他们之间产生了隔阂和敌意，却仍然耐心地解释着：

"莫斯科吗？莫斯科远着呢，就是像你们那里的商店，那种由你自己随便拿，那种样样都有的商店也不在近旁，而吃的东西是越来越难弄到了，往后还会更困难。该想法子离开，而且越快越好。为了到达目的地，需要力气。为了养足力气，就要吃东西。为了吃东西，得去打一头角鹿，没有角鹿，那就一般的鹿也行，没有鹿，那就大雷鸟，没有大雷鸟，沙鸡也行，没有沙鸡，哪怕是松鸡……"

稀稀落落的、卷曲的胡子叛乱地长在阿基姆瘦削的脸上，长长的发绺直披到肩头——长着这样的胡须和头发要是走到首都的林荫道上那可是一个身价十足的好汉子。在原始森林里这样的长发美髯却只能是个累赘，一会儿结冰了，一会儿冒汗了，一会儿弄脏了——又没有时间去洗头，理发——时间和肥皂都花在女房客身上了，他带来的用品只够自己一个人用，也没有专门的化妆用品——一小瓶花露水，一小盒有香味的凡士林都用来涂擦因风吹雨打而皲裂的双手、嘴唇、脸颊，有两块香皂、五块洗衣皂，为了稍示"阔绰"，还有一瓶洗发香波。这瓶还是日用杂货铺里的售货员硬要他买的，说是这个带小盖儿的漂亮瓶子如何如何好，等到用完了，还可以当行军水壶用。阿基姆用香波给生病的姑娘洗头，尽是泡沫，小木屋里香得像美容室。头很快就干净了，头发也不再打结，一绺一绺，分外醒目——看来还真管用，而他却觉得像在闹着玩。

"阿基姆，让我来给你理发吧，"艾丽雅有点歉意地说道，眼睛望着地，"我也应该多少干点什么。"

"是应该，"他生硬地答了一句，"到屋外去拖点儿柴火，砍点儿枝条，把雪扒在一起，给自己织一顶帽子和围脖，我们再一起来做鞋子和衣服——既然你整个夏天光知道玩，也不想想冬天，也不做点儿准备。"

"这都是该做的！"艾丽雅同意道。"我也曾经给玩具娃娃缝过衣服，我记得还给妈妈缝过一条围裙作为三八妇女节的礼物。但是理发剪子我可从来没有拿过，而且我也只是在理发店里见过怎样给人理发的。啊……哈哈！理发店！"

艾丽雅在阿基姆头颈上紧紧地系了一条粗布的方巾，用剪刀敲着他的头说道：

"公民，您怎么样？理博克式还是瓦罐式？"

"随你意，老哥，动手吧！"阿基姆气闷地同意道，同时大声地叹了一口气：看来她并没有理解他的话，没有懂得他们处境的险恶。就连她说的要干点事儿的话也无非随口说来，未必认真，她自告奋勇要帮忙，也不过是对他表示好意，借此补偿任性的过失，也是曲意奉承的意思。

"你应该习惯这原始森林，习惯这寒冷的天气，要不然，我们都走不出去……"阿基姆重又一本正经地说道。但艾丽雅的手一碰到这个脸色严峻的小野人的头，她的心就揪了起来——这头发轻飘飘的，细细的，像小孩子还没长好的头发。她像是自言自语地把这个想法大声说了出来。阿基姆摸摸头，挠了挠胡子，终于挺不住换了一种声调，窘困不安地说道："真要命啊！怎么长了一圈细毛，简直像个秃子;喔哟，嗨，嗨，长得可真不是地方。"

他那种迷信，那种经常唠叨咒语、戒条和相信预兆会应验的习惯开始的时候使艾丽雅很惊讶，后来甚至使她很恼火，但是当他们在大森林里生活得越久，她对于这个日常的、单调的生活的含意就理解得越深，因此也就比较能尊重阿基姆所做的一切了，她顺从着，竭力克制自己。她的同伴，也就是她有时不无嘲讽和居高临下地称之为"老哥"的那位房主，对她好像是日见其疏远了，他变得更成熟了：他会做很多事情，这儿的一切事情他都能对付，但他还在强迫自己会得更多些，而且常常为此花很大的力量。可是她却没有办法改变自己，直到现在也不能设想能置自己的愿望于不顾，强迫自己去做不称心的工作，去吃不喜欢的东西，去喝那些使她恶心的草药。但是也不尽然，她对自己的能力并不完全了解，她也学会了强制自己去喝野禽煮的汤，吃由于返潮而显得淡而无味的干粮，在噼噼啪啪乱爆的、冒着蓝色油烟的油里炸油饼时她已经不再捂着嘴巴飞逃出门外了。有一次她还自告奋勇用斧子去刮掉屋角里和缝缝道道里的烂木屑，她先是洗自己的衣服，后来也给阿基姆洗，也能将就着在小木屋里洗澡，用点儿碱液洗头。当阿基姆从蜷缩着爪子的小野兽身上剥下毛皮的时候，她也能克制着把身子缩成一团，忍受着这股难闻的气味。

有一天，阿基姆趁艾丽雅精神爽快，记忆力清楚的时候，动手整理盖尔采夫的遗物，艾丽雅感到的倒不是害怕，而是一种内心的疲惫，她屏气静息地等着。由于阿基姆许多日子以来从不去动这别人的旅行袋，而现在终于把东西抖落到地板上，然后一件件分别放开，这神情就像是在做最后的清理。艾丽雅心里肯定："盖尔采夫不会从森林里回来了。"

阿基姆严肃地，并单独地把盖尔采夫的证件从玻璃纸口袋里拿出来，摊放在桌子上：红色的优等生文凭，同样红色的军队服役证书，波罗的海生产企业的皮面工作证，全苏保护自然环境协会漂亮的白色会员证，劳动手册，一沓寄往新西伯利亚的赡养费汇款收据，崭新的大学校徽，"拯救溺水者"奖章和各种证件，其中不知为什么还留着一张非常陈旧的有着"吉利"号码的电车票。艾丽雅一看到它就哭了起来。阿基姆想的是另一回事，他想起了阿菲米娅·莫兹格莉娅科娃讲到卡西扬家孩子们的生活时常常说的一句话："羔羊记不得爹和娘，却只把干草记心上。"

阿基姆用红色的橡皮筋把这沓证件捆好，等着艾丽雅安静下来，他不是把它们搬过去，而是用一只手指把它们往艾丽雅面前一推。

"喏，"阿基姆转过脸去说道，"等我们出去的时候，请您去报告这个人失踪了，这件事我是不会去做的。我已经尝过一次侦查员拉我去的滋味，够了！……"

阿基姆改口称"您"和他那种认真的心有余悸的态度，使艾丽雅很窘，因为在这种严肃姿态的后面可以感觉到他的压抑和不自在。佯装的平静并不能掩饰这一点。

"阿基姆，他在哪儿？"艾丽雅不知为什么怕沾手碰这些东西，只是用手指指它们，好像上面打着血迹斑斑的封条似的。

"我不知道。"阿基姆顿了一顿答道，又停了一会儿，好像为了不让她绝望，又说了一句："但是我去打听打听再告诉你。"

死者的遗物，特别是帐篷、斧子、刀子、鱼叉、一包干酒精、刮胡子刀、备用的裹脚布——这对阿基姆和艾丽雅都有用，而且也是来原始森林里过冬的猎人们需要的东西，可能对那些闯到猎人宿营地来的人也不无用处。只有一小捆用钩丝钉在一起的普通的练习本，好像不会有什么用处。

"丢进炉子去？"

"不，不！"艾丽雅哆嗦了一下，不知为什么困窘地赶紧说道。"说不定那儿有他最后的笔记，可能会有对地质学有价值的东西？也可能会交代什么事情？再说，反正现在也没什么可读的东西……"这时她发现好借此转移话题而高兴了起来："你为什么不带点书在身边？"

"靠打猎营生的人是不会有时间读书的，"阿基姆由于绕着线双手都不空着，他点头示意要艾丽雅帮他一起干活，"旁人看来，所有的工作，特别是原始森林里的工作，似乎充满着乐趣：猎人在森林里奔跑、开枪射击、狗汪汪吠叫……你看到了一点儿，但这不是全部。如果我要认真从事打猎，我就必须准备好二十立方米的劈柴，因为到了冬天就没有时间去为劈柴忙活了。要准备吃的东西。如果能打到一头角鹿那是最好了。还要安装好二十来个捕兽夹子，如果运气不好，打不到角鹿，还得安装逮狐狸和银鼠的捕兽器，要捕鱼，腌野禽肉。至于捕兽器，不管你愿意不愿意，你身体健康还是有病——哪怕你就剩一口气，也得每昼夜都去查看。如果给雪埋住了，还得把雪扒开，够你忙的了。一天还得设法吃上一顿热的，还要剥兽皮，把它们晾干，装填子弹，拾掇小房子，修这个补那个，而且自己也不能搞得太脏，洗澡啦，洗衣服啦，头发长了也得剪剪，要不然就长虱子，而狗也得喂食，河面上要凿个冰洞，不能没有水啊，单靠拉雪用是不行的。此外，凡事不能心急火燎，劳累过度；不要生病……"他停顿了一下，"上帝保佑，可别病倒了，不然，孤单单一个人就是躺在粥锅旁也得饿死……"

"对的——对的，"艾丽雅摇了一下头，"这你不用对我说了。但是为什么……为什么要一个人出来打猎呢？两个人不是更方便，更好些吗？……"

"我有个朋友叫柯利亚。在皮亚西那河畔三个人一起打猎，就这样干起架来了。现今的人们总是不能好好儿地一起相处，实在是沾上了冻土地带的歇斯底里和精神失常症。"

"那么以前呢？"

"看来，以前的人神经要坚强些。也可能当时人们相信上帝，多少有点顾忌。但传闻也有不少吓人的事情，互相用刀砍，或是开枪打，有时就落到害'偷袭病'的地步。真是吓死人啊！……"

"这是怎么回事？"

"是这样的。他们会发狂到非把对方置之死地而后快，但是不能这样做：打死人，自己也得完蛋，或者上帝要来惩罚，于是他们就开始相互追踪，所有打猎的事都丢弃不管，晚上也不睡觉，成天提心吊胆，草木皆兵。有的人就此发疯。谁要是偷袭成功，就把对方弄伤，把他背回住处，开始给他治伤，祷告上帝保佑他不死，要不然监狱就……"

"这究竟是怎么回事？"

"大森林里的生活是非常奥妙的，小姐，这需要很多的精力、耐心和……你别笑，你别笑……和智慧。"

"哪里笑过了？"艾丽雅突然发觉，阿基姆的讲话是相当简洁的，完全不像是一个捉鲆鱼的人说的话，他的声音柔和，充满着激情，满怀好意，他好像是在对一个听话的、颖悟的学龄儿童娓娓而谈，她觉得这个人代表着人世一切有生之物，于是，一种相应的感激之情就在她心里油然而生、逐渐滋长并扩大了。在这一刻以前，她虽然也对他说过"谢谢"之类的话，但是她把一切都看作自然而然、理所应当的——她在大森林里形单影只、病魔缠身、孤立无援，如果你是一个人，那就搭救吧，帮助吧，献身吧。然而说实在的，在什么地方，有谁写下过或者规定过要人去搭救、去帮助、去忘掉自己和抛下自己的事情呢？况且无私地帮助别人是所有人都能做得到的吗？

这就是它们，这些证明文件！但在它们的后面，在这些收藏得很好的证明文件的后面究竟隐藏着什么呢？这些证明文件的主人生性刚愎而不知掩饰，貌似心胸宽大，其实却难以捉摸，以嘲讽的微笑在自己和他人之间筑起一道分界线，对待他人总是带着敌意而且粗鲁，他好像有意让自己超尘拔俗，在脸上摆出一副举足轻重的神情，这一点足以使别人不仅会在他面前感到自身之微不足道，而且会觉得他坚强有力、心灵博大。她一见他就心里钦佩，服膺得五体投地。就在那第一天，当时他甚至等不及天黑，在楚什镇那个车间里，就强行搂住她，把她压在身底下为所欲为，好像一切都非如此进行不可，之后又带着她到处转悠，将她像一只羔羊那样任意摆布，尽说一些杜撰的俏皮话，而她就像一棵随风偃仰的小草那样傻乎乎地听着他，瞧着他。盖尔采夫身上好像散发着一股令人手足酥软的魔力，甚至还不是魔力，而且是对这种魔力的虔敬的信仰。

唉！太年轻了，她是太年轻无知了，唉，无知啊！她毫无记性而且轻信：邂逅以来总共才多少时候，而她已经记不起盖尔采夫的脸了，已经不能清清楚楚地想象他的模样了。看来她疾病缠身的时候，连他的音容也烧掉了，心底里留下的只是灰烬，眼前和记忆里只有支离破碎的形象。也许，他本就是那样支离破碎、毫无定形的东西。只有一样东西她记得非常清楚，那就是他的双手。这一双手上面，这一双坚实的、无所不能的手的上面袖子高高地捋起；这一双握成半拳状，似乎随时准备攫取、搂扒、卡握的手，黑黝黝，毛茸茸，满布着又粗又长的青筋，这是一双非常富于表现力的手，因此也理所当然地被记住了，而且看来是终生难忘的，还有什么呢？说过的话，话，话！很多很多的话，好像是饱含深意的话语。艾丽雅竭力打叠起精神想看看这些话语的背面究竟是什么，结果发现也无非是一派虚空。

这是发生在，或者确切地说，是从艾丽雅伤腿后躺倒在帐篷里开始的。有一次，盖尔采夫在准备吃的东西时，顺便往帐篷里塞了一束雪白的森林里长的白头翁花。他解释说，在正常气候条件下的土地上这类花早就凋谢了，而这里冻土地带的某些角落里，夏天还刚刚开始。"这是我死去的母亲最心爱的花。"他像通常那样斜着嘴角微笑着解释道，然后在午饭以后就去什么地方了。回来时浑身湿淋淋的，一副干活很累的样子。

"你不会是想碰运气寻找矿藏吧？"

"什么？"盖尔采夫应声道。"要是能给国家找到个把小金矿，这就一次清账了——国家给我读书，给我吃的，还灌输给我这么多道德观念——我可不愿意欠这份债。找着金子了，分布面很广，但都是些小粒屑。你看，"他把一个小包裹丢给女伴，"从来没见过吧？"

艾丽雅满心好奇地打开破布小包，这金屑颇有点像熬过的牛奶表面那一层已经不甚新鲜的、颜色发暗的、干巴巴的脂皮上的油星，它们像鱼鳞瓣似的沾在破布上，不耀眼，也没有光彩。"人就为这种金属丧命！"就为了这个？

"简直是麸皮屑！"盖尔采夫随随便便地说了一句，从她手里接过包裹布，像一个魔术师那样灵巧地转动着手指把它结好。"要是找到金矿，会用你的名字命名吧？"

"什么？啊……！我当然不反对！但主要的是能弄它一大笔钱，可以把年轻时候干下的蠢事一笔勾销。在这笔钱里可以寄五十卢布作为女儿到成年的赡养费，一次了结。"

"对于一个发现金矿的人来说这不算慷慨！"

"没有必要宠坏孩子！"

"你真聪明！喔！真够聪明的！"

"无非是讲究实际而已，你不认为是这样吗？"

"我也这样认为。但多少有点欺骗的味道。"

"嗯，也许是这样，但你说得不确切。不如说是无知吧！但有一位聪明的导演开导过我，说：'当今艺术界就是无知的人还不够。'按我看来科学界也一样。"

"你就填补这个空缺？"

"总要有人为社会受点儿罪。"

"现在嘴上说愿意为社会受罪的可真是大有人在！"艾丽雅挖苦了他一句，于是她那保护人的目光沉重起来了。他正用磨刀石在修整的那把斧子停在正在试锋的手指中间不动了，动作迟缓了下来，就像从沉淀池的底上泛起了纠结成团的沉滓，使人不顾一切，心情紧张。他如果不强自克制的话，定会一斧子砍过去，完全可能砍一斧子，因为往事在盖尔采夫的内心深处早已积聚了一层又一层的愤恨，而他的父母却据说是性格软弱而善良的人。这些遗传因子的事情真叫人没法搞得清楚。不，最好是不要去拨动地雷的导火线，不要任性胡来，万一这是货真价实的地雷呢……

打这以后，他们之间的事情真是层出不穷：她一会儿撒娇任性，一会儿大哭大闹，手头拿到什么就向盖尔采夫扔什么，大声地骂他，但他一切都容忍着，然而已经不放她近身，谈话也尽量避免触及自己的事情，再说在这以前，除了他们想找到考察队这个唯一的目标以外，早已没有什么东西能使他们再留在一处了。艾丽雅觉得，保护人只要一旦能把她撂开手，立刻就不会再想到她，到那时她也会觉得：眼不见、心不烦……

有好几个漫长的夜晚，艾丽雅在这所收拾得干干净净的、四面八方都被原始森林和夜幕包围的小屋子里，坐在炉门跟前望着用胡桃壳烧旺的、特别灼热而撩人的炉火，一面守着油灯火光消磨黄昏，一面听读盖尔采夫的日记，尽管为时已经稍晚，但竭力想要理解点什么，想弄清楚她这一切究竟是怎么发生的，其中的来龙去脉和前因后果……

盖尔采夫把那些练习本放在缝在旅行包后背的口袋里带来带去，外面用赛璐珞硬皮裹着，从这样仔细用心的收藏方法上不难看出他是非常珍视这些日记的。在本子里可以看到地质方面的笔记，其中充斥着专门名词，而且缩略得很厉害，都难以猜到原字了。盖尔采夫没有读完地质学院，他用的是独此一家的观察方法，有点像海外的侦探小说。冬天的时候他把那些记号的含义译成文字，进行加工，把观察到的一切标在地图上。但是他身边并没有详细的笔记，地图上也只是零零碎碎地标着一些小十字——这大多是一些溪河、急流和险滩河口的所在地。

为什么盖尔采夫的日记会吸引她？由于什么原因？为了窥探旁人的秘密？但是盖尔采夫对财物是唯恐人知道而决不露白的，对自己信奉的道德准则却从来不加掩饰，尽管他的道德比他的骄傲更不像话。他把自己的笔记和思想看得十分高超，从来不怕会有人把它们偷走，因为旁人的脑袋根本容纳不下它们。要说难为情？那么有什么理由呢？他不是小学生，用不着把自己的秘密藏在枕头底下保护起来。

稍稍令人感到惊奇的是，这样一个做事讲究精确的人，在各种书和科学著作中摘来的引文下面都不标明原作者姓名，简直像是有意要把别人的名字和自己的搞混，只有圣奥古斯丁 [1]，和当时在大学生中比较时髦的圣埃克絮佩利 [2] 除外。看来，这些笔记还是在少年时代写下的，一般来说，这里还谈不上有什么附庸风雅的意思：“大自然，与其说是母亲还不如说是后娘，它把人抛进生活，只赐予他一丝不挂的、软弱无力的、微不足道的躯体和一颗充满着烦恼、恍惚和情欲的灵魂，然而在这个大半被窒息了的灵魂里，理智和才华的神圣的火星将永远存留。——圣奥古斯丁。”但圣奥古斯丁对这位年轻的思想家的思想影响并不持久——大学生时代笔记的最初几行就十分触目了：“人就像蛆虫一样在大地的尸体上蠕动。”“演员是万能的——他可以同时是皇帝、情人、英雄，甚至自由的人，虽然这是演戏，虽然这仅仅是一时的满足。”“难道人从四肢爬行到两腿直立就是为了以后用解放出来的双手来扼杀自己吗？”“法律创造弱者就是为了要抵御强者。”“男人的幸福是：‘我需要！’女人的幸福是：‘他需要！’”不消说，这是抄尼采的话。

“所有的人都或多或少地隐隐地感到需要重生。”——又是圣埃克絮佩利。

“人们为什么要写日记呢？”阿基姆放下本子，燃上烟，凝

---

[1] 圣奥古斯丁（354—430），古罗马神学家、哲学家，著有《忏悔录》。

[2] 圣埃克絮佩利（1900—1944），法国作家。著有《夜航》《小王子》等。

望着火炉后面搁板上油灯的微弱火光问道。他和艾丽雅两个人尽量少用炉子，节省煤油、蜡烛、油脂，油灯也只是在干什么活时候才点。艾丽雅没有回答，没有听见问话，看来她正陷入沉思，可能正在思考阿基姆读给她听的这些话和思想，他常常读错重音，吃力地辨认着盖尔采夫那些生硬的、尖削的字体，这些字母好像在跳动，一个叠在一个上，又好像要匆忙赶到什么地方去似的。

"有一次战争中一艘潜艇被击沉了，"艾丽雅把两手放在膝盖上，闭着眼睛，用一种毫无表情的轻轻的声音讲了起来，"潜艇沉到了海底，全体船员由于缺乏空气正在缓慢而痛苦地死去，艇长直到最后一息还在记日记。后来，当人们把潜艇打捞起来的时候，艇长的妻子读了她丈夫的日记，后来她一生就致力于发明一种能制造氧气的元素……"这时，艾丽雅稍稍改变了音调，补充道："有些妻子就是这样的！而一般来说，人们记日记往往是因为没有人可说话，他们性格内向，当然也有这样的人他们知道或者认为他们的生活和思想是有价值的……"

"啊！清楚了。下面都是诗。要不要跳掉？"

"不，念吧！全部都念一念，咱们有'大量的'时间。"艾丽雅对着阿基姆手上的手套俯下身去，手套上打着一个补丁，阿基姆的手套不是戴坏的，而是烧坏的：他戴着它用引火柴点炉子。

"这里大部分的诗章，"阿基姆念道，"是在大学生的年代里和野外写成的。它们是一些可能成为诗人的人的习作，但他们在还没有成为诗人的时候就以诗人自居，纵酒放荡，出没于酒肆饭馆，陶醉在善酿美酒之中，耗尽了自己的才能……"阿基姆清了清喉咙，开始朗读诗歌：

孤独究竟是什么？
难道它是头野兽？
独自个儿等待着，
冲破牢笼去寻自由。

可能事情远要简单，
孤独无非是你那一声
绝望凄厉的叫喊，
从荒岛传向大海的彼岸。

孤独究竟是什么？
难道不就因为你不被人理解？
诗歌、预言，一旦写成，
就像烟入九重，石沉大海。

所有最美好的设想，
生活中最珍贵的一切，
都成了堵塞道路的荆棘，
像原始森林般的阴郁。

孤独究竟是什么？
我永远也没有理解，
莫非就是一个人
在绞索上痉挛的一瞬间。

* * *

沙漠在炎热里困苦沉沦，
沙丘上笼罩着一片寂静，
一头母狮和幼狮在打盹，
眼前是海市蜃楼的幻景。

一老一小沉睡在棕榈树下，
沙地里阴险地传出咔嚓一声，
一颗滚烫的子弹呼啸飞来，
打进了母狮褐色的脑门。

受惊的小狮子慌忙蹿起，
血染的身子，激怒了的心，
但剧烈的疼痛使它摔倒，
它终究还没有把气力养成。

它受过死亡火焰的洗礼，
直到长大仍然对幸福满怀戒心，
它也知道牝狮对它的思念，
强烈的情感却转化为少见的凶狠。

它眯缝起沉重的眼皮，
记起身子一侧的伤口，

它看到了沙漠里的风暴，

是聚散无常的沙丘在抒发忧愁。

它精疲力竭，但骄傲如旧，

在人世的奴役里它聪明起来，

当它奋身跃起，响应大漠的召唤，

这叛逆的狮子已经像白发苍苍的老头。

* * *

刚刚逝去的黑夜，浑身招摇，

活像一个纵欲放荡、举止暧昧的卖淫妇；

这新来的黑夜，像一把利刃，冷漠阴森，

在我欢乐的住宅里沉闷地来回踱步。

啊！这黑夜啊！

那在寒风里嘶叫、战栗的，

是被推倒在尘埃里的自由；

敲响那窗户、骷髅骨和门户的

是无人相邀、不速光临的

人生大限，

但是，长眠地下的父辈们对我们的世界

现在还在保卫，

自己却不曾见黎明的曙光；

在这种夜晚里

互相杀害的——是诗人，

拍手称快的——是坏蛋。

"哎哟！真要命啊！"阿基姆精疲力竭。"一点儿也不懂。你看，够了吧？"

"怎么？啊，够了，够了！下面还有诗吧？"

"'大量的'。"阿基姆没有发现自己竟用起艾丽雅喜欢的字眼来了。"明天我们再念，行吗？"

"当然行！我们有什么好忙的？明天再念！明天我不给你念这个叫人头痛的玩意儿，"阿基姆用手指甲在本子上一弹，"你要诗，明天我就找首诗来念给你听听！……"

"是你自己写的吧？"

"不是！我还没有发疯到这个地步！我一个朋友上矿去干活，那儿既没有电影，也没法打猎，闲得发慌就胡乱写诗，在信里寄给我。有一首我特别喜欢看。我待会儿把信找出来……"

"你自己呢？你这里边什么也没有？"艾丽雅张开手指在脑袋旁边转了转。

阿基姆不置可否地哼了一声，用劈柴拨旺了炉火。炉火的光点在小木屋里欢快地跳动着，照亮了屋子的各个角落。阿基姆跪坐着，看着火光。艾丽雅也不动弹，沉默着。

过冬的小屋和居住在里面的人都沉浸在一种原始的静谧和安逸之中，此中的情趣和甜蜜境界只有无家可归的流浪汉和在严寒冰封中工作了很久的人才会领略得到。艾丽雅肩上的短皮大衣褪落下来了，她一把抓住它，用一种毫无遗憾的，甚至是无动于衷的口吻，好像是对阿基姆，但更像是对自己说道：

"是啊，是这样。我把生活中的有些事情搞颠倒了，随随便便，不假思索……"她沉默了一会儿，接着已经是微带笑意地叹了一口气："要是在古老的时代，我大概把上帝激怒了。上帝，或者不是上帝，但的确激怒了什么人……"

阿基姆担心艾丽雅心情不好会影响精神，怕她身体会坏下去，因此重新把话题又转到诗歌方面，说是如果独自一人在原始森林里漫步，特别是春秋季节，那时就会出现一种情形，好像他在和自己或者竟然是和另一个人交谈，结果说出来的话很有点像那么回事儿。

"全是古怪念头！"阿基姆下了个结论。

"也许是古怪念头，"艾丽雅同意道，"但是人的一切美好的东西也正是从这种古怪念头开始的。从这里，也就是这种古怪念头里产生了歌曲、诗歌、长诗，产生了我们能够并且应该为之骄傲的一切……"她没有去拢那披散到脸上的、已经长得很长的秀发，只是目不转睛地对炉火凝望着；她拢头发的姿态特别灵巧：勾勾的手指把轻柔的垂发拢到一边，舒坦地把头一扭，蓬松的发束就甩到了背后。染成过浅色的头发像是粘上去的一样已经完全稀疏了，往下垂着，只留着发梢上一点金色；新长出的乌云蓬松的深色的头发已经密密层层将它们盖住，使它们越发显得寥寥可数。

屋里安静极了，安静得不仅能听见屋顶烟囱旁融化的小冰块滑落的声音，也能听见疏疏落落的滴水声，一滴一滴，催人入睡，直到炉火渐渐变暗，滴水声停止的时候，他们相互没有说一句话，各人在自己睡的地方躺下了。阿基姆翻了翻身子底下的云杉枝条，闻到一股发酸味的潮气。"该换了。"阿基姆想道，同时听了听：艾丽雅没有睡着。看来，她心里不好受，他不禁又在心里嘀咕了一声："倒霉的姑娘！大学里的小姐！"他想对艾丽雅说，没关系，不要垂头丧气，我很快就把你装上小雪橇，送到有人的地方去，那儿有直升飞机，到那时就祝你一路顺风！向首都问好！……

"我们真像人们常说的那样，相见匆匆，别离也匆匆……"

"什么？"

阿基姆颤抖了一下，立刻蜷起了身子——他没有摆脱森林流浪汉的老习惯，把脑子里想的东西大声说出来了。

"你怎么了？"艾丽雅惊觉地欠起身来。

"没什么，睡吧！"阿基姆重又一动不动地躺着，他始终不让自己睡着，直到听到艾丽雅均匀而充满睡意的呼吸为止。他已经习惯于捕捉她的每一个动作和目光，守伺她的睡梦和休憩。

他们是什么时候相遇的，从那以后已经过了多少时间？好像是整整的一生了。他在某个时候已终于把一个幼小羸弱、孤苦无援的孩子抚养培育成了一个正当妙龄的美丽姣好的姑娘，现在对他来说，世界上没有比她更亲近、更可爱的人了。

艾丽雅猜想，阿基姆并没有把日记全部念给她听，跳过了他认为意思不大的地方，懒得去分析其中的寓意。当阿基姆一整天在原始森林里转悠的时候，她就爬上木床，蜷起两腿，把身子裹在被褥里，借着窗口白雪的淡淡的光线，不仅重新把日记读过，而且还仔细研究了这些本子边页上密密麻麻写着的眉批注解，阿基姆完全不曾注意过它们。

有一种眉批字迹纤小，和蚊子脚相仿，是用一支流水不畅的钢笔好不容易写在纸页上的，页间夹着一根矶踯躅草的根茎，眉批写在一首诗的下面：

小牛阅世还不太深，
不知人间有坏心人，
一径走着自己的路，
脚蹄子渐渐变得硬。
不关痛痒的陌生人，
见了小牛也不心疼，
沉重的靴脚像雨点，
踢在小牛的正当心。

小牛犊的妈妈春天时候从河面的悬崖上摔下来溺死了，于是只要谁高兴就可以对这头傻牛犊踢上几脚。但终于有一天：

门开处像惊雷乍起，
一条公牛健步走来，
双眼圆睁叫人害怕，
乌油油皮色有光彩。

接下去就是盖尔采夫孜孜矻矻抄了这么一大段令人厌烦的诗行的用心之所在：

坏心人纷纷躲到一旁，

见强者不免心里惊慌，

小牛犊软弱尽可欺侮，

长成了公牛可不一样！

艾丽雅不无讥讽地噗哧一笑，就开始看眉批的字样："先生，对您可是谁也欺侮不了，倒是您在欺侮大家。反正您已长成了一头公牛，会吼叫，是名种，长着角……"

艾丽雅根据圆圆的小字，猜出了这个敢于对盖尔采夫顶嘴，甚至数落他几句的人是谁。

另一页夹着一片大戟叶子。练习本的纸页里几乎都夹着草和花作标记。是纪念他野外的考察？还是约会的留念？或许这只不过是一种伤感和标新立异的标记，难道这不正是一切骄傲的灵魂不可救药的通病吗？

"沉默——在强者，表明他掌握着命运的缰绳，在弱者，常借以逃避不应得的欺凌；对高傲者，是本性率真的流露，对卑下者，也不失为无言的骄矜；它表明着智者的明慎，愚人的理性！"下面是密密麻麻的，但已经是墨水流畅的清晰笔迹写下的概括性的结论："一般来说，这都是极其明智的，非一般凡人所能理解。不知怎么想起了一件好像与此无关的事：有一次一架飞机坠落，有人死亡，很多乘客受了重伤，急需救援。这时有两名幸存的、纹丝未伤的年轻人，跨过一个一个死去的和重伤的人，寻找自己的箱子！我觉得你就是其中的一个，密斯脱！"

下面紧接着的是盖尔采夫大笔手书的话，已经完全近乎淫秽和恶意中伤了。

"哦,哲学家的神经受不了啦!"艾丽雅在木床上打了个寒噤,把毯子裹得更紧了。"在这样一段关于沉默的价值的思考下面竟突然骂起街来了!"

争吵告一段落,和解重又来临。

"我感到最有诱惑的一种愿望就是要让我的孩子成为学者,他们究竟会成为怎样的人——这个问题得由他们自己选择,他们有这个权利。德莱克·博拉伊斯教授。"在博拉伊斯的话下面是一段感伤的眉批:"密司脱,在你们这些大洋彼岸世界的宠儿那里,所有这一切是怎么回事呢?在任何地方,你们对我们的人民从来没有一句褒辞?……"下面是盖尔采夫的笔迹:"既不赞扬——也不出卖,是这样吗?"

这位可爱的少年英雄的警句是写在一本较陈旧的比其他几册破损得多的本子里,当作书签夹在里面的也是学院花圃里或者城市林荫道上那些毫不起眼的早已瓤败的草茎。盖尔采夫把这个本子当作少年第一次作孽(然而心地还是纯真的)记录,保藏得比其他本子更细心。"世界上没有一个人像我那样被发生的那件事所震慑,真是魂牵梦萦,难以排遣。一切对过去的悲伤和欢乐的回忆都刺痛着我的灵魂,从灵魂深处引出同一个声音:我是个愚蠢的造物;一切我都难以忘却,一切!"

"唉,盖尔采夫,盖尔采夫!这总算是帮我看清了你,"艾丽雅往下看去,"毕巧林 [1] 和我的可爱的英雄!而我还老在思索:是

---

[1]　莱蒙托夫《当代英雄》中的男主人公。

什么东西把我们结合在一起的？看来，咱们俩都是愚蠢的造物！"

热心于阅读的女读者居然找到了这本神圣的笔记！因为她的职业要求她对一切写在纸上的东西过目。盖尔采夫把柳陀契卡作践得太厉害了，她可不是简单地争辩几句，简直是在揍他的嘴巴："真是个当代的毕巧林，外加慕尼黑冲锋队员的气派！……"柳陀契卡只是从外表看来文文静静，而"骨子里"这个女人的泼辣劲儿真不得了！盖尔采夫满口胡呲说这个"小娘儿"想用怀孕来让他上钩，要他娶她，之后就可以用道德的严肃性、病痛、孩子来降服他……

不要说你已经不会得救，

不要说你在忧伤里疲惫不堪，

夜愈深沉，星儿就愈明亮，

悲哀愈深，和上帝就愈加靠近。

《Г·Г存念》这首小诗是盖尔采夫的女友当年写在本子上的，绵绵的柔情和纯真的心意真是跃然纸上，但是雄鹰戈加，斗士戈加，却躲躲藏藏，回避着这个痴情的姑娘，他糟蹋了人家，虽然以赡养费的形式付了一笔钱，但到底还是滑脚溜走了。"去你的吧，戈加！但我呢，我呢！……也是好样儿的！什么好样儿啊！也真是的！真要命啊！你也是自作自受，糊涂姑娘！也是自作自受！"艾丽雅把本子往炉子后面一丢，把双手在运动裤上擦着，大声叫了起来。"庸俗啊！多么庸俗啊！天哪！到哪儿能躲开它呢？在大森林里，在冰天雪地里它还来纠缠不清！也真是的！真要命啊！真要命啊！"

艾丽雅羞愧得无地自容，就想尽快做点什么事，转移一下注意力，借此忘掉这一切，她用双手捂着脸颊，身子向两边摇晃着，不觉翻来覆去地说着：

"善心的人哪！善心的人哪！"

最后她清醒过来，就着忙了：阿基姆该回来了。她披了一件衣服就跑出小屋来到门外。这世界一片静谧、冷峭、原始混沌般的纯洁！这个辽阔无垠的世界，谁也不可能在一时之间把它糟蹋、玷污、随意摆布，而人却会意志沮丧，精神萎靡，特别是女人……"这'老哥'在哪儿？他倒不慌不忙。"

艾丽雅回到木屋里，生旺了炉火，把锅子和水壶放到那坠弯的炉面上。心头的不愉快并不是一下子、刹那间就消失的，但是情绪袭来时的那股劲儿已经过去了，姑娘好像又恢复了常态，回到了平凡的大森林日常生活中来了。她隐隐约约地期望着："但愿永远能住在这儿，不慌不忙、安安静静地织着帽子，等待屋主人从严寒冰冻里闯回家来，把风干得发出清脆声响的木柴扔到火炉旁，带着神秘的笑容说道：'瞧，我给你带什么东西来了！'说着就撒出一把冻稠李，或是把哪里弄来的一片经冬未凋、色泽犹存的树叶贴到她的脸颊上，或者往她手里塞进一个结实饱满的雪松果，有时候，送她一根树枝，形状弯曲得像一只什么小野兽，上面的木瘤正好像几只蹄子。"艾丽雅也趋附时尚，在莫斯科和南方的公园里搜集过形状古怪的树枝树叶之类，但这些东西和阿基姆搞到的那些比起来简直是算不了什么！这也不奇怪，几乎整个图鲁汉斯克原始森林都在阿基姆掌握之中。

阿基姆还没有回来，不安的心情驱走了翻腾在她脑子里的种种念头。她想吃东西了，但是她忍着，往炉子里不断地加柴火，汤锅在炉子上沸滚着，水壶靠着炉子的烟囱，不断从壶嘴里冒气。她已经习惯于经常和阿基姆在一起，哪怕在思想里也是这样，她好像变野了，周身长满了青苔，已经和过去的生活不再相通，失去了和人交往的习惯，唉，你这个自私的姑娘、自私的人啊！已经把自己的父母都忘记了，忘记了上帝要你尊敬和记着的人！阿基姆，又是这个阿基姆，像锄草一样驱走了她脑子里的杂念，把她引回到了这日常生活的圈子里。

当艾丽雅把阿基姆这一头像荆棘丛生的小林子似的头发理干净，而阿基姆正不太信任地抚摩着自己感觉一轻的头顶的时候，她忍不住逗着他哈哈大笑起来，因为实在剪得太短了，差不多和小孩的光头一样，她笑得那么厉害，以至喉咙里喘不过气来，呛得声音都嘶哑了。他轻轻扶住艾丽雅，反复地说着："别淘气了！别胡闹了！疯姑娘！"阿基姆喂她喝了一口热茶，等她这阵咳嗽过去，短促地叹了一口气：

"唉，丫头，你啊，小丫头！你倒是在这儿哈哈大笑，你的爹妈说不定急得快发疯了呢！这是开玩笑吗？就一个独生女儿，还丢了……"他长长地叹了一口气，叹息声甚至好像在胸中回荡。"各地方冬天都来临了，在俄罗斯也是这样。还以为你出事了，想啊，哭啊！……"他把两个字连在一起读，结果成了一个字——"爹妈"。艾丽雅心想，说不定她也会因祸得福，这场灾难会使她一家人破镜重圆，但愿从此能长久团聚……生活真是难以捉摸！原本是想来找爸爸，散散心，到考察队里来待一阵子，见识见识新鲜事儿，谁料到，出了这样的事情！……

艾丽雅总是走运，不是碰上性格独特的人，至少也会碰上一些古怪的人，上帝赐给她的双亲也是这样性格的人。妈妈的性格充满激情，说起话来没个完，不修边幅，还抽烟，总是喜欢助人一臂之力，"搭救"个什么人。爸爸一九四五年的时候从医院里出来，妈妈当时还是印刷学院的女大学生，就想把他从流离失所、寒冷和饥饿中"搭救"出来。果然"搭救"出来了！妈妈调到函授部，找了一个报纸编辑的工作。爸爸这个人懂得感恩，但性格软弱，在学院毕业以后帮助妈妈完成学业，他在科学机关里胡乱谋了个差使，由于妈妈的拖累，他差点连论文也没有写成。但有一次下了决心，挣脱了家务和工作的牵累，就到了野外，留在森林里工作，直到四年以后才寄来一封不堪卒读的信，妈妈心不在焉地把这封信忘在厨房的桌子上了。

当时艾丽雅正处在青春好奇的年龄，她看到那封信就读了一遍。"我将永远对你感恩，但是我不能那样生活。在这里我感到自己是一个有用的人。你可以是自由之身，你可以按自己的意愿安排自己，希望也能给我这种可能……"

妈妈并没有揪着自己的头发哭闹，也并没有向党委会申诉。她这时正在一处刚刚组织起来的出版社里充任总编，这所出版社的房子处在一家小五金商店和一家殡仪馆的中间。原本说是临时在这个地方待一待，后来人们把讲过的话忘了，于是妈妈直到如今还待在这所窗门正对着殡仪馆的房子里。但是这丝毫也没有使这家新出版社的同仁们感到苦恼。妈妈就在那些胡乱钉起来的桌子旁推动着祖国的文学事业，在那里，编辑如果坐在桌旁，那么作者就必须存身在桌面上，但妈妈相信，靠她和全体工作人员的努力，这个出版社将出版不单是优秀的，而且是最有战斗性的书，这些书，其他的出版社是不肯出版的。由于人太挤而且工作不方便，妈妈常常在家看稿。一些外省来的和未经任何地方承认的首都的"天才"作家们常常借居她家，晚上睡在行军床上，那咯吱作响的弹簧能把人的肉钩下来，妈妈为这些个"天才"们到处奔走。幸亏房子的墙壁是老式的，要不然为了这种喧嚣吵闹人家准会把他们撵出去，房子里是震耳欲聋的大喊大叫："必须保卫语言！有些语言简直把人搞得像驽马一样筋疲力尽。""我们还要斗争！要打开局面！给点颜色看！……""不，你听着，听着：'美妙的是在我们身体里沸腾的酒浆；是美味的面包，它为我们坐进了灼热的炉膛；还有那使我们受宠若惊，有福消受的女郎！'""老天爷！写得出这样的玩意儿，也可以去死了！……""还有着哪！喏，'你别相信，姑娘，你别相信诗人的话，你别把他看作自己的心上人，要害怕诗人的爱你更甚于上帝的震怒……'""'诗人的爱你'！能这样说吗！为了这样一个'生造字'，现今的出版社会把你赶出大门，说你文理不通，玷污诗歌……""不会哪儿都赶的，亲爱的，不会的！"妈妈整个人都笼罩在香烟的烟雾里，感动地说道。有一个经常神不守舍的诗人，有一次，临走时竟把茶匙当作钢笔塞进了口袋，他曾经强要妈妈和他一起喝廉价的红酒，最后是娶了一个文化劳动公园啤酒铺里的年轻的售货女郎，喝啤酒喝得大腹便便，买了一辆"扎波罗热人"牌小汽车，不再写诗了，碰到妈妈也"相见不相识"。

有一次从乌德摩尔提亚自治共和国来了一个名叫卡累巴诺

夫的人。在乌德摩尔提亚他只用乌德摩尔提亚语说话和写作，在莫斯科他只用俄语说话和写作。他装作是一个性格温和、无家可归的人。妈妈当然又要关怀这样的"孤儿"，对他的一部厚厚的描写当代先进农村的长篇小说进行"加工提高"，还同意他把户口报在她家里。最后经过了长时间的交涉扯皮，由于卡累巴诺夫早已到手了全部预支稿费，出版社骑虎难下，小说终于出版，可是小说出版后，这个小说家却通过法院抢走了妈妈三间住房中的一间房子，因为爸爸把莫斯科的户口证遗失了，具有文学气质的妈妈忘了提醒他这件事，也许也不懂办理户口证件的手续，然而卡累巴诺夫却老于此道。

在和卡累巴诺夫这场纠葛以后，妈妈还没有来得及在医院里恢复过来，却又发现了一位来自某个港口的更富天才的作者，这个姓普泼柯夫的思想家在一家林业工厂当伐木工。他在文学领域里的所作所为就像在伐木场上一样，写作起来就像砍木头。这个怒气冲冲的伐木工人之所以是难得的作者，还因为他得到了艾丽雅的"青睐"。她对那些辗转往来于她那像转运站一样的家里的一帮子作家是连大眼也不瞧的。但是她从孩提时候起就已沉湎于这种乱七八糟的文学，劲头十足地读那些"罕见的"诗歌，醉心于时髦诗人的名字，能够权充一个"行家"。她对这个可爱的普泼柯夫真是优渥有加，常常在厨房里款待他。而她妈妈在读普泼柯夫的手稿时，简直是倾心了。

"吉洪，您太迷人了！我想您会成为一个有分量的作家的。不过您要学习，要学习，您对生活的理解尽管很出色，但还少了点！""这我难道不明白？等我进了作家协会，我就申请上文学专修班去学习。"

吉洪果真到莫斯科来参加专修班了。他既不来电话，也不事先告知一声，就突然来了，穿着一件够气派的羊羔皮领的大衣，戴着毛茸茸的狗皮帽子，他把妈妈和艾丽雅搂在一起，抱了起来，打了个圈儿，然后从皮包里拿出一块罕见的上品鱼肉，用酒瓶碰着桌子说道："现在可得好好喝个痛快了！"他搓着双手又补充了一句："莫斯科的面包也像火，提神醒脑暖心窝！"

他们坐下，交谈起来。吉洪大肆吹嘘说他读过多少多少"有头脑的"书，还说他又生了一个儿子，一切都很好，等等。

妈妈，妈妈！她现在怎么样了？她本来也不是仅仅为了卡累巴诺夫之流而生活和工作的，她也为了她这个女儿耗费过自己的生命，但这个女儿，十足的、该死的糊涂虫，却不懂得这一点……也不理解妈妈的一生，她一生乍看起来是那样乱七八糟，不可收拾，毫无意义，要知道，尽管如此，妈妈关心过的也不只是卡累巴诺之辈，她也发现过并且"搭救"过"大量的"真才实学之士。最主要的她总是在人们中间，而且总是为人们所需要，而当她那过分智力型的女儿读完十年制学校以后竟堕入了炽热的情网的那阵子，妈妈陷入了绝望、悲观的境地，足不出户，用忧郁的孤独来折磨自己，她悲伤而又认真地说道："孤独是人的灾难，我的亲爱的。骄傲的孤独是灾难的游戏，没有比这种游戏更卑劣、低下的了！只有饱食终日、自我欣赏和精神不正常的白痴才会让自己去做这样的游戏。"

说中了，这算是说中了！那时的训斥现在都应验了！现在看起来，妈妈完全不是那样，她的生活，包含着那么多劳碌和操心的生活，现在罩上了另一种光彩，没有比妈妈更好的人了，如果上帝保佑，她能回到家里，她就要从文学院去拿回全部证件，她考上这个学校是因为受了当时时髦潮流的影响——文学家的孩子必定想当文学家，演员的孩子——当演员。

到那时她会考上的……会考上什么呢？噢，现在考虑还为时过早，但她一定要去学一门认真的、有用的学科，并且永远、永远也不离开妈妈，她将一直守在家里，做饭，洗衣，收拾房间，不论什么事情，不论在什么时候再也不去伤害妈妈的心。小木屋的门旁响起了沙沙的脚步声，吱嘎的开门声，预先示意的咳嗽声。艾丽雅摸了摸脸，擦了擦眼睛，打开了小木屋的矮门。阿基姆一身毛茸茸的打扮，帽子、围巾、眉毛、脸上每根可以看见的毛发都像长上了一层白苔。从这座蓬蓬松松的白草墩里露出潮湿的眼睫毛，下面闪现着一双久经风霜的眼睛的细缝，嘴唇冻肿了，毡靴像石块一样敲击着地面，猎人的每个动作里都可以看出一种难言的疲惫。

"你为什么去了那么久？外面那么冷！"艾丽雅差一点说了出来，但及时地把话咽了回去，帮猎人松衣服，从罩在靴筒外面的、变重了的裤腿里脱下毡靴。

阿基姆赤脚坐在木墩上，筋疲力尽，不再动弹，隔了一会儿才稍稍动了一下身子，叹了一口气说：

"啊，累死了，累死了！"他从小袋子里掏出四条小江鳕、一只冻了的松鸡、一只脖子上扣着铁丝圈的兔子。他把松鸡和兔子塞到炉子背后的木柴上，把那些回暖了的，在柳条篮子里开始动弹的小江鳕剖开了，掏去内脏，把鱼肝切下来。

"歇会儿，暖和暖和，我来煮。"艾丽雅自告奋勇道。阿基姆默默地把刀递给她，洗了洗手，坐到炉子旁，抽起烟来。锅子里的水热起来了，在水还没有烧开以前，阿基姆一动也不动地坐着，一句话也不说。他们没有点灯，"摸黑"待着，只有烟头上的闪亮和飘进下面炉口的灰蒙蒙的香烟的烟雾说明阿基姆没有睡着。

"发生什么事了吧？"艾丽雅碰了碰他那被寒风吹得皮肤粗糙的手，把手掌停在骨节粗大的、冻红了的手腕处。

"严寒开始了，森林低地的雪已经有膝盖那样高，"他说得很缓慢，"如果我们这周出不去，那么我们直到明年二月恐怕只能靠熊油馍馍[1]过日子。即使我能去搞一只角鹿，我和罗兹卡能找到熊窝，但是你是个病人，身体虚弱，你需要吃得好点儿，要不然肺结核……盐，粮食，即使你不像原来那样用得费，大概也只够一个月吃的。往后怎么办呢？"

炉子上散抛着的盐粒在噼噼啪啪作响。艾丽雅现在可觉得这轻微的爆裂声是对她浪费的指责，眼下一切是那么严重，以至她对于阿基姆的话的意思都来不及细想，眼前的沉默使她心头感到沉重。

"走就走吧，"她故作精神地说了一句，"这星期就这星期。越快越好。"

---

[1] 熊油馍馍是一种用熊的内脏油脂混合干粮做成团状的食物，可以常年携带使用。在袋子里存放会变得又酸又硬，但在原始森林中常用来救一时之急，饥饿时可掰下一些碎块，用开水溶解食用，或者就嚼食干屑。味苦，颇难下咽，但极耐饥，食后可维持几昼夜不饿。——作者注

"从恩德河到库列依卡河要两昼夜路程。我在恩德河上走了一下,几乎全冻上了。但是在库列依卡河上有石滩和急流的地方,周围全是蒿草,一旦卷了下去,就起不来了。我带着你又不能翻山越岭,会从山上掉下去、滚下去的,那时就会粉身碎骨。"阿基姆继续用这种刚刚能听得见的声音告诫她,或者说他把自己的犹豫和思考在嘴里讲了出来。"如果我们能渡过急流的地方,即使库列依卡河全冻住了,那么河中央堆着那么多冰块也难免有地方崩裂。即使我们走岸边路,用纤绳拉,爬得过山峰,能通过原始森林,沿着库列依卡河能到达格拉菲特内依宿营点的话,那儿还会有人吗?这还是个问题!库列依卡这一带我没有走过。那时是乘飞机来的,你知道吗?……上库列依卡河口去吗?但很可能那里也没有人了。从库列依卡河口渡过叶尼塞河到库列依卡城……这可是还有好长一段原始森林要通过!……"

"那怎么办呢,阿基玛[1]?"

"把鱼放进锅里去!"阿基姆眼睛也不睁,对着沸腾翻滚的锅子点了一下头。

"噢,看我多粗心!"艾丽雅醒悟过来,赶紧把木碟子里的鱼块、鱼肝、桂皮和一撮干葱倒进沸水里。

汤水停止翻滚了,小木屋里重又安静下来。阿基姆在热屋子里感到软绵绵的,四肢松乏,夹在手指中的香烟也熄灭了。艾丽雅不敢去惊动他,让这个屋主人去思索、去决定怎么办吧。阿基姆惊醒过来,直了直腰,骨节里咯咯作响,他用手按擦着腰部,

---

[1] 这里艾丽雅用的是对女性的称呼格式,以表示亲昵。

像醒来的孩子吮吸奶头一样吸了吸烟头。已经吸不着了。他把一爿木片伸进炉门里，点着了烟头，抽了两口烟，大声地，依然神情严肃地继续说着，一面用手指甲把碎木片弹进小炉膛：

"另外还有一个方案，那是地质队的伙伴们设想过的：翻过沿岸的高地，再顺着冻土林带向前，走过五十俄里就是汉塔伊斯克湖，那里有伊加尔斯克渔业加工厂的生产队，那里有飞机通航，有无线电通讯员。即使找不到生产队，恐怕也会有被褥、衣服、渔网、盐巴、各种吃的东西留在宿营木棚子里吧？"他抽了一下鼻子，想从因感冒堵塞的鼻孔里吸进一点空气。"把鱼汤拿下来，可能烧过头了。'吃鱼可得要讲究'，就像渔夫格罗霍塔洛说的那样。"他甩了一下头，驱走那些已经淡薄了的、令人怅惘的回忆。

艾丽雅已经非常清楚地知道阿基姆在鲍加尼达村特别是在"勇敢"号上的生活经历，她一下子就捉摸到了这个人心弦上的音响：

"吃饱喝足——心满意足。这是东方的一句名言。还是来用饭吧，阿基玛！"

"这句话可不错，吃点东西倒正用得着。"

"还要喝一点儿——东方名言说过！"艾丽雅故意试试他，敏捷地从床头下面拿出藏得比什么都好的一小瓶酒精。"喝吧，散散心！"

"不行！"阿基姆瞪圆着眼睛。

"不能全用在我身上，我无功受禄太过分了！"艾丽雅觉到猎人气都透不过来了，听到他一口接一口地咽唾沫，就坚持着说："你挨冻受累，喝一点儿，精神会好起来，脑子也会清楚起来，你自己说过……"

"要是不清楚还是不会清楚的。"

"你说什么呀！全世界的科学家都证明酒有这种功能，"艾丽雅继续摧毁着猎人无力的抵抗，"你不喝我就把它往这块石头上泼了……"

"那就来一点儿吧！"阿基姆轻轻地说了声。他喝了口酒，舀了一勺鱼汤下酒，谛听体内的动静，感情流露地说道："早就想问问：艾丽雅这名字正式该怎么称呼？"

"艾丽薇拉。"

"真要命啊！亏这些知识分子想得出来！"猎人激动地用拳头敲了一下膝盖，充满真情地看了看艾丽雅，摇了摇头。"但无论怎么说你是个挺好的人，我绝不会把你抛下，要搭救你出去。如果要死就死在一起，对吗？"

"对的，阿基玛，对的。"艾丽雅一下子燃起了两根蜡烛回答道，她最高兴的是阿基姆重又变成那个可爱的、她已经习惯了的"老哥"，她好像已经对他了如指掌了，在一切事情上都信赖他，他所讲的一切她都相信，和他在一起又轻松又简单。"死"这个字眼在他嘴里也不显得那么可怕，这怎么可能：阿基姆——突然要和死亡连在一起？！简直胡说八道，莫名其妙。她把下巴搁到猎人的肩上，往他的耳朵里呵了一口热气："阿基玛，你以后不会再发古怪脾气了吧？不会再吓我了吧？"

"尽量这样。"阿基姆眼睛也不敢抬，应声道。

"这才乖！这才乖！"艾丽雅高兴了，在他脸颊上唈吧吻了一下。"吃吧，吃吧！一整天又冷又饿地在林子里赶来赶去，看林妖不把你拖去才怪！你这没出息的！"艾丽雅故意骂着，学着一个唠叨的农村婆娘的样子。"你这个英雄要是没了命，剩下我一个，叫我怎么过呢？"

"会好起来的！"阿基姆微笑了，久久地对她凝望着，心里揣测着这种淘气的亲昵后面是什么，他安慰她道："一切都会好起来的，艾丽雅！"

她靠到他身上，哭了。

"我这个笨姑娘连累了你！束缚了你的手脚！"

他抚摸着她的头发和肩背，这瘦削的背部每一根骨节他都十分熟悉，这背是那么亲近，那么惹人怜爱，上面零零散散地布满了针孔。

"生活里真是无奇不有……但这生活又是多么严酷啊！……它可不只是把像你这样的人折成两半……"

艾丽雅听了他这种"洞察世事"的话语，精神完全支持不住了，她感到浑身娇慵乏力，竟哭得比先前更厉害了，她更紧地依偎在她的恩人和卫士身上，让哭湿了的鼻子蹭擦着阿基姆的颈项，满怀感激地吻着他的耳朵，而他也明显地感觉到这些大滴大滴的眼泪冲走了一切不知不觉在他心灵上堆积起来的种种肮脏、污垢和龌龊的东西。心灵又复苏了，明澈清朗，有一种轻快重生的感觉。让一切见鬼去吧，那狩猎合同，那预支的借款，那世上一切的一切！最主要的已经实现了：他走着，走向那白色的群山，来到了那已经实现的梦想面前，站定了，这是他一直在预感到的，可能也正是他期待着的一件事。可能他原来模模糊糊追求的不完全是这样，但是既然已经来到了，飘然而至，那就不要再等待其他。要精心照看，仔细保存，百般爱护，时刻都不要松手——这奇异的梦想，它是那么脆弱……

"啊，要喝就喝吧！"艾丽雅叫了起来，把酒瓶晃了晃。"这儿还有大量的！喝吧，阿基姆！喝吧！我们会获救的！我们死还太早！我们还将长久地活下去！我永远也不会忘记你！"她被内心的热情激动着，紧紧地抱住了阿基姆的头颈，瘦骨棱棱的双手把阿基姆的喉咙压得生疼。

阿基姆气也透不过来了。他的前胸感觉到了她那娇小、略微下垂的胸脯，感觉到了耳旁那急促的、热乎乎的气息，可以听得见她胸部的喘息。一阵微微的战栗掠过他的身体，他小心翼翼地把她的手松开，从桌子旁站起身来。

"我想抽烟。"他咽住了下面的话说道。他点上烟，快而贪婪地抽了起来。"该睡觉了。酒也喝过了——够了！还得早起。"他好像为了证实自己的话，开始一件件地列举出发上路以前必须要做好的事情：该把鞋做好，那是用旧皮子给艾丽雅缝的短靴。要把被子改成一件类似外套的衣服，配上一条不知是谁遗忘在小木屋里的旧棉裤，得把兔毛的围巾和帽子织好，缝双备用的手套，并且把拆掉的戈加的毛衣织成袜子。艾丽雅已经织了一双厚厚的、暖和的袜子，还要织一双备用。妈妈家里有台缝纫机，当时妈妈还没有完全醉心于文学，曾用它为自己和女儿缝这缝那，曾经教过艾丽雅女红，相信这将会对她有用的。艾丽雅出发来找爸爸时候最关心的一件事就是不要忘了带网球拍和指甲油，戈加也没有很多行李杂物的牵累。现在重又准备上路，阿基姆对她的能耐惊叹不已，别看这只无忧无虑的小鸟，针线活还挺在行，干起活来干净利索，一应家务杂事做得又快又好又整齐，如果认真在她身上下点功夫，一定能调教出一个出色的人才来。但是他脸上一点也不表露对她的惊奇和满意，就怕把眼前这个姑娘惊走了，却把那个说话了得、做事懒散的香喷喷的城里姑娘又招了回来，而对这个城里姑娘艾丽雅，他一直是看不起的，常常从心底里感到恼火，而现在她终于被艰苦的生活或者也正是被他阿基姆改变了模样，也许竟从此改造过来了。

"哎，傻瓜，一首美妙的歌全糟蹋了！"艾丽雅摇着头好像是有意做作地叹了一口气，开始收拾桌子，打扫小屋子，回到自己木床上的小天地里颇感兴趣地看着，他还会想起什么非办不可的事来？

"想起来了，"阿基姆不动声色地说道，"该听诊了。"

"听就听吧。"艾丽雅学着他的腔调说着，跪在床上，顺从地把衬衣下摆掀到脖子地方等着这位"医生"，虽然小屋里非常热，但身上还是颤出一层鸡皮疙瘩。这位土医生在着手听诊之前，或者像他笑着说的那样，要"当大夫"前，他总是往火炉里先添好柴，但艾丽雅照例仍会浑身打战。

"孬小猪冻僵在六月天！"像一个真正的医生常有的那样，这位"老哥"也喜欢说句笑话来掩饰工作的严肃性。"把灯灭了怎么样？"

"又来了！"艾丽雅耸了一下尖削的肩头，圆鼓鼓的锁骨像一只凸出的箍从肩头匝起。"你是医生啊！"她察觉了他的慌乱，故作大胆地加了一句："医生是不会害臊的……"

"什么医生！"阿基姆把他那软骨很大的脆弱的耳朵贴到背

上，寻找着肩胛骨下面的凹处，嘴里咕哝了一句："是兽医，不是医生！"突然扯起那条公鸡般的破嗓子，哼了起来：

> 你啊，小宝贝，请脱掉衣衫，
>
> 快快爬上干草堆！
>
> 我不会让你不痛快，
>
> 我这个兽医有能耐！

于是他很快地把耳朵在她背上移动着，尽拣那皮肤打战的地方贴——这狡猾的土医生！他总是这样：讲了什么粗俗的话，或者说漏了嘴，就马上动手干事情——好像要表明，刚才这不是我，这屋子也不是我的。

"你这些笑话换个时候再讲……"

"别出声！我在听……"

"你那些下流的笑话，"她倔强地说着，"对女性是侮辱，对你自己也不体面。"

"真没办法！"他把耳朵从她背上移开，疏远地、郁闷地说了一句。"我的文化是在鲍加尼达村和'勇敢'号上学的，生活教我什么我就学会什么，请原谅……右肩胛骨下面还有嘶鸣声，左下方好像听不见什么了。我们是走呢，还是在小木屋里待着傻等？"

"走。待在这里可不行！大自然给了你那么多智慧和办法，别自以为了不起，摆臭架子！"阿基姆窘迫地吸了一下鼻子，在草药罐上像施什么巫法似的数着药滴，他懂得今天他们不应该吵架——那么美好的夜晚，当他把盛着药汁的暖壶盖递给她的时候，逗她道：

"这就是说，在莫斯科样样东西都是'大量的'有啰？"

"样样都有！"艾丽雅把暖壶盖里的药豪放地一饮而尽，就像在命名日上喝伏特加一样，这时她想起了往事，用被苦药刺激得嘶哑的声音补了一句："莫斯科的面包也暖心窝……"

"好啊！真不错！还有什么呢？"

"你是个恶棍，就这个！"

"谢谢，请再服下这些药粉……"

艾丽雅生气地把衬衣从颈子上往下拉好，爬进了被窝。

她顺从地把那些黄色的有一股水藻味的药粉倒在嘴里，喝了一杯十分古怪的药汁。这药汁里有矶蹁躅草、野蔷薇根、本地少见的、不容易长好的绣球花树皮，有稠李子，有越橘叶——土医生把这些山草野花都看作是有成效的东西。只是七瓣草，那神奇的草药没有了，它已经用完了，很快干粮、面粉、小米都要吃完了，如果阿基姆不是这样一个劲儿地光吃肉，吃肉，吃松果，这些粮食早就没有了。他简直是活受罪，尽吃些乱七八糟的食物，而一切好吃的、可口的都留给艾丽雅。哪怕是一小块食物、一茎草、一个浆果，他都省吃俭用。艾丽雅眼睛盯着脚下，强忍着这种药液留在喉咙里的苦味儿，克制着阵阵袭来的咳嗽，她双脚挂在床沿上久久地坐着，眼睛望着躺在地上的阿基姆，好像在他身上寻找什么新的东西。他在她的眼光注视下手足无措起来，又嘟哝明天要做的事情。

"我的好保姆！"艾丽雅不听，也没听到他在说什么，只是感激地用阴凉的掌心触摸了一下阿基姆的面颊。他用下巴把她的手压在肩上，嘴唇碰到了弯弯的手腕处的凹槽。

"亲爱的，我的好保姆！你不要跟我打圈子了，不要折磨我，也不要折磨自己吧！我听得见，我听得见，你在冰冷的地板上翻来覆去，我不是小孩子，不是小女孩……我的土医生，我的主人，你这森林里的人啊……我的可爱的……好人儿要死就死在一起！要死就……喔，天哪！……"

早晨，小木屋里笼罩着一片令人压抑的寂静。艾丽雅躲在被窝里。阿基姆生旺炉子，炖热几乎没有碰过的鱼汤，用暖壶外壳的铁皮在炉子上烘面包干，搅和着茶水。他嚼着面包干，抽着烟，终于很响地咳了一声，好像是对着虚空说话似的说了一句：

"我这就走了！"他在门口跺了跺脚。"我走了，上林子里，上大森林去，我说。要收捕兽夹子、套圈，收拾捕貂器。我们后天动身。那你……把毛线绕一绕，该织的就织织完，把皮上衣缝好，准备上路……咳——咳……我走了，我说……"

"好，走吧……"

"我为什么叫他上床来呢？把一切都搞坏了！……真不愧是妈妈的女儿啊！也想'搭救'起什么人来了。这位'老哥'在地板上睡不好。他挨冻了。睡不舒服。可怜起这个孩子来了。他算什么孩子啊？当过水手，和码头上的坏女人也鬼混过……唉！就那么回事！管他呢！说起来这甚至是可笑的——在大森林里单单两个人睡在一间小木屋里……就那么回事！就那么回事！起来吧！也学学这位'老哥'找点事儿做，别想它了。"

艾丽雅体验到了一种略带苦味的，但终究是愉快的羞涩，艾丽雅懂得那种一生只能有一次的感情的价值虽说已为时稍晚，虽说已不甚新鲜，然而，就像一个新婚的姑娘，一旦体验了这种感情就会把它作为唯一的、只有她才领略过的幸福藏在心底，她品尝自然赐予的人生乐趣，跨越了那条从童贞通向另一境界的不可见的然而错综复杂的界线，在那里生命延续的全部甜蜜和痛苦的含义将明白显示。尽管在那里没有糖，没有蜜，尽管在那里只有黯淡的日常生活和尔后的平凡的结局——但热烈舒畅的肉体的欢快和做母亲时的幸福和痛苦，将焕发出至高无上的人生佳节的光彩。当然，这里说的是这个人生的佳节不要预先在某个地方，在某个角落里，偷偷地、淫乱地度过，这两个有理智的人要相互珍视这第一次羞涩的美好，这战栗，这疼痛——珍视这种亲近的美妙之处和一切秘密，这是他们两人的秘密，永恒的秘密，是谁也无法猜透而且不会再有的秘密。

艾丽雅好像早就忘掉了那个穿着讲究、花花公子似的诗人，妈妈曾经"搭救"过他的一本诗集。有一天，诗人请艾丽雅乘着汽车去兜风，却像厨师对付土豆那样对付她，不仅压坏了她的心灵，简直是活生生地揭去了她的皮层——而被剥光的、赤裸裸的身体已经一切都无所谓了。唉，后来也曾经有过邂逅巧遇，有过一时的迷恋，但不知为什么记忆里留着的却总是这个手段老练的诗人，像狗一样龇着牙笑着，手指甲疼痛地掐在她的背上。她后来从有经验的妇女们那里知道，第一次失身、第一个男人是忘怀不了的，生活、时间都不会把记忆磨灭掉——这是个永久的印记。"我们既憎恨又相爱，然而一切都是偶然，为了这种恨和为了这种爱，我们什么也不肯牺牲，心头笼罩的只有神秘的阴冷……"

"唉，你啊！你啊！我们全都急急匆匆，到底要奔向哪里？为什么对自己要那么残忍，既然我们全都那么自私自利？"

艾丽雅穿上短皮上衣，在头上包上手织的围巾，把那双靴筒对着炉子放着的毡靴套到脚上，她感到了脚底有一股保持不散的、软绵绵的暖意——靴里放了啤酒花。阿基姆穿着皮靴出去，这就是说，不会太久。这点小小的喜悦驱散了全部忧愁，使她心头充满了温暖——人有多少需要呢，特别是女人——抚摸一下、亲亲她，她就会像小猫一样呼噜着，放下爪子，躺下身子，找温暖的地方依偎过去。

淡淡的、橘红色的朝霞消融在远处的山峦后面，山上的原始林带像一条黑色的、高低不平的缝线把山峦缝在低垂的、灰色的天空上。四周的沉寂显得那么深广，那么无所不在，使你感到过去和现在都不曾有过任何运动和生命。大雪覆盖的森林越往深处积雪愈厚，在恩德河那里被大雪覆盖的密林像一件毛茸茸的皮衣，那昏暗的处所就像皮衣上的蛀洞——但正是从那蛀洞里出现了一辆雪套车，"老哥"自己就像一匹辕马一样肩上背着纤夫用的帆布纤绳在头里走着，罗兹卡套在鞣皮的简便套圈里在一旁拉套，它细小的爪子顺着狭窄的小道忙碌地搬动着。

"大雪橇"装载着杉树的枝干轻松地滑行回来，犁开面前雪白雪白的森林积雪。阿基姆隔得老远就对艾丽雅笑了笑。罗兹卡摇了摇尾巴，把它甩到后股上，但这根尾巴立时又垂了下来，拖在雪地上。罗兹卡伸出了舌头，费劲地呼哧着，甚至差点没哀号起来，它在帮着主人把木柴拉向居住地。艾丽雅赶紧向雪橇迎去，从后面用两手推着它。

"这才是啊，"阿基姆回转身来，说了一句，"学着点儿，到老了就不愁没面包吃！"

破晓时分他们已经做好了出发的准备，但是阿基姆一次又一次地检查行李——别把什么东西忘了吧？他一次又一次地在大雪橇四面察看，把它装结实，有些地方收收紧，有些地方打个结，以至艾丽雅觉得：他怎么也下不了决心从小木屋跨出第一步，走进这道路艰难、危机四伏的原始森林的深处，就像离开一只被丢弃的大船，要踏入浩渺无际的雪的海洋一般。

艾丽雅花了很多工夫为出发做准备，然而心情是轻松的：衣服、鞋子、内衣——所有一切都早就事先洗净、补好、整理好了。她不断地惊讶着，为什么像盖尔采夫这样见多识广，有经验的原始森林的居民会那么轻轻松松，可以说是像儿戏似的在夏天时略略收拾就踏上长途跋涉的道路。很可能是因为夏天所以才显得轻松。而更可能是因为他不假思索、轻率、随便，面前笼罩着钟情和热恋的人们所说的玫瑰色的云雾，可以说他除了自己是谁也不爱的，他不是爱，但完全可以迷恋。当然也可以说，那是夏天，他们两人都身体健康，不受任何牵累，也不必为自己操心，行装简便、食物可口、睡具轻巧——两个人可以躺进一只睡袋，高傲的流浪者绝不会让女人在他身旁挨冻。

艾丽雅回过头去看了看深陷在雪地里的小木屋，看了看门上的木手柄，门没有拴上，而只是用一根刨光的木杆抵着——这是一根细细的、结实的木杆，下端带一个小铲，平时在原始森林里滑雪的时候撑着它滑行，用它探路，探看河里水坑和沼泽草地，有一次艾丽雅根据木杆顶端的斑斑血迹想到了捕兽器里的野兽原来也是用这根木杆打死的；必不可少的木杆，残酷的营生，严峻的生活，对于这种生活她现在懂得很多了。譬如，她现在懂得林中小屋的门为什么都是往里开的：一旦大雪封门——可以把雪铲掉，一旦黑熊光临——它难以破门，因为这畜生总是把一切东西往自己身边拉。这一切真是简单得令人惊奇。

"好，祝福吧！"在破晓的朦胧中猎人几乎像耳语似的悄悄说了一句，他奇怪自己竟这样悄悄地说话，为了不让不安的心情压抑自己，他振作精神，淘气地，用一种小孩的尖音喊着："前进，同志们！"

雪橇沙沙地响着，滑木发出吱嘎吱嘎的声音，罗兹卡吠叫着，它猛地往前一挣，套索就把它拉得站了起来，它爪子在空中像蟑螂似的乱抓乱动，落到雪地上以后它用半边身子紧紧贴着主人的腿，和他一起把雪橇沿着通向恩德河的路拉去。极地的大雪被翻了起来，像沙子一样在雪橇的滑条下面和赶路人的脚下纷纷散开，这些雪变成碎屑时发出的声音非常难听，一点儿也没有音乐性。他们在一个被小云杉围着的冰窟窿旁边停了下来，它已经被雪盖没了，周围一圈被冻住的地方像是张开的嘴唇。它的近旁很滑，冰窟窿中间的洼坑在夜里冻住了，面上好像蒙上了一层白色的油脂，在它下面活水在流动着，不时翻着水泡。这个被丢下的冰窟窿和这幢小木屋将有一段时间就这样处在冰冻的状态中。艾丽雅看着这间埋在荒无人烟的原始森林中的小木屋，它在微弱的晨曦里还隐隐可见。在像冰面一样平滑的天空中可以清楚地看到昂然挺立的铁烟囱的顶端，好像在它上空还可以看见冒出一圈圈小屋里尚未散失的余温。

小路弯弯曲曲沿着恩德河向前。有两俄里路程他们滑行得很痛快,但是,在一个被风吹得裸露出沙子的石岬旁,不知为什么停下了。不远处,有一丛灌木林,覆盖在地上的白雪满布着兔子和松鸡的脚印,后面有一棵雪松树显出黑沉沉的身形。这棵树虽然已经没有树盖,但它还是像巨人似的,自由自在地矗立着,把密密层层的树枝伸到雪地上,把其他所有一切树木都挤到了旁边,掀开了自己胸前的破烂的外皮,承受着北方冷风和严寒的侵袭。

"记住这个地方吧。"阿基姆说道,眨着已经结起了霜花的眼睫毛,说完后,不知为什么转过身去,皱起了眉头,或许是不想让感情外露吧。

"为什么?"艾丽雅还没来得及发问,全身颤抖了一下,心缩了起来,她猜到了。窄长的雪橇咯吱响了一下,滑动了,艾丽雅一把抓住它,并没有推,而是拉着橇身。回过头去看那浅滩,看那棵雪松,竭力想在它下面,或者在它背面能看到坟墓,甚至哪怕是小丘一类的标记。有很多小丘,每一处倒了树的地方就有一个小丘。山坡上到处是枯树败枝:此地曾经发生过一场大火,也可能暴风雪掀起了各种树木,只是在远处,在明净的天空的背景上矗立着一个个十字架,虽然她知道这只不过是云杉树的树顶,但她仍然觉得这是一个荒冢累累的乡村墓地。

她赶忙着,急急地搬动脚步,想尽快地离开这个死气沉沉的森林,然而却觉得两腿像粘住了一样,迈步越来越艰难。看来,路已经没有了。

艾丽雅已经不推雪橇了，只是赶着、赶着，急急匆匆挪动穿在轻巧暖和的皮靴里的双脚，只求不要落后，不要掉队。气喘使胸部抽搐起来，一阵咳嗽袭来，好长时间她捶击着胸膛。这咳嗽抽打着她的胸口，直抽得她眼冒金星，支持不住，艾丽雅从雪橇旁退下来，嘶哑地喘着，接连不断地往雪里吐痰。最后，咳嗽停止了，气喘平息下来了，她又开始看清了周围的事物，她发现雪橇已经走得很远了，已拐过了弯，在松散的雪地上留下的不是痕迹而是轨道，轨道的旁边可以清楚看见罗兹卡密密的、很深的爪印。"你们到哪儿去？我怎么办？！"艾丽雅想大声喊叫，但是双脚不由自主顺着橇辙向前走去，至于什么时候她怎么会走得轻快起来，连她自己也没有马上感觉到。

虽然胸膛里还在呼噜作响，但她走着，走得很好，很利索，而且没有出汗，阿基姆关照一出汗就得上雪橇，因为出汗时不能走路，这会送命的。上雪橇吗？谁拉呢？猎人拉吗？瞧他双手几乎垂到雪上，使劲儿弯着的腿都鼓成了圆形，脖子像鸟儿起飞时那样往前伸着，细细的，完全不像平时的样子。让这只像女人那样一片忠心的疲惫不堪的小狗拉吗？……不能，不能，怎么说也不能！她要自己走，自己走到要去的地方！

晨光划破了黑暗，从容不迫地从远方，好像就是从那小木屋的地方弥漫过来。"亲爱的木房子老妈妈，再见了！"

总觉得舍不得什么，可能就是这间小屋子吧？多舒适的小屋啊，这亲切的地方；现在只剩下它孤零零地在严冬里、在密林中待着，再也没有人在它里面燃起暖暖的火光，再也没有人去温暖它，再也没有人在漫漫的长夜里度过那昏暗的夜晚，那么安静、那么芬芳地散发着烟味、硬果香味和煤烟味。

当黑暗凝聚、夜色渐深，
天空和大地窃窃私语的时分，
乌黑如夜空的大鸟蓦然惊起，
昂首直指那远方的星辰。
聆听着星空的声息，感到了星光的冷森，
它像一根绷紧的弦，响起了回音。
周围的一切沉寂了，静息了，
倾听着这难以理解的、令人忧虑的歌，
其中断续敲击出的声响像忙碌的电讯，
一切难以理解的东西在对人挑逗，
一切不可企及的东西在把人引诱……
在发酵泡涨的沼泽草地悄悄走着一个人，
他手持猎枪，目光敏捷，充满盲目的热情。
而大鸟依然在欢唱，星星在天空闪耀。
星儿划过远方的沼泽地，
掉落在坚硬的地面上，
迸出的火星，一下子照亮了天穹，
它们把整个世界照得璀璨辉煌，
接着晨光像从天而降的春汛，
把大地淹没在鸟的鸣声里，
淹没在河水的流转、草木的摇曳，
和地面复苏的景象里，

此时此刻我们觉得春日永在，

大地和天空也将永在，

还有那星流电转在大鸟喉头的

神秘莫测的歌，

啊，爱之歌啊——唯有你为一切人所理解！

即使在我们尚未发现的世界里，也终会有一天，

我们将用爱的歌来把自己表明。

既然世界无限伸展，没有终极，

那么爱也包容一切，无穷无尽！

……血液在颞颥间敲打，头沉耳胀，

目光沉重了，双腿也沉重了，

唯有人的心在震惊之后，如释重负，

唯有人的心不感到痛楚。

他走着，手指紧攥着冰冷而沉重的枪，

他走过沼泽草地，脚下拍打出声响，

被踩伤的泽地里泛起一个个泡沫，

心在燃烧，渴望着鲜血，

大鸟算什么？还有它的歌？和那粗野的爱？

好像是为了在谁面前证实自己的思想，

他把准星瞄准那远方的星辰，

扣动扳机，把晨光、大地和天空击伤，

一缕黑烟撕破了殷红的霞光。

这歌者在村头震颤了一下，沉重的身子在枝头摇晃，

然而，它没有停止歌唱，

世界震塌了——它依然在歌唱！

内心震惊的猎人愣住了——

难道爱果真比死亡还有力量？！

突然间，啊，欢乐啊！

幸福啊！

胜利啊！

这临终的鸟儿竟振翅而飞，

举起被霰弹洞穿的身体，

擦过树枝杈丫，散落下一团团羽毛，

它用被击穿的心唱完了最后的歌。

毛羽，像黑夜溅满了血迹，

满蘸着松脂的鸟喙充满悲伤，

它永远停止了歌唱。

消灭歌者并消灭他的歌——这算不了什么。

但任何人，任何时候也不能消灭他的骄傲！

而你，到底是什么人？人间的主宰？上帝？还只是一个猎人？

把猎物装进口袋，带回家去吧！

那里饥肠辘辘的一家人正在翘首而望。

歌儿算什么？又不能当食粮！

……天际出现了曙光，

针叶林上面的天空也泛出绿光，

成熟的桑悬钩子一片金黄，

北极悬钩子灌满了汁浆。

百鸟和鸣的声浪掀动了树林。

溪流四下奔驰，泡沫翻腾，水声清扬，

树的汁液和每一株针叶树都容光焕发，生气勃勃，像在歌唱，

整个世界沉进了光明、春天和胜利的新生活的海洋。

……然而鸟的身影在晨光里逝去，

这不可知的黑夜世界里的神秘客，

它的歌声却没有消失……

什么时候地球上的居民不再持枪进入森林，

而有逸致闲情去聆听、品味这所有的歌声，

那时他才会痛苦而悲伤地懂得，

他曾经是多么野蛮而缺乏理性，

他击毙的不是禽鸟，而是毫无防卫能力的和平使者，

它们无非想用自己的歌声唤起一切有生之物的爱和善心。

而地球上的人们却报以铅弹！火焰！和欺骗！

全不想在广袤寰宇的某个地方，

在其他世界里，在某一天

也会突然把地球人看作是

                大雷鸟，

终于也用射击来对付人类的胸膛……

    阿基姆终究还是把答应给她看的那张写着诗的纸找到了。

昨天，当他们把所有的东西收拾、包扎完毕，一时间无所事事的时候，她曾经在炉子旁边大声地朗诵过了。明天的事用不着再赶在这段时间里去做，倒是忐忑不安的心情需要设法驱散一下，于是阿基姆这位不知名朋友的诗篇就用上了。

读过了诗，他们靠着炉门在木墩上坐了好一会儿。艾丽雅用手掌支着头，一动不动地望着炉火。阿基姆抽着烟，想着明天上路的事。明天等待他们的将是什么呢？艾丽雅把身子挪近阿基姆，把头枕在阿基姆肩上，似乎是在宽慰他，也宽慰自己。他摸到了她，小心翼翼地把柔软的围巾给她拉到肩角上，把她紧紧地拥在身边，一面默默地抚慰着她，让她振作点精神。"要是能这样待在屋子里，炉火融融，舒适而宁静，哪儿也不去……"一种莫名的爱怜使眼睛模糊起来，但一切很快就平息、安静下去了，破败的炉子里，火焰不徐不疾、均匀而习惯性地蹿动着，艾丽雅渐渐沉入梦乡。

根据阿基姆的估计，他们在第一个昼夜里走了十二俄里，艾丽雅却觉得走了至少有五十里。猎人细致地准备着宿营地，他砍来云杉枝条，用篝火烧暖地面，在一堆大篝火近旁扎好帐篷，晚上常常醒来，摸摸艾丽雅，深情地在她身底下垫上衣服，把她抱在身边，想护着她，让她暖和，但她还是挨冻了。清晨，她胸口感到酸痛，里面好像有一团团的东西紧紧塞在那儿，她又一次感到奇怪的是，这些东西好像离开了整个身体而单独存在着，但是她什么也没有对阿基姆讲，再说也不需要讲，因为阿基姆已经学会了根据她的脸色、呼吸，甚至眼睛的表情来判断她的自我感觉。

白色群山的梦　　579

猎人一面在篝火上煮茶，烘着出发以前烤好的薄饼，一面用惴惴不安的眼光观察着女伴，然后踌躇地解开行李，心情郁闷地打量着天空，闻着森林里传来的气味。艾丽雅仿佛觉得：他如果能找到一点天气变坏的迹象，那时他就会如释重负地回到那小木屋去，现在离开那里还不算太远。

他们走了约莫一俄里左右平坦的雪地，而在一排像是竖在地里的矮木桩似的森林上空，依然缭绕着他们短时间逗留后留在当地的篝火的烟雾，不知为什么这种景象叫人心头紧缩了起来，增大了不安的感觉。

他们完全出乎意料地到底走到了库列依卡河，一直在层层白雪覆盖下的丘岗地带行走委实是太单调和太寂寞了，只有在宽阔的凹地处，白雪才被小野兽和松鸡的爪印搅乱，大雷鸟在上面踩出深坑，老鼠所过之处露出一个个黑点，有些地方散落着雪松球发黑的外壳，凋落的针叶纷然杂呈，像是一个个惊叹号——针叶干枯凋萎，说明严寒即将来临。

艾丽雅已经习惯于忍受这种单调的行动、半睡半醒和精神麻木的状态，似乎一切将永远如此：雪橇滑条的吱嘎声、狗的吠叫声、咯咯的咳嗽声、脚下的沙沙声和那周围无穷无尽的原始森林和皑皑白雪，不断地向前走啊，一步步，一步步……

终于来到了库列依卡河。堆集在急滩险流处的尖尖的冰块使细长的河岸好像长出了无数牙齿，更显出了河道本身黑沉沉的轮廓，已经转厚变硬的河面冰凌，保持了它们冲上礁岩时最后一瞬间那种耸然直立的状态，四周的景象空旷而阴沉，甚至像北极狐毛皮那样松软地覆盖在冰面上的白雪也没能减轻河面一带孤寂落寞的气氛。酷烈的严寒穿过河流的深峡谷,沿河迤逦而行的、褐色的岩岸时而危然兀立,时而碎石连绵。狭长的谷地和山坳裂罅间坦然铺陈着皑皑白雪,可以看到细小的石流掺和其间,温泉的浮沫和奔泻于乱石间的水流分成许多股细流,闪着光亮。疏疏落落的成片折断的树木和散落在冰上的碎石更增添了这块荒凉偏僻地方的抑郁气氛。

到处人迹渺然。

阿基姆在平坦的左岸上燃起了篝火,他带上滑雪板就向河面上滑去。艾丽雅屏息敛气地望着天际像憧憧鬼影似的山影。夏天,这些山峰耀人眼目,令人神往;冬天,却景象凄厉,只显出它巨大的黑色身影——你一下子还不会明白,这些白色的山峰原来是长时间地被低沉的天穹紧紧地裹住了。

河上响起狗吠声,接着是两声枪响,吠声中断了。阿基姆很快地向篝火滑来,默默地把三只松鸡丢到艾丽雅的脚下,她呵着自己冻僵了的手指,动手拔起毛来。

"松鸡待在河柳丛里,和雪分不出来。"猎人说道,一面把锅子挂到火上,点上了烟,拨动着柴火。"路还是没有。只有一条鹿拉的雪橇的橇辙,那是很久很久以前留下的了,还是当年带着鲍耶在沿岸一带打猎时留……"

天空又昏暗了。短暂的白天就像一只毛茸茸的小野兽在篝火边翻滚了几下,又逃进了森林和群山之间,把自己冻坏了的鼻子藏在松软的雪堆里。篝火无力地抖动着,在这片冬日沉寂的土地上燃出了一个黑洞,有时候火焰往上升起,好像要推开那从四面八方像沉重的铅块一样向它压过来的冬夜的寒冷。但它终于被压回了那块融化成一个黑洞的小天地，它愤懑地射出一阵火花，爆裂着，嘶喊着。这一堆小小的篝火耗尽了力气，只得安静下来，散出一阵呛人的浓烟，在云杉树之间回荡。但当黑夜里一旦响起严寒的脚步声，浓烟就竖直起来，从它身下雪堆里拉出了火焰，重又活跃起来，把堆好的枯枝一下子引旺了。卷在烟雾里的火星飘旋着，高高地、长久地飞着，其中有些好像并不熄灭，而是贴到天幕上成了星星，一颗接一颗，不一会儿那里竟积了好大一片。

帐篷里烧着一盆木炭，但野外又怎能烧暖和呢，而且是那么空旷辽阔。那好像是没有尽头的黑夜总算是苦熬过去了。早上，阿基姆往火堆里砍了几个粗大的树根，在上面压上篝火的余灰，嘱咐艾丽雅哪儿也不要去，不要让篝火熄掉，他带上枪、食物口袋、弹药和铁锅，顺着昨天傍晚的脚迹向河上滑去。罗兹卡蹦跳着跟在主人后面，但立即又回来了，询问似的摇着尾巴，好像是在说，你为什么不去？姑娘轻轻地拍着它的脖子，推它沿原路回去。罗兹卡顺从地向指点的方向抖落着身子跑去，然而不时地回头张望着，但当它一找到脚迹，就把一切都抛在脑后，不绝声地狂吠狂叫起来，它的叫声在严寒里显得特别清脆，远远地传开，震动了原始森林。

传来了一声枪响。一切都静寂下来，停滞了。白色大地沉睡未醒，周围的一切好像都蒙上了一层晶莹透明的冰面，阻隔着热、声音和运动。甚至峡谷里的蒸汽也不浮动，只是悄悄儿地产生、变稠、胀大、收成一团，然后再冉化入漠然、空旷和朦胧的天空，你反正搞不清楚，这天空究竟是浮动在森林上空还是群山顶端？这一望无际的虚空，浩邈无极，不见始终，云天浑成的景象使人产生一种无望的压抑感觉，心里昏昏然，意志全消。

但是在什么地方大地抖动了一下，远处传来轰隆声，就像在空的地窖里扔进一个土豆那样——这是山上冻住的石块松动了，带着砾石、沙粒，各种碎石土屑从山上奔流直下。这石流的轰响增大着、扩展着，自天而降，在石滩上面掀起一阵灰色的、肮脏的烟尘，经过好长一段时间才慢慢地散落到白雪和冰面上，在它们晶莹光洁的表面盖上了一层死气沉沉的土灰。但河面的窟窿还久久地像溃疡一样糜烂着，伤口里翻腾着乌黑的血液，严寒使它慢慢地愈合，白色的冰凌像绷带缠绕，松软的白雪又像是覆盖的棉花。

这碎石捕兽阵真够可怕的，喔，真可怕，夏天可怕，冬天就更不用说了。在夏天，熊一连几昼夜追逐着鹿，直到把它赶进碎石堆，在那儿这动物非折了腿不可。那时这凶神恶煞般的熊就躺在近旁，先让碎石堆里的兽肉"发散发散"，然后就饱啖一顿。笨熊自己由于它那宽阔的熊掌和像口袋一样软绵绵的躯体，倒是很少被碎石压着。常常有这样的情况，它竟然和碎石流一起"流"了出来，简直就搞不清楚：它是由于捣蛋胡闹呢，还是由于害怕才这样对着周围一带狂叫乱吠直到它啪的一声跌入河里或者有能耐跳出石流为止。

熊睡觉了，安安静静地睡在它自己那隐蔽的"家"里，但石流还活着，它震响着，运动着，轰隆隆地滚过大雪覆盖着的寂静的大地，穿透库列依卡河的甲胄。

四周的土地多么辽阔广大！它浑身雪白，盖满了均匀的白雪，没有路，没有小道，没有一个足迹——愿去哪儿就可以去哪儿。

阿基姆向山上走去，登上山腰平坦地方，他放倒一株枯树，把它劈开，砍成一些木片，于是在那明澈清冷、与天光相接的高空里，很快燃起了一小堆篝火，尽管由于空气稀薄，它奄奄滞滞，不很旺炽。升起的火焰偏向库列依卡河一面，烟缕逸入深峡谷里，篝火下面的雪地吱吱地响了起来。阿基姆在融化雪水做茶的时候，疲乏地垂下了两手，席地而坐，憩息着俯视脚下库列依卡河形状古怪的一处处转折。埃文基人称这条河为奴玛，或是亲昵地、舌头上像粘了一块糖似的叫它作柳玛。对这样的地方是应该而且只能这样来称呼的——它悉心哺育着你，不仅给你以庇荫之所，而且使你懂得生活的意义和爱，就是在这种爱里面到头来会萌发出对这片大地，对这个荒凉野蛮，然而终究是故乡故土的眷恋之情。

埃文基人不相信人会死亡和腐朽的说法；他们跨越一个世界走向另一个世界时就像从一个地方迁移到另一个地方那样，因此"上路"时候的行装真是一应俱全：他们随身带去的有窄条雪橇、开水壶、锅子、弓箭、长矛，后来更有猎枪、捕兽器等，而今在墓地沟穴里却可以找得到一瓶半瓶伏特加、晶体管收音机之类。有一次阿基姆看到过埃文基人的伴葬物中有一瓶防蚊油涂剂——可也是啊，要不然怎么对付那个世界里的蚊子呢？在同一根白桦树枝上还系着一捆钱——万一远行的人忽然想逛商店，身边不名一文怎么行？

奴玛、柳玛、库列依卡！而在它身后的什么地方，是同样披上雪白冬装的、宽阔的叶尼塞河。鲍加尼达河像一枚脆生生的冰针插入叶尼塞河。有两三根柱子矗立在鲍加尼达河口，很可能小工棚也还没有朽坏，这工棚是油漆过的，挺结实。如果能预知大限之期，一个鲍加尼达村出生的人最最向往的是叶落归根，躺到这冻土带中间，这生长浆果的地方，这青苔地和匍匐树的虬根盘须下面，与那些在你童年时就爱你，而你也爱他们的人相邻而眠。然而，又怎能预先知道这最后时刻的来临呢？人们在生的忙碌和奔波之中早已把死置之脑后，不再想到去为永世的栖息做准备；大彻大悟的聪明人都识透其中道理——人生不再，一了百了；每个人从小学的板凳上就懂得：死亡就是黑暗、灭寂、腐朽；人一旦死去就意味着永久消失、衰朽腐烂，躯体也就成了蛆虫的果腹之物。人们懂得了这一点是否会轻松些呢？这是个问题。这是一个又大又模糊的问题。当一个人丧失对永生的信念以后，与其同时他岂不也就失去了自身？有些人不知为什么总想竭力推迟死亡，哪怕一星期，一天，甚至一小时也好。有些人为此不惜犯罪，企图把别人推在前面来代替他自己，但这是行不通的，也不可能的，死亡无可回避，也不能赎免。当你一旦闯进某一个你也并不了解的地方，也就万事罢休了，只是不要像彼得鲁尼亚那样在大森林里无端丧生就行。但是他至少还是在真正的绿色的大森林里死去，有些人却常常是在人的森林里，在这个忙忙碌碌、只顾自己、满足于日常琐事的森林里，丧失了自己。这就像马群奔跑着，向某个地方奔跑着，在半途中丢下了一个同伴，这更像起飞过迟的、被寒流追逐着的鸟儿，它们甚至连回顾的工夫也没有。在马群里只有孤独的牝马嘶叫着、长啸着，稍稍停住脚步，在倒下去的牡马身边打了一个圈，就紧随着在前面飞驰的马群赶路了。

库列依卡这条空旷的河道，在石滩险流处还没有冻住，冒出一阵阵水汽。从高处望去，河面未冻的地方像一张张裂开的大口，还可以看到那支离破碎的白色冰层和一堆堆的大冰块。水面显得黑幽幽的，深不可测，在满布冰凌的石头间有气无力地晃动着。在大自然中、在严冬里、在这条不知所从的空空荡荡的河流的苦苦挣扎里，大自然自己和河流一起承受着痛苦。

石滩兀立在呜咽的急流间，右面和左面都是紧靠山口凸面的难以通行的岩礁，再往下就是阴雾蒙蒙的原始森林。要是能踩着滑雪板滑过岸冰地带，滑过峡谷的窄道该有多好！但要独自一人！独自一人，自由自在！哪怕是葬身野地，哪怕从冻滑的石崖上失足摔下，哪怕坠身于崩岩塌石或是沉入冰下水底，要紧的是要独自一人！当然，会舍不得自己的，所有的人都舍不得自己，但这种怜惜之情会黯淡熄灭，就像这一堆孤零零的小篝火一样，谁也不会因有它而感到炎热，谁也不会因没有它而感到寒冷。

奴玛、柳玛、库列依卡——它行程七百多俄里，一路上还辟出两个湖——阿纳玛湖和迪尤普孔湖。库列依卡河源于终年不消的积雪，流驰在终年冻结的土地上。这常年的积雪死气沉沉，但有多少河流、湖泊、森林、沼泽和花花草草因它的滋养而生机益然啊！叶尼塞河上的流冰总要来得比库列依卡河上的早，到那时郁积的河水就会顺着支流倒灌，高涨的水面使得懒洋洋地沉睡着的库列依卡河骚动不安起来——春天里约莫有半个月的时间河水是通过库列依卡河往回倒流。它一旦被惊醒就奔腾、咆哮、乱窜起来。总的说来这是一条烈性难驯的河，易涨水而流程长，但航道通不出多远。到得了那里的只有直升飞机，还有小筏子，当然要撑筏的人有足够的力气能挺得住惊涛骇浪才行。

如果翻过山头，往下进入北极圈的那根"纬线"，就来到极圈内树木稀疏的泽地森林，小城伊加尔卡紧贴着森林地带的古米河，在冬季显得尤其宁静。如果是独自一人，带上滑雪板和一条狗——只消三四天就能赶到小城里，在澡堂里洗上个蒸汽澡，和三二好友喝上几杯，向他们讲述眼下他在大森林里所遭遇到的种种"真是吓死人"的事情……

阿基姆回到宿营地的时候已经天黑了，他带回来几只灰鼠、一只北极狐和一只很瘦的黑貂，那是被他的同行们赶到了很难觅食的沿岸岩石丛中来的。猎人剥下了兽皮，舀了一铁锅木炭拿到帐篷里，以驱散里面的寒气，从身上脱下短皮衣，而且让艾丽雅也脱下那件把她搞得像驼背老太婆似的皮上衣。

"为什么？"她的目光在询问，于是他也一言不发地用眼睛盯着她，好像说："脱掉！"

艾丽雅害怕地收拢肩膀，蜷缩着，阿基姆的耳朵像一只冰凉的电话听筒，一触着她背部，就吸到她身体上了。耳朵底下好像不是人的肺叶，而是一只活塞噗哧咕噜地响着，呼吸混乱，老像被什么东西带住了，痰声呼噜呼噜，就像搅拌器在打奶油一样。

"我的心怎么样，医生？"艾丽雅抖动着发干的嘴唇，想说个笑话。

"不妙。"

"那我们怎么办？要死了吗？"艾丽雅仍然想保持开玩笑的口气，苦笑了一下，一面把冰冷的衣服穿上。

"为什么要死呢？"阿基姆答道。"为什么要死呢？"艾丽雅从他回避的神色突然明白了，他可不是开玩笑，他是认真认为有死的可能的。

"阿基姆，亲爱的！"她触了触他，把他从沉思里拉回来。"我挺得住……我能养好力气。"她急于要驱散他的，但更多是自己的焦虑。"不要害怕山！高加索的山是另一回事。这些山并不高。才五十、一百来米吧？我们能过得去！我能帮助你……罗兹卡和我。我用脚走，用脚……不该停下来。几乎浪费了一昼夜。白天也越来越短了……我这不是很好吗……只不过肺有点儿……但有的人只剩一叶肺也照样活。要斗争，我们会走出去的，会的，阿基姆！"

"她感觉出来了！"阿基姆警觉起来，心里想道。"但是她不懂，照旧是什么也不懂。说些个没用的话……空话根本无济于事。"

"好吧，我们睡吧。早上要比晚上能想得出办法，大家都这么说。"他打断了女伴的话。

艾丽雅感激地对他笑了笑，眼睛里闪烁着泪花，她拥抱着猎人，贴在他身上，在生暖了火的帐篷里放心地睡去了。阿基姆一点儿也不惊动她，尽量躺着不动，他对着这个女人的胸部呼气，不让自己身上那仅有的一点热气白白地跑掉。

黑沉沉的夜，冰封寒凝，寂静无声，帐篷在夜的沉重压迫下扭曲变形了，但在阿基姆的眼里，晚霞依然没有失去光彩，依旧云蒸霞蔚、五色缤纷。

昨天，他坐在半山平地处出神沉思，直到晚霞出岫，这情景真是美不胜收，简直是一幅难得的画面。

篝火渐渐地黯淡下去了。罗兹卡睡在猎人的脚边，把整个窄长的嘴脸藏在蓬松松的尾巴毛里。在库列依卡河上空，在蒸发着水汽的未冻的河面上方，在山腰平地和悬岩的危石险壁的上方，一列山隘裸露出乌黑而阴郁的轮廓，它在远处落日昏黄的余晖里显得尤其清晰，太阳已经有整整一星期没有在这里露面了，只有这远方传来的光线才告诉人们太阳还充满着活力，它在远处，在西面的一个地方，那里人们还能看到它在天空里的老位置上。

然而在这里，在这磊磊巨石中间，在寒冷和白雪之间，这遥远的、藏而不满的太阳的光亮只会加重人们心头的压抑感和孤独感，在高处一派空旷的景象里这种感觉更加明显。晚霞像柳叶菜那样刚露出它柔嫩鲜艳的颜色，就干枯下去了，富有生气的天体像是镀上了一层沉重的金子般透出璀璨夺目的寒光，它像一大块金属沉没在转瞬即逝的暮色深处，渐渐地和嵯峨的山峰融为一体，而当这一块已经转硬、冷却、棱角分明的金属块终于掉进狭长的山谷，以至在天空留下一块空缺以后，天空在很长一段时间里都像被挖去了一角，而在这个天体的缺口里，露出了一个深不可测的空洞，射出冰冷的寒光。

太阳的这种幽光，在上经由天穹反照，在地面没入山石的黑影里，这是严寒的先兆。严寒很快就会来到。那时大森林里的树木将会开始崩裂，石块将裂开，发出沉重的轰响。低沉的轰隆声沿着河道的深峡谷一路卷来，由轻而响，由远而近，逐步增强，这声音将震得群山回响，岩崩山塌，引起冻土、碎岩的奔流。只有在那时，在到处都咔嚓作响的酷寒里，库列依卡河才能摆脱苦难，各处都得以平静下来，连急流处也不例外。它将被驱赶到冰层底下。只有到那时才能到河口去，到镇上去，到有人迹的地方去。

两个人一起能走得到吗？然而一个人他是决不离开这里的。

阿基姆已经想站起身来，罗兹卡察觉了他的动向，抬起头来，睡眼惺忪地看着他，突然它听到了什么声响，凝神息气地听着——从天空中，从渐渐变暗的北面的方向传来了不断增强的轰鸣声，很快在高山积雪和从峡谷里射出的晚霞的余晖的微弱光影里出现了像一片黑色羽毛似的平直的飞机的身形，机身下面亮着一盏绿色的小灯，尾部的红色的灯光特别刺人眼目。

飞机按照阿基姆设置的空投目标，几乎在那所业已被弃置在恩德河畔林中的小木屋上空掠过。飞机顺利地越过高山，不慌不忙地向远处飞去，刹那间现出了从尾部到机翼的整个机身，然后在群山之间一小片青天里它那身影并不幻为黑点，而是灿灿一闪就消失在群山背后了。

"啊，你啊，飞机！把我们装进你的口袋去吧！"阿基姆抑制住剧烈跳动的心，高兴起来，但立刻迷信地把这个高兴劲儿又压了下去，不让它冒出来。也可能这是偶然经过的飞机呢？可能是运送过冬的猎人的，也可能是什么科学考察队的，甚至是上北极，往北方飞的？都说不定……

但是心里总不能同意，剧烈推翻着这种怀疑——是定期的班机开航了，开航了！冬天已经积蓄够了力量，冰层很厚，可以降落在河上、湖面上。他怎么老惦记着飞机呢？为什么？又怎么知道呢？去哈坦加航线可能正好经过这儿，要经过他阿基姆的宿营地？去问问清楚吧？有什么好问的呢？他原来也不是来森林里受难的，他是来打猎，来林中干活的。

当然，班机是班机，要指望它是危险的，但是再也没有什么东西和什么人可以指望的了。

当天边还不见一丝鱼肚白，寒星还像闪闪的冰花缀在天幕上，俯视着燃红了的篝火，火光烧烫了人们的脸庞，烤灼得令人发疼，几乎眼珠也要夺眶而出，尽管这样，它还是无法使人摆脱严寒的侵袭，寒冷还是把他们唤醒，赶出了帐篷。阿基姆在锅里搅和着面筋和干禽肉，他们用缸子喝着淡而无味、冒着烟火味的汤。总算胸口感到暖和了。艾丽雅感到阿基姆在生气，他全神贯注地拆掉了那座不能折叠的挡风帐篷，把行李在大雪橇上系好，重新又在锅里化了点雪水，铁锅又沸腾起来了，冒出蒸汽。阿基姆把水煮得滚烫，倒进了小的暖水壶里，剩下的让艾丽雅喝掉。于是他克制着自己心里的什么念头，给人的感觉好像他被人遗弃似的，甚至于带着恐惧说道：

"好吧，好像全在这儿了。动身吧！"

他们急忙地走着，可以说，不是走，而是奔跑。艾丽雅在严寒中喘不过气来，咳着嗽，阿基姆硬把她塞上雪橇，用帐篷把她盖好，两面都塞紧了，把她的嘴巴围在围巾里，翻起短皮上衣的风斗，只让她露出两只眼睛，拍了拍她的肩膀，翕动着被严寒冻僵了的嘴唇说道："坐稳了！"于是推动雪橇，常常连人带滑雪板摔到坑里，气喘吁吁地，也不知是给罗兹卡，还是给自己鼓劲：

"使劲儿，我的亲爱的！使劲儿！"起初他还想说说笑话："使劲儿，福玛，村子不远啦……"下面本来有一段挺逗人的话，"心上人房里的灯灭啦，上她家去的路上真够滑！提起脚来快飞吧！"但阿基姆已经换不过气来说完这句话，他驱赶着自己，驱赶着狗，而周围的白雪越来越刺眼，树木经过夜间的冰冻发出干巴巴的爆裂声，沙沙的雪粒从树木上像流水似的滑下来，鱼鳞般的散粒，幻出种种景象，使空气也显得稠厚起来了。寂静在扩展着，神情呆板的星星在深不见底的冷漠的夜空里闪出冰冷冰冷的光。

心抽紧了，耳朵发痛，白雪的寒光刺灼着双眼，树木驯服地分成两排往后退去，枝干拖到雪地上，活像一个个巫师，这千姿百态使人眼花缭乱。

雪在滑雪板下面沙沙响着，有时转成尖啸，还闪着亮光。阿基姆和罗兹卡的嘴和胸口都由于拼命喘气而刺痛了，大雪橇翻过一棵棵枯树，从一个土墩滑向又一个土墩，左右倾侧着，雪橇的滑木发出吱吱的尖叫，好像压着了一只大老鼠似的。雪橇向远处滑去，有时平稳前进，有时猛然前冲。艾丽雅好像对一切都无动于衷了，她木然地想着，想到永恒，不知为什么想到了古埃及，想到神秘的男祭司和女祭司，还想到了印度那些消亡了的城市，想到了在热带丛林深处迷路的人，想到了被弃置不顾的船和人们以及种种诸如此类的东西。一切人世的、亲切的东西都进入了寂寥的寒夜和原始森林的广漠之中，在那里，如果没有朔风扑面的痛楚，没有刺痛眼睛和鼻孔的寒冰，那是连自己也很容易被忘却的。

"别……睡……着！别……睡……着！"

艾丽雅擦掉眼睫毛上的冰，看到阿基姆双手撑在雪橇上。他浑身都是雪，他身上的一切都冻住了，发出沙沙的声音，呼吸混乱，眼缝冻僵了的眼睛里流露出一种慌乱的神情，两面脸颊有几处乳白色的斑点。艾丽雅从来没有看到过被严寒冻坏的人，但到底还是吓坏了——像这样面无人色的异常模样只能是一具将要死去的躯体。阿基姆舀了一盆雪，连手套递给艾丽雅。她哭泣着赶忙替猎人擦脸，她感到阿基姆一定疼痛难忍，就对他说，要他忍耐一下，雪擦完了，重新又舀，接着擦。而他的脸越垂越低，手指紧紧抓着雪橇边，都发出了咯咯的声音，他咬着牙骂了起来：

"你用点劲儿……你的手怎么一点没力气！……拼命使劲！拼命！"

阿基姆终于又重新奔跑着赶路，他几乎是四肢匍匐着在地上爬，而在他身旁，罗兹卡喘息着、尖叫着，狗爪子在雪地上留下了触目的爪痕；雪橇滑木已经不是吱吱嘎嘎地响，简直就像一个活人在尖叫，雪橇上下颠簸，左右倾侧，越来越猛烈地冲前仰后，雪橇里的什么东西颠落了下来，在后面的雪地上显出了一个黑点。虽然艾丽雅对阿基姆大声叫喊，告诉他丢了东西，可是阿基姆连头也不回。艾丽雅心想，如果雪橇断裂，他大概也不会回头的，既然走了，他就非走到倒下来为止——他已经什么也听不见，什么也不理解，什么也感觉不到了。一种恐惧，一种强烈无比的恐惧攫住了艾丽雅，驱使着她紧跟在雪橇、猎人和狗的后面，再也没有心思去想那些永恒啊、宇宙啊、消失了的城市啊，以及那些古老的国家了。她已经再也不去想什么事情了，恐惧代替了一切。由于感到前途维艰，不见尽头，大森林空旷无垠，难有终极，各种思想、各种愿望都被压抑下去了，此时此刻只有一个念头：停下来，在充满生命力的、火红的篝火旁躺上一会儿，不再去做徒然的挣扎，反正哪儿也去不成，而能去的只有那个地方，那里是所有的人最终都要去的，那么还有什么区别——无非是早点晚点而已。

艾丽雅的旧皮靴有两次踩到什么硬的平滑的东西，心想，踩着什么了？但突然投入眼帘的——是辙印。他们沿着这条有点奇特的辙印走。在有些地方，深雪好像被某种钝器翻了起来，但是在干净的雪面上辙印分成两条，可以看得见雪橇犁出的沟痕，旁边是狗的脚印。群山，那裸露着光秃秃崖壁的、褐色的庞然大物，像预报凶讯的乌鸦居高临下俯视着像白练般的河面。河面好像升入天空的幻景里去了；在天幕的背景上变成扁平的样子，似乎和巍然凝敛的天穹粘为一体了。

群山已经落在后面了！这就是说，他们已经翻过山岭，就是说，他们正在向宿营地、向着渔业生产队、向兽皮帐篷走去。这不都一样吗？只要能走出这荒无人烟的森林，到有人的地方去，人们决不会见死不救。他们会给你调养、烤火，给吃的、喝的，用鹿橇送你到城里，进行治疗，最后用飞机把你送回家，送到妈妈身边，送到莫斯科。

难道有这一切吗：妈妈、莫斯科、人、很多很多人！到那时候她永远永远再也不到别的地方去，永远也不离开母亲，哪怕妈妈抽烟，哪怕妈妈和作者们吵架，或是"搭救"他们。也许阿基姆正因为找到了车辙，因此才那么急着赶路，才那么驱赶自己和罗兹卡的。"可怜的阿基姆！我的好人！他会有好报，会有好报的！"

森林里微微透亮，寒气减弱了——这一点，眼睛看不见，但脸上能感觉到，原始森林变得柔和起来了，树木的爆裂声变得稀少了，然而声音更响，震得枯枝败叶和由于冰冻而卷成一束束像烟叶样的须芒草纷纷坠落下来，树叶也簌簌颤动不止，这样的奇特景象不知为什么使艾丽雅也十分惊恐。

他们在斜坡上停了下来，这是一个小小的缓坡，不知是因为林子的阴影呢，还是因为那延宕再三不肯离去的黎明，也可能是因为已经偷偷赶来的黄昏，总之，这缓坡呈现出一片青色。艾丽雅俯身躺在雪橇上，阿基姆使劲儿把炉火弄旺，挂上铁锅，然后也俯身躺到一层薄薄的云杉树枝上，树枝在他身底下吱嘎吱嘎响着折断了。阿基姆的脸上满是血痕，耳朵肿了起来，颧骨突起在眼睛下面，头发像老头儿似的倒伏着。他们喝茶，已经不再可着数用糖了，他们急忙地喝着，喝得很多。阿基姆的双手颤抖着，枝枝丫丫的、黑色的筋脉暴起着，好像是因为用力过度而要发出声响似的，眼白上布满着红红的血丝，眼皮浮肿，翻出了黏糊糊的内睑。然后，到了晚上，发出奇异的光亮的已经不是阿基姆的目光和眼睛，而是那越来越肿大的黏糊糊的眼睑，在眼睑的底下除了致命的疲乏以外就什么也找不到了。

阿基姆打开了最后一罐炼乳，在火上热了一下，喝了两匙，然后冲成一杯牛奶，让罗兹卡舔着喝。小狗不相信地对主人看着，摇着尾巴，阿基姆微微睁开眼睛，启动嘴唇："吃吧，吃吧！"从来就是胆小的罗兹卡牙齿敲得茶缸直响，用舌头大声地舔着。

　　"这才对了！吃的东西干吗要舍不得呢？马上我们就要见到人了，他们那儿什么都有，有牛奶，有糖。而狗是干净的动物，生活在大森林里，睡在白雪上，吃的是野味，它可以从茶杯里吃。狗是朋友。罗兹卡这个朋友比起有些人来要忠实十倍啊！……"

　　他们动身了，继续走着。不知为什么骨头生疼，头发胀，耳朵里嗡嗡直响，他们脚不停步地赶啊，一口气拼命地往前赶，阿基姆走路越来越跌跌撞撞，终于摔倒了，两只手压在身底下，脸埋到了雪里。罗兹卡哀号了起来，舐着他的脖子、后脑勺。艾丽雅俯身到阿基姆面前，用戴着手套的手害怕地触动了他一下。阿基姆双手撑在雪里坐了起来，用袖口在脸上抹了一下。

　　"现在你得自己走了。该凭自己的力气啦。"但后来，不知是在白天还是夜晚，当他在天寒地冻之中，听到身后声嘶力竭的咳嗽声时，他还是心有不忍了，便哑着嗓子脱口说了一句："扶着雪橇走！"他喘了一口气又补充道："不要掉队！"

　　艾丽雅不敢从雪橇上松手，搬动着已经不像是自己的双腿，并且不仅仅是失去了思考、观察和感受的能力。咳嗽震得她脑袋里直冒金黄色的火星，使她不禁跪倒在地，身上冒出一阵冷汗。"等一等！等一等！我不行了！"她一面在雪地上拖着身子爬，一面叫，但是前面听不见她的声音。于是她挣扎着站起身来，跟在大雪橇后面走着，她已经感觉不到眼睛以及由于咳嗽而潮湿的嘴唇是怎么冻住的，也不再感觉胸口堵塞，她简直完全没法呼吸了。胸口作恶，身上直冒冷汗，头脑里的喧闹声响盖过了一切声音，眼前旋转着一个个彩色的光圈，好像把整个世界和空气都烧得一干二净。哪怕能有一口、一小瓶温暖的能给人以生命力的空气也好啊！

不知是在昏迷中，还是清醒着，她看到并触摸到了阿基姆背靠着树，瘫倒在树荫底下。浓密的树枝在雪地里纠结在一起，好像搭成了一顶帐篷。周围暖和起来了。这时感到的只有宁静，只有一种因为摆脱了劳动，摆脱了令人筋疲力尽、骨节酸痛的奔跑而产生的轻松感；不知是在昏迷中还是清醒着，她看到自己面前是阿基姆的脸，这不是脸，而是一张假面，它熊熊燃烧着，烧成了像瓦片一样的红色，上面密密麻麻布满了一堆堆的粪便和蘑菇。冷冷的、疲惫的眼睛里有一只眼珠闪出火红的、逼人的光芒，燃烧着一股倔强和恶意的火焰。她，或者不是她而是另外一个生物，现在正被迫近的死亡吓得魂魄俱散，她绕着伸开四肢躺在树底下的、被冻坏了的人的身体爬行着，把嘴唇伸到他的脸上，感到了僵硬了的脸颊和鼻子，于是也不再去把他叫醒，不再叫他起身走路，而是在剧烈的咳嗽声中哀号着：

"原谅我吧！原谅吧！原谅吧！"

当艾丽雅还是个轻佻少女的时候，纯粹出于淘气常常到叶拉霍夫斯克教堂去挤在那些痴愚的、虔信的人群堆里做礼拜，而现在她却竭力想记起当时听到过的一些祷词："上帝啊！垂怜我有罪的人，我们在天的父啊……愿你的名字焕发荣光！……以圣母的名义，宽恕我们吧！……勿因我的罪孽而弃我不顾……勿拒绝我……请赐我以得救的欢乐……"

眼泪冻住了，停止了叫喊。她扑到阿基姆身上，拥抱他，把脸埋到他身上，那里在一颗连布一起扯下来的纽扣后面，在她亲手用兔毛为他编织的皮短上衣的领口接缝地方，正跳动着他的喉咙。胸脯剧烈起伏着，一个嘶哑的声音在说：“祷告吧……再祷告一次。”

于是她顺从地轻声祷告起来，她不是对着天上，而是对着他，这个男人，这个尘世的恩主和保护人祈祷，这个人永远在支持和保护女人，是她的养育者和主人。过去是这样，现在是这样，将来也是这样。除了他，这个男人以外，谁也拯救不了她这个软弱的女人。一定要振作起来。一定要振作！

阿基姆对蕴藏在女人身上这种强烈的对生活的渴望感到非常惊讶，他克服了软弱，抬起身来，用四肢撑在地上，双手陷在雪里。他痛得龇着牙，像狗一样哀号着，把身子从雪堆里挣扎出来，四肢匍匐着爬到树底下那蓝色的辙印处。然后，他直起了身子，站了起来，跨了一步，罗兹卡向前猛冲了一下，尖声叫了起来。在这以前阿基姆踢过它，打过它，在雪地里踩过它，但它宽恕了重新回到生活里来的主人所做过的一切事，这主人现在正在向它，还在向另一个什么人赎罪，拖着它和艾丽雅向前走去，已经没有力气叫喊，也没有力气骂人，只会痛苦不堪地嘶喊。这嘶哑的声音也正是支持着他自己不倒下去的一种喊叫。

罗兹卡深嗅了一阵，更拽紧了身上的纤带，它把舌头伸得更长了，快速地搬动着被雪地的冰凌划破了肉的弯曲的小腿。阿基姆没有减慢速度，转过身来——他的双手拽着纤绳，热气从纤绳底下冒出来，短皮上衣敞开了；围巾在雪地上拖着；他踩住了围巾的一端，"躺下！"他晃了晃脑袋。艾丽雅知道，命令不会再说一遍的，一下子就明白了该怎么做，她并不去想阿基姆和罗兹卡，也不想是他们在拉着她走，她不怜惜他们，只因自己的幸福而高兴，就立刻向盖满了雪的雪橇倒下身去。

雪橇的速度放慢了，几乎停了下来，但是身子伸得笔直的人和狗仍然在拖，然而拖的不像是雪橇，而像是力不胜任的重负，把它往高处的什么地方，往山里拖去，而她在宽大的雪橇里蜷缩着身子，想把自己变得小一点、轻一点，想多少能对这个人和这条狗帮上一把。她又想祷告了，但是不仅记不起任何祷词，哪怕是一句教堂用语也想不起来了，从她那被严寒烧灼着的嘴里只吐出一个词："上帝！……上帝！……上帝！……"

在小木屋盖满了干净的新雪的门槛上，有一个人摊手摊脚地躺在那儿，背上背着一根纤绳和一支猎枪。他的腰背后有一把斧子闪闪发亮。这个人刚刚呕吐过。一条狗瘦骨嶙峋的身体上戴着一只玩具似的颈圈，肩上的毛都被带子勒出凹槽来了，它急匆匆地、讨好地照看着台阶，同时用玫瑰色的灵巧的舌头舐着主人的脸。

小木屋的门用滑雪杆拴着——倚墙放着被虫蛀蚀了的干燥的杉木檩子，檩子上堆满了铺垫用的云杉树枝。门旁的圆木上有新近砍出来的呈淡黄色的痕迹。圆木上曾经有人用歪歪曲曲的黑字写过下流话。这根打猎时使用的滑雪杆是一根刨光的木棍，它一端顶在木质拉手里，另一端支在林中小屋木门上已经腐朽的斜木框上。屋顶上烟囱的顶端已经烧出小洞。木柴放在披屋下面，以免被雪埋住。一条小路通向河上的斜坡。那上面有很多脚迹：那是一双穿旧了的、偏向一面的毡靴留下的印痕，还有密密一片黑貂的匆忙的爪痕，看上去像是风扫落下来的枯叶。

"你把我带到哪儿来啦？！"

那个人说话已经不嘶哑了，也不再在台阶上痉挛了，他坐到了小台阶上，一面吐着痰，渐渐恢复了常态，喘着气。

"你把我带到什——么地方来了？！"艾丽雅大声哭了起来，她突然用力抓住短皮大衣的领子，把同伴从台阶上拉下来，摇撼着他并用两只拳头打他的胸部。

他疲惫不堪地对她看着，一点也搞不清楚是怎么一回事，但坚决地用手把她挡到一边，从身上解下冻硬了的纤绳，给狗卸了套。罗兹卡从颈圈里解脱出来后，抖了一下身子，开始在雪地上奔跑起来。

"给我用雪擦擦脸，"他用手套舀了一捧雪，递给艾丽雅，并关照道，"但是不要把我的脸划伤。痛得厉害。"

艾丽雅被他这种沉着的威严制服了，顺从地擦着猎人的脸，但心里却充满了她自己也没有料到的坏念头和恶意。

"他知道痛！好啊，他知道痛！"她暗哑地说道。"而我不痛吗？"她突然尖叫起来。"而我不痛吗？！"于是开始用手套抽她那没有感觉的、还没有暖和过来的脸。"坏蛋！坏蛋！坏蛋！你把我带到什么地方来了？！我要到妈妈那儿去！妈妈那儿！到莫斯科去！坏蛋！坏蛋！坏蛋！彻头彻尾的坏蛋！您要我怎么样？！"手套掉到了雪地上，于是她用皮包着骨头的手一下一下地打他的耳光。"我会死在这儿的！会死的！我受不了！受——不——了！"

阿基姆起初抓住她一只手，后来又抓住第二只手，紧紧地捏了一下，竟使她像一只被射伤的鸟那样抽搐起来。血从他被打破的嘴唇里流到下巴颏上。他抹干净了嘴唇，看了看自己的掌心，也用喑哑的声音轻轻地说道：

"有的人只有自己的痛才算痛！只有自己的命最值钱！"突然他从来没有过地，不顾一切地怒吼道："你受不了！你会死的！我要给北极狐喂点儿好吃的，多少还会有点好处！不，我还要为你做一件好事：把你和那个野汉子埋在一起！就在那儿！"他用手往恩德河后面的原始森林的深处一指。"这样可以不寂寞……去吧！"阿基姆把她推开。"看你，脚都站不稳！"他从雪橇里拖出旅行包，拿出锅子，装了一锅子新鲜的白雪，这是从柴堆上刮下来的，而血仍然从嘴唇里渗出来，在下巴那里拖成一根线，并且和戳起的胡子粘在一起，冻结了起来。他一次又一次地舔着嘴唇上被严寒凝住了的血。艾丽雅看见他的牙齿的白釉上浮着一层殷红的鲜血，不禁胸口作恶。他一只手拿着装满了雪的锅子，另一只手里攥了一把黄色的桦树皮走向小屋的门，这时他好像在姑娘身上那不灵便的、冻住的衣服上绊了一下，姑娘面色苍白而微带青色，身体像狗崽一样毂觫着，但仍然倔强而生气。"请进屋去吧！"阿基姆抛掉桦树皮，抓着她的衣领，像抓一只小狗那样把她往小屋拖去，一面高声地、愤恨地骂着。这使她害怕了，竟小步跑了起来。

小屋的门吱嘎一响，艾丽雅的身子就飞进了冰冷的小屋的尽里边，她胸脯撞在一只小桌子上，然后跌到地板上。她就这样跪倒着，两手搁在小桌子上，脸搁在手上，听着主人乒乒嘭嘭地把木柴丢进炉子里，她感觉到屋里已经浮动着燃旺了的桦树皮的浓浓的香味，炉子欢快地爆出噼噼啪啪的声响，然后轰地一下子开始炽旺起来，雪在锅子里化开了，很快就咝咝响了。"快吃点茶吧，热茶！热茶！放上糖！……"艾丽雅咽了一口唾沫，但唾沫也没有能使干涸的喉咙润湿，反倒卡在喉咙里了——喉咙太干燥了。

阿基姆趁生炉子的当口，把什物从门外搬进来，来回奔忙着。他还在骂人，但已经不很厉害了，甚至也说不上是骂，而是嘟囔着：

"任性的小宝贝！真是金枝玉叶！谢谢啦，总算是走到了！我可不知道该给谁烧香点蜡烛，哪一位算是有功之臣？要不然我们怕不要被小野兽吃掉，过后人家又把这些小野兽的皮剥下来给那些宝贝哥儿小姐们做皮领子和帽子！……我们这号人就让吃掉算了——生来就是这样的命嘛！只是罗兹卡可怜！只是它这个苦命的为什么也要遭罪呢？为什么它也要被收拾掉呢？唉……唉，恶鬼！唉……恶鬼！"

罗兹卡被这样的骂人架势吓坏了，但尤其是因为一路赶来简直累坏了，所以伸开了四肢躺在火炉后面的木柴上，但是它一听到自己的名字，就费力地抬起头来，看了看主人。阿基姆爱抚地对它说道："睡吧，睡吧，休息吧，小狗！"在他的声音里包含着那么多温情，以致艾丽雅重又感到屈辱：她连狗还不如！

炉子里传出阵阵热气。"该上炉子那边去，上炉子那边。"

艾丽雅在木床上搬动着身子，摸索着爬到炉旁，摸到火炉背后的罗兹卡，她双手把它抱住，把鼻子伸进它厚厚的毛里，也不管狗身上那股她曾经觉得那么难闻的气味。"我的好狗啊，好狗！我的好狗啊，好狗！"一种强烈的怜惜的感情使她感到窒息，浑身无力和昏昏欲睡。

有人很粗鲁地把她推醒了，她感到潮湿而闷热，脸上火辣辣地疼痛，手和腿也发烫而且没有力气，全身的骨节都在酸痛。

"吃东西吧，啊？"

阿基姆没有再和她说话，直到夜里很晚的时候才回到这所刺骨寒冷的小屋子里来，把递给他的东西吃了，喝过茶，咳嗽着、呻吟着，倒到木铺上，立刻就睡着了，仰着那瘦削的、灰茸茸的脸。艾丽雅生旺了炉子，煮着食物，用掌心捂着嘴咳着，自己服用了冻越橘汁和药片，阿基姆把全部药品一下子全放到了桌上，好像说："想活的话，就服药治疗！"

还是秋天的时候阿基姆就到过恩德河上，勘察过耸立着那棵古老雪松树的石岬后面的那片遭过雷殛的树林。刚才他就是在那儿到处搜拣，翻寻枯枝干杈，把它们搬到石岬上，那儿附近的雪松树下正长眠着戈加·盖尔采夫，他现在才真正是自由的人了，没有灾难，没有悲伤。在北方，紧接着严寒就是旷日持久的、猛烈的暴风雪，那时毁灭一切生机的季节就来临了。因此阿基姆急忙赶在树林"雪倒"[1]前燃起了一个巨大的篝火堆，并用一大堆

---

[1] 寒带地区树木因树冠上积雪的压力过大而连根翻倒的现象。

湿树枝封火，为的是让烟雾升得更高更浓。以前没有想到过的一个念头，竟在他坐在山腰空地上的时候来到了他的脑际。当时他从高处看到寒气从冬天的河面上升腾而起，凭着这寒气他发现了库列依卡河，后来又看到了定期班机，这使他产生了信心：从一昼夜一次飞过宿营地的飞机上，驾驶员一定会发现，而且不可能不发现不断冒烟的篝火。

这些飞行员也真不愧是极地飞行员，他们往往不为一情一景所动，可是对这甚至在夜里也燃烧不灭的、令人警觉的篝火冒烟的情况却倍加注意。他们从航空队向各个地方的无线电通讯站发出询问——有没有人在某号地区，在恩德河的中间地带？"猎人协会"的电讯员答复说："有！"

于是直升飞机便以黑魆魆的、孤独的雪松树为标记，低飞到了石岬的上空，用绳索放下一只小包，其中有一个旅行药箱、一昼夜的食物和一张字条："发生了什么事情？"

阿基姆在小包里放进了一张事先写好的字条："过冬小屋里有重病人。请予救援。"作为答复抛下的小包已经不带绳索，纸条上写着："正在执行紧急航行。归路上来接。请尽可能在降落地点设置标记。"

阿基姆砍了好几垛赤杨树干，把它们在雪地上摆成方形。结果搞成了一个类似围猎场的地段，包括了几乎整个平坦的、长着那棵雪松的石岬和恩德河岸的一部分旷地——在这一片严酷的、褐色的多石地带，这个降落点是再好也没有了。

阿基姆咳嗽着，咯着痰，仍旧用那辆敝败不堪的，滑木已经被雪、冰块、树根之类磨得成了薄薄的一层的雪橇，送艾丽雅到直升飞机降落点去。他照旧脸色阴郁，沉默不语。脸上冻伤的伤痂一层盖着一层，已经不成模样，他的女伴却收拾得干干净净坐在雪橇上，对恩人和自己都既不感到生气，也不感到哀怜。艾丽雅离开了小屋，她在那里的生活已经到了异常艰难的地步，她虚弱不堪，蜡黄的脸上两只蓝色的眼睛深深地陷了下去，她不断地咳嗽，大声地、痛苦地呻吟着，在雪地上咯下浓浓的、满布着血丝的痰。

阿基姆想睡觉。睡着吧，睡着了就感觉不到被冻伤的脸上那种烧灼、撕扯般的痛楚，感觉不到过度劳损的骨节和那马虎地绑着肮脏的绷带的双手的酸痛。他像老人似的佝偻着背，勉强把雪橇拖到石岬那儿，帮助艾丽雅走到雪松树那里，让她在篝火旁坐下，他自己跪坐下来，一动也不动地看着那些腐烂的树根。

"你是不是和他告别一下？"他对着被白雪覆盖的盖尔采夫葬地的方向点了一下头。"也算同路一场……"

艾丽雅摆动了一下头，也不知是同意还是拒绝，但终于也没有动弹，没有挪动身躯，当那架小小的、大肚子的直升飞机在他们头上悬了一会儿，然后降落在空地上时，她始终像树桩那样坐着不动，直到阿基姆帮助她从篝火旁站起身来。艾丽雅没有呻吟，没有流泪，似乎也并不高兴地向直升飞机敞开着的门走去，一个年轻的、笑容满面的驾驶员从门里探出头来，放下一把铁的小梯子，把猎人搀扶过来的那个女人拉了上去，甚至还说了一声："欢迎你们，原始森林的居民！"

阿基姆手里抓着那只分量很轻、浑身打战的狗的颈圈和空旅行包的背带，动作笨拙地爬上直升飞机，生怕把那只哀叫着、挣扎着用爪子抓着机身铁皮的罗兹卡脱手掉下去。阿基姆把狗和背包丢进机舱以后，就用眼打量着，想找一个离女伴远一点的座位。但是除了两只座位以外，其他的椅背都放倒了，因此他还是只能和她并排坐在软椅上。驾驶员皱着眉头，大概是准备讲有关狗的事情，但是罗兹卡已经爬到座位底下，把头钻在主人的腿中间，偷偷地舔着他的手掌，好像在说，不要把我忘了，我也忘不了你，但是阿基姆已经昏昏睡去，什么也听不到了。

直升飞机震响着、跳动着，摆正了航向，低低地飞过林子上空，向着已经被急流处的冰块搅动得气势汹汹的库列依卡河口逸去。当飞机在岩石顶端急剧上升的时候，机身晃动起来。年轻的驾驶员继续开朗地笑着，从座舱里拿出一瓶鹅油，推了推男乘客的肩膀：

"喂，朋友，擦一点……"阿基姆没有回答，他的脸陷在两个座位的中间，从他那张开着的挂着口水的嘴里透出被感冒阻塞的呼吸。

"让我来擦。"艾丽雅伸过手，小心地，用一个指头涂抹着阿基姆那像杉树皮似的伤痂，以及耳朵后面的冻疮和鼻子。

"别舍不得，别舍不得！"驾驶员颔首朝鹅油瓶指了指，甚至还顿了顿脚，摇头问道："冻伤得真够瞧的！你们是什么人？哪儿来的？"

"说来话长。"艾丽雅回答道，痛苦地笑了笑，指了指轰鸣着的直升飞机的舱顶。"没力气，对不起。"为了盖过响声，她还叫了一下，把鹅油瓶还给他。"我只会碰痛他！谢谢！非常感谢！"她也靠到椅背上，闭上了眼睛，希望驾驶员赶快走开，不要纠缠着问这问那。

如果阿基姆没有睡觉，他会惊奇地发现，他们不是向图鲁汉斯克或伊加尔卡飞去，而是顺着库列依卡河飞向早已荒废的村镇，降落在雪地里开辟出来的小停机场上，在停机坪旁边孤零零地生长着一棵只有一根毛茸茸枝干的表面凹凸不平的针叶树。在这棵长得有点弯曲的针叶树上有几只还是在三十年代装上去的吊钩，上面挂着包在厚厚一层冰霜里的弯弯的电线。这些电线就像婚礼的红绳系住了已经有点倾斜的木棚，不让它滑到河里去，这个木棚也是在三十年代的时候建造的，作为航空港的建筑物。这座小木棚已经发黑，久经风吹日晒，然而其中的窗框、支架都是新的，屋上的白瓦也是新的，新的烟囱不时散出袅袅的烟雾。村子的一头人烟稠密。一幢不久以前才建成的、挂着牌子的屋子成了当地的中心，村子里所有的房子都修缮一新，家家户户炊烟缭绕，到处是忙忙碌碌的拖拉机、来来往往的汽车，灯火通明。如果阿基姆没睡着的话，他就会惊讶地看到这个村镇的工匠、工人和工程技术人员多得不计其数。

在库列依卡，在空旷的努玛——柳玛，人们正在筹建水电站。

乡村医生是很有礼貌的老派人，从他的鼻子和忙忙碌碌的举止可以判断，他是一个海量的酒客，他观察了艾丽雅的病情，做了叩诊，丝毫没有外省人的那种踌躇满志的神情，坦率地表示了自己的惊讶：

"这小伙子就他的能力所及，他所做的一切都是对的，"他以一种稍带骄傲的、意味深长的神情又说了一句，"原始森林的科学啊！您的事情，说实话，不太妙啊！暂时不能飞行，也不能乘车。约莫有一个星期我要在……请原谅我用词的大胆，我要在医院里给您治疗。等稍稍好一点，就可以感谢上帝回家了，上妈妈那儿，回莫斯科。那儿有啤酒，那儿有蜜糖，有的是好医生！……"艾丽雅点了点头，想找个机会问问阿基姆怎么样了，但这位健谈的医生阻止了她："您的恩人不承认医院的医道，他用大森林的办法治疗——鹅油、蒸汽浴、白桦笤帚……"

"还有酒……"

"适当地可以用。"医生望着空间的某个地方，想着他自己的事情，补充说道："哎，酒吗？宁喝喜庆水，不饮伤心酒。而这小伙子在原始森林中待过，冻坏了，思念亲人。"

阿基姆来到航空港送别艾丽雅的时候，神情冷峻而心情郁闷。在人们面前他默不作声，不知为什么把香烟卷在掌心里抽，眼睛老是看着旁边，擤过感冒了的鼻子，就用手掌去擦，但突然记起，又掏出一块灰蒙蒙的小布，拿它擦一擦脱皮的、红红的圆鼻子，像鸟一样转动着头，把两只已经溃烂得见肉的耳朵轮流藏进臂肘处早已扯破了的皮上衣的脱毛领子里去。他那冻坏了的脸已经在愈合了，但还涂着一层灰色的、像鸡屎似的油，他舔着开裂了的嘴唇，从上面舔掉皮屑。饱经风霜的、消瘦的"老哥"在亮光下看上去像个少年，而成人的服饰：皮帽、皮短上衣、套在毡靴外面的长裤，所有这一切都像挂在他身上一样，空空荡荡，破旧的围巾像条肠子似的从短上衣的领子里拖出来。阿基姆眼睛里的红肿尚未褪去，而在褪去的地方长出了一片黏液。寒风使得他眼角渗出分泌物，但很快就冻住成了白色。这位在森林里那么信心十足、足智多谋、手脚灵活的"老哥"，现在不单一副可怜相，而且失魂落魄，触目地孤独，对所有人都像个外人，而且不为任何人所需要。

"你怎么啦，不停地抽？像一辈子没抽过烟似的！"艾丽雅不知道该怎么办才好，皱起了眉头，看着针叶树黄黄的枝干。在灰茫茫的天空里，在失去光泽的雪地里，在白天浅灰色的光线映照下，这根枝干像一只展开着的漂亮的翅膀向着什么地方飞去，显得光彩熠熠、充满着活力；树枝上的针叶振翅待飞将起未起，就在树上冻住了，因此就显得分外精神。这枝干，这屋上的青烟，这才是有生命力的东西。

"你该走了！"阿基姆碰了一下艾丽雅的衣袖，朝着正从旁边走过的驾驶员们和跟在他们后面踏着碎步的一大群旅客点了点头，这时他才考虑是拥抱她呢，还是和她握握手？握手似乎不合适，不是外人了。他出乎自己意料，说话时竟用"您"称呼她，同时用毡靴翻动着脚下的雪。"请您原谅，如果有什么地方不……"

"你怎么这样说话，怎么这样说！"她戴着手套，抚摸他短皮上衣的领子，把手留在上面，好像在鼓励他，勇敢些，亲近些。

"那时候说了些……当然是不文明的话，"阿基姆照旧往下说，"总之，请您原谅我不体面的行为。"

他在离开以前往她手套里塞了一团什么东西。原来这是一张团紧的、沾着手汗的五卢布的钞票。艾丽雅想拒绝，说是妈妈会到克拉斯诺亚尔斯克接她。她有钱，衣服也挺暖和，她什么都有。但是，舌头怎么也转不过来说拒绝这些钱的话。这钱大概是阿基姆向谁借的，为了让她在克拉斯诺亚尔斯克不要去挤公共汽车，而乘计程车，不然会受凉。她现在特别要保重自己。

"唉，阿基玛，阿基玛！"一阵寒气攫住了喉咙，截断了呼吸。"唉，阿基玛，阿基玛！"飞机上的人在招手了，但艾丽雅怎么也没法迫使自己从这个地方离开。她也想对有些事表示忏悔，为有些事请求他原谅，而这该怎么做，该说什么话，她都不知道。让这一切快点结束吧！她耐心地等待着，想让阿基姆先离开。她不便先走，但求他不要再用这种笨拙的礼貌来折磨她，因为在这礼貌后面可以想见一种令人害怕的言外之意。"唉，你啊，我的上帝！"她觉得她马上就会扑过去，按照古老的方式扑到他胸前，失声号啕。"我们为什么这样孤独，这样老！……"但她那由于生病而有了皱纹的、被风吹得毛糙也同样脱皮的嘴唇却翻来覆去地说着："唉，阿基玛，阿基玛！唉，阿基玛！"

艾丽雅突然觉得被他那种自责的，同时又是戒备的目光刺了一下，便硬下心肠，用那只烤得非常干燥、散发着篝火香味的手套捂着嘴，倏地转身奔向飞机。不知是因为那卷成一卷的五卢布的钞票，还是由于手套上的洞，她右手的手指麻木了，她一边跑一边用手套捂着嘴，不知是在咳嗽，还是在哭泣。她一晃身登上舷梯，一边还在重复地说着："唉，阿基玛！阿基玛！……"在机舱里她把脸埋在包着柔软的粗布套子的座位里，当她一阵咳嗽喘息过后，马达已经发动，飞机颠簸着开始滑行，像一只垂着尾巴的大鸟蹿出两旁的雪堆，滑上了跑道。

艾丽雅把脸贴在舷舱的白色的磨砂玻璃上，呵着气，用手套擦着。她固执地用眼睛寻找阿基姆，相信他一定冒着凛冽的寒风孤零零地站在雪地上，因此预先在心里对他和对自己惠予内心的怜悯，但不论在田野上，还是在布满了脚印、痰迹和烟头的场地上，已经一个人也没有了。航空港的服务人员和其他一应人等在送走飞机以后早已躲进屋子，到暖和的地方去了。

艾丽雅觉得像是被什么东西很不愉快地刺了一下，她再一次用眼睛搜索着田野，瞥过航空港的小屋，注视了一下针叶树干的黄黄的叶子："这也好！这样也好！"她的嘴唇颤动了一下。

这时，飞机平稳速度，稍稍停了一下，吼叫着给自己增添力气，不知是由于紧张还是出于对广漠的空间的恐惧，机身颤抖起来，于是艾丽雅也蓦地一惊，打了个寒战。从河那边，经过挖满堑壕的峡谷，顺着满布着电杆的土坑和未来建筑物地基的村镇，有一个人在匆匆赶路，为了躲避寒风，他把脸藏在肮脏的发黄的短皮上衣的领子里。"阿——基——玛！"艾丽雅以一种满足的欢愉混合着莫名的哀愁叹了一声，更紧地贴到冰凉的玻璃上，从睫毛上眨下一滴滴眼泪："阿——基——玛！……"

路上的雪已被推土机清除了，两旁堆起了杂色的土丘，这个人一会儿消失在土堆的后面，一会儿又短暂地出现；可能是从秋天起，也可能是在一个世纪以前就弥漫在原始森林和群山之间的昏黄的暮色，渐渐地吞噬了这个孤独的、穿着短皮上衣的身形。还在飞机钻入低层的天空以前，这个把脸藏在领子里，在寒风中缩着身子的人——或许也只是一个迎面而来的幻影——终于消融在那混混沌沌的暮色里了。

此地常见的暴风雪入夜就不肯安分，它重新把雪搅起，再一次在雪堆里寻找着什么，从那里甩出一团、两团白色的冻块，并且斜穿过上坡地带、峡谷和道路，拉出一条条白线，把它们放在严冬的尖利的纺锤上搓揉。雪地、空旷、寒风、暴雪——不论你在这里生活多久，你永远也不会对它们习惯。能使人感到温暖的，只有对春日和夏天的梦想。恶劣的天气越冥顽，严冬和寒风越肆虐，对明朗的晴天、阳光和温暖就会有越热切、越强烈的期待。

我找不到回答

任何时候

任何事情都不能回复原样，

就像不能消除

太阳的黑点一样，

尽管你重又踏上归程，

但人事全非，不复是

当年景象。

这道理，一眼看得明白，

就像死亡的无可置疑一样。

回得去的是那同一个地方，

但要回到过去，

则绝不可能⋯⋯

——尼古拉·诺维柯夫 [1]

---

[1] 尼古拉·伊凡诺维奇·诺维柯夫（1744—1818），俄国启蒙主义作家、批评家兼出版家。曾出版过多种讽刺性杂志进行启蒙宣传。1789 年被俄国女皇叶卡捷琳娜二世逮捕，囚禁于施里塞尔堡达十五年之久。

每一次，我飞离克拉斯诺亚尔斯克的时候，当飞机颠簸着、颤动着，几乎像一匹野马那样怒不可遏地嘶叫着扶摇直上，窜出帕克洛夫斯克山区的时候，我总要重新俯瞰这故土山河、这生养我的地方。飞机飞越叶尼塞河岩石嶙峋的河道上空的时候，有几次经过我故乡的村庄——这好像是命运故示恩宠，赐我以小小的礼物——于是，不知为什么我总觉得这是最后一次看到它了，我是在和它永远告别。

但是，当光亮如镜的河面豁然展现，马纳河口到巴扎伊哈河一路上栏木浮栅绵延成一条黑线，林林总总的圆木像一排排铅笔在银灰色水波里浮沉，而故乡的村子终于赫然呈现之前，我始终目送着这座城市——这座地域日见宽广，人烟更加稠密，更加喧闹不息，更加烟雾弥漫，同时也使我更感到陌生的城市。

真是奇怪的巧合，但是我对于这个城市的最早的和最清晰的回忆却和鱼有关！就在如今是城市中心广场、入夜灯火璀璨的地方，过去就曾经是集市所在地，四周围着一圈粉刷成白色的木栅栏，那里冻住的雪橇的吱吱嘎嘎声响和铁皮包轮的大车的轰隆声闹成一片，而任何一辆大车一蹭上雪白的木栅栏，就好像在告诉人们，周围的土地都是黑的。

这里的集市真是熙熙攘攘，货品繁多！人们从四面八方赶来，简直像过节一样。这里的物价低廉是历来有名的。我们不妨从彼得·西蒙·帕拉斯[1]的书里引几段文字，此人有一串头衔："医学博士，自然史教授，圣彼得堡皇家科学院院士，自由经济协会

---

[1] 彼得·西蒙·帕拉斯（1741—1811），德裔俄国自然科学家。

会员，罗马皇家科学院院士，英国皇家学会会员，柏林自然科学研究协会会员……"

帕拉斯教授在一七七二年的时候曾经到过克拉斯诺亚尔斯克，这位德高望重的学者指出过："别的地方的空气没有一处是像这里那样不断流动的。"他接着又对这个省份的经济作了评论："克拉斯诺亚尔斯克周围一带的收成越是好，生活费用就越低廉。而且我完全相信，虽然在俄罗斯帝国这个太平盛世里很难再抱怨哪一个县城的生活昂贵，但是这个帝国任何地区的农产品都没有此地便宜……这里的人们对好收成已经习以为常，而从来不知道什么普遍歉收……克拉斯诺亚尔斯克的居民们有很大一部分收益来自叶尼塞河的各岛屿，特别是在阿巴康斯克市附近和上游一带，那里盛产野啤酒花，一到秋天很多人就专程来这些地方装啤酒花，用木筏子运到城里，每俄斗可卖五十戈比到一个卢布不等，那时节一普特黑燕麦面才值两个戈比，小麦面才两个半戈比。啤酒花大都运往价格行俏的叶尼塞伊斯克城、伊尔库茨克城和其他沿通古斯卡河一带不出产啤酒花的地方。大量出产啤酒花和粮食价格低廉使克拉斯诺亚尔斯克的居民家家户户都自酿啤酒而且过得快快活活。"

"过得快快活活！"——这个愿望穿透时间的深层，牢牢地保持到而今。喧闹的集市，欢乐的集市，设置的摊位根本不够用。买卖就在大车上做，在岸边做——从驳船上、从划子上，鱼是论桶、论普特卖，鲜的和咸的、腌腊的和熏制的、冰冻的和晒干的、名贵的和一般的、下游的和上游的、大的和小的——真是应有尽有。

但是使我惊讶的却不是集市，不是这琳琅满目的货物和熙熙攘攘的人群，而是竖在鱼铺子里的一块褐色岩石，活的鲟鱼就在岩石脚下游动，从底下照来微弱的光线。屋子里的游鱼——这实在不是一个乡间蒙童所能设想的！这家铺子现在还在那儿，在和平大街上。过去它拥挤、昏暗，现在砌起了瓷砖，有现代化的冷冻设备、漂亮的橱窗，而且屋子里没有那种经久不散的鱼腥味。

甚至很难令人相信，这就是那家威严十足地游动着活鱼的铺子，那里挤得气喘吁吁的本地俄罗斯人，一旦看准了哪条鲟鱼就唯恐错过地用手指指定说道："就这条！"一个束着皮围裙，嘴里叼着长长的香烟的男人就应声道："这条就这条。"用捞鱼网兜住鲟鱼就把它倒到秤上。这条大鱼在秤盘里挣扎腾跃，束围裙的男人想把它按住。买主不答应了："嗳……嗳……手指头加的分量我不付钱！""那你自己过磅去！"售货员一松手。鲟鱼翻到包着铁皮的柜台上，啪的一声落到地上，折腾着，翻滚着。售货员为了表示抗议，身子往木箱上一坐，一条腿往另一条腿上一搁。人群里响起了抱怨声，买主让步了："一句话也说不得了！我又不是存心的……""那你干吗这么说？我呀，不瞒你说，什么鱼没见过？哈坦加河、贺塔河[1]，哪儿没去过，还有喀拉海……""这当然，不好的人也不会来做掌柜。""那可不一定，掌柜的人中间骗子也不少！""骗子嘛，哪儿没有？"

祖母总要费好大劲儿才能把我从这个童话般的卖鱼的铺子里哄出来，而且办法只有一个，就是许上一客冰淇淋，双色的圆球，底下是草莓的，上面一圈白色，那个甜，那个香，那个凉劲

---

[1] 哈坦加河、贺塔河均为极圈内的北方地带的河流，在泰梅尔半岛南面。

儿简直穿透你全身，从舌头起直通到最底下的一根肠子。这样好吃的东西即使是时下娇生惯养的孩子也禁不住要嘴馋，哪还用说那衣不蔽体的乡下孩子呢？！我小时候总共也没有几回尝到过冰淇淋，而且也只是在去大柯里恰舅舅家做客的时候。

　　三〇年春天，大柯里恰舅舅钉了一只筏子，把一应家用什物都搁在上头，让神气十足的妻子塔丽娅坐在前面大桨旁边，自己在船尾用橹一点，就这样离开了村子。他在城里安了家，在卡恰河后面的拉萨尔大街上，在那年代里，人们可以随便找个地方筑房住下，当时还有人编过一首歌："我去卡恰河，去时眼泪流不断，归来高兴没个完！……"

　　周围的一切都在变化，急剧地前进着，只有大柯里恰舅舅故步自封、一仍其旧，既然他一向过的是自然经济的生活，他也就这样过下去：奶牛、马、猪、母鸡、狗、大车、地窖、围栅；甚至大门都是撑上木棍过夜，房子里还用木门闩。大柯里恰舅舅穿的是斜领衬衫、肥大的装扣子的灯笼裤，平时说话不用一句城里人的话，只是随着岁月流逝，他的外貌和声音日见其忧郁而且脾气也更难以捉摸了。塔丽娅舅妈靠集市买卖过日子，拿家里出产的东西换点现钱。夫妻俩日子过得很怪：做买卖，一个戈比一个戈比地攒钱，大家藏私房钱，但纵起酒来那股子狂劲儿！他们出手阔绰、热闹非凡，把所有攒起来的钱都狂饮滥喝掉了。

　　塔丽娅舅妈在卡恰河一带被看作是检察官一类的人物。她认识这儿所有的人，大家也都认识她。常常有这样的事：谁的钱给掏了或者大车上什么值钱的东西被人偷走了，集市上的人就会劝失主去找奥妮卡——这是塔丽娅舅妈心爱的教女对她的称呼，于是集市上的人们也这样叫她。

在紧靠着拉萨尔大街一侧的"红崖沟"上，一个被掏了钱的姑娘号哭着走着，引起了塔丽娅舅妈的注意："得了，得了！别扯着嗓子喊啦，别喊啦！有多少钱？四百？你打哪儿弄了那么多钱？把奶牛卖了！这可真有一手啊！就盯上了你这个糊涂人啦！钱放在什么地方的？旁边口袋里？用什么东西包着的？"

"用头巾。""有别针别住没有？""别住了。""这准是托里卡·普里歇米辛！准是他，是他，这狗东西！别针扣好的东西不论是楚绍夫斯基、齐加里，还是胡道乌希都没能耐拿的。不，不，丫头，都没能耐拿的！这肯定是托里卡。托里卡！真是一双金子般的手啊！随便什么锁，什么机关对他都不起作用，掏口袋是更不在话下了。真是一把好手！嚯，真是好手！等一等，丫头！'玛丽亚'号轮船从北方来到这儿是什么时候？""前天。""看来，是我漏神了，当时我看到一个小伙子在集市上走，挺像托里卡。'你好，奥妮卡大婶。''你好。'我应了一句。心想，这是不是托里卡？他该还有一年才满刑期呢。而他就趸到河面湿木桩那边去了。当时就这样过去了。原来果真是他来了，而且习性不改！唉，你啊，你这个害人虫！……"

于是塔丽娅舅妈就按她知道的地址走去。

"托里卡在家吗？"那倒霉的娘用围裙擤着鼻涕应声道："他能上哪儿去呀？在板棚里睡着呢。""是喝醉回来了吧？""醉得一塌糊涂。身上是簇新的衣服，铬鞣革皮靴。我问他是不是老毛病又犯了，他却冲着我一顿臭骂……"

塔丽娅舅妈登上摇摇晃晃的梯子来到干草棚跟前，拉了拉门。"托里卡，嗳，托里卡！快起来，快起来！该起来做做早操啦！""什么事儿，奥妮卡大婶吗？""昨天你拿过人家四百卢布没有？""嗯，拿过呀。怎么啦？""你连自己亲戚的钱也要拿，没良心的东西！这个阿加菲娅·扎瓦鲁辛娜是从巴扎伊哈河来的，是叶洛夫斯基家侄子的小姨子……""周围全都沾亲带故！简直叫人没处偷去了！……""本来就不该偷了！你该正正当当地劳动！要不然，你就乘上车到兹洛宾集市去，或者找个更远点的地方！""还有哪儿可去的？心烦透了，就想爽爽辣辣来一下子！""喝掉了多少钱？""哪儿有工夫去数它。""你给我，我来数。"

两人并肩在小梯阶上坐下——一个是卡恰河一带的"检察官"，一个是睡眼蒙眬的、愁眉苦脸的小偷、捣蛋鬼、打架的好手。他赤着双脚，精神萎靡，用手挠着头——因为满头都是干草——他眯缝着眼睛望着帕克洛夫斯克山，望着孤零零耸立在高处的钟楼。在他那脏不溜秋的脸上并没有知罪认错的意思。

"唉，你们这些狗东西，狗东西啊！"塔丽娅舅妈拍着自己的裙子说道。"原来就这样荒唐胡来！花了七十个卢布还一声不吭！不是自己的钱就这样个花法！一把一把往风里抛、水里撒！""现在咋办？""咋办，咋办？喏，拿去，这里三十个卢布凑个整数，再喝点儿，不过得用这劳什子想一想，这是拿的谁的钱！"塔丽娅舅妈用拳头捶着这小偷的脑瓜说着。"我先用自己的钱给你垫上……"

于是塔丽娅舅妈来到阿加菲娅这个远八辈子的亲戚那里，打发她顺顺当当离开卡恰河。阿加菲娅给她磕头，"检察官"训诫她说："下一次看你再这样睁着眼让人偷！……"

还在战前，集市就从市中心被挤到了山脚下，直到卡恰河边，因此塔丽娅舅妈的生活就轻松多了。她从早到晚泡在集市上，为了每一个戈比费尽了力气；大柯里恰舅舅搞到了饲料，养起了牲畜，他为啤酒厂运送格瓦斯和啤酒到街上的各个商贩点，为此，工厂批给他酒糟和下脚料做牲口饲料，而那些女小贩深知他的脾性，在自己的摊点上把他灌得迷迷糊糊，以至到傍晚时分他这个人已经只能听凭马的意愿行事，这时，马儿就拉着他往山下走去，送他回家。

柯里恰舅舅在帕克洛夫斯克墓地已经安息了有近十个年头了，而塔丽娅舅妈仍然忘不了他。她拖着浮肿的双腿，一步步登上山，把面包、鸡蛋捻碎在坟头上，用格瓦斯酹祭过土地，自己也嚼一点儿什么，然后说道："你瞧，柯里恰，我们这又一起吃过了。"

古老的集市和它的风尚都已成了陈迹，但古老的卡恰河和卡恰河后面的"纳哈洛夫卡"地方却风貌犹存。

前年，我曾在卡恰河后面迷了路，我遇见一个妇女，她大哭大叫着在寻找一个什么办公处，但不仅没有找到它，而且简直已经没有希望能走出这里的陌街小巷，这由无数倾斜颓圮的简陋棚屋组成的迷宫。

我和这个女人在两边都是高高栅墙的一条踩脏了的小路上走着，走进了一处菜园，从菜园来到一处院子，那儿有一个老太婆在一只临时搭起的炉子上煮粥，一个孩子在一边爬着，老母鸡扑棱着翅膀来回奔忙。我们越过从市中心运来当栅栏用的、还保留着红黄两色的栏杆，已经听出了近旁就是布梁斯克街——这是从前的拉萨尔大街的新名称——但忽然发觉是钻进了死胡同。女人简直是满腔怒火了，但这时发现有一块木板掉落了，我们推开它，就进了围墙，墙里空地上有一个穿尼龙衬衫的青年人安静地在睡觉，一只健壮的雄犬在嗅他、舐他，它一看见我们，先是一愣，好像不相信自己的眼睛会看到我们自行前来解除它生活的寂寞，因此它并不吼叫，只是垂涎欲滴地在喉头呜咽了一声，便猛扑过来了，颈上的鬣毛都蓬了起来，龇着牙齿，好像要我们和所有的人都懂得，人们不是平白无故把它放在这个岗位上的。

塔丽娅舅妈看到我以后就忙乱起来了，当然主要是忙在双手上和嘴上，她的腿不灵便，然而为了稀客临门她干了相当于半玻璃杯容量的一盅伏特加，并且以一种积习难改的泼辣劲儿吻了吻杯底，好像是在说："看看咱的能耐！"

院子里既没有牲畜，也没有家禽，甚至连狗也没有了。院子里长满了草，还有几棵小白桦树。柯里恰舅舅运来的干草里带进了种子，它们躺在被牲口踩实的泥地里，竟然发芽了、生长了，蓬勃生发起来了！九棵白桦树，一棵比一棵出色，野生自发的树木总要比手工栽培的有更强的生命力。"柯里恰的灵魂变成了白桦树发芽了！"塔丽娅舅妈说着，一面抹着眼泪。

这种时刻在我脑际就会出现一个不甚知名的、最终悲剧性地结束了自己生活途程的诗人阿历克赛·普拉斯洛夫[1]的几行诗——特瓦尔朵夫斯基对他评价很高并出版过他的诗集——"时间意味着什么？空间意味着什么？为了灵感和创作，你一旦出现，就将以这样的面目永远存留。"

---

[1]　阿历克赛·季莫菲耶夫·普拉斯洛夫（1930—1972），苏联诗人。著有诗集多种。

……在城市的上空我浮想联翩，但是飞行的时间——几分钟而已。差一点我没把车站给错过了，其实与其说是车站，还不如说是"区截信号楼"。它所处的地位好像并不恰当，孤零零地矗立着，在纵横交叉、灯光闪烁的铁路干线之间隐隐地显出白色。然而这是最要紧的、最必不可少的一所房子，"区截信号楼"曾经是车站的心脏。电流在其中川流不息，像搏动的血液在血管里流转，电线像琴弦般不停颤动，发出一阵阵乐声，配电板上一盏盏小灯眨着眼，一忽而射出预兆不祥的红光，一忽而又像林中妖魔睁开一只眼放出幽绿的光，一忽而像死一般苍白，一忽而又成紫色，这一切对于我们这些未来的列车调度员是十分习惯的了。大大小小的仪器闪烁着信号，蜂鸣着，有时发出嚓咔嚓咔的声响，有时尖声嘶叫起来，区截器手柄轰隆轰隆响着，那些看上去似乎没有任何人控制的、粗粗细细的钢索，像一条条灰色的蛇来来回回爬动。调度员时而用快活的、半带玩笑的口吻，时而一字一顿、铮铮有力而且威严十足地通过选择器传达命令，突然又莫名其妙地发火了，不知什么道理把帽檐转到了脑后："喂，十六号！喂！十六号！你胡搞点什么！马上把一〇〇二号车厢送上九号月台！再从九号月台——这是对你的惩罚！——带走一节空车皮！煤没有了？要加水啦？你哪怕用马拉，也得替我把空车皮拉到驼峰调车场去！一定得拉到，就这么定了！定了，定了！"于是又把制帽转回了原样。

货运站的紧张生活，那种战时的工作节奏使人从心里感到亲切。

"你们谁上面粉联合工厂去，雄鹰们？"调度员对着这一群背靠在像澡堂子那样嘶嘶作响的暖气片上的铁路厂校实习生问道，他前后晃动着身体，从脚尖到后跟，从后跟到脚尖，那副神情就好像他藏在背后的手里拿着白面包和黄油。我们一下子跳起了身子，双手贴着裤缝立正。我们的嘴上都幻出了幸福的微笑，因为叫你上面粉联合工厂，就等于是送你一件礼物，而且这是何等样的礼物啊！当道岔上还在把空车或者装面粉的、封上铅印的"闷罐子"车调来调去的时候，我们已经美滋滋地吃上了烤小麦或者烘饼，在扳道员小岗亭里的铁炉子上总是不断地用车厢里扫出来的面粉烤着这类玩意儿。

手脚利索的厂校实习生顺手牵羊地把粮食撒进事先扯开的呢上衣口袋里，尽管早知道在出门的时候门卫要搜查，会把这些捞来的东西都抖搂出来，生气的时候还会踢上一脚。但门卫终究也是人。咱们这些"孩子们"在某个地方也会对他们中间的什么人照样办事，干上一架，门卫们做出已经疲于和我们斗争的样子，私下却也希望行得春风有夏雨，而且"孩子们"中间有人对他们也不无孝敬，因此他们往往唾上一口，骂上几句，有时候再踢上一脚以示儆戒，但对于呢上衣夹层里、胸前口袋里和缝在裤腰上的小袋子里的粮食却"视而不见"。晚上，我们在宿舍火炉的灼红的风门上烤小麦，劲头十足地嚓咔嚓咔嚼着麦粒，学着门卫的样子，追述着我们如何灵巧地骗过他们的情景，而且设想着下次来的时候怎样更巧妙地蒙住他们。

现在这面粉联合工厂就在机身底下。灰色的蒸馏塔、管道和烟囱都像嵌在山坳里一般，露天地方一辆调车机车在忙碌着，还是带烟筒的！调车机车现在已经没有了，而这一辆保留了下来，喷着烟，鸣响汽笛，像吹肥皂泡一般，两个椭圆的，一个圆的。这是怎么回事？鸣一下长的，表示向前，两下长的——后退，两下短的，是停车，不走了。或者正好相反：一长是后退，两长是往前？信号制度记不清了。生活在逝去，它的标志也渐渐黯淡下去。我们厂校的棚屋也没有了。它们都是匆匆忙忙建造起来的，干打垒[1]的墙。都朽坏了。它们简陋寒碜，人们就把它们从地面上抹掉了。取而代之的是现代式样的、多层的、一律灰色的工房。

就这样，当我俯视着面粉联合工厂，回想铁路厂校的时候，又差一点错过了格列米亚契峡谷，那里的河道已经停止了喧嚣——昔日潺潺溪流，今日一望平沙！

在机翼下方一掠而过的山的凸面上有一些耀人眼目的新建筑物，这是此地科学城的光秃秃的令人很难有亲切感的房屋。眼前又是一片岛屿，像掉落在河中央的一张绿色的树叶，但我的目光几乎没有在它上面停留，眼睛急于搜索另一个处所，一见到它我的心就会不由自主地下沉。

沙隆圩，即沙隆桥墩，被爆破得坑坑洼洼，像是在袋里放久了的一块灰色糖块，这里是我妈妈最后的栖身之地。

据说，一个人的灵魂，只要在这个人世间还有怀念它和爱它的人在，它就会存活下去，不会死灭。如果我不在人世了，那么妈妈的灵魂也将安息，最终摆脱磨难，因为她并不会在什么天堂里受折磨，而是因我而受折磨，因为我乃是她的继续，她的血肉和精神，是她的未竟的思想，她的歌，她的笑，她的眼泪和喜悦。

---

[1]　一种简易的筑墙方法，在两块固定的木板中间填入黏土。

我们在高处飞着，我已经不靠视觉，而是单凭眼底的感应就察觉到了大斯里兹涅夫卡河口近旁那长满了密密麻麻细草的小丘岗，也觉察到了那反射出亮光的大秃山仍和从前一样延伸到小斯里兹涅夫卡河。

　　在大斯里兹涅夫卡河上的山脊和丘岗上全是野火烧过的痕迹。我活了这半辈子，但从没有去过斯里兹涅夫卡河上的山脊坡面地带，即使我的祖母、祖父和同村的人也都不曾去过那里。蘑菇、浆果在山麓下也比比皆是。岩崖上的林木也没人去砍伐。大自然好像是有意为之，要让这些枝干细直、匀称、挺拔的黄灿灿的松林在蔚蓝的天穹下显示美色。但是那些有眼不辨美丑的晶体管工厂的工人们，在健身房里练够了身体，却爬到山岩上来，在那里寻欢作乐，尽情放浪之余，意犹未尽，就放上几把野火。

　　在小斯里兹涅夫卡河的布满履带印痕的陡岸上，一年之前还有两棵杨树瑟瑟缩缩站在那里，这是卡西扬诺夫斯克护林所辖下硕果仅存的两棵树木了。这附近一带有唯一的一处果园，是一个脾气古怪的姓拉普宁的人从树林中移来各种树木辟成的，在这个果园里只有两棵杨树是外来的。喝醉了酒的拖拉机司机用履带把它们推倒在河里，完全没有什么道理，只是因为闲得发慌的缘故，当这两棵好端端的非本地产的树木在毁灭以前发出咔嚓的断裂声，折断的枝丫像爪子似的伸向天空的时候，他们甚至都没有回头看一下，因此就根本看不见，也听不见；而这两棵树却曾经是飞鸟的栖身地、孩子们的快活林，曾经为果园披上浓荫，为住屋带来清凉，为河流平添过如许美色。

　　这里是故乡的村庄了。但趁着机身还没有遮掉前方和下方的时候，我转身向右，以目光搜索那穿入像一枚尖针样的河湾里的卡拉乌尔河峡谷，我竭力想找到浮标看守人的那所小屋，那里现在住着城里来住别墅的人们，他们不再种土豆，而尽种些洋葱、莳萝、大黄和土耳其野菊之类。

在五十年代末，死神召走了米沙哥哥和他忠实的伴侣波琳娜。孩子们几乎是一下子失去了母亲和父亲，家庭生活的重担就落到米沙的儿子，刚从部队回来的彼得的宽阔的肩膀上。平滑的河面上好像有一只蒙上白布的瓢虫在爬动，身后龙飞凤舞，划出两道轨迹。这东西快艇不像快艇，筏子不像筏子，船首有篷盖，舷窗又窄又小，从一大清早到深更半夜在河上摆渡来来往往的行人，噼噼啪啪的声音响彻整条叶尼塞河。驾驶这艘轮渡的是一个满脸雀斑、动作敏捷、与波琳娜十分相像的男人。"彼得！把你那虮子掐了吧！"奥夫相卡村的农民骂道。"你那破船成天噼噼啪啪，闹得俺们家的老母鸡都不下蛋了！""要是你们家的婆娘都不下崽了，也要怪我的马达不成？！"

飞在飞机前面的机身影子滑过古旧的木屋顶和新的石板瓦屋顶。奥夫相卡村豁然开朗。在陡坡上出现了两个新的村落。水电站的建筑工人临走时留下了一爿木材加工厂作纪念——这是三个居民点的一家主要企业。

沿着河岸伸展的村子穿过像两根明晃晃的琴弦似的铁路线道和蛛网般交结的公路，在第一个陡坡处像一堆堆蘑菇四散分布，接着就动作缓慢下来，终于在黑山的缓坡前停止不前了。河岸上接连不断的围栅好像是经缝纫机缭出的边。街上和岸边的摩托车、小汽艇和小汽车看上去只有苍蝇、蟑螂般大小。我的目光寻找着老祖母的房子，那儿现在是阿普洛妮娅大婶住着，但是在这样的高处怎能找得到它呢？它很小，屋顶重新铺过，院子也缩小了，菜园的树木又被经过的大路侵去了一部分，一幢幢新建的别墅从两面紧压过来。瞧，有一处方形的围栅里隐隐可见一方妇女的白头巾。我把同伴拉到窗口，用手指着下面告诉他，这是列丽卡，我婶婶阿普洛妮娅，在浇萝卜。不知为什么我的同伴对我的玩笑话却没有大笑起来，而只是忧郁地摇了摇头。

我的目光搜寻着福金河近旁的方形墓地。福金河，我们匆匆逝去的童年的始终不渝的生气勃勃的密友，这嬉耍玩乐的去处啊，而今一到夏天它就不再流动了——多少条水龙带为了灌溉菜园把它抽干了。中午时分只有凭着肮脏的沟痕和被水冲刷出泥土的白色的石子才能认出河道。夜间，小河又恢复活力从树林里汩汩流出，悄悄地、慢慢地横淌过村子进入叶尼塞河。墓地也"歇业"了，长满了滨藜之类的杂草，现在死了的人都往马纳河口送。

马纳河啊！我的眼睛寻找着马纳河桥墩红褐色的顶面。不见了！水电站的建设者们把它清除掉了。而这条美丽的河流本身也横七竖八充塞着流放下来的木材。正在架设横跨马纳河的大桥。但人们在河口地方的水底硬地上钻洞搭支架的时候，把木料在十八公尺深的地方做试验。埋沉水底的树木多半是落叶松树，它们在水里是差不多不腐烂的。可能我们的后代单是为了如此巧妙地替他们储备了木材也将会感谢我们吧？

再见吧！马纳河！请原谅我们吧！我们不仅戕害大自然，也戕害着自己，而且并不全是因为愚蠢无知，更多的倒是因为必需如此……

飞机摇晃了一下，向右翼倾侧过去。光秃秃的马纳河石滩一闪而过，明茹里河在峡谷中划出一条细线，银鳞闪烁、凝碧叠翠的山隘口由远而近，低平处筑成了一座阶梯形的美丽的新城。前面马上就要出现水电站的堤坝，但我并不向前张望，却转过头去想再看一眼正在向机尾后面移去的故乡村落和马纳河口，但这时舷窗外漾起浓密的青雾，机腹碾过之处迸出一团团云朵。飞机稍向右转，往高处蹿去，在左翼划过的一抹蓝天下可以看见广漠的森林和群山，故乡叶尼塞河的两岸，从这里令人胆战心惊的高度望去，仍像远古年代里那样原封未动，保持着处女般的纯洁，沉浸在一片葱茏秀郁的静谧之中。马纳河水流经原始森林，转徙曲折，画出一钩钩弯月的形状。一切都那么宁静、雄伟，但不知为什么心头却感到令人压抑的忧虑和痛苦的不安。

　　在我飞离的前一天，老乡们约我和我的朋友去看看比留斯河和水电站。我最后一次看到水电站的时候，当时它还没有竣工，工地上挤满了来回奔忙的人群。现在它的空旷无人的景象却使我十分震惊，我心想，未来的建设大概会越加显得人迹稀少的。习惯于合伙齐上、大轰大嗡式劳动的人会养成一种慌张的心理，会被一种对自身渺小和微不足道的感觉所控制。这种对自身微不足道的感觉我第一次是在周相同步加速器大厅里体验到的，现在在水电站上它又重新出现在我心头。

　　在顺着堤坝去比留斯河的一路上，我看到了一艘陈旧不堪、已经不冒烟的轮船，无精打采地停歇在布满了长霉的水草、像果冻一样的滞水中，我好不容易认出了这艘旧船就是充作水上巡逻船的"斯巴达克"号。我一生中经历过无数次令人黯然神伤的相逢，但我想说，这不单是一次令人神伤的邂逅，这是对自己生活进行总结的时刻，这是生命暮年的景象，尽管你隐隐有所感觉，但总是千方百计回避，竭力不去想它，但免不了要悲哀地自己承认："是啊……人老了！……"

我们没有在水库的河面上驾舟泛游，而是乘着小汽艇飞快地浏览了一遍。

在我们家乡曾经流传过种种有关比留斯河的不好的传说。据说河上是林中鬼怪、水上女妖和种种魔鬼孽障出没的渊薮，因此颇吓退了一些人，不敢来此地渔猎。但一般都认为这条河富饶而景色优美。我们在比留斯河上所见的景象，甚至是河水泛滥、霉苔滋生的时候，也实在非笔墨所能形容。这种无与伦比的神奇迷人的胜景简直叫人连气也喘不过来！

在比留斯河上有一处奇特的岩石。在距离比留斯河口约莫十俄里的地方，它好像一本打开一半的书，满布着时间留下的剥蚀和锈斑，忧郁地伫立在水中央。岩石的一侧，即书页向陆地纵深翻出的一面，不知是大自然造化之力，还是古代艺术家巧夺天工，刻下了一张人的面庞——硕大的鼻子，圆睁的双眼，斜抿着的嘴唇：当你走到近旁，它愁眉苦脸，似乎马上就要哭出声来，而当你稍稍走远，它竟露出笑容，还眨巴着眼睛，好像在说：孩子们，我活着，我在创造……

"原来它是这样！"

我战栗了一下，若有所悟。飞机上的乘客们都挤到了各个窗口前，目不转睛地望着渐渐远去的水电站。他们欣赏的是自己双手的创造物。

我的故乡西伯利亚已经变了模样。一切在流动，一切在变化——这是古老的哲理名言。过去是这样。现在是这样。将来还是这样。

造化有时、万物有期，时代包容着天底下万般差异：

这是诞生的时代，也是死亡的时代；

这是播种的时代，也是挖出播种物的时代；

这是杀伤的时代，也是医治的时代；

这是毁坏的时代，也是建设的时代；

这是哭泣的时代，也是欢笑的时代；

这是呻吟的时代，也是振奋的时代；

这是胡乱抛掷的时代，也是精心收集的时代；

这是拥抱的时代，也是回避拥抱的时代；

这是寻获的时代，也是丧失的时代；

这是珍藏的时代，也是挥霍的时代；

这是撕毁的时代，也是缝合的时代；

这是沉默的时代，也是呼喊的时代；

这是爱的时代，也是恨的时代；

这是战争的时代，也是和平的时代。

我究竟在寻求什么呢？我为什么痛苦？由于什么原因？为了什么目的？我找不到回答。

1972—1975 年

图书在版编目(CIP)数据

鱼王 /（俄罗斯）维克托·阿斯塔菲耶夫著；夏仲
翼等译 . -- 郑州：河南文艺出版社，2023.11
ISBN 978-7-5559-1625-3

I. ①鱼… II. ①维… ②夏… I. ①长篇小说 — 俄
罗斯 — 现代 IV. ① I512. 45

中国国家版本馆 CIP 数据核字 (2023) 第 204683 号

Author: Виктор Петрович Астафьев (Viktor Petrovich Astafyev)
Originally published in Russia under the title: <Царь-рыба>
Copyright © 1976 by Viktor Petrovich Astafyev
Published by permission of Виктор Астафьев and Астафьева Полина
Illustrations by Oleg Mikhailov. Copyright in arrangement with Vita Nova Publishers.
Simplified Chinese character translation copyright © 2017 by Beijing Imaginist Time Culture Co., Ltd.
All rights reserved

豫著许可备字 -2023-A-0141

鱼王

[俄罗斯] 维克托·阿斯塔菲耶夫著；夏仲翼等译

特约策划	李恒嘉
策划编辑	陈 静　张 娟
责任编辑	张 娟
封面设计	陆智昌
内文制作	陈基胜

出版发行	河南文艺出版社
本社地址	郑州市郑东新区祥盛街27号 C座 5楼
邮政编码	450018
承印单位	山东韵杰文化科技有限公司
开　本	880毫米×1230毫米　1/32
印　张	20.25
字　数	451 000
版　次	2023 年 11 月第 1 版
印　次	2023 年 11 月第 1 次印刷
定　价	98.00元